〔德国〕托马斯·曼 ◎ 著
黄淑航 龚嫚莉 ◎ 译

布登勃洛克一家
（上）

图书在版编目(CIP)数据

布登勃洛克一家/(德)托马斯·曼著;黄淑航,龚嫚莉译.—福州:海峡文艺出版社,2017.8(2023.9重印)
(诺贝尔文学奖大系)
ISBN 978-7-5550-1188-0

Ⅰ.①布… Ⅱ.①托…②黄…③龚… Ⅲ.①长篇小说-德国-近代 Ⅳ.①I516.44

中国版本图书馆 CIP 数据核字(2017)第 144617 号

诺贝尔文学奖大系

布登勃洛克一家

[德国]托马斯·曼 著 黄淑航 龚嫚莉 译

责任编辑	蓝铃松
出版发行	海峡文艺出版社
经　　销	福建新华发行(集团)有限责任公司
社　　址	福州市东水路 76 号 14 层
发 行 部	0591-87536797
印　　刷	福州俊丰彩印有限公司
地　　址	福州市晋安区鼓山镇鼓一村福光路 189 号
开　　本	889 毫米×1194 毫米　1/32
字　　数	550 千字
印　　张	25.625
版　　次	2017 年 8 月第 1 版
印　　次	2023 年 9 月第 3 次印刷
书　　号	ISBN 978-7-5550-1188-0
定　　价	145.00 元

如发现印装质量问题,请寄承印厂调换

颁奖辞

瑞典文学院诺贝尔评奖委员会委员　弗雷德里克·比克

如果有人要问，在19世纪的文学界，哪种新的写作体裁的出现，壮大了希腊时期留传下来的史诗、抒情诗歌和戏剧的阵容，答案一定是写实小说。写实小说真实、细致、全面地勾画出了现实生活，展现出了当代人内心深处对现代社会深刻、细致入微的观察和体验，并注重个人和社会之间的联系。而在这些方面，以前没有一种可以和写实小说相媲美的文学体裁。

写实小说因为英国、法国和俄国等国家作家的创作而不断成熟完善，我们可以称之为现代散文史诗，它的出现跟历史和科学的发展都有着密不可分的联系，和狄更斯、巴尔扎克、萨克雷、果戈理、福楼拜以及托尔斯泰等人的贡献更是密切相关的。但是，在德国，却没有出现在现代散文史诗上可以和前面几位大师并驾齐驱的作家，虽然在诗歌创作上，德国有着自己独特的成就。

不过让人感到欣慰的是，在20世纪初，一位年轻的作家弥补了这一缺憾。这位作家出身于商人家庭，他在27岁时，也就是在1901年的时候，创作的《布登勃洛克一家》，让28年来都无现代散文史诗的德国终于可以扬眉吐气了。

《布登勃洛克一家》是一篇磅礴宏伟的写实小说，也是德国最早出现的、最具代表性的作品，即使放在上面提到的几位欧洲大师面前，也璀璨夺目。

在这本书的描述中，本世纪[①]已经进入了中产阶级的时代，因此，它也可以说是一部关于中产阶级的小说。在小说中，社会并不是崇高得让人无法靠近，也不是低俗卑微得让人难以接受。在那个社会里，中产阶级的人都热衷于理性的、细致的、思想的分析和创造，而《布登勃洛克一家》对这种现象进行了理智、成熟和细致的刻画，增添了小说本身史诗性的趣味性。而且，我们还可以从这部小说中发现中产阶级的色彩、历史的分解点、时世的变迁，发现从强劲有力、自觉和不自觉的类型逐渐转变为小说中敏感脆弱的角色。它还细致入微地观察到生命变化的全过程。这部小说笔力遒劲而细腻地勾画出精巧的事物，它话题沉重但并未令人丧失斗志，并在讽刺性的言语中，充满着幽默的趣味和安逸的情致。

从具体客观、现实地反映社会这个角度来说，德国几乎没有任何一部文学作品可以与《布登勃洛克一家》相提并论。《布登勃洛克一家》不仅风格独特，还表现出了德国共通的文化特色，即在哲学和音乐上的高超性。托马斯·曼不仅将写实的文学技巧发挥得淋漓尽致，还巧妙地把尼采的文明批判和叔本华的悲观主义融入作品当中去，特别是小说中的几个主要角色都比较隐秘地把音乐的神秘性

---

① 指20世纪。

概括出来。

《布登勃洛克一家》不仅是一部文学作品，还是一部充满哲学意味的小说。从本质上来说，人性中天真的本性和追逐名利的倾向是无法调和的，托马斯很完美地把握到了这一点，并以此为脉络来描写一个家族的兴衰。以自我反思、静心、玄妙为主要内容的哲学以及对美的陶醉，在托马斯看来，这些都充满着让人毁灭和崩溃的力量。除了《布登勃洛克一家》之外，托马斯还有一部极为精致的作品，那就是在1903年发表的《托尼奥·克勒格尔》。在这本书中，他并没有局限于作品中塑造的中产阶级，而是以自由自在的笔触，用优美感人的诗句来赞美人性中的天真烂漫。不过,对于这种纯真的丧失，他也感到怅惘，而这种情感又引发了他对生命不一样的感悟、怜悯及关怀。

年轻的托马斯经历过不少的痛苦和磨难，不过这些经历也造就了《布登勃洛克一家》中富有沉重而玄妙的色彩。书中深层次探讨的问题，也是作者一直希望能够凭借自身的经历来找到解决方法的问题。在托马斯的内心深处，他深切地认识到人追求美的本性和中产阶级身上追名逐利的现实性之间的矛盾，而这种矛盾，他希望能够从更高的生命层面予以调和。为了防止生命逐渐走向世俗和不堪，他的解决办法是：放纵自我，让自己的一生都投身于艺术和知识的海洋，以此来表达自己对生命纯真和健康的热爱与追寻。这一点，在托马斯的《托尼奥·克勒格尔》和《特里斯坦》两部作品中，体现得淋漓尽致。

除此之外，托马斯还有一本书为《王爷殿下》，是在1909年出版的。在《王爷殿下》一书中，他通过纪实的方式讲述了一个具有象征意义的故事。在这个故事中，他调和了人物的现实性和艺术性，并将人们的理想概括为一句名言："崇高的地位和爱情相配合才是真正的幸福。"不过，他的这种调和既显得粗浅无力，也没有像《布登勃洛克一家》和其他作品中阐述的相反的主旨那样，让人感到震撼。在他1906年写的剧本《佛罗伦萨城》中，通过塑造道德家萨沃纳罗拉和坚持唯美主义的罗伦·遮梅廷西之间的敌对仇恨，重新刻画了人性现实和追求纯真之间的矛盾。1913年，他的《魂断威尼斯》又以这一话题来彰显两者之间无法调和的悲剧性。在第一次世界大战来临前，托马斯·曼突然对腓特烈大帝产生了兴趣，因为他认为，腓特烈大帝这样一个精明能干的统治者彻底地、具有历史现实意义地把这个难题给解决了。腓特烈大帝用他顽强的生命活力有效整合了行动和深思，并避免了幻象的干扰而使得他的想法和行动特别的清晰、有条理。在1915年发表的论文《腓特烈大帝和大同盟》中，他又强调了这种矛盾调和的可能性和现实操作性。值得惋惜的是，托马斯·曼这位勤学好思的作家没能再通过这种新兴的文学体裁来让他的理想得到充分实现。

"一战"的爆发，让他不得不摒弃纯粹的思考、理性分析和追求美等理论范畴的东西，因为动乱的时代需要实实在在的行动。在《王爷殿下》一书中，就明确表达出作者决定在国难当头的时候，摒弃思想上的闲适和逍遥，打算积极人世，认真去思考"国难"这个现实而又让人痛苦的问题。在他接下来的作品中，特别是出版于1924年的《魔山》，充分表明他自己这个思想挣扎的路程，通过故事中人物激烈的争辩来阐述这一思想。

德国的作家、思想家托马斯·曼先生，是您让我们深信艺术价值的可贵，也让我们看到现实状况、人类思想的困顿和在痛苦中孕育美的精神；是您让诗歌的崇高和一种理性的、对生命纯真的热爱得以调和，因此，我国陛下亲自把皇家学院的奖章颁给您，并向您表示深深的祝福！

致答辞

托马斯·曼

今天终于有机会可以来到这里向各位表达我的谢意，不用说，我自己是十分期待这个机会的。不过，当我面对这一刻的时候，心里反而变得有点紧张了，担心自己不能很好地表达出自己的感情，因为对于一个像我这样不是能说会道的人来讲，这是很正常的一件事。

一般来说，和演说家们完全不同的是，作家们好像从出生的那一刻就注定了他们不是特别能说会道的人，作家们和演说家们甚至还会站在完全对立的角度上，或许是因为他们的职业和作用的发挥是通过完全不同的方式来实现的原因吧。尤其是一个有着高度职业自觉的作家，已经习惯了文学性的表达方式，但一生中又免不了会碰到一些临场的、简洁的谈话，这个时候，就会出现一些令让人措手不及的意外，而这些意外情况，通常也只有伶牙俐齿的演说家们才能够避免。但我现在面临的状况就更为复杂了，我完全没有想到贵国会把这份荣誉授予我，更没有想到在座的诸位还专门为我精心安排了这个隆重得令我不安的盛会。更不妙的是，我的生命是为史诗而非戏剧所生，我时常告诫自己保持心绪的平和稳定，进而维持生命和艺术旋律的平和。而今，假使这束充满戏剧性的火把已经从北方邻国点燃，并将影响到自己旋律的平稳，使得我的表达能力降低到平常最低水平之下的话，那我也无能为力了。

当得知瑞典皇家学院决定把这份荣誉授予我时，我的内心受到了极大的震撼，进而沉浸在不能自已的狂喜之中。如果要用诗歌来表达我的感情的话，那么我想借用歌德赠予爱神丘比特的那句"Du hast mirmein Geratrerstellt und Verschoben"，意思就是说"你令我心旷神怡，不能自已"，这句话充分说明诺贝尔奖对我的影响有多大。当然，请允许我把诺贝尔奖对我的影响比作安稳生活中的偏激行为，因为我相信这样做才不至于失礼。

一般来说，对于一个有品格和有自律性的作家来说，要安心地接受一份像我现在所获得的殊荣是不易的。为了化解这种尴尬，让自己能够更坦然地面对这份荣誉，我觉得只有不站在个人的角度上来考虑这份荣耀才能让自己稍微安心些。歌德曾经狂妄地宣称："只有下九流的人物才会谦虚。"他这样说，是为了挣脱虚假的道德礼仪镣铐而说出的大话。但是，我对此并不十分赞同，毕竟谦虚和智慧、学问是分不开的，如果我因为自己获得了现在这份殊荣而狂妄自大，显然是不明智的。我历经长时间的呕心沥血，才从我的邻国获得这个世界级的奖项，我的同胞今天也因此欢呼沸腾，为我感到自豪和骄傲。

这么多年过去了，瑞典文学院能再次把诺贝尔奖颁给德国作家，特别是授予德国散文体的作品，说明我那备受他国误解和伤害的祖国已被人们的爱充分接纳了,对此,我内心的感受是错综复杂的。

我想,人们能接受我的国家也是有道理的。过去的15年,我国日益繁荣发展,但在物质和精神条件优越的情况下,我国的思想和艺术并没有取得重大的突破,因为在舒适的环境下,是不可能有一项工作能够取得成就的。特别是,思想和文化本身就需要在激烈的、纷乱的痛苦滋养下才可能成长。不过,当俄国和东方历经动荡时,西方和欧洲文化形体的尊严却是由于德国才得以保存,形体本就是荣誉的重点,这样说来,我的祖国也并非无所贡献。

我对新教徒和上帝直接交流的方式非常赞赏,不过遗憾的是,和在座的诸位一样,我本人并非新教徒。但是,我个人还是非常喜欢一个叫巴斯羡的圣徒,当他被四面而来的利器伤害时,依旧毫无畏惧,面带微笑,因为新教徒们认为,当他们遭受苦难的时候神就会靠近他们,这是巴斯羡身上体现出来的英雄气概。虽然这种气概并不高雅,或许还有点粗糙,但我还是不由自主地想从德国文化和艺术中也寻找出这种风范,而且,我还坚信,诺贝尔奖授予我国,不仅仅是一种荣誉,更是在精神上赋予了这种高尚的英雄气概。这种风范在我国的诗歌创作上也是可以寻觅到的,因此,德国维护了本国的荣誉,凝聚了政治力量,避免了陷入无政府状态。同时,在精神气节上,整合了西方的形体原则和东方的苦难哲学,进而在苦难中孕育出美来。

在诺贝尔基金会决定将这份荣耀授予我后,立刻有几位代表来找过我,在和他们的交谈之中,我已经向他们表达了我的兴奋和感动。作为一个吕贝克的儿子,我从小的生活方式就非常类似于斯堪的纳维亚地区的人民;从一个作家的角度来说,对于北欧的思想氛围我是非常羡慕的。在自己过去写的一本小说中,刻画了一位把北欧和南欧的特性富于创造性地而又耐人寻味地结合起来的年轻人,有点类似《托尼奥·克勒格尔》。这位年轻人的南欧特性也就是指那些实质上的感官、思想的向上和理智冷静的艺术热情;而北欧特性是指代表着灵魂的、中产阶级的故乡,以及深厚的情怀和温馨动人的人性。而现在,代表着灵魂之乡的北欧,用这场壮观的盛会来迎接着我。这一刻,对于我来说,可以算得上是最美丽、最有意义的日子,是我生命中的一个节日,正如瑞典人口中的"欢欣的时刻"——这句话我用得还不太熟练,请见谅。

最后,请允许我和大家一道对诺贝尔基金会表示衷心的感谢和祝福,相信在未来,世界能够因为它而变得更美好。同时,依照贵国的风俗习惯,请和我一起再次向诺贝尔基金会致以最热烈、最真诚的欢呼和拥护!

目 录

布登勃洛克一家 1

附录一 托马斯·曼年表 797
附录二 诺贝尔文学奖大系书目 802

布登勃洛克一家

第一部

1

"唔,然后呢?然后呢?"

"亲爱的小宝贝,这的确是件奇怪的事情,然后是什么呢?这可是事情的核心内容。"

布登勃洛克参议的夫人和他母亲一起并排坐在一张用淡黄色绸子覆盖的白色长沙发上,在它的背面有一个精美的装饰品——一个闪闪发光且威风凛凛的镀金狮子头。她望了一眼坐在椅子一旁的丈夫,然后凑过来为她的小女儿解围。此时的小姑娘正坐在她祖父的膝盖上,吹着从窗外送进来的风。

"小冬妮!"她轻轻地提醒,"'我所深信的,上帝……'"

小安冬妮今年8岁,长得娇小可爱,身上穿一件丝绸衣,薄如蝉翼,丝线闪闪发亮。小姑娘转动着长着金黄色头发的小脑袋,蓝灰色的大眼睛不断地在屋子里张望,显得有些茫然,却也在极力地思考,便再次呢喃道:"然后呢?"接着她慢悠悠地背诵起来:"'我所深信的，上帝……'"突然，灵光一闪，小姑娘的眼睛像灯光一样亮了起来，快速地将这些句子背完："'创造了我以及世间万物。'"她现在已经能够倒背如流了，不经意间便喜上眉梢，一气呵成地把教义问答上的这些话全部背诵出来。这本刚刚修改制定的教义可是在1835年才完成的，也就是这一年，获得了一个权威与开明兼备的市议会的首肯而出版发行的。有了一个好的开头，她顿时觉得自己现在背诵起来顺口的感觉就如同在冬天里和哥哥一起坐着小雪橇从山坡上欢快地滑下来的那一瞬间：让人没有了思考的余地，也无法停止下来。

她接着背诵道："创造了人类的生活所需……"就在她背出这句话时，她的祖父突然放声大笑了，声音是那样响亮，就如同在空旷山谷里久久回荡的响声。实际上，他早已经抑制不住这种喜悦的心情了，因为他终于有了一个拿这本教义问答来取乐的机会。或许正是因为这样，他才要考考这个小姑娘。他向她询问一袋麦子的价钱，向她了解土地与牲口的数量，俨然是两个商人间的交谈。他圆圆的面庞是那样通红，即使再怎样的惺惺作态也不会添上一层怒气。有一小绺镶于银丝中间的和发辫差不多的头发，静静地垂在宽领灰色外衣上。尽管他已是花甲之年，穿衣风格却一直保持着年轻时的款式，只不过扣子和衣袋中间没有别上金银丝带而已，至于长裤，他从来都没有碰过。那个因为肥胖而形成的双下巴，一直舒服地贴在他那雪白的胸巾上。

所有人听到这个笑声后，都和他一起哈哈大笑起来，不过这仅仅是出于对一家之主的尊重罢了。就连娘家叫杜商的安冬内特·布登勃洛克老太太也是笑嘻嘻的，她这种欣喜的神态和她先生如出一辙。这位体态莹润丰满的老妇人,有着一头浓密的银色鬈发,重重地压在耳后根上。她身上穿着一件黑灰色的条纹衣服,将她那种与生俱来的朴素性格展现得淋漓尽致。那双白嫩的手,灵巧而纤瘦,正拿着一个质软的针织口袋,平放于膝头。随着时光的流逝,她的面容越来越像她的丈夫,真的太神奇了!不过,她那双灵动的眼睛却时刻在告诉别人,她体内有一半的拉丁血统。尽管她出生在汉堡,但从她祖父那边来说,她是法国—瑞士血统。

她的儿媳妇伊丽莎白·布登勃洛克议员太太,本姓克罗格。她的笑法可以说是传承了克罗格式风格,嘴巴先是"噗"了一声,然后将下颚紧紧贴在胸前。跟所有克罗格家的人一样,她并非绝色佳人,但神态高贵优雅。她的动作安静而文雅,温和而轻巧,声音抑扬顿挫,如泉水般清脆悦耳,从而赢得了大家的喜爱和信赖。一头浅红色的头发绕成一个发髻,两边是烫成蓬松的鬈发,将耳朵牢牢地遮住,这与她那略带点点雀斑的嫩白的肌肤相映成趣。鼻长嘴小,嘴唇与下巴之间没有凹陷,这算是她五官里的一个明显特征了。她的上身披着一件简短的紧身坎肩,两边的衣袖高高鼓起,坎肩的下半部配有一条贴身的碎花薄纱裙。她那精美绝伦的脖颈上戴着一条缀着闪闪发光的钻石的缎带。

坐在安乐椅上的参议显得有些漫不经心,他的身子略向前倾。他上身穿了一件肉桂色的外衣,领口宽大,上宽下窄的袖口,将手腕下方束得紧紧的。下半身穿的是白色亚麻布料做成的紧身裤,裤子沿上缝着黑色带子。领子又硬又挺,高高地立着,将他的下巴束得严严实实的,领子外面系着一条绸子领带,松散地垂下,正好将露在外面的一块花色背心遮挡起来。灰蓝色的眼睛虽然微微凹陷,却也是目光如炬,如同和他父亲一个模子里刻出来的一般,不过他好像更加如梦如幻。与他父亲相比,他面容上的棱角更加分明,更加严肃。鼻子挺拔而弯曲,掩藏在金黄色鬈曲的胡子后面的脸庞,并没有老人那种饱满之感。

布登勃洛克老太太的手搭在她儿媳妇的手臂上,冲着她轻笑道:"他总是如此,可爱老头儿,你说是不是呢,贝西?"

她说话时,老是将"总"这个音里的 i 念成了 ü。

参议夫人并没有开口接话,而是朝婆婆做了一个手势算是回答,她手上的金镯子随着手臂的摆动而叮叮作响;接着她便做了一个习惯性的手势——将手从嘴角往鬓角上撩,好像是想要把一缕零散的头发拨上去一样。

然而,此时的参议却用半笑半责怪的口吻说:"父亲,你总是拿这种神圣的事情开玩笑!"

此时的他们正坐在一座宽敞府宅的二楼客厅里,这个宅子在前不久已经被约翰·布登勃洛克公司买了下来,他们也是刚搬进这个新家。沉甸甸的弹性壁毯悬挂于屋子周边的墙壁上,壁毯和墙壁之间所留的空隙恰到好处。毯子上绣着美丽的风景画,色彩清新柔和,为的是能够和地板上的薄地毯交相辉映。这些恬静的田园风景图,带有浓郁的 18 世纪格调:田园里欢快的采葡萄人,辛勤劳作的农夫,披着五颜六色头巾的牧羊女等。有的牧羊女怀里抱着一只洁白无瑕的小绵羊坐在清冽澈亮的溪水旁,有的则跟俊美的牧童接吻……这些被涂抹成黄昏落日映照下的天边的唯美画面,主要是为了和油漆家具上的黄套子和窗子上的黄绸子窗帘相得益彰。

跟这个宽敞的房间相比,室内的摆设显然太少了。那张镶嵌了金线的圆形桌子并未放置在沙发前,而是静静地立在一架风琴对面的墙角边,琴面上放着一个盒子,里面放着一把精美的短笛。屋里除了一些摆放得整整齐齐的高背椅子外,余下的便是窗子前的一张小缝纫桌和摆在沙发对面的放置古董物品的精致小书案。

与那面墙壁相对的窗户那边安置着一道玻璃门,透过这个玻璃门,可以望见一间昏暗的圆柱大厅;左边则是前往餐厅的白色大门。而在另一面墙壁的半圆的壁炉里,木柴正在闪闪发光的铁栅门后面噼里啪啦地燃烧着。

这一年的寒冬来得特别早。现在只是十月中旬,窗外的树叶已经开始褪去身上的绿衣,尤其是马路对面的教堂院子周围的菩提叶泛着金黄色的光圈,冷风吹过哥特式教堂的顶尖,从墙角后方席卷而来。外边的冷雨在随风而舞。由于布登勃洛克老妇人的关系,这个屋子安装了两层窗户。

这天正好是星期四,依照家规,每两个星期家人都要在这一天聚餐一次。不过现在,除了住在本地的亲戚之外,他们还邀请了几位老朋友来一块儿吃个便饭。因此这个时候——下午四点左右,全家人都坐在薄暮渐浓的屋子里等候客人的光临。

小安冬妮的祖父并没有成功地阻止她滑雪橇的游戏,只是对安冬妮赌气似的使劲把嘴唇往上噘高一点显得有点生气罢了。此时,她早就滑到了山脚下,只是连自己都不知道该怎样把那滑出界的雪橇停下来。

"愿主保佑,"小姑娘说,"爷爷,我还知道其他的呢!"

"瞧!她还知道其他的呢!"这个老头儿兴高采烈地喊着,脸上挂着一副十分惊奇的表情。"噢,妈妈,你听到了吗?她竟然也知道一点儿事情呢！莫非这个是不能说的秘密？谁都无法告诉我。"

"如果，有个东西在燃烧，"小姑娘回答，并且她每说一句便要点个头，"那便是闪电的杰作。如果它没有烧起来，那就表示是雷劈的。"

此时，她已将胳膊交叉在一起，环顾着周围每一张微笑的脸庞，毫无疑问地以为自己会获得别人的表扬。但是，布登勃洛克老人对她的这种小把戏有些嗤之以鼻，他更想弄清楚，究竟是谁把这些蠢事教给这个小姑娘的。最后他发现，这个人就是为了照看孩子们而刚从马利安威德聘请过来的保姆——伊达·永格曼小姐。这时候，参议不得不帮她圆场了。

"父亲，您实在有些苛刻了。就算这孩子有一点儿故作姿态，但是到了这个年龄阶段，她对这些事情应该有自己的独特见解。"

"亲爱的，真是对不起！这简直是在胡闹！你要明白，我十分讨厌别人给孩子的脑袋灌输这些乱七八糟的事情！那都是什么？雷劈的东西……随便啦，要劈就去劈吧，但是不要让你的那个普鲁士女人来招惹我，让我烦心。"

原来，这个老头儿和伊达·永格曼的相处不是很融洽。但是他并非是一个心胸狭隘的人。他也是见过大世面的，早在1813年的时候，他做军队的粮食生意，所以他便搭乘着四匹马的马车来到德国南部，替那些普鲁士兵买来麦子。另外，他还去过阿姆斯特丹和巴黎。他是一个挺通达的人，对那些出现在他美丽的故乡城门外的种种事情都不会去斤斤计较。可是，抛开买卖上的来往不说，在交际应酬这方面，他可是比他的那参议儿子更加热衷于划出一条苛刻的界限，对待"外乡人"他总会显得冷冰冰的。故而，那时候当他的儿子从西普鲁士游玩回来，将一位二十岁的少女一起带回来时，这个老头儿对儿子的行为感到相当的愤怒。他发火的时候，几乎是用法文和北德的方言来说的。伊达的父母是开旅馆的，而她爸爸在布登勃洛克一群人抵达马利安威德前不久便去世了。伊达料理家事和照料孩子的能力都相当的出色，而且因为她的忠心耿耿和她与生俱来的普鲁士人的阶层观，让她扮演家庭主妇一职十分合适。她的脑子里装满了贵族阶层观，对那些社会各级阶层高低的界限划分都了如指掌，如果小冬妮和一个在她看来状况稍差一点儿的中产阶级家庭的同学来往，她便相当不悦。就在这时，那位身材高挑、骨骼粗壮、穿着一件黑衣、披着一头光滑的头发、相貌厚道老实的普鲁士小姐碰巧从圆柱大厅的玻璃门外走了进来。她牵着克罗蒂尔德——一个十分娇瘦的小女孩。小女孩穿了一件印花布的小衣服，土灰色的头发略显暗淡，犹如一副老姑娘的苦相。她是一个出身清贫的远亲，也就是在罗斯托克当农庄管家的侄子的女儿。由于小克罗蒂尔德跟小安冬妮的年龄差不多大，而且很乖巧，所以被这个家庭收养。

"现在已经是万事俱备了，"永格曼小姐说，她原本是不会发这个音的，现在只能从喉咙里发出咕噜一声，"小克罗蒂尔德在厨房里可真是帮了大忙呢！特林娜根本就不需要做任何事情了。"

听到伊达这个奇怪的发音，老先生布登勃洛克情不自禁地在他的绉花胸巾后干笑了一声；参议则轻抚着他小侄女那红扑扑的脸颊说：

"蒂尔德，你做得很棒，工作和祷告就该这样做。我们的小冬妮应当向你学习的，她是那样的慵懒、高傲……"

小冬妮低下了头，翻起一只白眼看着她的祖父，她知道，他肯定会像平时那样帮她打抱不平的。

"别这样，"他说，"冬妮，把你的头抬起来，要勇敢一点儿！正所谓众口难调，每个人都不一样的。蒂尔德是个听话的孩子，但是咱们并非不能比过她啊。你看我说得对吗，贝西？"

他询问了儿媳妇的意见，因为她会一如既往地站到自己这一边。然而，安冬内特太太支持的却是参议，她的做法与其说是对他的佩服，倒不如说是她很明智。两代人的做法如同交叉舞步一般，交叉着联合起来。

"父亲，您对她可真不错！"参议夫人说，"冬妮必须要努力才行，长大后成为一个勤劳、聪慧的女人……孩子们已经放学了吗？"她转而问伊达。

但是，一直坐在祖父膝上抬头望着窗外反光镜的冬妮几乎是同时喊起来："汤姆和克利斯蒂安他们从约翰尼斯街上朝这边走过来了……还有霍甫斯台德先生和医生叔叔！"

此时，传来了圣玛利教堂的钟声：叮叮叮，当当当！节奏听起来有些混乱，导致人们一时半会分不清，这到底是什么原因，但是那钟声显得十分庄重。当大钟和小钟快速地、深沉地齐声鸣响起来，准确无误地报出了四点钟后，楼下面的门铃也响起了清脆悦耳的声音，一直传到了大门里面。不出所料，是汤姆和克利斯蒂安回来了，他们将第一批客人带了进来，诗人让·雅克·霍甫斯台德和他家的专属医生格拉包夫。

2

让·雅克·霍甫斯台德先生是这城里的诗人，像今天的此情此景，他肯定早已作好了几首小诗。他的年纪和老约翰·布登勃洛克先生不相上下，衣着风格也是如出一辙，只是他的衣服是绿色的罢了。跟他的老朋友比起来，他的显得有些清瘦而且活跃一些，他那双机灵的小眼睛微微地闪着幽绿的光，衬托着他那个又长又尖的鼻子。

"甚是感谢，"他跟屋子里的男主人们握了握手，然后极其有礼貌地向女主人轻轻地鞠躬——尤其向参议夫人，他很佩服她。他施礼的方式，那些年轻人不管怎样都学不来的，脸上一直挂着温文尔雅的微笑。"亲爱的朋友们，十分感谢你们的盛情款待。我们，也就是我和我的医生，在匡尼希街碰见了这两位小朋友，"他将手指了指汤姆和克利斯蒂安，他们穿着淡蓝色的短外套，系着一条皮带，就站在他身旁，"他们可是刚放学回家。真是个精神抖擞的小家伙，您觉得对吗，参议夫人？托马斯，既老实又诚恳，以后肯定会成为一名了不起的商人，这是毋庸置疑的。克利斯蒂安，在我看来真是个机灵鬼，怎样？真的有些与众不同……不过我可不想掩饰我对他的喜爱之情。我觉得他应该进一步深造，因为他非常聪明，而且很有天分。"

布登勃洛克老先生将他那个镀金的鼻烟盒拿出来。"果真是个猴子！霍甫斯台德，他会成为诗人吗？"

永格曼小姐将窗帘合拉起来，屋子里没过多久便沉浸在轻轻摇晃的温和而安逸的烛光里，蜡烛被固定在一架水晶挂灯架和小书桌之间的树枝状灯架里。

"呐，克利斯蒂安，"参议夫人叫他，她的头发泛着一层金黄色的光泽，"今天下午你都学了什么东西？"克利斯蒂安今天学的科目是写作、算术和音乐。

这个男孩子只有七岁，现在的样子长得跟他父亲几乎一模一样，看上去都令人感到有些好笑。他有一双深陷的小圆眼，跟他的父亲十分神似，就连那个又高又翘的鹰钩鼻也渐渐定型了。透过他颧骨下面的几条线纹，可以看出，他的脸庞不会一直保持现在这种稚嫩的圆润。

"我们笑得快要喘不过气了，"他开始喋喋不休地说起话来，他的眼珠四处转动，从这一张脸瞟到另一张脸上，"大家来猜猜施藤格先生对齐格蒙特·克斯特曼说了些什么话？"他把腰弯下，摇头晃脑，装模作样地对着天空说："从外形来看，我的乖孩子，你既圆又滑。不过内心呢，你比任何人都黑。"他在说话的时候，不仅模仿了老师怪异的发音方式，将"黑"念成了"贺"，还相当搞笑地重现了老师对"既圆又滑"表现出的一副厌恶的神情，引得所有人都捧腹大笑。

"真的是个小猴子！"老布登勃洛克边笑边不断地重复着这句话。霍甫斯台德则激动得有些飘飘然，"太像了！"他喊道，"太像了！一定要让你们认识马齐路斯·施藤格先生才行！真的就是这般模样！哎，真是像极了！"

托马斯并没有这种模仿的天赋，于是，只好站在他弟弟身边跟着笑，他的笑容是那样的真心实意，没有一丝忌妒之色。他的牙齿长得不好，很小，泛着点点黄色，鼻子却十分秀美，眼睛和脸型长得跟他祖父一样。

这时候，客人们都已经入座了，有坐在椅子上的，有坐在沙发上的。有的在跟孩子们聊天，聊一聊今年早来的寒冷天气，说一说这栋房子……霍甫斯台德在欣赏着放在小书桌上的一个精美别致的墨水壶，它可是一件有着黑白斑点猎犬外形的塞弗勒瓷器。格拉包夫医生的年龄和参议差不多，一张长而慈善的脸庞被零零散散的胡须遮挡在后面，脸上始终挂着一副温厚的笑容。此刻，他正在观赏摆放在桌子上面的物品：蛋糕啦，葡萄干面包啦，各种各样的盐缸啦……这些都是亲戚好友们为了庆祝他们搬进新屋特意捎来的珍贵礼物。不过这些"面包"都是味美色香的大蛋糕，盐也都装在沉甸甸的金器皿里。由此可见，这些礼物都是来自那些富贵之家。

"我不担心没有工作，"医生指着这些甜点恐吓孩子们，然后摇了摇自己的脑袋，顺手从桌子上拿起了一个沉重的盛胡椒、食盐、芥末酱的瓶架。

"这个是莱勃瑞西特·克罗格先生送过来的，"布登勃洛克老先生说，露出了一个微笑，"我们的这位亲家一直都很慷慨。他家那栋布格门前别墅建好之时，我都不曾送他什么贵重的礼物。不过，他的性情总是这样……有钱人的排场，花钱毫不吝啬！真是一位前卫的绅士……"

外面的门铃又响了好几次。来者是万德利希牧师，一位身矮体胖的老绅士。一身黑色长袍装扮，头发擦了白粉，一双灰色的眼睛在白皙的笑眯眯的脸上显得更加炯炯有神。他是一个鳏居多年的老头儿，还觉得自己是一位旧时代的单身汉，恰好和与他一块儿来的经纪人格瑞替安先生一样。后者则是身材魁梧，而且习惯将一只瘦骨嶙峋的手放在眼睛上做成一个望远镜的样子，犹如在观赏一幅美丽的画卷，他可是众所周知的艺术鉴赏家。

此时，议员朗哈尔斯博士陪同着夫人来了，他是这家人的老相识。另外，还有做葡萄酒生意的科本，在高高的坎肩之中露出了一张紫红色的面庞。他们夫妻俩的肥胖身材可谓是平分秋色！

最后到来的，是克罗格一家人，他们进来的时候已经过了四点半。克罗格家的祖孙三代全到齐了,老克罗格、克罗格参议夫妇连同他们的两个孙子——亚寇伯和尤尔根。这两个孩子的年纪跟汤姆、克利斯蒂安不相上下。克罗格参议夫人的父母、木材批发商鄂威尔狄克跟他太太,差不多是跟克罗格一家人一块儿来到的。这对老夫妻十分恩爱,就算现在,他们还一直用新婚的昵称称呼对方,哪怕是在众目睽睽之下。"贵客总是要压轴。"布登勃洛克参议边说边走上前去亲吻他岳母的手。

"不过这样一来,可都全部来齐了!"约翰·布登勃洛克朝克罗格全家人挥了挥胳臂,一边与克罗格先生握手……

莱勃瑞西特·克罗格是一位身材高大、相貌堂堂的新潮社交达人,尽管头发上还扑着一层薄薄的白粉,服装则相当合时宜。天鹅绒面料做的背心上钉着两排光芒四溢的钻石纽扣。

他的儿子尤斯图斯则蓄着短鬓角和两撇往上翘的小胡须,不管是身形还是举止,仿佛是从他父亲的模子里刻出来的,甚至连挥手的姿态都和他父亲如出一辙,从容淡定而且温文尔雅。

没有人着急入座,大家也就站着随意地聊聊天,等待着今天晚上的那一桩要事。最后,老约翰·布登勃洛克先生一边将手臂伸给科本太太,一边高声宣告:"嘿,诸位先生女士们,如果大家都有一个好胃口的话……"

永格曼小姐和仆人早已将通往餐厅的那道白色双扇门打开了,宾客们开始不紧不慢地朝餐厅走去;所有人都稳操胜券,知道在布登勃洛克家里一定能够品尝到一顿丰盛可口的晚餐……

3

当所有人都向餐厅走去时,这个家的少主人用手摸摸左胸前的口袋,从里面传来窸窸窣窣的纸响,脸上摆出的那道官方笑容立刻无影无踪,神情里写满了焦躁不安,额头上的青筋突起,好像咬牙切齿一般。他上前走了几步,假装要到餐厅的样子,却随即停住了,朝她看了一眼,像在祈求着什么,而他母亲走在许多客人的旁边,跟牧师万德利希一块儿,准备跨进门槛。

"实在不好意思,亲爱的牧师先生……妈妈,我要和您说几句话!"牧师和颜悦色地点点头,布登勃洛克参议便将她母亲带到了的窗子前。

"我就简单地说吧,高特霍尔德又来信了,"他说话的声音又快又低,一边看着她那双写满了询问的黑眼睛,一边从衣兜里掏出一封还没拆开的信。"这信封上面的笔迹是他的……这已经是第三封信了,父亲却只写了第一封回信,这该如何是好?这信是两点钟的时候到的,我想要早些时候交给他的,可是我怎么可以在今天这么高兴的日子惹他生气呢?您说该如何是好?现在把他喊出来还为时不晚……"

"噢,不!约翰,你做得不错,还是再等等吧!"布登勃洛克老太太说,她习惯性地快速握住了她儿子的手臂,然后怀着忐忑的心情继续说,"你觉得他信里会写些什么?这个孩子总是这么执拗,一点儿都不让步,一直坚持要这座房子的一份补偿金……不,不行!约翰,现在把这封信收好,也许要等到晚上,睡觉之前……"

"这该如何是好?"参议再次重复一遍,轻轻地摇了摇他那垂下去的脑袋,"我已经多次劝过父亲,让他答应了……不要让别人觉得好像是我这个同父异母的兄弟侵吞了整个家业，又在背后兴风作浪，存心跟高特霍尔德过不去一样。即使是在父亲面前，我也要注意瓜田李下。不过说实话，我可是咱们公司的股东之一。如今我和贝西住二楼，还不是一样得如期交付一定的房租？提起我在法兰克福的那位姐姐，所有的事情都已安排好了。她的丈夫现如今就获得了一笔赔偿金，等于这栋房子的四分之一……这是一桩很不错的买卖；父亲办理得十分顺手，哪怕是从公司这方面来看也是一件值得高兴的事情。如果父亲对高特霍尔德还是这么刻薄，这难免会让人……"

"约翰，这是哪里的话，你对这件事情的立场我们都是有目共睹的。不过高特霍尔德觉得我这个继母只会为自己的孩子精打细算，而且还存心破坏他们父子的感情，这是多么让人心寒啊！"

"是他自己做错了事情啊，"参议这句话几乎是喊出来的，不过他朝餐厅的方向瞥了一眼，随即降低了说话的声调，"都是他的错，把事情弄得如此糟糕。您自己也评评理吧！他怎么不能保持一点清醒的头脑呢？为何他一定要与那位施推威英小姐，与她的那个小铺子……结婚。"参议说到"小铺子"这个词的时候既愤怒又有些尴尬地笑了笑，"这可是父亲的一个软肋，他对小铺子相当讨厌；高特霍尔德理应明白并包容老人的这点小脾气！"

"唉！约翰，最好还是你父亲退让一步。"

"我怎么可以这样劝他去做呢？"参议的声音很低，然后激动地用手摸了摸自己的额头，"我可是这个公司的投资者之一，我原本应该说：父亲，将那些钱分给他吧！不过，既然我也是一分子，我就要保证公司的利益不会受损，要是父亲觉得没必要为一个逆子从公司的财政里挪出这笔钱来……这可是一万一千泰勒（泰勒是19世纪流通于德意志地区诸多国家的一种银币的名称）啊，并非是一个小数目。不行，我不可以劝他做这种事，可是我又无法阻拦他。真希望这件事情我一点都不知情。我很怕和父亲谈论这件让人不悦的事情。"

"约翰，这件事等到晚上再说吧。来吧！别人还在等着我们呢！"

于是，参议将信放回衣兜，向他母亲伸出了手臂，两个人一起并排迈过门槛，朝那间烛光闪烁的餐厅走去。此时，客人们都已经入座完毕了。

在这间悬挂着淡蓝色壁毯的屋子里，每一根精细的厅柱中央，都雕刻着雪白色的男女神像，它们在淡蓝色背景的烘衬下恍若芙蓉一般缓缓浮出水面。宽厚的红色窗帘已然遮挡住了窗户，除了餐桌上的银白色烛台之外，还在屋子的每个角落摆放了一架高大的树状镀金烛台，每只架子上有八支蜡烛在燃烧。在风景厅对面的一个墙角前放置着一个巨大的橱柜，橱柜的上方挂着一幅美丽的油画，画面上蓝色的意大利海港，在金黄色烛光的照耀下，显得如梦如幻，更加吸引人的眼球。沿着周围墙壁摆放着的，是用红绸子面料加工而成的直背大沙发。

布登勃洛克太太在靠窗的位置坐下，在她的两边正好是克罗格先生和万德利希牧师，在她的脸上，已然看不见任何神情不安的影子了。

"祝大家用餐愉快！"她说，一边轻松自若且十分热情地朝大家点点头，一边用目光扫了一遍全桌人，一直望到了坐在最下边的孩子身上。

4

"请容许我们向主人表达最崇高的敬意！"科本先生嘹亮的嗓音覆盖了其他嘈杂的说话声，他在讲这句话的时候，一个身穿宽大的花条围裙、脑袋后面戴着一顶小白帽、露出粗红手臂的女仆，在永格曼小姐与楼上参议夫人的一个贴身侍女的协助下，正将冒着滚滚热气的菜汤和烘烤好的面包片端到桌子上。客人们开始小心翼翼地把汤舀起来。

"真的是最崇高的敬意！如此宽敞明亮，如此富丽堂皇的房子……真的，确实值得住一住，真的！"科本先生跟这栋房子的旧主人没有来往；他的发家致富史并不算很久，也没有什么优越的家世背景，所以说话的时候总是夹杂着一些很低俗的口头语，例如不停地重复"真的"之类的。另外"敬意"这个词的发音，他念起来也不太正确。

"其实这也没有多大的花销。"格瑞替安先生轻描淡写地说了这一句话——想必他是知道这栋房子的实情，他正认真地观赏着那幅油画。

座位是尽力依照男女错开的规则来布置的，并且刻意将自家人放在来客的中间。但是，这样的安排也未能严格实行，比如说吧，鄂威尔狄克这对老夫妻和平时一样，几乎是挨膝依偎在一块儿，时不时相互含情脉脉地点点头。老克罗格先生挺直腰背，泰然自若地坐在议员朗哈尔斯太太和安冬内特太太的中间，然后不断地在两位夫人面前手舞足蹈，说着一些之前就已经准备好的小笑话。

"这栋房子是什么时候盖的呢？"霍甫斯台德先生坐在桌子的斜

对面问老布登勃洛克,布登勃洛克老人这时候正用一种愉悦的、略带一些戏谑的语气跟科本太太聊天。

"嗯,公元……先容我想一想,如果我没有记错的话应该是1680年的样子。我的儿子记这些时间比我记得清楚多啦。"

"1682年。"参议证明说,并朝前探了探身子。他坐在桌子的下方,紧靠着议员朗哈尔斯,旁边并无女伴。"这栋房子是在1682年的冬天竣工。那时候的拉登刊普公司正如日中天……真是让人遗憾,这样一家公司居然在最近二十年的时间里倒闭了。"

谈话戛然而止,大概安静了半分钟,每个人都盯着自己眼前的盘子,回忆起昔日那个显赫一时的家族,修筑了这栋房子,在这里居住了很长一段时间后,开始家道中落,然后被迫搬了出去。

"唉,真遗憾!"经纪人格瑞替安无比地叹惋,"你们想想,到底是怎样的错乱与困扰把他们逼到了崩溃边缘?要是狄特利希·拉登刊普当时没有让盖尔马克那家伙当股东,或许就不会落得这般下场了。只要这个人一执掌大权,我便暗自担忧了。这件事情我可是从一个十分可靠的地方听来的,各位,这个人背着拉登刊普不断地做些投机取巧的买卖,打着公司的旗号到处开支。最终事情败露,失去了银行的信任,公司的资金也不够了……你们根本无法想象,是哪个人在掌事啊?或许就是盖尔马克吧。他们这一伙人仿佛是在那里做窝的耗子,日积月累的!但是拉登刊普毫不在意。"

"他仿佛患了偏瘫一样。"参议说,脸上浮现出一层沉闷而压抑的色调。他将身子微微向前倾,用勺子搅着汤,那双深陷的小圆眼时不时地便扫一下坐在桌子上方的人。

"他的身上仿佛压着千斤重担,我认为,这种背着重担的感觉是很容易体验的。是什么让他和盖尔马克那个资金不多而且臭名昭著的人成为搭档的呢？他想必是急切地想要寻找任何一个人帮他分担一部分重任，因为他觉得自己不由自主地在走下坡路……这家公司算是衰落了，这个历史悠久的家族也从此没落了。盖尔马克也只是在这个家族濒临瓦解的边缘时，予以最后一击罢了。"

"噢！亲爱的参议先生，您的意思，"万德利希牧师带着歉意的微笑说，一边将红酒斟满他旁边的女伴和自己的杯中，"是不是觉得即便没有盖尔马克和他那些为非作歹的行为，事情依然会以破落的结局收场呢？"

"或许并非如此，"参议寻思着说，也没有准确地对着哪一个人说，"不过我觉得狄特利希·拉登刊普和盖尔马克成为合伙人是一件必然事件，是一件不能避免的事情，这正是体现他命运的方式，他肯定是在一种无法扭转的必然性的重压下才做出这样的事情。我敢保证，他或多或少都知道他这个同谋做了哪些坏事，对于货栈的情况他也绝非全然不知。只是因为他已经麻木了罢了。"

"呐，可以了，约翰，"老布登勃洛克放下匙子对他儿子说，"这只是你的片面之词。"

参议有些心猿意马地笑了笑，将酒杯举向他的父亲。然而莱勃瑞西特·克罗格却说："我们还是来聊一聊当下欢乐的事情吧！"

他边说边用一个灵巧而优雅的动作将面前的一瓶白酒拎起来，这个瓶酒的瓶塞上印着一只银白色的小鹿；他握着瓶颈，把酒瓶微微斜侧了一点，看着上面的封条。"C·F·科本，"他念道，然后转过身子对葡萄酒商人点点头说，"哎呀，要是没有你，我们可是无能为力啊！"

餐桌上换上了镶着金边的迈仙①盘子，安冬内特太太敏锐的目光一直看着女仆们更换盘子，永格曼小姐正在厨房和饭厅的一个传声筒的喇叭口里发号布令。这时端上了一道鱼，万德利希牧师一边小心翼翼地朝自己的盘子里夹菜，一边说："现在的欢乐也是来之不易的。现如今和我们这些老人一起花天酒地的年轻人或许难以想象，事情并非像现在这种状况发展的。恕我斗胆地说一句，很多时候，我个人的命运也是与布登勃洛克一家人的命运紧密相连的。每当我见到这些东西，"说到此处，他一边将脑袋转向了安冬内特太太，一边从桌上拿起了一只沉甸甸的银勺子，"每当我见到这些汤匙，便不由自主地问自己，这个是不是1806年我们那位朋友、哲学家雷诺尔握在手里的那套呢？是不是拿破仑手下的那位军官握在手里的那套呢？由此，我就想起了我们在阿尔夫街上遇见的那个情景来，夫人……"布登勃洛克老太太低着头尴尬地笑了笑，但又流露出着对往事的回忆。坐在餐桌下方的汤姆和冬妮原本就不乐意吃鱼，此时便全神贯注地听着大人们的谈话，这时都不约而同地叫嚷起来："噢，没错，祖母，您就说一说吧！"牧师知道她不乐意自述这一件让她觉得有些尴尬的经历，便开始替她讲起那件陈年往事。这个就算是小孩子听一百遍也不会厌烦，更何况桌上没准还有几位没有听过的呢！

"事情是这样的，你们想象一下，一个11月的黄昏，寒冷的天气，再加上倾盆大雨，我刚完成了教区里的事情从阿尔夫街上往家里走，脑袋里思考的是当时的艰难岁月。布吕希尔公爵已经撤走了，法国兵正驻扎在城中，人们惶恐不安，尽管在表面上看不出任何骚乱的痕迹。

---

① 迈仙，地名，在德国萨克森，以产瓷器闻名。

大街上没有人，一片安静。人人都待在家里，小心地提防着。屠夫普拉尔只不过是把手插在裤袋里，站在门口怒气冲冲地骂了一句：'这简直该死，实在太无法无天了！'立马'啪'的一声，一颗子弹穿过他的脑袋。那时候我心里就在想：你倒是腾出一些时间到布登勃洛克家去探望和慰问他们啊！布登勃洛克先生的头上正生丹毒，躺在床上无法动弹，夫人由于家里驻着军队，肯定也碰到许多棘手之事。

"就在这一分钟的时间里，你们猜猜我看见哪个人走来了？就是我们这位高雅的布登勃洛克太太！然而那时候的她，样子是那么的狼狈不堪！她在倾盆大雨里慌慌张张地赶路，连帽子也没有戴，只是随意地在肩上斜披了一条披肩。她真的不像在走路，而是跟跟跄跄地往前跑，头发乱糟糟的，没错！夫人，披头散发的，根本就不曾打理。

"'真是太巧了，我正想去看望您！'我说，由于她并未看见我，因此我只好鲁莽地扯住她胳膊，我已然察觉到事情有些不妙，'亲爱的，您这么慌忙，是要到哪里去啊？'她发现是我，望了我许久之后才冒出一句话来：'噢！是您呀……后会有期吧！一切都完了！我准备去跳特拉夫河！'

"'上帝不准您这么做的！'我说，我觉得我的面色如同死尸一般。'那不是您该去的地方，亲爱的！究竟怎么了？'我一边说，一边不失礼节地紧紧地拽住她，'究竟怎么了？''他们在打家劫舍呢！万德利希！就是这样！约翰因为生丹毒无法下床，所以帮不了我！而且，就算他能起来，还不是一样手无缚鸡之力？他们抢我的那些银汤匙，万德利希，我要去跳河了！'她带着哭腔喊道，全身直哆嗦。

"我一直拉着她不放，并说着一些处于这种场合里不得不说的话来安慰她。

"我说:'亲爱的,振作一点儿!一切都会好起来啊!'接着又说:'我们回去和那些人讲讲理,您千万别意气用事!算我求您了。咱们一块儿过去!'于是,我便从街上把她带回了家里。跟布登勃洛克太太离家时的情况一样,楼上餐厅里的一批驻军正在捣鼓那些装着银器的大箱子。

"'军官先生们,'我恭恭敬敬地说,'请问我可以和你们中的哪一位说几句话?'这些人立刻哈哈大笑起来,朝我喊:'嘿!伙计,就跟我们大家说吧。'然而这时候其中有一个人走了出来,细长的身躯,如同一棵站在风中的树,蓄着一些胡须,他的手又红又大,从挂着绿边袖章的袖口里伸了出来。'我叫雷诺尔,'他自我介绍说,一边用左手敬礼,因为他的右手里正握着五六把银汤匙,'先生,请问您有什么事?'

"'军官先生,'我试着用面子问题拘住他,'您是否觉得您现在的行为有失您高贵的身份?我们这座城的人对当今陛下可是俯首称臣、唯命是从的。'

"'您此话何意?'他回答说,'这和战争是两码事!将士们用得上这些东西……'

"'你们可要谨慎行事啊。'我打断他的话,然后急中生智,想出一条计策。'这位夫人,'我说,当时的情况真能逼人说出各种逆天的话来,'这栋房子的女主人并非德国人。她可以说是您的老乡,她是法国人。'——'什么,法国人?'他反问道。你们猜一下,这个军官接下来说了什么话?——'是逃亡到这里的,对吧?'他说,'照此一说,她可是哲学的仇敌啊!'

"我险些笑了出来,但是我拼命地忍住了。'我能看得出,'我对他说,'您是个机智灵敏的人。请允许我再说一句,我认为您这种做法很不得体。'他缄默了片刻后,脸便'唰'地红起来,将手里的银汤匙往箱子里一扔,喊道:'我也就只是看一看这些东西,谁跟您说我想打它们的主意?这些的确很不错!如果我们这些人能够拿一件作为纪念品的话……'

"他们终究还是拿了许多去当纪念品了。就算是号召他们拿出良心也好,号召上帝出来伸张正义也罢,也都只是徒劳。或许他们除了那个让人害怕的矮子①之外,是不会信仰别的上帝的。"

5

"牧师先生,您看见他了吗?"

又换了另一道菜。这次端过来的是一块在上面撒了面包渣的红色火腿,硕大无比,而且淋上了一层棕色的酸酱汁,旁边搭配了许多蔬菜,好像只要这些蔬菜就可以让全部的人都饱餐一顿。莱勃瑞西特·克罗格毛遂自荐地担任起切火腿的工作。他很熟练地把胳膊肘略微抬起,修长的食指按在刀叉的背上,聚精会神地把油腻的火腿一片一片地切好。此时,布登勃洛克参议夫人的拿手好菜——"俄国拼盘"端上来了,它是由各种水果做成的什锦甜菜,带着淡淡的酒味,香气扑鼻。

"没有。"万德利希牧师觉得相当可惜,他从来都不曾亲眼见过

---

①指拿破仑。

波拿巴。不过，老布登勃洛克和让·雅克·霍甫斯台德曾经跟他有过一面之缘；老布登勃洛克在巴黎的时候见过他，那正是在拿破仑出军远征俄国之前，他在推勒里宫阅兵。霍甫斯台德则在但泽市。

"老实说，他的样子看上去真的一点都不友善。"他一边说，一边耸着眉毛把配在叉子上的一片火腿、甘蓝和土豆往嘴里送。"尽管别人都说，他在但泽的时候心情十分愉快。那时流传着这么一个笑话：说他整个白天都在和德国人赌钱，赌的筹码很大，晚上则跟他的将士们继续赌。有一次，他从桌子上拿起一把金币说：'拉普①，是不是德意志人都很喜欢这些小拿破仑②？'——'回陛下，他们确实觉得小的比大的好。'拉普回答道。"

在大家的一片讥笑里——由于霍台德将这个故事说得活灵活现，甚至还模仿了几下那个皇帝的神色——老布登勃洛克说：

"这可不是恶作剧，我真是对他的崇高品质感到敬佩……有着如此雄壮的气魄。"

参议满不在乎地摇摇头。

"不，并非如此，我们这一代的年轻人不清楚这个人到底有什么可敬之处，他可是谋害了恩格亨伯爵，还在埃及肆意屠戮，杀死了八百名战俘。"

"这些事情或许是被别人夸大其词了，然后三人成虎，使大家分不清真假了。"万德利希牧师说，"伯爵也许是一个阴晴不定的反逆之人，关于判处战俘死刑的事情，或许是在一次军务会议中谨慎斟酌后，觉得是一种必要……"然后，他说到一本几年前出版的书，

---
①拿破仑手下的一位将军。
②是指当时通用的一种金币。

而且他看过的，那本书是由皇帝的一位秘书执笔，很值得去翻阅。

"虽然这样讲，"参议坚持自己的立场，此时他面前烛架上的一支蜡烛轻轻地摇曳，他顺手剪了一下烛芯，"我依然不明白，不明白那些人为何会对那个怪人奉如神明。身为一个基督徒，身为一个信教之人，我心里不管怎样都无法对他产生这种情感。"

他脸上浮现出一副冥思苦想的表情，微微歪着脑袋，他的父亲和牧师相互使了一个眼色，两人微微一笑。

"没错，没错，"老布登勃洛克仿佛在自我解嘲地说，"无论怎样，小拿破仑终究不是坏东西，对吧？我这个儿子好像对路易·菲利普更加敬仰。"他继续说着。

"敬仰？"让·雅克·霍甫斯台德的语气里带有一丝嘲讽的意味，"果真是相当奇怪的组合！平等和敬仰……"

"我觉得我们能够从七月王朝那里学到很多东西，真的！"参议正色道，"法国的立宪政体对于实事求是的新思潮、新时代的利益所表现出的那种友好互助的态度，我们确实是应该感激的。"

"实事求是的新思潮……嗯，确实不错，"老布登勃洛克停下他的腭骨，把玩着手里的金鼻烟壶，"实事求是的新思潮，哼，这个说法我不同意！"只要他一说到反感的事情便会不由自主地说起土话来。"什么职业学校啦，技术学校啦，商学院啦，如同被春风吹拂的小草遍地生长出来。普通学校跟陈旧的教育方式反倒变成了一件荒谬可笑的事情，所有人的脑袋里装的都是什么矿山啦，工业啦，如何赚钱啦，确实，这些事情是值得去做的！不过，从另一方面看，终究还是有些愚昧，你们说对吧？连我自己都不知道为什么会反感这些。当然，约翰，我并非是这么绝对的。七月王朝或许是一个好的政权！"

朗哈尔斯议员、格瑞替安和科本都跟参议站在同一个立场上。一点也没错，他们觉得法国政府及德国做的一切努力都足以让人肃然起敬。科本先生再次发错了"起敬"这个字的字音。再加上吃了饭，他的脸变得更加通红了，正呼呼地喘气。万德利希牧师的脸色还是一如既往的惨白，神态也始终是那样的优雅、安然，只管一杯接着一杯地将酒喝完。

屋里燃烧着的蜡烛越来越短了。烛焰时不时地顺着空气的流动倾向一侧，扑哧扑哧地晃动片刻，此时的餐桌上正弥漫着淡淡的烛火气息。

所有人都坐在笨重的高背椅子上，一边用沉甸甸的银制餐具品尝着美味佳肴和香醇的美酒，一边轮流表达自己对事物的不同见解。没过多久，话题便移到了商业上，大家在不经意间都说起了方言——深沉而十分顺口的语言。好像这种语言原本就包含了商人言简意赅的风格和那种休闲舒适的、随心所欲的韵味。有时，他们甚至会刻意将土音发得很沉，拿来和自己开一个无伤大雅的玩笑。他们说"在那些交易所里"时会刻意将冠词省略掉，然后将尾音 r 念得很短，和短 a 差不多，并浮现出怡然自得的神色。

对于这样的谈话，太太们没过多久便失去了兴趣。克罗格夫人找了一个话题，她给大家推荐一种最实用的红酒烹鲤鱼法，说得所有人都垂涎三尺。"噢，亲爱的！将鲤鱼切成大小适中的块儿后，撒上葱头、丁香和面包渣，放到煎锅里，再加上一点糖、一勺奶油，将锅往火上一放……不过，一定不要洗，记得把鱼血留着……"

老克罗格正在用一段最有趣味的笑话招待客人，他的儿子、参议尤斯图斯和格拉包夫医生一同并排坐在桌子的最下端，这个位置跟孩子们的座位挨得很近。他趁此机会跟永格曼小姐聊起了天，说着一些挑逗她的话。她微微眯着一双棕色的眼睛，手里不断重复着她的习惯性动作——将刀叉直立起来，轻轻地往前后来回移动。就连鄂威尔狄克夫妻俩也开始高声说笑。鄂威尔狄克老太太则给丈夫另起了一个昵称："看你这头小绵羊！"她边说边笑得花枝乱颤，就连一顶软帽都跟着前后摇动。

当让·雅克·霍甫斯台德说起他那自始至终都不会厌倦的主题——意大利之旅的时候，桌上原本分成两派的谈话再次汇合在同一个话题上。他在十五年前曾经跟一位汉堡的富亲戚去意大利旅行。他说起威尼斯、罗马、维苏威火山，谈到包盖塞别墅，歌德曾经在这里完成了一部分的《浮士德》。接着，他又说起那弥漫着一股清幽的文艺复兴时期的喷泉，修剪得整整齐齐的林荫小道，要是能在这样的树荫下悠闲地散步可算是最高的享受了，当他谈到这些的时候，眼睛里闪动着神往之光。说起林荫小道时，不知道是哪个人插了一句，说布登勃洛克家在城外头也有一座萧疏了的大花园。

"老实说，"布登勃洛克老头说，"每次，我想起直到现在我都未能将这座园子装饰得有模有样，十分懊恼！前些日子我又去了一次，看到那里依旧是原始森林的模样，着实让我觉得相当羞耻和惭愧！如果将草坪修剪了，将树顶也好好地修剪成一个像样的形状，那个地方倒是不赖呢！"

然而，参议迫切地进行了反驳。

"父亲，千万别这么弄！我十分喜欢在夏天的时候，去那片荒草园散步；要是那里的自然风景惨遭一番修剪的戕害之后，那么所有美好的自然之景就都被破坏掉了。"

"但是，既然那些自然景色都归我所有，我就有权利依照我的意愿来修整修整！"

"唉！父亲，您不明白，每当我躺在那繁茂的灌木丛下面或者深草丛中时，便有一种感觉油然而生，仿佛我与大自然融为一体，我没有任何的权利去支配它。"

"克利山，不要吃太多了！"老布登勃洛克突然喊道，"不要理会蒂尔德，她没事儿的……这个小姑娘的食量比七个庄稼汉加在一块儿还要大……"

确实如此！这个长着一张苍老的长脸，而且缄默不语的干瘦女孩子，饭量着实惊人。别人问她是否要添个汤的时候，她顿了顿低声细语地回答："是——的，要——"不管是吃鱼，还是吃火腿，她除了那些配着的蔬菜之外，每份都要了两次，而且每次都拣最大的拿。她全神贯注地埋头在盘子上面，如同近视眼一般，不出声，不紧不慢，大口大口地将所有东西都吃得干干净净。每当老主人问她话的时候，她总是摆出一副全然不知的模样，然后用轻柔的声音回答："呀！叔——叔！"声音拉得很长很长。她有一点儿胆怯，可嘴巴吃个不停，不管这个东西合不合她的胃口，也不管别人是否在笑话她，犹如一个在有钱的亲戚家里白吃白喝的人一样，有着一副天生海量的胃。她面无表情地笑了笑，然后把那些好吃的都拣到自己的盘子里，上面已经放得满满的。她清瘦、食不果腹，却很有耐心、不达目的不罢休。

6

佣人将用杏仁糕、草莓、饼干和鸡蛋果子冻制成的"普来登布丁"

用两只印花玻璃大盘子端了上来。此时,坐在桌子下方的孩子们也热闹起来了,因为他们得到了自己最喜爱的甜点——上面燃烧着淡蓝色火焰的梅子布丁。

"来,亲爱的托马斯,孩子,帮我去做一件事情,"约翰·布登勃洛克将一大串的钥匙从裤兜里掏出来,交到托马斯的手上说,"你去第二间地窖,从右边的第二个架子上,波尔多红酒后头,拿两瓶过来,可以办到吗?"托马斯很擅长做这些跑腿活,跑出去没多久,便将两瓶沾满了蛛网灰尘的酒瓶拿了回来。储藏许久的甜葡萄酒泛着金黄色的光泽,并从一个外表普通的器皿里斟到大家吃尾食时所使用的小酒杯里。酒正好斟满,万德利希牧师觉得时机已经成熟,便握着酒杯从座位上站起来,开始向主人庆贺。餐桌上的谈话戛然而止。他微微地侧着头,白皙的面庞上露出一抹淡淡的滑稽的笑容,另一只空手则时不时做着优雅的姿势,他说话的语调依旧像平时聊天那样,美妙动听且自然亲切,也就是他在说话时喜欢用的那种语气:"来吧!真诚的朋友们,为了新屋的主人们能够平安喜乐,为了布登勃洛克一家人,连同在场的或者不在场的每一个人,身体健康!大家一块儿干了这杯好酒吧……衷心祝愿他们幸福安康!"

"没有在场的?"参议一边对别人的敬酒俯身还礼,一边在心里暗道,"万德利希所说的是法兰克福的人?或许也包括了汉堡杜商家里的人?还是另有所指呢?"接着便站起身来,为了给父亲敬酒,他不由自主地用饱含深情的眼睛向自己的父亲望了望。

紧接其后的是经纪人格瑞替安的祝福,他站起来说了很长时间;当他说完贺词的时候,再次用尖细的嗓音主张大家为约翰·布登勃洛克公司举杯,祝愿它永远繁荣昌盛,给这座城镇增加荣耀。

约翰·布登勃洛克首先用一家之主的身份,接着用公司老经理的身份向这些善意的贺词表达自己的谢意——他又让托马斯去帮他取来一瓶葡萄酒。因为刚才估算有误,看样子那两瓶酒是不够的。

莱勃瑞西特·克罗格也发表了贺词。他并没有站起来,而是坐着,因为他觉得这样说祝词会让人觉得十分亲切。当他对桌上的两位女主人——安冬内特太太和参议夫人说祝词的时候,一边摇晃着脑袋,一边挥舞着手臂,那姿势相当动人心弦。

等到他把祝福语说完后,餐桌上的普来登布丁也几乎被吃得一干二净,葡萄酒瓶也空了,让·雅克·霍甫斯台德先生慢悠悠地站起来,清了清嗓子。在座的人都不由自主地喊了一声"啊",坐在下端的孩子们都兴高采烈地鼓掌。

"请见谅!我要献丑了……"他边说边用手指轻轻地擦了擦他的尖鼻子,从外衣口袋里掏出了一张纸,大厅里立马就变得悄然无声。

他双手拿着那张由许多小红花和金色花纹曲线组成一个椭圆形框子的五彩缤纷的纸,然后大声诵读起写在框子里的字:

"老友布登勃洛克为搬迁新宅设筵温居,我忝陪末座,特作此诗纪念。1835年10月。"

当他把这两行字念完后,便将诗卷翻过去,接着用他那略带颤音的声调读起来:

尊贵的挚友,当你们
迁进这座宏丽的府宅,
请容许我用这首小诗表达我,

对你们的无限敬仰。

恭贺你，我银丝飘扬的朋友，
和你高雅贤惠的妻子，
你的孩子孝廉，安家立业，
你福寿绵绵，儿孙满堂。
你们有百世良缘之约，
一个勤快，一个圣洁漂亮，
一个长着乌尔冈①精炼之手，
一个恍若阿那狄俄墨涅②之容。
永远没有乌云密布，
遮挡你们欢快的情绪，
每天升起的绚烂新日，
将更多幸福洒进你们居室。
你们日渐兴旺的家，
我为此深感无比愉悦。
我的目光满载我的浓情，
无须多说赞美之词。
在你们这华丽的府邸，
你们的生活永远幸福美满，
请别忘了你们的这位老友，
他在寒屋里感慨的几行短句！

---

①乌尔冈：罗马神话中火神和铸造之神，是维纳斯的丈夫。
②阿那狄俄墨涅：维纳斯的别号之一，意为"海上升起者"。

当读到这里的时候,他深鞠一躬,大家不约而同地为他鼓掌,掌声是那样的热烈。

"霍甫斯台德,实在太棒了!"老布登勃洛克欢呼着,"容许我为你的健康干一杯!真是妙不可言!"

等到参议夫人和这个诗人敬酒时,她的脸上微微地泛起一圈红晕。由于她留意到了,他在念"维纳斯·阿娜乔敏尼"之时,他是朝她这边欠身致敬的。

7

快乐已经达到巅峰。这也让科本先生感觉自己一定要将背心上的扣子解开几颗不可,然而这是不礼貌的行为,即使是年纪大的老先生也不敢如此轻举妄动。莱勃瑞西特·克罗格依旧是最初的样子,挺直腰板坐在餐桌旁,万德利希牧师则跟之前一样面无血色、温文尔雅。尽管老布登勃洛克稍稍将身子靠在了椅背后面,却小心翼翼地遵守着宴会的礼仪。只有尤斯图斯·克罗格显得有些醉意蒙眬。

然而,格拉包夫医生去哪里了呢?参议夫人悄悄地从餐桌上起身离开,因为她发现桌子下方的永格曼小姐、格拉包夫医生和克利斯蒂安都不在位子上了。与此同时,从圆柱大厅那边隐约传来压抑着的低吟声。这时候,女佣正端上牛油、干酪和水果,参议夫人跟在她身后快速地离开了餐厅。的确没错!在那方昏暗的灯影下,在中央柱子四周放置的软椅上,小克利斯蒂安正用一个半躺半坐的姿势趴在上面,小声地低吟着,看着让人心疼。

"哎哟,太太!"跟格拉包夫医生一起站在克利斯蒂安身旁的伊达说,"这个孩子,真可怜,病得挺严重呢!"

"妈妈,我真难受,我真的很难受啊,真该死!"克利斯蒂安抽泣着说,他那双深陷的圆眼睛在那不协调的长鼻子上面惶恐地转来转去。由于难受得有些烦躁,他不禁顺口骂了一句"真该死"。然而参议夫人说:"如果谁说了这个字,上帝便会责罚他,让他的难受加倍。"

格拉包夫医生替他诊了诊脉。他那张温和的脸庞仿佛变得更长、更和气了。

"不打紧,只是消化不良,参议太太!"他安慰着孩子的母亲。然后,他用医生所惯用的那种惺惺作态的腔调慢悠悠地说:"最好先让他到床上躺着,再给他服一些小儿散,要是可以喝一杯甘菊茶发发汗就更好……当然,别乱吃东西,参议太太,什么都别乱吃。只能吃一些鸽子肉,还有一小块法国面包……"

"我不要吃鸽子!"克利斯蒂安极力喊道,"什么东西我都不要吃了!我很难受,真该死,真难受啊!"仿佛说了这个坏字眼就可以帮他减轻一些痛苦,他是如此畅快地喊出了这些字。

格拉包夫医生生硬地、担忧地苦笑了一下。唉!他过段时间就可以吃饭的,这个孩子,他会跟别人一样生活下去的。他会跟他的祖辈一样,跟他的亲戚朋友一样坐在公司的办公室里消磨时光,每天吃四顿最丰盛可口的佳肴。唉,愿上帝保佑!他弗利德利希·格拉包夫并不想来扰乱这些富商之家的生活习性!他只不过是等着别人来请,安排几天的膳食表,一点鸽子肉,一片法国面包……没错!还要表现出一副泰然自若的样子反复抚慰道,这只不过是小病一桩,没有关系的。尽管他的年纪不大,却已经给许多可钦可佩的市民诊过脉,当这些人吞下了他们最后一条熏火腿、最后一只填火鸡后，抑或在他们办公室的靠椅上突然离世，抑或经历了短暂的疾病折磨，在他们那宽阔的旧式床上一睡不醒。他们管这种病叫中风，也称为瘫痪，简而言之，他们总是出人意料地在一瞬间就撒手人寰。没错，没错！但是他呢？弗利德利希·格拉包夫呢？每当遇到这种不值一提的小病，却可以事先告知他们那严峻的后果。乃至有时候，当他们吃完饭后在去办公室途中，只是略微觉得有些不舒服，完全没有必要让格拉包夫医生过来，他也可以跟他们说那些后果的。唉，愿上帝保佑吧！他弗利德利希·格拉包夫自己并不反感填火鸡的。今天那个淋满酱汁的面包丁火腿味道还挺不错，但是那道普来登布丁——满是杏仁糕、草莓和奶油，尽管那时候大家都已经酒足饭饱。"参议夫人，别乱吃！可以吃一点鸽子肉，一小块法国面包……"

8

客人们相继起身离去。

"各位先生太太，真是招待不周！在屋子那边已经帮喜欢抽烟的朋友准备了雪茄，也给大家准备了咖啡，如果夫人们能赏脸的话，能够再来一杯甜酒……后面的弹子房里有桌球，要是谁想打都可以去；约翰，你领大家到那里去吧……科本太太，我能否有幸牵着您的手走进去？"

大家吃得相当称心如意，一边神采奕奕地聊着这次丰盛的宴会，一边穿过折叠门朝风景厅走去。只剩下参议留在后头，他在号召那些想打桌球的先生们。

"岳父大人，您不想玩一盘吗？"

不，莱勃瑞西特·克罗格要跟太太们多周旋一番，不过尤斯图斯很想去玩一局。另外，朗哈尔斯议员、科本、格瑞替安和格拉包夫医生也都留下来。让·雅克·霍甫斯台德说稍后再过来："我过一会儿再去，约翰·布登勃洛克要吹笛子，我必须去听听。再见了，先生们！"

当这六位先生经过圆柱大厅时，便听到从风景厅那里传来了起初的几段笛声，参议太太用风琴跟着伴奏。吹着一曲悠扬的短调，悦耳的笛音绕梁，久久不散。参议一直都在仔细地侧耳聆听着，直到无法听到声音为止。假如他可以待在风景厅，坐在一张椅子上，沉浸在满是美妙音符环绕的温柔之梦中，那该有多好啊！然而他必须尽地主之谊。

于是，他对着一个刚从前厅走过的女佣说道："请将几杯咖啡、几支雪茄拿到弹子房来。"

"没错，利娜，去拿咖啡，听见了吗？咖啡！"科本先生用他那从饱满的胸膛里挤出的声音再次说道，顺势想要用手去拧那姑娘的红手臂。他说到咖啡的"咖"字时，硬是从嗓子眼里挤出来的，好像他已经在喝着咖啡一样。

"我可以保证,科本太太肯定从玻璃窗里看到了。"克罗格参议说。

朗哈尔斯议员问道："布登勃洛克，你是在上面住的吗？"右边有一座通往三楼的梯子，那里是参议一家人的房间。然而，在前厅的左边也有一排屋子。客人们抽着雪茄从又高又宽的白漆雕木栏杆楼梯上下来。参议在梯子中央的一座平台上站了一会儿。

"在二楼还有三个房间，"他继续说明道，"一间是用来吃早茶的，一间是我父母的寝室，另外是一间对着花园的屋子，并没有多大的用处，房子的周围是一条狭窄的走道。我们继续往前走吧！请看看这里,运货的马车能够从这条路走过,并能从前门一直通往后面的面包房。"

下边是一条宽阔的、回声阵阵的过道,路面是由大块的方形石板铺成的。大门这边和另一边都各有几间跟账房一般大的小房子,不过迄今为止,那间依然飘出沙洛登酱汁酸味的厨房跟通到地下室的门仍在梯子的左边。在楼梯的右边,是一排靠墙上凸显出来的样子愚笨、却粉刷一新的木屋,平坦地悬挂在离地面有一定距离的半空中——这就是女佣们的下房,她们只能从运货的走道里依靠一架笔直挺拔的凌空悬梯进来或出去。在梯子一旁则放置着几架巨大的老式木柜和一只雕花箱子。

想要走到院子去,得先穿过一扇高大宽广的玻璃门,再走下几层平整、能够行车的台阶便到了。左边是一间小型洗衣房。人们可以从这里看见那座安排得井然有序的小花园,尽管是在这个季节,花园被连绵不绝的秋雨弄得一片黯淡且湿漉漉的。为了防止霜冻,花墙上早已遮起了席子。其余的风景则被一扇亭门和一间凉亭的正面遮挡住了。一群客人从院子里朝左转,然后顺着两道墙中央的一条路穿过第二道院子,直奔最后一间屋子。

在这儿,他们可以顺着平滑的台阶来到下面一间圆屋顶、水泥地的地下室。这是一间储备室,房子里悬着一条系粮食口袋用的绳子。他们没有往下面走,而是从右边一道严整的楼梯走上了二楼,参议将一扇白色的门打开,引着这些客人走进了弹子房。

房间十分宽阔,在墙边零零散散地放置着几张硬背椅子,看起来有些空荡、阴森。科本先生一走进房间便扑通一声,精疲力竭地靠在了一张硬背椅子上。

"容我先观看一局!"他高声呼喊,一边顺手将外衣上的蒙蒙细雨珠拭去。"我的上帝!在你们房子转悠一圈,犹如一次长途之旅,布登勃洛克!"

这里也跟风景厅一样,黄铜栅栏里的炉火在熊熊燃烧。从这三个狭窄的大窗口里能够看见外面被雨水洗刷得晶莹透亮的红屋顶,再放眼望去,还能看见一座灰蒙蒙的院落和呈三角形状的屋梁。

"议员先生,我们来玩一盘 Karambolage①如何?"

参议一边询问,一边从架子上把球杆取了下来。然后他在房间里绕了一个圈,将两个台子上的兜囊关上。"谁想要和我们打?格瑞替安?医生?好吧!那就让格瑞替安跟尤斯图斯去那座台子上吧。你必须参与,科本。"

这个酒商从椅子上起身,嘴里含着一口没有吐掉的烟,呆呆地听着屋子外边一阵狂风疾驰而过的声音,斜卷着雨点落在窗子的玻璃上,噼里啪啦的一阵乱响,随之而来的风势仿佛挟带着刺耳的呼啸声沿着烟囱蹿进屋子里一样。

"真是造孽啊!"他破口骂了一句。然后将嘴里的烟吐出来,"布登勃洛克,您觉得'屋伦威尔号'能够登陆吗?真没碰见过这样的鬼天气!"

一点都没错,从特拉夫港口那里传来的消息都相当的糟糕透顶;克罗格参议赞同这一点,此时,他正在给自己球杆的皮头抹粉。听说沿海岸边到处是狂风肆虐、惊涛骇浪。天气跟1824年的时候一样糟糕,那一年的圣彼得堡可是发洪水……呐!咖啡来了。

人家将咖啡倒上,然后品了几口,便开始打起球来。话题一下

---

① 桌球的一种打法,自己弹出的球需要连撞其他两个球。

子就转移到了关税同盟①上,噢!布登勃洛克只要一说到关税同盟就不由自主地眉开眼笑起来。

"各位先生,这是多么崇高的创造啊!"他呼喊起来,他刚刚将一杆球打完,听到别处的台子正在聊这个话题,于是立马转过身子来,"我们应当把握好最佳的时机,赶快加入进去。"

科本先生则不屑一顾,十分反对这种做法,他甚至气鼓鼓地连呼吸也变得有些沉重了。

"既然如此,我们又何必谈什么独立呢?"他像是受了莫大的委屈一般,气势汹汹地倚着球杆发问,"难道什么都置之不理吗?咱们还是先看一看汉堡是否批准加入普鲁士人弄的这个鬼把戏吧!布登勃洛克,我们为何要匆忙地落入这个陷阱呢?愿上帝保佑吧!我倒想搞明白,我们和关税同盟有何关系!我们目前的一切不都一帆风顺吗?"

"的确,科本,你和你的那些红酒都很顺利!另外,或许还包括俄国的土特产,这方面我一点儿都不想争论。然而,除此之外就再也没有别的进口货物了!至于出口嘛,当然啦,我们总算还有运到荷兰跟英国的一些谷物。唉!就是这样,遗憾的是这些并非都很顺畅。以前我们这里能够做的别的生意可多了,要是加入关税同盟,梅克伦堡和施莱斯威—霍尔斯台因便会再次给我们敞开大门,到时商业会发达到怎样的境地,就很难预料了。"

"布登勃洛克,你听我跟你说!"格瑞替安插了一句,此时的他正趴在球桌上用他那骨瘦如柴的手握着球杆比画着,"那个什么关税

---

①1834—1871年德意志各邦组织的统一关税同盟。这是德国走向经济和政治统一的第一步,吕北克市在1868年加入这个同盟。

同盟，我一概不知。但是要说到我们的制度嘛，那还真是既简便又切合实际，你说对吧？例如，市民立誓清结关税法。"

"确实是一个不错的旧制体系。"参议同意这一点。

"请别这么说，参议先生，您觉得好处何在呢？"议员朗哈尔斯有些沮丧地说，"我并非商人，不过说实话，哼！我认为这样的市民立誓已经逐渐演变成了一种胡闹了。它已然变成了一个形式，没有人把它当一回事，这样受损的是政府。在人群中散播着的谣言，简直让人难以想象。我相信，从政府的角度来看，加入关税同盟……"

"这肯定会产生摩擦的！"科本先生怒气冲冲地用球杆重重地敲打地板。他再次将"摩擦"这个字读错了，不过在这种时候他根本无心顾及自己的这个发音了，"产生摩擦，我说的这句话一点儿都没错。但是您所说的，参议先生，请恕我冒昧，的确有些语无伦次。"然后他便兴致勃勃地聊起了仲裁委员会，说起国家的福利制度，还说到市民宣誓和自由联邦。

感谢上苍，幸好这个时候让·雅克·霍甫斯台德来了！霍甫斯合德和万德利希牧师手挽着手来到了这间屋子，来自另一个高枕无忧的时期的两个快活纯真的老头儿。

"呐,各位老伙伴，"霍甫斯台德开口说，"我说个笑话给你们听听，还挺幽默的一个笑话，几句法式小诗，你们可要仔细听着！"

他面对着打桌球的人，惬意地坐在一张椅子上。于是，这些人都先暂停了下来，有的倚着球杆，有的靠在球台桌旁，望着霍甫斯台德。然后看见他从衣兜里掏出一张纸片，一边将他那戴着图章戒指的修长食指按在尖鼻子上，一边用一种十分欢快的、诵读史诗的语气念道：

"某天,萨克斯元帅①与高贵的庞帕朵②外出兜风啊——驾着一辆金灿灿的马车,甫瑞龙③见了大声欢呼——看,多美妙的一对啊!一个是国王的宝剑——另一个是他的剑鞘!"

科本晃了晃神,一眨眼就将摩擦与国家福利抛到了九霄云外,跟别人一块儿哄堂大笑。只有万德利希牧师独自一人走到一扇窗前,然而从他晃动的肩膀可以断定,他想必是在那儿兀自扑哧地偷乐呢!

因为霍甫斯台德还准备了许多跟这差不多的小笑话,所以他们在后面这间弹子房里又耽搁了一些时间。最终,科本先生将背心上的扣子全都解开了。他的情绪异常激动,因为他觉得这里的氛围比在餐桌上更让人舒服。只要他每打出一个球,便用德国北部的方言说几句风趣的话,每隔几分钟便十分满意地自己念叨着:

"某天,萨克逊元帅……"

这首小诗被他那粗犷的嗓音诵读出来,就变得有些怪腔怪调了。

9

当宾客们再次会聚到了风景厅里时,天色已晚,差不多十一点钟的样子。宾客们也都相继起身告辞了。宾客们礼貌性地吻了吻参议夫人的手后,她马上就返回楼上的房间里看生病的克利斯蒂安。她让永格曼小姐督促女佣整理餐具。安冬内特夫人也回到了二楼房间里,宾客们正由参议陪同下楼,穿过走道,直至大门口。

①萨克斯元帅(1696—1750年),法国元帅。
②庞帕朵(1721—1764年),法王路易十五的情妇。
③甫瑞龙,一个虚构的宠臣的名字。

一阵强烈的狂风夹杂着雨点倾打过来，克罗格老夫妇身上披着一件厚皮大衣，匆忙钻进了他们富丽堂皇的大马车里。他们的马车早就在门前恭候多时了。那盏挂在门前柱子上和悬在走道中央的粗链子上的油灯正散发着昏黄的光，在狂风中踟蹰地摇动着。这是一条斜坡式的街道，下边能够通往特拉夫河。街道两边时而会有一座临街而建的别墅朝街心探出头来，有的屋子还带着临街的棚子和木凳。石板路面已经有些损坏了，野草从潮湿阴暗的裂缝中滋生出来。上方的圣玛利教堂早已隐没在昏暗的光线和雨点里了。

"十分感谢，"莱勃瑞西特·克罗格握了握站在马车旁的参议的手说，"约翰，多谢了，今天过得十分开心！"然后"嘭"的一声便将车门给关上了，马车轮开始转动起来。万德利希牧师和经纪人格瑞替安也一一言谢告辞了。科本先生穿着一件款式独特的加厚外衣，戴着一顶宽边的灰色礼帽，手臂上挽着他那身材肥胖的妻子，用他那粗犷的声音说：

"布登勃洛克，后会有期！进去吧，别冻着了。万分感谢，我已经很久都没这样好好地吃一顿了！觉得如何，我这种四马克一瓶的酒还合你的胃口吧，再见了，后会有期！"

这对夫妻跟克罗格参议一家人顺着特拉夫河离去，朗哈尔斯议员、格拉包夫医生、让·雅克·霍甫斯台德则是反向而行。

布登勃洛克伫立在离大门不远的地方，两手深深插在浅色的裤兜里。他身上只裹了一件薄上衣，夜晚的寒气让他微微发抖。直至他听着客人的脚步声在这条幽静潮湿、灯光昏黄的街道上渐行渐远，才转身进去。他抬头望了一眼这栋灰色宅子的尖顶，有一瞬间将目光停在了街门上边的格言警句上，它是用老体字母雕出来的一句拉丁文:"Dominus providebit①。"然后他微微地低下了头,走进门去,小心翼翼地拴上那扇沉重的吱吱作响的街门。然后再锁上大屋的门,慢悠悠地穿过一条宽阔的过道。这时,有一个女佣正托着茶盘从楼上下来,能够听见玻璃杯在盘子中泠泠作响。参议问她:"特林娜,老主人现在在哪里?"

"参议先生,老主人在餐厅里……"她的脸如同她的手臂一样,红扑扑的,因为她是从农村来的姑娘,总是很容易脸红。

他沿着着梯子走上去。当他绕过黑漆漆的圆柱大厅时,一只手不禁摸了摸那个装着信封的口袋。他来到了餐厅,烛台上的几支残烛仍然在一个屋角里燃烧着,映照着已经打理干净的餐台。空气中依旧残留着淡淡的沙洛登酱汁味。

在屋子的深处,约翰·布登勃洛克正快活地背着手在窗前踱步。

10

"约翰,我的孩子,你去哪里了?"他停了下来,朝他儿子伸出了手,他的手那样的白皙,但是稍微有些短,样子却也好看,这是布登勃洛克家族所特有的。他那健壮的身子在暗红色的窗帘前依稀地浮现出来,摇晃的烛光让他的影子也跟着一起摇摆,只剩那抹粉的假发和绉花的胸巾闪着白色的光。

"还不疲倦吗?我在此处走走,听一听风声……天气真糟糕!克罗特船长才刚从利加离开,正在旅途中。"

"唔,父亲,上帝会保佑这一切顺利平安的!"

---
①拉丁文,意思是:"上帝预见一切。"

"我可以相信上帝的保佑吗？我晓得，你跟上帝交往甚佳，你能够相信他。"

参议见他父亲的情绪如此激动，心中的烦恼顿然消除了不少。

"我就开门见山地跟您说吧，"他开始说，"父亲，我现在来这里并不是单纯跟您说声晚安的，我还要……不过您千万别动怒，行吗？这一封在今天下午就到的信，我始终没敢在这么一个欢快的夜晚拿出来让您劳心。"

"高特霍尔德先生，那就是他！"老头儿拿起这个用火漆封紧了的浅蓝色信封时，装作一副泰然自若的样子。"约翰·布登勃洛克老先生亲启，约翰，你这位异母哥哥还真是个谨慎之人！他前段时间寄过来的第二封信，我记得我是没有回信吧？瞧，他又寄来了第三封信。"他用一只手将信封上的火漆撕掉后，打开了那张薄信纸，红通通的脸渐渐变得凝重起来。他斜侧着身子，以便让烛火照在字迹上，接着用手背猛烈地拍了拍信纸。就连这字体也显出了一副大逆不道的样子；布登勃洛克一家，其他人笔迹都是清秀隽永的，并且微微地朝一方倾斜，唯独这张纸上的字体显得那样笔直高大，笔画粗硬，许多字下面还匆忙地画着弯弯的一杠。

参议稍稍往后退了几步，退到了摆着椅子的墙边，但是他并没有坐下来，因为父亲一直是站着的。他有些忐忑不安地握着一张椅子的后背，不动声色地盯着他父亲。老人则侧着头，皱着眉头，嘴唇在快速地一张一合，他正在念这信：

父亲：

关于那件您早就耳熟能详的事情，我再次写了一封言辞恳切的信给您，然而您并未给我做出答复；我原先认为凭您的大义凛然，您肯定能感受到我收不到回信的那种愤懑之情，但是我的这种想法，很明显是错误的。我收到的只是我写给您的第一封信的回信（我也不想说那一封回信是什么样的）。我必须跟您坦诚，您这执拗的态度，只会让我们父子之间的隔阂越来越大，您的做法就等同于犯罪，有朝一日面对上帝的审判时，您必然不能将这些罪责洗清。自从我遵从了我自己内心的驱使，却与您的意愿背道而驰，跟我现任的妻子结婚并接受了一桩买卖，由此也伤到了您那无边无际的尊严，此后您便冷酷无情地将我拒之于千里之外。您现在用这样的态度对待我，不管是从天理还是从人情这方面来说都是说不过去的。假如您觉得只要您将我的这些要求漠然置之我便会悄然退去，那么您的如意算盘真的打错了。您在孟街新购的价值10万马克的宅子，另外我也听说，您那位继配妻子所生的儿子约翰也是您公司的股东之一，如今以房客的身份居住在您的家里。等您百年之后，他便会成为公司和房产的唯一继承人。既然您早已跟我的那位居住在法兰克福的异母妹妹，还有她的先生谈好了条件，那么我也不想擅自过问什么。不过您对于我，对待您的长子，却是如此的怒不可遏（这是有悖于宗教礼法的），不愿意伸出您的援助之手，一点儿都不乐意将我所拥有的这栋房子的产权赔偿费给我。在我结婚成家之时，您曾给过我十万马克，并许诺以后会给我相同数目的财产，那时候我并无异议，因为当时我并没有完全了解您的财产情况。而如今的我已看清楚一些了。我觉得在这个理论依据上，我并未失去自己的继承权，由此在这次事件上，我希望拿到33 335马克，也就是这个房价的三分之一。到底是怎样的恶势力让我自始至终都要遭受这些不公平的待遇，这一点我可不想妄下定论；不过凭着一个基督教徒和一个商人的刚正之心，我要向这样的恶势力表示抗争。就让我最后对您再说一遍吧，要是您依旧举棋不定，不愿意正视我的合理要求，那么我就不可能再把您当成我的父亲那样尊敬，亦不能把您当成一个基督教徒、一个厚道的商人那样尊敬。

高特霍尔德·布登勃洛克

"真是够了！我真是很气恼再把这些乱七八糟的话念一遍——赶紧走吧！"约翰·布登勃洛克愤怒地将信丢向他儿子那边。

信纸慢慢地飘落而下，等它飘到了参议膝前时，他一把就抓住了信纸。他的惶恐而忧愁的眼光始终在紧跟他父亲的动作。老约翰·布登勃洛克拿起放置在窗子前的一只灭烛器，怒气冲冲地沿着餐桌朝对面一个角落的树状烛台架走去。

"我说，可以了！不许再说这事情了，点到为止！睡觉吧！走吧！"烛光被一个个地熄灭了，灭烛器的长杆子上绑着一个小铜帽，只需拿着它朝蜡烛上一扣，烛火瞬间就熄灭了。当他转身朝自己的儿子这边走来时，烛台上还剩两支蜡烛在燃烧。黑暗之中，他几乎看不清儿子的身影。

"喂！你站在那里干什么？为何沉默不语呢？你总该说一些话吧！"

"父亲，我还能说什么呢？我什么想法都没有。"

"你总是动不动就没有主意！"约翰·布登勃洛克带着气恼的语气，尽管他自己也明白，他所说的这句断语是不切实际的。在做出选择的关键时刻，他的儿子及朋友总是会想到更胜一筹的办法，这方面他自己是自愧不如的。

"能够咒骂的恶势力……"参议接着说,"这句话过于尖刻了!父亲。难道您还不能明白这句话让我有多么揪心吗?他这是在指桑骂槐,说我们所做之事违背了基督教徒的礼法!"

"你居然被他这些乱七八糟的话吓住了吗——啊?"约翰·布登勃洛克拽着灭烛器的长杆子气冲冲地走过来。"违背基督教徒礼法!哼!真是相当有趣呢,那位视钱如命的虔诚教徒!我真的搞不清你们这些年轻人的想法,满脑子装的都是基督教的疯狂妄想……还有……理想主义!觉得我们这些老人都是没心没肺的市井之徒,对了!你们脑子里还装着什么七月王朝啦,什么实事求是的精神啦……情愿用粗鲁的话把自己的父亲侮辱一番也不愿放弃几千泰勒!他竟然还将我视为商人!很好,作为一名商贩,我明白哪些是没用的开销!我不可能为了让我这个趾高气扬的逆子变得温顺一些,就要低头向他妥协。"

"可敬的父亲,我该怎样回答您的话呢?我可不想让他说的话变为现实,那么我可就真的成了他所说的那个'恶势力'了!身为一个当局者,这件事也跟我的权益相关,也正因如此,我没有劝您坚持您的看法,而我同样是一个忠实教徒,在这方面,我也并不低于高特霍尔德,不过……"

"不过!的确,约翰,你的这个'不过'说得有理!事情的真相如何?之前他和他的施推威英小姐打得火热时,总是跟我吵来吵去,虽然我一直执意反对,他最终还是跟那个并非门当户对的女人结婚了,当时我便写信告知他:我最亲爱的孩子,既然你跟你的小店铺结婚了,那什么话都别谈了。我并不会完全夺去你的继承权,也不想闹得沸沸扬扬的,不过我们从此恩断义绝了。我如今给你十万马克的结婚费,同时也会在我的遗嘱里给你十万马克,但是这已是你的全部了,除此之外你不可能再多拿到一马克。他那时候也不曾说什么。要是我们如今的事业更兴盛了,这跟他也没有关系,要是你跟你的妹妹多获得一点财产,要是从你们的财产里挪出一些来新购宅子,又跟他有何关系呢?"

"假如您可以明白我现在这种两难的境况就好了!为了能够让家庭和谐,我必须奉劝您……然而……"参议靠在椅子上轻轻地叹着气。约翰·布登勃洛克拿着灭烛器的长杆子注视着那个模糊的黑影,努力地想要看清儿子脸上的表情。一支蜡烛已燃烧殆尽,只留下一支在那边孤单地闪烁着、摇曳着。好像每隔一会儿便有一个高大的白色人影,带着恬静的笑容在壁毯上慢慢浮现,然后下一秒便消失不见。

"父亲,跟高特霍尔德之间的这种关系真的令人灰心丧气!"参议低声说着。

"瞎扯,约翰,不要多愁善感了!有什么让人灰心丧气呢?"

"父亲,今天我们在此欢聚,我们度过了欢快的一天,我们都很自豪、很幸福,感到我们做了一些有意义的事,有了一点儿成就;我们的公司、我们的家庭都有了一定的声望,获得了大多数人的认同和敬重。不过,父亲,您和我哥哥,您的长子结下的这些恩怨,在我们借着上帝的仁爱辛苦地建造起这座大厦,是不该存在暗伤的。家庭一定要和谐相处,一定要团结互助,父亲,否则便会大难临头。"

"约翰,你这都是瞎说!简直是信口开河!年轻人还真是冥顽不灵。"

两人都沉默不语了;最后一支蜡烛也渐渐黯淡了下来。

"约翰，你在做什么？"约翰·布登勃洛克问，"我根本看不清你。"

"我在估算。"参议回答得很简洁。烛光轻轻晃动了一下，看见他挺直的身板，冷峻的目光聚精会神地凝望着那摇曳的烛光，这样的神情在今天整个晚上都不曾在他的脸上出现过一次。"如果您拿33 335马克给高特霍尔德，拿15 000给法兰克福的人，加起来便是48 335马克。如果您不给高特霍尔德，而是给法兰克福的人25 000马克，这便相当于给公司谋得了23 335马克的利息。其实并非只有这一点。如果您给高特霍尔德所要的他的那部分房子财产补偿费，这就等于通融了，换句话说就，是和他的金钱关系并未解决好，他在您去世之后便有权利要求和我及我的妹妹同等的遗产，这样也就相当于让公司亏损几十万马克。这笔亏损是公司自身和身为未来唯一继承人的我无法担当的……父亲，不可以这样做！"他用力地挥了挥手，表明自己的立场，将身子挺得更直了，"我希望您不要对他妥协！"

"好吧，就先这样！无须多说什么，就这样吧！去睡觉吧！"

最后一支蜡烛也在铜帽下熄灭了。他们一起穿过了黑暗的圆柱大厅，来到了外面上楼的地方，两个人握了握手。

"约翰，晚安！你是有勇气的，对吗？这些小困扰没什么大不了的，早上吃早餐时再见！"

参议顺着楼梯走回了自己的卧室，他父亲也扶着栏杆摸黑回到了下面的中二楼房间里。于是，这座壮阔的重门紧锁的老宅子全都湮没在黑暗和幽静之中。无论是自豪，还是希望，甚至是烦恼，全都安息了，只剩外头幽静的街上还在下着绵绵细雨，秋风依旧在尖屋顶和房角背后猛烈地咆哮着。

第二部

1

两年半之后,已到了四月中旬的时候。这一年的春天比往年来得都早。正在这时候布登勃洛克家里发生了一件事,这件事情让老约翰·布登勃洛克兴奋得时不时就哼起了小曲儿,也让他的儿子感到欣喜若狂。

在一个周末的早晨,差不多是九点钟的样子,参议坐在餐厅的一张棕色大写字台前。这张写字台在窗子前摆放的圆拱形的桌台依靠着一个精巧的机关就能推进桌心。他面前放着一个厚皮包,里面的文件装得鼓鼓的。不过他拿出来的并非文件,而是一本上面印着花纹的金边的笔记本。只见他俯在桌上聚精会神地奋笔疾书,纸上流淌而出的是秀美隽永的字体。除了时而将他的鹅毛笔往笨重的墨水瓶里沾一沾之外,他一秒钟都没有停过。

两扇打开的窗子,春风挟带着花园里的一股清新温和的芬芳吹进屋子,不停地将窗帘微微地掠起来一些。花园里,刚刚绽放的花蕾沐浴在和煦的阳光中，两只小鸟随心所欲地啾啾鸣叫，它们好像在枝头一问一答。温暖的阳光洒进了屋子，耀眼的光芒洒落在餐桌洁白如雪的桌布上，同时也洒落在陈旧的瓷器的金边上。

通往寝室的两扇门是开着的，能够听见约翰·布登勃洛克说话的声音，此时的他在轻声哼唱一支幽默的老调子：

这个厚道干练的人儿
勤快而亲切，极让人欢心；
既会煮汤又会摇摇篮。
可惜一身酸涩的橘子味！

他在一张小摇篮旁边正襟危坐，一只手均匀地摇晃着。小摇篮上悬挂着绿缎子的床帷，放置在参议夫人悬挂着帐幕的大床边。她跟她的丈夫为了使仆人少跑一些路，便临时搬到下面这边住，让他们老夫妻二人睡在中层楼的第三间屋子里。安冬内特太太将一条围裙系在了她那带有条纹的上衣上，稠密卷曲的银发上别了一顶绸帽。她此刻在后方的桌子上忙忙碌碌，桌上堆满了各式各样的衣服面料。

布登勃洛克参议在专心致志地工作着，貌似都没有朝旁边的屋子看一眼。他脸上是一副严厉且因为诚挚而近乎悲痛的表情。他微张着嘴，下巴稍稍下垂，眼睛时不时便泪眼婆婆的样子。他这样写着：

"今天，1838年4月14日，早晨六点钟，我的爱妻伊丽莎白夫人（母姓克罗格）承蒙上天的庇护，顺利地产下一位千金。这个女婴将在举办洗礼之后取名为克拉拉。没错！上帝是如此仁爱地爱护着她，由于依照格拉包夫医生的诊断，她可是早产儿，产妇在临产之前所表现出的所有征象都不太乐观，也相当的痛苦。啊！你是众神的主宰啊，只有你可以在我们身处困境的时候伸出援助之手，让我学会如何准确无误地了解你的圣意，并且敬仰着你、服从着你的圣意和戒律。啊！上帝啊，指引我们，给我们大家指点迷津吧，只要我们仍然活在这个世上一天。"他握着笔继续熟练流利地写着，在此，他不时地本着一个商人的习惯写个花体字。他所写的每一行都像在跟上帝对话。写了两页之后他如是说：

"我给我那刚出生的小女写了一份150泰勒的保险书。上帝啊，你牵引着她走上你的正途吧！请你赠予她一颗纯洁的心灵，使她有朝一日也可以抵达那个极乐世界。我们都明白，要让一个人打心底相信仁慈的上帝，为他献出了全部的爱，这绝非易事，因为我们这颗软弱的尘世之心……"写了三页纸后，参议题上了"阿门"两个字，但是他手中的笔并未停止过，一直在纸上轻轻地写着，沙沙作响，又写了许多页数。写了可以让筋疲力尽的旅人除却疲倦的甜美之泉，写了上帝的血淋淋的伤口，写了九曲回肠的小路和阳关大道连同上帝的荣耀。我们并不想遮掩什么，当参议写到一个段落的时候，的确也觉得自己已经写得差不多了，此时的他很想停下笔走到他妻子的房间里，抑或到办公室去。然而不能这样！他可是在与他的上帝、他的救世主交谈啊！怎么可以这么快就感到厌烦呢？要是现在就歇笔了，便等同掠夺了献给上帝的祭品。不可以！单是为了惩处这个毫无诚意的贪念，他再次从《圣经》里引出了更长的一篇，并为他的父母，为他的妻子和孩子连同自己一起祷告，亦为了他的哥哥高特霍尔德祷告——末了，他在结尾之时又附上了《圣经》里的一句格言，写下了三个"阿门"，然后才将沙子撒在本子上，叹了叹气，靠在了椅背上。

他跷着二郎腿,将这个本子慢慢地往回翻,总是时不时就停下来诵读一条纪事,或者一段深刻的笔录,这些都是他亲手写下来的记录。每当读完一段之后,他心里总会为自己再一充溢满了对上帝的感恩之情而欢快起来,因为不管他身处怎样的困境,上帝都会让他转危为安。有一次他出天花时,气若游丝,大家都觉得他已经走到了生命的尽头,但是他终究还是挺过来了。又有一次,也就是在他的孩提时代,有一户人家在准备婚礼,他跑去看热闹。当时别人正在酿啤酒(那时候还保留着自家酿酒的老习惯),把一只酿酒的大木桶放置在大门边。不知道怎么回事,这只木桶竟然翻了过来,哗啦一声巨响便盖在了这个孩子的头上。巨大的响声让邻居们受了惊吓,所有人都纷纷跑来看,六个大人费了九牛二虎之力才将木桶立起来。木桶将他的脑袋磕得惨不忍睹,鲜红色的血沿着胳臂和腿拼命地往下流。别人将他抬到了一家店里,由于他的胸口尚有一口气,所以便让人去请医生过来。然而,所有人都劝他父亲顺其自然,看样子是不会有什么希望了。但是结果如何?全能的上帝在他进行治疗之时大显神通,再次让他康复了!参议将这幕童年惨剧在脑海里重播一遍后,他再次拿起笔,在他最后的一个"阿门"后头加上一句话:"啊!上帝啊,我要永远地歌颂你!"

还有一次,是在他年少的时候,在他去贝尔根的旅途中,上帝挽救了差点儿就要惨遭大祸的他。他将这件事记录在本子里:"每当遇到涨潮的时候,在北海上航行的货船进港之后,总要花费许多力气才成功地从拥挤的小艇中间穿过,慢慢地朝我们的码头停靠。那次我正好站在一只平底船的船沿上,脚踩着桨架,背后紧挨着一只小救生艇,竭尽全力地朝码头那边摆弄这只平底船。突然间,我踩的那个橡木桨架断了,我猛地一头朝下掉到了水里。我头一回浮上水面的时候,附近却没人可以触到我,把我从水里拉上来;当我第二次浮上水面的时候,平底船刚好从我脑袋上方面划过。虽然船上有很多人想搭救我,但是他们得先将小艇和平底船移开,不要让这两条船撞到我的脑袋。要不是这条航线上的另一个小艇的绳索突然自己断开了,就算他们将船只移开也是枉然的。由于那条小艇的绳索断了,小艇漂动而去,我才得以靠上天之佑浮到空处。尽管我第三次没有浮到水面上,人们却看到了我的头发,船上的人都东一个西一个地俯在甲板上,探下身来打捞我。一个俯在船头的人把我的头发揪住后,我便趁机抓住他的胳膊。但是他还没有站稳,就扯开嗓子大声呼喊直至别人都听到了,赶紧跑来抓住他的腰,直到把他牢牢抓紧。我使劲地拉着他,急得他直咬我的胳膊。最终,我就这样被拖出了水面。"接着,参议用他湿润的眼睛把下边这么一段长长的表达自己感恩之情的祷告文读完了。

他在另一处这么写着:"假如我故意流露我的情感,那么,我还可以引用许多例子,不过……"参议跳过这段,然后翻到他洞房花烛夜和刚当上父亲的一段时光,开始随便摘念了一段。老实说,他的婚姻并非人们所说的自由恋爱。他父亲拍拍他的肩膀,让他留意那位豪富克罗格家的女儿,她会为这个公司带来一笔丰厚的嫁妆。他欣喜地接纳了他父亲提出的这个建议,从那时候开始就一直跟他的妻子相敬如宾,觉得她是上帝为他准备好的终身伴侣。

毕竟,他父亲再婚的时候也出现这种情况。

这个厚道有干练的人儿。

勤快而亲切，极让人欢心……

父亲一直在房间里轻声低唱。遗憾的是这些久远的记录和本子未能激起他的兴致。他双腿紧紧地伫立于现今，并未关心这个家庭曾经的往事，尽管以前有一段日子，他有时也会用他的花体字在这本宽厚的金边笔记本上写下一些东西，而这些记录大部分跟他的第一桩婚姻有关。

参议打开了这一部分，这些纸比他自己用来做记载的那些还要结实一点，只是没那么精细光滑，况且都已经泛黄了。没错！约翰·布登勃洛克肯定是深深爱着他的第一任妻子——一个不来梅商人的千金。他跟她一起度过了那一年的短暂日子，仿佛成了他这辈子最美好的时光。"我这辈子最幸福的一年。"他如此写道，同时还在这句话的下面画了一条水纹线，对于安冬内特太太看见这句话他是毫不在乎的。

后来，高特霍尔德来到了这个世界，他却使约色芬丢了性命。对于这个事情，在这些并不细腻的纸上记录下了一些奇异的东西。约翰·布登勃洛克仿佛一点儿也不忌讳地表达了他对这个新生儿的憎恨，打这孩子在娘胎里乱打乱踢地给母亲带来了最初难耐的痛苦开始，一直到他平安地呱呱坠地。而约色芬那张毫无血色的脸却深埋在枕头里猝然长逝了，他始终不能宽恕这个粗鲁地闯进生活里的孩子夺去了他母亲生命的罪责。不过，高特霍尔德则稀里糊涂、健健康康地一天天长大了……参议不明白他父亲这种心态。他觉得，即使母亲已经不在了，却也尽到了一个妇人的神圣使命。"假如是我，我便会将对她的一往情深温和地转移到她赋予了生命的孩子身上。"他心里想着。但是，父亲从自己长子身上看见的只有无情地破坏了自己幸福的恶魔。过了一段时间又跟安冬内特·杜商，一个有钱有势的汉堡人家的千金结婚了，夫妻俩相敬如宾地生活着。

参议随手翻看这个记录本。最后，他读到了和自己孩子有关的记录，汤姆得了麻疹、安冬妮患上黄疸病的事情，克利斯蒂安得的水痘如何康复了。他读到了他到巴黎、瑞士、马利安巴特的几次旅行，最后的一次旅行是跟他的妻子一块儿去的。他再次翻到最前边几张泛黄残损的近似羊皮纸的书页，上面有他的祖父老约翰·布登勃洛克的花体笔迹，而墨迹早就褪色了。这个记录的开头写了这一家一支嫡系祖先的历史久远的家谱。16世纪末期，他们知道的首位布登勃洛克曾经在巴尔西姆定居过，他的儿子曾是格拉包市的参议员。此外，一个十分富有的（下面的几个字被划掉了）和当裁缝的布登勃洛克在罗斯托克成亲了，生了许多孩子，有的活了下来，有的则夭折了。还有一个在罗斯托克做买卖的，此人早就改名作约翰了。最后，历经了许多年月，参议的祖父终于搬来此处并建立了这家的根基。这位祖父的事迹早已有了可考的证据：他在哪个时候得了紫斑；哪个时候患上真性天花；哪个时候从第三层楼板上跌到烘谷炉里，尽管他可能会撞到一根横梁而丧失性命，不过他却死里逃生地出来了；哪个时候他生热病，头被烧得混乱了——所有这些都被清清楚楚地记录下来。这位老祖宗同时还在他的笔记里写下了许多箴言训诫留给子孙后代。这其中有一句话是用粗壮的黑字体来描写的，并画着边框，样子十分醒目："我的孩子，平日要认真做事，但别做那些昧良心的事，夜晚可以安然地进入梦乡。"另外，他又谆谆教导，他所拥有的一本威丁堡出版的老《圣经》，说好要交到他长子的手里，并且往后的世世代代也理应由长子来继承。

布登勃洛克参议将那个皮做的文件夹拉近一点儿，然后把别的文件翻出来挑着看。里面有牵挂着远方游子的母亲写给孩子的信，由于岁月已久，这些信纸都已经泛黄破裂了，信纸上还保留着收信人的批注："收到来信，悉知一切。"其中有汉萨自由市授予、印着纹章、盖着印章的市民证书，印信保险单，贺诗，还有别人恳请布登勃洛克家里的某个人做教父的信函。在里面有儿子从斯德哥尔摩或阿姆斯特丹寄给父亲跟投资人的满是温情的生意信函，信里一边汇报了麦价平稳得让人欣喜的消息，同时也提出了急切的恳请，打探妻儿是否平安。这其中有参议特地记录着他在英国和布拉班特游览时的日记，本子的封面上附着一张爱丁堡城堡和草料市场的铜版画。其中还有高特霍尔德写给父亲的令其恼怒的信和让·雅克·霍甫斯台德的贺诗，一起欢快地落幕。

一阵疾速而悦耳的钟声从写字台上方的一幅画上传出来。这是一张颜色灰暗的油画，上面画了一座教堂和一个老市场，不过教堂顶上安装了一架真正的小钟。这个时候，它敲了十下细碎的声音。参议合上了文件皮夹，谨慎地将它收藏在一个写字台的暗盒里，随后便回到了房间里。

房间的四周悬挂着深色的碎花帘子，产妇床单上的宽大帐子也是用相同的布料做成的。空气中笼罩着一种随着恐惧痛楚而来的平静休憩的氛围，屋子里的空气因为炉火的烘烤而变得热乎乎的，飘散着香水跟药物混杂的味道。紧紧闭着的窗帘后边只可以透进一些微弱的光线。

此时，两位老人一块儿并排站在摇篮边，俯下身子认真打量这个在甜睡中的婴儿。参议夫人穿了一件秀美的印花短衬衫，梳了一头十分整齐的红发。尽管她的脸色依旧有些苍白,但脸上洋溢着幸福的微笑。她丈夫走过来的时候,她将一只俊美的手朝他伸去,手腕上的金镯子响起了轻微的碰撞声。她把手伸出去的时候因为惯性而将手心向外摆,这仿佛更加凸显了她动作的亲近之感。

"贝西,你的身体如何?"

"亲爱的,很好,很好!"

他握着她的手走近一点点,站到了两个老人的对面,俯身于摇篮之上。能够清楚地听见婴儿均匀的呼吸声。有那么一分钟,他吸闻着这个婴儿呼出的温热的、带着奶香的气息,心里有一阵莫名的感动。"上帝保佑你!"他轻声说,一边吻了吻婴儿的额头。他看见这个孩子黄黄的干皱的小手指简直跟鸽子爪没什么两样。

"她吃得可真不少,"安冬内特太太说,"瞧,眼睁睁地看着她长大。"

"你们别怀疑我说的话,她肯定长得跟内特一样,"约翰·布登勃洛克今天由于幸福和自豪而容光焕发,"她的眼睛幽黑透亮,实在少见。"

老夫人不喜欢许诺这些东西。"这是什么话?哪有那么小就可以看出长得像谁……约翰,你要去教堂吗?"

"的确,已是十点了……到时候了,我在等着孩子们……"

孩子们立马在外边发出了响声。他们在楼梯上七嘴八舌地吵闹着,此时人们听见了克罗蒂尔德让他们安静下来的嘘声,可是孩子们立刻就来到了屋里;由于这时候在圣玛利教堂里肯定还冷得跟严冬一样,所以他们都已经穿好皮大衣,他们在走路的时候是蹑手蹑脚、悄然无声的,这是由于:首先,他们怕吵醒了小妹妹;其次,在做礼拜之前是不可以心烦气盛。他们的脸庞都因为激动变得红扑扑的。今天是怎样一个日子啊！鹳鸟肯定是一只力大无穷的鸟，不仅带来了一个小妹妹，而且还带来很多好东西：送给托马斯一个海豹皮书包，送给安冬妮一个真发的大洋娃娃，那是如此神奇的洋娃娃啊！听话的克罗蒂尔德得到了一本色彩缤纷的图画书，尽管她怀着一颗感谢之心默不作声地捣鼓她的糖果袋，这袋糖果同样是她的一件礼物，克利斯蒂安得到的是一整台木偶戏，有苏丹王、死神、恶魔……

他们吻了吻母亲，获得批准之后才朝绿缎床帷后面谨慎地望了一眼。此时父亲已穿上了斗篷，将赞美诗握在手中，由此孩子们安安静静地、中规中矩地跟着父亲走向了教堂。就在这时候，从他们身后传来了一阵刺耳的啼哭声，这位新添的家庭成员刚从甜美的睡梦中醒来。

2

一到夏季，有时刚进入5月或者6月初，冬妮·布登勃洛克就会搬到城外的外祖父母那里住，她每一次去都那样的兴高采烈。

在郊外住，尤其是在那所布局相当华丽的别墅里住，是一件让人惬意的事情。这所宽阔的别墅有许多建筑物，有许多下房和马厩，还有占地面积很大的果园、花圃和菜园！沿着斜坡一直曲折延伸到格拉夫河岸上。克罗格家的生活相当奢华。他们家的那种美轮美奂跟冬妮父母家里的那种朴实而略显死板的富足氛围有些不一样，外祖父母家里更显得豪华，这给年少的布登勃洛克小姐留下了深刻的印象。

在这里，佣人根本就不需要在屋子里、甚至是在厨房里打杂，然而在孟街的家里，除了祖父和母亲对这方面不太留意外，父亲和祖母则时常对她絮絮叨叨，要么让她将某个角落的灰尘擦掉，要么就让她向她那位乖巧、诚恳又节俭的堂姐克罗蒂尔德学习。当这个小姑娘坐在摇椅上对佣人指手画脚之时，她母亲所遗传的贵族性情再次显现出来。在这家里，除了佣人之外还有两个年轻姑娘跟一个车夫服侍两位老主人。

无论怎样，每天早上醒过来，看到自己睡在一间宽阔的周围装裱着印花缎子的卧室里，伸出手立马触碰到的就是那张软绵绵的缎子被，这无疑是一件惬意的事情；另外，坐在天台上吃早餐，花园里的清新芬芳从打开的玻璃门外飘进来，喝的并非咖啡、茶而是一杯可可，每天都喝着生日用的可可，另外加上一块厚厚的新鲜蛋糕，当然这些事也都值得一提。

自然，除了周末之外，冬妮总是可以独自享用这一顿早餐的，因为她的外祖父母要等她上学好一阵子后才到楼下。当她将可可和一块蛋糕一起吃下去之后，便拿起书包，迈着小步伐走下天台，绕过修剪得十分整齐的临街花园朝街上走去。

这位小冬妮·布登勃洛克，样子相当可爱。她那浓密的鬈发从草帽底下露出来，随着年纪的增长，浅色的金发颜色越来越深了。灰蓝色的眼睛目光如炬，微微嘟起的小嘴给这张娇憨的小脸增添了一丝淘气的神色，这种神色即使是在她优美的身姿上也能找得到，她纤细的小腿上套了一条雪白色袜子，走路的时候蹦蹦跳跳的，信心十足地摇晃着身子。许多人都知道这位布登勃洛克参议的小女儿，当她走出花园的门口，走到栽着栗树的林荫路上之时，许多人都跟她打招呼。或许是一个头戴大草帽、草帽上别着的浅绿色丝带的卖菜女人刚好赶着一辆小车从村里走来,热情地跟她打招呼:"你好啊,小姐!"或许是那个高个儿的搬运夫马蒂逊,穿了一件黑色短外衣、肥腿裤子和扣绊鞋,看到她走过来之后彬彬有礼地摘下他那顶劣质的圆筒帽。

冬妮在下面站了片刻,她在等她的邻居玉尔新·哈根施特罗姆走出来,她们总是一块儿去上学。玉尔新是一个高肩膀的孩子,有着一双乌黑闪亮的大眼睛,住在旁边的一座满是葡萄藤的别墅里。他们一家刚来本地落户,玉尔新的父亲哈根施特罗姆先生和一个年轻的法兰克福女人结婚。这个女人长着一头浓密的黑发,耳朵上坠着一副全城独一无二的大钻石耳环。她的娘家姓西姆云格。哈根施特罗姆先生经营着一家出口公司,是施特伦克和哈根施特罗姆公司的股东,对本市的活动有着浓厚的兴致和热情,并且是野心勃勃啊。不过因为他的婚姻,某些刻板保守的人家,如摩仑多尔夫、朗哈尔斯和布登勃洛克……对他的态度都比较漠然,尽管他在各种委员会、理事会或其他公会里都是活跃分子,但是他的人缘并不好。他好像想方设法地与这些地位显赫的人对立,他狡猾地妨碍别人的提议,竭力实行自己的意图,凭此来表明自己比别人更胜一筹,是怎样一个至关重要的人物。参议布登勃洛克提起他的时候说:"亨科希·哈根施特罗姆老是找别人的麻烦。他好像特意和我对着干,只要一抓到机会,就会反驳我。今天在救济总会里大闹了一场,前几天在财政局里……"约翰·布登勃洛克继续说道:"果然是一个名副其实的小人!"还有一次,父子俩在吃饭的时候异常气愤和失落……发生什么事了?唉!没什么,他们没有做成一桩大买卖——向荷兰出口一批稞麦，被施特伦克和哈根施特罗姆捷足先登，将这笔生意抢走了。这个亨利希·哈根施特罗姆实在是一只狡猾的狐狸。

冬妮经常听见这样的谈话，这便让她打心里对玉尔新·哈根施特罗姆产生了某种厌恶。她们一起去上学纯粹是因为她们是邻居，在平时的时候她们总是拌嘴。

"我父亲有很多钱，一千泰勒那么多！"玉尔新说，明知自己在说大话。"你父亲有吗？"

冬妮由于忌妒和自卑变得默不作声。稍过片刻，她不露声色地随口说："玉尔新，你吃了什么早餐？我今天喝的可可味道美极了！"

"唉！我差一点就忘记了，"玉尔新回答说，"你要吃苹果吗？哼！我才不要给你呢！"说着便将嘴唇噘得高高的，一双黑色的眼睛因为沾沾自喜而变得水灵灵的。

有时候，玉尔新的哥哥亥尔曼也会和她们一起去上学，他比她们略长两岁。她还有一个哥哥名叫莫里茨，由于身体不好，便请了个先生来家里教。亥尔曼有着一头金黄色的头发，不过鼻子则有些塌。因为他总是拿嘴巴来呼吸，所以一直在吧嗒着嘴巴。

"瞎说！"他说，"父亲的钱可是比一千泰勒还要多很多呢。"在亥尔曼的身上，最让冬妮觉得有趣的是他带的第二份早餐到学校——这并非是普通的面包，而是一块椭圆形铺着葡萄干的奶油柠檬蛋糕，软绵绵的，中间还夹着一块鹅脯肉或者几个香肠。这食物貌似很对他的胃口。

对于冬妮来说，这可真是一件新奇的东西，柠檬蛋糕夹着鹅肉，真让人垂涎三尺。他给她瞧了饭盒一眼，她便情不自禁地说出了自己的心声，她真想要尝一尝。

亥尔曼说:"冬妮,我现在不能给你,明天我可以多带一份给你,如果你能拿点别的东西来跟我交换。"

次日,冬妮在巷子里等了五分钟都没有看到玉尔新的人影。又等了一分钟,看见亥尔曼独自走出门来;他摇了摇用皮带绑着的饭盒,一直微微地吧嗒着嘴。

"喏,"他说,"这里有一块夹着鹅肉的柠檬蛋糕;一点儿也不肥腻,都是瘦肉……你要用什么来换呢?"

"一先令,可以吗?"冬妮问。他们站在林荫道的中央。

"一先令……"亥尔曼重复了一下。忽然,他吞了吞唾沫接着说:"不,我想要其他的。"

"你想要什么?"冬妮问。为了这个可口的蛋糕,她什么都愿意做的。

"一个吻!"亥尔曼对冬妮喊了一句,然后迅速地用两只胳臂抱住冬妮,不由分说地胡乱吻起来。但是,他一直都没有碰到她的脸。因为她异常灵敏地将脑袋向后仰去,左手拎起书包挡住他的胸膛,使劲地用右手在他脸上打了好几下。他脚步踉跄地朝后退了两步。不过就在这时,他的妹妹玉尔新如同黑罗刹一般从一棵树后面跳了出来,怒气冲冲地朝冬妮身上扑,扯她的帽子,使劲地用手抓她的脸……自从这件事之后,他们的友情几乎决裂了。

冬妮之所以不让哈根施特罗姆吻她,并非因为她害羞。她可是一个十分勇敢的女孩儿,她的冒失和随心所欲,让她的父母,尤其是参议操了许多心。尽管她头脑灵活、学习优异,但是她的品德却有所欠缺,导致后来就连女校长——亚嘉特·菲尔美林小姐也必须亲自到孟街登门造访。她由于窘迫而弄得全身湿漉漉的,但相当有礼貌地劝诫参议夫人说，该对小冬妮严加管教了，因为这个孩子没有把师长的多次劝告放在心上，又跑到街上惹事了。

冬妮从城里回去的时候，别人都认识了她，这并非是一件有失体面的事情，正好相反，参议对这一点是十分赞同的，因为他觉得这样足以显示他们家人是那样的平易近人，对人和气而有修养。冬妮经常跟托马斯一块儿在特拉夫河岸上的堆栈里闲晃，在麦堆里爬上爬下，跟坐在账房里的工人、记账员谈天说地。这些狭小而昏暗的账房的窗口接着地面。有时，冬妮闲着没事甚至会去外面帮着往上拉粮食袋子。她跟那些驾着马车用铁桶从乡村往城里输送牛奶的女人是认识的，她们经常用车子载她一段路；她跟在金银首饰店的木屋里做活的白胡子的老师傅们是认识的，这些小房子就建在市场的拱道下面；那些在市场上卖鱼、卖水果、卖菜的女人她亦认识，就连站在街角上口嚼烟叶的挑夫她也认识……好了，这里就不再一一列举出来了！

然而，冬妮并非仅限于跟别人打一个招呼、道一声问候。有这样一个面如白纸、没有胡须的人，谁也弄不清他究竟有多大。早上，他经常露出一副忧伤的神色在大马路上散步。这个人神经相当敏感，如果有人猛然大喊一声，如在他身后"嗨"或者"嘀"地一叫，他便吓得抬着一条腿乱跳，而冬妮只要遇见他便不会放过他，肯定要让他跳几下。另外，街上有一个骨瘦如柴的老太婆，脑袋很大，不管什么天气她都要立起一把巨大且破旧不堪的伞，每次冬妮见到她的时候都嘲笑一番，喊她作"破伞老太太"或者"香菇"，很显然，这种做法是有失体面的。另外还有，冬妮经常和几个志同道合的朋友到约翰尼斯街一条横胡同去，此处住着一个卖玩偶的老太太。她长着一双奇异的红眼,一个人居住在一间房子里。冬妮和她的朋友们来到她的房子前,不停地按她的门铃,当老太太走出来时,她们便故作热情地问,痰盂先生痰盂太太住在这里吗,问完之后便高声笑着跑走了。所有的恶作剧都有冬妮·布登勃洛克参与,并且她在玩这些恶作剧的时候仿佛问心无愧一样。要是那个受害者恐吓她几句,这个小姑娘便后退一步,噘起上嘴唇,将俊俏的小脸蛋朝后仰,"哼"地啐一口,做出半怒半挖苦的姿态,好像在说:"我可是参议布登勃洛克的女儿,你敢把我怎样!"

她在城中进进出出,俨然一个小女王,她绝对有权力根据自己的意愿对下属进行宽恕或者惩罚。

3

让·雅克·霍甫斯台德给参议布登勃洛克两个儿子所下的断语,是那样的准确客观。

托马斯生下来就是一个生意人,注定是公司以后的接班人。他目前正在一所拥有哥特式拱顶建筑的旧式学校念实用科学。托马斯不仅机智灵敏,而且理解能力很好,每当他弟弟克利斯蒂安效仿老师的动作时,他就开怀大笑。克利斯蒂安在一所普通中学上学,天分也很不错,但是没有托马斯那么严谨专注。他模仿老师模仿得十分逼真,尤其是那位教唱歌、图画等愉快科目的精干的马齐路斯·施藤格先生。

施藤格先生的背心口袋里始终插着一捆削得尖尖的铅笔。他戴着一顶火红的假发,穿着一件宽松的淡棕色外衣,一直拖到了脚跟，脖子上的硬领差不多有额角那么高。他很机智，喜欢说一些意味深长的双关话，比如："我的好孩子，你理应画一条弧线的，你画了什么？你只不过随便画了一条线！"或者他会跟一个懒学生说："你在三年级待了三年，那么在六年级可就得待上六年！"他最喜欢的科目便是在上音乐课的时候练习《绿色的森林》这首歌。他事先让一些学生到课室的走道上，等他们听到课室里唱"我们欢快地穿过田野和森林……"这句歌词之时，走道上的学生便轻声低唱最后一个字作为回应。有一次，克利斯蒂安·布登勃洛克的表兄弟尤尔根·克罗格跟他另外一个伙伴安德利亚斯·吉塞克——一个消防队长之子被派遣去做这份工作。该发出温和的回声时，他们将煤斗叮叮咚咚地滑下楼梯去。因为这件事，他们下午放学后不得不待在施藤格先生的屋子里等待惩罚。不过，他们在那里过得十分愉快。施藤格先生将早上发生的事情忘到了九霄云外，他嘱咐管家给布登勃洛克、克罗格和吉塞克每人一杯咖啡，然后把他们打发走。

实际上，这座圆屋顶的老学校原本是一所寺院学校，教书的老师们都是一些脾气敦厚的好先生，带领他们的校长是一个爱闻鼻烟的善良老人，他本人提倡宽厚待人。所以，这些老师也受到了影响，觉得知识跟欢快的心情之间并不会相互排挤。他们争相以温柔敦厚的面貌投身于工作。有一位教中年级拉丁文的姓师的先生，以前当过牧师。这位牧师身材魁梧，长着棕色的胡须，目光如炬，他最引以为傲的，便是他的工作刚好跟他的姓氏吻合，他多次让学生翻译拉丁词pastor[①]的意思。他的口头禅是"受到无穷的束缚"，不过没人

[①]拉丁文：牧师。

晓得，他这样说是不是特意闹着玩。有时，他将舌头套在嘴里用来表演一种口技，接着立刻往外边吐出，发出了响亮的声音，如同打开香槟酒塞子时的声音一样，弄得全体学生都愣住了，不知所措。他喜欢迈着大步子在教室里来回踱步，跟一些学生聊他以后的生活，聊得绘声绘色。很显然，他这样做的用意无非是想激发学生的想象力。最后，他神情严厉地转到功课上，也就是说，叫学生诵读他写的几首小诗。在这些诗里，他灵巧地将变格规则跟复杂的语法结构编写进去。他本人也经常自鸣得意地大声诵读这些诗，尤其是将节奏音律念得清楚明白。

汤姆跟克利斯蒂安的年少时光，并没有什么十分值得讲述的重大事件。那些时光，在布登勃洛克家里充满了阳光，商店的生意十分兴隆。尽管偶尔也会出现一次暴风雨、一场小灾难，如下面这种情况：

史笃特先生是一位住在铸钟街的裁缝师傅。他的妻子因买卖旧衣物，所以跟上层社会亦有接触。史笃特先生穿着一件羊毛衫遮住了他那个露在裤子外的大肚子……替布登勃洛克家的小公子爷缝制了两套衣服，一共是八十马克的工钱；由于这两个人的恳请，他允许在账本上记录为七十马克，然后将剩下的钱给这两个孩子。这是一桩小买卖，尽管不太干净，却也并非是独一无二的稀奇事。然而，天意弄人，这件事曝光了。史笃特先生必须在羊毛衫上面套上一件黑罩衫来参议的办公室对证，汤姆和克利斯蒂安在裁缝面前受到一次严重的拷问。史笃特先生两腿交叉着，微斜侧着脑袋，恭恭敬敬地站在参议的椅子前，努力地想把事情处理好。他说什么"这并非是一件大不了的事情"，"既然都已经东窗事发了"，只要他可以获得七十马克便能心满意足了。不过，参议对这个欺瞒很是生气。他认真地想了很长时间,结果是增加了孩子们的零花钱,《圣经》上如是说:"别来勾引我们!"

这家人在托马斯·布登勃洛克身上寄托的希冀明显比在他弟弟身上多。托马斯彬彬有礼,虽然性格活泼却从不骄横跋扈;与此相反,克利斯蒂安总是反复无常,有时他还会摆出一副幽默而奇怪的姿态,有时则将全家人吓得魂飞魄散。

有一回,全家人正坐在餐桌上吃饭后的水果,十分欢快地聊天。忽然之间,克利斯蒂安将一个吃了一口的桃子放回原处,脸色苍白,一双凹陷下去的圆眼睛睁得很大。

"我从来都不吃桃子的。"他说。

"你怎么了,克利斯蒂安?……老说这种蠢话……"

"你们仔细想一想,如果我稍不注意就将这个大核吞下去,刚好卡在喉咙里……憋得我闷得慌。我跃身而起,憋得眼睛发蓝,你们相继跳了起来……"他突然惶恐不安地低吟了一声,忐忑地从椅子上站起来,像要逃之夭夭一样。

参议夫人和永格曼小姐真的跳了起来。

"上帝啊!克利斯蒂安,你当真吞下去了啊?"从他的肢体动作来说,貌似这里发生了些重大事件一样。

"不会的,不会的,"克利斯蒂安说,逐渐安静了下来,"我说,要是我将它吞下去如何?!"

参议原本也吓得面如土灰,此时便开始责备起他来,就连祖父也恼怒地敲打桌子,宣布往后要严禁这种捉弄人的把戏。而且,克利斯蒂安以后真有很长一段时间不敢再吃桃子。

4

大概在这家人搬到孟街新居六年之后,在一个严寒的1月里,安冬内特·布登勃洛克老太太最终卧病在她中层楼的床上,她这次生病卧床,并不纯粹是由于她的年老虚弱。在其患病的前几日,这位老太太一直都是精力旺盛的,头上的浓密白发也一直梳理得整整齐齐,给人一种端正威严之感。她总会跟她的丈夫、孩子一起出席城里的一些隆重的宴会;碰到布登勃洛克自家宴客的时候,她也会亲力亲为,毫不给她那位仪表堂堂的儿媳妇表现的机会。然而忽然有一天,她觉得身体不舒服,起先的诊断是轻性肠胃炎。格拉包夫医生帮她开了一张单子——一点鸽子肉和两片法国面包。不过其后她的肚子便疼痛难忍,呕吐不止,元气大伤,处于一种让人堪忧的、狼狈不堪的状态。

当格拉包夫医生跟参议在屋子外面的楼梯里进行一段简短而严肃的谈话之后,当另一位留着黑胡子阴沉着脸的矮胖子医生也开始和格拉包夫医生一块儿进进出出后,这座房子的面貌好像也全都随之改变了。人们在走路的时候都是蹑手蹑脚的,说话也是轻声细语的,马车也不可以从楼下的走廊上轰隆隆而过了。一种神奇且不可思议的东西好像在这时候造访了这座老宅子,这个秘密可以从所有人的眼神里读出来。死亡的阴影早已笼罩了这座宅院,正在无声无息地主宰着每一个宽敞的房间。

不过,谁也没有闲下来,因为探病的客人络绎不绝。病人躺在病床上已经有十四五天。在前一个周末,病人的一个哥哥——杜商老议员,便带着他的女儿从汉堡来探望。几日后,参议的妹妹跟她的法兰克银行家丈夫也赶来了。来探望的这些客人都住在他们家，让永格曼小姐忙得不可开交。她既要帮客人安排房间，又要预备早餐用的虾米、红酒，此外厨房里烹饪的事情也比以往多了。

楼上，约翰·布登勃洛克正襟危坐于病床旁，紧握着夫人内特惨白如纸的手。他的眉头紧缩，下嘴唇轻垂，迷茫地望着前方。时钟每到一定的时间便发出清脆的嘀嗒声，而且间歇好像被拉得很长很长，不过和病人虚弱急促的呼吸比起来，这个时钟的嘀嗒声显然很勤快。一个身穿黑色衣服的护士正在桌子旁边调制牛肉茶，这是他们给病人准备的，每过一段时间便有一个家里人轻轻地走进来，然后又不动声色地走出去。

或许老人现在在回忆，四十六年前他是如何坐在他第一任夫人的病床旁的。他可能将那时候痛苦绝望的情绪跟现在这种沉重的忧伤做了一个对比。因为他现在也是一个老人了，当他凝视着他老伴变得苍老的样子，那张十分淡漠、毫无表情的面容，他早已失去了以前那种浓烈的情感了。他这个妻子既没给他带来极大的欢乐，也没给他带来莫大的痛楚；然而她十分聪慧地陪在他身边度过了漫长的年月，从未做出有失身份的事情，现在她终究还是要黯然地离他而去了。

他也没有回想太多的东西，只是在专注地回顾自己的一生和空洞的生命。仿佛这个生命一瞬间就变得奇异而遥不可及了，他情不自禁地摇了摇脑袋。他一度深陷于无谓的喧闹繁杂中，现在却已全身而退了，只是默默地留下了他，使他惊讶地聆听从远方传来的繁闹的余音。他不停地念叨着：

"古怪啊，真是古怪啊！"

直至布登勃洛克老太太安静地吐完她在人世的最后一声急促的叹息，直至在餐厅里举办了追悼仪式，脚夫们把那口布满鲜花的棺材抬起来，迈着沉重的脚步走出门口的时候，他依旧是从前的那种情绪，甚至连一声哭泣也没有。他只是好像很惊讶地轻轻摇头，脸上露出一丝苦笑，不停地念叨着"真是古怪啊"！这个字仿佛成了他的口头禅。很显然，约翰·布登勃洛克也走到了生命的尽头。

从那次之后，他和家人坐在一块儿经常漫不经心地缄默着，就算他有时将小克拉拉抱在膝盖上，给她哼一首幽默的老调子，如什么"大马车呼啦啦地走过来……"呀，什么"瞧，一只苍蝇在墙边嗡嗡地飞……"呀，他也会立刻变得缄默，仿佛从一个长长的模糊的幻想中顿然惊醒过来一样，再次将他的孙女放到地上。他摇着脑袋，絮絮叨叨地说："古怪啊，真是古怪啊！"接着便独自转到一边去。有一天，他问道："应该到时间了吧？"

没过多久，一张做工精致、由父子两人签名的通知便派发到城里的每家每户了。通知上说，因为老约翰·布登勃洛克年事已高，不能再接管商事，从即日起，将先祖于1768年创办的约翰·布登勃洛克公司连同所有的资金和债务都交给其子，同时也是公司以前的投资者之一约翰·布登勃洛克接手。往后此人就是公司的唯一股东，由此告知各位亲朋好友，并请多加关照！老约翰·布登勃洛克在末尾署名时，宣称他从今以后绝不再签署公司的任何文件。

这张通告一出，老人便不再迈进办公室的门槛，而他那种事不关己高高挂起的漠然态度也到了无以复加的地步。三月中旬，离安冬内特夫人去世不到两个月的时间，他在无意间患了一点伤风便病倒在床，不久之后，在一天夜里，又换成这一家人围在了他的病床旁。他先是对参议启口："万事顺利，约翰，你要一直都有勇气！"

接着跟托马斯说："要帮帮你的父亲！"

然后又对克利斯蒂安说："你要成为一个有所作为的人！"

之后他便没了言语，将在场的每一个人环顾一遍，最后再念叨了一句"真是古怪"，便将头朝墙壁转去……

直到他去世，他都不曾提起大儿子高特霍尔德。此外，尽管这个大儿子接到了参议的来信，请他来见父亲临终前的最后一面，但是他一直保持沉默。然而在老人与世长辞的第二天早晨，消息还未发出去，参议刚从楼梯上走出去，准备到办公室解决几件至关重要的急事时，发生了一件出人意料的事情——西格蒙特·施推威英内衣店的店长高特霍尔德·布登勃洛克从布来登街上走来了，他急匆匆地从过道里经过。四十六岁的高特霍尔德，身矮体胖，繁茂的浅黄色的头发里掺杂了许多银丝。他的腿短，穿着一条带格子的粗布料裤子，宽大得跟布袋一样。他在楼梯上刚好遇到往下走的参议，他扬了扬被遮在宽沿灰帽子下的两道眉毛，然后挤凑在一起。

"约翰，"他说，但没有将他的手伸向他的弟弟，"事情如何了？"他的声音很高，但听起来很舒服。"他昨晚去世的！"参议抑制不住激动的情绪，一把抓住他哥哥的手，他手里还拎着一把雨伞。"他可是我们的好父亲啊！"

高特霍尔德的眉毛垂得那么低，几乎和眼皮连成一条线。缄默片刻后，他郑重其事地问道："他最终还是没有改变他的态度吗？"

参议马上将握着他的手松开，甚至还后退了一步，那双凹陷的圆眼睛闪了一下，回答道："没有！"

高特霍尔德的帽檐下的眉毛再次耸了上去，眼神凝重地盯着他的弟弟。

"从道德理论上来说，我有这个希望吗？"他在说这句话的时候声音压得很低。

现在换成参议将目光低下去了。随后他将手朝下一甩，做了一个表明自己立场的动作，继续低头看着地面，同时用淡然而坚定的语气回答道：

"在这个沉重而严峻的时候，我是以一个兄弟的身份朝你伸出手的，但是假如提及商业上的事情，那么我只好以这家声名赫赫的公司经理的身份跟你谈话。你知道的，我现在已是这家公司的唯一继承人了。身为一个经理，我有自己的职责和义务，你别指望我做出一件有违我职责的事情来；对于这件事，没有任何商量的余地。"

高特霍尔德听完便离开了。不过在出殡的那天他又出现了，他混杂在拥挤的人群之中：亲朋好友及社会上形形色色的人，这些人将屋子、楼梯、走道围得水泄不通。参议租来了城里的所有马车，将整条孟街都排满了。高特霍尔德会来参加葬礼，这让参议有些喜上眉梢。不过他不是自己来的，而是跟他那个娘家姓施推威英的太太以及三个已经长大的女儿一起来的。弗丽德莉科和亨莉叶特，两个人都很高又很骨感。菲菲，是最小的一个，18岁，看上去又矮又胖。

布登勃洛克家的祖坟是在布格门外，紧靠着公墓的矮灌木。这场葬礼的主持人是圣玛利教堂的科灵牧师。科灵牧师有着一副健壮的身材，一颗笆斗一样的大脑袋，说话相当粗鲁。他赞美着死者对上帝的敬仰、勤俭节约的生活，觉得那些"酒色之徒和大肚汉"应该以此为鉴。许多人听了他这番粗野的台词后，都不以为然地摇摇头，情不自禁地怀念起刚离世的万德利希牧师那温文尔雅的陈词来。当所有的仪式都完毕，死者入土后，租来的七八十辆马车便开始辘辘地转动起来朝城里驶去。这时候，高特霍尔德·布登勃洛克恳请参议跟他一起走，因为他想独自跟参议说些话。于是他便跟这位同父异母的兄弟并肩坐在一辆宽大笨重的马车后座上。他将腿跷起来，显得十分友善，全然一副恳求和好的姿态。他说他已经逐渐意识到，参议别无选择之路，只能按照现在这样行事，对于已逝的父亲他不再怀恨在心。他已经决定放弃曾经提出的那些要求，并且想要从所有的商业活动中全身而退，依靠着他的一部分遗产和剩下的一点金钱度过余生。由于一方面他对内衣这个行业没有多大的兴致，另一方面是因为这个行业的生意冷淡，他也不乐意冒险投入更大的资本……"他违反了父命的同时自己也没有获得幸福！"参议心里暗暗思量，对上帝的笃信之心愈加强烈和深刻，也许高特霍尔德也是这样想的。

　　回到家后，参议陪同他这位哥哥到楼上的餐厅；兄弟两个人穿着一件薄礼服在初春的郊外站了许久，都难免有些瑟瑟发抖，于是先斟酌了一瓶白兰地。高特霍尔德只是跟他的弟媳稍稍附和了几句，然后摸了摸孩子的头，便起身告辞了。几日之后，他又参加在城外克罗格宅子里举办的一次"儿童节"……他现今已开始着手清理他的店铺了。

5

　　让参议觉得十分惋惜的是，父亲居然没有及时见到他的孙子在商业上的打拼。这是今年复活节前后的事。

刚好16岁那年,托马斯脱离学校。近两年来他长得相当健壮,也受了坚信礼。科灵牧师在行坚信礼的时候还用耸人听闻的字眼对他进行一番恳切的戒酒的劝告。从此之后他便开始穿起大人的衣服,这让他看上去显得更加成熟了。他的脖子上戴着一条祖父送给他的金表链子,表上挂着一块金牌,上面刻着这个家族的纹章。在凹凸不平的表面上画了一片平坦的沼泽地,旁边站着一棵孤零零、光秃秃的柳树。而那枚镶着绿宝石的老式印章指环(也许过去那位住在罗斯托克的一位祖先,也就是那家世显赫的裁缝师傅佩戴过它),以及那一本厚重的《圣经》现如今也由参议接手了。

就像克利斯蒂安的面容长得越来越像他的父亲一样,托马斯的样子则长得和祖父如出一辙,尤其是他那张圆溜而紧绷的下巴和那形状秀美挺拔的鼻子。斜分的头发,朝后弄成两个小蓬,将下面的青筋毕露的狭窄鬓角露出来。跟棕黄色的头发相比起来,长睫毛和眉毛就显得十分淡。顺便提一提,他总是喜欢将一条眉毛表情丰富地往上一挑。他的语言动作和微笑显得十分稳重、很有分寸。他笑的时候老将他那副不是很整齐的牙齿露出来。如今,他真诚而郑重地接受这一份工作。

他跨进商业生涯的第一天真的是一个盛大的日子。这天早饭过后,父亲便把他领到公司的办公室里,给他介绍了经理马尔库斯先生、会计哈维尔曼先生和其他的工作人员,老实说这些人他早就很熟悉了。随后他第一次坐到了写字台前面的转椅上,不知疲倦地做着盖章、分门别类和抄录的工作。下午时分,父亲又领着他去特拉夫河边的几个仓库那儿走了一遭。每个仓库都有自己的名字,如什么"菩提树"

啦,"橡树"啦,"狮子"啦,"鲸鱼"啦,等等。处于这几个仓库里,托马斯觉得跟自己家里一样熟悉,不过作为一个新同事被介绍给管理仓库的人还是头一回。

他将全部身心都投入这个事业,处处都仿照着父亲那种多做事少说废话的精神。父亲总是勤勉地工作着,在日记里写下了许许多多请求上天眷顾的祷告词;他一定得将公司因为老董事的去世而支出的一大笔开销补偿过来,这俨然成了他的神圣使命。某天夜里,已经很晚了,参议坐在风景厅里将他们目前所处的境地周密地讲解给他的太太听。

已是十一点了。孩子们跟永格曼小姐早就回到过道旁的一排屋子里睡觉了。由于这时候的三楼除了有时会用的客房外早就腾空了。参议坐在黄色的沙发里,嘴里叼着一支雪茄,正在漫不经心地浏览着本地报纸的经济栏。参议夫人则坐在她丈夫身边弯着腰绣一块锦缎,她微动着嘴唇,用织针数着针脚。在她身旁的一张精巧的缝纫桌上,放置着一副烛台,点着六根蜡烛;不过那支树枝状的大吊烛并未点燃。

此时的约翰·布登勃洛克已经年过四旬,近些年来,面容明显苍老了许多。他那双圆眼睛仿佛比以前更加深陷了,与此相反,鹰钩鼻子和颧骨则变得更突出了。浅黄色的头发跟鬓角分开的地方,好像淡淡地抹了几下白粉。此时的参议夫人也将近四旬,不过她是那样的漂亮,甚至毫不夸张地说她那明丽动人的外貌依旧不减当年。她的皮肤白皙得如同没有血色,脸上长着一些雀斑,却不曾破坏了她的柔嫩。她那头烫得十分漂亮的淡红色头发,在烛光里闪着光亮。她用她那双清澈而幽蓝的眼睛瞥了她丈夫一眼,然后对他说:

"亲爱的,有件事儿我想让你考虑一下,我们是否应该再聘一个仆人啊?我认为,我们确实需要这么一个。每当我想起我的父母……"

参议将报纸放在膝盖上,然后把雪茄从嘴里拿出来,他目光顿然变得凝重起来,因为目前说到了一件需要增加开销的事情。

"没错!亲爱的贝西,"他开始说,刻意将说话的声音拖得很长,便于他把反对的借口说得更含蓄一点,"再聘一个仆人吗?自从两位老人过世后,我们家里还留着三个女仆,还不包括永格曼小姐,我认为……"

"唉!这座宽阔的大房子,约翰,有时候弄得我实在没有办法。我跟林娜说:'林娜,我亲爱的好孩子,后屋也不知道多长时间没有清理了!'但是我也不可以过分地对她们指手画脚啊,前屋也都打理得干净整齐,她们要做的事情本来就很多了。如果雇用一个男仆的话,让他去跑腿什么的就很方便……从乡下雇用一个厚道可靠的男佣并非难事。看,我险些就将这件事忘了,约翰,路易斯·摩仑多尔夫刚好要将他们的安东打发走,我看他做事的手脚还是十分利落的。"

"说实话,"参议说话的时候觉得身子不安地摇动了,"我过去倒是没有想到这个。我们现在很少去参加宴会,自己也不经常设宴待客。"

"的确!但是我们家还是难免会有客人来访,你也知道这不是我的错,亲爱的!尽管你知道,我很喜欢招待那些客人。有时候,你商业上的朋友从别的地方过来,你留别人吃一顿便饭,他在没有找到旅店的时候当然是要在我们家过夜。甚至有时候来一个传教士,或许还要在我们家里住上八九天……再过一个周马蒂亚斯牧师便会从康史塔特过来,况且雇用一个仆人的价钱也是微不足道的,依我看……"

"但是会集腋成裘啊,贝西!我们家里已要支付四个人的工资了,另外公司中还管理着一大批人。"

"我们真的是一个人也雇用不起吗?"参议夫人倾斜着脑袋看了她丈夫一眼,笑着说"我每当想起我娘家的那些仆人……"

"一开口又是你娘家,亲爱的贝西!这么说我倒要问问你,对于我们的家底你到底了解不了解?"

"你真是问对了,不了解,约翰,我心中还真的没底。"

"好!这也不是什么说不明白的事情。"参议说。他在沙发上重新坐好,跷起二郎腿,吸了一口烟。他的眉毛拧在了一起,十分流利地念出了一连串数字。

"简单来说,妹妹出嫁之前父亲手里大约还有九十万马克,当然不包括公司的股份和地产,给法兰克福八万马克当作陪嫁费,给高特霍尔德十万当作分家费,剩下的就是七十二万。然后买了这座府宅,加上我们从阿尔夫街上那座小房子获得的一笔钱,这里包括了装修、买办家具也花去了十万多马克,剩下的就是六十二万马克。然后又给法兰克福两万五千马克购买产业的补偿费,剩下的就是五十九万五千。如果不是我们这些年挣了二十万,将这几笔花销抵消了一部分的话,父亲过世时留给我们的财产也就这一些了。算上挣的钱,我们的所有财产七十九万五千马克。然后从里面再给高特霍尔德十万马克,给法兰克福二十六万七千马克,还要算上父亲在遗嘱里说的要给圣灵医院、商业人士寡妇救济金等几笔小数目的捐款。如此一来我们就只剩下大概是四十二万马克,或许还可以加上你的十万嫁妆。这便是我们现在的经济状况的大致数目。当然了,资产的数目并非完全不变的,总会有一些上下浮动。亲爱的贝西,我们并非富贵之家。况且还有一件我们不能忽略掉的事情，那就是我们的生意虽小，但是花销还是和过去一样多，搭起来的台子就很难往回收缩了，你可以理解我说的这番话吗？"

参议夫人将手里的刺绣放在膝上，犹豫地点点头。"亲爱的，我能理解。"她说。尽管她并非每一句话都理解了，而且实在想不明白，为何列举了那么多的款项，却不能雇用一个仆人。

参议重新吸着他的雪茄，抬起头，把烟吐掉接着往下说：

"或许你在想，等你父母百年之后，我们兴许有望获得一笔不错的财产，的确！这是事实。不过，我们也不可以没有自己的计划便对它抱着很大的希望。我知道你父亲亏了几笔冤枉钱，而这个亏损都是尤斯图斯一手造成的，这也并非是什么秘密了。尤斯图斯这个人嘛，虽然平易近人，不过他并非一个干练的商人，运气也尤为不好。据说，他做了一些生意，因为资金周转不足，便到银行贷了几笔款。有好几次为了让他平安渡过难关，你父亲不得不拿出数目可观的一笔钱来给他应急。这种情况以后也难免，我担心的事免不了。贝西，请原谅我说了句实话，我认为身为一个退休的人，你父亲那种无所谓、乐天知命的态度很符合他老人家，但是你哥哥是一个商人，他就不能采用这种态度了。他有些心浮气躁，你说对吗？你们的父母，所有的吃穿用度，应有尽有，这方面我是为他们感到欣慰的，只要是他们经济条件许可，日子便过得无比讲究。"

参议夫人宽容地笑了笑，她明白她丈夫对她娘家所注重的排场很不以为然。

"这些话也就无须多说了，"他将烟头放到烟灰缸里继续往下说，"要说我嘛，我唯一的心愿便是上天保佑，让我有精力再多工作几年，在他仁爱眷顾里,将公司的财产变回以前的规模。亲爱的贝西,我希望你现在能够对这些事情有所了解。"

"这可不是嘛!约翰,我已经完全了解了!"参议夫人匆忙地说。她今晚已经放弃了雇用仆人的想法了。"夜已经很深了,我们去睡觉好吗?"

几天后,有一次参议从公司回来,兴致正浓,全家人在餐桌上讨论好了,决定雇用摩仑多尔夫家的安东。

6

"我们将冬妮送寄宿学校去吧,也就是卫希布洛特小姐那里。"布登勃洛克参议说。他说话的语气很坚定,事情便照办了。

托马斯很有做生意的天赋,克拉拉长得越来越强壮、活力四射,而可怜的克罗蒂尔德,她的大胃口让谁看了都一定会觉得很欢快,唯有冬妮跟克利斯蒂安两个人,就像我们之前说的那样,让人不太满意。说起克利斯蒂安,最近几乎每天下午都会被施藤格留下来喝咖啡。其实也只是一件不打紧的事情,不过参议夫人最终还是觉得这种情况过于频繁了,被迫给这位老师十分客气地写了一张便条,让他在百忙之余到孟街这里来谈谈这个问题。施藤格先生果真来了,戴着一顶节日才用的假发,脖子上扣着最高的硬领,背心口袋里装着一排削得尖如长矛的铅笔,跟参议夫人一块儿坐在风景厅里。克利斯蒂安则躲在餐厅中偷听他们的谈话。虽然这位出色的教育者有些拘谨,但依然滔滔不绝地宣传他的教育理念,他说到"画弧线"和"胡画线"两者之间的迥异,说到美丽的绿森林和煤斗的事情。

此次造访，他不停地说"因此"这个字，他认为这个字和现在这个种金碧辉煌的氛围相当合适。过了一刻钟的样子，参议也回来了。他先将克利斯蒂安赶出餐厅，然后为自己孩子的调皮向施藤格先生表示歉意。"噢！参议先生，别这么说。这个学生脑瓜机灵，性格开朗，因此，只不过有些浮躁，假如我可以这么说的话，嗯……因此……"参议十分友善带他参观了屋子一周，然后施藤格先生便告辞了。这并非是最糟糕的一件事情。

最糟糕的是发生了下面这件事情。在某天晚上，克利斯蒂安擅自跟一个好朋友到戏院里去了。这天演的戏是席勒的《威廉·退尔》，扮演退尔的儿子瓦尔特的是一个年轻的女演员梅耶·德·拉·格兰日小姐。这位小姐有一个古怪的习惯：她不管自己扮演的角色是否符合身份，都会在舞台上佩戴一枚镶钻的胸针。没人会猜测这些钻石是假货，因为众所周知，这个是年轻的参议彼得·多尔曼送给她的礼物。彼得·多尔曼是霍尔斯登门外瓦尔街上已逝的木材商多尔曼的儿子，他跟尤斯图斯·克罗格一样，也是本地有名的浪荡子弟——简而言之，他们的生活有点放荡不羁。彼得·多尔曼是已婚人士，并且有一个小女儿，但是很久之前就跟他夫人闹翻了。如今他一个人过着单身的生活。父亲留给他一大笔遗产，老人在世时的生意他也一并管理着，不过人们都说他如今已经在吃老本了。他把大部分的时间和精力花在了俱乐部和市政厅地下室的啤酒店里，就连早饭都在那儿吃。早上四点钟的时候，人们时常能在大街上碰到他。

另外，他又不停跑到汉堡去做生意。然而他的最大兴趣还是看戏，不管是什么戏他都不会轻易错过，并且对演戏的角色也抱有很大的兴致。在过去的几年里，为了表达他的爱慕之情，曾经向许多年轻的女演员赠送钻石礼物，梅耶·德·拉·格兰日小姐是最后一位获得他这份礼物的人。

让我们言归正传吧。话说这位年轻的姑娘扮演瓦尔特·退尔，通常都会佩戴那个钻石胸针，打扮得十分俏丽，演技又如此的迷人，让身为小学生的布登勃洛克心驰神往，眼睛也浸满了泪水。他心中油然升起了一种强烈的情感，驱使他一定要用行动表达不可。于是，趁着休息之时跑到戏院对面的一家花店，用一马克八个半先令买下了一束花。这位大鼻深眼窝的十四岁少年，手里捧着鲜花，昂首挺胸地奔到后台去。由于路上没人拦着他，他一会儿便来到了化妆室的门前，差点儿就撞到正在跟彼得·多尔曼参议站着聊天的梅耶·德·拉·格兰日小姐。参议瞧见克利斯蒂安捧着一束鲜花走进来后，笑得前仰后合。但是这位新纨绔少爷一本正经地对"瓦尔特·退尔"行礼，将鲜花递给她，晃悠着脑袋，声音由于激动变得苦涩沙哑："小姐，您的表演是那样的动人！"

"嗨！克利斯蒂安·布登勃洛克，你可真行。"多尔曼参议用他那宽嗓音喊道。梅耶·德·拉·格兰日小姐扬起了她那双俊秀的眉毛，问了一句："可是布登勃洛克参议的孩子？"然后她便温和地摸了摸她这位新爱慕者的脸。

于是那天晚上，彼得·多尔曼在俱乐部里就被当成了一个笑谈的故事。这件事像闪电一般迅速地传遍了全城，没过多久就传到了校长的耳朵里，校长将这件事告知了布登勃洛克参议。参议听到这件事后仿佛受了严重的打击，极为吃惊，甚至都顾不上发怒了。当他坐在风景厅里将这件事情说给他夫人听的时候，如同失魂落魄一般。

"这就是我们的儿子,他居然变成……"

"约翰!我的天,要是被你父亲听见,他肯定要大笑一番的。周四的时候,你将这件事告诉我父亲,他肯定觉得很有趣!"

说到此处,参议再也抑制不住自己心中的满腔怒火。"哼!的确是这样!贝西,我也知道他会觉得非常有趣!他会很开心,因为浮躁是他的本性,他那种轻佻的恶趣味,不仅传给了尤斯图斯,还传给了他的外孙。天煞的!你非逼着我将这些话统统说出来。他去找那样的人!然后将他的零花钱双手奉送给那个卖唱的女人!他自己都不晓得自己在干什么;但是他将自己与生俱来的本性暴露了!那种习性已经暴露了!"

这确实是一件让人痛心疾首的事情,还要加上冬妮的不端正行为,正如我们之前所说的那样,这也就更加让参议忐忑不安了。随着年纪的增加,冬妮尽管没有去戏弄那个毫无血色的人,吓得他单脚跳舞,也不再去卖布娃娃的老太婆家乱按门铃,但是她总是喜欢将头朝后一仰,逐渐显示出一派调皮不羁的模样。尤其是她在城外的外婆家度过了一个夏天后,便将她那高傲、虚荣的不良品性暴露得一览无余。

有一天,她跟永格曼小姐一起读克劳伦的《咪咪利》,忽然被参议看到了。参议觉得十分憎恶,他拿起这本小书翻了几页,一言不发地就把它封锁起来了,从此之后这本书就不再露面了。没过多久,冬妮——安冬妮·布登勃洛克,单独跟一个中学生,也就是她哥哥的一个朋友去城外散步的事情也被发现了。碰见他们一起散步的人是那位跟上层社会有所接触的史笃特太太,她到摩仑多尔夫家去变卖旧衣服的时候说起这件事,说布登勃洛克小姐如今也许到了年纪了，理应……后来摩仑多尔夫议员夫人把它当作笑话一般告诉了参议。散步的事情就中断了。但是没过多久便发现，城门里头的一棵中空老树，因为树洞没有用石灰填满，成了冬妮小姐的传信邮箱。她不仅从里头取出那个中学生写给她的一封封情书，而且她也将自己写的信放到里面去。这件事暴露之后，人们觉得有必要对这个十五岁的冬妮严加管教了，需要将她送到一所寄宿学校去，也就是米伦布林克七号卫希布洛特小姐创办的寄宿学校。

7

苔瑞斯·卫希布洛特是个驼背，她驼得十分厉害，身子跟一张桌子的高度差不多。今年四十一岁，可是她从不在意自己的装扮，穿的一套衣服仿佛是六七十岁的老太婆才会穿的。在她层层叠叠的灰色发髻上端戴着一顶软女帽，帽子上的绿丝带一直垂到她那张跟孩子一样狭小的肩膀上。除了一枚印着她母亲肖像的彩绘鹅蛋形胸针之外，她那件简陋的黑色外衣上，从未佩戴过其他装饰品。

卫希布洛特小姐的身材娇小，有一双机灵犀利的棕色眼睛，鼻子稍微勾着，薄嘴唇紧闭的时候，会露出一种坚决果断的表情。她在举手投足之间都带着一股力量，虽然看上去显得有些滑稽，却能够得到人们的敬重。这一点可能大部分要归功于她的说话方式了。她在说话时，下巴剧烈地晃动着，头也跟着快速点动着，有助声势。她说话从不带口音，吐字清晰而准确，尽力将每个字音都念得抑扬顿挫。但是元音字她则刻意念得夸张一点儿，如"波特"她会读成"包特"或者是"巴特"，又如她叫她那只总喜欢吠的小狗"巴比"，而不是叫"包比"。有时候,她会对一个寄宿生说:"孩子,别这么傻①!"边说边弯着食指在桌子上敲了几下。她给别人留下的一种印象,好像这是一件坚定不移的事情一样;要是那个法国人包频内小姐在喝咖啡的时候把糖放多了,卫希布洛特小姐便会将眼睛望向天花板,一只手指在桌布上弹着,絮絮叨叨地说:"换成我的话,就把那些糖罐都搬过来!"说得包频内小姐立马就面红耳赤。

小时候——天哪!她小时候的身体是多细小啊!苔瑞斯·卫希布洛特把自己叫作"塞色密",直到现在她依旧保留着这个称呼,让那些品学兼优的勤劳学生,不管是通学还是寄宿的,都这样叫她。"孩子,叫我'塞色密'!"她头一天便这样跟冬妮·布登勃洛克说,然后在她的额头上吻了一下,"我喜欢别人这样称呼。"她还有一个姐姐——凯泰尔逊太太,名字却叫耐利。

凯泰尔逊夫人已经有四十八岁的样子了。她的丈夫在去世时,没有留下一点财产,她便跟她妹妹在这里定居了,住在楼上的一个单间房里,跟学生们在同一张桌上吃饭。她的装扮跟她妹妹一样,相比之下,她的身材却显得十分高大。她的瘦削的手腕上总是戴着一副毛腕套。她没有教过书,不知道什么样是严厉的,她的本性就是和和气气、与人无争的。假如卫希布洛特的某个学生惹事了,她总要天真地大笑一番,笑得很夸张,连声音都岔了,塞色密非得拍着桌子严肃地大喊一声"耐利"。她喊"耐利"的时候,那个声音听起来就像"纳利",这时候的凯泰尔逊太太才被制止住,收敛了她的笑声。

凯泰尔逊夫人正如一个小孩一样,受了她妹妹的责骂,总是不

---

①她将dumm(傻)读成了domm。

敢违抗她的妹妹。实际上，塞色密打从心底看不起她的这个姐姐。苔瑞斯·卫希布洛特读了许多书，差不多可以称为知识渊博的女人。她有着自己天真的信念，有着自己坚定不移的宗教信仰，她坚信现在这种艰难无聊的生活总有一天会得到弥补。为了能够保持这些信念，她煞费苦心地不断努力奋斗。然而凯泰尔逊太太却不曾接受过什么教育，心地十分纯洁。"我的好耐利！"塞色密说，"天呐，她真的是一个孩子，她不曾有过矛盾和纠纷，她总是如此的欢乐！"她在说这些话的背后是带着嘲讽的，同时也是忌妒的，这个是塞色密性格里的缺陷，尽管它是可以被原谅的。

　　这栋位于郊外的红砖房子，被周围修剪得十分整齐的花园所围绕，地基相当的高，底层大多数是被教室和食堂占用了，楼上跟顶楼是房间。卫希布洛特小姐的学生人数较少，因为这里只招收年纪相对较大的寄宿生。包括学生在内，总共只有高年级三个班。另外塞色密招收学生的要求也相当严格，只收那些被公认的家世显赫的姑娘，冬妮·布登勃洛克便受到了亲切的欢迎。我们之前也说了，在晚餐的桌上，苔瑞斯甚至首次亲自来调制一种红色的混合甜酒——"必舍芙"。这个酒是要凉着喝，调制这些酒可是她的拿手绝活。"想要来一些吗？"她温和地点着头询问，这句话是如此刺激人的食欲，任何人听了也不会说不。

　　卫希布洛特小姐坐在长方形餐桌的上方，身子下面放了两个沙发垫，神采奕奕地看着别人用餐，没有哪个地方是她顾及不到的；她极力将自己的那副弯曲的矮小身体坐得直一些，会时不时敲桌子警告，喊着"纳利"和"巴比"，抑或狠狠地瞥包频内小姐一眼，当她将自己的目的暴露出来，想要将全部的牛肉冻占为己有的时候。冬妮分到的座位是位于其他两个寄宿生的中间：一边是阿姆嘉德·封·席令——梅克伦堡地主的女儿，浅黄色的头发，身强体壮；另一边是盖尔达·阿尔诺德逊，她家是在阿姆斯特丹，是一个俊俏而有自己个性美的小姐，长着一蓬天生浓厚的深红色头发，一双棕色的眼睛离得很近，面容娇嫩，美丽而略显得有些孤傲。冬妮对面坐的是一个喜欢嘻哈的法国姑娘，长得跟一个黑人一样，耳朵上戴着一对很大的金耳环。桌子下端坐的是一个瘦瘦的英国姑娘——布朗小姐，她嘴角边还挂着一丝苦笑，她也住在这儿。

由于塞色密调制的必舍芙酒，大家迅速地熟悉起来了。包频内小姐昨晚又做了噩梦，她说，噢，是如此的可怕啊！她在做噩梦的时候总是喊："救命啊，救命啊！强盗，强盗！"别人都被她从床上惊醒过来了。然后又聊到，原来盖尔达·阿尔诺德逊并非像别人那样弹钢琴，而是拉小提琴，她的父亲、她母亲早已去世了，说过要送她一把真正由斯特拉狄瓦利①制作的提琴。冬妮没有音乐的天赋，就连圣玛利教堂唱了什么赞美诗都无法分辨清楚。噢！阿姆斯特丹的新教堂里的管风琴有 Vox-humana——人声——那声音如此雄浑！——阿姆嘉德·封·席令又说起了她家里养的牛了。

这个阿姆嘉德从初次见面开始便给冬妮留下了很深刻的印象。她是冬妮遇到的第一个具有贵族身份的女生。可以用封·席令作为姓氏，那是多么的荣幸之至啊！虽然冬妮的父母拥有城里最美丽的大房子，祖父母的身份也很显赫，但是他们也只是有着一个简单的姓氏——"布登勃洛克"或者"克罗格"而已，这是多么让人惋惜的事情啊！这位高雅的莱勃瑞西特克罗格的外孙女对阿姆嘉德所拥

---

① 斯特拉狄瓦利（1644—1737年），意大利提琴制作家。

有的贵族血统可是钦佩得五体投地。她经常暗自思量，这个华丽典雅的"封"字加在自己头上是再恰当不过了——因为阿姆嘉德，我的上帝！完全不懂得重视她的这种好运气。她编了一条粗辫子，一对蓝眼珠泛着温和的光芒，说话的时候操着一口梅克伦堡口音，她整天东奔西跑，就是从不思考这个问题。她看上去也没有一点儿高贵的气质，她从不会炫耀她高贵的出身，实际上，她完全不知道高贵是怎么一回事。"高贵"这词早已在冬妮的小脑袋里根深蒂固了，她一心觉得盖尔达·阿尔诺德逊是可以受得起这个字的。

盖尔达和大多数人有一点区别，她身上洋溢着一种独特的异国风情；她无视塞色密的责备，总喜欢将自己漂亮的红头发绑成一个十分醒目的式样，另外，许多人都觉得她拉提琴也很"傻"——在这里要解释一下"傻"这个字可是一个相当严重的贬义词。虽然这样，大部分的女孩子还是赞同了冬妮的意见，觉得盖尔达·阿尔诺德逊是一个有气质的女生。不管从她的年龄来说——身体长得十分丰满，还是从她的一举一动，或者是她所使用的物品，都显示出她的高贵身份。就拿她的日常用品来说吧，她有一套从巴黎购置的象牙化妆用品，冬妮十分欣赏这些物品的价值。由于冬妮自己家里也有许多各式各样的物品是她父母跟祖父母从巴黎购买来的，这些东西都是价值连城。

这三个姑娘迅速地组成了一个小圈子。她们三个既是同一个班的，又是一同住在楼上的一间大房间里。十点钟之后该休息了，边脱衣服边闲聊，这可是一个很有趣、很欢快的时刻啊！自然这是要压低声音的，因为在隔壁的包频内小姐早已做起了强盗的噩梦。跟她住在一块儿的是小伊娃·尤韦尔斯。伊娃是汉堡人，父亲是一位艺术爱好者和收藏家，目前在慕尼黑定居。

条状的棕色窗帘早就拉下来了，桌子上点着一盏红灯罩的矮灯，房间里飘散着一股淡雅的紫罗兰清香和新浣洗的衣服味。几个女孩子的周围弥漫着疲倦、慵懒、梦幻般的安静、惬意的情绪。

"我的天！"阿姆嘉德开口了，她身上的衣服都脱了一半，正坐到自己的床边，"诺伊曼博士的口才是那么好！他一走进课室，在讲台上一站便滔滔不绝地跟我们说起拉辛。"

"他的额头又高又美。"盖尔达说，她正在两张窗户中间的一面镜子前借着烛光梳头发。

"确实啊！"阿姆嘉德急忙附和着。

"你一开头就说到他，也不过是为了听到这句话，阿姆嘉德，你总是用你那双蓝眼睛注视着他，真像是……"

"你该不会是喜欢上他了吧？"冬妮问道，"我的鞋带无法解开，盖尔达，帮帮忙……这样，好了！阿姆嘉德，你喜欢上他了吗？那就和他结婚吧！你们两个挺般配的，他以后会去高等学府当教授的。"

"天啊！你们两个可真讨厌。我一点都不喜欢他。我也一定不会跟教师结婚的，我一定要嫁一个……"

"贵族？"冬妮手中的袜子悄然地滑落下来，她若有所思地看着阿姆嘉德的脸。

"我现在还不晓得。但是这个人必须要有一个大庄园，啊！孩子们，现在谈到这些事情就十分的快乐！我每天清早五点钟起来，打理家务……"她将被子盖到身上，满是梦幻一般地望着天花板。"你的灵魂可能已经看到五百头牛了。"盖尔达从镜子那头对着她的朋友说。

冬妮还没有脱掉衣服，但是她就这样把头倒在枕头上，将手臂放到脖子后面,也注视着天花板。

"没问题!我要嫁给商人,"她说,"他必须很富有,我们要布置大气豪华的家,我觉得我这样的家庭跟我家的公司肯定能够做到。"她若有其事地添上一句:"没错,你们等着瞧吧,我肯定能做到这点。"

盖尔达已将睡前的头发弄好了,这时候正拿着一个象牙柄的镜子刷牙,她的牙齿又白又大。

"或许我不需要结婚了,"她说话的声音有些别扭,这是由于她嘴里的薄荷牙粉导致的。"我找不到非得结婚的理由。我对这种事情一点儿兴趣也没有。我要回阿姆斯特丹和爸爸去表演二重奏,然后住在已出嫁的姐姐家里。"

"多么遗憾啊!"冬妮立马喊起来,"盖尔达,别这么做,这是多么遗憾的事情啊!你理应在这里结婚的,然后永久地定居于此。你听我说,不然你就跟我的一个哥哥结婚吧!"

"是那个大鼻子吗?"盖尔达问道,然后温柔地打了一个呵欠,慵懒地微叹一口气,顺手用镜子把口遮盖住。

"和另外一个也可以,这不是什么大问题。天啊!你们能布置一个漂亮华丽的家了!得让室内装修工雅可伯斯承办这件事情,请他将渔夫街的新房子装修起来,他的艺术品位极好。我肯定每天都到你们家去做客。"

说到这里的时候,便传来了隔壁包频内小姐的声音:"啊!大小姐们,该休息了!请你们到床上去好吗?你们今晚是不可能结婚的!"

周末跟节假日,冬妮都是在孟街或是城外的外祖父母家度过的。遇到复活节的周末天气晴朗,在克罗格家宽阔无边的大花园里寻找鸡蛋和糖制的小兔子,是一件十分有趣的事情!夏天则去海滨避暑,在旅店里吃客饭，洗海水澡，骑驴，又是一件相当美妙的事情！有些年，参议的业绩很不错，布登勃洛克一家便去很远的地方度假。另外，圣诞节也很值得一说，尤其是这天能够获得三份礼物，来自家里的、外祖父母家的，还有塞色密那里的。在塞色密那里，这天晚上的必舍芙酒如同河水一般绵延不绝。不过，最隆重的一次圣诞节还是在家中度过的，由于参议一向表明，这个神圣的日子要庄重、盛大、洋溢着节日气氛。这天晚上，布登勃洛克全家都带着一颗相当肃穆的心会聚在风景厅里，而仆人跟全部从别处来的穷亲戚、无依无靠的人则挤到了圆柱大厅里。对于这些客人，参议都会按照惯例一一握过他们那双被冻得发紫的手。等所有人都到了，门外便响起了四声合唱，这个是由圣玛利教堂唱诗班的孩子唱的。所有的一切都显得如此庄重，让人们的心怦怦直跳。这时候，有一缕枞树的香味从宽大的白色门缝中飘进来，参议夫人将那本特大字体的家传老《圣经》翻开，然后用缓慢的声音诵读起描述了耶稣诞生的一段。当外头的乐队再次唱完一支赞美歌之后，所有人便一起唱着《噢，枞树》这支歌，一边站成严肃的列队，穿过圆柱大厅朝餐厅走去。在宽阔的餐厅里，墙壁四周悬挂着绣着雕像的壁毯，被白百合装饰一番的枞树在闪烁着明亮的光，散发着一阵阵恬淡的清香，一直高高地耸到天花板的下端。从窗子边一直排到门前的长桌子上摆满了礼品。屋子外面，在那冰封雪冻的大街上有拉风琴的意大利人在表演，从市中心隐约传来了圣诞夜市的繁闹声。这天除了小克拉拉之外，孩子们都加入了在餐厅里举办的午夜盛宴，鲤鱼和填火鸡被大家吃得一干二净。

这里还要说的是，冬妮·布登勃洛克到梅克伦堡的两处农庄造访。

有一年夏天，她跟她的朋友阿姆嘉德一起到封·席令先生的庄园里玩了几个星期，这座庄园位于特拉夫门德对面的一个河湾旁。此外，有一次她和盖尔达一块儿去伯尔纳德·布登勃洛克先生做生意的那个地方。这座农庄被人们叫作"负义之庄"，因为它一分钱的收入都没有；不过作为一个避暑之地，这里是无可挑剔的。

　　时光便这样匆匆而去。总的来说，冬妮的少年时代可以说得上是一个快乐的时代。

第三部

1

　　6月的一个下午,大概五点的时候,布登勃洛克一家坐到了花园的凉亭里,他们刚在这里喝过咖啡。凉亭的四周被刷得雪白,穿衣镜上方画着展翅飞翔的鸟类。后墙上面是两扇油漆的屏门,要是不认真看的话,是很难发现这两道是假门的,只不过在上面画了两个门柄而已。由于在屋子里显得很闷热,所以他们将一套简便的原色木质家具搬出来了。

　　参议一家人围坐在一张圆桌上,呈个半圆形,桌子上还没有收拾掉的餐具在夕阳下闪闪发亮。克利斯蒂安倾斜着身子,一脸愁容地默读西塞罗反驳卡蒂林纳的第二篇演说稿。参议边吸雪茄边埋头看他的《商报》。参议夫人已将手里的刺绣放下来,眼带笑意地看着跟伊达·永格曼一块儿寻找紫罗兰的小克拉拉。此时草坪上的紫罗兰开得正灿烂。冬妮的两只手支着头,全神贯注地读霍夫曼的《谢拉皮翁弟兄》,汤姆正拿一个草茎轻轻地拨弄她的脖子,但是她显得很懂事理一般假装不去搭理他。克罗蒂尔德也在看一个故事。这个故事的题目叫《又瞎又聋又哑，但很幸运》；她穿了一件花布袍，显得既瘦削又土气。她边看书边将桌布上的饼干屑撮到一起，然后用五个手指头把它们捏起来放进嘴里细嚼。

天空的颜色好像渐渐变淡了，几朵白云飘浮在上面静止不动。这个小花园里的小径、花圃在落日的余晖中显得亮丽而绚烂。

"嘿！汤姆，"参议拿出嘴里的雪茄，兴致盎然地说，"跟你谈过的，和凡·亨克朵姆公司办合作的那桩黑麦生意就要谈好了。"

"他们的价钱是多少？"托马斯对这个比较有兴趣，停下了捉弄冬妮的小手段。

"六十泰勒一千公斤①，还不错对吧？"

"好极了！"汤姆立马明白这是一桩利润颇佳的生意。

"冬妮，你那个姿势太没有礼节了！"参议夫人说。冬妮听后便将一只手臂从桌子上放下来，眼睛却不曾离开过书本。

"这又如何？"汤姆说，"随她高兴，爱怎么坐都可以，反正她终究还是冬妮·布登勃洛克。毋庸置疑的，克罗蒂尔德跟她可是我们家最漂亮的两个人。"克罗蒂尔德顿然大吃一惊。"上帝啊！汤姆——？"她喊道。无法理解的是她为何会将两个短音节拉得那么长。然而冬妮没有针锋相对，她明白汤姆的嘴巴比她还要厉害。他肯定又要辩解一句别的，弄得大家捧腹大笑。她只不过将鼻翼放大一点，粗声吸了吸气，并耸耸肩膀。然而当参议夫人说到胡诺斯参议家将要举办一个舞会，然后把话题转到了一种时髦的漆皮鞋时，冬妮则将另外一只手臂也从桌子上放下来，兴致勃勃地加入了这个聊天。

---

①1公斤=1000克

"你们说得滔滔不绝,"克利斯蒂安有些怨言,"我可是在此遭罪!我真的希望自己也是一个商人!"

"不错!你想着一天换一个工作。"汤姆说。就在这个时候,安东从院子里走来,茶盘里放着一张名片。所有人都朝他投去了期待的目光。

"格仑利希,代理商,"参议念道,"汉堡来的一个惹人喜爱之人,得到了人们极力的推荐。他父亲是一位传教士。我和他在商业上有所来往。目前要商谈一件事情。安东,就请你跟那位先生说,让他到这里来一趟吧。贝西,你不会觉得什么不便吧?"

一个大约三十二岁,中等身材的男子穿过花园走了过来,一只手里拿着帽子和手杖。他的步伐轻盈,头微向前倾;上身穿着一件黄绿色的毛料燕尾礼服,戴着一双灰色的棉手套,稀少的浅金色头发下映衬着一张笑眯眯的红润的脸庞,遗憾的是一边鼻翼旁长了一颗无法掩盖的肉瘤。他的下巴和嘴唇都修理得干干净净的,只留着英国式的两绺长长垂下来的胡须;这两绺胡须则是货真价实的金黄色。——从大老远的地方,便看见他摇晃着自己的浅灰色大礼帽不断地朝这边行礼。他最终迈着大步子,来到了众人面前,在上半身画了一个半圆形,算是给在场的人都鞠个躬。

"打扰了,请恕我打扰了你们的雅兴。"他的声音十分温和,态度也相当谦逊,"这里有人在看书,有人在聊天……我恳请你们见谅。"

"十分欢迎您,亲爱的格仑利希先生!"参议说,他跟他的两个儿子都在这时候站起来跟客人握了握手,"我十分荣幸能在办公室以外的地方,能在我的家里见到您。请容许我给您介绍一下,贝西,这位就是格仑利希先生,我商业上的一位老伙伴。我的女儿安冬妮、我的侄女克罗蒂尔德,托马斯您是认识了的,这是我的次子,克利斯蒂安，是个中学生。"

每当听到一个名字的时候，格仑利希先生便会微鞠一个躬。

"允许我再说一遍，"他说，"我不愿意打扰大家，我只是来谈谈生意上的事情，要是参议先生愿意屈尊移驾的话，陪我到花园里溜达一圈吧！"

参议夫人回答说：

"您先别急着和我丈夫谈生意吧，要是您愿意赏脸的话，可以在这里坐一会儿，我们会觉得十分荣幸的，请您坐坐吧！"

"十分感谢！"格仑利希仿佛很感动的样子，于是，他便在汤姆搬来的一张椅子上坐了下来，但是也只坐在椅子边上，把帽子和手杖都放到膝盖边上。他用手捋了捋胡须，然后轻轻地咳了一声，这声音听起来大约是"咳——姆"！所有这些都给人一种印象，那就是他似乎说："可以了！开场白算是说了，下面该说什么呢？"

参议夫人立马找出了一个话题。

"您家在汉堡对吧？"她将手里的针线活放到怀里对客人说道，头微斜到一旁。

"这可不是嘛，参议夫人，"格仑利希回答道，再次欠了欠身，"虽然我的家在汉堡，但是我将大部分的时间都花费在旅途中，我的业务很多，咳——姆！要是可以这么说的话，便十分阔绰了。"

参议夫人将眉毛一挑，动了动嘴巴，仿佛带着无比的敬意问了一句："是这样吗？"

"对于我来说，持续不断的活动是我生活中不可或缺的一部分。"说着，格仑利希先生便将一半的身子转向了参议。他看见冬妮小姐正好将目光落在自己身上，不由自主地干咳了一声。这是少女们用来审视陌生男子的漠然而挑剔的目光，这种目光仿佛随时都能变成嘲讽和不屑一顾。

"我们家在汉堡也有一个亲戚。"冬妮说,她这样说只是为了插话而已。

"杜商家,"参议在一旁说明,"那是先慈的母家。"

"噢!这个我倒清楚不过了,"格仑利希先生急忙说道,"我很幸运,跟杜商家或多或少也有些交往。这是让人佩服的一家人,既精干又平易近人。咳—姆!说实话,要是每个家庭都拥有这一家人的精神,那么世界就变得更加美妙了。他们十分虔诚地信奉着上帝,心肠又好,总的来说,是我想象中所具有的真正基督教精神。另外,这一家人也十分近人情,高贵而文雅,真是让我敬佩。参议夫人!"

冬妮在心里思忖:"他上哪儿了解了父亲母亲的脾性呢?说的净是他们喜欢听的话。"正在她这样想的时候,却听到参议赞叹地说:"这两种精神对于每一个家庭来说都是相当合适的。"

参议夫人也不由自主地衷心赞叹似的做了一个她经常使用的手势:手掌对着客人往外面一翻,手臂上的镯子发出一阵清脆悦耳的丁零声。

"亲爱的格仑利希先生,您实在是说到我的心底了!"她说。

格仑利希先生再次深鞠一躬,然后坐下来捋了一下胡子,干咳几声,仿佛在说:"我们接着说吧。"

参议夫人说到了1842年的5月,格仑利希先生的故乡汉堡城里遭遇了几天的可怕日子。"说实话,"格仑利希先生说,"那次的大火可真是一场大灾难,一场让人心惊肉跳的横祸。大概算起来,损失高达一亿五千三百万。说到这个我还真得感谢上天,在这场火灾中我居然毫发无损。火灾最为严重的主要是圣彼得和圣尼古拉两个地区，如此漂亮的花园，"他自己把话停住，接过了参议递来的一支雪茄，"在市区中，是很难见到如此大面积的花园的！鲜花开得那样绚丽多彩，唉！我本人有一个弱点，就是喜欢花，喜欢所有的自然景物。那里的丽春花可真是将花园装点得非比寻常。"

格仑利希先生赞叹着这座房子的地理位置，赞美着整个城市，赞叹着参议的雪茄，并对每一个在场的人都说了几句让人愉悦的话语。

"请恕我冒昧地问一句，安冬妮小姐，您看的是什么书？"他微笑着问。

冬妮不知为何会将眉头紧锁，把目光避开了格仑利希，回答说："霍夫曼的《谢拉皮翁弟兄》。"

"不错！这位作者写了一些相当优秀的作品。"他说，"噢！请见谅，我忘记了您家二公子该怎么称呼了，参议夫人。"

"克利斯蒂安。"

"这是个好听的名字！我非常喜欢这个名字，要是我可以说的话。"格仑利希又将脸朝向了主人，"从这个名字本身，就可以看出叫这个名字的人是一个基督教徒。在您这儿，我看见约翰是你们父子相传的名字，任何人看到这个名字都会想到上帝的那位心爱的门徒。就拿我自己来说吧——请原谅我说到了我自己，"他继续地往下说，"我跟我的大多数祖先，叫作本迪可思，这个名字显然是从'本内迪可塔'这个词通俗化而来的。布登勃洛克先生，您读的是……噢，是西塞罗！这位了不起的罗马演讲家的著作读起来是很费心思的。Quousque tandem, Catilinana[①]咳咳，我的拉丁文并没有全部忘记！"

[①]拉丁文，意思是：到什么时候，卡蒂林纳。这是西塞罗反驳卡蒂林纳的第一篇演说词中的一句台词。

参议说:"在这方面,我跟先生的态度正好相反,我一直以来都比较反对幼小的大脑死记硬背这些希腊罗马的作品。为了步入现实生活中,必须要明白许多严肃而至关重要的事情。"

"参议先生,"格仑利希赶忙回答道,"我并未及时说出自己的见解,您就将我要说的话给说完了。这类著作读起来很费劲,并且我之前忘了说,这个并非完美无缺的。先不说其他的,就是这篇演讲词里我依稀记得有些地方可以说是难登大雅之堂。"

谈话进入了短暂的沉默,冬妮心想:"现在该换成我了。"因为格仑利希先生的目光正好停在了她的身上。果不其然,格仑利希将话题移到她了身上。格仑利希先生忽然将身子朝前一探,跟参议夫人做了一个急促而优美的手势,深情款款地耳语说:"我请求您,参议夫人,请看您的这位小姐,求求您。"忽而将嗓门提高,仿佛是为了让冬妮听到这句话一样,"请您继续保持这样的坐姿,再多坐一分钟!请看,"他又变成了刚才的轻声细语,"阳光如何在您这位小姐的发梢上玩耍!我从未见过比您这头更漂亮的秀发了!"因为迷醉倾倒,他的最后一句话是对着天空说的,好像他是在跟上帝或者跟自己的灵魂告白一样。

参议夫人欢快地笑了笑,参议说:"请您别对冬妮说这么多恭维的话了!"冬妮便沉默不语地皱了一下眉。几分钟后,格仑利希先生便起身告辞了。

"我不再劳烦您了,参议夫人,我不再劳烦了!我原先是要谈公事的,但是谁都无法抗拒,现在该去办正事了!是否能请参议先生……"

"我想我也没必要跟您谈了,"参议夫人说,"在您逗留的期间里,要是能在我们寒舍里住下的话,我们一定十分开心的。"

格仑利希先生在那一瞬间仿佛感动得无法言语。"参议夫人,我对您表示深深的谢意!"他满怀感激之情地说道,"但是,我不能够浪费您对我的一片好意。我已经在汉堡旅店里预订了几个房间。"

"几个房间!"参议夫人在心里想着,而根据格仑利希先生的想法,她也理应是这样想的。

"无论如何,"她最后开口,然后再次热情地朝他伸出了手,"但愿我们这次的见面不是最后一次。"

格仑利希俯身吻了吻参议夫人的手,然后稍等片刻,看冬妮小姐是否也会将手伸给他,不过冬妮并没有这么做。因此他在上半身画了一个半圆形,然后朝后退了一大步,深鞠一躬,将脑袋朝后扬了扬,手臂一挥便将灰色礼帽戴到头上,跟参议一块儿离开了这里。

"真是一个平易近人的人!"当参议回到家人中间,坐下之后再次感叹道。

"我认为他有些蠢。"冬妮还没等别人发问就发表了自己的意见,并特意将最后一个字说得很重。

"冬妮!愿上天保佑,不能这么评论别人!"参议夫人带着一丝怒气,"他是一个很有基督教精神的年轻人!"

"是个有涵养,而且开明的人!"参议也随声附和,"你自己不是也不知道自己在说什么。"参议和他的妻子经常出于相互尊敬而夫唱妇随,这便让他们更加相信彼此是默契十足的了。

克利斯蒂安耸了耸他的大鼻子说道:"他说话是那样的神气,有人在聊天!我们根本就不曾说话,'还有什么丽春花将花园装点得与众不同了'!有时候他会装作一副就像在跟自己夸夸其谈的样子。'我打扰了,我一定得请您见谅,我从未见过比这更漂亮的头发!'"克利斯蒂安将格仑利希先生的模样模仿得栩栩如生，甚至连参议都不由自主地笑了起来。

"确实，他太故作姿态了！"冬妮又开始发表自己的看法了，"他总是在说他自己！业务繁忙啦，热爱大自然啦，他喜欢这样或那样的名字，他原本叫本迪可思。这些跟我们一点关系都没有，我只知道他所说的一切，不过是为了夸耀自己！"她突然很愤怒地喊起来："爸爸妈妈，他跟你们说的话全都是你们喜欢听的，他只不过是对你们阿谀奉承罢了！"

"冬妮，不要拿这个来责骂别人！"参议厉声说道，"一个人跟别人初次见面，当然要表现出自己的优点，说一些好听的话来让别人欢心！"

"我认为，这个人挺不错的！"克罗蒂尔德不紧不慢地轻声说道，尽管她是在场的人中格仑利希先生很少搭讪的一个。而托马斯一直都没有发表看法。

"总的来说，"参议作了一个总结，"他是一个聪明能干、虔诚信教的有内涵的人。但是你呢？冬妮你已经是一个十八九岁的大姑娘了，别人对你这么殷勤地恭维，你就不应该去揭别人的短。我们谁没有缺点呢？而你，恕我直言，是最没有资格指责别人的。汤姆，我们该做正事了！"冬妮便一个人念叨着："金黄色的络腮胡！"她再次像刚刚那样将眉头紧锁。

2

几天后，正当冬妮从外面走回来的时候，在孟街跟布来登街转弯的地方突然碰到了格仑利希先生。"小姐，我在府上没有见到您还真是难过极了！"他说，"我并非冒昧地到府上见您的母亲，得知您不在家还真是让人相当可惜，幸好在此处又见到了您，我是多么的欣喜啊！"

由于格仑利希跟她说话，布登勃洛克小姐被迫停下了脚步；不过她那半眯着的、黯淡的眼睛却一直停留在格仑利希胸前左右。她的嘴角扬起了一丝讥诮的、冷漠的微笑，当一个年轻姑娘打量一个她决心不去搭理的人时通常都是这样。她稍稍动了一下嘴唇，她要怎么回话呢？嗨！一定要找一句可以让这位本迪可思·格仑利希无法还击的话，清理掉他。但是必须是一句精妙、狠毒而且分量十足的话，这句话一方面要锐利地刺伤他，一方面要让他佩服。

"遗憾的是这种高兴只是单方面的！"她说，目光依然注视着格仑利希先生的胸部；当她射出这支毒箭后，便暗自为自己说的这句尖刻的话扬扬自得。她将头往后一扬，面孔涨得红通通的，将格仑利希独自搁在了那里便急匆匆走回家了。回到家里才得知，家人早已邀请格仑利希先生在下周日来吃烤牛肉。

格仑利希先生终究还是来了。他穿了一件款式不是很流行却也裁剪得恰好合身的礼服，上窄下宽，这套装扮给他增添了一分沉稳庄重的气势，他红光满面，一直都是笑脸相迎，稀稀落落的头发梳得整整齐齐，鬓须擦了香水，烫着波纹。他吃着蛤蜊肉，菜汤，炒鲽鱼，配着奶油的土豆和花甘蓝的煎牛肉，樱桃酒熏制的布丁，夹罗克福尔甘酪的黑面包。他每吃一道菜都要说上一句不同的赞美之词，并且相当幽默地说出来。例如，他把一枚装着甜食的勺子举起来，眼睛注视着壁毯上的一个人形，独自大声地念道："请上帝宽恕我吧，我确实别无他法；我早就吃了一大块了，但是这个布丁实在太美味了，我必须请求我们这位慷慨的女主人再给我一块！"然后他对参议夫人扮了一个鬼脸。他和参议聊着商业和政治上的事情时，他的观点既义正词严又十分老练；他跟参议夫人聊戏剧、社交和化妆；他跟汤姆、克利斯蒂安，还有那位可怜的克罗蒂尔德，连同对小克拉拉和永格曼小姐都说上几句恭维的话。冬妮一直都沉默不语，他那边呢，也未敢再靠近她，只是不时地抬起头看着她，脸上显露出一副又悲伤又深情款款的神情。

格仑利希先生这天晚上告别之后，进一步加深了他初次造访时给人们留下的印象。"真是一位有着良好教养的先生。"参议夫人赞叹说。"一位十分让人敬佩的虔诚教徒。"参议赞不绝口。克利斯蒂安将他的言谈举止模仿得更加逼真了。就只有冬妮紧锁着眉毛跟大家道了一声"晚安"，因为她隐隐约约地感到，这绝不是她最后一次跟那位以非同寻常的速度赢得她父亲欢心的人见面。

果然不出所料，在一天下午她拜访了几位朋友回来之后，顿然看见格仑利希先生悠然自得地坐在风景厅里，他正在给参议夫人诵读瓦尔特·司各特的小说《威佛利》。他的发音相当漂亮，听他说，因为业务的兴旺，他也需要经常跑到英国去。冬妮手里拿着另外一本书坐到比较远的地方，格仑利希先生低声地问："小姐，我读的这本书不太符合您的品味吧？"她听后便将脑袋一扬，回答了一句相当刻毒的话。这句话大概是："相当不合我的品味。"

但是这句话并没有让他感到尴尬，他开始说起了他过早逝世的父母，跟大家说，他的父亲是一位传教士，一位十分虔诚的宗教牧师，同时也十分通情达理。从这之后，格仑利希先生回了汉堡，他来告别的时候正好冬妮不在家。"伊达,"冬妮对永格曼小姐说,她总把所有的知心话说给永格曼听,"那个人可算走了!"但是伊达·永格曼却告诉她:"孩子,你就等着看吧!"

一周之后,在餐室里上演了这么一出戏。冬妮九点钟从楼上走下来,看见她父亲依旧坐在咖啡桌前,待在母亲旁边,冬妮觉得有些惊讶。她让父母吻了吻自己的前额后,便兴致勃勃地坐到座位上。她胃口大开,将糖、奶油和绿色的香草牛酪拿过来。她的双眼由于刚起来的缘故还有一些红肿。

"爸爸,我可以在这时候见到你,真是太好了!"她边说边用餐巾垫拿一个热鸡蛋,然后拿起来用汤匙剥开。

"我今天是在等睡懒觉的人呢!"参议说。他吸着雪茄,不停地用一份卷起来的报纸轻轻敲打着桌子。此时的参议夫人已经用缓慢而优雅的姿态吃完她的一份早餐,正将身子往沙发背上靠。

"罗克蒂尔德已经在厨房里忙活了,"参议言辞恳切地说,"要不是我和你母亲谈论一件跟我们小女儿有关的正事,我也早就该去做事了。"

冬妮既好奇又惊讶地看了看她的父亲,然后又看看她的母亲,嘴里正含着一口奶油面包。

"你先吃早点吧,孩子。"参议夫人说,冬妮却忍不住把刀子放下来,喊道:"快告诉我,是什么事,爸爸!"然而参议却仍然玩弄着报纸,不慌不忙地说:"你先吃吧。"

此时的冬妮已经没有了食欲,她便不动声色地喝咖啡,吃着鸡蛋和绿奶酪面包,一边暗暗揣测这件事情。一股朝气已经从她的脸上消失了,变得有些惨白。别人递给她蜂蜜的时候她谢绝了,没过多久便轻声地说她吃好了。

"我亲爱的孩子,"参议再次沉默了一会儿,然后开口,"我们想要跟你说的事情就在这个信封里。"他此时不用报纸,而是换成了一个淡蓝色的大信封敲打桌子,"简而言之:本迪可思·格仑利希先生我们都认为他是一位厚实和蔼的人,近日他给我写了一封信,信里说,在他逗留在这里的一段日子中,对我们的女儿十分爱慕,为此他正式提出求婚的请求,我们的乖女儿,你对这件事情有何看法?"

冬妮低下头,将身子朝后靠,右手拿过餐巾上的一只银圈慢悠悠地来回转动。忽然,她抬起了眼睛,那双眼睛早已变得幽暗无比,满含泪水,用沙哑的声音说道:"这个人为什么要我——?我哪里招惹他了?!"说着便哭出了声。

参议看了他妻子一眼,困窘地看着放在眼前的空盘子。

"亲爱的冬妮,"参议夫人和颜悦色地对她说,"为何如此激动呢?你可不用担心,父母总会为你的幸福考虑的,对吧?他们不会劝着你将别人所给你的一个机会拒之于千里之外。我深信,到目前为止你对格仑利希先生是毫无特别情感的,但是我跟你保证,日久生情,像你这么年轻是没办法知道自己究竟喜欢什么样的人。你的理性跟你的情感一样,都是一片迷茫,你理应给自己的感情一点时间,而且理应开动你的脑筋,倾听我们这些为了你的幸福操劳谋划的人,听那些经验丰富之人给你的忠告。"

"我实在不了解那个人,"冬妮满是委屈地说,一边用麻纱布的餐巾拭擦眼睛,餐巾上残留着鸡蛋的污点,"我只知道他留着金黄色的连鬓胡子,生意兴旺……"她的嘴唇因为哭泣而抽搐着,一副楚楚可怜的样子,十分惹人怜爱。

参议忽然一阵心软，将椅子移到她面前，面带笑容地抚摸她的头发。

"我的小冬妮，"他说，"你想要了解他的什么呢？你只是个孩子，你要明白，就算他在这里住的是一年而不是四个星期，你也无法更好地了解他的一切。一个小女孩是无法用自己的眼睛看清这个世界的，你得相信那些关心你幸福的人。"

"我不明白！我不明白！"冬妮心烦意乱地哽咽着，如同一只小猫一样紧紧地将头依偎着那只抚摸她的手，"他到我们家来，跟每个人说了一些好听的话便离开了，然后写了一封信过来，说他要和我……我不明白，他是怎么想到这个的，我在什么方面得罪他了？"

参议再次笑了笑。"冬妮，这句话你已经说第二遍了，这样只会显得你很幼稚、很无知。我的小女儿一定不要以为我这是在逼迫你、折腾你。所有事情都要静下心去斟酌一下，并且必须要心平气和地去思量，因为这可是关乎你自己的终身大事。我也准备先这样给格仑利希先生回一封信，不拒绝也不答应，还需要考虑很多事情。呐！觉得如何？就这么做吧！爸爸现在要去做事了。贝西，再见！"

"冬妮，你还是先吃一点蜂蜜吧！"当屋里只剩下她们母女两个的时候，参议夫人说。冬妮却低着头，一直静静地坐在她的位子上。"一个人总要先填饱肚子的。"

冬妮的眼泪逐渐变干了。她的脑子有些热乎乎的，塞满了乱七八糟的思想……天哪！这是怎样的一件事啊！尽管她早就知道，总有一天她会嫁给一个商人做妻子的，跟一个人结下一门幸福美满的姻缘，并且此人一定得配得上自己的家世、财产……但是如今突然在这个问题上第一次遇见这么一个人全心全意地想跟她结婚！遇到这种事情的时候应该如何应对呢？对于冬妮·布登勃洛克来说，如今突然被牵扯到这些她从来只从书本上看到的深沉而恐怖的词汇里，像什么"承诺"啦，"求婚"啦，"终身大事"啦，天哪！一刹那便出现了一种怎样的不同境况啊！

"妈妈，你呢？"她说，"你也要劝我，劝我答应吗？"她犹豫了一下才说出"答应"这个字眼。因为她认为这个字听来那么的浮夸且别扭，但是最终她还是说出来了，她生平第一次一本正经地说出这样两个字。对于刚才的那种心烦意乱她觉得有些尴尬，她已不像之前那样，觉得跟格仑利希结婚是一件无比荒谬的事情，恰好相反的是，她现在开始为自己处于一个重要地位在心里油然升起一种得意之感。

参议夫人说：："孩子，是劝你结婚吗？爸爸这样劝你了吗？他只不过没有让你拒绝而已。如果让你拒绝了，不管是我还是他，都是相当不负责的。此次别人提亲，可真算是一门美好的婚姻。我亲爱的冬妮！你能够舒舒服服地待在汉堡，享受着优越的生活。"

冬妮一言不发地坐在那里。在她眼前突然浮现出一种错觉，穿着绫罗绸缎的仆人，就像在外祖父的客厅里看到的那样，问格仑利希太太早上是否要喝巧克力茶？这句话是无法开口问的。

"正如你父亲所说的那样，你还有时间去想想这件事，"参议夫人继续说，"不过我们得让你明白，像这种可以让你获得幸福的时机并非每天都有，而且这段婚姻可是你的责任和命运事先给你安排好的。没错！我的孩子，我得跟你说明白了。现在，出现在你面前的这条路是你命中注定的，你自己也明白。"

"的确，"冬妮若有所思地说，"那是肯定的。"她非常清楚地知

107

道她对家庭和公司所承担的责任，并且她以此为骄傲。她，安冬妮·布登勃洛克——搬运工马蒂逊在她跟前想要摘下破旧的礼帽深鞠一躬的安冬妮·布登勃洛克，作为参议的女儿，她仿佛是一位小公主一样地在城里四处游荡的安冬妮·布登勃洛克——她对自己的家族史一清二楚。她知道她的远祖定居于罗斯托克的制衣匠家世显赫，从那时起他家便蒸蒸日上，已越来越兴旺。她有责任为将自己的门第和"约翰·布登勃洛克"公司发扬光大而献出她的一臂之力，跟一个门第高贵的家庭联姻。汤姆在办公室里工作不也是如此吗？没错！这门亲事正好恰当不过了。只不过要撇开格仑利希先生，她眼前再次浮现出那个人影，他那张长着金黄色鬓须，红通通而笑眯眯的脸，鼻翼上的肉瘤，细碎的步子，她仿佛触到了他的羊毛衬衫，听到他轻声细语的话。

"我十分了解，"参议夫人说，"要是我们可以安静地思考一番，就会想通了，没准我们便已将事情决定好了。"

"啊！不要！"冬妮喊起来，随着喊声她瞬间又冒出了一腔怒火。"和格仑利希先生结婚实在太荒谬了！我一直都是用刻毒的话来讥讽他，我实在不明白，他怎么能忍受得了！他或多或少应该有点男子汉气概吧！"

说到这，她开始拿起一块黑面包然后抹上蜂蜜。

3

这一年，布登勃洛克一家没有出去旅行，就连在克利斯蒂安和小克拉拉的假期里也没去。参议声称，繁忙的业务让他无法脱身。

另外，也是因为安冬妮犹豫未决的婚事，让这一家人被迫留在了孟街房子里。参议亲自给格仑利希先生回了一封极其富有外交辞令的信，尽管早就寄出去了，但是这件事情因为冬妮的固执而耽误了下来。一说到这件事情，冬妮总会像个小孩一样哭闹着撒娇。"妈妈，我不要。"她会说，"我无法忍受那个人！"她将最后两个字咬牙切齿地说出来。不然就是义正词严地跟参议说：父亲！"——冬妮通常都是喊"爸爸"的，"我永远也不会同意这门亲事。"

要不是发生了下面这件事，冬妮小姐的婚事肯定还要拖得更久。这件事大概是在餐厅里那次谈话后的第十天发生的，时间正好是七月中旬。

一天下午，天气晴朗而温暖，参议夫人出门了，冬妮独自拿了一本小说在风景厅的窗子旁边坐着，这时候安东给她递来了一张名片。她还未及时去看那名字，一位身穿窄腰宽下摆的礼服、豌豆色裤子的人已经来到了屋子里。来的这个人正是格仑利希先生，他的脸上浮现出一副恳求哀愁而深情款款的神情。

冬妮惊了一下便从椅子上跳起来，做了一个动作，好像要逃离餐厅一样。这可怎么办？怎么和一个跟自己求过婚的男子说话呢？她的心如同小鹿乱跳一般，跳到了嗓子眼，面如土灰。只要跟格仑利希先生保持距离，无论父母煞有介事地商谈也好，还是对自己本人和自己的决定忽然认识到的重要性也罢，她都认为是一件好玩的事情。但是现在他就在这里，就出现在自己的眼前！会发生什么事情呢？她觉得自己的泪水就要奔涌而出了。

格仑利希先生张开手臂，迈着步子，微斜着头朝她走来，那个姿势仿佛在说："我就在这里！请赐我一死吧，要是你乐意的话！""这可真是天意啊!"他喊道,"我第一个遇见的人是您,安冬妮!"他这次喊的是"安冬妮"。

冬妮右手拿着那一本小说,身子笔直地站在椅子旁。她噘着嘴,咬牙切齿地将字一个一个地念出来,每说一个字便把脑袋快速地往上扬:

"您—想—要—干—什么!"

泪水早就打湿了她的眼眶。

格仑利希先生由于自己过于激动,他并没有领会到冬妮小姐的抗议的口气。

"我没法等下去,不得不急忙地赶回来了。"他急切地说,"一周前我接到了您父亲的亲笔信,这封信让我充满了希望!您想一想,安冬妮小姐,我如何能再这么飘浮在半空中呢?我无法再忍了,便跨上一辆马车急忙赶到这儿。我在汉堡旅店里预订了几个房间,就立刻到了这里,为了能够从您嘴里听到那个具有决定性的最后一字,这个字会使我获得无法言表的幸福。"

冬妮木然地站在那儿,因为惊愕而将眼泪给吓回去了。原来这就是父亲写的一封谨慎的信的妙处啊!这封信本打算将这件飘忽未定的事情无限地往后推迟,她结结巴巴说了几遍:"您理解错了!您理解错了!"

格仑利希先生拉过一张靠背椅,紧靠在冬妮窗前的位子上坐下来,同时也逼着她坐下,接着朝前俯下身子,将她那只垂下去的手握在自己手里,情绪激动地说:

"安冬妮小姐,从那天下午第一眼见到您……您是否记得那天下午?当我初次在您的家人中看见您那高贵而美轮美奂的身影时。您的名字便深深地印在了我心里……"他再次纠正道,"铭记于心","从那日起,我唯一的心愿、我最急切的愿望便是能和您成为终身伴侣。您父亲的信让我有了一线希望,我请求您让这一线希望变成幸福的现实,您说好吗?我想我的希望不会因此变成泡影,您肯定会答应的!"说到这里他再次握住了她的另一只手,凝望着她那双因为惊慌而睁大的眼睛。今天他并没有戴手套,他的手又长又白,一条条青筋在手背上凸显出来。

冬妮茫然若失地望着他那通红的脸、他鼻子旁的肉瘤、他的眼睛,那双眼睛蓝得跟鹅眼一样。

"不,不要!"她惊恐地快速地喊起来,继续说道,"我不会同意的!"她竭尽全力想要保持冷静,但是眼泪依然流出来了。

"您为何如此不信任我,如此的犹豫不决?"他用十分低沉的、几乎是责备的语气问道,"您是一位养尊处优的小姐,但是我跟您起誓,我用一个男子汉的身份跟您保证,您当了我的夫人,一切都会应有尽有,我一定会双手奉上,您在汉堡的生活肯定不会委屈您的身份。"

冬妮猛地跳起来,抽回自己的手,泪水依然一直在往外流,她极力地喊着:"不!不要!我都已经说不了!我清楚地回绝了您,您难道还不明白吗?我的天啊!"

此时,格仑利希先生也站了起来。他朝后退了一步,伸出手臂,两掌向上翻着如同一个有声望的人那样郑重其事地说:

"布登勃洛克小姐,您可知道,我是无法容忍别人这样的羞辱的。"

"格仑利希先生,但是我并未羞辱您!"冬妮说,她对自己刚才那些过分的话也感到了后悔。天啊!她为什么要面对这种事情呢?

她做梦也不曾想过这种求婚方式。她一直以来都觉得只要说一句"您跟我求婚让我感到荣幸之至,但是我无法接受",然后这件事情便不了了之。

"您跟我求婚让我感到荣幸之至,"她尽力用平心静气的口吻说,"但是我无法接受,我现在必须要……必须要离开您,请您见谅,我要先走了。"

但是格仑利希先生挡住了她的去路。

"您是在拒绝我吗?"他失落地问。

"没错。"冬妮说,出于礼貌又加了一句,"实在很不幸……"

格仑利希先生长长地叹了一口气,然后朝后退了两步,上身向一边斜侧着,食指对着地毯大声说:"安冬妮——"他的声音听上去有些可怕。

他们就这样面对面地僵持了片刻,他怒气冲冲的样子仿佛是在威胁别人一样,冬妮的脸色惨白,泪流不止,瑟瑟发抖,然后拿湿手帕捂住嘴。一会儿之后,他转过身,背着手在屋里来回踱了两次步,仿佛是在自己家一样。最后,他在窗子旁停住,注视着玻璃窗外面渐渐变暗的天色。

冬妮慢慢地、谨慎地朝玻璃门走去,然而她还没有走到屋子中间就被格仑利希先生追了上来。

"冬妮!"他轻声呼唤着,一边温柔地握住她的手。他的身子一直往下缩,直到慢慢跪倒在了她跟前。他的两绺黄色鬓须贴到了她的手上。

"冬妮,"他又叫了一声,"您瞧,您将我逼到这种程度,您的良心究竟何在,还有没有同情心?请您听我说,您看看您脚边的这个人,他已是注定要被毁灭、沉沦,要是……没错!他会忧伤他死去。"他悔恨地停了一下继续说,"假如您蔑视了他的爱情!我便倒在这里……您会如此残忍地对我说'我讨厌您'吗?"

"不,不会!"冬妮突然改成了安慰人的口吻。她的眼泪已经干了,心头涌起了一股悲悯和感动的情绪。天哪!他肯定十分爱她,才将这件让她感到相当陌生、相当重要的事情做这般地步!她确实体会了这样的事情,这是真的吗?这种事也就只有在小说里才能见得到,而在当下平常的生活里,居然还真的有这么一位身穿大礼服的先生倾倒在自己跟前,苦苦哀求!她原本觉得跟他结婚是十分荒谬的事情,因为她觉得格仑利希先生太愚笨了。但是,天哪!在这一瞬间,他一点也不愚笨!他的声音和他的面孔都显示出一分真实的哀伤,这是一种真诚而绝望的乞求的表情。

"不,不!"她再次回答,相当感动地低下身子,"格仑利希先生,我并不讨厌您,您怎么能这样说!我求您赶快起来吧!"

"难道您不想把我杀死吗?"他再次发问。而冬妮也再次回答道:"不,不!"她的声音仿佛是一个母亲在抚慰自己的孩子。

"这便等同于您答应了我一样!"格仑利希先生呼喊着跳了起来。但是他看到冬妮惶恐的神色,又立马跪了下去,畏缩地劝慰道:

"好了,够了!安冬妮,您现在无须再说了!今天就不谈这件事情了,我请求您,我们以后再谈。再一次地,再一次地……再见!我要先回去了,再见!"

他很迅速地站起来,拿过桌子上的灰色大礼帽,吻了吻她的手,便从玻璃门急急忙忙地跑了出去。

冬妮看到他在圆柱大厅里拿起他的手杖,接着在走道里消失。

她心烦意乱地站在屋子中间,全身无力,一只垂下去的手还握着那块湿答答的手帕。

4

参议布登勃洛克跟他的妻子说:

"我实在想不明白,冬妮有着什么样的借口,一直不肯同意这门婚事!不过说到底还只是个孩子,贝西,她总是喜欢玩乐,参加什么舞会啦,听男孩子献殷勤啦,还乐不可支。由于她知道自己不仅长得漂亮,而且有着良好的家庭背景,指不定自己就在暗地里有意无意地寻找对象,但是我了解她,我知道她的心还未放到哪个人的身上,正如俗话说的那样,如果问她的话,她肯定会胡思乱想,犹疑不决。不过她自己是不会想到要找个意中人的,她还是个贪玩的孩子,只要她答应了,便是她找到了自己的位子,就可以十分美满地安置下来,让她心满意足。没过几天她便会爱上自己的丈夫……这个人并不是一个风姿绰约的人,这是实话,不过他的相貌在怎样的场合也是可以拿得出去的。况且,请容许我说一句商业上的术语,谁都无法跟一只羊要五条羊腿!如果她是想找一个相貌英俊又门当户对的,呐!这就得祈求上天眷顾了!冬妮·布登勃洛克总有一天会找到这样的人。不过从另一个方面来说,这样做是有些冒险,再用商人的一句话来说,每天都有鱼群,但未见得每天都能网到鱼!我昨天上午和格仑利希谈了谈,这个人始终都没有放弃求婚的念头。我看了他的账单,他主动将全部拿出来给我看,跟你说,贝西,那些账单真值得用镜框装裱起来!我跟他表达了我的敬佩之意。虽然说，他的经营史并不算长，但是很有起色，真的很有起色！大概有十二万泰勒的资产，这仅是从现在的规模来说，因为他每年都会获得丰润的盈利。我跟杜商家了解过，他们的答案看上去也不错：格仑利希的实际情况他们虽然不清楚，但是他们说他过着绅士一样的生活，结识的都是上流社会的人，生意非常兴旺，而且规模越来越大。我向几个汉堡人打听过，如一位姓凯塞梅耶的银行家所说的话也让我觉得相当满意。总的来说，你了解我的心思，对于这门能够给我们家和公司带来好处的婚事，我真心希望可以早点成功，我们的孩子在精神上受到这样的折磨，我心里也觉得很难过。她仿佛被四面包围了，失魂落魄的，甚至话也变少了。不过要让我这么直接回绝了格仑利希，我也无法做到。另外还有一件事，我再三重复了，贝西，那就是我们家这两年来的境况很不理想。这并非是我们时运不济，绝对不可以这样说，兢兢业业的工作总是会获得酬劳的。生意波澜不惊，唉！只是太过于平静了，不过这方面，多亏我的小心谨慎才获得的。自从父亲去世之后，我做的生意就没有什么起色，基本上停留在原地。现在这个时期或许对商人不利，总的来说，没有什么值得庆贺的事情。我们的女儿已经到了结婚的年龄，现在面前摆着一门任何人都觉得能够名利双收的婚事，她理应答应这门亲事！贝西，等待可不是个好办法，真的不是什么好办法！你再和她说一说吧！我今天下午已经尽我所能地劝过她一次了。"

冬妮在精神上觉得是被压迫的，这点参议说得没错！尽管她没有再说"不"，但是"好"这个字始终无法说出口。愿上帝帮帮她吧！她自己也不清楚为何要这么固执，始终都不肯同意。

这段时间里，一会儿是父亲将她拉到一旁，跟她说上几句"正事"，一会儿是母亲将她喊到身边,迫使她做出最后的决定。对于这件事,他们一直都瞒着高特霍尔德一家,因为这家人对孟街的人总带着几分嘲笑的情绪。不过,除了高特霍尔德一家之外,就连苔瑞斯·卫希布洛特都知道了这件事,她跟往常一样,口齿清晰地劝慰了一大串,就连永格曼小姐都说:"小冬妮,你别担心!孩子,你肯定会和上流人在一起的。"另外,每当冬妮走进她外婆家那间让人羡慕的花缎糊壁的客厅,难免要听到克罗格老太太说:"顺便问你一下,我听到别人在说你的事,孩子,我希望你不要胡闹!"

一个周末,她跟她的父母和兄弟们一块儿坐在圣玛利教堂里,科灵牧师在高声宣读《圣经》,他刚好说到一个女子到了一定年龄就理应离开父母,跟随着自己的丈夫。忽然,他厉声大喝。冬妮惊讶地抬头望着他,看他是否在盯着自己,谢天谢地!他没有,他那颗硕大的脑袋转向了另一边,他仿佛只是在跟一般信徒们做普通的演讲。尽管这样,却对她进行了新的攻击,每一句话都好像是针对她的,这一点非常显而易见。一个年轻的、稚气未脱的姑娘,他说,还没有自己的意识,没有自己的主见,却要违背父母的善意忠告,这是罪孽深重的!这样的人会被"主"唾弃的。说到这句话时(这句话也是科灵牧师最喜欢的一句),他时常慷慨激昂地将它喊出来。冬妮看见他炯炯有神的眼睛投射到自己身上,伴随着他的叫喊又恐吓地把手臂一扬。冬妮看见坐在自己旁边的父亲是如何举起一只手来,好像在说:"啊!别这么沉重……"不过不用怀疑的是,科灵牧师肯定是受了父亲或母亲的旨意才这样说的。她面红耳赤地坐在自己的座位上,拼命地低着脑袋,觉得全体人都看着她一样。下个周末,不管说什么她都不会来教堂的。

不管她走到哪儿都一言不发，脸上面无表情，也没有什么食欲，时不时就叹一口气，声音听上去让人觉得心碎，好像内心在痛苦地挣扎着。叹完气之后，她总会楚楚可怜地看着别人，她一天天地消瘦着，没有了以往那种活泼的朝气。最终参议说话了："贝西，这样下去可不是办法，我们别这样折磨孩子了。一定得让她到外面去散散心，放松一下，冷静地思考一下；你会看见，到时候她便想开了。我抽不出时间，况且假期也即将结束了，不过我们在家里休息也没什么不妥的。昨天刚好碰到了特拉夫门德的老施瓦尔茨可夫到这里来了，也就是那个总领港狄德利希·施瓦尔茨可夫。我也就随便说说，他便满心欢喜地同意让我们的闺女到他家住上一段时间。当然，我要给他一点补贴，她会有一个舒适的住所，能够洗海水浴，呼吸新鲜的空气，顺便把大脑厘清一下。让汤姆送她过去，所有都安排妥当了。最好明天就出发，不要延期了。"

冬妮欣喜地接受了这个安排。虽然她此时没有看见格仑利希先生，但是她知道他也在城里跟自己的父母协商，找寻时机。他随时都有可能会出现在自己面前，呼喊啊，恳求啊，和她纠缠一遍。等到了特拉夫门德，住到陌生的地方，她便觉得安全了许多。于是，她兴高采烈地快速整理箱子，在7月末，跟护送她的汤姆一起坐上了克罗格家的豪华马车，欢天喜地地跟家人告辞。当马车朝城门外奔驰而去的时候，她不由自主地感到轻松了。

5

前往特拉夫门德的路是直的，中途需要渡过一条河流，过了河之后依旧是走直线；他们两个人对这条路都熟。莱勃瑞西特·克罗格家的马是产于梅克伦堡的高大健硕的栗色马。灰色的马路从这匹栗色马节奏均匀而沉稳的蹄声中轻松滑过，尽管阳光有些强烈，马蹄扬起的灰尘再次将原本就乏味的风景遮挡了。这一天，家里破例在一点钟吃午饭，兄妹俩在两点整的时候出发，如此一来他们便能在四点多钟到达目的地。因为如果说一般的马车需要走三小时的路程，克罗格家的马车夫姚汉就会抢占先机，一定要在两小时左右抵达不可。

冬妮戴着一顶大草帽，握着一把点缀着淡黄色花边的浅灰色太阳伞，伞尖倾斜地抵在后罩篷上。她的脑袋在梦幻般半睡状态中，尽情地在草帽下打盹。她穿了一件颜色和太阳伞一样朴素的纤秀修长的衣服，她并拢着双脚，能够看见脚上穿的十字绊皮鞋和白袜子。她淡然而惬意地朝后斜倚着身体，姿态显得十分大方。

汤姆今年已经二十岁了。身穿一件裁剪得相当合身的蓝灰色衣服，草帽推到了后脑勺，吸了一根又一根的俄国纸烟。他的身材并不高大，不过胡子早已密密麻麻地冒出来，颜色比他的头发和睫毛都要浓。他习惯地挑起一条眉毛，此时的他正注视那些扬起的尘土和从公路两旁飞逝而去的树木。

冬妮说："我来特拉夫门德，没有哪一次像这一次那么开心，汤姆，最主要的原因你是清楚的，不过你可不准嘲笑我。我真希望可以远远地避开那个黄胡子先生，再说了，施瓦尔茨可夫家离海边很近，肯定能看见特拉夫门德的不曾见过的景色，我不会让那些来海滨避暑的客人打扰我，这种事情我已经玩厌了。况且，我目前也没有那份闲情……还有，这里对那个人并非禁区，你会看见的，说不准哪天他会毫不客气地出现在我的面前,满脸笑意。"

汤姆将吸剩的纸烟丢掉,然后从烟盒里取出一支来。这个烟盒盖上印着一幅一辆三套马车遭受狼群围击的美术画:这个是俄国的一个顾客送给参议的礼物,这些是一类带着黄纸滤嘴的烈性纸烟,汤姆最近抽上瘾了;他一盒一盒地吸,并且还有一种不良习惯,就是总将烟吸进肺里,等说话的时候再云雾缭绕地吐出来。

"的确!"他说,"你说得对,海滨花园里闭着眼睛走都能碰到汉堡人。把这整座花园买下来的弗利采参议本人就是汉堡人,听父亲说,他现在的生意十分发达,不过你可要尽量避开这些人,许多有趣的东西你肯定见不到。彼得·多尔曼肯定也在那里,这个时令他是不会待在城里的,况且他的生意本来就无须打理,反正就是那样的要死不活……真是搞笑!呐,一到周日尤斯图斯舅舅肯定会出来晃悠,在轮盘那里赌上两盘。另外,摩仑多尔夫家和吉斯登麦克家,我想他们肯定全家都会来,此外还有哈根施特罗姆一家人……"

"哈!真不错!哪里都不缺萨拉·西姆灵格啊!"

"大小姐,她的名字叫劳拉!别乱给人家取名字。"

"自然还有玉尔新陪着,据说玉尔新在今年的夏天要跟奥古斯特·摩仑多尔夫订婚,玉尔新肯定同意的,他们俩原本就很般配!汤姆,你知道的,我很讨厌那些人!尤其是暴发户……"

"毋庸置疑!施特伦克和哈根施特罗姆公司的生意做得风生水起的原因就在于此。"

"那是!不过他们是如何经营的,别人都知根知底,他们想方设法地挤对别人,你知道,根本不遵守商业道德,不管优先的原则,祖父提起亨利希·哈根施特罗姆的时候说'他们可以让公牛产崽'，这是我听见祖父亲口说的。"

"没错，没错！这倒也不碍事，只要可以牟利别人就会另眼相看。说起这俩人的婚事，确实是一桩好生意。玉尔新成了摩伦多尔夫夫人，奥古斯特获得一个好位子。"

"嗨！你真是在故意刺激我！汤姆，这些人我真的瞧不上。"

汤姆笑了起来。"天哪！你可知道，还是理应和这些人打交道，正如父亲最近说的那样，他们是走上坡路的人，如摩仑多尔夫这一家。另外，我们也应该承认哈根施特罗姆一家人的聪明干练，亥尔曼的生意已经做得有模有样了，尽管莫里茨的肺部不好，但还是毕业了，成绩十分优秀。听说他这个人很机智，正在学法律。"

"就算你说得一点也没错，但是不管怎样，让我开心的是，终究还是有其他家庭不在他们面前阿谀奉承。就像我们布登勃洛克家的人吧！"

"得了，"汤姆说，"我们还是不要自吹自擂了。每个家庭都有自己的弱点。"他看了一眼马车夫姚汉的宽厚背，低声说："就拿尤斯图斯舅舅来说吧，真是天知道！父亲一说到他就摇头，我听说克罗格外公有好几次被迫拿出钱去救济他。我们的那几位表兄弟也不争气。尤尔根想要入学深造，但是一直都没有获得中学毕业证书，听说亚寇伯在汉堡的达尔贝克公司的表现也不太让人满意。尽管他的工资不少，却总是喊穷。如果尤斯图斯舅舅不接济他的话，他也会从罗萨莉舅母那里拿的。我认为我们还是不要挑别人的刺了。如果你想跟哈根施特罗姆家一较高下的话，我看你还是去跟格仑利希结婚吧！"

"我们在这辆马车上就是为了说这事情吗？没错！你的话或许很

有道理，我应该跟他结婚。但是我现在不想考虑这种问题。我要先忘掉这件事情，我们现在可是去施瓦尔茨夫家。对这一家人一点都不熟悉，他们人好吗？"

"噢！狄德利希·施瓦尔茨可夫，是一个挺不错的老人，如果他没有把'格罗格'酒装进肚子里，是不会满口土话的。有一次，他去我们的店铺，我跟他一块儿去船员俱乐部，他持续不断地灌酒。他的父亲是在一艘挪威货船上出生的，之后就在那条航线上当了船长。狄德利希接受过良好的教育，总领港的职位很高，待遇也相当好。他可是一只老海狗，不过跟女人周旋很有一套。你就当心吧，他肯定要对你献殷勤的。"

"嗬！那他妻子呢？"

"我没有见过他妻子，我想她对人应该很热情吧。他们还有一个儿子，我在上学的时候他还不是毕业班的，比毕业班低一个年级，目前应该是个大学生了。看啊！那就是大海，用不着一刻钟便到了。"

他们从一条紧靠着海的林荫道上又走了一段路。路两旁栽着幼小的山毛榉。海水在阳光的照耀下显得愈加幽蓝，十分宁静。一座圆形的黄色灯塔在远方显现。他们注视着海湾、堤岸、小镇的红屋顶、海港，还有停靠的船只上的船帆索具。他们驾着马车从市镇最外围的几座房屋中央穿过。然后走过一座教堂，朝着"临海街"的一排房子奔驰而去，最后在一座整洁、天台上爬满葡萄藤的小楼房前停了下来。

总领港施瓦尔茨可夫站在大门前，看见马车驶过来后，便将头上戴的一顶水手帽子摘下来。他的身材矮壮，满脸通红，碧蓝色的眼睛，灰白的硬邦邦的胡子犹如一把扇子将两只耳朵相连。他的嘴角稍微朝下低垂着，嘴里叼着一个木烟斗，红白相间的半圆形上嘴唇棱角分明，唇上的胡子剃得干干净净。他的嘴给别人一种严肃而厚实的印象。他穿了一件镶着金边的外衣，敞开扣子，露出里面的一件雪白色斜纹布衬衫。他叉着腿站在那里，肚子向前微挺着。

"说实话，小姐，您能在寒舍住一段时间，可真是我们的荣幸！"他毕恭毕敬地将冬妮从车上扶下来。"您好，布登勃洛克先生！令尊可好？参议夫人怎样了呢？我实在太兴奋了！喏！请到屋子里吧，我的夫人早已准备好一些粗茶和点心了。您到彼得森客房里休息一下吧。"他转过身对马车夫说，马车夫这时候早已将行李搬到屋子里了，"他们会很用心地照料牲口。布登勃洛克先生，您也要在我们这里过一夜吗？啊！为什么不可以呢？牲口需要歇一歇，反正天黑之前是赶不回去的。"

"啊！这里的旅馆一点儿也不比外边差。"大概过了一分钟，人们在阳台上围着咖啡桌坐下来后，冬妮赞美地说，"这里的空气那么新鲜！甚至可以嗅到海藻味，我这次能来特拉夫门德，实在很开心！"

穿过阳台上爬满葡萄藤的柱子便能够看见在阳光照耀下，水波闪烁的广阔河口、水面上的小船和一座座栈桥。再放眼望去便是"普瑞瓦"——在大海中凸显的梅克伦堡半岛上的摆渡房。桌子上放着一个又深又大的蓝边茶杯，如同一个小钵子。跟家里精美的细瓷器相比起来，这些盘子显得十分拙劣。不过桌子上的食品很有诱惑力，冬妮的位子前还放了一束野花，另外，长途跋涉也能够让人胃口大开。

"没错！小姐自己会看见，她在这儿肯定会变得白白胖胖。"主妇说，"脸上的气色不太好，要是我能这样说；这都是因为城里空气不好的原因，再加上各式各样的宴会……"

施瓦尔茨可夫夫人是史路图普地区的一个牧师的女儿，大概五十岁的样子。她比冬妮矮一个头，身子十分瘦小。她的头发还是乌黑油亮的，梳理得整齐而有光泽，全包在一个大发网里面。穿着一件深棕色的衣服，别着一个小白领和白袖头。她的扮相干净简洁，对人亲切热情。非常热心地向客人介绍自己烤的葡萄干面包。面包放在一个船形的篮子里，周围全是乳脂、糖、牛油和蜂蜜等。面包篮的另一端是用珍珠形的绣花边装点的，这个是他们八岁的可爱小女儿梅塔的手艺。这个小女孩穿着一件格子绒的小衣服坐在她母亲旁边，编了两条淡黄色的小辫子。

施瓦尔茨可夫夫人深表歉意地说，帮冬妮布置的房间过于简陋。冬妮刚刚已经在这间房子里梳洗过了。

"这是哪里的话呢？是太好了！"冬妮说。最重要的是，这间房间面朝大海。她边说边将她的第四块葡萄干面包泡到自己的咖啡里。此时，汤姆跟老头聊起了在城里修理的"屋伦威尔号"。

忽然间，一个二十几岁的青年人夹着一本书从阳台那里闯了进来。他把皮帽摘下来，满脸通红，匆忙向大家鞠一个躬。

"呐！我的孩子，"总领港说，"你来晚了……"然后他向客人介绍了这个青年人："这是我的儿子。"他说了串名字，冬妮并没有听清楚。"还在念书，将来要做一名医生，现在在家里过暑假。"

"非常高兴认识您！"冬妮根据她学来的礼仪回答道。汤姆站起来跟他握了握手。年轻的施瓦尔茨可夫再次鞠一躬，放下手中的书，然后坐到了自己的座位上。他的脸涨得通红。

他是一个体格纤细、身材中等的小伙子，长着罕见的嫩白皮肤和金黄色头发。脸形微长，刚长出来的胡子跟他刚修剪的头发一样显出淡淡的颜色，若隐若现；同他的发色搭调的是他十分白皙的皮肤，如同是晶莹剔透的玻璃，时不时就变得通红。他那双蓝色的眼睛比他父亲的略深一些，也流露着尽管不太灵敏却善意的探寻之光。他的五官恰到好处，十分可爱，他在吃东西的时候，将一排整齐的牙齿露了出来，如同磨洗过的象牙一般，闪闪发亮。身上穿的灰色紧身夹克口袋上钉着兜罩，背上还有一根松紧带。

"真不凑巧，我来迟了，请见谅。"他说，语气迟缓而沉稳，"我在海边看了一会儿书，等到看表的时候，时间早已过去了。"然后便一声不响地吃着东西，只是有时候抬起头看几眼汤姆和冬妮。

稍过片刻，当主妇再次让冬妮吃东西的时候，他搭话道：

"布登勃洛克小姐，这些蜂窝蜜请您尽情享用吧，这可是自然产品。哪些该吃、哪些不该吃，我们还是很清楚的。您一定要吃饱了，这里的空气可是会损耗体力的，让一个人的新陈代谢加速。如果您吃得少了，身体便会虚弱……"他在说话的时候身子稍稍向前倾斜，有时不去看对方的说话，而是很自然地望着另外一个人，很容易引起别人的好感。

他母亲满是爱怜地听完他的话，然后征询地看了看冬妮的脸色，想知道她对这番话有什么反应。但是老施瓦尔茨可夫在这时候插话了：

"得了，医生先生，别再炫耀你的那些新陈代谢的理论了，我们可是一点儿也不想知道。"年轻人听完这句话便笑了起来，满脸通红地看了看冬妮的盘子。

总领港说过他儿子的名字也有两三回了，但是冬妮一次也没听清。好像是叫"莫尔"，又好像是叫"莫尔德"，老头的那种直板而粗俗的方言，实在让人很难听清楚。

茶余饭后,狄德利希·施瓦尔茨可夫敞开了外衣,将里面的白背心露了出来,一边坐在太阳下惬意地眨眼睛,一边跟他的儿子吸着他家的短木头烟嘴,这时的汤姆也点起他的香烟。两个年轻人不由自主地聊起了他们在学校时的趣事,他们聊得很欢,冬妮也忍不住参加了。他们学着施藤格先生的口头禅:"你在干什么?你应该画一条弧线,你竟然胡画了一条线!"遗憾的是克利斯蒂安没在这里,他模仿这个可是栩栩如生的呢!

有一次,汤姆指着摆在他们面前的花,随口对他的妹妹说了一句:"如果格仑利希先生在这里,又要说'这花将屋子装饰得与众不同'啦!"

冬妮听到这句话后,气得面红耳赤,推了他一下,然后羞涩地看了小施瓦尔茨可夫一眼。

这天的咖啡很久都没有端上来,他们也就被迫一直这样坐下去。已经是六点半了,普瑞瓦半岛的夜色也已经悄然而至。总领港在这时候站了起来。

"各位抱歉!"他说,"我要去领港办事处那里办点事,我们八点钟再吃饭,如果各位同意的话……或者今天可以再晚一些,梅塔,如何?你觉得呢?"他又叫他大儿子的名字,说:"别总是赖坐在这里了,去看你的书吧。布登勃洛克小姐或许要整理箱子里的东西,或者是要去海边走一走,你就别打扰别人了!"

"狄德利希,你也真是的!他怎么就不能坐在这儿了?"施瓦尔茨可夫太太用温和的语气责怪她的丈夫,"如果客人想去海边散步,他为何不能陪着去呢?狄德利希,他是在假期啊!我们的客人他就不可以帮助招呼了?"

6

次日清晨，冬妮在这间干净整齐，家具上铺着鲜艳的印花布的小卧室中醒来。她觉得满心欢喜和兴奋，独自一人睁开眼便看见这样一个新的风景，总是有不一样的感觉。

她起身，双手环抱膝盖，摆弄了蓬乱的头，眯着双眼注视着从窗户缝隙中射进来的明亮的狭窄的阳光，一边慵懒地整理昨天的各种经历。

她差不多已经将格仑利希先生忘掉。连同城市啦，风景厅里的那一出闹剧啦，家人和科灵牧师的劝告啦，全都抛在脑后。在这里，她每天清晨都会无比轻松地醒来。施瓦尔茨可夫这一家人实在是太热情了！昨晚，他们就准备好了橙子酒招待客人，并且所有人都为冬妮能在这里居住而欢快地干杯。这一顿晚饭吃得相当的心满意足。老施瓦尔茨可夫说了一些海上的故事来娱乐众人，他儿子则说起了他在哥廷根读书的情景。不过她始终都不知道他叫什么，这是如此的奇怪！她全神贯注地听着，但是整顿晚餐里都没有人再喊他的名字，她肯定开不了口问，这是没有礼貌的。她在极力地寻思，上帝啊！这个年轻人到底叫什么呢？莫尔还是莫尔德？况且，她非常喜欢这个莫尔或者莫尔德。他的笑容是那样顽皮，那样天真！比如他想要喝水，但是他不说水，而是在几个字母里添上一个数字，让老头儿火冒三丈，这时候他便天真地笑起来。没错！他说了水的化学公式，不过也只是一般的水，说到特拉夫门德这里的水，这个公式肯定还要更复杂的，因为人们随时都会从水里发现一只水母……当然，高官们可以有他们自己对甜水的看法。说到这里他再次被他的父亲斥责,因为他在说"高官们"这个的时候语气没有诚意。施瓦尔茨可夫夫人则一直在观察着冬妮的神情,看她有没有对这个年轻人感到敬佩之意。确实是这样,他的说话方式相当有趣,既活泼又有深度。这位少主人对她的关注确实有点过分了。她埋怨说吃饭的时候头昏眼花,想必是血液过剩……他该如何作答?他注视了她片刻,接着说:的确,额角上的血管涨得很高,但是这并非是因为血液过剩,正好相反,或许是血液不足抑或红细胞少的问题,她说不定是贫血呢!

在一尊木雕的挂钟里飞出了一只杜鹃,用悦耳的声音叫唤了几声。"七,八,九,"冬妮数道,"起来!"她顿然从床上跳下来,推开窗户。天上飘着几朵白云,但是太阳并没有被其遮挡,从罗喜登广场和那里的一座灯塔放眼望去便能看见微波荡漾的大海。梅克伦堡弧形的海岸把右边的大海环抱住,但是它的正面则被无限地延伸出去,直到远处那抹蓝绿相间的带子和雾气茫茫的地平线合二为一。"我等会儿要洗澡,"冬妮心想,"不过我先要好好吃一顿早餐,别让新陈代谢将我的身子损伤了。"她笑了起来,开始用快速而轻松的方式洗脸、换衣服。

九点半敲过了一会儿,她便走出自己的小房间。汤姆过夜的那间屋子的门是打开的;他一早起来便赶回城里了。就连这儿——当成房间用的后楼,也能闻到一股咖啡的浓香。这个貌似是这间小屋子特有的味道,冬妮顺着一座普通的木质栏杆的楼梯走下去,越往下走咖啡的味道越浓厚。她穿过楼下的一条过道,光彩夺目地走到阳台。走道旁边是总领港的卧室兼饭厅和办公室。这天清晨,她穿了一件白色斜纹布的夏装。

咖啡桌上就只有施瓦尔茨可夫夫人跟她儿子两个人,一些餐具也都收拾走了。施瓦尔茨可夫夫人在她棕色的衣服上系了一件蓝格子围裙。旁边放着一只装钥匙的篮子。

"十分抱歉!"她起身对冬妮说,"布登勃洛克小姐,我们没有等您一起吃早餐!我们这些普通人家通常都醒得较早。还有许多事情要做……施瓦尔茨可夫早就出去上班了,我想您不会生气吧?"

冬妮在这点上也道了歉。"您可别觉得我喜欢睡懒觉。我也觉得很不好意思,不过昨晚的那个果子酒……"

这家的少主人听到这里便笑了起来。他站在桌子后端,手里握着他那个木头短烟袋,面前摊开一张报纸。

"哼!都是您的不是,"冬妮说,"早上好!您总是和我碰杯,让我现在只能喝凉咖啡了。否则我早就吃了早餐,洗了海水浴……"

"不,对于一个年轻的姑娘来说,现在还太早了!您要知道七点钟的水是很冷的,才十一度摄氏,从暖被窝里出来是会觉得太冰冷了。"

"先生,您怎么会知道我愿意洗温水?"冬妮边说边在桌子旁坐了下来,"施瓦尔茨可夫夫人,还要麻烦您替我热一杯咖啡!不过还是让我自己动手吧,谢谢您!"

主妇看着她的客人吃下了几口早餐。

"小姐,第一个夜晚睡得可好?的确,被单可是用海草填的,我们是一般人家,但愿您有一个好的胃口,开开心心地度过一个上午。小姐在海滩肯定能遇见许多熟人,要是您乐意的话,我的儿子能陪您去。请见谅,我还得去准备料理午饭了,我不能再陪着您了。今天,我们准备烤香肠,我们总要尽力去款待我们的客人。"

"我今天只吃蜂窝蜜,"当屋里剩下了他们两个的时候,冬妮开口说,"您瞧!我知道哪些该吃、哪些不该吃吧?"

小施瓦尔茨可夫起身将烟斗放到了阳台的围墙上。

"您就尽情地抽烟好了,我无所谓。我在家里吃早餐的时候,屋里总是充满了父亲的雪茄味……您说过,"她突然问道,"一个鸡蛋的营养价值跟四分之一磅的肉是一样的,对吗?"

他的脸再次涨得通红。"布登勃洛克小姐,您这是在拿我寻开心吗?"他又笑又恼地反问,"昨晚,父亲已经将我好好斥责了一顿,说我不懂装懂、卖弄自己啦!"

"不过我问这句话是无心的呀!"冬妮不禁愣了一下,甚至停止吃早饭,"卖弄自己!怎么可以这样说呢?我还是非常喜欢增长见识的,真是的!我实在是笨蛋,您会见识到的!在苔瑞斯·卫希布洛特那里我总是被划分到最懒的学生堆里。并且我觉得您见多识广……"她在心里思索:卖弄自己?一个人跟别人第一次见面的时候,总要表现出自己的优点,说上几句讨人喜欢的话,这也没什么好奇怪的。

"没错!从某个方面来说,它们的价值是等同的。"冬妮的话让他十分愉悦,便回答道,"说起某些营养价值……"

于是,冬妮吃着早餐,这位年轻的施瓦尔茨可夫便一边抽着烟一边滔滔不绝地说起来。然后他们又开始聊起苔瑞斯·卫希布洛特,说到了冬妮在寄宿学校的那段时光和她的几位女伴,谈到了如今又回到阿姆斯特丹的盖尔达,谈到阿姆嘉德·封·席令,碰到晴朗的好天气时,站在海边便能望见她家的白房子。

稍过片刻,冬妮便吃好了早餐,擦嘴时,她又指着报纸问:"上面有什么新闻?"

小施瓦尔茨可快哈哈大笑起来，带着嘲笑和遗憾的表情摇了摇脑袋：

"唉！也没有什么，这上面能刊登什么呢？您知道的，这种小镇上的报纸还真是一个无聊透顶的东西。"

"哦？但是爸爸妈妈总是离不开它。"

"是这样，没错！"他的脸又变红了，"您瞧！我不也在看吗？因为不看它就真的没东西可看了。但是，一看到写着某某大商人将要举办结婚典礼就无法产生兴趣了，我说的可都是实话！您见笑了，不过您有机会应该看一看别的报纸，如《哥尼斯堡哈艮新闻》啊，或者《莱茵报》啊，您会看见一些不同凡响的东西！无论普鲁士国王说了什么……"

"他说了什么呢？"

"他说……不！我不能在一位女士面前说这种话。"他的脸再次涨红了，"他对这些报刊说了一些难听的话。"他的脸闪现一丝冷嘲热讽的笑容，让冬妮在一瞬间觉得有些不对劲。"这类报刊跟政府、贵族、传教士和富豪对着来。您知道吗？他们很精明，知道如何牵制着新闻检查官。"

"是这样吗？那么您的观点呢，您也和贵族对着干吗？"

"我吗？"他十分窘迫地反问道。

冬妮站了起来："呐！这个问题我们以后再讨论吧。我现在想去海滩可以吗？您瞧，整个天空都是蓝色的。今天肯定不会下雨的。我很想跳到海水里。你愿意陪我去海边吗？"

7

她把她的那个大草帽戴上,然后撑着太阳伞,尽管这天有一些海风,但是天气炎热。小施瓦尔茨可夫戴着一顶呢帽,拿着一本书,走在她身旁,不时地从一旁端详她。他们顺着海滩走,穿过了海滨公园。公园里的石子路和蔷薇花坛都在大太阳下,一点阴影也没有。在海滨旅店、咖啡厅和把两座瑞士宅子连起来的一道长廊上,音乐厅安静地掩映在枞树林中。这时候大概是十一点半,避暑的游人大部分都留在海滩。

这两个人经过放置着摇椅和秋千的儿童游戏场,紧挨着温水浴室走过去,然后不紧不慢地走到了罗喜登广场。太阳如同一个火球,炙烤着草坪,青色的苍蝇在草坪里嗡嗡地飞来飞去。此时,从海水那头传来一阵轰隆隆的声音,既单调又乏味,在远处还不停地卷起一层层白色浪花。

"您在看什么书呢?"冬妮问道。

年轻人双手拿着书,迅速地从后往前翻了一遍。

"布登勃洛克小姐,这类书不适合您读!除了血管啦,内脏啦,疾病啦之外没别的……您瞧!这里正好说到肺部水肿,也就是德国人叫作积水症的那种病。肺叶里的积水贮满了,这种病是因为肺炎引起的,十分危险。严重时,病人是无法呼吸的,会活生生的地窒息而死。这些病,书本上也只是轻描淡写地做了一番客观的描述。"

"啊!真是恐怖……但是如果一个人想要成为医生的话,等到以后格拉包夫医生退休了,我会想方设法让您来当我们的家庭医生的,您等着吧!"

"哈哈！布登勃洛克小姐，您念的又是什么呢？要是我可以这样问的话。"

"您知道霍夫曼吗？"冬妮问道。

"原来您在读那个关于乐队指挥和金罐的故事啊！很好，写得十分生动，这类书很适合夫人和小姐。现在的男子必须得读另外一些东西。"

"现在，我一定要问您一件事，"又走了几步后，冬妮终于下定决心说，"那就是，到底要怎么称呼你？我一次都没有听清楚，让我十分郁闷！我还胡乱猜了许久。"

"你猜了很久吗？"

"哎呀！您就别揭我的伤疤了！按理来说我是不该这么问的，但是我真的很好奇，我明白我根本不需要知道您的名字。"

"那有何关系？我叫莫尔顿。"他说，脸红得比任何一次都厉害。

"莫尔顿？名字很美呢！"

"哦？美吗？"

"是呢！这好歹比新茨或者昆茨念起来好听。很新鲜，有点像外国人的名字。"

"布登勃洛克小姐，您果真是一个浪漫的人；您看霍夫曼的作品太多了，原因很简单：我的祖父是半个挪威人，姓莫尔顿。我的名字便是跟着他起的。就是这么一回事儿。"

冬妮小心翼翼地从海边的高芦苇丛中穿过去。一排圆锥形屋顶的木亭在前方的海滩上出现了，水边上零散地放着一些木质圈椅。一群群的游客正在周围温暖的沙滩上晒日光浴：太太们戴着蓝色太阳镜，拿着从图书馆里借来的书；男人身穿一件浅色衣服，用手杖在沙滩上无聊地画着各种图形；皮肤被晒得黝黑光亮的孩子戴着一顶大草帽在沙滩上打滚，堆沙子，挖水坑，做沙饽饽，钻水，光着脚丫在浅滩里打水杖，玩船。右边是一座木制的浴亭，一直延伸到海水中。

"我们就这么一直走到摩仑多尔夫家的亭子吧！"冬妮说，"我们必须要稍微绕一个弯。"

"没问题！但是您不是要去会您的那些朋友吗？我可以坐在后面的那些岩石上。"

"没错，我必须去跟他们打声招呼。不过老实说，我真的不想去。我来这里，就是为了可以安静一下。"

"安静？想要逃避什么吗？"

"的确！逃避……"

"布登勃洛克小姐，请您听我说，我想问您一件事情……不过这要等以后再说吧！等我们有时间的时候。请原谅我现在跟您说再见，我就坐在那边的岩石上。"

"施瓦尔茨可夫先生，我可以将您介绍给他们吗？"冬妮一本正经地问。

"不行啊！不行……"莫尔顿赶忙回答说，"谢谢您的好意！我并非是这一类人，您是知道的。我就坐在那块岩石上。"

等到莫尔顿·施瓦尔茨可夫朝右边转去，走到浴场旁的被浪花冲洗得干净的岩石堆那里，冬妮则朝聚在摩仑多尔夫的浴亭前的一群人走去。这里的游人众多，包括摩仑多尔夫、哈根施特罗姆、吉斯登麦克和弗利采几家人。除了海滨浴场的老板、汉堡的弗利采参议，还有以游手好闲出名的彼得·多尔曼，剩下的都是女人和小孩。

由于这天并非节假日，大部分的男人都在城里的办公室工作着。弗利采参议也有一把年纪了，清秀面孔上的胡须被剃得干干净净。此时，正在浴亭上方的台阶上用望远镜看着一艘在远方出现的帆船。彼得·多尔曼戴着一顶宽边的大草帽，留着一绺水手式的圆胡须，正在跟太太们站着聊天。跟他聊天的那些太太们有的坐在铺在沙滩上的毯子里，有的则坐在高高的帆布椅上。摩仑多尔夫议员夫人的娘家姓朗哈尔斯，手里正把玩着一副长柄望远镜，乱蓬蓬的灰色头发散开着。哈根施特罗姆夫人坐在玉尔新旁边；虽然玉尔新的身材终究没有长高，但是早已学着她母亲的样子，戴上了一副钻石耳环；吉斯登麦克夫人坐在自己女儿跟弗利采参议夫人身旁。后者是一个满是皱纹的矮小的女人，戴了一顶软帽，就算在浴场里她都不忘尽一个地主之谊，跑来跑去，累得满脸通红、筋疲力尽，全部心思都在计划舞会啦，儿童集合啦，抽奖啦，帆船旅行啦……她雇来给她阅读的女伴坐到了较远的地方。孩子们正在水边玩耍。

吉斯登麦克父子公司是一家新兴的大酒商，在近几年，将C.F.科本公司比得黯淡无光。吉斯登麦克的两个儿子——爱德华和施台凡都已在其父建立的生意里肩负起职务。尽管彼得·多尔曼也是个纨绔子，却一点儿都没有尤斯图斯·克罗格那种闲散的姿态；他是另一种类型的，一个耿直的纨绔公子，他的特点就在于那些毫无恶意的鲁莽。他刻意在社交圈里那么肆意妄为，是因为他了解女士们十分欣赏他那种嚣张、毫无遮掩的言谈以及浪荡不羁的作风，觉得很特别。

有一次，在布登勃洛克家的宴会上，有一道菜很久没有端上来，客人们都等得发慌了，主妇也相当的忐忑不安，他在这时候便用他那粗犷的大嗓门喊了一句，全桌的人都知道了："参议夫人，我的肚子等得有些不耐烦了！"

此时，也是他正在用那粗犷的大嗓门在说一些很有问题的笑话，时不时就加上几句北德的方言当作笑料。摩仑多尔夫议员夫人笑得挺不起腰板，连续叫喊着："上帝啊！您别再往下说了，参议先生！"

冬妮·布登勃洛克受到哈根施特罗姆一家淡漠的接待，却得到其他人的热烈欢迎。就连弗利采参议也急匆匆地从亭子的台阶上下来迎接，由于他希望，或许明年布登勃洛克一家人可以帮着让浴场热闹起来。

"小姐，您的仆人。"多尔曼参议极力地说准字音，他知道布登勃洛克小姐不是很喜欢他的作风。

"布登勃洛克小姐！"

"您到这里来了啊？"

"多么好啊！"

"您是何时到的？"

"瞧，打扮得多漂亮啊！"

"您住哪儿？"

"是在施瓦尔茨可夫家吗？"

"领港的家里？"

"想法真奇妙！"

"多么新鲜的方法啊！"

"您在城里住吗？"海滨旅店的经营人弗利采参议再次问了一句，他实在不想让别人发现他的沮丧。

"下一次的舞会您肯赏脸参加吗？"他的夫人问道。

"噢！你在特拉夫门德不会待很久？"另一位太太替她回答。

"亲爱的，难道您不觉得布登勃洛克一家人都特立独行吗？"哈根施特罗姆太太跟摩仑多尔夫议员夫人轻声说。

"你还没下水吧？"有人问，"年轻的姑娘们，今天还有谁没有下过水呢？小玛利、玉尔新、小路易丝这三个人吗？安冬妮小姐，您的朋友们会义不容辞地陪着您的。"

几个年轻的姑娘从一群人中走了出来，准备和冬妮一块儿去洗海水浴，彼得·多尔曼自然自告奋勇地陪着姑娘们朝海滩走去。

"啊！你是否想起以前咱们一起上学的情景？"冬妮问玉尔新·哈根施特罗姆。

"记——记得！您总是经常发脾气。"玉尔新满脸赔笑。

他们从海滩上用一条木板凑成的窄道里穿过，朝浴场走去；当他们从拿着书坐在岩石上的莫尔顿·施瓦尔茨可夫旁边经过时，冬妮大老远地、急忙地跟他点了几次头。不知道是谁问了一句："冬妮，你在跟哪个人打招呼？"

"噢！就是那位小施瓦尔茨可夫，"冬妮回答说，"他陪着我过来的。"

"就是总领港的儿子吗？"玉尔新·哈根施特罗姆问道，用她那双黝黑的眼睛紧盯过去。莫尔顿正好坐在那里带着忧郁的神色端详着这一群光鲜艳丽的人。冬妮大声说："真遗憾！像奥古斯特·摩仑多尔夫那样的人都不在这里，平时待在海滨的日子肯定很无聊！"

8

冬妮·布登勃洛克开始了她美丽的夏季生活，比她遗忘在特拉夫门德的日子还要快乐有趣。没有重担压在她肩上，她再次焕发出绚丽的光彩；她的一言一行也恢复了之前那种欢快且无忧无虑的神色。有时周末，参议便带着汤姆和克利斯蒂安到特拉夫门德，总会满意地看着她。那时他们便会去餐馆吃一顿大餐，坐在咖啡店的帘幕下边欣赏音乐喝咖啡，边看着大厅里的人玩轮盘，就像尤斯图斯·克罗格和彼得·多尔曼那些寻欢作乐的人总是围挤在轮盘周围。参议倒是没有赌过的。

冬妮晒着阳光，洗着海水浴，吃着姜汁饼、煎肠子，跟莫尔顿一块儿去远足。他们会顺着公路到邻区的浴场，或者顺着海滩攀到高处的望海亭，从那里能够眺望海陆两面。要不然就是去旅店后面的一座小树林里，在树林的高处悬挂着一口大钟，是旅店通知客人开饭的时候使用的；有时他们会泛着小船，到特拉夫河对面的普瑞瓦半岛去，在那个岛上可以找到琥珀。

莫尔顿是一个让人喜欢的旅伴，尽管他的观点有时候难免会显得有些偏激和武断。无论说到什么，他都可以给出一个严肃而公正的定论，并且他的口气不给别人留一点商量的余地，虽然在说话时，他的脸会涨得通红。当他声称全部贵族都是笨蛋和灾星，并随即做了一个愤怒笨拙的手势时，冬妮觉得有些失望，忍不住责怪了他几句。不过另一方面，她又十分自豪，因为他挖空心思地将自己的想法说给她听，而且这些想法都没有对他父母公开过。有一回他说："我跟您说一件事，我在哥廷根的房间里有一架完整的人体骨架，您知道的，就是用铁丝穿起来的那种骨头架子。呐！我给它穿上了一套破旧的警察制服。哈！实在太妙了，您说是吧？但是看在上帝的份儿上，您一定不要把这件事情告诉我的父亲！"

冬妮当然无法避免地经常跟城里的朋友在海滩或者海滨公园里打交道，参加这样或那样的舞会或者乘坐帆船出游什么的。这时，莫尔顿就得一个人去岩石那里坐着了。从第一天开始，这些岩石便成了他们两个人间的一个固定暗语了。"坐岩石"的意思便是"无聊寂寞"。遇到下雨天，雨帘仿佛一个灰色的罩子，将整个大海笼罩起来，海水和低垂的天空正好相接，海滩和道路都积满了水，冬妮便说："今天我们两个人都要坐岩石了，留在阳台上或是房间里，无所事事，您就给我表演几首学生歌曲吧，莫尔顿，尽管这些歌我也听厌了。"

"确实！"莫尔顿说，"我们坐下！不过您知道，和您在一块儿，就没有了岩石！"在他父亲面前他是不会说这些话的，不过母亲听了没关系。

"干什么？"一次午饭之后，冬妮跟莫尔顿一同站起来，准备到外面去，总领港便问他们，"年轻人要去什么地方啊？"

"啊！安冬妮小姐容许我陪她走到望海亭里去。"

"是这样的，她同意了吗？你自己说一说，我的孩子，你坐在书房里背你的那套神经系统不是更好一点吗？等你回哥廷根时，你肯定把所有东西都抛到脑后了。"

然而施瓦尔茨可夫夫人则满是温和地说："狄德利希，上帝啊！他为何不能去呢？让他去吧！这可是他的假期啊！他就不能陪我们的客人玩吗？"于是，他们两个人便去了。

他们沿着海滩走，紧靠着水边，潮水将那里的沙子冲平然后晒硬，走起来十分轻松。地面布满了一种常见的白色小贝壳和另外一种长圆形乳白色的、比前者稍大的小贝壳。此外，还有黄绿色的潮湿的海草，上面是空心的小圆果，踩上去会发出啪啪的脆响。另外还有水母，有的是平常的那种海水色，有的则是红黄色、有毒，在游泳时碰到它的话，皮肤就像火烧一样疼痛。

"您可知道我以前有多傻，"冬妮说，"我妄想从水母的身上取下五彩的小星星。我用手帕包了一大包的水母回家，把它们整整齐齐地摆在阳台上，把它们晒死在阳光下……我想要留下那些小星星！好，我等一下过去看的时候，只留下一大片的水印，散发着淡淡的腥味。"

他们一路走着，耳边是一层层波浪发出的有韵律的澎湃声，迎面吹来了清新的咸海风。这些风肆无忌惮地在耳边飒飒作响，在人的身上激起了惬意的晕眩，一种微醺之感……他们在海滩满是轻声细语的无限宁静中朝前方走去。无论远近，大海的每一个细微的响动都被宁静赋予了神秘的内涵。

左边迤逦着一条由黄色黏土和乱石形成的斜坡。这些斜坡的形状都很相近，凸显出来的棱角遮挡了曲折的海岸。海滩到了这里之后变成了嶙峋的乱石，他们找了一个往上爬的地方，经过矮树林里的一条山路攀上望海亭。望海亭是用带树皮的粗木柱和木板搭建而成的圆亭子，亭中的墙壁上画满了格言、短诗、名字的缩写和爱情心形，亭中被分成一间间的小屋。冬妮跟莫尔顿选了一间面朝大海的屋子，坐到靠着里面的一条粗木凳上。这间屋子跟浴场的木板屋一样，散发着淡淡的木头清香。

在下午时分，山上的这个地方显得相当静穆。几只小鸟啾啾地叫着，沙沙的树叶声和潺潺的海水声融汇在一起。海水在地下深处无限延伸，在远处出现了一艘帆船的桅樯。这一路上海风不停地从耳边呼啸而过，此时走到了避风之地，他们忽然感到一阵让人深思的宁静。

冬妮问道:"它是归港还是离去?"

"什么?"莫尔顿语气顿了一下,好像他的思想刚从一个遥远之地被喊回来一样,他赶紧说明:"是离去!这是一艘开往俄国的'施亭博克市长'号。我不想跟这艘船过去。"过了一会儿他继续补充:"那里的情况肯定比我们这里还要糟糕!"

"可以了,"冬妮说,"莫尔顿,您现在是要跟贵族开战了,我从您的脸上已经看出来了。您这样是不好的,你认识哪个贵族吗?"

"不认识!"莫尔顿几乎懊恼地喊出来,"谢天谢地!"

"很好呢,您瞧!我可是认识一个贵族姑娘,她叫阿姆嘉德·封·席令,我之前跟您提到过的。她可是一个比你我脾气都要好的人;她几乎不在乎自己的姓氏,而且她吃香肠,讨论着她们家的母牛。"

"冬妮小姐,肯定还有例外的人!"他担忧地说,"不过您听我说,您是一位小姐,只讲究耳听为虚、眼见为实这个原则。每当您认识一个贵族给出这样的结论:他是个好人啊!没错,但是在现实生活中则用不着去认识一个贵族,便足以断定他们的全部。这里所涉及的是社会结构的原则性问题,您可明白?没错,对于这一点您说不上来。怎样?有些人只要一诞生便成了人类的选民,就是大老爷,就有权利藐视我们这些下层人。而我们呢?就算是做出巨大的贡献也无法跟他们相提并论。"

莫尔顿在说说这些话的时候,显露出一股善良无邪的怨气;他也尝试去摆弄一些手势,不过当他看见自己那相当笨拙的姿势时,便毅然地放弃了。可是,议论依旧在持续不断地进行着。他的情绪早就激动不已。他坐在那里,身子稍微往前倾斜,用大拇指拨弄着上衣的扣子，一道挑衅之光从他那双温和的眼睛里闪现出来。"我们的市民阶层，我们这些一直被看成底层阶级的人，只允许那些加官晋爵的贵族存在，我们不愿承认那些只会坐收渔翁之利的贵族，我们反对现在这种阶级等级观念的划分。我们请求所有人都是自由平等的，不是别人的附属品，所有人只受法律的制约！不该再有特权和暴力！所有人都是政府的权利平等的儿女，并且就像上帝和普通世人一样没有等级阶级的存在，市民和政府也应该产生直接的关联！我们要求新闻自由，工商业自由，贸易自由……我们请求所有的人都可以在一个相对平等的位置上进行竞争，有功劳的人得到封赏！可是我们被各种原因牵制了手脚，堵住了嘴巴……我还要怎么说呢？对了，您来听听这件事情：他们在四年前重新修订了跟大学校、报刊有关的同盟法。这部法律真是太好了！只要和现行制度或者事物不合拍的，统统都不可以刊登或演说，您明白吗？真理被扼杀、被禁止传播……那么请问一下，这些究竟是为何？是由于一个腐朽不堪的愚蠢的制度，而且这个制度大家都很清楚，有朝一日肯定会被摧毁的……我坚信，您还无法了解这是有多卑劣！这样的暴力，目前警宪制度是这样的昏庸粗暴，您是不明白精神界和新时代的……我还要再告诉您一点，普鲁士国王做了一件十分没有道义的事情！当初1813年，法国人仍在我们的国土上，他号召我们，同意我们立宪……于是我们纷至沓来，拯救了德国。"

冬妮的手托着下巴，在一旁端详他，有一刻她在认真思考：他是否真的亲身参加了驱赶拿破仑的战争。

"您觉得，他实现了他的承诺了吗？怎么会有这种事！现在的这位国王是巧舌如簧之人，一个幻想家，一个浪漫主义者，如同您一般，冬妮小姐！由于有一件事您现在必须留意：当哲学家跟诗人刚刚将一个真理、一个看法、一个原则否定，摒弃掉的时候，一位国王便会缓慢走来，将它唤醒，觉得这刚好是最新潮最优秀的东西，并把它视为金科玉律。没错，这就是国王的路上的真面目！国王本来就是一个普通而庸俗的人，他只会远远地跟在事物的后面。唉！讲到德国，仿佛让人想起了一个参加过进步团体的学生，以前在参加自由保卫战的时候，他是生机勃勃、激昂奋发、豪气冲天的，现在则变成了一个可悲的庸俗之人。"

"没错，没错！"冬妮说，"您说得相当不错，不过请容许我问您一个问题，这些跟您有何关系呢？您自己也不是普鲁士人。"

"噢！布登勃洛克小姐，这确实没什么关系！确实，我是这么刻意称呼您的姓……我原本还想用法文'demoselle'这个词来称呼您，这样便能显示出您的尊贵地位了！难道我们这里会比普鲁士更加自由和平等一点吗？人们拥有了许多的公民权利吗？牵制、等级、贵族——这里和别处一样！您对贵族感到同情，需要我跟您说是因为什么吗？那是因为您本身就是一个贵族！一点也没错，您难道都没有注意到这一点吗？您的父亲是一位大富商，您是一位高贵的公主。您跟我们这些人之间有一道隔阂，我们不属于您这种家世显赫的贵族圈子的范畴。您或许因为高兴而跟我们其中一个人到海边散步，但是当您重新回到您那高贵的社交圈子里，别人也就只能坐在岩石上了。"他的声音是那样的激动，以致听起来有些奇怪。

"莫尔顿，"冬妮郁郁寡欢地说，"这样说来，您每次坐在岩石上的时候都很愤怒了？我不是极力想要把您介绍给他们认识吗？"

"您瞧！您又以个人的眼光来想问题了，跟其他年轻女士一样，冬妮小姐！我说的可是原则……我指的是我们这里的博爱精神一点儿也不比普鲁士逊色。假如说到我个人，"他低吟了片刻，轻声往下说，他的语气依然是异常的激动，"那么我说的并非当下，或许说是未来比较恰当，只要您成为某某夫人永远退出您那高贵的圈子后，别人也就只能终生坐在岩石上了……"他缄默了，冬妮也一言不发。她不再注视着他，而是将眼睛望向了另一边，看着身旁的木板墙。这样一种尴尬的气氛滞留了很长一段时间。

"您是否记得，"莫尔顿又说，"有一次我跟您说，要问您一个问题吗？的确，您可知道，这个问题从您来到这里的第一个下午便一直在困扰着我……您无须乱猜！您不会晓得我所想的东西是什么。我下次再问您吧！等有机会的时候。别急，这个问题跟我一点儿关系也没有，也只是因为好奇。现在就不问了，我今天只给你透露一件事情，是另外一件事……您看看这个。"

说着莫尔顿便从外衣兜里拿出了一条五彩条纹的窄绸带，目不转睛地看着冬妮的眼睛，脸上露出一副胜利与期待相互交错的表情。

"漂亮极了！"她不解地问，"这个是什么意思？"

莫尔顿表情严肃地说："意思就是，我属于哥廷根的一个学生社团——现在您明白了吧！我还有一款跟这个颜色一样的帽子，不过在暑假的时候我将它戴在了穿着警察制服的骨架上了。在这里，我可不敢让别人看见我戴着它，我可以相信您不会向别人泄密吗？如果我父亲知道了这件事，一定会出事的。"

"您为何这么说，莫尔顿！您可以信任我！不过我有一点不明白，你们难道都立誓要反对贵族吗？你们想要做什么？"

"我们要争取自由！"莫尔顿说。

143

"自由？"她问。

"的确，自由！您知道的，自由……"他不断重复着，说着他做了茫然而笨拙的，却有些激动的手势，张开手臂，向下、然后朝大海一挥，并非朝被梅克伦堡海岸环绕的海湾那方向，而是向这广袤无边的大海那边。那里闪烁着蓝、绿、黄、灰各色交相辉映的波纹，广阔无边地朝着茫茫的地平线延伸开来。

冬妮沿着他的手势看去，原本两人的手是放在那张粗糙的木凳子上，此时不由自主地握在了一起。两人同时眺望着同一个广阔的远方。然后沉默了好久好久，任凭海水安静而沉闷地朝岸边拍打，冬妮瞬间觉得她跟莫尔顿的情感融合在了一起，她对"自由"这个定义有了一个伟大、懵懂且充满了无限的预感和渴望。

9

"真奇怪啊！莫尔顿，一个人在海边的时候永远都不会觉得沉闷。假如您在别处这样什么都不想地仰天躺上三四小时，无忧无虑的……"

"的确！不过我要坦白地说，冬妮小姐，我过去也时常觉得烦闷无比，但是这也是几周前的事情了。"

秋天到了。已卷起了第一道强劲的风。稀疏散落的灰色云朵从天际呼啸而过。浑浊汹涌的海水一眼望不到边，全被泡沫覆盖了。汹涌的巨浪阴森恐怖又冷静地朝岸边拍打，猛烈地溅起来，变成了一道如同钢铁铸造的暗绿色的拱墙，闪着亮光。随后，带着轰隆隆的声响扑到沙滩上。

避暑的季节也完全过去了。现在，平常游客拥挤的那条海岸只剩寥寥几把椅子，一些浴亭也都拆了下来，显出了一片寂静的景象。不过冬妮跟莫尔顿依旧每天下午在沙滩较远的地方停歇。也就是那个黄色的石灰墙开始的地方。那里的波浪拍打着"海鸥石"，溅起了很高的浪花。莫尔顿帮她堆了一座拍得十分结实的小沙丘。她两腿交叉倚靠在上面，脚上穿着十字扣绊鞋和白袜子，身上则穿着一件大扣子、灰白相间的秋季短外衣。莫尔顿在她对面侧身而躺，用一只手支撑着下巴。时而会有一只海鸥从海面上掠过，尖锐地鸣叫一声。他们望着碧色的波浪卷着海草如同一面墙一样迎面走来，然后在他们对面的一座石壁上被摔得支离破碎，挟带着一种永恒而疯狂的轰鸣声，让人瞠目结舌，恍若时间在此刻被冻结了。

最末，莫尔顿挪了一下身子，好像要将自己从思索中抽身而出一般，他问道："冬妮小姐，您很快就要回去了吧？"

"不！为何这样问？"冬妮神情恍惚地反问，她不清楚他的心思。

"是的，天啊！今天都已经九月十号了，我的假期也要落幕了，这样的生活还能继续多久呢？您喜欢城里的社交圈子吧？跟您跳舞的男子肯定都是文雅而多情的吧？您说一说……不！我并不想问这个问题！您现在必须回答我一个问题，"说着便移正了他用手撑托着的下巴，凝视着她，表示坚定的决心，"您可知道，这个问题在我心里憋藏了好久，那便是，格仑利希先生是什么人？"

冬妮不禁打了一个冷战，快速地看了他一眼，然后目光开始游移起来，那个神情如同一个人无意中听到一句话触到了自己心中的遥远梦境一般。格仑利希刚跟她求婚的那种感觉——自认为很重要的那种感觉再次在心里重现。

"莫尔顿，您是想知道这个吗？"她郑重其事地问，"好！我给您说,您知道第一天下午托马斯说到这个名字,我很难受;不过既然你都听见了……好吧!格仑利希先生,本迪可思·格仑利希,他是我父亲的商业伙伴,一个厚实的汉堡商人,在城里时他向我殷勤地求过婚……没有!"她看到莫尔顿身子动了一下,于是抢先说道,"我回绝了他,我无法下定决心答应他这门婚事。"

"为什么呢?请允许我这么问。"莫尔顿笨拙地问道。

"啊!为什么呢?上帝啊,因为我忍受不了他!"她几乎是愤怒地喊出来,"您真得认识认识他,看他的样子和举止是怎样的。别的不说,光是他那金黄色的胡须看上去就很假!我敢保证,他肯定擦过给圣诞节核桃涂上颜色的那些粉末,而且他为人也相当的虚伪。总喜欢在我父母面前阿谀奉承,听着他们说话,然后恬不知耻地在后面附和。"

莫尔顿将她的话打断了。

"还有一件事,那句话的意思是什么?什么叫'装点得非比寻常'?"

冬妮不由自主地咪咪笑起来。

"是的!莫尔顿,他总是这样说话!他不说'这样真好看',或者'这种布景真漂亮',他说的是'这样的装饰可真非比寻常'。我跟您说,他那个人就喜欢自作聪明!另外,他不死死地缠着我不放,尽管我每次都对他冷嘲热讽。有一次,他在我面前上演了一出戏,他险些失声痛哭,请您想想,一个男子汉掉眼泪。"

"他对您肯定十分仰慕。"莫尔顿轻声说道。

"但是他爱怎么样都与我无关!"她吃惊地喊道,将倚靠在沙堆上的身子朝旁边扭了一下。

"冬妮小姐,您可真无情,您平常也是这样无情吗?您跟我说一说……您忍受不了那位格仑利希先生,但是从来就没有人让你觉得满意吗?我有时候在思考:或许您的心是漠然的。我要告诉您一个实情,我能向您保证:一个男人由于您的拒绝而流泪,并非愚蠢,真的!我无法确定,一点儿都不敢确定,我自己是否会……您自己看看吧,您是一位被娇惯坏了的千金小姐,您总是嘲笑那些倾倒在您裙下的人吗?您的心是那么残忍吗?"

一阵短促的嬉笑之后,冬妮的上嘴唇忽然颤动起来。她睁大眼睛,悲伤地望了他一眼,晶莹的泪珠便涌了上来,低声说:"不!莫尔顿,您觉得我是这样的人吗?难道您把我当成那样的人了?"

"我不会这么认为的!"莫尔顿笑着喊道,能够听出那个笑声里的激动和情不自禁的欣喜。他将身子翻过来,脸朝下地躺在她旁边,用手臂支撑身子,抽出两只手来握住了她的手,一边用他那双碧蓝色的善良眼睛,既激动又陶醉地望着她的脸。

"您……您该不会要嘲笑我吧?假如我跟您说……"

"莫尔顿,我知道!"她轻声打断了他的话,一边侧头看着另外一只手,她用这只柔嫩的手捧起一把细沙,然后让它渐渐地从指间流逝干净。

"您知道?!您……您,冬妮小姐……"

"是的!莫尔顿。我很看好您,也十分喜欢您。在我认识的人里,我最喜欢您了。"

他兴奋地猛然坐起,挥动了几下手臂,他已经不知道自己要做什么了。跳了起来又随即卧倒在沙滩上,躺在她旁边,对她呼喊,他的声音过于激动而变得有些哽咽和颤抖。时而沉默无声,时而响起了厚重的声音:"啊!非常感谢您!您瞧,我现在是如此的幸福,我出生以来从来没有觉得这么幸福过！"说着他便开始吻她的手。

他突然低声说:"您过不了多久就要回城里了,冬妮,我的假期也只剩下两个星期了。那时候我就要回到哥廷根。但是您是否会答应我,在我回来之前,在我成为一个男子汉之前,您不会忘记我们在海滩上度过的这个下午。到时我便可以在您父亲面前提出我们的事情,无论有多大的困难。在这期间,请您不要听格仑利希先生说的任何一句话。啊！时间不会太久,您等着看吧！我要工作,像一个……如此简单……"

"好！莫尔顿。"她一边看着他的眼睛、嘴巴以及握着自己手的那两只手,一边幸福地神情恍惚地说。

他将她的手拉得更近了,贴近自己的胸膛,轻声恳请道:"您既然这么说了,能否给我一个承诺呢?"

她没有出声,甚至没有看他,只是将倚靠在沙堆的上半身朝他靠近了一些,莫尔顿缓慢而小心翼翼地在她唇上吻了一个长吻,然后两个人各自望向了沙滩的一方,显得十分羞涩。

10

最亲爱的布登勃洛克小姐:

写这封信的人已经有一段时间没有见到您美丽动人的芳容了,他愿借助这寥寥的几行字跟您说,您那张迷人的面孔一直在他的脑海里挥之不去,而且在这段漫长的时光里,他始终没有忘记那次在府上客厅里度过的珍贵下午。那天,您曾说了一句诺言,尽管您当时那样的羞怯,说的话也支支吾吾,不过那句话对他而言是莫大的幸福。自从您想要静下心思索,便从这个世界悄然地失去了音信。多少漫长的时光已经匆匆而去了,我如今能否抱着希望认为那个考验的日子已经结束了呢?写这封信的人斗胆在信中附上一枚指环,将它送给您,我最亲爱的小姐!它作为他永恒不变的爱情的见证。请容许他向您致以最真切的敬意并亲切地吻您的手。

您最忠实的仆人格仑利希

亲爱的爸爸:

噢!天啊,我简直气炸了!信函和附寄的指环都是格仑利希刚才寄给我的,我的脑袋再次剧烈地疼痛起来,我除了转寄给您之外,不知道该如何处理它们了。他一点儿都不想了解我,他跟作诗一样写的所谓"承诺"的话完全不是真的,我急切地请求立马跟他讲清楚了,关于这件事,我现在比那时候更加坚定地不会答应他的求婚。请跟他说,别让他再对我紧追不舍了,这样显得他自己都十分可笑。对于您,我亲爱的父亲,我坦诚地跟您说,我的心已有所属。我们两个人的相爱程度绝非语言能形容的,啊!爸爸,对于这件事情可以写上好多页纸呢!我说的是莫尔顿·施瓦尔茨可夫先生,他现在在学医,只要当上医生后,他就会跟我求婚。我知道,将女儿嫁给商人是我们家历来的传统,可是莫尔顿同样也是一个值得尊敬的人,只是另一种类型的,一个学者。他并非大富大贵的人家,我也知道您跟妈妈十分在乎这点,不过我一定得跟您说,亲爱的爸爸,尽管我还年轻,然而我从别人的生活里看到了,只有财富是不一定能获得幸福的。吻您一千次!

您的女儿安冬妮

还有，我发觉这枚金戒指的色泽很差，显得过于单薄了。

我亲爱的孩子：

信已收到。你所说的问题，我已经根据你的托付跟格仑利希先生谈过，将你的想法委婉地告诉了他，但是这件事情的结果有些出乎意料，让我极为震撼。你现在是一个成年人了，正处于至关重要的位置，我觉得我有责任跟你说一声，一失足成千古恨！格仑利希先生听了我说的话已经是失望到了极点，他高声疾呼，他爱得那么深，他无法面对失去你的痛苦折磨，要是你依旧固执己见的话，他便会了结自己的生命。对于你跟我说了你和另一个人的情义，我不可以把它当真，由此，我希望你在对待这件事情时能够克制自己的情感，再仔细想想。根据我的基督信仰，亲爱的女儿，我觉得尊重别人的情感也是一种责任，要是有个人因为自己的感情遭受了你冷酷无情的藐视而走上自杀之路，我们不晓得你在未来的某一天里，在上帝面前是否也要付出代价。有件事我曾跟你提过许多次了，现在我还要再次提醒你留意一下。我很高兴有这么一个机会让我用书面的形式写出来。因为尽管口头上说会有生动、直接的效果，不过书面也有它的好处：书写之人可以从容不迫地选词择字，用自己认真琢磨过的形式和位置将它固定好，让人反复翻阅，从而达到潜移默化的效果。我亲爱的女儿，我们生活在这个世上并非为了那些我们短浅目光所见的个人的狭隘幸福，因为我们并不是零散、孤立、互不相连的生物体。我们的生物链有那么多的环节。要是我们的前面没有那些人作为指路明灯，实在无法想象我们今天是什么样子的。但是我们的先辈在追逐上辈人的宝贵经验时，也是如履薄冰的，不敢轻举妄动。我认为你的道路早在前几个星期就已划好分明的界限了，要是你真的想特立独行、固执草率地走向你选择的错误方向，那么你就不再是我的女儿了，不再是你那安息于天国的祖父的孙女了，并且完全不能再作为我们家的一名可敬的成员了。对于这件事情，亲爱的安冬妮，我请你在心里好好权衡一番。

你的母亲、托马斯、克利斯蒂安、克拉拉、克罗蒂尔德（近几个星期克罗蒂尔德是在"负义之庄"她父亲那里度过的）以及永格曼小姐都由衷地向你问好；我们都在为不久之后便能拥抱你而感到欢乐！

真挚地爱着你的父亲

11

外面大雨滂沱。天、地和海水仿佛融为一体了，疾风在大雨中呼啸而过，将雨水重重地打在玻璃窗上。雨水在窗上聚成无数条小溪，将玻璃弄得模糊不清，从烟囱里传出阵阵悲凉绝望的声响。

莫尔顿·施瓦尔茨可夫刚吃了午饭，叼着烟袋来到了阳台前，想瞧瞧天空怎么样了，突然在他面前出现了一位穿黄格子紧身雨衣、头戴灰礼帽的男人。一辆车门紧闭的马车停在了门前，车棚湿答答地闪着光，轮子上满是淤泥。莫尔顿有些茫然地看着来人那张通红的脸庞。他蓄着连鬓胡子，看上去好像是用那为圣诞节核桃镀金的粉末擦过一样。

身穿雨衣的先生看着莫尔顿的那副神情如同在看一个佣人一样，

没看他的眼睛而是从他的头上望去,一边轻声细语地问:"总领港先生在家吗?"

"在的……"莫尔顿打磕地说,"我想,父亲他……"

听到这个字眼,这位先生看了莫尔顿一眼;他有一双跟鹅眼一样蓝的眼睛。

"您就是莫尔顿·施瓦尔茨可夫先生吗?"他问。

"是的,先生!"莫尔顿回答说,一边尽力表现出一副谨慎懂事的面容。

"啊!真的……"穿雨衣的先生随口说道,然后接着说,"您能跟您的父亲通报一声吗?年轻人,说我想见他一面。我叫格仑利希。"

莫尔顿带这位先生穿过阳台,把走廊右边抵达写字屋子的一扇门帮他打开,接着走到房间去通报父亲。等到施瓦尔茨可夫先生走出来后,这个年轻人在一张圆桌旁坐了下来,将手臂往上一靠,仿佛是在埋头看报纸。他读的刚好是那张除了介绍某某参议银婚纪念之外,什么信息都不登的"悲催的报纸"。尽管他的母亲正坐在昏暗的窗子边缝袜子,他却并未看她。此时的冬妮在楼上的房间里休息。

老领港员带着一份刚吃过午餐的心满意足的神色走进了他的写字房里。他将制服外衣上的扣子敞开,露出了里面圆鼓的白背心,上面是通红的脸庞加上水手式的花白的胡子。他惬意地用舌头来回舔着牙齿,让那张厚实的嘴形变得相当怪异。他简单地向客人弯腰问好,那个样子好像在说:"我们只能这样子了!"

"劳累了!"他说,"这位先生有什么事情吗?"

格仑利希先生礼节性地俯了俯身子,他的嘴角稍微向下垂。然后轻声地清了清自己的嗓子:"咳-姆。"

这间写字屋并不是很宽敞，周围的墙壁下面钉的是壁板，以上部分则是石灰墙。雨水不停地落在玻璃窗上，窗子上排是被烟熏黄了的窗帘。门的右边放着一张粗糙的长方桌，桌面铺着纸。桌子上端钉了一张欧洲大地图和一张波罗的海的小地图。一艘张着帆的精美的船只模型悬挂在天花板的中间。

老领港让他的客人坐在了门对面一张波浪形的沙发上，沙发上的黑漆布已经有了裂痕。自己则舒舒服服地坐在了一张靠背木椅上，两只手搭着肚子。格仑利希先生也只是在沙发上笔直地坐了一点地方，没有将脊背往后靠，他的身上依旧紧裹着那件雨衣，帽子放在膝盖上。

"我再重复一次，"他说，"我叫格仑利希，汉堡人。为了让您更加清楚地认识我，我可以顺便提一下，我是布登勃洛克参议商业上的伙伴。"

"哎呀！真是失礼了！我十分荣幸，格仑利希先生！您需要提提神吗？长途跋涉的，我让厨房去准备一些甜酒。"

"请容许我跟您说，"格仑利希先生神情淡漠地说，"我的时间不多，我的马车还在外面等着我，而且我只是想跟您说几句话。"

"您请说！"施瓦尔茨可夫先生觉得有些扫兴，便沉默了片刻。

"领港老先生！"格仑利希先生开口说，他仿佛下定决心似的将头一晃，然后微微朝后扬。不过他立马又把要说的话打住了，为了增强这句称呼的效果。他的嘴巴紧紧地闭着，如同被绳子系得很紧的钱包。

"领港老先生，"他再次喊道，接着便一口气说完，"我来这里是为了一位年轻小姐的事情。她前几个星期来到了您的府上。"

153

"是布登勃洛克小姐吗?"施瓦尔茨可夫先生问。

"没错!"格仑利希先生低着头面无表情地回答。几条深陷的皱纹在他的嘴角上浮现。

"我……认为有必要跟您说,"他用一个如同吟诵的声调往下说,目不转睛将眼睛从屋里的一件东西上移到另一件东西上,最后朝窗口看去,"前不久,我正式跟这位小姐提出了求婚,双方的家长对这件事情很是赞同,尽管我们还没有举办正式的仪式,但小姐自己已经清清楚楚地同意了这门婚事。"

"是吗?"施瓦尔茨可夫先生饶有趣味地说,"这件事我可真没有听说!那倒恭喜您了,格……格仑利希先生!恭喜,恭喜!您真找到了一位好姑娘,一位优秀的……"

"您过奖了!"格仑利希先生特意淡然地说。"关于您的府上一行,"他继续用唱歌一般的高嗓子说,"亲爱的领港老先生,是由于前段时间我们婚姻的道路上出现了一些阻碍,而这些阻碍好像又是从……您家里衍生而来的?"最后几个字他用疑问的口气说道,仿佛在说:"传到我耳朵里的难道是真的吗?"

施瓦尔茨可夫先生一言不发,只是将花白的眉毛扬得很高,用两只手——棕色的、长着金色毫毛的海员之手紧紧地抓着椅子。

"没错!我听说了这么一个事实,"格仑利希先生用一种无可奈何的语调说道,"据说,您的儿子,那位医学生……竟……当然是无心的……侵犯了我的权利!我听说,他借着小姐住在这里的机会,从她嘴里骗到了她的几句诺言!"

"什么?"总领港大喊一声,握着椅子扶手大跳起来,"这真是岂有此理!哼!"他两步便走到门前,一把将拴着的门把拉开,朝过道里愤怒地大喊，那声音仿佛可以盖住怒号的海浪："梅达！莫尔顿！到这里来！你们两个都到这里来！"

"假如我只顾要求自己原本的权益，"格仑利希先生脸上掠过一丝笑意，"竟破坏了您做父亲的计划，那还真是相当的抱歉！领港老先生。"

狄德利希·施瓦尔茨可夫把头转过来，用眼眶边上满是小皱纹的蓝色眼睛盯着他的脸，好像不管怎样都无法理解他说的话。

"先生！"过了一阵总领港才说出话来，声音仿佛被浓烈的烧酒呛了。"我是一个普通人，我不了解那些明争暗斗的鬼把戏，不过假如您这么认为的话……呐！那么我跟您说，您算是撞进了死胡同里了，先生！您曲解了我这个做父亲的！我明白我儿子是怎样的一个人，我也了解布登勃洛克是个怎样的人，我知道什么是自重，也会有些骨气，从不给我儿子做这种打算的！现在换你了，孩子！你说一说，到底怎么回事儿？我听见的究竟哪一个才是真的？"

施瓦尔茨可夫夫人跟他的儿子站在门前；母亲还不知情，只顾着整理自己的围裙，莫尔顿则表现出执迷不悟的罪犯式的面容。格仑利希先生在他们进来的时候都不曾站起来；他端正地静坐在沙发上，雨衣扣子紧紧地扣着。

"怎么，你做了这样的事情了？"老领港斥责他的儿子。

年轻人将一只大拇指放在了上衣的两个扣子中央；他的眼神忧郁，面颊鼓鼓的，愤怒与不屑的神情相互交错。"是的！父亲，"他说，"布登勃洛克小姐和我……"

"好！那我就跟你说，你是个不明白事理的家伙，蠢货！浑蛋！你明天一大早就给我立刻滚回哥廷根去，听见没？干这种小孩子的荒唐事，不值得一提的荒唐事！从此之后别再让我们听见这样的事情了。"

"狄德利希，我的上帝！"施瓦尔茨夫夫人扬起手来说，"别这么专断，如此草率地就将事情决定了！谁晓得……"她停了下来，美丽的眼睛里闪着一丝希望之光。

"您要跟小姐说话吗？"老领港粗声粗气地问格仑利希先生。

"她正在屋子里休息呢！"施瓦尔茨可夫夫人充满了怜悯之意。

"很可惜，"格仑利希站起来说道，尽管他像是松了一口气，"我再重复一遍，我在赶时间，马车还在外头等我呢！请容许我对您大丈夫的气概和骨气表示敬佩之情。"说着便对着施瓦尔茨可夫先生用帽子在半空画了一圈，"打搅了！我要跟您道别了。再见！"

狄德利希·施瓦尔茨可夫并未伸出手跟他握手道别，而只是将他高大魁梧的身躯简单地往前倾，好像在说："我们就这样了！"

格仑利希先生没有搭理莫尔顿和他母亲，而是从他们中间迈着均匀的步子穿过，径直走向了大门。

12

分别的日子已经来临，托马斯坐着克罗格家的马车过来了。

这个年轻人在上午十点钟就到了，他跟房主一家人在房间里吃了一些点心。他们如同第一天一样，围坐在一张桌子上。只不过这时候已经不是夏季了，天气很冷，而且还刮着风，没法坐在阳台上，而且莫尔顿此时已经回到哥廷根。就连冬妮都没有来得及跟他好好说几句告别的话。老领港站在一旁说："可以了！这件事就告一段落了,回去吧!"

十一点钟,兄妹俩便登上了马车,马车的后面绑着冬妮的行李箱。她脸色惨白,尽管穿了一件暖和的秋季短外衣,却因为寒冷、疲倦和旅行的激动而直哆嗦。另外,有一种悲凉之感时不时就涌上了她的心头,她的胸口因为难过而呼吸困难。她吻过了小梅达,跟主妇握过了手,然后点头答应施瓦尔茨可夫先生的话,施瓦尔茨可夫说"喏!您要经常想我们啊,小姐!我们招待得不周,您不会怪我们吧?"

"好!祝您一路顺风,请替我们向令尊和参议夫人问好!"然后车门便"嘭"的一声关上了,棕色大马用力拉着缰绳,施瓦尔茨可夫家三人挥着手帕告别。

冬妮将头靠在车篷中的一个角落里,朝窗外注视。天空布满了灰色的云朵,特拉夫河被风激起的小浪花在疾速地滚动,不时落下来的几点雨珠敲打着玻璃窗。"临海街"的尽头,人们正坐在门口补渔网;孩子光着脚丫迎着车跑,好奇地盯着马车。他们永远都不会离开这里。

当马车经过最后几座房子,冬妮探着身子再次看了灯塔一眼,然后闭着眼睛将身子往后靠。此时的眼睛既疲惫又疼痛,这一夜由于激动几乎没有合眼,早上为了整理箱子,又起了一个大早,连早饭也没心思吃。她口干舌燥的,嘴里什么味道都没有。她觉得自己快要支撑不住了,任凭自己的眼泪直流,而不去理睬。

她刚闭上了眼睛,就觉得自己好像再次站在了特拉夫门德的阳台上。莫尔顿·施瓦尔茨可夫俨然就在眼前,他仿佛正在和她说话,跟平时一样俯下身子,不时地用他温和的目光询问式地望一眼地:他笑的时候露出的牙齿是如此的漂亮啊!不过他本人显然不知道这一点……想到这些她渐渐地平静放松了。她将每次和他聊天听到的东西又回忆了一遍,并且暗暗发誓要将所有的一切当作神圣的东西珍藏起来,这样的想法让她觉得十分欣慰和满足。什么普鲁士国王做了一件很不公平的事情啦,什么本市的报纸都是无聊的新闻啦,什么四年以前跟大学相关的联邦宪法的修改啦,这些事往后对她来说将是永远珍贵的能以此为慰藉的真理,永远都是秘密的财富。她哪天高兴了,哪天便可以拿出来思忆一番。无论是走在街道中心,还是在家人中间,吃饭时也罢,她都能够想起它们。谁晓得呢?没准儿她会走上一条别人帮她安排好的道路,跟格仑利希先生结婚,那又如何?不过当他和她说话的时候,她会忽然想道:我知道这些你所不知道的东西……谈到贵族——从理论上来说,这些人都是微不足道的!

她自己心满意足地笑了。忽然,在马车的辘辘声里,她真切地听见了莫尔顿的说话声,那声音清晰得让人难以想象,她能分得清楚他那温柔的、稍微拖沓的嗓子发出的每个音节,她聚精会神地听着他诉说:"我们今天都得坐岩石了,冬妮小姐!"这段回忆再次让她的情感波动起来。她的胸口由于哀伤和难过而收缩着,任凭泪珠滚落脸颊,蜷缩在一个角落里,用手帕捂着脸抽泣起来。

托马斯嘴里叼着一支纸烟,茫然地看着窗外的大道。

"真是可怜,冬妮!"他拍着她的外衣说,"我打心底为你难过,你知道的,我那么了解你!但是别无他法,这件事情总要挺过去。相信我说的吧!我都了解的。"

"啊!汤姆,你一点儿都不了解!"冬妮抽泣着说。

"呐!别这样说,比如拿我来说吧,现在这事儿早就决定好了,明年年初我就要去阿姆斯特丹。爸爸帮我在凡·戴尔·凯伦公司安排好一个位置了,那时我便要离开好长好长一段时间。"

"唉,汤姆!这也只是离开家人呀!算不了什么!"

"的确!"汤姆将声音拉得很长。他叹了口气,好像欲言又止的样子,但终究还是沉默了。他一边将纸烟从这边的嘴角换到了另一边的嘴角,然后挑起一条眉毛,把脑袋别了过去。

"过不了多久,"过了一会儿他开口,"自然就会忘记了他。"

"我才不要把他忘掉!"冬妮绝望地喊起来,"忘记,难道这也是一种安慰吗?"

13

之后他们便经过了那里的渡口,穿过了以色列镇的街道和耶路撒冷山以及布格城外的空地。马车从布格城门经过,城门右边的监狱围墙高高耸起,马车顺着布格大街咕隆咕隆地飞驰过去,然后穿过考贝尔格。冬妮望着路两边灰色房屋的三角山墙,悬挂在街道中心的油灯、圣灵医院,还有医院前方种的菩提树,差不多已经落光了叶子。天啊!所有的景物跟以前的完全一样,那么让人肃然起敬地耸立于此,不曾有何改变。不过她每次回想起来时,却只能将它当作一场理应遗忘的旧梦!这些灰色的三角山墙,正是那世代相传的古老而熟悉的东西,它们是要将她迎接进来吗?然后她便会在里面继续地生活下去。她已经安静下来了,她好奇地朝窗外看。看着这些再熟悉不过的风景,离别的愁绪也差不多被麻痹了。就在这时候,咕隆作响的马车经过了布来登街——搬运工马蒂逊从马车旁走过。

159

他恭恭敬敬地将自己那顶破旧的圆筒帽子摘下来,阴沉着脸,好像行礼只不过是为尽义务,心里却在说:我这个低下的搬运工。

马车驶进了孟街,健硕的棕色马气喘吁吁地停在了布登勃洛克家的大门前,马蹄依旧在不停地翻踏。当安东跟利娜跑过来忙着放下箱子的时候,汤姆小心翼翼地将他的妹妹扶下了马车。不过他们还一时没有进屋子里,因为三辆装货的大马车正首尾相接地朝大门这里驶来。车上高高地装满鼓鼓囊囊的粮袋,能够看见袋子上用粗黑的字体写着"约翰·布登勃洛克公司"字样。运粮车摇摇晃晃地从宽敞的走道和一座斜坡台阶过道下边的院子中走去,发出沉重的隆隆声响。很显然,有一部分谷物是要放置到后边的房子里,剩下的则要运往"鲸鱼""狮子"和"橡树"等粮站去……

当兄妹两个人走进过道的时候,参议已经从办公室里走出来,耳朵上还夹着一支钢笔。他张开双臂迎接他的女儿。

"我的亲爱的冬妮!欢迎你回家!"

她吻了吻他,然后用那双哭得红肿的眼睛注视他,眼睛里露出一种貌似是羞赧的神色,不过并没有动怒。对于那件事情,他绝口不提,只是说了一句:"时间不早了,我们还在等着你一起吃第二次早餐呢!"

参议夫人、克利斯蒂安、克罗蒂尔德、克拉拉和伊达·永格曼全站在楼梯的台阶上迎接她的到来。

冬妮抵达孟街的头一晚睡得十分舒坦。9月22日一大早,她便神采奕奕地来到餐厅,她的心情已经平复了许多。时间很早,还没有到七点钟。屋里只有永格曼小姐独自在准备早餐用的咖啡。

"嘿!嘿!我的小冬妮,孩子"她边说边用她惺忪的棕色睡眼注视着她,"怎么这早就起来了?"

冬妮在书桌旁坐下,书盖这时刚好推了上去,她将两只手臂交叉着放在脑袋后面,朝窗户望去。院子里的石板路湿答答地泛着光圈,看上去很黑,花园很潮湿,四处一片枯黄之景。她看了片刻,便低下了脑袋,因为好奇而随便翻起了书桌上的名片和信函。

紧靠墨水瓶的旁边放着那本很熟悉的镀金封面的记事本。本子里各种类型的纸应有尽有。头一天晚上肯定有人使用过它,真是一件少见的事情!爸爸这次居然没有像平时那样用皮套将它们锁到抽屉里。

她将本子拿过来,随手翻开了里面的内容,刚开始也只是随意地浏览,不过下一秒便认真看起来。她读的大部分内容都是她觉得简单而熟悉的事物。不过每个在上面写下记录的人,都从他的先辈那里传承了一种肃穆而质朴的文体,像是出于一种本能一样不由自主地遵守这个纪传文体,足以证明这一家人对自己的传统和以往的历史的谦虚态度,由此也更加让人敬仰和尊重。对于冬妮来说,这并非新奇的事情,她自己以前也经常翻阅这类本子。不过里面所记录的东西从未让她像今天早上这样印象深刻。就算是家庭史中最不值得一提的事情,在这里也被当作一件大事,郑重其事地记录了下来,她被这种严谨的精神打动了。她将胳膊肘支在桌子上,相当入神地读起来,神情严肃而骄傲。

关于她自己短暂的历史也是一字不差地记录下来:她的降临,她小时候多次生病,她第一次入学,被送到卫希布洛特小姐的寄宿学校,她所受的坚信礼……所有的事情都被参议详细地用他那流畅而俊秀的商人字体记录下来,并且他对每一件事实都带着一种近乎虔诚的敬仰。就算是一件最微不足道的事情，也很玄妙地操纵着这一家人的命运和神的安排。在她从祖母安冬内特那里传承下来的名字下方，以后还会记录些什么呢？但是无论记录的好坏，后人肯定会怀着同样的虔诚之心来阅读的，就像她现在读以前的事情一样。

她将身体朝后一靠，叹了一口长气，心沉重地跳动着。一种至高无上的自尊心从她的心头涌出来，她一贯地将自己看得举足轻重的感觉如同一阵急促的雨点敲击着她。"链条中的一个环节"，爸爸曾经这么写过，是的！她就是链条中的那一个环节，她感受到了一种高尚的责任感召，要用行动和决心来捍卫自己的家族史！

她把本子翻到了最前面，这里，在一张粗糙的对开纸上记录着一家人的家谱，中间有一些括号、小题目和标注明显的时间日期，很明显有许多都是来自参议的手笔。从这一族人的先祖和一个牧师的女儿布利吉塔·淑琳结婚开始，一直到1825年约翰·布登勃洛克参议和伊丽莎白·克罗格结婚为止。本子上记录了这一对夫妻生了四个孩子，然后下面就是记录着孩子们的出生日期和教名。在长子后面还特别标明，他在1842年复活节进入了祖传的商铺中做学徒。

冬妮久久地看着自己的名字和后面的空白。瞬间，她脸上变成了一副焦躁而狂热的表情，她吞了口唾沫，嘴唇急促地颤抖了一下，她一把拿起笔，不是蘸而是往墨水瓶里一戳，便在本子上写了起来。她弯曲着食指，发烫的脑袋倾靠在肩膀上，她的笔迹很笨拙，硕大的字体歪歪扭扭地倾斜着。她这样写："1845年9月22日和汉堡商人本迪可思·格仑利希先生订婚。"

14

"我完全赞同您的观点,我的好搭档!这是一个十分重要的问题,必须得到解决。直接说吧,按照我们家的传统规矩,女方的陪嫁费是七万马克。"

格仑利希先生以一个商人惯有的目光,探寻似的瞥了他未来的岳父一眼。

"实际上",他说这个"实际上"跟他沉思地用手指捋着左边的胡须所差无几,说完这三个字,他的手指正好捋到了鬓尖。

"敬爱的岳父!"他继续说,"您明白的,我对所有的传统和规矩都是相当尊重的。只是,在现在这件事情上过于拘泥于传统是否有些过分呢?正在拓展的商业,蒸蒸日上的家庭,总而言之,今时不同往日了。"

"我的好伙伴,"参议说,"您知道我在商业上从来就不是一个吝啬的人!哎呀,您都没有给我把话说完的机会,否则您会知道,我十分乐意适应新的情况,并且早就准备好满足您的愿望,我会在七万之上爽快地加上一万。"

"那总共就是八万了……"格仑利希先生说。然后动了动嘴巴,仿佛要说:虽然不太多,但还是算了吧。

两个人十分客气地谈妥了条件,参议起身之时,欣喜地将裤兜里的钥匙串晃得叮叮作响。因为他说好的八万马克才是布登勃洛克家姑娘的传统陪嫁费。

谈妥之后,格仑利希先生便告辞回汉堡了。冬妮并未觉得她的新处境有什么不一样的。无论她在摩仑多尔夫家、朗哈尔斯家、吉斯登麦克家抑或自己家里跳舞，在城外的空地上跟拉特夫滑冰，还是接受年轻男士的殷勤献媚，都没有人干涉她。1月中有一次她还去参加了别人的订婚仪式，那是摩仑多尔夫家给他们长子和玉尔新·哈根施特罗姆举办的订婚盛宴。"汤姆！"她说，"我不想去凑热闹，我很反感这种事。"不过她还是去了，并且在这天她玩得很愉快。

另外，从她在家庭大事记录簿里加上了那些大字开始，参议夫人同意与她一起或者她单独一个人去城里的任意一家商店去置办大量物品，就像在给自己办嫁妆一样。两个缝衣女工一整天都坐在餐厅的窗子旁忙着在衣服上绣上姓名的首字母，她们每天都要吃绿奶酪和一大片黑面包。

"妈妈，伦特佛尔将麻布送过来了吗？"

"亲爱的孩子，还没有呢！但是这里送来了两打茶巾。"

"棒极了！他承诺会在今天下午之前送来的。上帝啊！这些被褥还得加工呢！"

"伊达，比特利希小姐问枕头套的花边放在哪儿。"

"冬妮，我的孩子，就在走道装着麻布的柜子里。"

"利娜——"

"宝贝儿，你自己去跑一趟得了。"

"上帝！假如我结婚只是为了在楼梯之间跑来跑去的话……"

"冬妮，结婚礼服的布料你想好了吗？"

"妈妈，我要丝绸料子，没有的话我就不在乎了！"

10月、11月便在匆忙的日子中逝去了。圣诞节的前两天，格仑利希先生来访了，为了可以在布登勃洛克一家人中度过这个盛大的节日。另外，老克罗格夫妇邀请他去过节他也没拒绝。对于他的未婚妻，他可是表现出一贯的温柔体贴，就跟别人所期望的那样。没有过多的惺惺作态！没有在公众场合下的厮磨纠缠！也没有不合时宜的甜言蜜语！当着父母的面在冬妮前额轻轻而谨慎地落下一个吻，算是在婚约上盖了印章。有时候冬妮难免会惊讶，觉得他现在的欢快和之前痛不欲生的表情形成了极大的反差。他是用一个占有者特有的欣喜之色端详着她。当然啦，有时跟他单独在一起的时候，他也会被嬉闹戏谑的神气震慑，他试着将她拉到自己的膝旁，用自己的胡子贴着她的脸，用欣喜得发抖的声音问："我是将你捉住了，还是将你弄过来了？"每当这个时候，冬妮便回答："真是的！您都忘记了自己的身份！"说着便十分机灵地挣脱了身子。

圣诞节刚刚过去，格仑利希先生就回到汉堡了，他的繁忙的业务亟须他亲自去照料。虽然布登勃洛克一家人没有挑明，却也默默地同意他的观点，觉得冬妮在订婚之前对他熟悉了解的时间已经够了。

关于房子的问题，是在书信的往来中安排好的。冬妮十分向往大城市的生活，她表示想在汉堡市区里定居，况且格仑利希先生办公的地方也在市区，就在医院的大街上。不过格仑利希先生则仗着大男子主义的气概，获得了这个问题的所有处理权。他在爱姆斯比脱郊区附近买下了一套别墅。这是一个远离市区并且富有浪漫情调的地方，假如新婚夫妇想找一所世外桃源的话，这个地方最恰当不过了。"proculne gotiis[①]"，他炫耀了一回自己的拉丁文！

12月便这样逝去了，1946年的初春伊始便举行了盛大的婚礼。婚礼的前一晚，举办了一场十分气派的盛宴，几乎全城的人都到场了。

---

①拉丁文，意思是：远离尘嚣。

冬妮的女伴们，当中也有阿姆嘉德·封·席令——她是搭着一辆像塔楼一样的马车来到城里的，与汤姆和克利斯蒂安的朋友们，当中有消防队长的儿子、法学系的大学生安德利阿·斯吉塞克，还有吉斯登麦克父子公司的施台凡和爱德华，都在餐厅和过道里跳舞，这两旁的地板都撒了一些滑石粉。按照德国的摔罐子习俗，在结婚前夜，要摔破一些陶罐，迷信的人认为碎片能带给新人幸福。自然这是彼得·多尔曼参议的事，只要被他弄到手的罐子，他都将它们摔在走道的石板地上。

这次婚礼，让造钟街的史笃特夫人有了挤进上流社会的机会。在结婚当天，她也跑来跟永格曼小姐以及女工一起帮冬妮化妆。上帝能保证，她从未见过比这个更美的新娘。虽然人长得有些胖，她却毫不在意将自己的身躯倾倒在地上，一边赞不绝口地睁大眼睛往上看，一边在白色的丝料子上系上桃金娘小树枝。冬妮是在餐厅里面化妆的。格仑利希先生身穿燕尾服和缎子背心在门外恭候。他那张通红的面孔显出一副严肃而端正的表情，左鼻翼旁的肉瘤上扑了一些粉，金黄色的胡须也十分精心地装饰了一番。

此时，本家的亲朋好友都会聚在圆柱大厅里，婚礼即将在这里举行。每个人都身穿华丽的衣裳。那里坐的克罗格老夫妇，两人虽已年过半百，却依旧跟平时一样成为最出风头的人。那边是克罗格参议跟他的两个儿子：尤尔根和亚寇伯。亚寇伯和另一家亲戚杜商家，都是特意从汉堡赶过来的。那边是高特霍尔德·布登勃洛克和他那位娘家姓施推威英的妻子。他们的女儿佛丽德莉科、亨莉叶特和菲菲也都在身旁，看她们三个人的样子，好像哪个都找不到婆家。住在梅克伦堡的远支本家是由克罗蒂尔德的父亲伯尔恩哈德·布登勃洛克先生作为代表的。他从"负义之庄"赶来，睁大眼睛看着这位阔绰亲戚的华丽住宅。法兰克福的亲戚因为路程过于遥远，只捎来了贺礼。不过另一方面也来了两位不是亲戚的客人，家庭医生格拉包夫大夫和冬妮亦师亦友的卫希布洛特小姐。苔瑞斯·卫希布洛特在她微侧的鬓发上戴了一顶崭新的绿色软帽，依然穿着一件黑衣服。"好孩子！祝你幸福。"当冬妮挨在格仑利希先生身边走进大厅的时候，她对冬妮说，再次挺直腰板吻了新娘的前额。家里人都对新娘子感到十分满意；即使冬妮由于高兴而紧张，脸色微微泛白，但看上去是那样的美丽大方，而且兴致相当好。

大厅的周围都布满了鲜花，右边搭起了一座礼台。婚礼是由圣玛利教堂的科灵牧师主持的，他难免要借着这个机会大谈戒酒的好处。所有这些都是依照老规矩老习俗进行的。冬妮自然乖顺地说出了"是"字，而格仑利希先生要先咳一下，清清嗓子。仪式结束之后，大家便开始享用一顿丰盛而精美的酒宴。

当楼上的客人们，当然也包括科灵牧师在内，正在大快朵颐的时候，参议夫妇陪同这一对即将起程的小夫妻走到了外面雾气茫茫、白雪纷飞的冷空气里，一辆大马车停在了大门前，所有的行李都已经准备好了。

冬妮再三地跟大家表示她不久之后便会回来看看，同时也请父母一定要尽快到汉堡看望她。说完这些话以后，她便兴致盎然地坐上了马车，让母亲帮她小心地围上温暖的毯子。这时，她的丈夫也坐了下来。

"还有……格仑利希，"参议说，"新花边放在了上头的手提包里。您可以在抵达汉堡之前拿下一些放到大衣里，如何？这种过境税，能躲则躲。再见了!再见,再说一次,亲爱的冬妮!上帝祝福你!"

"你们在阿林斯堡可以找到一处舒适的住所吧?"参议夫人问道。

"亲爱的妈妈,都已经预订了,房间都预订好了!"格仑利希先生回答说。

安东、利娜、特林娜、索菲都来跟格仑利希太太道别。

当准备关车门的时候,冬妮突然心血来潮。尽管行动有些不便,但她还是从裹着的皮毯子里抽出身子,不顾格仑利希先生的低声埋怨,从他的膝盖上斜着爬过去跟她父亲热情地拥抱。

"爸爸,再见了!我的好父亲!"然后低声在他耳边说,"您对我的表现还满意吗?"参议默默地将她搂紧,然把将她朝后推开了一些,带着激动的心情摇了摇她的手,现在所有该做的事情都已经做了。车门"嘭"的一声便关上了,马车夫抽了一下鞭子,车轮便转动起来,车厢上的玻璃窗也开始叮叮咚咚地摇动着。参议夫人一直在风中挥舞着她的麻布手帕,直到马车咕隆隆地沿街驶下去,在白雪迷蒙的空气中渐行渐远。

参议一言不发地站在他妻子身边。她正用一个优雅的姿势将坎肩披得严实一些。

"贝西,她离开了!"

"是啊!约翰,我们家第一个离去的人,你觉得她会幸福吗?"

"啊!贝西,她自己十分满意。这是我们能给她在这个世上找到的最牢靠的幸福了。"

接着他们便回到了客人身边。

15

托马斯·布登勃洛克顺着孟街一直走到了"五幢房"。他特意从布来登街边上绕过去,这样就不用一次次地跟熟人脱帽行礼了。他双手放在自己暖和的灰黑色皮领大衣衣兜里,走在冻得坚硬的、晶莹剔透的积雪上。他好像在聚精会神地思考着什么事情,积雪在他靴子底下咯吱咯吱地响。他要去哪里没人知道。蔚蓝色的天空,透亮而冰冷;新鲜的空气沁人心脾,带着淡淡的清新味。这是一个晴朗无风而又寒冷冻人的天气,温度为零下五摄氏度,是一个典型的 2 月天气。

托马斯从"五幢房"走下去,然后经过了面包房巷,再从一条狭小的横街上走过,就抵达了渔夫巷。这条跟孟街平行的大街,笔直地抵达下边的特拉夫河。托马斯朝下走了几步路后便停在了一座小房子前。这是一家小花店,一扇窄门和小得有点寒酸的橱窗,在窗子的一块绿玻璃板上摆着几盆球茎植物。他走了进去,门上的铅铁铃铛立即像一只看家狗一样响了起来。屋子里头坐着一位身披土耳其坎肩、上了年纪的矮胖妇人,她正在柜台跟年轻的女店员谈话。她要在这几盆花中选出一盆。她又摸又嗅地选来选去,一直没完没了地念叨着,使得自己不得不用手帕一直擦嘴。托马斯十分有礼貌地向她行了一个礼就走到了一边,她是朗哈尔斯家的一个穷亲戚,是个脾气暴躁、又多嘴的老姑娘。她生于一个有资格列入本城一流社会的人家,尽管她自己并不是这个圈子的,没有机会参加各种豪华的宴会和舞会,只是有人邀请她去喝咖啡。在本城里,除了少数的几个人外,大家都叫她"洛特新姑姑"。她用胳臂夹了用皱巴巴的纸包好的一盆花朝门外走去,托马斯再次跟她行了一个礼,才高声对卖花的姑娘说:"请你给我……几朵玫瑰花……好!随意吧,就拿法国的吧。"

当洛特新姑姑关上门在街上消失了,他才轻声说:"好了!安娜,先放到一边去吧。你好啊!小安娜!没错,我今天到这里来心情很压抑。"

安娜身穿一件朴素的黑色衣服,外面围着一条白围裙。她十分漂亮,如同一头娇滴滴的小羚羊。她的脸形倒有一点点像马来人:颧骨微高,狭长的黑眼睛闪耀着柔和的光芒,皮肤是浅黄色的,这个在欧洲人里是相当罕见的。她的手也是一样的颜色,十分娇小,这双手长在一个女店员身上实在过于漂亮了。

他们走到小房子后面的一个橱台里,人们从外面是看不到的。托马斯将身子探过去,吻了她的嘴唇和眼睛。

"你这可怜的人,都快被冻坏了!"她说。

"今天的天气是零下五度。"汤姆回答,"我什么都没考虑,在来的路上只顾着发愁!"

他在橱台上坐下,握住她的手,接着往下说:"啊!安娜,你听到我说的话了吗?现在我们必须保持清醒的头脑。事已至此了。"

"哎呀,天啊!"她悲切地说,既担心又恐惧地将围裙提到眼睛上。

"安娜,总会有这么一天的,好了!别哭了!我们要清醒一点好吗?能有什么办法呢?终究会过去的。"

"什么时候走?"安娜抽泣着问。

"后天!"

"天啊!为什么那么快就走呢?求求你,再过一个星期吧,哪怕是五天！"

"不可以，亲爱的小安娜。所有的一切都安排好了，他们都在阿姆斯特丹等我了，一天都不能再拖延了，尽管我自己也很想这么做！"

"那里离这边是多么的遥远啊！"

"阿姆斯特丹吗？哪儿的话，一点都不远！况且我们还是可以互相思念对方的，不是吗？我还会写信的！你听着，我到那里之后便立刻给你写信。"

"你是否记得，"她说，"一年半前，在射击大会上……"

他激动地将她的话打断："上帝啊！没错，一年半以前！我还将你误认成意大利人呢！我买了一朵石竹花搁在纽扣孔里，那朵花至今都还留着，我要将它带到阿姆斯特丹。那天的草地上是那么热，灰尘又那么多！"

"的确！你从附近小铺子里给我买了一杯柠檬水，我一直都记得，仿佛是今天发生的事情一样！四处都是猪油饼和人的味道。"

"然而一切都是美的！莫非我们看对方一眼便知道那是怎么一回事？"

"你那天还想和我一起坐旋转木马，可惜没坐成；我必须去卖花了！否则女老板就要把我给卖了。"

"确实没有坐成！我记得一清二楚。"他轻声说，"这是唯一的一件憾事。"

他再次吻了她的嘴唇和眼睛。

"后会有期吧，我的亲爱的小安娜！没错，我得跟你告别了！"

"啊！你明天还会过来，是吗？"

"当然！同样的时间，而且后天早上我也会来，假如我有分身术……不过现在我要跟你说一件事情,安娜,我去的是一个十分遥远的地方。是的!总的来说,阿姆斯特丹算是一个遥远之地。而你呢?却要待在这个地方。但是,你千万不要作践自己,听见了吗?因为直到现在你都不曾自轻自贱,我能这么跟你说。"

她用一只空手拉起裙角,掩面抽泣着。

"但是你呢!你呢?"

"安娜,未来的事情只有上帝知道!没人会永远年轻,你是一个机灵的姑娘,你未提过结婚这些事情。"

"不,不!我怎么可以跟你提出这样的事情呢?"

"你知道的,一个人是无法事事顺意的,假如我存活下去,我就会继承公司,就要娶一个门当户对的妻子。没错!在即将离去的时候我跟你坦白,而你呢?事情会这么发展下去,我希望你过得幸福,我亲爱的小安娜!不过你要尊重你自己,听见了吗?因为直到现在你都不曾自轻自贱,我能这么跟你说。"

屋里十分暖和。空气中弥漫着泥土和鲜花的潮湿气味。窗外,冬天的太阳早已开始往下落了。一道如同涂抹在瓷器上的淡淡霞光,柔和透亮地点缀在特拉夫河岸的上空。人们将下巴深埋在高高立起来的大衣领里,从橱窗外急忙地走过。对在这家小花店角落里互相道别的两个人,却没人看见。

第四部

1

亲爱的妈妈：

已经收到了您的来信，感谢您告诉我阿姆嘉德·封·席令和珀彭腊德的梅布姆先生订婚的消息。阿姆嘉德她自己也给我寄了一张精美的金边请柬，此外，她还写了一封信跟我说她对那位新郎有多么着迷。那位先生想必是一个漂亮又高贵的人。她该有多高兴啊！每个人都结婚了；我还收到了伊娃·尤韦尔斯从慕尼黑寄来的一张喜帖，她嫁了个酿酒厂的经理。

如今我必须问您一个问题，亲爱的妈妈：为何我始终都没有听见布登勃洛克家的人来这里看望我们的音信呢？难道你们在等格仑利希的正式邀请吗？我觉得没有这个必要，因为我觉得他根本没有这个想法，我有时提醒他，他总会说：哎呀呀！孩子，你父亲有那么多的事情要做呢！难道你们觉得，你们的到访会打扰我吗？啊，不！一点都不会！不然就是你们觉得会勾起我对家的思绪，对吗？

哎呀，上帝啊！难道你们不知道我是个明白事理的人吗？我早已步入了生活，并且成熟了。

我刚刚在一位邻居凯塞劳夫人那里喝了咖啡。这家人十分惹人喜欢，此外，我们左边的邻居姓古斯曼，尽管我们两家的房子相隔甚远，却也十分喜欢打交道。我们有两位经常来往的伙伴，都跟我们一样住在城外。一个是克拉森医生，和这个人有关的事情我以后再告诉您，另一个是银行家凯塞梅耶，格仑利希的好朋友。您完全想象不到他是多滑稽的一个老头儿！他的白胡子修得极短，黑白交错的头发零零散散的，看上去就像一撮绒毛，一阵风刮来便飘飘地摇动，因为他总是喜欢模仿鸟儿那样好笑地摇晃着脑袋，又喜欢说个没完没了，所以我总是喊他"喜鹊"。但是格仑利希不让我这么叫，他说喜鹊是偷东西吃的，但是凯塞梅耶则是一个正人君子。他走路的时候总是弯着腰，摇晃着胳臂。他头顶的绒毛只挡住了后脑的一半，然后露出了赤红色的脖颈。他全身上下充满一种溢于言表的欢快神色！有时他会拍着我的嘴巴说：您是个善良的小妻子，格仑利希娶了您是多大的福气啊！然后他找出一副夹鼻眼镜，他总是随身带着三副夹鼻眼镜，全用一根长长的绳子拴着。带子则是他白色背心上绞成一圈的，耸着鼻子将眼镜夹在上面，张着嘴端详着我。他看得如此入迷，让我后来忍不住在他面前哈哈大笑，但是他一点儿也不气恼。

格仑利希忙得不可开交，每天清晨便坐着我们那辆黄色小马车进城去了，要很晚才回来。有时他也会坐在我身边看报纸。

假如我们出门会客，比如说去凯塞梅耶那儿，去阿尔斯特达姆的古德斯蒂克尔参议那儿，或者到市参议院街的博克议员那儿，我们就必须要租马车才行。我早就不止一次向格仑利希提议，应该买一辆马车，因为住在城外这个地方实在很需要，他也几乎是同意了，不过说起来真奇怪，他一点儿也不喜欢和我一起出门。我有时候跟城里的男士说话，他便流露出一脸不高兴的神色，他是在忌妒吗？

对于我们的别墅，亲爱的妈妈，我之前就给你仔细地描述过了。这座房子十分漂亮，由于现在买了新的家具，更显得光彩夺目了。楼上的大客厅简直完美无瑕，铺着清一色的棕色绸缎。客厅旁的餐厅壁板相当有讲究，椅子都是二十五马克一把的。书房和卧室是合二为一的，我现在就坐在里面。另外还有一间专门吸烟玩牌用的屋子。在走道另一头，占据了楼厅一部分的是一间大厅，如今在那里面也挂上了黄色窗帘，看上去相当的华丽。楼上有卧室、浴室、更衣间和下房。给我们赶那辆黄马车的是一个小马夫，两个佣人我也很满意。我不知道她们手脚是否老实，但是感谢上天！我无须在铜板上精打细算！总的来说，所有的一切都不曾侮辱了我们家的名声！

亲爱的妈妈，现在还有一件非常重要的事情，我刻意留在最后跟您说。近日来我觉得身体有些不适，健康状况有些糟糕，您是知道的，这也不算是生病。我找了一个时间，跟克拉森医生说了这件事情，这位医生身材相当矮小，却长着一颗大脑袋，头上戴着一顶硕大无比的阔檐帽。他一直拿着一根圆骨头柄的西班牙式的手杖，时不时就用手杖柄去拨弄他的胡子。由于长期以来这么拨弄，他的胡子几乎被染成浅绿色了。噢！您真要看看这个人！他没有回答我的问话，只是动动眼镜，眨了一下小红眼睛，挤挤他那土豆一样的鼻子，笑嘻嘻地、很无礼地看着我，让我实在有些不知所措。然后他帮我检查了一遍，跟我说，一切都十分正常，只是要喝一些矿泉水，因为我可能有些贫血。咦！妈妈，请您将这件事婉转地告诉父亲，以便将它记录在家族记录本里。至于其他事情，我还会再写信告诉您的。

您恭顺的女儿安冬妮
1846 年 4 月 30 日

亲爱的托马斯：

　　收到你和克利斯蒂安在阿姆斯特丹见面时的汇报信，十分欣喜，相信你们肯定度过了几天愉快的日子。关于你兄弟经奥斯特恩德继续航海到英国旅行的事情，我到目前都没有接到任何的消息，愿上帝保佑他这一趟旅行早已顺利抵达了。既然克利斯蒂安已经决定放弃学术研究的道路，但愿他不再虚度光阴，尽早从他的老板李查德逊那儿学到一些真本事，希望他今后能够顺利地走上商人这条路。特利尼德街的李查德逊先生是我们家生意合作伙伴，这个你是知道的。我可以把两个孩子都安插在这样一家同我家有多年友谊的公司里，我个人觉得是莫大的幸福。这种做法带来的好处你现在或许也已觉察到了：对于凡·戴尔·凯伦先生在这一季度已经提高你的薪金，并且往后会设法使你有额外收入一事感到很满意。我深信你在工作中一定勤恳努力，而且将来也不能辜负人家。

　　得知你的健康状况，让我有些不太放心。你在信中提到的那种神经质的病象，使我突然想起自己的青年时光。我当时正好在安特卫普做事，因为这个病不得不去爱姆斯就诊。假如这个方法能对你起作用的话，我当然很乐意从各个方面竭尽全力地帮助你，尽管当今是一个动荡不安的年代，对于家中别的人这种开支还是能省则省。

尽管这样，我跟你的母亲在6月的时候还是去了汉堡一趟，去看望你的妹妹冬妮。虽然她的丈夫没有邀请过我们，却十分热诚地招待了我们。我们在他家逗留了两天，而这两天他一直在跟我们周旋，就连公司里的事情也耽搁下来，而且使得我连到城里去看望杜商家的时间都没有。安冬妮已经怀了五个月的身孕,她的医生让我们放心，一切都会顺利的。

值得一提的是，从凡·戴尔·凯伦先生的来信中，我们得知你除了公司里的事情之外，也是他家很受欢迎的一位客人，以你的年纪来说，我的孩子，以前是你的父母抚养和栽培你，如今已经是你独自面对生活的时候了。我很乐意说一说自己的事情，但愿这些话能让你受益匪浅：当我像你这么大的时候，不管是在贝尔格还是在安特卫普，我都竭尽全力帮经理的夫人们效劳，跟她们建立好关系，这会给你带来不小的好处。这样做不仅可以跟上司的家庭建立较为密切的来往，让人享受各种便利，还可以在经理夫人身上帮自己找到一位辩护人。碰到这种事情，就算你千避万躲还是难免会发生，如工作上的一些失误或者经理有了不满的情绪，这样的辩护人是极其有用的。

谈到你未来的事业计划，看到你在计划中表现出的那种活力，我十分欣慰，虽然我对你的计划并没有完全赞同。你的着手点是将我们城市附近一带的产品，比如粮食、冬油菜、棉花、皮革、油、油饼、兽骨等，作为最长久经营的品种，所以准备除了从事委托业务以外也要转向这些物品经营业务。曾有一段时间，我也有过这样的想法，那时候这个行业的竞争压力还小，现在却十分激烈，在情况和时机允许的范围内，我甚至进行了一些尝试。我在英国最主要的一次旅行目的便是希望在这个国度里也可以为我的企业形成一些联系。我去苏格兰也是因为这个缘故，并且真的结交了一些对自己的商业十分有帮助的人。不过我立即便看出来到那里经营出口的生意是相当冒险的，因而决心不再朝那方面深入发展了。与此同时，我一直牢牢谨记我们祖先留下的一句劝告："我的儿子，白天精心于事务，但切勿做有悖良心之事，夜间定能安然入睡。"

在我看来，这句话在我的有生之年都要奉为金科玉律。尽管当一个人看见那些违反这些原则的人好像更加骄傲之时，偶尔会感到疑惑迷茫。我想到了施特伦克与哈根施特罗姆的公司，在我们每况愈下的时候，他们则蒸蒸日上。你是知道的，因为你祖父去世后我们的营业范围便缩减了不少，始终都没有进行扩充。我向上帝祷告，但愿你在继承这些家业的时候，规模还像现在这样。我们的经理马尔库斯先生是一位很有经验且心思缜密的好助手。要是你外祖父家的开销小一点就好了，他们分你母亲的遗产对我们家有着十分重要的影响！近日，我因为商业上的事情和市政活动忙得不可开交，我如今以贝尔根航线董事会董事长的身份连续当选为市民代表，参加财政局、商业局、圣安尼救济院和经济审查组的工作。

你的母亲、克拉拉和克罗蒂尔德向你衷心地问好！另外，还有很多人请我代他们向你致意：摩仑多尔夫参议、鄂威尔狄克博士、吉斯登麦克参议、经纪人高什·科本，以及本号铺的马尔库斯先生、船长克鲁特和克罗特尔曼等人。我的孩子，愿上帝赐你祝福！你要坚守着虔诚的信仰，勤奋地工作，简朴地生活。

爱你并挂念着你的父亲
1846年8月2日

尊敬的岳父岳母：

写这封信的主人怀着万分欣喜的心情告诉你们，你们的女儿，我的爱妻安冬妮，已在半小时前依照上帝的圣意，顺利地生下了一个女婴。我心里相当高兴和激动，简直无法诉诸纸墨。产妇和婴儿都相当健康，克拉森医生对此次的生产过程很是满意。产婆克罗斯·吉奥吉斯夫人也觉得这次分娩顺利至极。请原谅，我因为心情十分激动，只能写到这里了。请容许我对两位家长表示敬意和爱戴。

格仑利希

我原本以为，如果是男孩子的话倒可以取一个好听的名字。现在我想要叫她梅达，但是格仑利希希望叫她伊瑞卡。

冬妮
1846年10月8日

2

"贝西，你怎么了？"参议说，此时他正走到桌子边端起别人给他盛的一碗汤。"你不舒服吗？脸色这么差。"

摆在宽阔餐厅里的圆桌子变小了许多，除了两位老人之外，每天桌上只有永格曼小姐、十岁的小克拉拉和那瘦弱而谦卑、一声不响地埋头吃饭的克罗蒂尔德。参议朝周围看了看，每个人的面孔都是那么沉，显出一副忧心忡忡的模样。到底怎么了？他自己也十分担忧和焦急，交易所被施莱斯威—霍尔斯台这件复杂的事情搅得鸡犬不宁，但是现在又有了一件让人忐忑不安的事情悬在半空中。稍过片刻，等安东去外面端菜的时候，参议才得知家里发生了什么事情。特林娜，也就是这家的女厨，本来是一个厚道本分的姑娘，这次却忽然公开造反了。她最近认识了一家肉店的伙计，并建立了精神联盟，这件事让参议夫人十分气恼。而这个一直带着血腥味的家伙肯定也影响了她的政治观，她如今的思想已经相当恶劣，简直判若两人。参议夫人只是由于她将调味汁弄洒而责怪了她几句，她便横叉着腰，说出了下面的这些话："过不了多久，这世界便会天翻地覆，您等着瞧吧！我那时候肯定一身绫罗绸缎地坐在沙发上，让您来服侍我。"当然，她立刻就被辞退了。

参议摇摇脑袋。前段时间他自己也体会到无数种让人堪忧的现象。当然了，那些上了年纪的搬运夫和堆砌工人依旧很恭顺的，脑子里也不会有乱七八糟的念头；但是在年轻的工人中，很容易从这些人的表现中清楚地看到反叛的精神在他们脑中盘踞。春天时节，街上还出了一个乱子，尽管当时一部迎合新时代需求的新宪法已经草拟好了。这部宪法不久便受到了莱勃瑞西特·克罗格和另外几个守旧派老绅士的反对，但是没多久便由议院批准生效了。此后选举了人民代表，召开了市民代表会。不过形势依旧没有平息下来。四处一片混乱。市民们因为宪法和选举法的修改之事，都吵得不可开交。"要按照等级制的原则选举！"一部分人说。约翰·布登勃洛克赞同这样的主张。"要普遍选举权！"另外一些人说。亨利希·哈根施特罗姆是提出这种主张的人。还有第三部分人说："按照等级制进行普选！"或许他们自己都不清楚在说什么。另外，形形色色的思想应有尽有。例如，有人喊着取缔市民和居民的分界啦，扩大市民权的范围啦,让每一个有信仰的人都成为合法公民啦……相当的混乱。布登勃洛克家的特林娜脑袋里冒出穿着绫罗绸缎坐在沙发上的想法也没什么奇怪的!唉,可能以后还会变得更糟糕呢!从一般的局势来说,事态将会朝危险的方向发展呢。

这是1848年10月上旬的一天,蔚蓝的天空里悠然地飘着几朵白云,在阳光的照耀下闪着银白色的光。此时的太阳已不再那么强烈了,在风景厅的壁炉里,木柴在那宽大光亮的栏杆后头噼里啪啦地燃烧着。

克拉拉正坐在窗子的缝纫桌上缝着一件东西,一头金黄色的秀发下映衬了一双冷峻的眼睛。克罗蒂尔德坐在参议夫人身边的一张沙发上,手中也同样在忙活。尽管克罗蒂尔德·布登勃洛克才二十一岁,但是她狭长的脸上已经有皱纹出现了,虽然她比那位已经出嫁的堂妹大不了多少。她那头天生便黯淡无光的头发绝对不能叫作金黄色;她将头发梳得无比整洁,这让她看起来更像一个老姑娘。不过她自己对现在的处境还是挺心满意足的,没想要做出改变。或许她需要的便是加快苍老的速度,赶快逃出担心牵挂的烦恼圈罢了。由于她身无分文,她明白在这大千世界里没有人愿意娶她的。她无奈地看到了自己的未来:靠着她阔绰的叔父从救济名门出身的贫女的慈善机构那儿弄到一笔钱,在屋檐下依靠利息度过余生。

此时,参议夫人在看两封来自远方的信。冬妮写的是一封汇报小伊瑞卡平安健康的信,克利斯蒂安则热忱地诉说他在伦敦的生活和活动,不过关于他在李查德逊先生那里工作的事只一笔带过。尽管参议夫人已经将近四十五岁了,却跟每一位金发的女人的命运一样,苍老得很明显。尽管用尽了所有的化妆品,她那跟红色头发相得益彰的细嫩皮肤却也出现了皱纹，而且要不是从巴黎得到了一张染色的药方（这可真要感谢上帝），假如不是这张药方发挥了作用，她的头发肯定毫不留情地变白。参议夫人下定决心不让自己成为一位白发苍苍的老人。她决定要是哪天这张药方失去了功效，她便会戴上一顶跟她年轻时同样颜色的假发。在她那梳得十分讲究的发梢上别一条白绸子边的丝带，这是老年人惯例要戴的女帽的一个暗示。她身上穿了一件肥大宽松的绸袍子，钟形的袖口上点缀着柔软的纱边。和以前一样，手腕上依旧戴着一副金手镯，时不时便发出清脆悦耳的撞击声。此时，正是下午三点。

突然，从街上传来了叫嚣的声音，好像人们正在狂乱地呼喊，吹口哨，乱糟糟的脚步，喧闹的声音越来越大，也越来越近了。

"妈妈，那个是什么啊？"克拉拉望着窗子外的一个小反光镜问道，"他们是怎么了？为了什么事情那么高兴呢？"

"上帝啊！"参议夫人喊道，她将信扔在一边，急忙跳起来跪到窗子前，"噢，我的上帝！那些人，他们果然开始闹革命了。"

实际上，这种可怕不安的气氛已经笼罩在这座城市上空整整一天了。早上，布来登街本狄恩布店的玻璃窗让人用石头砸得粉碎，只有上帝知道，本狄恩先生的玻璃窗和了不起的政治有何关系。

"安东！"参议夫人用颤抖的声音朝餐厅喊道，此刻安东在那里摆放银器，"安东，你下来！把所有的门窗都紧紧关上！他们快来了。"

"好吧，参议夫人！"安东说，"我这时候出去应该不会遇到什么危险吧？我是个给主人做工的……假如他们看见我的衣服。"

"他们就是暴徒！"克罗蒂尔德拉长了声音悲戚地说，手中的活计却始终没有停下来。就在这时，参议穿过圆柱大厅走到了玻璃门来，一副准备出门的打扮。

"约翰,你这是要出去吗?"参议夫人惊慌地问。

"是的,亲爱的!我得去开一个代表会。"

"但是你看见那些人吗?约翰,革命已经……"

"唉!贝西,别想得那么严重,我们的生命可是由上帝主宰的。他们已经从我们的房子前边走过去了,我往后门走。"

"约翰,假如你还爱我的话,你还要去冒生命危险?你要把我一个人丢在家里提心吊胆吗?唉!我真的好怕,真的好怕。"

"亲爱的,求求你别这么心惊胆战,他们不过是想在议会前边或者市场的空地上发泄心中的不满,或许国家再损失几块玻璃,也没什么大碍。"

"约翰,你是要去哪里?"

"去开代表会,我现在去已经迟到了,生意上的事情耽搁了我。如果不去开代表会,可就要丢脸了。你觉得你的父亲会不去吗?尽管他已经上了年纪。"

"好吧!但是你可千万要小心点,愿上帝保佑!我求求你,一定别大意了!照看一下我父亲,如果他碰到了什么事。"

"亲爱的,你就安心吧!"

"你什么时候会回来?"参议夫人从后面朝他喊。

"嗯,四五点钟的时候吧,这得看情况。如果要讨论很重要的事情,那么我也说不准时间了。"

"唉,我觉得好可怕,真的好可怕!"参议夫人嘴里一直念叨着,心神不宁地在房子里踱步,并四处张望着。

3

布登勃洛克参议快速地穿过自家的这座幽深的屋子。当他走到面包房巷里的时候，听到了后面的脚步声。他看到的那个人是经纪人高什披着一件大袍子，跟一位画中的人物非常神似。经纪人先生刚好也走在这条窄巷子里，急忙地赶去会场。见到参议，便用一只瘦长的手将耶稣教徒的帽子朝上一掀，用另一只手做了一个表示恭敬的漂亮姿势，然后低着嗓子嘎嘎地说："您好！参议先生。"

这位名叫塞吉斯门德·高什的经纪人是一个四十岁左右的单身汉，虽然行动有些出人意料，却是这世上最善良的老实人。他热爱文学，脑袋里时常闪现一些奇特的想法，他最引人注目的是一张刮得干净的脸上长着一只鹰钩鼻、尖尖的朝前凸显的下巴，棱角分明的面孔下映衬着一张嘴角下垂的大嘴巴。他的两片薄嘴唇总是紧紧地闭着，刻意摆出一副深不可测、凶神恶煞的神色，他希望自己所扮演的是一个美丽而粗野的角色，但是这是一种介于梅菲斯托·菲利斯和拿破仑之间的阴险狡诈、有趣而可怕，并且他实际上的扮相还不错。他那头有些花白的头发柔顺地贴在前额。他将自己没有天生驼背视为了一件遗憾的事情。总体来说，他是城中商业界老一辈人中既亲切又古怪的人。他是他们中间的成员，由于他经营着一些规模小却稳定、让人敬佩的小代理商店，如果从服务市民这一点来看，那些商店确实是毋庸置疑的。不过另一个方面，他则在那间狭窄昏暗的柜房里放置了一个大书柜，堆满了各种语言的诗集；并且听别人说，他从二十岁开始便埋头致力罗贝·德·维加所有戏剧的翻译工作。他生命里最为闪耀的一瞬间便是在一个业余表演席勒的

《唐·卡洛斯》的戏里，他担当了多明戈这个角色。他嘴里吐出的都是华丽的字眼，就算在生意方面的谈话被迫使用那些普通的商业用语，他也要紧咬牙关地扮出一副鬼脸，好像在说："你啊你！我要诅咒你那躺在泥土里的祖宗！"在很多方面，他和已逝的让·雅克·霍甫斯台德都有着惊人的相似点。只不过他本性更为多愁善感，没有霍甫斯台德幽默搞笑的气度。有一次他心血来潮，花了六个半泰勒买下几张股票，瞬间让他在交易所的资金全都赔了进去。此时，他忽然冒出了表演的欲望。他一股脑地坐在一张板凳上，做出一副在滑铁卢惨败的那种面相，用一只拳头抵住额头，一副痛不欲生的样子，嘴里喋喋不休地咒骂："该死的！真该死！"假如说他凭借着帮别人买办地基而获得了一笔稳定而微薄的利润就足以让他心生厌倦之意，那么这次的亏本，很显然是上帝给他这个狡猾之徒来一点悲剧性的打击，让人明白他不知道珍惜和享受那一道好运气，这件事让他回味无穷。要是有人说："高什先生，我对您不幸的遭遇深表同情！"他总是用意大利语回答："哎呀，我亲爱的朋友！不识人间愁苦滋味的人终究还是个孩子！"或许没人能理解他的话，可能他引用了罗贝·德·维加著作里的话吧？有一点值得肯定的是，这位塞吉斯门德·高什的确是一位学富五车且值得让人敬佩的人。

"这是怎样一个时代啊！"他一边弯着腰、拄着拐杖在布登勃洛克参议身边走着，一边对参议说道，"这是一个狂风骤雨的动乱年代啊！"

"的确！如今的局势风雨飘摇，"参议回答说，"每个人都带着紧张而兴奋的心情来参加这次会议。选举制的等级原则……"

"噢，不，请您听我一言！"高什先生继续说下去，"我在街上晃悠一整天了，我发觉，在那些躁动的人群中有许多都是魁梧健壮的年轻人，神采飞扬，疾恶如仇的样子。"

约翰·布登勃洛克开始笑了起来。"我的伙伴，您还真是直率！莫非您还要给他们助威？不，您听我说，这些都是小孩子的把戏！这些没有教养的青年人只是想要借此机会发泄心中的不满罢了。"

"当然了！我们也不能否认，肉店伙计贝克麦耶用石块砸坏了本狄恩先生的玻璃窗，我当时是在场的，他真像一头凶猛的豹子！"最后一个字眼高什先生是咬着牙说出来的，然后他继续说，"哎！我们不能否认这件事情的崇高面！您晓得，至少这是一件新鲜特别的事情，暴动，狂野，一阵暴风骤雨……唉！民众是无知的，我明白这一点！然而我的心早就不知不觉地跟他们靠拢了。"他们已经来到了这座用黄漆粉刷的简单的建筑物前方。市民代表会的总会就是设在这座建筑物的下面。

这座大厅本来是一个名叫苏尔克灵格寡妇开的啤酒馆和舞厅，不过有些时候则由市民代表会的先生们使用。一道狭窄的铺着石板路的过道，右边是飘着啤酒和饭菜香味的饭馆，他们经过右手边的一扇绿色板门，就抵达了市民代表会的会所。这扇板门低矮而窄小，既没有锁也没有把手，不过门后面的大厅则宽阔得让人有些意外。大厅里空阔空气而阴冷，如同是一座谷仓；粉刷得雪白的天花板上将房梁显露了出来，四面的墙壁也刷得雪白。三个十分高大的窗子框架被漆成了绿色，没有挂上窗帘。窗子对面放置的座椅如同剧场里的那样越往后越高。最下边是给发言人、记录员和列席的议员们准备的桌子，桌子上铺着一层绿色的台布，上面放了一座大钟、档案和文具。门对面的墙上则钉了许多衣架，挂满了外衣和帽子。

参议和经纪人先生一块儿从小门里来到了大厅，一片乱哄哄的说话声迎面扑来,很显然他们是迟到了。屋子里早就挤满了市民代表,这些人有的将手插在裤兜里,有的放在背后,有的则在空中挥舞,一片闹哄哄的景象。代表团的一百二十名代表中出席的人至少有一百人。还有一些乡区代表因为看到目前的局势不容乐观,所以留在了家里。

几个地位较低的代表站在了离门口最近的地方:几个不知天高地厚的小店主,一个中学教师,孤儿院的院长敏德曼先生以及那位很受欢迎的理发师温采尔先生。这个理发师是一个活力四射的小个子,留着乌黑的大胡子,长着一张机灵的脸庞,两只红通通的手。他今早儿还替参议刮了胡子,但是此时则跟参议处于同等的地位,他只给这个上流社会的人服务,几乎只给摩仑多尔夫、朗尔哈斯、布登勃洛克和鄂威尔狄克几家干活。因为他熟悉本城的事情,做人也很有自知之明,并且十分圆通,所以尽管出身贫寒却也被选为市民代表。

"参议先生,您了解事情的最新发展情况吗?"他目光严肃地朝着他的这位顾主热情地招呼道。

"亲爱的温采尔,什么最新的发展情况?"

"参议先生,请容许我来告诉您最新的近况,今天早上都没人知道呢!那些人既不去议会前也不去市场去了!他们是要到这儿威胁市民代表会!这可是吕伯萨姆编辑采访来的。"

"唉!这是异想天开!"参议说,他从站在最外边的人群中挤进来,朝大厅中央走去。他看到他的岳父,参议朗哈尔斯博士和杰姆斯·摩仑多尔夫正站在那里。"各位先生!真是这样子吗?"他一边和别人握手一边问。

实际上,会场都在讨论这件事情,喧闹的人群正朝这边走来了,距离越来越近。

"这真是一群暴徒!"莱勃瑞西特·克罗格冷冷的语气中带着一丝的轻蔑。他是坐着马车来的,八十岁的高龄已经让他那原本高昂挺拔的骑士之躯日渐伛偻起来了。但是今天他笔直地站在这里,眼睛微张着,白色尖尖的胡须在高傲不屑的嘴角上向上翘,如同一位高高在上的天神。两排宝石纽扣在他的黑色天鹅绒背心上闪闪发光。

亨利希·哈根施特罗姆则站在了离他们不远的地方,他是一个矮小肥胖的人,浅红色的胡须已经开始泛白了,一条沉重的链子挂在他红色格子背心和敞开的外衣上。他跟他的另一位股东施笃特伦克先生站在一块儿,根本没有和参议打招呼。

一个看上去十分富有的商人本狄恩正在给自己周围的一群人详细地讲述自己家窗户被砸的事情。"各位先生!一块砖头,大半块砖头哗啦一声便砸了进来,落在一卷绿色的格子布上,真是一群流氓!哼,现在要看看政府怎么处置了。"

造钟街的施特先生则在一边滔滔不绝地说着什么,他的羊毛衬衣上面围了一件黑袍子,正加入一场辩论,只听到他用无比气愤的声音不停地说:"真是闻所未闻的卑鄙行径!"——他将"卑鄙",念成了"卑皮"。

参议先生在周围晃了一圈,在这里和他的老朋友科本打声招呼,在那里又和科本的对头吉斯登麦克参议打声招呼。他跟格拉包夫医生互相问候一番,又跟消防队长吉塞克、建筑师乌格特、主席郎尔哈斯博士(朗哈尔斯参议的兄弟),还有一些教员、商人、律师等随便闲扯了几句。

虽然会议还未正式开始,但是大家都十分热烈地讨论着。所有人都在咒骂那个无聊的编辑——吕伯萨姆,大家都清楚,那些人是他教唆来的,他这么做有何目的呢?所有人聚集在这里就是为了决定选举人民代表是依照等级原则,还是采用普遍平等的选举制度。议会已经提议采用后者。然而人民群众想要什么呢?他们只是想扼住这些上层人的脖子,仅此而已。真是活见鬼!这些先生所处的困境没有比今天更窘迫的了。大家将议会委员会围得水泄不通,急切地想了解委员会的态度。布登勃洛克参议也被包围了起来,因为人们觉得布登勃洛克肯定知道市长鄂威尔狄克关于这件事情的看法。自从去年鄂威尔狄克议员、尤斯图斯·克罗格参议的一位亲戚被选为议会主席之后,布登勃洛克家跟市长也有了关系,所以,他在人们的眼中也显得更加有威望了。

突然,一阵杂乱的喧闹声在门外响了起来。这事儿已经闹到了会议厅的窗子外面了!本来就嘈杂的大厅立马安静了下来。大家惶恐不安地将手摊在肚皮上,有的大眼瞪小眼,有的则朝窗外望,窗外的拳头在空中挥动,响起了一片轰隆隆的疯狂的叫嚣声。不过出乎意料的是,过了片刻,那些暴动的人好像被自己的举动吓了一跳,外边变得跟大厅里一样的悄无声息。在这片寂静的笼罩中,在莱勃瑞西特·克罗格坐的最下一排议席旁边,有人清晰无比地说了一句话,声音冷静、缓慢而顿挫有力地打破了周围的安静:"真是一群流氓!"

从一处角落里传来了一个低沉的、怒气冲冲的声音:"真是闻所未闻的卑鄙行径!"

随即,本狄恩便用急促而惊恐的声音朝大家说:"各位先生!各位先生！你们听我一言，在这房子的天花板上方有一扇暗门，我小的时候在里面玩过捉迷藏，大家可以从那扇门爬到隔壁的房顶去，安全地逃走！"

"无耻的胆小鬼！"经纪人高什从牙缝里吐出了这么一句。他叉腰靠在主席台边，低着头用一双凶神恶煞才有的眼睛注视窗外。

"先生，这怎么会是胆小呢？老天开眼，那些人真的在扔石头啊！我可是领教过的。"

此时门外的叫嚣声如同梦中惊醒一般地响了起来，但是没有之前的那种疾风骤雨般的呼喊了。那声音只是安静而持续不断地响着，听起来好像是一片缓慢、几乎可以说是满意的吟唱，中间混杂着几声口哨和其他的叫嚣，像什么"原则"啦，"市民权"啦……屋子里的代表们凝神屏气地听着。

"各位代表！"过了片刻，主席朗哈尔斯博士压低声音对在场的人说道，"希望大家同意我现在宣布开会……"

主席的话说得很委婉，却没有一个人对此表示支持。

"我觉得现在开会不起什么作用。"一个人率直而坚定说，他的语气仿佛不许别人反驳。这个人的名字叫法尔，一个典型的农民，他来自李采奥尔郊区，是小施瑞斯塔根村的代表。在这样的场合下，就连最质朴的人都有发表见解的分量了，法尔先大胆地用他与生俱来的对政治的了解说出了全体代表的心声。

"愿上帝保佑！"本狄恩先生惶恐不安地说，"坐在上边的那个位子，可以从街上看见这些人是要扔石头啊！唉，老天开眼，我是见识过他们的暴行了！"

"这个混账门为何那么窄！"酒商科本无助地喊道，"假如我们想要出去，肯定被他们团团包围了！"

"真是闻所未闻的卑鄙行径！"施笃特先生气急败坏地说。

"各位请安静一下！"主席再次呼吁大家，"请你们容我说几句，我必须在三天内把会议记录整理好交给现任市长，而且全城的人可都在等这次结果的公布。今天到底要不要开会，至少大家表决一下。"

不过除了少数几个代表对主席表示支持之外，没人打算进入会议程序的讨论。看来投票表决也不会有任何结果，不应该再去刺激外面的群众。谁都不知道他们的目的所在。不应该通过什么决议——无论是哪个方面的，都不要去招惹他们。只有耐心地等着事情平息下来。此时，圣玛利教堂敲响了四点半的钟声。

他们彼此证明，此时的最好方法就是耐心地等。现在大家对外面的吵闹声已经不那么胆战心惊了。那声音起伏跌宕，一会儿安静，一会儿又再次沸腾。人们已不再吵闹了，尽力将身子摆得更加舒适，因此有的坐在下层的位子上，有的坐在椅子上，那些勤恳的公民对这个活动已经禁不住在摩拳擦掌了，四处都谈起了生意，有的甚至还谈好了几桩买卖。经纪人开始朝几个大商人的身边靠拢，这些被围得水泄不通的先生们仿佛是被一阵狂风暴雨截留住一般，说起别的事情来。不过每过一会儿脸上便出现严肃的神色，聆听一下铃声。五点了，五点半了，周围逐渐笼罩上一层朦胧的暮色。不时便会有人叹息道，他的妻子还在等着他喝咖啡呢！听到这句话，本狄恩先生又忍不住说到暗门的事情。不过许多人的态度跟施笃特先生一样，他十分无奈地摇着脑袋说："像我这么胖的人是不能钻出这扇暗门的。"

约翰·布登勃洛克想着妻子的嘱咐，一直待在他岳父的旁边，他对岳父说："请您别太在意这种小风浪。"说着脸上便露出了一丝忧虑的神色。

白色假发也无法遮盖莱勃瑞西特·克罗格额头上凸显出的两条青筋，一看就知道他的心情是十分烦躁的。老人的一只纤瘦的手抚摸着背心上精致的扣子，另一只戴着钻戒的手则放在膝盖上不停地颤抖。

"布登勃洛克，这一切真是太荒唐了！"他的声音充满了疲倦感"也没别的，我只是讨厌得要命！"不过他立刻便流露出自己的真情实感，痛心疾首地说："天啊！必须得用铅弹、火药来应对这群卑劣无耻的家伙，让他们知道什么是尊敬……这一群流氓，流氓！"

参议支支吾吾地劝慰道："是啊……是啊……您说得对！这的确是一件不该发生的荒谬事，不过能怎么办呢？必须要学会坦然自若。天色已晚，那些人很快就会离开的。"

"我的马车在哪里？立刻给我备好！"莱布瑞西特·克罗格怒气冲天地嘱咐道，他爆发出了满腔怒火，全身上下瑟瑟发抖。"我吩咐他五点钟的时候来的！都不开会了，我还待在这里干吗？我可不想让别人玩弄！我要我的马车！有人在欺负我的马车夫吗？布登勃洛克，你去看看！"

"亲爱的岳父大人，看在上帝的分上，请您先安静一下吧！您太冲动了，这样对您的身体不好！当然了，我现在就去看看您的马车。我和您一样憎恶这样的局面！我要和那些人谈谈，让他们回家去。"

尽管莱勃瑞西特·克罗格表示不赞同，尽管他突然用平静而藐视的语调命令道："站住！你不要去！这是要自降身份的，布登勃洛克！"但是参议依然用最快的速度朝大厅外走去。

当他走到了门口的时候，塞吉斯门德·高什追了上来，用一只骨瘦如柴的手抓住了他的胳臂,轻声地问,那声音让人有些不寒而栗:"参议先生,你要去哪儿?"

这位经纪人的脸上足足有一千条深皱纹,他现在带着一副临危不惧的表情,尖翘的下巴貌似可以伸到鼻尖上,灰色的头发低沉地盖在太阳穴和额头上。他将脑袋紧紧地缩在肩膀里,他现在真的像一个残疾人,沙哑地喊道:"您瞧!我决定和那些人谈一谈。"

参议说:"不!还是让我去吧,高什,或许在他们当中有许多我认识的人。"

"可能是吧!"经纪人用沙哑的声音说,"跟我相比较的话,您更是一位了不起的人。"这时他将嗓门提高接着说:"但是我要陪您一起,站在您身旁,布登勃洛克参议!让那些叛逆的分子将他们的怨气全发泄在我的身上吧!"

"唉!今天的这一个晚上!"当他朝外面走的时候喃喃自语地说。很明显,他从未觉得像现在这般欢喜。"呐!参议先生!那些人就在这里!"

两个人一同走过过道狭窄的台阶,推开大门来到了躁动的人群面前。大街显出十分陌生的样子。街上是死一样的寂静,周围的房屋打开的灯光闪烁的窗子后面,人影幢幢,人们正用好奇的眼睛看着代表大厅前聚集的一群黑压压的暴乱人群。从人数上来说,他们比大厅里聚会的人还要多,他们无非是码头和堆栈里的年轻工人、脚夫、国民学校的学生、商船上的水手和住在城里偏僻巷弄、寒舍陋屋的一些人。当中还有屈指可数的妇女,这些人肯定也跟布登勃洛克家的女厨子一样想从这次事件中获取某些利益。有些闹事者由于站累了,便在马路边坐下,双脚放在路边的沟渠里,吃起了面包。

眼看六点钟就要到了,夜色越来越浓,而街头铁链上悬挂的油灯却一直都没有亮起来。这次史无前例的对正常秩序的公然破坏让参议先生怒不可遏,而他刚说话的时候,语气中带着的几分高傲和愤怒也刚好是这件事实的答案:"你们这些人,究竟要干什么愚蠢的事情!"

正在吃晚餐的人一下子从人行道上跳了起来。周围的人都纷纷踮起了脚尖。几个给参议干活的码头工人把帽子摘了下来。所有人都仔细地听着,有的人碰了碰身旁人的腰,压低声音说:"这是布登勃洛克参议!布登勃洛克参议要发表讲话呢!克利山,别吵,否则他生起气来很可怕!瞧!那个像猴子一样的经纪人高什,他的脑子是不是有些毛病啊?"

"寇尔·斯摩尔特!"参议再次说道,他用一双细小深陷的眼睛打量着一个二十三岁的罗圈腿堆栈工人,此时那工人拿着帽子,嘴里啃着面包,站在前面的台阶上。"寇尔·斯摩尔特,你来说说!是时候了!你们在这里已经闹了一下午了……"

"的确!参议先生,"寇尔·斯摩尔特嚼着面包说,"是这样的,说实话,我们正在闹革命!"

"斯摩尔特,这真是瞎闹!"

"是的!参议先生,您是这样说,但是我们认为这件事情……我们不满意这样的世道,我们要求换另一种制度,以前老套的东西已经不中用了。"

"大家听我说!斯摩尔特和你们这些人,有头脑的,就回家去,不要再闹什么革命了,扰乱社会秩序!"

"神圣的纪律!"高什先生在一旁附和着。

"我再重复一遍,这儿的社会秩序不允许被破坏!"布登勃洛克参议直截了当地说,"连街灯都没人来点了,你们这次闹得也太过分了。"

但是寇尔·斯摩尔特却不以为然地站在一大群人的最前面,叉着两条腿,咽下一口面包后接着争辩道:

"的确!参议先生,您是这么说的,但是我们要对这种选举制度进行反抗。"

"我的上帝,愚蠢的家伙!"参议喊道,气得一时糊涂,竟说了方言,"你说的话都是最莫名其妙的!"

"确实,参议先生,"寇尔·斯摩尔特有一些害怕地说,"虽然目前这样子也挺好,不过革命还是要闹的。无论在什么地方,都在闹革命!"

"斯摩尔特,你们的目的是什么?你来说说!"

"好的!参议先生,我们想要一个共和国。"

"简直是愚蠢!你们已经有共和国了。"

"没错,参议先生!这样的话我们还需要一个。"

站在周围有几个清楚这件事的人,便开始粗声粗气地哈哈大笑,尽管寇尔·斯摩尔特说的话并没有多少人听明白,然而这种欢快的情绪还是在人群中迅速地蔓延开来,直到最后这些共和政体的信徒们全都兴高采烈地哈哈大笑。许多市民代表都拿着啤酒杯从大厅的窗子后边露出好奇的脸庞,高什是唯一一个对这个有所好转的事态感到沮丧和痛心的人。

"很好,你们这些人,"布登勃洛克参议最后说,"依我看,目前最好的方法就是你们都回家去吧!"

寇尔·斯摩尔特对自己无意中引起的这个场面一时感到手足无措,便回答道:"好吧!参议先生,就这样吧。事情会逐渐平息下来的,我很高兴您没有怪罪我,再见了,参议先生!"

人群开始散去,每个人的心情都相当愉悦。

"斯摩尔特,你等等!"参议喊道,"你看到克罗格家的马车了吗?"

"看见了,参议先生!那辆马车已经来了,正在那边儿的广场上等着呢!"

"好!斯摩尔特你快点跑去通知姚汉,让他立刻把车赶过来,他的主人马上回来了。"

"好吧,参议先生!"寇尔·斯摩尔特将帽子往头上一放,然后将皮帽檐拉低到眼皮上,沿着街摇摇晃晃地跑了过去。

4

当他们两个人回到大厅后,发现里面的景象跟几分钟前比起来明显轻松了不少。主席台上的两盏大石蜡油灯已经点亮了,昏黄的灯光下代表们或站或坐地聚到一起,一边兴致勃勃地举杯喝酒,一边兴致盎然地侃侃而谈。苏尔克灵格太太,那个开酒馆的寡妇也在这儿,她细心地招待这些被围困的客人,一边浓情蜜意地劝大家喝点酒提神,因为看样子这个情况一时还解决不了。于是在这躁动不安的几小时里,她就将她的许多啤酒给推销出去了。当这两位协商代表回来的时候,酒馆的伙计正挽着衣袖笑脸盈盈地将许多啤酒拖进来。尽管天色已晚,不能再继续讨论修改宪法的事情了,但是没有一个人建议散会回家去。况且今天喝咖啡的时间早就过了。

参议先生应付完向他表示庆贺的那些人后,便立刻走向他岳父那里。莱勃瑞西特·克罗格仿佛是唯一一个没有调整好情绪的人。他默不作声、神情严肃地坐在自己的座位上,当他得知自己的马车快要过来的消息后,满不在乎地回答说:"这些流氓允许我回家了吗?"他的声音有些颤抖,微微颤抖着,与其说是因为他的年纪大了,还不如说他无法控制自己的愤怒更好一些。

他将皮外衣披在肩上，动作是那样的僵硬，以前那种漂亮而优雅的风度现在已经荡然无存。参议想要挽着他，他只随口喊了一声"Merci"[①]，就将手挽在他女婿的胳臂下。

一辆豪华的马车已经停在了门口，车夫座上悬挂着两盏大灯。此刻街上的路灯已经被点亮了，参议心里十分愉快。他们坐上了马车，当马车咕隆隆地顺着街道驶去的时候，莱勃瑞西特·克罗格仍一直沉默而僵硬地坐在参议的右边。他的眼睛半闭着，膝盖上铺着毯子，身子并没有靠到靠背上。愤怒让双唇紧闭，两条纹路从他下垂的嘴角一直抵达下巴。这一次的侮辱在他心头燃起的怒火像是要摧毁他、侵蚀他。他眼神迷离地望着对面的空座位。

街上比周末的下午还要喧闹。满眼都是节日的氛围。人们因为革命的幸运落幕而沉醉于四处游荡，甚至有人放声歌唱。在马车开过去的地方，到处都可以听见青年人高声欢呼，而且将帽子抛到空中去。

"我认为您没必要为这件事情大动肝火，岳父，"参议说，"只要心平气和地思考一番，就能发现这件事从头到尾只不过是一场闹剧。"为了从老人那儿得到一句答话或者回应，他开始用轻快的语气说起一般的革命情形。"要是这些无产者可以意识到，这么做只会让他们处于不利的地位，哦！上帝，每一个地方都这样！我今天下午和经纪人高什聊了一下，也就是那位用诗人和剧作家的目光观察所有事物的怪人。岳父，您知道的，革命在柏林是从美学家的茶桌上流传开的，此后便被人民抢走，不管三七二十一地闹起来……看他们能

[①]法语：谢谢。

闹得出什么结果吧！"

"麻烦您将那边的窗子打开！"克罗格老人说。

参议先生快速地瞟了他岳父一眼，忙将窗子打开。

"岳父，您觉得哪里不舒服吗？"他担忧地问道。

"很不舒服。"莱勃瑞西特·克罗格沉着脸回答。

"您现在需要吃点什么吗？休息一会儿。"参议说，为了做点事情，他将岳父膝盖上的皮褥子拉严实了一点儿。

忽然，当马车驶进布格街的时候发生了一件让人惊讶的事情。就在马车驶到离那矗立在朦胧夜色里的城墙大概还有十几步的时候，迎面来了一群嬉笑打闹的街头儿童，将一块石头从开着的窗子外面扔了进来。这块寻常的石头还没有鸡蛋那么大，造成不了什么伤害。不知道是哪一个克利山·施努特或者海纳·乌斯为了庆祝革命而将它扔过来的，显然这个扔石头的人并没有什么恶意，或许根本不是朝马车丢的。石头落在莱勃瑞西特·克罗格所盖的厚皮褥子上，然后从皮褥子上滚下来，落到了地面。

"混账！"参议气愤地说，"莫非他们都发疯了吗？岳父，没有把您给伤着吧？"

老克罗格让人堪忧地沉默不语。由于马车里的光线太暗，所以看不清他脸上的表情。他身体笔直地坐在那儿，跟以前比起来真是又直又高，就连后背都没有靠在靠椅上。过了片刻，他缓慢地、冷冰冰地、费心思地从内心深处说出一句话："这群无赖！"

参议为了不再让他受到更多的刺激，并没有说话。咕隆隆的马车从城门穿过去，三分钟后就驶到了一条宽敞的大街上，呈现在面前的是围着克罗格住宅的铁栏杆，栏杆尖上全镀了一层金。圆门后面是一条两边种着栗树的路,一直抵达阳台,门的两边点了两盏金罩子的明亮大灯。当参议在灯光下见到他岳父的脸时,不由自主地受了惊吓。那是一张暗黄、松弛而皱纹累累的脸庞。一直悬挂在嘴角上的高傲漠然的表情已变成了一副扭曲呆滞、无动于衷的垂死丑相……马车停在了阳台前面。

"扶扶我。"莱勃瑞西特·克罗格说,尽管此时先下车的参议已将皮褥子摊到一边,把胳臂和肩膀伸过去准备搀扶他。参议搀着他在铺着沙子的路上缓慢地走了几步,便来到了通往餐厅的白石台阶前。突然,老人在台阶上的脚瞬间一软,脑袋重重地垂在胸口上,甚至他垂下来的下颚和上颚互相碰撞时,发出嘎啦的声响。眼睛朝上一翻就逐渐黯淡无光了。

莱勃瑞西特·克罗格,这位前卫的骑士,已回到他的祖辈那里了。

5

当这件事过了一年零六十天后,1850年1月的一个雪雾清晨,格仑利希夫妇俩坐在餐厅里,旁边是他们三岁的小女儿。在这间屋子的墙壁上钉着浅黄色的木板,他们坐的椅子是用每把二十五马克的价格买来的。

因为雾气太浓,两扇窗子的玻璃上灰蒙蒙一片,只可以隐隐约约地见到外边的几株光秃秃的树木跟灌木的影子。墙角那儿的瓷砖壁炉中的火烧得十分旺盛,屋子里充满了一种芬芳的浓浓暖意。从壁炉旁一扇开着的门中,远远便能看见小书房里花草的绿叶。对面一旁,透过半掩的绿纱窗帘能够看见一扇宽阔的玻璃门和用一色棕缎布置的客厅。门框周围塞着棉花卷，浓厚的雾气将紧靠着大门的一座小天台隐藏得严严实实。除了这两个出口之外，屋里还有一扇通往走道的门。

一块绣花的绿桌布铺在了圆桌的雪白锦缎上，桌布上放置着透亮的金边瓷器，如同贝母一样闪着乳白色的光。一只茶炉在吱吱地烧着。奶油面包片放在一只做工精美的银质面包盒子中。这个面包盒的口子不深，形状如同一只微微卷起来的锯齿大叶子。一只钟形的玻璃罩下面堆放着带网纹的小黄油球，另一只下面放着各式各样的干酪，颜色不一。当然了，由于格仑利希先生在吃早餐的时候总要吃一些热菜，所以男主人面前还放了一瓶红酒。

格仑利希先生的胡子是新烫过的，每当早晨时分，他的脸色都显得十分红润。他穿戴整齐地坐在客厅里，上身穿着黑色外衣，下面则是大方格的浅色裤子。他正依照英国惯有的方式拿起一块嫩煎排骨大快朵颐。尽管冬妮觉得这也是显示他们尊贵的一种方法，不过也感到十分厌倦，无论她怎样全力以赴，也不能下决心用排骨代替她吃鸡蛋面包的习惯。

冬妮穿着睡衣，她十分喜欢穿睡衣。在她看来，什么也不能跟漂亮的便服相媲美。因为在婚前父母对她这种放纵的情趣加以管制，所以她结婚后便加倍地沉浸其中。她有三套柔软宽松的衣服，剪裁这几套衣服比剪裁一套舞会的晚礼服更加能够展示一个人的情趣、智慧和技巧。她今天穿着一件深红色睡衣，颜色跟护墙板上的壁毯的色调相当搭配。这件睡衣花色衣料柔软如棉，同衣料颜色一样的零碎的小玻璃珠绣满了全身，就像雨珠的溅落，一圈圈的红色天鹅绒带子从领子一直绕到底边。

她那浓密的金灰色头发上也系着一条红色的天鹅绒带子，前边的发卷一直覆盖到额头上。虽然她很清楚自己的身体已然发育到了最成熟的时段，但是她微微噘起的上唇则依旧保留着少时的那种活泼可爱的神态。灰蓝色眼睛的眼皮上有些泛红——她之前用冷水擦过。她的双手很明显是带着布登勃洛克家族的特点的，尽管略微短小，却嫩白纤细，白净的手腕包在柔软的衣袖里。她正在用这双手挥刀弄叉、拿杯子，她的动作在今天看起来显得有些慌张。

小女儿伊瑞卡坐在她旁边的一把高椅子上。她身上穿着宽大滑稽的浅蓝色厚羊绒衫，长得白白胖胖的，浅黄色的卷短发。她双手抱着一只大茶缸，将整个脸都埋了进去，然后大口大口地喝着牛奶，不停地发出一声声心满意足的叹息。

格仑利希太太摇摇铃铛，他们的佣人婷卡从走道上走过来将孩子从高椅上抱走，打算把她抱到楼上的游戏室去。

"你可以带她到外面晃悠半个小时，"冬妮说，"不过最长不要超过半个小时，要穿上那一件厚一点的夹克，知道吗？外边正在起雾。"屋里只剩下她跟她的丈夫。

"你别惹别人笑话你了，"她缄默片刻后开口说，她在接着一场间断了的谈话"你有反驳的理由吗？你倒是说说你的理由啊！如今这个孩子占用了我的全部时间。"

"安冬妮，你不喜欢孩子！"

"喜欢孩子！喜欢孩子！我没有那么多时间！家务占去了我的全部！早上醒来，我大脑里想到二十件事情要做，睡觉的时候，我想到还有很多很多事情没有做。"

"我们不是有两个仆人吗？像你这么年纪轻轻的。"

"没错，是有两个仆人！婷卡不但要洗衣服、收拾房间、打扫卫生，还要服侍别人。女厨子也忙得不可开交。格仑利希，你一大早就要吃排骨，你自己认真想一想！反正早晚都要请一个保姆，一位家庭女教师。"

"我们的经济能力有限，不能这么小就给她雇保姆。"

"我们的经济能力！上帝，这真是让人觉得搞笑！莫非我们是乞丐？莫非最必需的东西我们也要节约掉？我可是带着八万马克的嫁妆嫁给你的。"

"哼！就你那八万马克！"

"当然了！你不是不把那些钱放在眼里吗？你并不当一回事儿，你是因为爱情才向我求婚的，就当如此吧。但是你现在还爱我吗？就算我提出正当的要求，你也和我为难，不给孩子请佣人……就跟每天的饭量一样。我们连必不可少的马车也没有，你却提都不提……要是我们的经济能力都不允许购买一辆马车，不允许我们像模像样地到城里会客，为什么你一定要我们住在乡下不可呢？为什么我一到城里去你就不愉快呢？你最高兴的是让我们困在这里一辈子，让我看不见一个生人的面孔。你总是那么没有人情味！"

格仑利希先生为自己倒了一杯酒，然后将玻璃罩子掀开去拿干酪，一句话也没有说。

"你现在还爱我吗？"冬妮再次问道，"你这么沉默不语的，太没有礼貌了！我可是记得当初在我们家风景厅里，你那时装出了另一种样子！从我们结婚的第一天起，你就只会在晚上陪我一下，而且也就只是看看报纸。起先你对我的提议至少还稍加考虑的，但是这个也是好久之前的事情了。你现在已经不爱我了吗？"

"你呢？你是在让我一贫如洗！"

"我？我让你一贫如洗？"

"没错！你的懒散、铺张浪费和贪图安逸会让我倾家荡产的。"

"噢！你别将我受的良好教养当成过错来责怪吧！我在娘家的时候连一根手指头都不需要动。在这里我却要学会打理家务，但是我也有权要求你满足我最简单的需求。父亲是一个有钱人，他做梦也无法想到我居然会没有可以使唤的仆人。"

"那你就等到我们分得这么一笔财产的时候再雇用第三个仆人吧！"

"你是想着我父亲死吗？！我们不是也有产业吗？我并不是两手空空地到你们家的！"

格仑利希先生虽然正在吃东西，却迸发了笑声，窘迫、难过、默不作声地笑了笑。他的笑容让冬妮觉得很疑惑。

"格仑利希，"她的语气变得平静了一些，"你为什么又笑？又在说什么经济力量？难道我对我们财产的态度完全错误？难道是公司的生意不好？你难道……"

6

正在这时，响起了敲门声，凯塞梅耶先生匆忙敲了两下廊上的门就走了进来。

凯塞梅耶先生已经脱掉了大衣和帽子，如同自家人一样走到屋子里，在门口旁边站着。他的外貌和冬妮给她母亲的一封信里所描绘的一模一样。他的身子比较短壮，胖瘦刚好，身上穿着一件磨得发亮的黑色上衣，跟裤子的颜色一样又紧又短。将一条细长的表链挂在了白色背心上，三副夹鼻眼镜杂乱无章地搭在上面。修剪得十分整齐的白胡子跟他那红扑扑的脸庞形成鲜明的对比，除了将下巴和嘴唇露在外头之外，其余的几乎都被遮挡住了。他的嘴小而灵敏，让人觉得好笑，整个下牙床只剩两颗牙齿。当他将两只手放在直筒子一样的裤兜里，露出一副混乱、思索、漫不经心的表情站在那里时，他的一对圆锥形黄牙被嘴唇紧紧地绷着。尽管当时屋里什么风也没有，但他头上的软绵绵的花白的头发仍轻轻地摇晃着。

最终，他把手从裤兜里拿出来，欠了欠身子，让嘴唇垂下来，费了九牛二虎之力才从胸口一团乱糟糟的绳索中解开了一条系着眼镜的带子。然后他一下子将眼镜夹在鼻子上，扮了一个让人发笑的鬼脸，打量着这对夫妻，嘴里絮絮叨叨地说：" 啊哈！"

由于他超级喜欢说这个口头禅，因此这儿需要解释一下，他可以用任何一种方式把它表达出来。例如，他能够将头一仰，鼻子一皱，嘴巴一张，摇晃着手，拖长了鼻音，如同中国小铜锣儿似的将这个声音哼唱出来，他也能够不用丰富的内涵将它简单随意地说出来。当他柔声细气地将这个字说出来时，或许会产生让人发笑的效果，因为他的"啊"字总是含糊其词，带着很重的鼻音。从现在这个表达方式来看，这理应是一个愉快的开场，他的脑袋随着这个声音迅速一摆，仿佛他此时的心情是相当愉快的。但是我们却不应该信以为真，因为实际上，银行家凯塞梅耶表面的愉快只是掩饰他心中阴险的假象。假如他欢欣鼓舞地将"啊哈"说个没完没了，夹鼻眼镜摘摘戴戴，胳膊摇来晃去地扮出千万种滑稽搞笑的模样，那么我们能够认定，在他的心里肯定有什么恶毒的念头涌起……格仑利希先生眨了眨眼睛，露出很不信任的表情看着他。

"你今天怎么这么早？"他问。

"确实！是有点儿早……"凯塞梅耶先生回答，将他一只皱巴巴的、通红的手在空中摇了摇，仿佛在说：别急，会有让你吃惊的事！"我有事要和你说！亲爱的，一刻也不能耽误！"他说话的模样十分好笑，每个字都要在嘴里转悠一圈，然后才用他那没有牙齿的灵动小嘴吃力地吐出来。"r"在他嘴里打转，听起来好像他的上颚抹了肥油一般。格仑利希先生眨着眼睛，露出了更加怀疑的神色。

"凯塞梅耶先生，您过来，"冬妮说，"您来得正好……请您仔细听听，当个裁判。我刚才跟格仑利希拌了一上午的嘴……请您说说，三岁的孩子是否需要聘请一个保姆？"

但是凯塞梅耶先生仿佛没有听见她说的这些。他坐下来后便一边将小嘴尽量张大，皱着鼻梁，一边用手指拨弄他刚剪的胡子，发出一种让人厌烦的沙沙声。在那副眼镜后面的眼睛，带着无法言语的欢快神情观察着漂亮的餐桌、银面包篓和红酒瓶上的商标。

"凯塞梅耶先生，这是怎么回事？"冬妮继续说，"格仑利希说，我让他一贫如洗！"

听到这儿，凯塞梅耶先生瞥了她一眼，然后看看格仑利希先生，顿然哈哈大笑起来！"您让他一贫如洗？"他呼喊道，"您……您让他破产了吗？噢，上帝！哎呀，上帝！居然有这样的事情！真是笑话！"接着便发出许多串不同声调的"啊哈"来。

格仑利希先生明显有些如坐针毡，独自在椅子上移动身子。一会儿用他的长手指揉搓着脖子，一会儿用手快速地梳理一下自己的金黄色的髭须。

"凯塞梅耶！"他说，"您稳重一点儿。您难道神经错乱了？别笑了！您想要喝上一杯吗？还是要来一根雪茄？您究竟在笑什么呢？"

205

"我笑什么呢？好，您给我一杯酒和一支雪茄，我笑什么您不清楚吗？您是认为，您的夫人会让您倾家荡产吗？"

"她太追求奢华了。"格仑利希先生愤怒地说。

这方面冬妮并不试图去辩解。她冷静地朝后仰，双手揣在怀里，手放在睡衣的天鹅绒带子上，上嘴唇噘起，摆出了一副刁蛮的表情，她说："的确！我确实是这样，这件事十分明确，我是从妈妈那里遗传的，追求奢华一直是克罗格家族的传统。"

她原本想用同样平静的语气来宣布，她的性格确实轻浮、暴躁、喜欢挑衅。她那强烈的家族本性不容许她去接纳自由意志和性格的自我发展，反之，它让她用一种几乎可以说是命运的冷静去接纳自己的性格，她不想区分它，也不想去纠正。她已经逐渐形成了一个固有的思维模式，觉得不管是什么癖好，好与不好都是与生俱来、代代相传的，所以都是能够被尊重的。

格仑利希先生已将早餐吃完了。炉火的暖气跟两支雪茄的香气融合在一起。

"凯塞梅耶，您还有兴致吗？"格仑利希问道，"您再吸一支吧！我再给您倒一杯葡萄酒……您打算跟我谈什么呢？很急的事情？出了什么大事？或许您觉得这里热了点，我们等会儿一起坐车到城里，吸烟室比这儿舒服多了。"不过这一切的努力凯塞梅耶先生丝毫不领情，仿佛他在说："亲爱的，您说这些话一点都不管用。"

大家在最后都站了起来，冬妮则留在餐厅里看管仆人清理餐具，她丈夫同这位业务上的朋友穿过小书房，格仑利希忧心忡忡地用手指拨弄着左边的胡尖，低头往前走，凯塞梅耶先生则紧随其后一块儿到了吸烟室。

十分钟后,冬妮在客厅里耽误了一下,亲自将原本就很干净的胡桃木桌面擦得更加光亮,然后慢悠悠地从餐厅走回卧室。她的脚步十分安静、大方。布登勃洛克小姐成为格仑利希太太之后并没有改变她以前的高傲。她始终挺着笔直的身躯,下颚稍微朝后收敛一些,高高在上地俯视一切。她一只手拿着一只精细的油漆的钥匙篓,一只手灵敏地插在深红色睡衣侧面的口袋里,刻意将睡衣上松软的大皱褶来回摇动。不过从她嘴角上天真无邪的表情里能够看出,她所有的端庄大方只是她无邪的童趣游戏里的一种流露罢了。

她在小书房中来回走了两遍,仔细地用小水壶将所有的绿色植物都浇了一遍。她很喜欢她的棕榈树,因为这些棕榈树长得枝繁叶茂,显得富丽堂皇。她小心翼翼地侍弄这些新长出来的绿芽,然后又轻轻地摩挲了一下硕大明丽的叶面,拿剪刀剪去了周围的一两个枯黄的尖儿。忽然,她全神贯注地倾听起来。吸烟室里的谈话在几分钟后变得十分激烈,此时的声音突然变高了,就连在小书房都可以清楚地听见每一个字,尽管当时房门紧闭,窗帘也很厚。

"我请您小声点!看在上帝的份儿上,您别那么生气。"听得出这是格仑利希先生的声音,他那柔细的嗓音天生不适合用来跟别人争执,听起来就像在尖叫。"您再抽抽雪茄吧!"他补充道,尽力让声音温和。

"好!十分感谢,请您给我一支。"那位银行家说,然后沉默了片刻,凯塞梅耶先生肯定是在点烟。一会儿便听到他说:"简单地说,您是否同意我的建议?要么这样,要么那样。"

"凯塞梅耶,请您再将时间延迟一些吧!"

"啊哈?哼!亲爱的,这万万不可,我早就跟您说了……"

"为什么不行？您怎么突然就心血来潮了？看在上帝的份儿上，请您通融一下吧！您就再等等吧。"

"亲爱的，一天也不能再等了！也就八天吧，多一个小时也不行了，不过假如我们去求助，就是……"

"凯塞梅耶，别说名字！"

"不说名字……好！假如我们可以求您那位德高望重的……"

"别再说了！上帝，您别做愚蠢的事情，好吗？"

"好！就不再继续说了！假如那家声名显赫的公司能够帮您一把，请求那家跟您的信用密切相关的公司，您认为如何？亲爱的，此次不来梅倒闭他们亏损了多少？五万？七万？十万？莫非比十万还多？这件事他们也受了很大的牵累，这是尽人皆知的。昨天……好！就不提名字！昨天……这一家有威望的公司还坚定不移，还捍卫着您的权益，尽管他们清楚因为他们的缘故而给您带来的好处……如今他自己则资金断绝，由此，格仑利希先生的资金更是一断再断……我说得够明白了吗？莫非您没有发觉吗？在这次动乱来临之际，您不是率先察觉的吗？人们是怎样对待您的？用怎样的神情来看您？博克和古德斯蒂克尔还会如此客套巴结和相信别人吗？给您借贷的银行又是怎么对待您的？"

"请您将时间延迟一些吧！！"

"啊哈！您这是在睁眼说瞎话吗？我知道，他们昨天就给了你一击，很有刺激作用……您看到了！您不要窘迫，您乐意瞒着我，说他们和从前一样冷静可靠，您愿意这么做。呐，亲爱的！您给参议写一封信吧，我等一周。"

"凯塞梅耶，分期付款！"

"分期付款？见鬼去吧！要是一个人能确定对方有偿还的能力，我才会同意分期付款！莫非我有必要检验一下您的支付能力？对于您的支付能力我可是了如指掌。啊哈！分期付款，实在是可笑至极！"

"凯塞梅耶，请您把声音放低一点！不要总是这么古怪地大笑吧！好吧，我坦白我目前的处境很困难，但是我手上还有几桩生意，一切都会有转机的。请您再听我说一句，要是您愿意多些时间，我给您两分的利润。"

"亲爱的！不在这儿，不在这儿……这实在太滑稽了！呐，我是建议货买及时的！您同意给我八厘的利润，我宽限了一次。您同意一分二、一分六，我又宽限了一次。您如今能够同意给我四分，但是我不敢跟您做这桩买卖了，亲爱的！自从卫斯特法尔兄弟在不来梅翻了船后，不管是谁都不愿意跟他们保持关系，先站稳自己的脚跟……刚才已经嘱咐过，我是建议货买及时的。只要约翰·布登勃洛克一天坚实可靠，我就保存你的签字一天……并且我还能够将你拖延的利润划到本钱里，能够提升利率！不过我们商人做买卖的准绳是得让这件东西有所增值或者稳固成本。要是这件东西开始贬值了，那么他就将它出手……简而言之，我要我的本钱。"

"凯塞梅耶，您真是厚颜无耻！"

"啊哈！厚颜无耻……真是风趣！您到底想怎么办？不管怎么说您也要求求您的岳父！信贷银行正处于狂风恶浪里，况且您并不是什么问题都没有。"

"不，凯塞梅耶！我跟您来一个赌注，您静心听我说！好，我没有必要跟您隐瞒什么，我开诚布公地和您说，我的境况的确很窘迫！您和信贷银行不是唯一的两个地方，好几处要求我将票据兑现，感觉大家都是约定好了一样。"

"您觉得这个奇怪吗？在这种情况下都是一场大扫荡！"

"不，凯塞梅耶，请您听我说！您还要再抽一支雪茄吗？"

"我手里的这支还没有抽到一半呢！您就别用雪茄敷衍我了！您就快点还债吧。"

"凯塞梅耶，要是我现在摔倒了，变得一贫如洗，您是我的伙伴，您经常在我桌子上吃饭……"

"亲爱的，您不也经常在我家吃饭吗？"

"没错，没错！但是您现在不要拒绝我的这笔贷款，凯塞梅耶！"

"贷款？您还要贷款？您是在做梦吧？您还想借新的一笔？"

"是的！凯塞梅耶，我跟您保证，对于您而言，这是微不足道的一笔！我只是要支付几笔到期的账，这样我可以建立信用，获得一些时间。只要您给我支援，我保证让您做一桩大生意！我刚才已经说了，我手上还有几桩生意……现如今很快就能渡过危机了。您是清楚的，我是个活跃而机智的人！"

"没错！亲爱的，我知道您是个笨蛋，是个愚蠢的家伙！您能跟我说说，依照您目前的情况来说您的机智还能够干什么？莫非在这宽广的世界上还有一家银行愿意将把一枚银币投到您的桌上？或者还有一位老岳父？哎！没有啦……您的发达时期早就过去了！您不再有机会了！我十分敬佩！呐，对您真的表示心悦诚服。"

"见鬼！您说话别这么严重！"

"您本来就算不上一个商人！既活跃又机智……没错！不过您始终都在吃亏。您明白什么是忠厚老实，不过您从始至终没有从这儿获得过什么好处。您跟别人耍花招，狡诈地弄到一大笔资金，最后却落得付我一分六而不是一分二的利润。您将您的信用看得一文不值,没有一点儿好处可沾。您的良心还不如屠户家养的狗,但是归根结底您就不是一个幸运儿,是个傻瓜,是个愚蠢的穷光蛋。这样的人活在世上还真的很稀罕,果然非常的可笑!您还顾忌什么呢?为什么不想把您的事告诉他并向他公开求救呢?是因为您觉得良心不安吗?是因为您在四年前做了一些手脚,那件事有某些不可告人之处吗?您莫非是怕某件事……"

"好!凯塞梅耶,我这就写信。不过要是他拒绝了呢?要是他袖手旁观呢?"

"噢!啊哈!亲爱的,那么您就让它倒闭,上演一出小小的闹剧!我一点儿也不心痛,一点儿也不心痛!对于我来说,您到处拼凑给我弄来的那些利钱,几乎可以弥补我的亏损了……就算等到以后,在你的乱摊子中我也会着着先鞭的!亲爱的,等着瞧吧,我不会吃亏的。我知道您这里的状况,但是高贵的先生!我的口袋里早就事先准备好财产清单……啊哈!我会细心照料,所有的东西都不会遗漏。"

"凯塞梅耶,您经常在我桌子上吃饭!"

"您就不要再跟我胡扯了!一个星期之后我来听答复。现在我要到城里去,微量的运动对我很有帮助。再见了,亲爱的!愿您度过一个欢快的早上!"

凯塞梅耶仿佛在动身朝外走。的确,他已经走了。能够听见他那奇怪拖沓的脚步在过道上摩擦的声响,能够想象得到,他如何在空中摇晃胳膊。

当格仑利希先生来到小书房的时候,冬妮手里拿着铜喷壶站在那儿,眼神迷茫地看着他。

"你站在这儿做什么……你看什么……"他说,露着牙,两只手臂在空中左右为难地摇摆,身子前后晃动着。他的通红的面孔从来不会惨白如纸。这次也一样,只不过出现了红白相间的斑点,如同患了猩红热一般。

7

约翰·布登勃洛克参议抵达别墅时已经是下午两点,他身穿一件灰色的旅行大衣走到格仑利希家的客厅里,一进来就拥抱了自己的女儿,脸上尽是痛苦与懊悔交错的表情。他面如土灰,明显比从前更加苍老了。深深地陷在眼窝里的一双小眼睛,鼻子从塌陷的两腮中凸显出来,看起来又尖又大,他的嘴唇仿佛比以前更小了。胡子和头发一样,也是花白色的。他目前的胡子已不再是从太阳穴到面颊中间的模样,而是蓬松地长在下巴和颚骨下面,一直长到了脖子上,有一半被挡在了硬领和领巾后面。

最近接二连三的事情,让参议先生心力交瘁。托马斯患了咯血症,凡·戴尔·凯伦先生特意写了一封信将这件不幸的事告诉了他。参议先生将公司的业务安排清楚后,立刻兼程赶到了阿姆斯特丹。他知道了自己孩子的病并不至于马上有危险,但是却急需到靠南方、靠法国南部的晴朗气候来治疗。刚好的是,托马斯的老板的一个年轻的儿子也在计划休养旅行,于是等托马斯的病有了一点好转,能够顶得住旅途的风霜后,他立刻让这两个年轻人一起动身到帕乌去。

参议刚到家后,便遭到了一次商业上的重创,这便是让他瞬间损失了八万马克的不来梅破产案。究竟怎么一回事呢?原来是公司开出了几张"卫斯特法尔兄弟"承兑的贴现汇票,因为后者破产的原因,全部被退了回来。家族公司的本钱还算厚实,而且的确一刻也没有拖延就将事情处理好,展示了自己的经济实力。尽管这样,这一次的风险,这一次流动资金的萎缩,在商界所掀起的那种骇然的冷漠、旁观和怀疑,都被参议一一体会过了……

他重新站稳脚跟,将所有的事情都仔细考虑了一下,安排好,冷静下来,再次重整旗鼓……但是就在他苦战之时,就在他埋在电报、信函和账单之中时,又出现了这么一件事情:格仑利希,他的女婿,没有了支付能力。他写了一封语句凌乱的长信,苦苦哀求、祷告恳求参议能够资助他十万到十二万马克!参议先生言简意赅地将这件事告诉了他的太太,然后写了一封言辞冷淡的回信。他并未答应什么,只说他会到格仑利希家里面对面地和他们谈谈,包括银行家凯塞梅耶。于是他就马不停蹄地赶来了。

冬妮在客厅里接待他。她很喜欢在这间用黄色缎子装饰的客厅里接待客人,今天她依旧和以往一样,虽然觉得情况有些不妙,却不知道事情的真相。她今天神采奕奕,看上去既漂亮又庄重的样子,身穿一件胸前和手腕镶着绦子的浅灰色衣服,依照最新款式做的大的袖口和伸开的宽大的裙子,脖子上戴着一枚耀眼的钻石领针。

"爸爸,您好,爸爸,终究还是见到您了!妈妈怎么样?汤姆有什么好消息?亲爱的爸爸,您先脱下外衣来,坐一坐!是否要先来一杯?我让人将楼上一间接待客人的房间打理好了……格仑利希也正在洗漱。"

"孩子,没关系!我在这儿等等。你清楚的,我来就是为了跟你丈夫谈一件事……亲爱的冬妮,事关重大!凯塞梅耶先生在这儿吗?"

"爸爸，在这里，爸爸，他正坐在小书房里看簿子……"

"我的小孙女在哪？"

"在楼上，和婷卡在孩子房间里，她很好。她在帮娃娃洗澡，不需要用水，那是一只蜡娃娃，她只是……"

"那是自然！"参议长叹着气，继续说，"亲爱的冬妮，我想你还不清楚你丈夫现在的境况吧……"

他在大桌子周围所放置的背椅上坐下来，冬妮则坐在他的身旁。她用右手的手指轻轻地拨弄着脖子上的钻石。

"爸爸，我不清楚，"冬妮回答道，"我一定坦诚，我对他工作上的事情一无所知。上帝啊！我的确是一只笨鹅，您明白的，我任何东西都看不出来。最近有一次，我倒听见了几句凯塞梅耶跟格仑利希的谈话……在最后，我觉得凯塞梅耶先生说的话无非是在开玩笑……他总是那么幽默搞笑。我听到他们不止一次说到您的名字……"

"他们为何会说到我的名字？是怎么说的？"

"爸爸，我不知道，没听到他们是怎样说的……从那天之后格仑利希便很沮丧，真是让人受不了！一直到昨天，他的脾气又温和了，问了我十多遍爱不爱他，假如他请求您的时候，要我帮他美言几句。"

"啊……"

"没错！他跟我说，他给您写了一封信，您将来我们家。好，如今您真的来了！发生的这一切真让我忐忑不安……格仑利希将那玩牌的绿桌搬到了这里，放满一桌子的纸和铅笔，为的是您、凯塞梅耶还有他自己在这里谈事情。"

"亲爱的冬妮，现在我要跟你讨论一件事，"参议说，一边用手抚弄她的头发。"这是一件很严肃的事情！告诉我，你是打心底爱你的丈夫吗?"

"爸爸,那是肯定的!"冬妮说,扮了一个十分天真的鬼脸,跟小时候家里人逗她,"冬妮,你以后不会戏弄那个卖娃娃的老婆婆了吧?"所扮的脸相一样……参议缄默了片刻。

"我想弄清楚你爱他是否到了——"他接着问,"失去他就无法生活的地步……不管发生任何事情,就算依照上天的旨意他的处境有所变化,现在的这一切都不再拥有……"他对着屋里的家具摆设,对着玻璃罩子底下镶了金的台钟以及她的衣服快速地把手一挥。

"爸爸,那是肯定的!"冬妮带着安慰人的口吻说,每当有人郑重其事地跟她说话时,这样的口吻是她所惯用的。她望向父亲的脸那儿,发现他正注视着窗子外面,那儿如帷幕一般蒙蒙的细雨悄无声息地滴落着。偶尔有大人给小孩子念一篇童话故事,但是强硬地穿插一些道德啦、担当啦以及跟这些类似的说教,时常会看见一副茫然与厌烦、笃信与不耐烦相交错的表情在小孩子的脸上浮现,冬妮这时候的眼睛里便表现出跟这个一样的神情。

参议不动声色地注视了她一分钟,若有所思地眨着眼睛。要怎样才能让她在这次事件中免受伤害?所有的一切,他在家里和路上早就认真地权衡过了。

谁都清楚,约翰·布登勃洛克起初的,同时也是最诚挚的安排是:无论他的女婿所需的款项是多少,他都不会伸出援助之手。可是他一想到他之前是如此——用一个和缓的词语吧——急切地达成这门亲事;当他脑海里浮现出他的小女儿在婚礼仪式结束后,在离别时的那种神色和问他的话:"您对我满意吗?"这时自责的心情便不由自主地在心头涌现。他暗暗对自己说,这件事要全部按照她的

215

想法来决定。参议先生很清楚她答应这门婚事并非出于爱情,然而他也预想了另一种可能:四年的岁月、习惯,还有孩子的降临可能会发生很大的改变,冬妮如今或许会觉得自己跟丈夫早已是血肉相连的关系,不管是从基督教义上还是从人情上来说,完全无法想到分离这件事。如果出现了这样的情况,参议思索着,不管出多少钱他都乐意。当然,基督教的宗旨和妻子的职责都要求冬妮毫无条件地陪伴着自己的丈夫步入惨境,然而当冬妮的确说出了这种决心时,参议又觉得就这么让她女儿无缘无故地放弃所有从小就习惯了的安乐舒适的生活,在情理上是说不过去的……为了让这场灾难不会成为现实,不管付出多少代价他也要扶持格仑利希。思前想后,他最终想出的结果还是觉得最好将他的女儿和外孙女接回家,而让格仑利希先生独自去面对一切。愿上帝保佑,不要让事态发展到这个程度!无论怎么说,参议最后还有一条法律可以作为依持的手段:丈夫如果长时间无法赡养妻子,夫妻可以分居。不过他需要先探寻一下女儿对此事的态度……

"我了解,"他说,一边继续温柔地抚弄着她的头发,"亲爱的孩子,我了解的,你这样的态度是值得称赞的。不过……唉!我无法认同你所看到的事情就真的是你看到的那样,也就是说,事情的真相。我并非是在问你在这样或那样的情况下大致要怎么做,而是当下,现在马上要如何做。我不清楚,你对实情是否了解……由此我有这个责任,尽管这是一个让人难过的责任,告诉你,你的丈夫没有能力偿还债务,其实他已经破产了……我想你明白我的意思了吧!"

"他破产了?"冬妮从座垫上站起,握住了参议的手,低声问道。

"孩子,事实确实如此!"参议用十分严肃的口吻说,"你没有想到吧?"

"我确实没有想到……"她支支吾吾地说,"如此说来,他们那天并非在开玩笑?"她眼神迷茫地望着斜侧的棕色壁毯继续说,"噢,上帝!"她忽然喊了一声,便重重地坐在了座垫上。直到现在,"破产"这个词所涵盖的一切内容才在她眼前浮现,这个词在她年少时就带给她一种迷茫恐怖的感觉。"破产",这比死还要恐怖,它是凌乱、崩溃、摧毁、耻辱、羞赧、绝望和灾难……"他破产了!"她再次说道。她这时候已经吓得惊慌失措了,甚至她完全没想过向别人乞求援助,就连她的父亲都不曾想到。

他挑起眉毛,用他那双深陷的小眼睛看着她。他眼里又哀伤又疲惫,好像反而是冬妮在决定他的命运。

"我刚刚问你,"他温和地说,"亲爱的冬妮,你是否准备一直跟着你丈夫,就算生活贫苦也不离他而去?"他立刻察觉,自己觉得选用了"贫苦生活"这么严重的词语是为了吓吓她,所以又补充说:"也许他还有机会重整旗鼓……重新爬起来。"

"爸爸,那是肯定的!"冬妮回答道,这句话并未阻止她流淌而出的泪水。她用一块镶边、绣着她姓名缩写的手帕掩面抽泣。哭的时候的样子跟她小时候一模一样:一点儿都不做作,一片天真烂漫。她噘嘴的表情非常让人心疼。

参议先生一直用眼睛端详着他的女儿。"孩子,你真是这么想的吗?"他问,他也跟自己的女儿一样不知如何是好。

"要是我不愿……"她呜呜咽咽地说,"莫非我一定得……"

"当然了!并非如此!"他的口吻轻松了一点儿,不过立马又觉得愧疚,慌忙地改了过来,"亲爱的冬妮,没人逼你这么做,要是你

217

对你丈夫的感情并未将你套牢的话……"

她泪眼汪汪且有些迷惑地望着她的父亲。

"爸爸，怎么？"

参议将身子来回扭动了一下，想了一个打破僵局的方法。

"我的孩子，你可知道，假如我眼睁睁看你饱受这些痛楚委屈而置之不理，我也会感到十分难过的。但是因为你的丈夫此次的不幸，企业的倒闭会让你倾家荡产，这种痛苦的日子即将到来……我是想让你躲过最初这一段难过的时间，先将你和我们的小伊瑞卡接回家里。我觉得你也会同意的！"

冬妮默不作声，拭擦着眼泪。她谨慎地朝她的手帕呵了一口气，接着将它贴到眼睛上，想去掉眼睛上的红肿。当她做好决定后，提高嗓子问她父亲："爸爸，这是否要怪格仑利希？是否因为他草率、说谎才遭受这样的事情？"

"很有可能！"参议说，"也就是说……不，孩子，我不能确定。我想跟他们谈论之后才可以确定。"

冬妮貌似对这句话没何反应。她只是蜷缩在三个绸缎靠垫里，手臂支在膝盖上，手托下巴，低着脑袋，如做梦般望着屋子。

"唉！爸爸，"她轻轻地几乎连嘴唇也没动，"要是以前不答应他的求婚……"

尽管参议没看见她的脸，不过我们知道，以前她住在特拉夫门德的时候，夏天的那些黄昏，她倚靠在自己小屋子的窗口上，这种神色便会时常浮现在她的脸上，她的一只手臂放在参议的膝盖上，柔软无力地向下低垂。仅是这只手便露出无限的愁闷和温顺的自暴自弃，就显露出一个关于遥远地方的思忆和甜蜜的留恋。

"当初？"布登勃洛克参议问道，"我的孩子，要是当初回绝他的求婚会如何？"

他心中早就已准备好了听到这样的对白：如果之前不答应这门婚事多好啊！但是冬妮默默地摇摇脑袋。

她的脑海里好像正被某个思绪缠绕着，然后被那个思绪带到了遥远的地方，差点儿忘了"破产"这件事。参议只好说出他非常乐意得到证明的话。

"亲爱的冬妮，我想我猜到了你在想什么了，"他说，"并且我毫不犹豫地向你承认，四年前我觉得是很明智的一步，现在我则后悔莫及……打心底懊悔不已。我相信我在上帝面前是无辜的。我坚信那时候我是尽我的责任给你找一个门当户对的归宿，但是上天另有安排……你一定别认为你父亲曾经是轻率、鲁莽，把你的幸福当儿戏！格仑利希当初和我们家交往的时候有着许多可取的长处，他是牧师的儿子，信仰宗教，通情达理。之后我还打探了他的事业的状况，一样是最幸福不过了。我甚至又查询了他的经济实力……所有的一切都隐藏在黑暗中，隐藏在黑暗里等着明朗化。不过这不是我的过错，对吧？"

"爸爸，这不怪您！您别说这样的话！算了吧！您别再为这件事情操心了，可怜的爸爸！您的脸色如此苍白，需要我给您拿一点健胃剂吗？"她用手臂搂住他的脖子，吻了吻他的脸颊。

"不用了，谢谢！"他说，"并无大碍……不需要了。的确，我这段时间太难过了，能怎么办呢？遇到那么多烦心事。这是上苍对我的考验啊！就算这样，我还是忍不住经常想，孩子，我愧对你。所有的一切就看你怎么回答我刚才说的那些问题了。冬妮，你坦诚地跟我说吧，婚后的这些年你对你丈夫是否有过爱情？"

冬妮再次哭了起来，她一边用双手拿麻纱手帕捂着眼睛，一边支支吾吾地说："唉！爸爸，您为何这么问？我从不爱他，我一直都厌恶他，您是知道的。"

此时，约翰·布登勃洛克脸上的表情究竟表达了他怎样的心情，这不好说。他的眼神惶恐而哀愁，不过他双唇紧闭，使嘴角和两腮紧皱在一起。这是他做了一笔赚钱的生意后才有的神情。他轻声说了一句："四年了……"

冬妮的眼泪瞬间风干了。她拿着那块湿手帕，在座垫上将身子坐直了，愤怒地说："四年……哼！四年的时间里他也只是有时晚上陪我坐一坐，看一看报纸而已……"

"上帝把一个孩子赠予你们！"参议情绪有些激动。

"的确，爸爸！我很爱伊瑞卡，尽管格仑利希总是说我不爱孩子，但是我永远都无法跟这个孩子分开，我跟您说，而格仑利希——并非如此！格仑利希——并非如此！况且如今他已经破产了！啊，爸爸，假如您准备将我跟伊瑞卡接回家，我是很乐意的！您现在清楚是怎么一回事了吧！"

参议的双唇紧闭，他觉得很满意。尽管重要的一点还要再碰一下，不过从冬妮所流露出的坚定神色来看，就算他这么做也没有什么大风险。

"从之前的这番话来看，"他说，"有件事情你好像一点儿也没有想到。你完全没料到会求助于人，况且还是有求于我。刚才我已跟你表示过了，在你面前我并非一点愧疚也没有的，假如……假如你想……期待着……我插手这件事，挽回了这次的损失，尽我的力量去帮你丈夫偿还所有的债务,继续他的生意……"

他忐忑不安地注视着她,而她脸上所流露出的失望之色让他十分满意。

"需要多少钱?"她问。

"孩子,这不是问题的所在,需要一笔很庞大的金额!"布登勃洛克参议点点头,仿佛只要一想这笔钱,便会被那个重量压倒。

"我也不应该瞒着你,"他继续说,"我们的公司在不久前已经遭受了严重的亏损,再支付这么一笔金额会让公司伤痕累累,恐怕很难维持下去,也很难恢复过来。我说的这番话并非……"

他话没有说完,冬妮便跳了起来,以致朝后退了几步,她手里还拿着那块镀边的湿手帕,大声地说:"好了!可以了!千万别这么做!"

她一副大义凛然的样子。"公司"这两个字结束了所有。很有可能,这个字甚至还战胜了她对格仑利希先生的厌烦。

"爸爸,您别这么做!"她很激动地说,"您自己也想倒闭吗?可以了!绝对不可以!"

就在此刻,走道的门犹豫不决地被打开了一条缝,格仑利希先生走了进来。

约翰·布登勃洛克站起身,他的姿势仿佛在说:处理好了。

8

格仑利希先生的脸色一阵红一阵白的,但是他的穿着依旧整齐。他穿着黑色带褶的燕尾服,端端正正的,豌豆色的裤子,就跟他初次到孟街造访时的服饰一样。他无精打采地站在那儿,低头看着地板,声音细弱无力地说:"岳父……"

参议漠然地弯弯腰,然后用力地理了理领带。

"感谢您到我们这儿!"格仑利希先生继续说。

"我的伙伴,这是我的责任,"参议回答说,"不过我担心在你这件事上,这也是我唯一能够办到的一件事情了。"

他的女婿快速地看了他一眼,站姿显得更颓唐了。

"据说,"参议接着说,"您那位银行家凯塞梅耶先生正好等着我们,您打算用怎样的方式来进行这场协商呢?我听您的安排。"

"请您跟我来,可以吗?"格仑利希先生喃喃不清地说。

布登勃洛克参议在她女儿的额头上吻了一下说:"安冬妮,到楼上看你的孩子吧!"

他转身和格仑利希先生经过饭厅朝卧室走去,格仑利希有时候走在他前面,有时候则走在他后面,一路殷勤地帮他掀门帘。

凯塞梅耶先生就在窗子前边站着,他朝后转身时,头上柔软的花白头发都蓬松地垂下来,然后软绵绵地盖在脑袋上。

"银行家凯塞梅耶先生,商人布登勃洛克参议,我的岳父……"格仑利希先生郑重而谦逊地给两人介绍。参议面无表情。凯塞梅耶先生牵拉着手鞠了个躬,将两颗黄色的犬齿压在上嘴唇里道:"您的佣人,参议先生!真的荣幸极了!"

"请您见谅,让您恭候多时了,凯塞梅耶。"格仑利希先生说。对于这两位客人,他依旧勤快客气。

"我们就说说正事吧?"参议说,一边朝旁边看了看,好像在寻找什么……格仑利希抢着说:"请两位到这里来!"

当他们来到吸烟室时,凯塞梅耶先生兴高采烈地说:"参议先生,旅途还开心吧？啊哈，遇到下雨了？的确，真是一个糟糕的季节！天气恶劣，路面泥泞！如果下一些霜或一点儿雪嘛……却没有！也只是下雨，路面泥泞！十分厌烦。"

参议心想，这果真是一个奇怪的人。

这间小屋子的壁纸涂着深色的花纹，房子中间放着一张绷了绿台布的大方桌。雨越来越大了，屋子里黑漆漆的，伸手不见五指，格仑利希先生一进来便将桌子银烛台上的三支蜡烛点燃。印着各家公司签章的淡蓝色的商业信函和污损的、有些地方已经撕开的单据，用形式各异的方式放满了整个绿台布。另外，桌子上还有一本很厚的总账簿和削好的鹅毛笔尖、铅笔连同光亮的铜制墨水壶和沙粉盒。

格仑利希先生待客很郑重、全面而谨慎，好像客人正在参加一场葬礼。

"亲爱的岳父，请您坐到靠背椅上吧！"他用柔细的声音说道，"凯塞梅耶先生，请您坐在这儿好吗？"

银行家坐在了这家主人的对面，而参议坐在桌子横侧一把靠背椅上，那儿几乎是最接近门口的地方。

凯塞梅耶先生将身子往前倾，垂着嘴唇，从背心里的一团乱绳中解下一副夹鼻眼镜，耸耸鼻梁，张着嘴将眼镜戴上。然后习惯性地拨弄自己的胡子，发出一阵沙沙的刺耳声。他将胳臂朝膝盖上一撑，朝着桌子上的信点点头，欢快地喊了一声："啊哈！瞧一瞧格仑利希先生是如何破产的！"

"请容许我更全面地了解一下这些情况。"参议边说边去拿账本。突然，他的女婿在这时伸出了两只手，两只青筋突起的长手盖着桌面，他的手明显在颤抖，用激动的声音喊："等等！岳父，请等一下！

啊，请让我先跟您说明一下过程！没错，您会看见一切，任何东西都逃不过您的法眼，但是请您相信我说的，您见到的是一个命运多舛之人的情形，他并没有什么过失！岳父，请您将我当作这样的人，他一直在跟命运抗争，却被命运打败了！在此意义上……"

"我的朋友，我能够看明白的，我会得出结论的！"参议明显有些厌烦地说，格仑利希先生抽回他的手，将所有都交付于命运。

接着便是一段长久的安静，静得让人害怕。三位先生在摇曳的烛光里紧挨着坐在一起，周围被黑暗的墙壁缠绕着。除了参议翻弄文件时的沙沙声之外，没有任何其余的声响。外面的雨还在不断地下着。

凯塞梅耶先生已将他两只手的大拇指放到背心的袖口里，剩下的几个指头则在肩头练习钢琴指法，用一种无法言表的欢快之情看看这个，瞧瞧那个。格仑利希先生身子没有靠椅背，手放在桌上，满是忧愁地望着前方，不时诚惶诚恐地瞥他岳父一眼。参议正在翻阅账本，用手指一项项地数着款数，对比着时间，一边用铅笔记下一些微小的、几乎没法辨别的数字。不久他便清楚地知道这是怎么一回事了，他忐忑不安的脸上流露出惶恐的神情。最后他将自己的左手搭在格仑利希先生的臂上，感动地说："您真是不幸！"

"岳父！"格仑利希喊了一声。从这位让人同情之人的脸上流下了两颗大泪珠，一直流到了他的金黄色的胡须里。凯塞梅耶先生饶有趣味地看着这两串眼泪怎么向下流；他甚至站起来一些，朝前方望去，张着嘴巴，静静地注视着对方的脸。布登勃洛克很替格仑利希悲哀。他自己惨遭的那件事情已经让他心软，此时他心头涌现出无尽的怜悯之情。不过下一秒他便压制了自己的这种感情。

"这不可能！"他悲痛地摇摇脑袋，"仅仅只有四年的时间！"

"这还不轻而易举吗？"凯塞梅耶先生兴致盎然地回答道，"四年的时间足以让一个人身败名裂！只要想想前不久，不来梅的卫斯特法尔兄弟是怎么垮的便能够明白了。"

参议眼睛微眯地看着他，事实上他什么也没看见，什么也没听清。他并没有将目前真正缠绕在他脑袋里的想法说出来，他正在猜疑地、百思不得其解地问自己，为何所有的事情都只在这时候发生啊？格仑利希在几年之前就很可能是今天这个境况了，这是一眼便能够看出来的。但是他能不断地获得贷款，从银行借钱？从富裕的人家，如博克议员和古德·斯蒂克尔参议等人那里为自己的企业多次等到救命的款项，他所开的票据一直像现金一样畅通无阻。为何就只在这个时候，只在目前——约翰·布登勃洛克公司的老板很了解，他所谓的"这时候"是怎样的——突然出现了总崩溃，多方都不约而同地撤回信贷，不顾情面，不顾商业上最基本的道德而对格仑利希发起了围攻。假如参议未曾想到，在格仑利希和自己的女儿结婚后，他的女婿也沾了布登勃洛克公司声名显赫的光的话，那他也实在太单纯了。不过格仑利希的信誉莫非只是百分之百、完完全全地依傍着参议吗？莫非格仑利希本人是什么也没有的人吗？那么参议以前得到的消息，翻阅过的账本又是怎么回事呢？无论是什么情况，在这件事情上他绝不帮忙的态度比之前更加坚定了。谁都难免会打错算盘！明显格仑利希十分做作，让人相信他跟约翰·布登勃活克有着密切的关系。这个或许已经传播很广的可怕误会一定要立即澄清。这个凯塞梅耶也该吃一回苦头了！这个小丑究竟有没有良心？从他再三地借钱给早已就该破产的格仑利希，然后又敲诈越来越严苛的

225

利息这件事来看，他很清楚地猜到约翰·布登勃洛克不会让自己的女婿一蹶不振，由此才不知羞耻地投机取巧。

"这也不重要，"参议漠然地说，"我们说正经事吧。要是让我用商人的身份发表我的见解的话，那我就得说，这种事情虽然是当事人的运气不好，不过也表示这是他自食其果的。"

"岳父……"格仑利希先生支支吾吾地说。

"您这样叫我听着很刺耳！"参议快速而严肃地打断了他的话。然后他将脸朝银行家那边稍微转了一下，说道："先生，您跟格仑利希先生索要的欠款是七万马克……"

"加上没有付清的旧债和本金中的利息一共是七万八千七百五十五马克零十五先令。"凯塞梅耶先生自鸣得意地回答。

"很好！不管在怎样的情况下您也不肯多等一些时间了吗？"

凯塞梅耶先生没有回答，只是放声笑起来。他张着嘴笑得有些岔气。但是从他的笑声中听不出有任何嘲笑的意味，反过来，他笑得十分和善，甚至他在看参议的脸时仿佛想同他一起大笑一场。

参议先生的眼睛眯成了一道缝，眼睛的周围突然有了一道红圈，一直延伸到颧骨上。他说出这个问题只不过是为了走走形式，他也清楚，就是这一家债权人答应延期，整个局势依旧不能有所转变。但是这个人用来驳斥他的要求的这种方法则让他难受、羞赧得不知所措。他挥着胳膊将面前放的东西一下子远远推开，"啪"的一声将铅笔扔到桌面上说道："那么我也将话说明白了，我不想再跟这件事有任何瓜葛。"

"啊哈！"凯塞梅耶先生边喊边在半空中摇晃着手臂，"这句话说得言简意赅，这句话说得够力道。参议先生做事的方式真直接！

只言片语就处理好了！真是老练！"

约翰·布登勃洛克看都没有看他一眼。

"我的朋友，我无法帮你。"他冷静地跟格仑利希先生说，"事情已经发展到这种程度，只好任其发展了……我对这件事真的力不从心。您一定沉着冷静，从上帝那儿去寻找安慰和勇气。我觉得我们这场谈话可以到此结束了。"

瞬间，凯塞梅耶先生的脸上出现了一副严肃的神情，那样子相当古怪并立马朝格仑利希先生点头，鼓励他说话。格仑利希木然地坐在那儿使劲地绞手，使得指节不断发出轻响。

"岳父！参议先生……"他用颤抖的声音说，"您不会……您不会情愿这样让我倒闭的！请您听我说！这笔款一共不过十二万马克，您有能力帮助我！您是个富人！您将这笔钱当作什么都可以……就当是最后的一次析产，算是您女儿继承的一部分遗产，当作一笔生意的贷款……我会努力地去做，您清楚的，我是一个活跃而机智的人……"

"我无话可说。"参议说。

"请容许我问一句，莫非您没有这个能力？"凯塞梅耶先生问道，一边皱鼻从他的夹鼻眼睛后边端详着参议，"我请求参议先生思量一番，目前可是一个很好的时机，足以展示一下约翰·布登勃洛克公司的实力……"

"请您不用为我们公司的信誉担忧吧！为了证明我的支付能力，我用不着随手将钱扔到水沟里……"

"笑话，笑话！啊——啊哈，沟里，真是太搞笑了！不过参议先生觉不觉得，令婿要是破产也会让您自己的信誉蒙上一层……不好的阴影。"

"我只会再次提醒您,我在商业界的信誉全是我个人的事情。"参议说。

格仑利希不知如何是好,望着他的银行家的脸,又开始说:"岳父!我请求您,请您想想您做的是什么,莫非这只是关系到我一个人吗?唉!我……就让我灭亡吧!但是您的女儿,我的妻子,我经过如此热烈的追求才娶得的妻子……还有我们的孩子,我们无辜的孩子……让她们也如此!不,岳父,我无法忍受,我宁愿自杀……请您相信我说的是实话!希望上帝宽恕我所犯的罪过!"

约翰·布登勃洛克面无血色地靠在椅子上,心跳加速。这是此人第二次用感情朝他进攻,这个人所流露出的感情的样子看上去一点儿也不做作。就像那次他将自己女儿从特拉夫门德寄来的信告诉格仑利希那样,他不得不再次饱受让人胆战的惊吓,他这一代人对于人类感情的疯狂崇尚,再次贯穿他的全身。尽管这种崇尚跟他沉着的讲究实践的商业精神永远都不搭调。但是这样的袭击保持不到一秒钟。十二万马克,他在心里重复了一遍,立马冷静而肯定地说:"安冬妮是我的女儿,我懂得如何保护她,不让她无辜受累。"

"您这话是什么意思?"格仑利希先生问道,他的精神开始呆痴起来。

"您会了解的!"参议回答道,"我现在无话可说了。"他起身,用力将椅子一推,便转身朝房门走去。

格仑利希先生默不作声地僵坐在那儿,一副失魂落魄的模样,他两边的嘴角瑟瑟发抖,却说不出一个字。反之,当参议如此不管不顾地毅然行动后,凯塞梅耶先生的快活之色又回来了。一点都没错,他的欢快又处于上风,并且超出了所有的尺度,变得嚣张起来!

夹鼻眼镜从他高挺的鼻梁上滑落下来，突兀地咧着两颗黄犬牙的小嘴张得仿佛要炸开了。他的双手在空中晃动着，头上的细发飘舞着，围绕着一圈白色胡须的脸庞由于兴奋过度而扭曲变形，表现出一种辰砂颜色。

"啊——啊哈！"他大声呼喊，喊得声音都要破裂了，"这实在是太可笑了，可笑极了！但是参议先生，您要将这么一位十分让人心疼的宝贝女婿送到坟墓里，我劝您还是认真思考一下，这么灵活机智的好料子在上帝创造的广大可爱的世间是不能再找到第二个了！啊哈！早在四年前由于他即将破产，已经犹如将刀口架在了我们的喉咙上，绳索套在了我们的脖子上，当时交易会里突然传开他和布登勃洛克小姐订婚的消息，尽管当时订婚的事情一点儿影子也没有，真是佩服！喏——咳！真是让人钦佩得五体投地。"

"凯塞梅耶！"格仑利希先生大喊了一声，两手痉挛地晃动着，仿佛在推搡一个鬼怪，然后就跑到屋子的一个角落里，垂头丧气地坐在一张椅子上，两手捂面，低着脑袋，胡尖一直触到大腿上。他甚至将膝盖朝上晃动了两次。

"这件事我们究竟是如何做到的？"凯塞梅耶先接着往下说，"我们用了什么办法将这个小姑娘连同八万马克骗来的？噢——吃！这件事得十分稳妥！连六分之一的'灵活和机智'也没有用就将事情办好了！将一份处理得干净漂亮的账本往作为救命稻草的岳父大人面前一放，遗憾的是这些账本和无情的事实并不符……因为事实的真相是，四分之三的陪嫁费已经用来抵押欠款了！"

参议站在门边，手里握着门柄，脸色惨白，脊梁骨一直在冒冷气。莫非跟他在这间烛光摇晃的小屋子里交谈的是一个骗子和一个狠毒到发狂的猴子吗?

"先生,您的话让我觉得可恶,"他自己也没有自信地说,"尤其是因为这中间也牵涉到我,您这种血口喷人的疯话就更让我憎恶了……并非因为我的草率鲁莽而毁了我女儿的幸福。我当初从可信的方面调查过我女婿的情况,其他的都是上帝的安排。"

他转过身不想再继续听,然后打开房门。但是凯塞梅耶先生从后边喊道:"啊——哈!清楚情况?从哪里得知?博克那儿?古德斯蒂尔那儿?彼得逊那儿?马斯曼和蒂姆公司那儿?告诉您,那些都是当事人!这些人都因为这场亲事留住了他们的借款而乐不可支呢!"

参议"嘭"的一声将身后的门关上。

9

冬妮觉得多拉是个手脚不老实的女厨子,正在饭厅忙着做什么事。

"请格仑利希太太下来一趟。"参议嘱咐道。

"孩子,准备好了吧!"冬妮一下来,他便对她说。他跟她朝客厅走去。"赶紧将所有东西都准备好,伊瑞卡也要马上穿戴好,我们到城里去,在旅馆住一夜,明天就起身回家。"

"是的!爸爸。"冬妮说,她的脸庞因为通红而显出惊慌失措的模样。她的两只手胡乱地、漫无目的地在旁边摸索了一下,自己也不清楚应该从哪里着手准备。对于现在发生的事还无法当真。

"爸爸,我该带走什么?"她既害怕又急切地问,"全部都带吗?全部的衣服?带一只还是两只箱子?格仑利希真的破产了?噢,上帝！那么我可以带走我的首饰吗？爸爸，仆人也都打发走，但是我没有钱解雇他们，格仑利希原本应该在这几天给我家庭开支的钱。"

"孩子，没关系！这些事自然会有人管。只带那些一定要用的东西。你的东西之后会有人送来的。快一点，听见没？我们已经……"

就在此时，门帘从中间一分，格仑利希先生从客厅走了进来。他踉跄地走过来，张着两只胳臂，头朝一边歪着，那姿势仿佛在说："我在这儿！如果你要离开，你就将我杀了吧！"他连忙走向自己的妻子，双膝一屈便跪在了她的脚前。他的表情十分可怜。他那金黄色的胡须早已乱成一团，礼服都是褶皱，领带歪到一边，领口开着，额头直冒汗。

"安冬妮……"他说，"看看我，有没有同情心？你听我说，你眼前的这个人是一个被摧毁了的人，深陷于绝境的人，要是……没错，假如你厌恶了他的爱情，这个人便因为难过而死去！我现在跪倒在你的脚下，你忍心对我说'我厌恶你，我要离开你'吗？"

冬妮哭了起来。就像以前在风景厅里的情景一样。她又看见这张由于恐慌而变形的脸，这对直视着她的哀求的眼睛。她再次既惶恐又感动地看见这种惊慌和哀求完全是真实的，一点虚假的成分也没有。

"格仑利希，你站起来！"她哽咽地说，"请你站起来吧！"她想要拉他肩膀将他扶起来。她不知道自己应该说什么，便忧心忡忡地望着她的父亲。参议握住她的手，朝着自己的女婿弯了弯腰，拉着她朝外面走去。

"你走吗？"格仑利希先生从地上跳起来喊道。

"我早已和您说过了，"参议说道，"我无法看着我的女儿平白无故就遭受这样的不幸而坐视不管,我乐意再添加一句,您肯定也不忍心这样。不,先生,您已经将我女儿的财产浪费完了。您要感谢上苍,它让这个孩子有一颗纯洁、善良的心,使她如此毫无厌弃之情地离开您!再见吧!"

此时的格仑利希已经失去了理智。他原本能够说一些暂时分离、希望她再回来跟他重新开始之类的话,这样他或许还有望获得一些遗产;然而此时他的思考、灵活和机智都消失了。他原本可以拿起摆在玻璃架上的那个摔不坏的大铜盘,但是他拿起旁边的一个印着花的瓷瓶扔在地上,将它摔得粉碎。

"哈!好!好!"他喊道,"去你的吧!你觉得我在给你哭丧吗?你这笨鹅!才不是呢!您搞错了,亲爱的!我不过是为了你的钱才和你结婚,但是因为你的钱太少了,你走吧!我已经厌恶你了,厌恶了!厌烦了!"

参议什么话也没有说便带着他的女儿走了出去。然而他立刻又转进来,来到格仑利希身边。这时格仑利希在窗子前站着注视外面的雨。参议轻轻地拍了拍他的肩膀,带着劝告意味地轻声说:"请您克制一下自己吧,向上帝祈祷!"

10

自从格仑利希太太带着她的小女儿搬回孟街的老房子后,这座大房子久久弥漫着一层阴沉沉的气氛。一家人走路都蹑手蹑脚的,谁都不想谈及"那件事",除了这部戏的主角本人之外。她跟别人相反,很喜欢说起它并且说得不亦乐乎。

冬妮和伊瑞卡搬到三楼的一间房子里，以前老布登勃洛克夫妻在世的时候，这个房间原本是由冬妮父母住的。冬妮见到她爸爸并未想到给她单雇一个仆人，难免有些失落。当他用温柔的声音跟她说明，目前最适合她的就是先放弃城里的社交活动，因为从道义上来看，她在此次上帝加以考验的灾难中虽然没有过失，不过身为一个离婚的妇人，她的身份则限制了她只能够独居于外。这场谈话的确让冬妮苦思冥想了半小时之久，但是冬妮天性里有一种神奇的能力，无论什么新环境她都可以怀着无比欣喜的心情轻松应对。不久她便喜欢上自己扮演的这个可怜遭罪的少妇的角色了。她穿着一身黑衣，如同一个少女那样将自己美丽光滑的金发平分两半，尽管出去交际的机会很少，但是她在家里也可以获得弥补，她的严重而非凡的困境让她成为一个十分重要的人物。她经常开心地跟人谈起她的婚姻，以及格仑利希先生和她对生活、命运等问题的态度。

并非每个人都喜欢听她滔滔不绝的。例如，参议夫人尽管觉得自己丈夫的这个做法是对的，尽了一个父亲的义务，但是每当冬妮一开始说到这件事，她总会将自己漂亮的手指轻轻一挥，说道："我的孩子，可以了！我不想听到这件事。"

克拉拉才十二岁，听不明白这些事情，但是克罗蒂尔德笨得很。"噢！冬妮，这是多么令人难过！"这是她对冬妮的不幸的唯一表示。但是另一方面，冬妮却找到永格曼小姐这么一位耐心的聆听者。永格曼小姐已经三十五岁了，她如今很有资格夸耀自己，说她的头发是在上层人家里干活而变灰白的。"别怕，小冬妮，我的孩子，"她说，"你还年轻，你还能再结一次婚。"另外，她将全部心思用在教育小伊瑞卡上，她很热爱这份工作。她给小伊瑞卡说十五年前参议的孩子便听过的那些有趣的事情；尤其喜欢说马利安卫德的一个叔父的事，这个人是由于"伤心"患上呃逆症死的。

不过冬妮最喜欢跟他的父亲谈话，并且冬妮跟他谈话的次数最多，有时候是在午饭之后，有时则是在早上的第一次餐桌上。她跟父亲的关系陡然间变得密切了，而且今非昔比。在这之前，她对父亲在城里所享有的特殊地位，对他的信仰、一丝不苟的严格的能力和勤奋，表达崇敬之心多于父女情谊；但是那次在她家客厅里的谈话中，他向她流露出人性的一面，他和她做了这样一次郑重其事的掏心窝子的谈话，他将最后的选择权交给她，他一直是个不容许自己有失误的人，而如今他竟然带着几分谦逊的心情跟她坦白，自己有愧于她，这一切都让冬妮十分感动。我们很有把握地说，她自己一直都没想过父亲会为她的事感到愧疚。不过他既然这么说了，她也就这么认为，而她对他的感情也由此更加深厚了。说到参议自己，他依旧保持原先的意旨，他相信自己理应更加呵护他的女儿以弥补命运对她的不公。至于格仑利希先生，参议并未做出什么报复手段。冬妮和她的母亲尽管从几次谈话中已得知，格仑利希先生为了获得八万马克而用的不正当方法，不过参议则十分慎重，觉得要是将这件事情传播出去，会给自己造成不利影响。他觉得自己身为一个商人的荣耀已遭受了严重的损害，他被骗得那么厉害，对格仑利希真是无法原谅，不过宁愿一声不响地一个人跟这个耻辱斗争。

尽管如此，宣告了格仑利希先生破产后——顺带说一下，汉堡的许多商号都由此受到了不小的损失——参议马上坚定地去办理离婚手续。由于在这件离婚案中，冬妮觉得自己扮演了一个核心人物，对自己的光荣感到自豪。

"父亲,"她说,在这样的谈话中她从来都不喊参议爸爸的,"父亲,我们的事进展如何?没有什么问题吧?规则都很明确,我已经认真研读过了!'只要丈夫没有能力赡养家庭……'他们肯定能看见这条。假如有儿子,便由格仑利希抚养……"

又有一次她说:"父亲,其实我们结婚的这些年里可疑之处很多。那几年我很想到城里住,但是那个人始终不同意,哼!原来如此!他一直不愿意我到城里交际,拜访客人,原来也是如此!在城里要比在爱姆斯比脱的风险更大,在城里住的话,他的真相就可能被我知道……他是一个老练的人!"

"孩子,我们别下这样的定论。"参议回答说。

最后,在离婚手续办理了之后,她再次郑重其事地说:"父亲,我觉得您应该将这件事情记载在家庭记录本上。还没有吗?噢!那就让我来写吧,请您将书桌的钥匙给我。"

于是,她在四年前亲笔写下的几行字后面自豪而耐心地添上:"此次婚姻于1850年2月经过法律手段宣告结束。"

她思考了一会儿,然后跟参议先生说:"父亲,我很清楚,这件事在我们家族史上是一个污点。我也思考了很多。这样的情况就像这本书上有了一块墨痕一般。不过您放心吧……我清楚该怎样将这个污迹擦干净。我还年轻,您不觉得我还很漂亮吗?尽管施笃特太太第一眼看到我的时候,曾对我说:哎呀!上帝,您真的显老了,格仑利希太太!不过您了解,在这件事情上我吸取了许多教训,岁月催人老……总之,我还会再婚的!您等着瞧吧,再找一门好亲事来弥补一切,对吧?"

"孩子,这全在上帝的掌控之中。如今不是讨论这件事的时候。"

从这时候起,冬妮经常喜欢说"生活便是如此"这句话,当说到"生活"这个词的时候,她总将眼睛一瞪,做出一个既漂亮又严厉的神色,好像在跟人们说,她将人生和命运看得如此透彻啊!

在这一年的8月,托马斯从帕乌回来了。餐厅里饭桌的座位比之前增加了,冬妮很高兴能跟哥哥讨论这件事情了。她爱她的这位哥哥,也十分敬重他,以前在从特拉夫门德回家的路上他就清楚她的痛苦,同情过她。此外,冬妮也真心将他看成公司未来的经理和一家之长。

"没错,没错!"他说,"冬妮,这实在是一段曲折的经历。"说着便扬起他的眉毛,将嘴里的俄国纸烟从这个嘴角换到另一个嘴角上。他脑袋里想的或许是那个长着马来人面孔的鲜花店的小姑娘。现在这个女孩子已经是她老板儿子的太太了,如今已接手了渔夫巷的鲜花店。

托马斯·布登勃洛克尽管还有一些苍白,却是一个落落大方的人物。这些年的历练让他在人生路上获益匪浅。他的头发在两耳上梳了两个小蓬,蓄着法国式样的胡子,两边捻得尖尖的,用火剪烫得向上翘。他的身躯粗矮,肩膀较宽,他的言行作风跟军人有些类似。不过实际上说起来,他的体质没有那么强健,在他那狭窄的太阳穴上,头发如同两个小弯一样折回去,青筋突兀地暴露着,他又极易染上寒热病,好心的格拉包夫医生尽管尽心竭力也没有帮他医治好。对于他身体的其他部分,比如说下颚啊,鼻子啊……尤其是一双典型的布登勃洛克家的手,实在是跟去世的祖父一样!

他说的法文混杂着西班牙语的口音,他对一些专门写嘲讽、尖锐文章的近代作家的偏爱足以让所有人都震惊……全城人中,唯一能够在这方面和他成为知己的便是那个忧郁的高什先生。他父亲对他的这种爱好严厉地呵斥了一番。

尽管这样，参议眼里却依旧充满对自己长子的自豪和欣慰之情。托马斯回家后不久，参议又激动又开心地欢迎他再次作为公司中的一个投资者。此外，公司业务的发展也让参议先生喜上眉梢，尤其是从这年年底克罗格老太太过世之后。

对于这位老太太的去世，大家都淡然地面对，她的年龄真的太大了，最后只是独自孤单地生活着。她过世后，给参议一家留下了一笔数额庞大的遗产，大概十万泰勒，这让公司的经营资金更加雄厚。这是大家期待已久的事情。

克罗格老太太的过世还导致一个后果。参议的内兄尤斯图斯因为生意的屡屡失败，早就一蹶不振，此次他拿到一笔遗产后，马上处理了债务事务，宣告退出圈子。这位纨绔公子尤斯图斯·克罗格——近代骑士的习惯玩乐的儿子——并非幸运儿。因为家喻户晓的缘故，他始终没能在商业界获得成功。双亲遗留下的产业在他还没有接手时便花去了一大部分；如今他的长子亚寇伯又给他带来许多的忧虑。

这位年轻人和他的父亲十分相似，在汉堡游荡在一群风流公子之中，几年来将父亲给他的一笔钱挥霍一空，但是当克罗格参议拒绝给他提供开支的时候，参议的妻子，一个温和懦弱的女人，却将钱一笔笔暗自寄给这个浪荡公子。由此尤斯图斯·克罗格先生跟他妻子大吵了几次。最后，所有的一切发展到极端，几乎在格仑利希停止支付的时候，在亚寇伯·克罗格工作的达尔贝克公司的所在地汉堡也发生了一件让人不愉快的事情⋯⋯一件和他有关的不光彩的诈骗案。大家对此事都闭口不提,也没人询问尤斯图斯·克罗格;然而不久便听说亚寇伯在纽约谋到一个差事,立刻便要远渡重洋。临走之时,他再次回到家乡。他此次回来肯定是为了在父亲寄给他的旅费之外,从母亲手里要一些钱。他是一个穿着华丽的年轻人,气色却不佳。

简而言之,最后,事情使得尤斯图斯参议张口闭口只说"我的儿子",仿佛他只有尤尔根一个儿子一样。尽管他这个儿子没犯过错,但是头脑过于迟缓。他勉强念完中学后,又在耶拿待了一个时期学习法律。他既学业无成,又没有发展的志向。

约翰·布登勃洛克对妻子家的这种日渐衰落的迹象痛心疾首,不由自主地担心起自己儿女的前途。他将自己的全部希望都寄托在勤奋厚道的长子身上,这是很有道理的。说到克利斯蒂安,李查德逊先生在来信中说:尽管这个年轻人在学习英文上展现了他非凡的能力,却没有任何兴趣用在商业的发展上。另外,他又沉迷于这个大都市的一些娱乐活动,如戏剧等。克利斯蒂安在自己的来信中表示他很希望旅行,恳请家里同意他接受在"那边"谋到的差事。他所谓的"那边"指的是南美洲,或许是阿根廷,也可能是智利。"这都是冒险精神在作怪。"参议说,回信让他先在李查德逊先生那儿再待一年(这是第四年),再增长一下自己的商业见识。之后,因为讨论这个计划又相互写了几封信。1851年夏天克利斯蒂安·布登勃洛克终于搭船到智利的瓦尔帕莱索去了,他已经在那儿谋到了一个差事。他是直接从英国出发的,先前没有回家。

两个儿子的情况大概就是如此。说到冬妮,参议很满意地看见她用如此的坚定和自信捍卫她在城里的地位,捍卫身为布登勃洛克家族的一员的地位。她要遭受多少嘲讽的面孔,要遭受多少偏见的讽刺,这一点就算不说也可以想象得到。

"哼!"她说,她刚散步回来,面庞通红,一走进风景厅的门口便将帽子朝沙发上一摔,"这个摩仑多尔夫(不然就是这个哈根施特罗姆,这个玉尔新,这个西姆灵格,这个家伙)!妈妈,您猜怎么了!她不跟我打招呼,仿佛没看到我一样!等着我先跟她打招呼!您见过如此没礼貌的人吗?我在布来登大街扬着脑袋从她旁边走过,狠狠地注视着她的脸。"

"冬妮,你太激动了!别这样,无论做什么事都该有个度,你怎么就不能先招呼一下摩仑多尔夫太太呢?你们的年纪差不多,她如今是已婚的女人,你结婚以后不也如此?"

"妈妈,我决不先和她打招呼!这种下贱的女人!"

"亲爱的!你干吗说这么粗鲁的话……"

"噢!真是让人气炸了!"

她有时想,哈根施特罗姆这一家人如今或许认为更有理由瞧不起她了,特别是想到他们公司的业务在本城是首屈一指时,这种情绪愈加增长了冬妮对这些"暴发户"的憎恨。老亨利希是在1851年初春离世的,之后他的儿子亥尔曼——就是那个拿柠檬蛋糕交换耳光的亥尔曼——继承了这个非常兴旺的进出口公司。没到一年他便跟胡诺斯参议的女儿结婚了。胡诺斯参议是全城最富有的人,他做木材的买卖获得了许多利润,给他三个儿子每人留了两百万资产。尽管亥尔曼的兄弟莫里茨肺部不健康,不过学习的能力胜人一等,目前已在城里定居了,从事律师行业。一般人都觉得他头脑灵活,机智聪慧,就连文学艺术也略知一二,由此快速地将公司业务展开了。他的外貌没有姓西姆灵格的人的那些特点,他的脸色焦黄,牙齿很尖,很不整齐。就连在本家里冬妮也得小心保持着自己的尊严。参议先生的哥哥退出商界后，只是闲聊无事地在他的简陋的房子里踱步。他总是穿着一条肥腿裤，迈着两条短腿，不停地从一只铁盒子里往外拿止咳糖片吃（他很喜欢吃甜点）。这些年来，他对那位受宠的异母兄弟的愤怒之情也渐渐缓和了下来，目前是用随遇而安的心态面对生活。不过在自己的三个还没出嫁的女儿面前，他对冬妮这桩不幸的婚事则难免要露出一些暗喜之色。说到他那三个已快三十岁的女儿，还有那姓施推威英的妻子，她们对这位叔伯姐妹的不幸遭遇和离婚案件却表现得十分感兴趣，当然这种兴趣不可以跟冬妮订婚时她们的漠然来比。自从克罗格老太太去世后，每星期三的"儿童节"便搬到孟街举行了。每当亲朋好友集会的时候，冬妮都需要费一些精力来招架。

"哎呀，上帝！你的遭遇实在是不幸！"菲菲装作一副怜悯之色说。在三姐妹中她是年纪最小的一个，长得矮小粗胖，说话的时候口水飞溅，每说一个字身子就晃动一下，样子十分可笑。"已经判决了？如今你又变成老样子了吗？"

"唉！刚好相反，"亨莉叶特说，她和她大姐一样长得瘦削，"结婚之前冬妮是多么快活的小姑娘啊！"

"我也是这么觉得，"弗丽德莉科插进来说，"与其这样，那还不如不结婚呢！"

"亲爱的弗丽德莉科，别这么认为！"冬妮说，她将脑袋往后一扬，思考一句既有分量又很有智慧的反驳的话"你这么说就不对了！无论如何，我对生活有了进一步的了解，你知道，我如今观察事情可仔细了！况且，跟没结过婚的人比起来，我再婚的机会反而会多一些呢！"

"是这样吗？"三姐妹不约而同地说，她们的语气中带着讽刺，有一种无法置信的意味。

苔瑞斯·卫希布洛特则很友善，非常有心机，她对这件事情只字不提。冬妮有时会去米伦布尔克七号那座小红房子去拜访那位以前的老师。这里一直住着一群年轻的姑娘，尽管这所寄宿学校早已渐渐落伍了。有时，这位精干的老师也被到请到孟街来吃一餐鹿肉或者一餐填鹅。这时她便踮起脚尖来，感动地，充满爱情地在冬妮额头上落下吻一下。而她那个迷茫无知的姐姐，凯泰尔逊太太，现在听力越来越差了。对于冬妮的事，她几乎没有听到。她那种不分场合地犹如在抱怨一般大笑的毛病比以往更加严重了，使得塞色密必须持续不断地拍桌子喊"耐利"。

日复一日，年复一年，布登勃洛克参议的女儿离婚的事在城里人和家里人心里的印记逐渐淡去。就连冬妮自己也只在她看见逐渐长大起来的小伊瑞卡脸上有一些和本迪可思·格仑利希相似之处时，才偶然记起这么一件不幸的婚事，她又穿起好看的衣服，将额上的头发烫得卷卷的，跟从前一样在认识的人群中走动。

每年夏天，她都有机会离开城市一段时间，她依旧打心底觉得开心。参议的身体状况需要他到不同地方进行长期的休养。

"你们不懂什么叫上年纪了啊！"他说，"我的裤子上沾了一块咖啡斑，我就用凉水擦擦，立马便出现了严重的风湿疼……我以前的时候有什么不敢做的啊？"另外他有时也会犯晕眩症。

他们去札兹布伦，去爱姆斯和巴登、巴登，去吉兴根。在那里他们做了一次有趣而别开生面的旅行，经过纽伦堡到慕尼黑，穿过萨尔兹堡近郊和伊施尔到维也纳，接着经过布拉格、德累斯顿、柏林回到家里。尽管格仑利希太太由于最近得了神经性消化不良症,在各个浴场都必须严格遵守医疗程序,她却认为这几次旅行是最让她称心如意的。她毫不隐讳,在家中的确待烦了。

"噢!上帝,您知道什么是生活,父亲!"她说,一边若有所思地看着天花板,"当然了!我也知道生活……不过就是因为这样,我才认为如果像一件摆设似的总待在家里是没有希望的。但愿您不要觉得我是不喜欢和您在一起,爸爸……如果我真的这么忘恩负义,那我真该被揍一顿;不过,要是说到生活,您了解……"

不过最让她厌烦的还是父亲这座宽敞的老宅子的宗教气息越来越浓重了。当参议的身子衰老病弱后,他对宗教的热爱也就与日俱增,然而参议夫人自从上了年纪后,也逐渐对宗教信仰产生了兴致。饭前祷告在布登勃洛克家一直都有。现在又定了一个新规矩,一早一晚,家里人连同仆人都要聚集在餐厅里,静听一家之主亲口朗读一两段《圣经》。另外,牧师和教士到孟街来拜访的次数也一年比一年多,由于孟街上的这座豪华的府宅在路德派和革新派的人士中,在国内外教会中,长期以来就是以好客著称——顺便说一句,在这儿人也能够开心地美餐一顿——从全国各地经常有一些穿着黑衣服、长发披拂的人到这里来小住几天……他们蛮有把握可以谈谈拯救灵魂的话,吃几顿滋养身体的饭菜,临走之际还可以为他们的神圣事业募得一笔小款。当然本城的牧师也难免会经常造访。

汤姆十分机智小心,他脸上连一丝笑容也没有,不过冬妮则放肆地搞恶作剧。只要一有机会,她总是将这些神圣的先生们戏弄一番。

如果恰好参议夫人身体不爽,管理家务、安排菜单的事就落在冬妮的肩上。碰巧有一次一位外地教士来做客,这个人的食量很大,在全家都当成了笑料。冬妮恶作剧地上了一道油脂汤。这是一道另类的本地菜，是用酸白菜和所有午餐的菜煮在一起的大杂烩——火腿啊，土豆啊，酸李子啊，烤梨啊，菜花啊，豌豆啊，绿豆啊，萝卜啊，应有尽有，此外还添上了果子汁。这种菜除了从小就吃惯了的人不管是谁都难以享受。

"味道不错吧？您喜欢吗，牧师先生？"冬妮再三地问，"不喜欢？哎呀！上帝，真没想到您会不喜欢吃这道菜！"说着她扮了一个鬼脸，将舌尖在上唇前吐了吐，如同她每次想出或者做出一件淘气的事的样子。

这位胖牧师忽然将汤匙放下来，天真地说："我等着吃下一道菜吧！"

"没错，还有一点尾食。"参议夫人连忙说……由于在"大杂烩"之后还有其他菜是一件神奇的事情，结果下面尽管还有一道苹果冻馅的炸饼，这位上当的牧师却必须空着肚子离开饭桌。冬妮低头一直笑个不停，汤姆极力忍住不笑，将一条眉毛扬得很高。

又有一次，冬妮在跟女厨子特林娜站在走道上聊家务，这时从康斯特塔来的马蒂阿斯牧师从外面回来。这位牧师此次已经在布登勃洛克家住了几天了。特林娜一听到门铃声，便马上蹒跚地（乡下人的走路方式她依旧保留着）过去开门。或许牧师这时想跟她说一句真切的话，并且考查她的诚意，便和气地问她说："你爱主吗？"没准儿他还想给她点什么呢！假如她说忠于上帝的话。

"啊！牧师先生……"特林娜扭捏地说，她把眼睛睁大，满脸通红，"您指的是哪一位，老主人还是少主人？"

冬妮在餐桌上难免要将这个故事大肆宣讲一番，让参议太太扑哧一声笑出来。她笑起来的样子实在是同克罗格家人的模样一样。

参议当然要严厉愤怒地低头看着眼前的盘子。

"这是个误会！"马蒂阿斯牧师窘迫地说。

11

1855年夏末的一个周末的下午，发生了一件大事。布登勃洛克一家人坐在风景厅里等着参议在楼下换衣服，他们和吉斯登麦克一家约好一块儿度过这一天的时间，到城外一处游艺园去散步。除了克拉拉和克罗蒂尔德不去，这两个人每星期日下午要到一位朋友家缝袜子捐助黑人孩子。一家人打算在游艺园里喝喝咖啡，假如天气好的话，还准备在小河里划划船。

"爸爸，实在要将人急死了，"冬妮说，喜欢用严重的字眼是她的老习惯，"他为什么不可以事先准备好呢？他每次都要在写字台前坐啊坐，坐啊坐，不是要办完这个，就是要办好那个！上帝，他哪里有那么多要事要做？这我可不知道……反正我不相信，他把笔早放下么一会我们就得宣告破产。好吧！等十分钟过去后，他老人家才突然想到约会的事情，于是赶忙朝楼上跑，两级楼梯并作一步迈，莫非他不晓得这么做对身体不好吗？每次来客人，每次出行之前都要这么干！莫非他就不可以事先把工作放下，慢慢走上去吗？莫非他就不可以先把时间赶出来吗？实在没道理。因为他是我爸爸，所以我要好好跟他谈谈，妈妈……"

她坐在参议夫人旁边的沙发上，穿着一身时髦的闪光缎料衣服。参议夫人穿的是一件比较厚的凸花灰缎衣服，镶着黑绦子边，戴的是绦子和绢网织成的软帽，下巴底下用一个蝴蝶结系住。帽子的飘带一直垂到胸前。一头发红的金色头发和她做姑娘时候一样梳得十分整洁。

在她的两只白皙的、隐隐约约显现出淡青色的血管的手中拎着一只手提包。汤姆仰靠在她身边的一只安乐椅上吸烟,克拉拉和克罗蒂尔德在窗子旁面对面坐着。让人百思不得其解的是,克罗蒂尔德的身体情况实在和她每天吸收的丰富营养不协调。她越来越瘦,就是她身上的一件丝毫也谈不上式样的黑衣服也掩盖不住这个事实。在她的一张黯淡无光的脸上,在她平滑的灰土颜色的头发下面,生着一个蒜头鼻子;鼻梁虽然还说得过去,但是鼻头上布满了细孔……

"你们觉得会下雨吗?"克拉拉问。这个小姑娘有一个缺点,当她向别人提问的时候总是用严厉的眼神看着对方的脸。她穿了一件棕色的衣服,只缀着一副白色的小翻领和两只白色袖头。她非常端正地坐在那儿。在这一家人中,仆人最害怕她;最近一早一晚家里的祷告也由她主持,因为朗诵引起了参议先生头部的不适。

"冬妮,你今天晚上会戴你的新头巾吗?"她又问,"雨会将它淋坏的。太遗憾了。不如你们改个时间再去散步……"

"不行,"汤姆说,"吉斯登麦克家也要去。没事,气压表是突然下降的,暴雨总是很快就过去的,一阵子就过去,不会下太久。我们可以借着等爸爸的时间歇一歇,等着雨下过去。"

参议夫人好像在推什么一样将手一抬,"你想有暴风雨吗,汤姆!我最讨厌雨天了。"

"没什么,"汤姆说,"今天早上我在码头上和克鲁特船长谈过。他可以说是一个晴雨表了。只是一场暴雨,就连大风都没有。"

这一年9月的第二周带来了姗姗来迟的闷热。由于整天刮东南风,暑热比7月还要严重。一片暗蓝得异常的天空悬在屋顶上,天边显出淡白色,犹如沙漠上的太空一样。日落之后,小巷里的房屋和狭窄的街道都和炉灶一样闷热。今天风向突然变动,刮起西风来了,气压表忽然下降……还有一大片蓝色的天空,然而灰蓝色的浓云却已经像羽毛褥子似的慢慢地涌上来。

汤姆补充道:"下雨对消除暑气很有帮助。如果我们在这种空气里行走,肯定会弄得筋疲力尽。这种闷热是反常的。这种天气我在帕乌没有碰见过……"

此时,冬妮的女儿被伊达·永格曼带到了大家面前。小伊瑞卡套在一件新浆洗过的、硬邦邦的、散发着肥皂和淀粉气味的印花布衣服里,实在像一个小布娃娃,她的眼睛和绯红的脸颊就像格仑利希先生,不过上嘴唇是冬妮的模样。

慈善的伊达已经满头灰白了,甚至可以说是花白了,尽管她的年龄才刚四十出头。这是她一族人的特点,在她们族人里,甚至有的人没到三十就已是满头白发。她棕色的小眼睛依旧跟以前一样灵活、炯炯有神,流露着忠诚的神情。她在布登勃洛克家已经有二十年了,她自豪地看见,她在这儿已经是一个不可或缺的人了。她为这个家庭提供一切必要的服务。她给小伊瑞卡朗诵书本,给她缝洋娃娃的衣服,跟她一块儿做功课。中午的时候带着一包奶油面包将她从学校接到"磨坊堤"去散步。拥有这么一个佣人是非常令人羡慕的。无论哪位太太看见参议夫人或是她的女儿都说:"亲爱的,您家的这位佣人那么得力啊!天啊,我告诉您,她一人能够顶过五个人!二十年!她就是过了六十岁依旧这么强健!真硬朗的身子……您真是有福气啊!亲爱的,我真羡慕您!"

然而伊达·永格曼也十分懂得矜持。她知道自己的身份。有时在"磨坊堤"看见一个普通人家的仆人带着孩子坐在她坐的那条板凳上,想和她聊上几句时,这时永格曼小姐就会说:"小伊瑞卡,这儿风大。"说完马上离开这里。

冬妮一把抱起女儿,在她红润的脸蛋儿上吻了一下,参议夫人也笑着朝她伸出手来,尽管她的笑容有些漫不经心的样子……越来越沉的天气让她心情糟糕透了。她右手的手指神经质地敲着沙发垫,一双闪亮的眼睛飘忽不定地望着侧面的窗子。

伊瑞卡坐在她外祖母的身旁,腰板笔直地坐在一张矮椅的前边,开始织毛线。为了等参议先生,大家一声不响地坐了一会儿。空气沉闷,外面最后一块蓝天也被遮挡了,蓝灰色的天空沉重地、臃肿地低垂下来。屋内的各种颜色都黯淡下去,壁毯上风景画的色彩,家具和帏幔上的金黄丝绸都黯然失色,冬妮的锦缎衣服不再闪亮了,就连人们的眼睛看上去也是灰蒙蒙的一片。

这一切是瞬间来临的,悄无声息,让人恐惧的寂静。沉闷的气氛在空气中弥漫着,大气气压仿佛在一秒钟内忽然添加了许多,人们头昏脑涨,心脏停止跳动,呼吸困难……屋子外面的燕子飞得很低,羽翼几乎触着了路面……而这种无可逃避的压力,这种紧张,这种全身都觉得不断增加的压抑也的确变得让人难以忍受了,假如它仅仅再延长短短的一瞬间,要不是在它快速地抵达顶点之后马上就松弛、平缓下来的话……一个漏洞悄然无声地出现了,人们好像立刻就寻得出那漏洞的所在。几乎是与此同时,这倾盆大雨便落了下来,没有预兆,瞬间就下了起来,沟道顿时水流滚滚,贮满了雨水。

托马斯因为多年的疾病,已经学会了注意自己神经的反应,他十分敏锐地站了起来,拂了一下头,把嘴里的纸烟扔掉。他扫了一下在座的人,看看别人是否也觉察到或者注意到相同的事情。他仿

247

佛觉得母亲也有些异常；别人则仿佛一无所知。他的母亲此刻正出神地注视着窗外的雨景，圣玛利教堂已经完全被雨水笼罩了。她叹了一口气说："感谢上帝！"

"好了，"汤姆说，"两分钟内天气就凉快了。一会儿外面雨停了，我们将桌子移到外面享受凉爽。克罗蒂尔德，把窗子打开。"

嘈杂的雨声立刻冲进屋子里来。这场大雨真是来势凶猛。到处是叮叮咚咚、噼噼啪啪的声音，泡沫四处飞溅。风又刮起来了，在浓重的雨幕中任意施威，一会儿把它撕断，一会儿又把它前推后荡。气温果然降了下来。

突然仆人利娜冲了进来，她匆匆跑过圆柱大厅，一头闯进屋子里来。伊达·永格曼不由得用斥责的口吻喊道："上帝，你这是在做什么？"

利娜没有表情的蓝眼睛睁得大大的，好像被吓坏了……

"啊！参议夫人，啊，快点去……哎呀！上帝，吓死我了……"

"好了，"冬妮说，"难道又打碎什么瓷器了，妈妈，瞧您使唤的仆人！"

但是这个女孩子则惊慌失措地喊道："啊！不是，格仑利希太太……是参议先生，我正给他拿靴子，参议先生坐在椅子上就开不了口了，只是拼命地喘气。我知道，事情不对了，他快喘不过气了。"

"快去请格拉包夫！"托马斯边喊边朝门外跑去。

"我的上帝！保佑保佑我吧！千万别……"参议夫人喊道，两手捂着脸，也朝外面跑去。

"坐马车去请格拉包夫……马上去！"冬妮也气喘吁吁地嘱咐道。

大家蜂拥着跑下楼梯，穿过早餐室朝卧室跑去。

而此时的参议约翰·布登勃洛克先生已经离开了人世。

第五部

1

"晚安,尤斯图斯!"参议夫人问候道,"近来可好?请坐吧。"

克罗格参议温和地轻拥了她一下,又跟当时也在餐厅里的外甥女握握手。已经五十多岁的克罗格参议除了唇上留着短须之外,又留起一圈茂密的胡须来,只将下巴露在外头。他的胡须早已全灰白了。他对服饰外表的苛刻要求,很有他父亲的风格。他穿着一件十分讲究的燕尾服,胳膊上戴着很宽的一道黑纱。

"贝西,你得知最新消息了吗?"他问。"有件事你一定感兴趣!"他说道,"没错,冬妮,这个消息你肯定十分感兴趣。痛快地说吧,我们布格门外那块产业已经出手了,卖给了什么人?并非卖给一个人,而是卖给两个人,不但要把房子分开,而且地基也要分成两部分,中间横着安置一道栅栏。以后商人本狄恩在右边,商人索润逊在左边,便要各自建起一座简陋的屋子来……能怎样呢?愿上帝保佑吧!"

"这是一件荒谬的事情!"格仑利希太太说,叉着手,放在膝盖上,抬起头来仰望天花板。"外祖父的产业！好，这份产业真的毁了。它的吸引力就在于宽敞明亮……仔细说起来，实在有些宽敞得过分了，也正因为这样才显得华而不俗。那宽阔的大花园一直延伸到特拉夫河岸，高贵典雅的林间别墅，还有那马车道和栗树林荫路，如今要分成两部分了。本狄恩要站在一边门口抽烟斗，索润逊要站在另一边。而尤斯图斯舅舅，我也只能说一句'愿上帝保佑吧'，他们这样的身份没有住进这整座宅子的资格。外祖父没有看见这种事，确实是他的运气。"

由于当时空气中依旧弥漫着悲痛而肃穆的居丧氛围，尽管冬妮一肚子气，也不敢用更严重、更慷慨的词语来发泄。这天是参议去世两周后开读参议遗嘱的日子，时间为下午五点半。因为要研讨死者的遗产划分，所以参议夫人让她哥哥来孟街，为了使他和托马斯连同公司的经理马尔库斯先生一块儿研讨死者对遗产的分配。冬妮之前就表示，她有责任参与公司和家庭的事务。她努力营造庄严肃穆的气氛，力求开成一次隆重的家庭会议。她把窗帘全部拉上，在那块铺着绿绒、桌面全都拉开的餐桌上原本就燃烧着两盏石蜡油灯，她则觉得不够，再次将一只镶嵌着金边的大烛台上的蜡烛全部点燃。另外她还将一大叠纸和几支削尖的铅笔放在每个人的位子前，尽管谁都不晓得这些纸笔能否派上用场。

黑衣服为她的身材增添不少少妇的苗条。最近这段时间，参议已然成为她心里十分密切的人了，这次他的去世给她带来的痛苦也许比给所有人带来的还要多，就在今天她因思念参议也还痛哭了两次。尽管这样，在这次郑重的小型家务会议上她的角色让她美丽的脸颊浮出一层红晕，让她的眼神闪闪发亮，让她再次成为引人注目的焦点。不过另一方面，参议夫人则被害怕和痛苦、被无数种居丧和葬礼的繁杂礼节弄得筋疲力尽。她那围着帽带的一圈黑带子里面的脸显得愈加苍白，一双淡蓝色的眼睛也昏暗无神，只剩那光洁的金红色的头发依旧找不出一根白头发来。是悄悄地换了假发还是那巴黎药水起作用了呢？这件事只有永格曼小姐一个人了解，不过她是不会对任何人说的。

三个人在餐桌的一边坐了下来，等候托马斯和马尔库斯先生从办公室归来。在天蓝色的墙壁背景下，白色的神像逼真生动，活灵活现。

参议夫人开口说："亲爱的尤斯图斯，是这样的……我让人请你过来，简单来说就是为了克拉拉的事情。我亲爱的丈夫去世了，为这个孩子选择监护人的责任便落在我的头上，她需要有三年的监护人，我明白你不喜欢多管闲事，你对自己妻儿所尽的责任已经够多了……"

"贝西，我只有一个孩子！"

"罢了，罢了！尤斯图斯，我们理应有基督教的精神，理应有同情之心，如同《圣经》里说的：我们在对待欠债的人时，要有包容之心。想想我们在天之父吧。"

她哥哥有些惊讶地看着她。在这之前，这样的话只可以从过世的参议嘴里听见。"别谈这个了！"她继续说下去，"这个职责不会给你添加很多麻烦的，因此我想请你同意这个监护人的职责。"

"贝西，十分乐意，真的！我很乐意做这件事。我想是否让我见见我的被保护人。这个好孩子，显得有些严肃了。"

克拉拉被叫了过来。她穿了一身黑色衣服，面如土灰，脚步缓慢。她的动作既悲伤又拘束。自从父亲离世之后，她始终将自己锁在屋子里，几乎没有停止过祷告。她黑色的眼睛看似很迷茫，难过和对上帝的恐惧仿佛让她木然了。

尤斯图斯舅舅一直是很热情的，他抢上前去，差不多是俯着身子跟她握了手。安慰了这个痛苦的孩子。当她用自己快要麻木的嘴唇从参议夫人那儿得到一吻之后，便转身出去了。

"你的那个乖孩子尤尔根如何呢？"参议夫人再次启口，"他在威斯玛尔的生活还习惯吗？"

"很好，"尤斯图斯·克罗格回答道，他耸耸肩膀又再次坐下，"我想他这次终于找到合适的位置了。贝西，他是个好孩子，诚实的孩子；不过……自从他两次考试失败之后，当然最好还是……他对法律没什么兴趣，现在威斯玛尔邮局的差事还可以。我听说，你们的克利斯蒂安要回来了，对吗？"

"是的，尤斯图斯，他就快回来了，愿上帝保佑他一路顺风！唉，的确是天涯海角！尽管约翰去世后的第二天我就写信给他，不过这封信现在还没到他手里，就算他收到了信，也要坐两个月的海船。不过这次他必须回来，我一定要看到他。尽管汤姆说他无论如何也不赞同克利斯蒂安辞掉瓦尔帕莱索的职位……不过请你帮我想一想：他离开我快有八年之久了，而且又是在这样的处境里，不，在这种困难的日子里，我肯定要他们都在我身边……这对于身为母亲的我来说是十分自然的要求。"

"必需的，必需的！"克罗格参议应声说道，因为她说着已经泪流满面了。

"托马斯如今也同意了，"她接着往下说，"克利斯蒂安在何处工作能比在家族公司里工作更好呢？他能够留在这儿，在这儿做事。

唉！我总是担惊受怕，怕那里的气温对他身体不好。"

此时马尔库斯在托马斯的陪同下来到了大厅。弗利德利希·威廉·马尔库斯这么多年都是已故的参议的全权代理，他身材修长，穿着一件棕色的长尾礼服，戴着黑纱。他说话的声音很沉，慢慢悠悠，而且有些结巴，每个字都慎重思考一番才能说出口。说话时，他不是伸直左手食指和中指，慢悠悠地梳理那乱糟糟的几乎将嘴巴也遮挡起来的棕红色的胡须，就是不断地搓手，一双圆溜溜的棕色眼睛迷茫地向四处转动，给人一种顽固不化和漫不经心的感觉，事实上他在聚精会神地聆听这件事情。

托马斯·布登勃洛克年纪轻轻便成了这家大商号的老板，脸上和举止上难免会情不自禁地流露出一种少年得志的神气；不过他的脸色依旧是苍白的，两只手除了一只戴着祖传的镶着绿宝石的大印章戒指在发光之外，也跟黑衣袖下边的衬衫袖头一样白，冰冷的苍白，看一眼就知道这双手完全是冰冷干枯的。修剪得十分光洁的椭圆形指甲微微泛着一些青色。这双手在某些相同的痉挛的手势中，表现的是一种畏惧的、敏锐的、懦弱的和恐惧的自我节制，这和布登勃洛克家族的传统是不搭调的，并且和他们的手型也是不符合的。虽然他们的手也十分纤瘦，却比较宽大，没有普通百姓的样子。汤姆来到屋子里做的第一件事是打开通往风景厅的折门，好让那边的暖气流进大厅里。风景厅里的炉火在锻铁栏杆后边猛烈燃烧着。

随后他跟克罗格参议握了手，便在桌子旁边对着马尔库斯的一个位子上坐下来。他看到冬妮也在座位上，难免有些惊讶，扬起眉毛看了她一眼。他原本想说什么，但是冬妮那种将头一扬、把下巴朝后一收的模样，让他将想说的话撤回去了。

"怎么,如今还不可以喊你'参议先生'吗?"尤斯图斯·克罗格问道,"看来荷兰人请你当他们的代表的这个愿望是竹篮打水了,我的老伙伴。"

"的确!尤斯图斯舅舅,我觉得这样最好,你瞧,我原本能够马上继承父亲的参议名号的,甚至还有很多其他的职务;不过首先我觉得自己年纪尚小;其次,我和高特霍尔德伯父说了,他立刻欣喜地赞同了这个建议。"

"孩子,你很通情达理。很聪明,这是十足的绅士风度。"

"马尔库斯先生,"参议夫人说,"亲爱的马尔库斯先生!"说着便将手朝他伸去,手掌往上一翻,马尔库斯先生慢悠悠地将她的手握住,尽管眼里露出了感激之色,但照常朝旁边斜视,"您了解的,请您过来究竟是为了什么,我想您是不会拒绝的。先夫在他的遗嘱里曾表示,希望您在他去世之后不要视自己为外人,想让您以股东的身份继续在公司里发挥您的作用,帮公司处理事务……"

"参议太太,那是!这就不用多说了。"马尔库斯先生回答,"承蒙你们瞧得起我,给我这么好的职位,对于这样的荣幸我真的感激不尽,我对于您和令公子赐予的这个职位,上帝能够担保,除了满怀感恩之心以外,我别无他话。"

"不错!马尔库斯先生,我们真心感谢您这么欣然接受了这个重任。尤其是在我现在还不可以胜任的时候。"托马斯毫不犹豫地脱口而出,一边把手伸向桌子对面的这位股东。因为对这件事两人早已默契十足,只是当着大家面装样子而已。

"俗话说:不是冤家不聚头。你们应该可以推翻这句话了!"克罗格参议说,"现在给大家介绍财务情况吧。先把话说清楚了,我只关心克拉拉的陪嫁费是多少，其他的我都管不着。贝西，你这里有没有遗嘱的副本？汤姆，你呢？你有没有大概计算了一下？"

"全在我脑子里呢！"汤姆说，他一边左右转动桌上的一只金笔，一边朝后仰靠着椅背，望着风景厅，给大家说明情况。

实际上，参议的遗产比所有人想象中的还要多一些。冬妮的嫁妆当然是打水漂了，1851年公司因为不来梅破产风波所受的损失也是一个严重的打击。另外，1845年和1855年的动乱和战争也让公司损失不少。但是另一方面，布登勃洛克家继承克罗格的一笔四十万马克的遗产，尽管有些被尤斯图斯在先前浪费掉了，事实上拿到手的也高达三十万马克。尽管约翰·布登勃洛克生前和所有商人一样不停地抱怨，不过十五年里还是有三万泰勒的进账，弥补了一些损失。如此一来，全部财产，除了不动产不需要算之外，总共大概有七十五万马克。

对于公司的经营情况，托马斯可以说是一清二楚的，不过父亲在生前依旧没有让他知道资金的总数。在宣布这个数目时，参议夫人表现出冷静的谦卑，冬妮目光直视着、带着一副漠然不解的惹人怜爱的矜持，但脸上满是担心和疑惑，好像在说：这难道是一笔大数字？很大吗？我们算是富裕之家吗？马尔库斯先生好像满不在乎地、慢悠悠地搓着手，而克罗格参议明显听得没有了耐性。托马斯自己在宣布这个数目的时候，则是带着满腔的自豪，这自豪让他紧张、激动，以致看上去有些郁郁寡欢。

"我们早该达到百万的数字了！"他两手微颤，明显在压制内心的兴奋，"祖父在最顺意的时候手里已经有了九十万的资产，这些年来大家又付出那么多的努力，取得了巨大的成就，做了那么多桩自豪的买卖！再加上母亲的陪嫁和继承的遗产！唉，不过接二连三地流失出去了。我的天！我明白这是事情自然发展的原则。我想请你们见谅，我目前完全是站在公司的角度说话而不是在家庭的角度……那么多的陪嫁费，再三地付给高特霍尔德和法兰克福的款项，公司每次都必须支付几十万……幸好公司的主人只有两兄妹……好吧！不说了，我们还有要事要办呢，马尔库斯！"

一瞬间，他的眼神强烈地闪烁着对行动、胜利和权势的追寻连同侵占幸福的野心。他认为全部人都有所期待地望着他，看他是否可以重振公司和家族的威风，或者至少保持着以前的威望。在证券交易所里他能经常看见别人用眼斜睨他，上下端详他，那是一些老商人的欢快的、猜疑的、多少有一点嘲讽的眼光，好像在问："孩子，这个重任你是否可以承担得起？"我担得起！他暗自答道。

弗利德利希·威廉·马尔库斯专心致志地持续搓手，尤斯图斯·克罗格说："喂，冷静一点儿，汤姆伙伴！今时不同往日，如今并非是你祖父给普鲁士军队批发粮食的年代了。"

然后开始了认真的讨论，对于遗嘱里的大小事情的安排都认真地研讨，每个人都发了言。克罗格参议的兴致饱满，他一直称托马斯"掌管大权的侯爵殿下"。"依照传统的规矩，货库理应跟着王位走。"他说道。

另外大家当然全都觉得，所有财产理应尽量集中一起，伊丽莎白·布登勃洛克太太在原则上被公认是总继承人，由此全部的财产继续当作公司的本金保留在商号里。马尔库斯先生表明，身为一位股东，他将拿出十二万马克来扩充流动资金。托马斯打算多加五万马克作为他的个人投资，克利斯蒂安也暂定这个数目，要是他也乐意自己有所作为的话。当念到下面这一条遗嘱时，尤斯图斯·克罗格表现得十分热情："关于我的亲爱的小女儿克拉拉的陪嫁费，我交给我的妻子来决定。""十万如何？"他提议，说着便将身子朝后靠，跷起腿来，两手朝上捻他那灰色的短胡子。最终大家将这个款项定为八万马克。

"要是我亲爱的长女冬妮再婚，"遗嘱继续写道，"因为她第一次结婚已经获得了八万马克，所以此次的陪嫁费将以不超过一万七千泰勒为限……"冬妮做了个既优雅又兴奋的姿势，双臂朝前一挥，将袖子挽到后面去。她一边望着天花板，一边叫喊着："哼！格仑利希……"那声音听起来如同一声战斗的呼喊，如同急促的号角。"您知道吗？这个人是怎么回事，马尔库斯先生？"她问，"某次风和日丽的下午，我们正坐在花园的凉亭前面……您清楚这件事的经过吗？没错！突然来了这么一个人，留着金黄色胡须，这是个骗子！"

"够了，"托马斯说，"冬妮，我们以后再说这件事，好吗？"

"好，好！不过你总得承认这一点，汤姆，你是个有头脑的人，就是说，生活中的事并非每件都是公平、和善的，尽管前不久我还是个脑子单纯的人，但是我的经历足以让我明白了一些……"

"没错！"汤姆说。他们接着往下说，说到一些细枝末节，参议在遗嘱里对于那本厚重的传家的《圣经》，他的钻石纽扣连同很多物品的划分都做了指示，他们将这些指示都研究了一番……此日，尤斯图斯和马尔库斯在家里共进晚餐。

2

1856年2月伊始，离家有八年之久的克利斯蒂安·布登勃洛克终于返回了故乡。他是从汉堡乘坐邮车回来的,身穿一件满是异国情调的黄色大格服装,带回了一只剑鱼的长喙和一根粗大的甘蔗。他一半心绪不宁、一半窘迫地和参议夫人拥抱。

直到次日清晨,全家人到布格门外的墓地去时,他依旧保持着这样的神情。他们去墓地是为了在参议墓前献上花圈。一家人并排站在被积雪掩盖的小路上,站在一块硕大的石板前,家庭纹章刻在了石板中央,周围都是在此处安息之人的名字。他们面前还有一座立起来的大理石十字架,安置在一片落完树叶的小丛林边上。这天除了留在"负义农庄"照料病父的克罗蒂尔德之外,所有人都到齐了。

冬妮将花圈放在石板上的父亲的名字上,那金色的字母镌痕犹新,然后她无视墓前的积雪而跪到地上,低声做起祷告。她的黑色头纱在风中飘舞,身上披着一件宽大的外衣,如同一幅优美的画卷。只有上帝明白,在她这么柔美的姿态里隐藏着多少痛苦和宗教感,以及一个漂亮少妇的许多自尊、自傲。当时托马斯的情绪并未让他想到这一点。不过克利斯蒂安则从侧面注视着她的妹妹,脸上交织着嘲讽和担忧的神色,好像在说:"你到底假装到什么时候?你站起来时难道不觉得难堪?如此尴尬的情景!"冬妮站起来时,发觉了他的这种目光,不过她一点儿也不难堪。她将脑袋往后一扬,拍拍身上的灰尘冷静而高傲地转身走掉,这显然让克利斯蒂安松了一口气。

离世的参议对上帝、对钉在十字架上的天主的热烈的爱,并没有遗传给他的子孙。他们只怀着普通市民在平时生活中的那种情感,而他两个活着的儿子有着不一样的个性,其中一个表现出对流露感情的行为的憎恶。托马斯对于父亲去世的痛苦远没有祖父去世时的痛苦大,这一点确是毋庸置疑的。不过他却从未跪在墓前,更没有像妹妹那样伏在桌子上像小孩子一样旁若无人地痛哭,他无法像格仑利希太太那般,在烤肉和尾食的中间,饱含眼泪,用一些崇高的字眼来赞颂已故之父的为人和品性,他认为这是一件尴尬的事情。他不习惯这种感情的流露,虽然他哀伤却不会失礼节,他只会沉默不语,忧伤地低下头。当没有人提起或想到死者时,他脸上的表情没有任何变化,眼眶里却溢满了泪水。

克利斯蒂安的情况又有所不同。当他的妹妹如此单纯、天真地将感情流露出来时,他几乎也无法保持自己的常态;他低头伏在桌子上,好像一秒都忍受不了,立马悄悄地离开,甚至低声而痛苦地打断她:"天啊!冬妮……"他的大鼻子立起了许多小皱纹。

的确!每当说到已故之人,他便流露出惶恐和难堪的神情,好像他很害怕用这种粗俗的方式来表达感情,极力逃避,并且对这种感情本身也很害怕,避之不及。

父亲的去世,还没有人看过他流一滴眼泪。要是将这一切都归于他的长期在外,理由似乎有点牵强。最奇怪的是,他原本最讨厌这样谈话,如今却经常将冬妮拉到一旁没人的地方,听她绘声绘色地描述父亲去世那天下午的情景,因为格仑利希太太最擅长描述过往之事了。

"他面色焦黄吗?"这是他第五次重复这个问题。"那个仆人跑进房子里的时候,说的第一句话是什么?他的脸色全都变黄了吗?死前什么话都没有说吗?仆人说了什么?嘴里有发出什么声音吗?'喔……喔'的声音?"他缄默着,缄默了许久,一双凹陷的小圆眼睛若有所思地在屋子里左顾右盼。"可怕啊!"他突然喊了一声,能够看见他真的有些颤抖。他在屋里踱步,目光一直忐忑不安,带着苦思冥想的色调。冬妮发现,每当她为祭奠亡父而失声痛哭时,她这位哥哥总是不知道为何而羞怯得不知所措,他的举止让人既惶恐又疑惑,高声模仿别人在临死前的叫声,这确实让冬妮惊讶不已。

克利斯蒂安并未比年少时漂亮。他的面色苍白憔悴,脸皮绷得紧紧的,一个又瘦又尖的鹰钩大鼻子立在两边颧骨中间,头发明显稀疏了许多。他的脖子细细长长的,两条瘦弱的腿朝外曲着……另外,在伦敦旅行的那段时光好像在他身上留下一层无法抹去的印记,而且他在瓦尔帕莱索主要也是跟英国人来往,由此难免会沾染了英国人的一些习性,这对于他也非常合适。不管是他那身修剪得合体、舒服的衣服款式,还是牢固耐穿的羊毛料子;不管是他宽松坚硬、制作精巧的皮靴,还是他那棕红色的浓密的胡子掩盖嘴巴的嘲笑之色,都带着英伦风味。他的手由于长时间待在热带而变得十分白皙、满是细毛孔,指甲修剪得又圆又短,十分干净,单看这双手他就会被人误认为是英国人。

"你谈谈,"他忽然问道,"你是否有过这样的感觉?别人是难以体会的。有时候一个人被一个硬东西噎住了,使得他全身上下都痛起来。"这么说,他的鼻子又立起了小皱纹。

"有过,"冬妮说,"这是很常见的事情,有时急忙喝水……"

"是吗?"他觉得不满意而反问道,"不,不,我们说的是两码事。"他的脸上闪现出一种不安的肃穆之色。

他是家里的第一个消除愁闷而变得明朗起来的人。他之前模仿马齐鲁斯·施藤格先生的能力如今依旧没有丧失,他能学着施藤格的口吻说上半个钟头。吃饭的时候他打探戏院的消息,有什么好戏班子,演的是什么戏。

"我不清楚,"汤姆说,为了掩藏心中的焦虑,特意将语气装得极为冷漠,"我如今没有心思关注这些事情!"

克利斯蒂安一点儿都听不出他说话的口气,开始说起看戏的事情:"我实在无法描述我有多喜爱戏剧!我一听见这个字眼就觉得十分幸福……我不清楚,你们有谁了解这种情感,就算没有演出的剧情,我也可以全然不动地坐着看上几个小时……那种欣喜的心情就和我们以前走进这间房子里来领取圣诞节礼物时的一样……无须别的,只要听听乐队调整乐器的声音就可以了。为了到戏院我能够付出全部……我很喜欢和爱情有关的情景……有些女演员演到用手捧住爱人的脑袋时,如此优秀的演出!说到演员……我在伦敦和瓦尔帕莱索跟演员们有一些交集。刚开始时,我对于可以在平时生活里和他们一块儿聊天,当作是我的荣耀。在戏院里我留意他们的一举一动……里面果然无比欢乐!一个角色将最后一句台词说完后,淡然地转过身,缓慢地,泰然自若地朝后台走去,尽管他也清楚,整个舞台的目光都盯着他的后背……他们怎样做到这种程度!我以前一直渴望可以被邀请到后台坐坐——没错!如今呢,能够这么说,我对后台的熟悉就如同在家里一样。你们自行想象吧!在伦敦一座著名的戏院里,一个晚上,帷幕已然缓缓拉开,但是我还没有从舞台上下来呢!我正跟瓦特·克鲁斯小姐聊天……她有着一种无法言表的美貌!好了!瞬间,全场观众出现在你的眼前。我的上帝!我实在不知道我是如何从舞台上跳下来的!"

除了格仑利希太太哈哈大笑之外,桌子周围的其他人都不为所动;不过克利斯蒂安左顾右盼地看了看,依然说下去。他说到英国咖啡馆里的歌女,说到一位戴着假发化了妆的女人,她挂着一根长手杖走到前台，唱了一曲叫什么《那就是马利亚》的歌。"马利亚，你们知道吗？马利亚是一个堕落了的人，如果有一个女人做了一件极其罪孽的事情，'那便是马利亚！'马利亚是一个堕落了的人，众所周知，是一个道德沦陷之人……"同时，他做出一副厌弃的神色，鼻子一皱，举起了弯曲的右手。

"克利斯蒂安，可以了！"参议夫人说，"你说的这些我们都不太明白。"然而克利斯蒂安的眼神迷茫地从她身上越过去，他完全没有准备再跟他们说下去。从他凹陷的小圆眼飘忽不定的表情来看，明显是处于一种不安的思索中，也许是思索马利亚和道德沦陷吧。

忽然他开口道："奇怪！有时候我无法吃下食物。不，这并不好笑！我觉得这是十分严重的事情。当这么一个想法从我的脑海里面掠过，我也许吃不下东西了吧，我的确就吃不下了。嘴里已经嚼完了，不过这儿，喉咙啦，肌肉啦……却都直接拒绝了，它们违背意志的指示，你们明白。的确！实际上，我没有了往下吃的心思。"

冬妮失声喊道："克利斯蒂安！我的上帝，你在说什么胡话！你连吃东西的勇气都没有了……别这样，别将自己说得如此可笑！你跟我们说的是一件奇怪的事情啊！"

托马斯一声不响。然而参议夫人则插话进来："克利斯蒂安，这些全是神经的原因，没错！你此次回来真是再好不过了；要是不回来，那儿的天气还会加重你的病情呢！"

吃过饭后，他坐在放置于餐厅里的那架小风琴前，如同一位大音乐家。他刻意将头发往后一甩，搓搓手，抬头看了看四周的听众；随后，悄无声息地——他没有踩动风箱，因为他完全不晓得怎么弹，这点确实跟布登勃洛克家族的传统相吻合，一点音乐天赋都没有——

一本正经地弯腰，胡乱按了一下低音键盘，当作是弹了几段狂烈的曲子，最后将身子往后一靠，独自一个人沉迷在别人都听不见的乐章里，如同赢了胜仗一般用两手"砰"的一声合上琴盖……就连克拉拉也情不自禁地笑了出来。他想象自己的确举行了一场演奏，洋溢着热情和自欺欺人，满是乖巧的滑稽的英美人个性里的那种让人不得不笑的幽默。对于这一幕大家都露出了和善的笑容，因为他表演得相当自然，如此胸有成竹。

"我经常去听音乐表演，"他说，"我很喜欢看那些人摆弄乐器！千真万确，我对艺术家佩服得五体投地，无比地羡慕！"

接着他又表演起来。不过瞬间就停止了，他的表情瞬间变得很严峻，仿佛在一秒钟就换上了一副假面具。他站起来，用手理了理稀稀疏疏的头发，坐到其他位子上。从这之后他始终都没有说话，情绪十分糟糕，他眼里满是忐忑不安，人们不解地看着他，恍若他正在聆听一个神秘而惊悚的声音。

"我认为，有时候克利斯蒂安的举动有些异常。"格仑利希太太在某个晚上跟她的另一位哥哥托马斯说，此时的屋里只剩他们两个人，"他爱怎样说话呢？我认为，他对枝节的描述简直太不同寻常了，我不清楚这样讲对不对。他思考问题也总是从一个跟别人全然不同的角度，是吧？"

"的确！"汤姆回答，"冬妮，我明白你的想法。克利斯蒂安办事很欠考虑，我无法将自己的意思恰到好处地表达出来。他少了些什么，少了普通人称之为平衡、内心宁静的东西。他不知道用沉着的方式去看待他那因为举止失礼而闹出的笑话……他不知道如何掩饰过去，他完全不会，反之，这时候他会完全失去了该有的镇定和冷静。另一方面,他也可以在另一种情况下失去自我掌控的能力,那便是当他自己持续不断地说一些最让人反感的话语,好像要将人间的黑暗全都说出来一样,经常让人左右为难。这跟一个人发烧说胡话没什么区别。一个说谵语的人同样也是这么乱七八糟……唉!很容易的事情,克利斯蒂安对自己太关注了,事实上他是将他的注意力都封锁在自我的世界里。有时心血来潮,他便将心中的这种最琐细最深沉的东西拿出来,说给别人听……一个头脑灵活的人是不会觉得他内心里的这种琐碎的东西有趣的,他不会理睬别人的想法,理由很简单,这些事情他羞于启齿。将这些话说给别人听,想一想这么做有多么厚颜无耻,冬妮!你清楚,除了克利斯蒂安之外,别人也许说他热衷于看戏,不过别人用的是另一种口吻,只是随口一说,简单的一句话,别人说得更加节制。不过克利斯蒂安是如何说的呢?他的口吻给人留下一种印象:瞧!我对戏剧的热爱是否非比寻常、是否很值得一说?他努力地在字词上大费周章,装出一副他在费尽心思地表达一种极其微妙、私密和奇妙的想法!"

"我要跟你说一件事,"沉默了片刻,他接着往下说,将手里的烟蒂扔到铁栏杆后面的壁炉里去,"由于我自己以前也有过这种偏好,所以我对这种情况有很深的感触,一个人为何要如此担忧、又好奇地做没用的自我的探寻呢?不过我发觉,这只会分散我的精力,懒得去行动,让我心旌摇荡……不过对于我而言,最主要的是坚定不移的精神和内心的平静。假如人只对自己的生活有兴致,对自身的感情进行深入的观察,世上也并非完全没有人该这么做。不过那是什么人呢?那就是诗人!诗人们有这个能力优先探寻自己的生活,用正确优美的话语将它流露出来,使别人的精神世界丰富起来。然而我们办不到！我们只是一些平凡的商人，我们的自我观察是微乎其微的。我们顶多也只是聊聊乐队调整乐器的声音让我们心情愉悦啦，我们有时无法下咽东西啦，等等而已……哎，不去想这些了！我们最好还是坐下来，和我们的上一辈一样，把精力都放在公司的事务上吧……"

"汤姆，没错！你说出了我的心里话。我一想到哈根施特罗姆这一家人的架子越来越大，也越来越喜欢摆臭架子，你知道，母亲讨厌听这个字，然而我还是觉得这个是最准确的一个字。他们或许觉得在这座城市里，只有他们一家人的血统是高贵的。哼！我真想笑，我真想大笑一场！"

3

克利斯蒂安回来后，"约翰·布登勃洛克公司"老板那打量的目光经常在他身上逗留。刚开始几天观察他时，托马斯总是装出一副若无其事的样子，极力不让别人察觉。几天之后，尽管在他安静的默不作声的脸上窥探不出他有何定论，他的好奇心得到了满足，不再观察他弟弟了，好像已经打定了主意。与家人在一起的时候，他用淡然的口吻跟他说一些无关紧要的事情，碰上克利斯蒂安表演什么之时，他跟别人一样开怀大笑。

大概过了八天之后，他对克利斯蒂安说："如此说来，伙计，我们要一块儿共事？据我了解，你赞成了母亲的提议，对吗？呐！你都清楚的，马尔库斯也入了股份，根据他投资的数额，他现在也是一位投资人了。我觉得，身为我的兄弟，他以前的位置应该由你来接管。对外宣称由你来做公司的代表，至于你确切的工作，我还不了解你在商业方面的能力现在发展到什么地步了。我估计，直到现在为止你恐怕把更多的时间还是用来游玩了，对吧？无论如何，让你写英文信函对你来说算是合适的，不过我还有要事相求，亲爱的。既然你是我的兄弟，比起普通职工的地位当然要高一些，不过我想我没必要嘱咐你了，你最好能够用平等的地位和恪尽职守来让别人信服，一定不要滥用职权，举止有失规矩。也就是说，你也理应遵循上下班的时间和公司的秩序，你觉得如何？"

然后他又提及了报酬问题，说了一个数目，克利斯蒂安不假思索地同意了。克利斯蒂安的脸色看上去有些尴尬，心不在焉，显然他一心等着结束这件事，而不那么关注自己的利益得失。

次日，托马斯将他带到了办公室，这样克利斯蒂安就开始为这家老公司工作了……

参议的离世并没有给这个公司的业务造成什么影响，公司保持原样坚实地发展下去。不过没过多久，人们便察觉到自从托马斯·布登勃洛克将绳索揽到手里后，公司就呈现了一种活力迸发的精神。时常采用了一些大胆的举动。老主人健在之时，所谓公司的信用也只是一个空洞的定义、一个理念、一个修饰品，而如今得到了更好的利用。交易所里的先生们经常点头称赞："布登勃洛克家肯定要挣到大钱了。"他们觉得托马斯将直率的弗利德利希·威廉·马尔库斯先生如同铅球一样抛在脚下是很有道理的。公司业务上的一股守旧势力便是源于马尔库斯先生。他用两根手指慢悠悠地抚弄着上须，将各种文具以及始终放自己桌子上的一杯水摆放得整整齐齐，对于每一件事情都要用一副漫不经心的表情从头到尾端详一番。另外他还有一个毛病,在上班的时候他总要跑出院子五六次,走到洗衣室里将脑袋放在水龙头下冲洗,提提神。

"这两个人真是相得益彰!"几家大公司的老板在交谈的时候如是说,或许胡诺斯参议就是这么跟吉斯登麦克参议说的,而在水手和仓库工人里,一些市民也一样议论纷纷,因为如此年轻的参议是否可以将生意做好,是全城人关注的焦点,就连铸钟街的施笃特先生也跟他那位和上流社会有所交集的妻子说:"这两个人在一块儿能够互补,相信我说的,准没有错!"

说到在事务上执掌大权的人,那当然是这位年轻的股东了。单从他擅长和船长、雇员、仓库里的工人、车夫连同码头工人周旋这件事来看,就足以证明他的能力。他可以非常自然地说他们的话语,同时又跟他们保持着一个不能跨越的距离。然而如果是马尔库斯先生跟一个率直的工人说土话:"你明白我的意思了吗?"大家听了便觉得如此别扭,坐在他办公桌对面的那位投资者便情不自禁地笑出声,如此一来整个办公室都是一片笑声。

托马斯·布登勃洛克一心想维持并将这家老公司多年树立起来的名声发扬光大,他乐意在每一场为了赢得这个胜利的平时的战斗里亲自上阵,因为他十分清楚,很多桩好买卖都是凭借他信心十足的优雅举动,凭借他惹人喜爱的殷勤的态度,凭借他灵活的手段才取得成功的。

"一个商人不要一直坐在办公室里!"他跟"吉斯登麦克父子公司"的施台凡·吉斯登麦克说。施台凡是他以前的同学,一直都将他当作神一样看待。他所说的每句话都被施台凡铭记于心,以便以后再将它当成自己的看法传授给别人,"做买卖也要有个性,我的拙见便是如此。我不相信在办公室中可以获得巨大的成就,况且这样的成就我没有兴趣。只凭着坐在办公桌前做打算是难以成功的……我一直想亲自观察事情的开展,亲自动手指挥它,以我的毅力、能力、幸福……无论你怎么叫它都可以,以我的这些东西的直接影响去掌控它。遗憾的是,商人这种亲力亲为的风气已经开始落伍了。时代在向前发展,然而我认为它将好东西掉落在后面了。交通愈加便利了,市场行情愈加容易打听了,投机挑战的可能性减小了,而后利息也缩减了……没错!老一辈的人各不相同。就拿我的祖父来说吧,他以普鲁士军队粮食商的身份乘坐一辆四匹马的马车去德国南方,这位老先生戴着白粉蓬松的假发,穿着一双短筒舞鞋,他四处施展他的魔法,炫耀他的技巧,挣的钱数不胜数,吉斯登麦克!唉,我真担心以后商人的生活愈加乏味了。"

他经常这样抱怨着,因此他最喜欢的就是他亲自谈妥的买卖。比如他在跟家人散步的时候,无意中来到一家磨坊,跟那个手足无措的磨坊主闲聊,聊得十分投机,轻松而简便地谈好一桩生意。这样的本事他的另一位搭档是学不会的。

说到克利斯蒂安,他在最初的一段时间里好像十分热情,很开心地将全部精力投身于事业。没错!好像在商业活动中会使他觉得十分舒坦,觉得喜气洋洋,接连许多天,他貌似都没有胃口吃饭,他叼着短烟斗,肩膀在他那件英国风格的常礼服里显得笔直,现出一副舒服欣喜的模样。每天早上,他的前脚到了办公室,托马斯后脚便到了,在马尔库斯先生身旁,在斜对着他哥哥的一个转椅里坐下来——他跟公司的两位股东一样,也有一张转椅。他先将报纸翻阅一遍,无比舒服地将早上的一根纸烟抽完。然后他从办公桌下边的柜子里拿出一瓶白兰地，伸伸懒腰，活动活动筋骨，嘴里"呐"的喊上一声，让舌头在牙齿里面转动一下，接着就兴高采烈地做事情。他的英文信函写得十分熟练、劲道，就跟他讲英文一样，写的英文也一样顺畅，不费吹灰之力。

他在家人中，依旧免不了跟平常一样把自己的心事讲给别人听。

"商人的确是一个美丽而让人充满幸福感的工作！"他说，"老实、纯朴、节俭、快乐……我生来就适合当商人！我的亲人们，你们了解的……对于我而言，我的生活从未过得像现在这样舒坦。早上兴致盎然地来到办公室，翻阅报纸，抽一支烟，想想事情，喝一口白兰地，然后工作一下。接着就到了吃午餐的时间，一家人一块儿吃个饭，休息片刻，然后继续上班……当你准备工作时，在你眼前放置的是最好的整洁光滑的公司信纸、一支上等钢笔、尺子、裁纸刀、印章。整齐划一，每个人都是那么毕恭毕敬，一件又一件，直至最后将所有都办理好。明日又是全新的一天。回家吃晚饭时，独自一人打心眼里感到满足，全身都觉得满足！"

"老天，克利斯蒂安！"冬妮呼喊着，"你又讲了滑稽的话！全身怎么能觉得满足呢？"

"这可不是嘛！千真万确！你不信吗？我的意思是……"他开始热心地加以说明，尽力想将自己的意思讲清楚，"你能够握起拳头，你清楚的，不要握得太紧，由于你刚做完工作，全身都疲惫不堪，不过你的手心是湿润的，它不会让你烦闷焦躁，很舒服，很慰藉。你的心中情不自禁便产生一种欣喜满足的感觉，你能够完全不动地坐着，一点儿都不烦躁。"对于他古怪的谈论，大家都沉默不语。稍过片刻，托马斯尽力掩盖着自己的厌烦，假装一副满不在乎的模样说：

"我认为,工作并非为了……"他沉思了一下要怎样表达自己的意思,并未引用克利斯蒂安的话。"起码我工作是因为其他目的。"他补充道。

然而克利斯蒂安并未听进去这句话,他的目光飘忽不定,他再次思索另一件事情。的确没过多久,他便说起了瓦尔帕莱索的一件谋杀事件,他是整个事件的目击者。"那家伙瞬间便将刀子插了进去——"克利斯蒂安肚子里装满了这种故事,每当他讲起这些的时候,格仑利希太太一直饶有趣味地听着;而参议夫人、克拉拉和克罗蒂尔德则被吓得毛骨悚然;永格曼小姐和伊瑞卡同样张着嘴巴、聚精会神地聆听着;只有托马斯不知道什么原因,一点儿兴趣也没有。他一直对这些不屑一顾,不管他的语调还是他的神情让人一看便知,他觉得克利斯蒂安是在夸夸其谈、自吹自擂。实际上他误会克利斯蒂安了,克利斯蒂安只不过将故事绘声绘色地说出来而已。托马斯是不爱听他弟弟以前到远方游历的故事,是他觉得自己见多识广呢,还是他对这类舞弄刀枪的故事,对这些满是异国风情的暴力觉得讨厌呢?无论如何,有一点可以肯定,那就是克利斯蒂安完全没注意自己哥哥的这种漠然的态度,他将全部心思都放在讲述自己的所思所想上,完全没顾得上留意故事在其他人身上产生的效果,无论是好的还是坏的。他将故事讲完后,就像思考一般、漫不经心地四处张望。

在之后的时间里,布登勃洛克两兄弟的关系并不和谐,克利斯蒂安完全没想过跟他的哥哥显露什么愤恨的心绪,或者甚至是心中的不满;他从未想过要处于哥哥的上风,他不想做任何定论,或说一句贬低的话。他一言不发地认可他哥哥的优越地位,认可哥哥比自己更加威严，更加有才能，更加有才华，认可哥哥理应备受尊重，他觉得自己一定要认同这点，毋庸置疑。不过也正因为这种无尽的、无奈的、无要求的听从惹恼了托马斯，由于克利斯蒂安无论碰到什么事情都是毫无心机地听从托马斯安排，导致他给人的印象反倒像一点儿都不重视托马斯的优越、能力、庄重和尊严的地位一样。

他甚至都没有察觉，尽管公司的这位主人嘴里没说，心里却越来越讨厌他了……尤其是在第二周之后他的热情明显地减少了，也让托马斯觉得有理由厌恶他。说到克利斯蒂安工作激情减弱这件事，第一就显露在他工作前的准备事项渐渐拖长上：看报纸啦，早餐后吸一支纸烟啦，喝一杯白兰地啦……这些事情在最初之时原本被当成工作前的一种优雅的艺术，一点饶有趣味的享受，但是后来这些事情所用的时间逐渐增多，最终增加到整个一上午。然后又顺其自然地演变为上班时间的制约对克利斯蒂安开始失效了，他每天早上衔着纸烟缓缓地出现，中午他去俱乐部吃午饭，回来得相当晚，甚至一去不回。

这个俱乐部的成员基本上是一些单身商人，在二楼的一家酒馆里设有一些舒服的单人房，人们能够在里面用餐，毫无拘束地聊天，这些谈话经常并非完全有失体统的，由于这儿还设有轮盘赌具。成员里也有一些像克罗格参议和彼得·多尔曼这种尽管已经娶妻生子而行为相对轻浮的人。警察局长克瑞梅在这里被叫作"喷水筒队长"。这是吉塞克博士、消防队长的儿子安德利阿斯·吉塞克给他取的别名。吉塞克是克利斯蒂安的老同学，如今已在城里做律师了。尽管他是一个被公认的浪荡子弟，但是克利斯蒂安和他一见如故。

大家更加喜欢称克利斯蒂安为克利山，他很早以前就跟这些人或多或少有些认识，有的还是他的老伙伴，因为这儿许多人都是已故的马齐鲁斯·施藤格的学生。由此克利斯蒂安一来这里就得到这些人的热烈欢迎。尽管无论是商人，还是医生、律师，没人觉得他的才能有特别之处，然而他那让别人消除烦闷的本事却得到了大家的认可；并且在这儿他的表演的确做得最好，故事也讲得十分生动。他在钢琴前模仿音乐家、英国和大西洋彼岸的演员，他用最得体、兴趣盎然的语调讲述他在各个地方经历的一些爱情故事——由于别人都相信：克利斯蒂安·布登勃洛克是一位风流公子，他描述他在海船上、火车上，在圣保利，在怀特柴佩尔，在原始森林里的冒险经历……连续不断地说着，说得绘声绘色，让人流连忘返，他将声音拖得很长，有一些哀婉的味道，他如同英国幽默家那般风趣而天真。他讲述了一个故事，说一条狗如何被装到箱子里从瓦尔帕莱索托运到旧金山，并且是一条癞狗。上帝晓得，他说这个故事的意图是什么，但是这个故事从他嘴里说出来就显得十分搞笑。周围的人都笑得前仰后合，不过他则坐在那里，脸上笼罩着一层无法言说的既惊慌又肃穆的表情，跷起瘦弱的罗圈腿，凹陷的小圆眼睛像在思索一般地环顾四周。他的这种神情，包括他那高挺的弯鼻子、瘦弱的长脖颈以及稀疏的金红色头发留给别人一种印象，好像大家笑的并非其他，而是他自己，他成了大多数人的笑料……不过他却没这么想。

他在家里时，十分喜欢说他在瓦尔帕莱索的办公室、那儿炎热的天气和一个叫琼尼·桑德施托姆的年轻的伦敦人，一个四处晃荡却十分风趣的家伙。对于这个人，他说："该死的！我从未见到他做事。"尽管这样，这个人却依旧是一个十分干练的商人……他说："天气如此炎热！呐，老板来到办公室了，我们八个人如同苍蝇一般东倒西歪地躺着吸烟,至少这样能够驱赶蚊子。见鬼去吧!'好啊!'老板说,'各位先生,你们不工作吗?'……'不,先生,'琼尼·桑德施托姆说,'先生,正如您所见……'说着我们一块儿将烟雾朝他脸上吐。见他的鬼!"

"你为什么一直说'见他的鬼'啊?"托马斯生气地问。不过他生气的并非这个。实际上他觉得克利斯蒂安之所以如此津津乐道,是由于能够借此机会公然地讽刺他的工作。

每当这个时候,母亲便刻意转移话题。

"世上有许多丑事,"布登勃洛克参议夫人暗暗想道,"就连手足也会相互忌恨、蔑视;尽管听上去很恐怖,事实上真的有这样的事情。最好别说这个,假装糊涂,别过于较真了。"

4

5月的时候发生了一件事。这年,已经六十岁的高特霍尔德布参议在一个悲惨的夜晚,突然患了心脏痉挛症,十分痛苦地死在他妻子的怀中。

约色芬太太这位可悲的儿子,跟安冬内特太太生的几个得宠的弟妹相比,一生都过着失意的生活,然而他早就学会了乐天知命。到了晚年,尤其是当他侄子将尼德兰的参议爵衔让给他后,他整天只从铁盒子中挑拣止咳糖吃,心中的愤恨早就消散了。假如说有人心里还有旧嫌,尽管无法明说,却总是怀恨在心的话,那并非别人而是他家的几位女人:不是他的那位脾气好而头脑简单的夫人,而是他那三个老女儿,见到参议夫人、安冬妮或者托马斯的时候眼里

273

难免会冒出忌妒的火花。

每个周四，依照传统举行的"儿童节"那天下午四点，人们都聚集在孟街的大宅子里，打算在那里吃饭；接着一起度过这个夜晚——有时克罗格参议或者苔瑞斯·卫希布洛特领着她那位天真无知的姐姐来参加——住在布来登街的布登勃洛克家的几个女人尤其喜欢将话题转移到冬妮前一次的婚姻上，引得格仑利希太太说几句激动的话语，好彼此交换两眼犀利的目光。否则她们便得出这样的定论，说染发是如此让人难以启齿的爱慕虚荣的行为。或者过于关注地打探参议夫人的侄子亚寇伯·克罗格最近的情况。安分厚道的可怜的克罗蒂尔德是唯一一个觉得比她们还卑微一等的人，然而就连克罗蒂尔德也难免被她们嘲笑，并且这个嘲笑跟克罗蒂尔德从汤姆或冬妮那里得到的又不一样。这位在别人屋檐下生活的少女有时也被汤姆或冬妮嘲讽一番，不过他们的嘲讽是善意的，这位少女也早就习惯了流露出惊讶的笑脸迎上去。此外，这几个女人也拿克拉拉的肃穆和迷信开玩笑。不久们便发觉克利斯蒂安和托马斯相处得没有那么融洽。感谢上帝！们完全不需要注意克利斯蒂安，因为他是个笨蛋，是个滑稽的人。说到托马斯本人，此人身上实在无懈可击，并且他对她们又是那么一种包容的、冷静的态度，好像在说：我清楚你们，我同情你们……由此她们对他也只是敬仰里稍带一些仇恨。剩下的只有小伊瑞卡一个人，尽管她脸庞通红，照料得很好，不过以她的年龄来看，却让人堪忧，发育得很不好，菲菲一见到她，便摇晃着脑袋、嘴角流着口水不住地重复着说，这个孩子跟那个骗子格仑利希长得如出一辙。

如今她们正跟自己的母亲一块儿围着父亲的灵床失声痛哭着，

尽管她们认为，就连父亲的过世也或多或少是孟街亲族的过失，不过她们依旧让人给那里捎信。孟街的门铃在走廊里响起来了，这一天克利斯蒂安回来得很晚，身体又不太舒服，结果只有托马斯一个人顶着雨去了。

他来得刚好，正巧看见这位老人临死前最后的挣扎，他抱着胳膊长时间地站在死人房里，看着被子下边短小的身躯，看着他那早已没有活力的脸庞和白须，那脸上的线条看上去依旧如此和蔼可亲。

"高特霍尔德伯父，你活得并不如意，"他想，"你学会退让和融入尘世，学得太迟了……不过这是肯定的……假如我和你一样，我早就在几年前跟一个女店员结婚了。只不过为了保持体统啊！你想要的是否就是你这样的生活呢？你以前是固执的，并且你以前肯定相信，这种固执代表着某些理想的内涵，事实上在你的精神里没有什么振作的能量，不太幻想，也没有什么理想，不过只有这种理想才足以让一个人满怀比隐秘的爱情更加甜蜜、更加幸福、更加让人沉醉的欣喜去珍惜、保持、维护一项抽象的宝藏，那便是家庭悠久的名号和公司的威望，才可以让你为了将这种声誉发扬光大而努力。尽管你以前非常有勇气在恋爱和结婚方面违抗父命，不过你缺少诗人的感情。高特霍尔德伯父，你也没有什么野心。当然了，所谓悠久的声誉只是一个市民的名字罢了，所谓捍卫它，也是让粮食的买卖变得兴旺，让自己在一片天地里得到别人的崇敬和尊重、执掌大权而已……你以前是否这么想：我要跟我所爱的姓施推威英的女人结婚，我不去想现实的阻碍，因为这些考虑是烦琐的、粗俗的。唉！我们也算是有涵养、见多识广的人了，我们可以很明确地意识到，我们利益之心的活动规模，假如从外面、从上方来看的话，的确小得可怜。高特霍尔德伯父，而且世上所有的一切都是相对的！你是否明白，一个人哪怕在一方小城里也能够成为一个伟人吗？莫非不晓得，就连在波罗的海海岸上的一个小商镇上的人也可以成为恺撒吗？当然！这就需要一点儿幻想，需要一点理想色彩了，不过你正好缺少这个，无论你自己将自己当成怎样的人。"

　　托马斯·布登勃洛克转过身子。他来窗子到前面，背着手，在那张聪明的脸上露出一丝笑容，看着对面哥特式市政大厦的正面，这座灯光昏暗的建筑物正被迷蒙雨雾所笼罩。

　　托马斯在自己父亲去世之后原本有权立刻继承尼德兰王家参议的爵位，这一次自然又传到他的头上，这让冬妮觉得非常自豪，并且那个画着狮子、纹章和王冠的半圆形的盾牌也再次出现在孟街大门上，再次钉在那两个拉丁字"Domins povidebit"的下方。

　　这件事情刚处理好，年轻的参议便在这年的6月里踏上旅程。他由于生意上的事情需要去阿姆斯特丹一趟。此次要在外边耽搁多少时间，他自己也不清楚。

5

　　布登勃洛克参议夫人已经成为全城最忠诚的教徒了，这是本城公开的秘密。人们再也听不到她那清亮的嗓音，看不到她那高雅的姿态。参议还活着的那最后的几年，参议夫人就如同被岁月氧化的珍珠，逐渐失去了夺目的光彩。她常常呢喃着让人听不懂的宗教话语，似乎完全皈依了上帝。参议去世后，这种呢喃就变成了通向天国的密码。只有这样的呢喃，能让她仍然保持着参议在世时的生活，能让她进入到参议的精神世界。这种呢喃也成了悼念亡人的方式。

每天,在布登勃洛克家空荡宽敞的大房子里都充满祈祷声。在这所大房子里,不论是欢快还是严肃,参议夫人都会把这些氛围全都收入呢喃的祈祷声里。然而,她的祈祷不仅仅是一种形式。她早晚都在基督面前祈祷,而且祈祷的时间越来越长。甚至她每天的祷告都离不开《圣经》,除此之外还有《小宝库》《圣诗篇》《庄严的时间》《晨钟》《进香者的长杖》等。这让整个家中都充斥着对天国的赞颂和对死者的精神追悼。然而,布登勃洛克家族里的人也不得不渐渐适应参议夫人的这种改变。

克利斯蒂安是这种仪式最坚定的反对者,他经常不出现在这种祷告的场合里。而托马斯则是一个委婉的反对派,他总会用调侃的口气表达自己的不满。通常这种反抗是最软弱无力的,常常被参议夫人驳斥回去。只有格仑利希太太会用一些惊人的举动来表达对这种祷告的厌恶。有一次,恰逢一位新到家里做客的牧师在跟随着唱这些颂词:

> 我就是一具腐败的尸体啊,
> 是个四肢不全的罪人,
> 我每天浸泡在邪恶里,
> 罪恶在蚕食着我的身心。
> 主啊,让我从这些罪恶里逃脱吧,
> 请将我接回属于你的天堂,
> 你就把我当作一条癞皮狗吧,
> 只需扔出一根骨头,将我牵走!

格仑利希太太实在无法忍受这样的歌词了，她一甩手中的书，利索地从客厅里跑了出来。

再后来，参议夫人已经无法从祷告中得到满足。她开始想用更多的方式表示自己的虔诚，于是她的要求就越来越多。她首先在家里一间以前用作办公室的房间办起了主日学校。房子里整齐地摆放着许多板凳，板凳对面还放着一张小桌子。这张桌子是专门为参议夫人留下的。每次，参议夫人总是一身黑缎衣服坐在桌子后面。再摆上一杯糖水，参议夫人就开始了她的布道角色的演出。每个星期都有一群孩子来到这里做礼拜，他们就是参议夫人的小观众。他们在这里学习一个小时的基督教义，学会教义形式的问答。

除了主日学校外，参议夫人还每周举办一次"耶路撒冷晚会"。她要求家里的孩子都参加，当然也少不了她自己的孩子，不管他们是否真的愿意。于是，克拉拉、克罗蒂尔德和冬妮都不得不准时出现在晚会的餐桌旁。除了她们，参议夫人还会邀请二十来个与她年纪相仿的女人来家里。就这样，她们围坐于餐桌前，一边做针线活，一边朗诵着赞颂上帝和天国的诗文，偶尔品一口餐桌上的茶，尝一尝美味可口的各式点心。

这些女人大多有些来头，都来自本城一些有头有脸的家族。就说这"耶路撒冷晚会"的常客吧：有朗哈尔斯议员夫人、摩仑多尔夫参议夫人、吉斯登麦克老参议夫人。还有一些是来凑热闹的，像科本太太那样的人，她们也总喜欢拿参议夫人的话来取乐。用参议夫人的话来说，她们不算是虔诚的教徒。后来，参加"耶路撒冷晚会"的成员越来越多，也越来越年轻，有牧师的妻子、新寡的布登勃洛克参议夫人、塞色密姐妹俩。再后来，在参议夫人的虔诚的感召下，在耶稣平等思想的号召下，不同阶层的人都可以参加这个晚会。其中，就有一个慕名而来的老太婆。也许，是一直一个人孤独地住在医院里的缘故吧，她总会在别人面前这样介绍自己，"我是最后一个天国之民"。久而久之，大家还真的忘记了她的真实名字，都叫她"西摩尔比格尔"，就是天国之民的意思。她最习惯一只手扯着线，另一只手拿着针往头上戴的软帽子里戳，以此来给头皮挠痒痒。

晚会上还有一对自称是著名神学家保尔·盖尔哈特后裔的孪生姐妹。大家都把她们叫作盖尔哈特姐妹。这两姐妹都是怪人，她们自称为做善事，为了能成为虔诚的修女而终身不嫁。她俩总是带着过时的帽子，穿着褪色的陈旧的衣服。有时，参议夫人实在看不过去了，就对她们说："亲爱的，看在仁慈的上帝分上，你们也应该注意下自己的形象。"每当这个时候，她俩总会以一种不屑一顾的高贵的眼神看着这位好客的主人，并会礼节性地吻一下主人的额头，以显示她们不失尊贵的身份。由于有盖尔哈特的血缘关系，姐妹俩似乎对上帝的熟悉也比旁人多几分。她们总能预感些什么，或许有对神的灵异的感应存在。这种感觉是从丽亚·盖尔哈特身上散发出来的。

丽亚是一个聋子。由于她表现出对上帝虔诚的尊敬，加上那特殊而微妙的家族关系，丽亚在每次聚会中都有一个重要的职位——朗读那些歌书。每次朗读，丽亚都会使自己沉浸在一种自我陶醉的气氛当中，不管其他人在忙什么，或在聊什么，她都用略带激动而颤抖的声音，嘶哑地朗读每一句赞诗：

假如撒旦愿意将我吞噬……

然而，在整个晚会中，最不快乐的人应该是冬妮。她虽然心有不快，但碍于母亲的面子，总能控制着自己的脾气。她也总能有办法排解心里的不愉快。比如，在丽亚·盖尔哈特小姐朗读时，听到那断断续续的、如快熄火的柴油机的声音时，她就使劲地吃着桌上的布丁。

如果说，无限制地吃东西能摆脱不良情绪，那么真有一件事是冬妮无法用暴饮暴食来排解的。那就是自从父亲去世后，家里来的牧师和神父。这些牧师和神父来家里的次数越来越多，人数也在不断增加。她用自己在生活中练就的成熟的眼光看这些人，越看越觉得他们都不是虔诚而又善良的人。可她心里一直不明白，为什么母亲就没看出这群人来家里要的钱一次比一次多呢？她总会忍不住地向母亲抱怨，说："母亲呀，母亲！在上帝身边侍奉的人也会有污点的呀！"她又深吸了一口气，接着说："我并不是在抱怨所有的人，也没想刻意说邻居的坏话。"

而家里的其他成员则没有冬妮这般心直口快。托马斯从不表露自己的看法。克利斯蒂安只是把这些晚会当作一场小丑表演，为他以后的幽默感积累一些素材罢了。

然而，冬妮的这种不满集聚多了，总是会爆发的。有一次，一个叫姚纳坦的传教士来到家里。这个人称自己在叙利亚和阿拉伯受过基督的洗礼，所以拥有很多常人没有的见识和学问。他脑门上只留着几根稀疏的头发，长着一双犀利的牛眼，配上一脸横肉。说起话来，腮边的横肉总是不停地抖动着。他一看冬妮，就用那双牛眼瞪着冬妮，然后说："小姐，作为基督徒不应该如此入俗，你要注意自己的鬓发是否端庄。"冬妮听后，心里就来了一股无名的怒火。她想了想，回敬了传教士一句："牧师先生,你应该先关心自己的头发。"

还有一次让冬妮感到更痛快。一位被称为上帝虔诚的仆人的特利什克牧师,来到了布登勃洛克参议夫人家里。他很快便与参议夫人成了忘年交。特利什克每次来传道总会流出感人的真挚的泪水,所以参议夫人称他为"泪汪汪先生"。有一次,"泪汪汪先生"又来了。可这一来,就住了八九天,每天只知道尽情地吃,然后在参议夫人面前做虔诚的祷告。可他还不满足,居然看上了冬妮。趁人不注意,往冬妮房里偷偷放了一封情书。信里说,不但爱冬妮不朽的灵魂,还爱她迷人的身姿,爱她娇美的双唇,爱她秀丽的长发和美丽的眼睛。冬妮在房间的地毯上发现了这封信,当时她差点气炸了。这样一个在柏林有妻子和一群孩子的人,这样一个自称上帝虔诚的仆人的人,居然如此龌龊。冬妮把信带下楼,当着母亲和这位"泪汪汪先生"的面大声朗读。从那以后,这位虔诚的仆人再也不敢来布登勃洛克夫人的家了。

"不只是这位'泪汪汪先生',从事那些活动的人都是一类的!"冬妮满腔怨气地说,"哼!他们完全是同类!唉,老天,在他们的眼里我真像只笨鹅,是个傻瓜,妈妈,这是什么样的生活,它使我不敢再信任人了,他们大部分是无赖……这并不是夸大的说法。格仑利希!"她耸着肩膀,抬起头仰望天空,目光是那么的呆滞,用歇斯底里的号叫声呐喊,像一声战斗的宣言。

6

比起上面这位"泪汪汪先生",西威尔特·蒂布修斯先生的境遇就要好得多了。起码在好色方面的评价，他算得上是一位绅士，他不会对冬妮有无礼的想法。虽然，蒂布修斯先生长得并不潇洒，但很特别。他瘦小的身躯支撑着一个硕大的脑袋，灰色的小眼睛下长着一只短小的圆形鼻子，脸颊旁插上一双尖而长的狐狸耳朵。蒂布修斯先生保留着文艺复兴时期的经典造型，下巴上稀疏地长着几缕长长的胡子，他把长胡子均等地分割成两半披在两边的肩膀上。他的小眼睛平常总是眯着的，只有在要做出重要决定的时刻，他的小眼睛才会瞪得出奇的又大又圆，眼珠子像马上要掉出来一样。

蒂布修斯先生出生在利加，早年他就在德国中部传道了。后来，他在自己的家乡谋得一份牧师的职业。他和布登勃洛克参议夫人的认识源于一位故人的推荐。而这位故人曾经和他是同僚，这位故人还曾经来孟街品尝过冒牌仿制的甲鱼汤和葱汁火腿。也许因为这个缘故，那位故人认识了参议夫人，蒂布修斯先生就是带着他的介绍信来拜访的。有了这层熟人的关系，参议夫人自然更热情地接待他。参议夫人把他安排在一间宽大的客房里。谁曾想到，他先在这里住了几天，后来就变成了常住在这里的客人了。

蒂布修斯牧师心里明白，要想长留在此，总要有些缘由才好。于是，这位牧师先生每天总有安排不完的日程。今天去游历一下名胜，考察一下市政大厦，还有什么船员之家；明天又要参观一下圣玛利亚教堂，或是看看教堂里的使徒钟等。凡是在这里有人待的地方，蒂布修斯先生总会去拜访或参观一番。时间就这样一天天地过去了，这期间蒂布修斯先生也曾多次提出要起程离开，但只要牧师先生那灵敏的耳朵在听到一丝客套的挽留声后，他总会毫不犹豫地留了下来。

蒂布修斯先生虽然没有"泪汪汪先生"那样令人不齿，但也有令他很着迷的姑娘，那就是冬妮的那位端庄而又能干的小妹妹——克拉拉。在参议夫人的家里，只要是克拉拉出现的地方都会有蒂布修斯先生的身影。他总会瞪大那双灰色的小眼睛看着克拉拉，不时和克拉拉谈论着宗教信仰这些崇高的话题，有时也用他那又高又尖的波罗的海沿海一带的方言土音给克拉拉朗诵诗歌。

蒂布修斯先生第一次见到克拉拉时，他就开始留意这位看似高傲无比的小姐了。他用大胆而又带几分奉承的语气对参议夫人说："尊敬的夫人，允许我冒昧地说一句真话，您的女儿克拉拉小姐真是上帝赐给您的宝贵的礼物呀，她太优秀了。"

参议夫人欣然地接受了牧师先生的赞许，高兴地说："那是当然。"而这位牧师先生看到参议夫人如此欣喜，便一次又一次地在她面前称赞克拉拉小姐。克拉拉也因为这样顺耳的话语，频频地打量着这位蒂布修斯先生。她也慢慢地关注起蒂布修斯先生的家世、他的财产和他的前程。当然，蒂布修斯先生是很乐意把自己的背景告诉参议夫人和克拉拉小姐的。他自称出生在一个商人家庭，父亲这一辈人就已经能从家族中继承一大笔资产，可惜母亲早逝，父亲只有他一个儿子，以后家里的一切都由他来继承。况且他现在有一份体面而又收入可观的职业，因此，他可以不用为金钱而发愁。

而我们的这位女主角——克拉拉·布登勃洛克小姐，也到了芳华之年，正待嫁闺中。克拉拉小姐有一头乌黑浓密的长发，她总能把这些头发打理得一丝不乱。一双棕色的眼睛透射出高傲又带些许单纯的目光。高高的鼻梁，诱人而又紧闭着的双唇。高高的个子，苗条而优雅的身姿。参议夫人的这个女儿不但漂亮，而且很听蒂布修斯先生的话，克拉拉小姐确实是上帝赐予的无价之宝。与克拉拉相比，另一位布登勃洛克血亲克罗蒂尔德小姐则恰恰相反。自从她的父亲去世后，她带着父亲留下的一点遗产，想在这里买个住处然后安顿下来。所以，克罗蒂尔德小姐行事都谦卑谨慎，而克拉拉除了在她害头疼病时说话声调比较低外，其他时候都让人听出一种威严而傲慢的语气来。

参议夫人也为克拉拉的这种不可侵犯的小姐脾气担忧。克拉拉小姐不管在家里还是跟其他的名媛淑女在一起，总少不了那傲慢的气势。虽然参议夫人承认克拉拉是一个治家能手，但这也是令参议夫人更加担心克拉拉婚事的原因。尽管参议在生前已经为克拉拉置办了丰厚的陪嫁，可是这位小姐还是少有人问津。所以，参议夫人寻思着既然在商人中没有人向这位小姐提亲，那么传教士或者这位蒂布修斯先生便是最好的人选了。当蒂布修斯先生不断向参议夫人表达自己的好感时，参议夫人更明确了自己的想法，也因此对这位牧师更加热情。

这件事果真如参议夫人所想那样顺利地发展下去了。一转眼就到了7月，蒂布修斯先生也不在乎自己在这里居住了多久了。在一个天气宜人的下午，布登勃洛克参议夫人带着安冬妮、克利斯蒂安、克拉拉、克罗蒂尔德、伊瑞卡·格仑利希和永格曼小姐，当然也少不了那位蒂布修斯先生，一家人到郊外远足。这个浩浩荡荡的队伍打算在乡间的一家小旅馆住下。在旅馆露天的木桌子上吃过了晚餐，尝过了饭后的甜品杨梅冻、草莓和牛奶之后，大家一块在这个充满生机的乡间树林里散步。这里的景色宜人，一条乡间小路顺着河畔延伸，路的另一旁生长着各种各样的树木，有果树，有刺莓矮林，还有一大片一大片的芦笋和马铃薯田地。

蒂布修斯先生和克拉拉小姐故意落在其他人的后面。从他两人的背影看，确实有少许的不协调。每次蒂布修斯先生要说话时，总得把头抬起注视着比自己高很多的克拉拉小姐。这位牧师先生不得不在身材高挑的小姐面前摘下他那阔檐的草帽，把他那把长长的胡子往后甩。他一边轻声细语地说着话，一边不停地擦着额头上的汗。也不知这两个人说了多久，只听到克拉拉小姐威严而高傲地答了一声："好。"而蒂布修斯先生那双小眼睛也几乎同时瞪得大了很多。

等大伙散步回到了旅馆后，蒂布修斯先生立刻见了已有些疲倦的参议夫人。在这个宁静的仲夏，似乎所有的一切都等待着燥热、疲倦后的一种宁静。落日的余晖笼罩着这座房子，也照射在蒂布修斯先生的身上。暖阳与牧师内心的激动、急切汇聚成了一种燥热不安，仿佛可以打破傍晚的宁静。他和参议夫人低声谈论了好长时间。最后，只听见参议夫人说："好了，亲爱的蒂布修斯先生，对于您的求婚，我作为母亲已经全然明了。我为您有如此好的眼光，找到了一位好姑娘而感到高兴。也为您给我们家带来的好福气高兴。但是，这件事情我必须先写信告诉我的儿子，听从他的意思。在等回信这段时间，您可以先回到利加，我们还想到海边小住几个星期。等到回信时，相信上帝会祝福我们的。"

7

蒂布修斯牧师向布登勃洛克参议夫人提亲之后，参议夫人立刻给远在阿姆斯特丹的儿子托马斯写信。不久，参议夫人收到了托马斯的回信。信中，托马斯用愉悦的口气回答道：

亲爱的母亲：

从您的来信，我获知了事情的始末。您说向我征求意见，这让我感到无比的激动和高兴。我知道，您对克拉拉的期待，是一位母亲最深切的关爱。我也衷心地祝福她，为她能找到这样好的归宿而高兴。父亲在世时，蒂布修斯这个家族就和我们有生意往来。这是一个非常好的姓氏。我相信，克拉拉以后的生活一定会很愉快的，而且她的性格和脾气很适合做一位牧师夫人。

等到8月，蒂布修斯先生再次返回孟街看望他的新娘时，母亲大人您可以想象出那时的孟街一定热闹非凡。除了克拉拉的婚事外，还有一件事恳请母亲大人也如应允蒂布修斯先生那样同意我。我能想象得出当你们读到这里时的神情是怎样的，特别是冬妮，她肯定更加吃惊。我还是先把事情的原委跟你们说说吧。

我现在在阿姆斯特丹城里的小旅馆住着。居所的环境很好，安静而富有诗意，而且离城里的证券交易所很近。我在外求学时就来过这里，所以对这里的一切事物都很熟悉，生意上的事情自然也办理得很顺当。在这里我有很多要好的朋友，也发展了一些新的关系。凡·亨克多姆斯和摩仑斯两家常常举行一些小型晚会，也常邀请我去。在我到这儿的第三天就不得不换上盛装，参加我从前的老板凡·戴尔·凯伦先生的宴会。但我没曾想到，在这样的宴会上能碰上一位重要的人……你们有没有兴趣猜一猜？真想让你们猜一猜的。遇见了阿尔诺德逊小姐，盖尔达·阿尔诺德逊，冬妮从前的同学。阿尔诺德逊小姐在她父亲、姐姐和姐夫的陪同下，参加了这次宴会。

我对盖尔达的记忆，盖尔达——我喜欢用这个名字称呼她——仍旧清晰地保存在她少女的时代，那时她正在米伦布尔克的卫希布洛特小姐那里求学,就是这么一个小女孩却让我永远也停止不了对她的关注。现在她长成了一个十足的美人儿了:她长得更高,更丰满,更美丽,不论在身体方面还是精神方面都发育得更完美了……在我看来,她确实是我所需要的人,但我担心自己的描述过于主观,你们不久就会亲眼看到她的,证实我所言非假的。

你们难以想象得到,在饭桌上我们有很多话题可谈,并非固定在以前的陈年记忆中的故事,刚吃过第一道菜我们便已经像熟悉的朋友那样,谈了些更严肃、更引人入胜的话题。我们从音乐聊到绘画,在音乐方面我不是她的对手,要知道我们家族本来就没有音乐上的遗传,但是在绘画上我还是能胜她一筹的,特别是谈到荷兰的绘画,这时我们像老朋友一样又兴致勃勃地谈起了文学。

时间在我们的谈话中不知不觉地过去了。饭后,我还有幸认识了阿尔诺德逊老先生,我给他留下了很好的印象。以后在客厅里,他演奏了好几段乐曲,盖尔达也表演了。盖尔达的琴声非常优美,即使像我这般不懂音乐的人也能听得如痴如醉。她娴熟地驾驭着她的乐器(一把真正的斯特拉迪瓦里提琴),使之发出优美的宛如歌唱一般的声音,感动着在场的每一个人。

宴会结束后,第二天我到比登刊街拜访阿尔诺德逊先生,你们知道的,这是一个非常繁华的地方。刚到阿尔诺德逊家,是给盖尔达做伴的年纪较大的妇人接待的我,她能讲流利的法文,过了一会儿盖尔达就出来了,我们一见面就像总有谈不完的话似的;只是这一次我俩又亲近了一层,谈到了各自的家庭和对未来的打算。当然,我们最先谈到了您,妈妈,谈到了冬妮,还有咱们生活过的可爱而古老的城镇以及我的工作等。

母亲，当时我已经打定了主意：除了这个姑娘，我谁也不要，而且我就期盼着现在能娶到这么好的姑娘！后来，我还在朋友凡·斯文德林的花园茶话会上又遇见她一次，接着阿尔诺德逊也邀请我参加他家里的一次小型的音乐会，在那次晚会上，我大胆地向盖尔达表达了爱意，结果让我惊喜的是她毫不犹豫地答应了……五天以前的一个上午，我来到阿尔诺德逊先生的私人办公室，请求他允许我向他的女儿求婚。开始时，阿尔诺德逊先生还有点为难。"我亲爱的参议，"他说，"我是非常欣赏您的，虽然对我这个老鳏夫来说，我的女儿在我的心里有着重要的分量，但我还是希望她幸福。但是她本人怎么想的呢？她曾经说自己不想结婚。以前也有人向我提起过这件事，她都拒绝了。也许您的运气好呢。"当我告诉他，盖尔达小姐实际上已经同意了我的求婚，这样我才敢向您——阿尔诺德逊先生提婚的，他听后又惊又喜。

她的父亲让她冷静下来，理智地处理这件事情，我相信他出于家族和现实生活方面的考虑会劝阻她。就这样经过了漫长煎熬的几天，盖尔达还是同意我的求婚，到昨天下午，我们的订婚便算办妥了。

亲爱的母亲，请求您原谅我的匆忙而突然的举动，但这是我思量良久的决定，我不敢祈求您写回信来给这件事祝福，我打算后天起程带着阿尔诺德逊小姐回到家中向您问候。到那时候您一定会承认，她真是最适合我的人了。我想，您定然不会因为我们之间存在的一点年龄上的差距而反对我们，毕竟我们仅差四岁！您一定希望我给您带来的最好是惊喜和欢乐，想想我会从阿姆斯特丹这边带一位新娘回家吧。

还有一个更令我担心的问题——就是"陪嫁"的问题，唉，您可从来都不曾想到，我未来的岳父原来是位百万富翁啊……天啊，孟街上的人会说些什么呢？我现在几乎就担起心来，一旦亲戚朋友知道了陪嫁费，不管是施台凡·吉斯登麦克和亥尔曼·哈根施特罗姆也好，抑或是彼得·多尔曼和尤斯图斯舅舅也好，全城的人都会对我和我们整个布登勃洛克家族刮目相看的；因为我们身上原来存在的很多问题都可以解决，而且也让我明白事情可有多种解决的方式。盖尔达的陪嫁的事情在当地已经让很多人关注了，在认识她的当天就有人对此窃窃私语。我想说的是，不管陪嫁费多少，都不能衡量我对她的感情，我对盖尔达·阿尔诺德逊从心底里敬爱。我爱她，但是不可否认的是，我们的婚姻会让公司获得一大笔资金。这件事也确实使我更为幸福，更为骄傲。

亲爱的母亲，这封信我就写到这里，再过几天我就能亲自向您描述事情的详细经过，而且有很多细节上的事不能在信里详细为您诉说。祝福您在温泉区生活愉快，身体疗养得好，并求您代我向家里所有人衷心问候。

您恭顺的爱子托马斯
阿姆斯特丹，1856年7月30日
亥特哈斯耶旅馆

8

实际上，这一年盛夏布登勃洛克家在重重喜事的包裹下，是那么的热闹而又富于节日的气氛。

那年的7月底，托马斯从阿姆斯特丹回到孟街。他现在已经和城里的几位经商绅士一样有着丰富的经商阅历了。此外，他还去了几次家人避暑的海滨。而在海边度假的克利斯蒂安则完全没有改变他公子哥的形象，并且完全给自己放了假。他还时常抱怨说，自己的左腿常常犯痛，但是格拉包夫医生已经来看过多次，确实对他的病毫无办法，这就更使克利斯蒂安觉得自己的这条腿有问题。

"并不是痛……起码不是真正的痛。"他一面像疼痛难耐的样子努力地做出解释，但是自己又说不出怎样的不舒服，一面用手上下摩挲着这条腿。他皱着鼻子，眼光中游移不定的神情更让人觉得他实在是不舒服的。"这是酸痛，整条腿酸痛难熬，一刻也不停……连带着左半边身子，心脏所在的这半边都不好过……奇怪……我觉得这病很奇怪！这是怎么回事，汤姆……"

"就是啊，就是啊，"汤姆说，"你最需要的就是好好休息，用海水多泡一泡……"

他倒是为这位公子哥开出了好药方。于是克利斯蒂安经常到海边去，他不是到海边给浴客讲故事，闹得整片海岸都有克利斯蒂安带来的欢笑声，就是在海滨旅馆里和彼得·多尔曼、尤斯图斯舅舅与吉塞克博士及另外几位汉堡来的纨绔子弟玩轮盘赌钱的游戏。

和过去到特拉夫门德来一样，冬妮每次都陪同父亲或者哥哥到海滨街拜访施瓦尔茨可夫老夫妇……"你好啊，格仑利希太太！"他热情地用德国北部的家乡话来打招呼。

"哟，我们真的好久没见面了呀，当时的景象真让人怀念……我那儿子莫尔顿已经在布列斯芬当地行医了，听说他那里的业务忙得很呢，真是个调皮的孩子……"施瓦尔茨可夫太太忙着给客人们煮咖啡,他们又像从前那样在满布花草的阳台上吃晚饭……一切生活习惯都没有改变,不同的只是岁月的时钟无声无息地走过了十年,莫尔顿和梅达(她嫁了哈尔可鲁格的村长)也远在他乡。施瓦尔茨可夫领港先生的头发皆白,耳朵也聋了,已经是个名副其实的退休人员了,他妻子用网子拢起满头斑白的头发,而格仑利希太太也不再是从前的笨鹅了,生活仍然为她留下了不少痕迹,但这并不妨碍她改变自己的口味——蜂窝蜜,她边使劲地吃边称赞道:"这是本地的特产,是很有名气的东西。"

到了8月初,布登勃洛克一家也从海滨回到城里来。接着,克拉拉小姐人生中那个隆重而关键的时刻到了。因为蒂布修斯从俄国返回来了,阿尔诺德逊也从荷兰回来,他们都要在布登勃洛克家住上很长一段时间。

当参议第一次领着他的未婚妻走进客厅,向他母亲引见的时候,这是一个非常动人的场面。盖尔达步履翩翩地从正门踏进了客厅,来到那淡色的地毯上,一袭长裙衬出她那高挑而丰满的体形,步履轻快又大方端庄。参议夫人张着胳臂,头微微向一边偏着,迎上前来。走近看盖尔达一头暗红色的浓密长发,棕色的眼睛,高挺的鼻梁,牙齿洁白,笑时闪闪发亮,加上那高贵的嘴形,这一切给了这个只有二十七岁的女孩高贵优雅的气质和精致迷人的面容。参议夫人充满柔情地用两手捧着她的头,轻吻了盖尔达雪白的前额,而这位年轻的小姐却能收敛起那天生的高傲神情,把头缓缓地低了下来。"是的,我欢迎你到我的家来,到我的家庭中来,感谢上帝,让我拥有了你,一个美丽可爱的女儿,我为你祝福,"参议夫人说,"也祝福我的参议,你会使他幸福的……我现在就已经感受到了,这一点我还会看不出来吗?"说话的同时她用右手把托马斯拉到自己身边,也在他的额上轻轻地吻了一下。

这所大房子将要迎来的快活和热闹的盛况,只有祖父在世的时代可以相比。它有足够的空间轻松愉快地接纳了所有的客人。当然这里的欢愉来源于未来的女主人和老参议夫人未来的女婿,盖尔达住在一楼圆柱大厅旁边的几间空房里,只有蒂布修斯由于拘谨挑选了后面弹子房旁边一间房子住下。其余的来庆贺的客人中,有一位阿尔诺德逊先生——年近六十,却是个性格活泼、行动机敏的人,留着一簇灰色尖胡须,充满生气与活力。而他的大女儿——那个面带病容的女人,与她自己的丈夫形成鲜明的对比,她的丈夫—— 一个喜爱享乐的人,一来到此地就让克利斯蒂安带着他到城里各个角落游玩,当然也包括俱乐部。

西威尔特·蒂布修斯是唯一一位被邀请来参加和主持托马斯和盖尔达订婚仪式的牧师,这件事冬妮是最高兴的了,兴奋的神情在她脸上表露无遗。她最敬爱的哥哥终于订婚了,新娘还是她的老朋友盖尔达,更欣喜于这桩婚姻给他们家庭的名誉和公司增添了不少的荣耀。当她听到别人在私下窃窃谈论着盖尔达的30万马克的陪嫁时,听到城里的人、别的人家,特别是哈根施特罗姆对这事是什么看法时……这一切都使她心花怒放,她无时无刻不在狂喜中。她无法用言语来表达心中的狂喜,只好用行动加以表达,于是安冬妮一次又一次地满怀热忱地拥抱盖尔达,拥抱的次数越多心里越有装不下的欣喜,甚至于可以每个钟头都要拥抱三次或者更多……

"哦,亲爱的盖尔达!"她喊道,"我喜欢你,你知道吗,我从认识你那时开始,就有种莫名的喜欢你的感觉,这种感觉一直都有!

我知道，我叫你受不了，你高贵的品格对我无趣的性格忍受了很久，但是……"

"你说什么啊，冬妮！"阿尔诺德逊小姐说，"我怎么会讨厌你啊！我正想向你问清楚呢，你是做了什么愧对我的事吗？"

冬妮此时也说不出个什么原因，只是她极度的快乐已经让她有些语无伦次了，但冬妮左一句说自己喜欢盖尔达，右一句咬定盖尔达一向是讨厌她的，这样的话每每都让她自己热泪盈眶，她总是以爱来包容对方的厌恨并以此来圆场。接着她把托马斯拉到一边，用调侃的语气对他说："汤姆，噢，老天，你这件事做得太棒了，简直完美至极！可惜父亲没有参加，真让人感到太遗憾了，真的！这下好了，总算把许多事都改变了，连那个人的事情也会改变的——我不愿意再提到他的名字……"就在这时她忽然想到有心里话要向盖尔达倾诉，于是把盖尔达拉到一间空屋子里，把自己和本迪可思·格仑利希的婚事一五一十毫无保留地讲给盖尔达听。她又跟盖尔达回忆了半天学生时代的美好时光，包括夜里谈天，一起谈论梅克伦堡的阿姆嘉德·封·席令和慕尼黑的伊娃·尤韦尔斯的事……对于妹妹克拉拉订婚的事她都完全给忘记了，但是克拉拉和她的未婚夫倒也不在意。他俩经常会找一个无人打扰的地方手拉手静静地坐着，小声而严肃地谈论着自己以后的美好生活。

两人的订婚虽然喜庆，但也不是很铺张奢华，或许是因为布登勃洛克家还在服孝期的缘故吧，所以两人的订婚仪式都是在家中举办的。即便这样，布登勃洛克家长子的婚事也已在城里传开了。一点不错，盖尔达这个人成为人们谈论的焦点，不论是在交易所也好，还是在俱乐部也好，戏院也好，或是交际场合也好……"顶级"，那些爱好玩乐的上流社会的公子哥们称赞着，因为这一句话成了当时最时兴的汉堡话，但凡精选的上等东西，小至宴会的红葡萄酒和雪茄烟，大到宴席，到体现一家有支付能力的公司，选的都是"顶级"。虽只在克利斯蒂安这群公子哥里流传最广，但是在一些守规矩的传统市民中间，也有些很不同的看法。"古怪……"他们品评说，"这种打扮，这样的头发，这种姿态，这种相貌……看着令人觉得有点古怪。"传统派的商人索润逊这样说："她有一种说不清楚的奇怪的感觉。"说着他一扭头，眉头一皱，正像在交易所里审视一件被交易的物件一样，或是在听别人建议跟他做一笔颇有问题的交易时，做出的那副严肃而认真的样子。然而布登勃洛克参议本人也是这样子。托马斯·布登勃洛克显得稳重老成……有些……与众不同——和他的上辈人一样。大家都知道，特别是布匹商人本狄恩知道得最清楚，托马斯所有的衣服不但是眼前最时髦的上等衣料——他的衣服多得数不过来，而且这些都是在汉堡定制的，从内衣到外套，甚至一些小饰件都是定制的。人们甚至还知道，他每天都换衬衫，有时一天换两次，就连他的手帕都和拿破仑三世一样，每天都得洒上香水。这些习惯或者说是爱好，把他包裹在优雅贵族的时尚里，本狄恩清楚这样做仅仅是因为他对这些贵族式优雅的一种深深的迷醉，并不是为了公司而为，也不是因为自己身为公司代表才刻意做给别人看的——"约翰·布登勃洛克"公司是不需要这些东西的。就如同他常常在最不需要舞文弄墨的场合，在谈生意或讨论市政的时候，在自己的话里引用海涅或者别的诗人的几句话，多少觉得有很高的涵养……而这桩婚姻也属于同一性质……一点不错，就是在托马斯身上也有一些"无来由的自鸣得意"——自然当别人说这些的时候，都是怀着极大的忌妒和敬意的，因为首先布登勃洛克家族是一个非常值得尊敬的家庭，在本城是有头有脸的大户人家，家族公司稳若磐石，经理又是一个既能干又可亲的人物，他对这个城市很有感情，以后一定还会替本城做不少好事……这次又无比完美地结了这么一门好婚事，盖尔达带来的数十万泰勒的陪嫁，在孟街引起了不小的轰动……但同时……在女人里面也有些人认为盖尔达·阿尔诺德逊无非是"装腔作势"，我们可以从这"装腔作势"中品味出一些羡慕和忌妒，因为这确实是一个把女人忌妒心发挥到极致的评判词了。

令人羡慕和忌妒的，不单单是那些嫁妆，还有盖尔达与生俱来的容貌。第一次在街上看到托马斯·布登勃洛克的未婚妻的人都会倾慕得神魂颠倒的，其中就有经纪人高什。"啊！"他在俱乐部或者"船员之家"里高声赞叹，手里高擎着酒杯，阴沉的面容因做了个滑稽表情而扭曲……"诸位，我该用什么词来形容这个女人呢？多么让人倾心啊！应该是赫拉和阿佛洛狄忒，还有布伦希尔德和梅露新娜·赫拉（Hera）；准确地说是集四人之美貌于一身……啊，这真是太美妙了！"他总要附带着解释一番。"船员之家"充满大海与水手的生活气息，屋内的天花板上悬挂着各式各样的帆船模型和鱼类标本，地上摆放着雕花板凳，在板凳上坐着啜酒的市民们。当盖尔达来到这里时，并没有人能有经纪人高什的独到眼光，在乐于猎奇的他看来就像发现了一件旷世珍宝，于是在他生活中又增添了一件无比重要的事。

托马斯和盖尔达的订婚并不准备大事铺张，然而这样的公开秘密更引起人们的关注，孟街也不例外，一般在这里的小型聚会会变成关注度最高的事情。西威尔特·蒂布修斯在聚会时喜欢拉着克拉拉的手，畅谈他的父母、他的青年时期和他未来的计划。阿尔诺德逊一家人则不同，他们更喜欢谈自己的家族历史和渊源，他们原先的族人，一部分世居德累斯顿，只有他们这一支移居到荷兰去。而我们的格仑利希太太接着就会以神圣的使命去证实这里的一切，她拿了摆在客厅里的书桌钥匙，神情严肃地翻开记载家庭大事的记事本，而托马斯早已迫不及待地把他和妹妹的婚事记录在上面了。她开始恭敬而严肃地朗读着发黄的页面上记载的布登勃洛克一族人的历史，故事从那位境遇已经非常富裕的罗斯托克的裁缝讲起，她又给大家念了一些已经证实的来信和贺诗：

你俩今日缔结百年之好，
一个勤奋，一个美丽超俗，
一个有着屋尔康那灵巧的双手，
一个的容颜胜过维纳斯·阿娜乔敏尼……

读到伉俪情深的诗句，她会意地瞟了汤姆和盖尔达一眼，用舌头舔了舔上嘴唇。当然，历史为她详细地记录了家里每个人的真实的经历，她自然也没放过某一个人侵入她家的那些史实，这个人的名字原本是不想说出来的……

每个星期日下午四点，布登勃洛克家就会迎来一些熟客，有尤斯图斯·克罗格和他瘦弱的妻子。从夫妻俩的神情不难看出，两个人的感情处于下坡路，而最根本的原因在于这位太太总给在美洲的被剥夺了继承权的浪子亚寇伯寄钱……这些钱只能从日用开销中慢慢地节约出来，最后两个人只好靠荞麦粥过日子，这样的女人真是既愚蠢又可怜！来的还有布来登街的布登勃洛克太太和三位千金，她们所说的都是千篇一律的假话，每次大伙都要说伊瑞卡·格仑利希的近况，说她跟她那骗子父亲越来越像。但这次多了有关盖尔达的内容，新娘子的头发式样太炫耀了……此外苔瑞斯·卫希布洛特也来了，她踮起脚来在盖尔达的额头吻了一下，充满感情地说："祝你们幸福，我的孩子！"

说真心话的还有一位阿尔诺德逊先生，他在餐桌上举杯为两对新人祝贺，他还会演奏提琴，像吉卜赛人似的演奏，热情奔放，技术娴熟，加上很风趣地讲了一段话，大家端起咖啡走过来……这时未来的参议夫人也拿起自己那把从不离身的斯特拉迪瓦里提琴，用自己甜美的琴声为他伴奏了两段。这两段荡漾在客厅里的提琴二重奏，让很多人回忆起多少年以前，参议的祖父也在这里用笛子演奏过美妙的小调。

"简直太美妙了！"冬妮说，她仰卧在靠背椅上——"噢，天啊，简直太美了！"接着，她眼睛望着天空。用严肃、庄穆的声调缓慢地抒发自己内心的激动，那曾经真实的爱情……她长叹一口气："说实话，这生活真是充满着神秘……并不是每个人都有禀赋展现这种独特的才能的！就说说我吧，虽然我在夜晚也经常祈祷，但并不是祈求上天就能赐给我的……在上天的眼里，我和一只鹅、一条笨虫差不多……是的，盖尔达，请听我说……我比你要大几岁，我对生活的认识比较深……你是造物主膝下的幸运儿，你真应该每天都向造物主感恩致谢……"

"天赐的吗？"盖尔达笑着说，露出一口洁白漂亮的牙齿。

聊着聊着，大家都坐在一起，一边吃着加酒的果子冻，一边商谈最近需要解决的事情。而计划让时间过得很快，再过一两个星期，或许是一个月，蒂布修斯和盖尔达姐姐一家便都各回各的故乡去了。圣诞节过后，克拉拉将要在圆柱大厅里举行隆重的婚礼。托马斯打算在阿姆斯特丹举办婚礼，如果健康情况好转的话，参议夫人也准备去参加。布登勃洛克一家可要接连着热闹了。两桩婚事之间是需要一段时间让大家好好休息一下的。托马斯虽然不大情愿，但是大家还是做了这样的决定。

"不要这样！"参议夫人把手放在她未来女婿的胳臂下，"西威尔特应该有决定权！"

蒂布修斯牧师并没有计划做蜜月旅行，因为他的重心是未来的生活。但是盖尔达和托马斯就不一样了，在雄厚的陪嫁支撑下，两个人早已经商量好经过意大利北部旅行到佛罗伦萨去。他们的蜜月旅行要持续两个月，这段时间，足够安冬妮请贵堡街的一个室内装饰匠雅可伯斯一起来把坐落在布来登街的一所美丽的小房子进行一次装修。这所房子是托马斯从一个单身汉手中购买的，因为房子主人要迁到汉堡去，托马斯想用来做新房，他现在正着手谈判购置这所房产的事了。想到这，托马斯心里不免有些期待，啊，在冬妮的布置下，这栋房子一定能漂亮得让大家点头称赞！冬妮也信心满满地对新人说："不久之后你们将会拥有一所漂亮而别致的新房！"这是毋庸置疑的。

克利斯蒂安永远都那么悠闲，他翘着大鼻子，拐着两条罗圈腿，在屋子里转来转去，这段时间，他的所见所闻都被结婚、陪嫁和蜜月旅行包围着，眼前总是这两对新人手拉着手的景象。他感到左腿有一阵阵的酸痛，但是这酸痛更像是从心里发出的。他的那双小圆眼睛越发深陷，显得严肃不安，而且他的脸上也显出沉思的样子，他也有了一点想结婚的念头，这种冲动让他迅速在人群中寻找目标。最后，他装着马齐鲁斯·施藤格的腔调对他的堂妹——那个干瘦、年老、一声不响地坐在一群欢笑的人中永远都在吃东西的克罗蒂尔德说："嘿，蒂尔德，我看我们也结婚吧！当然，我是说……各自找对象，各结各的！"

9

应该是七个月后，布来登街上的那了月的积雪还没融化，托马斯·布登勃洛克参议带着他的夫人从意大利回来了。大概在一个下午五点，一辆马车停在布来登街这一家新装修的朴素而典雅的楼房前面。正在街上的两三个儿童和大人都停下脚步，想看一眼从车上下来的人。安冬妮·格仑利希太太已经站在这栋楼房的门口，为她完美地完成对托马斯夫妇的承诺而在脸上流露着自豪的表情，她身后站着两个仆人，戴着洁白的帽子，胳臂裸露在外，身着宽大的袍子。这是她专门为嫂子找来的，她们也出来迎接新的女主人。

盖尔达和托马斯身着皮大衣，缓缓地走下马车，过度的兴奋和劳累让通红的脸颊微微泛出汗珠。安冬妮立即迎了上去，几步就跳下台阶拥抱他们。把他们拉到走廊那边去了。

"可把你们等回来了！终于又见到你们两个幸福的人了，这七八个月跑了这么远的路！快，赶紧看看这所房子！这所带圆柱的房子！……盖尔达，多月不见，你可比从前更漂亮了，来，我可要吻你这幸福的人一下……不,也要吻一下嘴……这样!可以吗,汤姆!是的,我也要给你一个吻!马尔库斯说了,你们的蜜月期间,咱们这里可忙个不停呀,好在这儿所有事情都进行得非常顺利。母亲在家里等着见你们呢;但这会儿工夫也不必着急,你们还是先休息一下……要喝茶吗?还是别的什么?这里什么都准备好了。你们应该不会有什么不满意的。雅可伯斯可非常用心,我也是尽自己的全力了……"

冬妮陪着这对新婚夫妇走进房子,那两个女仆人和车夫就在外面搬行李。冬妮说:"依我看,这一楼你们暂时用不着……我是说暂时。"她若有所思地又说了一遍,伸出舌头舔了舔嘴唇。"这儿的环境真的很不错,"说着她打开右边的一扇门——"窗户前边长着常春藤,还有朴素的木器家具,都是纯橡木的啊……还有那边,看看,在走廊的那边有一间比较大的房子。在右边是厨房,还有储物室……咱们去楼上看看吧,来吧!我要把给你们准备的所有惊喜指给你们看看!"

一张宽大的深红色的地毯沿着一楼走廊一直向楼梯铺上去,他们也沿着这条地毯踏上了二楼。一上楼,便可见一扇玻璃屏风,它后边掩映着一条狭小玲珑的走廊,穿过走廊便通向餐厅。餐厅里正中摆放着一张实木的笨重大圆桌,桌上摆着滚沸着的茶水,墙壁上用暗红的锦缎墙纸装饰,墙角边摆着用胡桃木雕花制成的椅子,还有芦苇编织的坐垫、巨大的食器橱。餐厅与起居室用一段灰色帷幔隔开,起居室里头还套着一间小客厅,中间也是用帷幕隔开。小客厅的装饰很精致,一张包着绿条绒的躺椅正对着一扇向外凸出的窗户,让慵懒悠闲的感觉顿时袭来。然而这一层楼最主要的布置是大客厅和卧室，四分之一的面积是一间带有三个窗户的大客厅。他们穿过这里，走进卧室。

卧室在走廊的右边，室内的窗户上挂着暖色的大花帐幔，两张桃心木做的大床赫然摆在那里。但是冬妮并不在意这些，而是非常急切地拉着盖尔达直向屋子后边一扇暗门走去，一转门柄，一座旋盘楼梯出现在面前。这座楼梯弯弯曲曲地延伸至地下室，还可以通向浴室及仆人们的住处。

"这儿可真舒服。我要歇会儿。"盖尔达说，一边顺势倒在床前的一张靠背椅上，长吁一口气。

参议俯身在她的额角上吻了一下。"累了？是有点儿。我也想休息一下了……"

"我还是去餐厅看看茶煮得怎么样了，"格仑利希太太说，"咱们餐厅里见。"于是她去了餐厅那边。

当托马斯到餐厅的时候，冬妮已经把茶煮好了，那迈仙瓷制的瓷碗早已热气腾腾，茶的香味弥漫了整间房子。"我来了，"他说，"盖尔达还在休息，估计再过半个小时吧。她有点头疼。待会我们再到孟街去……家里一切都很好吗？亲爱的冬妮！母亲、伊瑞卡、克利斯蒂安都好吗？……可是我们首先得向你表示衷心的感谢，"说着他做了一个深情的姿势，"我和盖尔达打心底感谢你，我的好妹妹，你为我们这么费心，你是个好心的人！你把这个家布置得多么漂亮，家具安放得多么周到啊！除了盖尔达要在窗前摆两盆棕榈，我还要在墙上挂上几张油画之外，什么东西都足够了……现在该说说你了！你最近都忙什么呢？过得好吗？"

他拉过一把椅子来，靠近冬妮，一边听她说话，一边悠闲地饮茶，吃着饼干。

"唉,汤姆,"她释然地叹了口气说,"我还能忙些什么事呢?我的生活已经没希望了……"

"你乱讲,冬妮!你不要老谈过去的生活……你在我们家里是不是感到很烦闷,是不是?"

"是的,汤姆,如果没有为这个房子忙,我可真要被憋闷坏了。有时候,实在觉得很累,真想大哭一场。这几个月,忙房子的事情,倒是让我的生活充实了许多,这件事给我很大的快乐。你不会明白,你和盖尔达使我多么快乐……对于一个三十岁的人来说,待在家里并不愉快,也许这样想是罪恶,那就请上帝宽恕我吧。但是这个年龄又不是跟那些老妇、盖尔哈特太太们或黑衣绅士们成为好友的年纪……汤姆,我心里明白,他们是披着羊皮的狼,是心术不正的人。不错,我们都是有缺陷的人,是上帝的罪人,但是,我们起码活得真实,不似这些人整日里装成一副慈悲为怀的样子,装成救苦救难的救世主,把自己看成上帝与我们的信使,还把我当作迷途羔羊来对待,我忍不住要当面嘲笑他们一番。我一直觉得人和人是平等的,亲爱的,你说我们需要这样一个中间阶层来与上帝沟通吗?我的政治观念你是知道的。我希望,公民和政府的关系是……"

"这么说的话,你还是寂寞的,是吗?"托马斯立即把话题拉了回来,盯着她问。

"寂寞时,你不是还有伊瑞卡吗?"

"是的,汤姆,我用对那孩子的爱来打发这些无聊的时光,虽然也有人说我天生是不喜欢小孩的……可是,你知道吗……我对你毫无隐瞒,在你面前,我是个心直口快的女人,心里有什么就说什么,我不会去说些冠冕堂皇的话……"

"这是你的优点,冬妮。"

"简单地说吧,最大的悲哀就是,伊瑞卡长得越来越像格仑利希……就是布来登街的几位本家都说她长得太像他了……而且,这孩子一出现,我自己就不住想:'岁月无情呀,女儿越来越大,我也越来越老了,快成一个老太婆了,那些有滋有味的生活都已经过去了。曾经有几年,你还可以说是真正地生活着,即便你已曾经生活过,也曾经对生活憧憬过,可是现在即便你活到七八十岁,你也只能坐在这里听丽亚·盖尔哈特朗诵罢了。'这种思想会让人忧愁,也会让人绝望呀,汤姆,想想这岁月多无情呀,一想到这个我就觉得心里闷得慌,气也透不过来。可是你知道,我总觉得不甘心,我还这么年轻,还在想着那些有滋有味的生活,想重新开始真正的生活,重新拥有它……你也知道,不只在家里,就是在城里任何地方我也觉得不舒服,一个人活得越清醒只会越害怕,我不是笨鹅,我什么都看得一清二楚,这一点你要相信我。我是一个离了婚的女人,显然更能看明白这一切。你要相信我说的是实话,每逢我想到咱们家的名声因为我自己的婚姻过错而蒙受污点的时候,虽然这并不是我所愿意的,可心里就非常沉重。尽管你做了很多令人骄傲的事,而且赚了很多钱,成为全城的重要人物,我们家的名声也越来越响亮,可总少不了有人还是要说:'哼……这个人的妹妹是个离了婚的女人。'譬如说,哈根施特罗姆家的姑娘,还有玉尔新·摩仑多尔夫,他们见了我是从来不理睬我的……当然,她像只笨鹅!可是别的人家也这样……虽然这么糟糕,我还是一直没有放弃生活,我还是有希望的,对吗,汤姆?我还相信一切都会好转,我还年轻……我应该还有几分姿色吧？还有最重要的是陪嫁，我明白这些妈妈再给不了我很多，但总归是有的。如果我再结婚呢？坦白地说，汤姆，这是我一直未了的愿望！结了婚就什么都会过去了，都会变好了，我再也不会给家族当污点了。

"噢，天啊，如果上帝能让我和与咱们门第相当的人结婚，那该多好呀，我能够再建立起一个家庭——你认为我这是在说梦话吗？"

"不，冬妮，这不是梦！这一切都有可能发生的。但是我觉得，首先你需要多出去看看，多做些有意义的事，换一换心情……"

"是的，你说得没错！"她真诚地回答说，"现在我必须告诉你一个小经历。"

托马斯非常喜欢和冬妮谈心，身子不由自主地往后靠了靠。在他不知不觉地吸第二支纸烟时，暮色也悄然降临。

"是这么回事，你可知道，你们不在的这几个月里，我本打算给利物浦一户人家当女伴。你也许对这种做法很感到气愤吧？……我也知道这样的工作对于我们这样的家庭来说也许有一些不体面。是的，是的，显得非常的不体面。但是我真的不愿意待在家里……这是我的心里话。可是后来，你知道吗，我把照片寄给那户人家，女主人说她家里有个大儿子，因为看我太漂亮了，所以不能聘用我。还给我回信说，小姐长得太好看，不宜做这份工作……哈，我从来没有像听这样的话时那么快乐过。"

两个人开怀大笑了一阵。

"不过，汤姆，我已有了另一个计划，"冬妮接着说，"我接到伊娃·尤韦尔斯的邀请，要去慕尼黑……是的，她现在已经是一位酿酒厂厂长的夫人了，该改口叫她尼德包尔太太了。她叫我去她那儿，我想借这个机会离开家一段时间。但是，我并不打算带伊瑞卡去。我要把她送到苔瑞斯·卫希布洛特的寄宿学校去。那里比较适合她。这个想法你觉得怎样呢？"

"非常赞同，无论如何，换一个新环境对你不错。"

"是的，我也是这么想的！"她感激地说，"好了，该谈谈你了，汤姆！看我一直只顾唠叨自己。现在你说说吧，旅行得怎样？噢，天哪，看你这幸福的样子啊！"

"是啊，冬妮！"他用很肯定的口气说。他做了一个吐烟的动作，沉默了一会，意味深长地说："我为自己完美地完成了人生的一件大事，感到很高兴。你是清楚我的，婚姻对我很重要。我不可能过像克利斯蒂安那样的单身生活，单身汉总有很多不如意的事情，最重要的是不能实现自己的抱负，这你是知道的。你看一下我的事业，开个玩笑说——不管是从商业上还是政治上来看，我都已经走到了尽头……但是一旦我成了一家之主，做了父亲之后，我发现能赢得别人的信任。然而过去我一直为这事感到为难，冬妮……我在有些方面很挑剔。与盖尔达相遇之前，我几乎对婚姻是绝望的。然而就在这千钧一发的时刻，上帝安排了她的出现，解救了我。我立刻发现，她是唯一的，是上天的恩赐……虽然我也知道，城里有很多人对我的婚姻少不了评论。但我心里明白，她实质是如何的。她表面上看很冷淡，有些高傲，带着一副与生俱来的艺术家气质。当然，她和你是不一样的，冬妮。你有你的好处，单纯、善良、自然……简单地说，我的妹妹你就是一个直率热情的人。"他忽然把声调降低，小声对冬妮说："盖尔达当然也有她的热情——特别在她演奏提琴的时候；但是在平时，她的冷淡多一些……简单地说，她可不是一个普通而平凡的女人,她有着艺术家的气质,充满了魅力与神秘。"

"是的,是的。"冬妮说。她很认真地听着哥哥的这些评价。兄妹俩聊着聊着,天已经暗了下来,但俩人都没有开灯的打算。

这时,走廊的门开了,盖尔达轻轻地走了出来,一袭雪白的凸纹布的便服,掩映着她那婀娜修长的身段,在蒙蒙的暮色中宛如天使般出现在托马斯的面前。她深红色厚密的头发下衬托出一张白皙美丽的面孔,两个棕色的眼睛靠得很近,眼眶里围着一圈青黛。

这是未来的布登勃洛克的母亲——盖尔达。

第六部

1

托马斯和盖尔达每天早上几乎都很少碰面，早上总是只有他一个人在屋里活动。经常一个人吃早餐，一个人在起居室里看看报纸，然后再到他的公司——设在孟街的办公室里去。并不是盖尔达不愿与自己的丈夫共享早餐的时光，而是因为她那恼人的头疼病总让她把早上的时间用在休息上了。托马斯来到办公室的第一件事就是要与母亲、克利斯蒂安和伊达·永格曼见面，并在早茶时间谈谈公司的事情。当托马斯把这些例行公事处理完后，已经接近下午了，这时他要在四点回家与妻子共进午餐。

布登勃洛克的家族公司在孟街这个商业氛围浓厚的街上，一楼是做买卖的好地段，时常人来人往，有几分热闹。这也更衬托出楼上的冷清。小伊瑞卡待在卫希布洛特小姐的寄宿学校里，可怜兮兮的克罗蒂尔德租了一位克罗色敏茨女博士的一间廉价的房子，带着她为数不多的几件继承到的家具走了，而安东被指派去了托马斯的新家，那里似乎更需要他。

有时候，克利斯蒂安去了俱乐部之后，每天下午四点就只剩下老参议夫人和永格曼小姐，圆桌四周的加板自然是用不着的。餐厅四周的墙上挂着几幅神像，从窗帘的细缝中射入的光线仿佛把整个餐厅分隔成好几个空间，让人觉得大圆桌显得更小了。

虽然这里已经失去往昔老参议在世时的交流，平日里老参议夫人多与神父牧师们为伍，但是她还是会抽出一些时间来重温这逝去的繁华，每周四老参议夫人都会在此等候亲友的拜访。其他人很少来往，托马斯和盖尔达在这儿举办的新婚宴会，让人重温了当年的荣光。那一晚的宴会虽不能说是奢靡，但也豪华至极。本城有头有脸的人家成为座上宾自然不用说了，并且有朗哈尔斯·哈根施特罗姆、胡诺斯、吉斯登麦克、鄂威尔狄克、摩仑多尔夫几个大户人家，还有很多的商人和学者。新的女主人在宴会上尽显风采，不但是人长得美，连交际技艺也是让人赞不绝口。为了应付这些客人，布登勃洛克家还另外雇用了厨师和临时工人；准备了当时上好的吉斯登麦克酒，美酒佳肴伴着欢笑声从下午五点持续到半夜。宴会散后，托马斯牵着盖尔达的手，看着杯盘狼藉、凌乱不堪的桌椅、女人们残留的香水气味和忽明忽暗的烛火，仿佛是一幅胜利的图景，他深有感慨地说："亲爱的，太妙了，我感觉到父亲在世时的时光又重现了，虽然我并不喜欢热闹，也不喜欢这么铺张。但是，这毕竟给了像我这样已成家立业的人久违的快乐，真的，花点钱也觉得太值得了。"

"是的。"她坚定地回答，一边打量着胸前镶嵌在礼服上的花边，一边用手拨弄着它们，无意中显露出洁白如玉的胸脯。参议夫人略带醉意地接着说："这宴会真好。我现在觉得自己浑身自在，充满了快乐……

亲爱的，你可知道今天下午的提琴演奏让我找回了久违的感觉……好像，好像我的手在演奏我的心，而不是受大脑的控制，那一刻，我的脑子停止了运转。这种感觉让我顿时有了力量，对未来充满信心。"

第二天，托马斯侧坐在餐桌旁，为他的母亲读着一封珍贵的家书。而老参议夫人则一边吃着早餐，一边听着信的内容：

亲爱的妈妈：

这是我在慕尼黑度过的第八天了，可我一直都没觉得时间过得很快。请您原谅我这么久才给您写信，如果您知道我在这里的事情您一定不会再责怪我的。在述说我的事情之前，我必须问一下家里的情况，您和汤姆、盖尔达、伊瑞卡、克利斯蒂安、克罗蒂尔德，大家都好吗？我到慕尼黑的这些天，一直都没有停歇过，先是和伊娃去参观了绘画展，还有雕塑博物展览馆，去了皇家剧院，在慕尼黑值得去的地方实在是数不胜数。昨天，我和伊娃刚从峡谷远足回来，明天我们还计划去乌尔姆湖踏青。由于信里无法详细述说这些事情，我回去定会向您禀明。我住在伊娃安排的寓所里，房子位于慕尼黑大广场旁，想一下就知道是很有气派的。是的，它位于一个很好的地段，离议会大楼很近，而且可以清楚地看到广场上的一口大水井，就像孟街市场上的那样。它还是我见过的最漂亮的房子，房子的外墙用各种色彩斑斓的绘画装点着，这些绘画很考究，有屠龙的圣乔治，还有巴伐利亚的英雄，绘画里的人物都是一身戎装，表情栩栩如生，你们想象一下吧。

虽然我是第一次来慕尼黑，但我很肯定地说，我喜欢这座城市。这里的事情让我在呼吸时都感到了力量，似乎在不知不觉中医治了我胃痛的老毛病。在慕尼黑，人们都把啤酒当清水饮用，也许是因为这里的清水不太干净的缘故吧，我也因此喜欢上喝啤酒，而且还能喝很多。吃得最多的是凉拌黄瓜和马铃薯，只是我还不太适应这里的烹饪习惯，总喜欢在汤汁里放很多面粉。在这里是长久吃不到鱼的，蔬菜吃得很少，也没有烤小牛肉，甚至连这里的肉铺都不出售整块的牛肉，这些在孟街都是令人难以置信的事情。

在慕尼黑我觉得自己就像来到了国外，这里的一切都是那么的陌生和新奇，这些感受你们是无法想象出来的。首先，这里使用的铜币和家里的不一样，我和别人交谈总是不太流利，不是他们觉得我说话太快，就是他们说的话我听不明白。还有，这里还有天主教，我不喜欢他们。这是你们知道的……我不喜欢这种宗教。

参议一手拿着信，一手拿着香草奶酪面包，斜靠在沙发上。

"汤姆，这又有什么可笑的呢？"老参议夫人说道，在桌子上敲了两下，提醒参议，"她能有像她父亲这般坚定的信仰，不被这些基督教之外的东西迷惑，我感到很欣慰。她必定不同于你，你在法国和意大利待久了，免不了对那些东西同情起来，但这不是什么好事情，尽管我们提倡宽恕。你要明白，对这些事情抱嬉笑和不严肃的态度都是有罪的。我还要祈求上帝，让你和盖尔达保持纯正而坚定的信仰，我知道，盖尔达也会被那些事情动摇的。但我这么做，说了这些是想让你明白母亲的良苦用心。你不会有意见吧？"

他接着往下念：

在伊娃寓所的窗台还可以看到广场水井旁立着的圣母像，这个雕像很是典雅肃穆，雕像前总是摆着人们献上的花环，还有玫瑰花等等，这里的普通老百姓都虔诚地在雕像前跪拜祈祷，那场面真是让人为之动容。但是，街上的僧侣让人十分厌恶，他们表面上永远是一副道貌岸然的模样。昨天，我还碰到一位更让人厌恶的大人呢。那位大人坐在装饰精美的马车上，从车上的装饰和他的衣着来看应该是一位大主教，这位大人在戏院街经过时目空一切地扫视着路上的人们，还狠狠地瞪了我两眼，当时我真是无比气愤。让我想到以前那位"泪汪汪先生"，但我觉得他的目光比"泪汪汪先生"厉害不止千百倍。

"这孩子，怎么说话的！"老参议夫人吃惊地叫喊起来。
"冬妮不就是这样的吗！"参议紧跟着答道。
"汤姆，你怎么也这样说？"
"这样的事情我是最清楚的，若不是她先挑逗了那位老先生，他怎么会那样呢，试想老先生是什么身份的人呀！我倒是觉得这样的目光让冬妮得意不少……这可能就是老先生的初衷。"
老参议夫人在这件事上没再发表什么看法了，托马斯于是继续读：

前几天，在伊娃家里的晚宴上倒是碰上了两件有意思的事情。那晚的宴会中，尼德包尔先生请了一位官廷歌剧演员来表演，这位年轻的艺人在宴会后却请求为我画一张像，我觉得这种行为很不妥当，所以就拒绝了。还有一位叫佩尔曼内德的先生——也许我们都没听过这个姓氏——他在慕尼黑专门经营苦味啤酒的原料生意，老家在纽伦堡。这位佩尔曼内德先生是一位很有趣的人，虽然年过五旬却依然独身，他是一个专注生意的人，虽说他是宾客里唯一的新教徒，但他对我们家族的公司很是敬仰，而且还恭敬详细地询问了我们家里的情况,他询问得很仔细认真,就连伊瑞卡和格仑利希的事情他都记得。他是伊娃家的常客,每次家庭活动都少不了他,明天他也将和我们一起去乌尔姆湖远足。

亲爱的母亲,我还有很多话很多事情想跟您谈谈,但是这些在信里说不清楚。慕尼黑的生活让我充满了活力,这里就像春天般充满生机,我想继续在这里待一个月左右,如果一切都如想象中这般顺利和美好的话。只是,说实话,这里的汤汁让人无法适应,要是有一个像样的女厨子,这样的生活就更完美了。当然,对于我这样的老婆子,已经无法再改变生活了。如果说我还有什么指望的话,那就是伊瑞卡,我希望这里的美好能延续到她身上,让她幸福健康地成长起来。

念到这里,参议又不禁笑了,他把早餐搁下,继续看着这封长信。

"她真是个可爱的人,母亲!她永远都那么率直,这是多么珍贵的品质啊!真的很难想象她说谎的模样,她应该是从不会说谎的。"

"的确如此,汤姆,"老参议夫人说:"冬妮是个顾家的孩子,她应该寻找到自己的幸福。"老参议夫人接过信,把信的落款看完。

慕尼黑,1857年4月1日
玛丽安广场五号

2

4月底,冬妮从慕尼黑回到了家里,她又像以前一样生活着,像往常一样参加祈祷，一样出席"耶路撒冷晚会"，一样听着丽亚·盖尔哈特的朗诵，但是这次的旅行在她心里仍然久久未能平静，经历了旅行的冬妮似乎比以前的自己更充满朝气和活力。

兄长托马斯专程去车站接她。在同她一起回家的路上，马车刚走到霍尔斯登城门，参议先生对她说了句真诚的赞美的话，他说："家里能和克罗蒂尔德媲美的人，就是冬妮了。她确实是家里最漂亮的人。"冬妮听后又惊又喜，赶忙接话说："你怎么又来挖苦我这个老婆子呢！"

托马斯清楚自己并没有取笑或恭维他这个妹妹，他知道冬妮的一些不如意的经历，让她对自己的美貌越来越缺少自信。说实话，冬妮确实是一个漂亮的女人，生活的不如意不但没有夺走她美丽的鹅蛋脸和细腻柔滑的肌肤，反而让这些先天的条件在庄重大方的发饰和柔和的灰蓝色目光下变得更具有女人味了。如果只从相貌上看，冬妮就如二十三四岁的少妇一样，谁也不会相信她已经三十岁了。她佩戴着一副经典而有些年头的黄金吊坠耳环，款式入时的暗色薄绸衣服把她的体态风韵展现无余；而且那暗色的薄绸衣服，翻领的缎子肩饰，松软的腰身，让她的胸部看上去丰满而柔和，使人不禁浮想联翩。

冬妮从慕尼黑回来后，她在家里的笑声似乎多了起来，当然话也多起来。每到周四的"耶路撒冷晚会"，她总是喜欢和布登勃洛克参议、布来登街的几个本家、克罗格参议、克罗蒂尔德、苔瑞斯·卫希布洛特他们谈论在慕尼黑的所见所闻。当然，少不了慕尼黑的饮食，像啤酒、通心粉，还有那令人恶心的汤汁等，当然也会谈到那里的人，有请求给她画像的那位宫廷艺人，还有佩尔曼内德先生，与前者不同的是，对这位先生冬妮总是用不经意的语气提起的。大家都不难看出，冬妮的这次成功的旅行是惬意的，但是菲菲·布登勃洛克还是喜欢给她浇浇冷水，说她的旅行虽然好，但不会给生活带来什么实际点的好处。说到这里，冬妮也不会和她辩解，只是表情严肃地望向窗外，若有所思地把下巴靠近肩头。

从那以后，冬妮就染上另一种习惯，那就是每次门铃响，她就会放下手上的活，匆匆忙忙地跑到楼梯口，侧身探望，想看清楚来访的客人的模样。整个过程都被在一旁的伊达·永格曼小姐——冬妮的保姆和最适合谈心的人——看到眼里。伊达对冬妮说："我可爱的冬妮，别着急，相信他不是傻瓜……"

虽然布登勃洛克参议的家里有了冬妮的笑声，但是并没有减少他们的烦心事。而这种烦心的日子随着时间向前推移也不断集聚起来，其根源都与托马斯的胞弟克利斯蒂安有关。老参议夫人见兄弟二人不和，也忧心起来，可是她除了在中间煞费苦心地调和，其他什么也做不了，克利斯蒂安从不把母亲的话记在心里，开始还是表面上应和几声，后来就慢慢地发展为沉默战术，不管老参议夫人说些什么，他也只是闭口不答。而托马斯对弟弟的不务正业也越来越反感和厌恶，这些厌恶的情绪刚开始只是克利斯蒂安不正常上班引起的，后来他游手好闲，经常在外玩乐。偶尔，克利斯蒂安也觉得自己有点过火，在哥哥的严肃斥责下，也有些收敛，会在接下来的几天认真地工作一下，仔细地办理英文书信。但是，没过几天他又重新拾回那些坏习惯，这让托马斯更加恼怒，更看不起这位弟弟了。

由于托马斯忙碌的缘故，使得他更加恼火克利斯蒂安为偷懒而编出的各种生病的谎言，百事缠身的他也没有一点精力来心平气和地与弟弟详谈一番。托马斯常常在母亲和冬妮面前数落克利斯蒂安，把弟弟的这种懒惰的毛病称为"极其可恶的自私行为"。

　　克利斯蒂安恼人的毛病在他的腿上，这种腿疼的毛病时常捉摸不定，时好时坏，又找不到确切的原因，虽然已经接受了多种治疗，近期似乎也好转了一点。但是，克利斯蒂安在餐桌上吞咽困难而且呼吸不畅，一连好几个星期都寝食难安，以为得了肺病，总是一副愁眉苦脸、喋喋不休的模样。后来，家里给他请来了格拉包夫医生为他诊治，医生仔细检查，听了他的呼吸声，觉得并没有什么大的毛病，也许是由于肌肉缺乏锻炼引起的怠惰才让克利斯蒂安感到一时的呼吸困难。医生还给克利斯蒂安开了一些绿色的药粉，嘱咐他把药粉点燃后用扇子轻轻地扇着，再吸入药粉散发的烟气。自从有了药粉之后，克利斯蒂安的手上再也离不开扇子了，无论在什么地方，也无论在干什么事情，他的扇子总在一旁恪尽职守，扑哧扑哧地扇动着。可在他身旁的人怎么受得了这呛人的药味呢，刚开始大家都能忍受，可时间长了谁也受不了他这药味。有一次，克利斯蒂安在公司里又开始摇扇子了，托马斯实在受不了他那种病恹恹的假样，就想阻止他在办公室里点药粉熏气的做法，克利斯蒂安挖苦地说："我的天呀，在瓦尔帕莱索天气热时还可以有把扇子祛暑，这是什么地方呀，老爷。"还有一次，托马斯没在公司里，克利斯蒂安就更放肆地用他的药粉了，把整个办公室弄得烟雾弥漫，职员们都不停地咳嗽，连马尔库斯先生都被熏得脸色发白。这回托马斯终于忍不住了，直接向弟弟发火，兄弟俩的口水战又一次爆发了。幸亏老参议夫人从中调解，才不至于让兄弟二人断绝关系。

但是生活总是喜欢一波未平一波又起的连续状态的。托马斯又对克利斯蒂安的生活和交友担忧起来，因为虽然克利斯蒂安的本性并不邪恶，但他终究是一个入世不深的花花公子，极易受人蒙蔽，特别是他那位做律师的朋友——吉塞克博士，托马斯对这个人的理解就是一个伪君子，而吉塞克博士可不是个简单的人物。从托马斯的角度理解，在本城中有像克利斯蒂安这样的花花公子，但他算不上伪君子，因为他不会逢场作戏，只不过是不成器罢了。也有一群"有头有脸"的人，他们都坐在自己的办公室里，穿着考究，拿着手杖在马路上踱来踱去的，一副道貌岸然的样子，他们是十足的商人。另外的一种人游离在商人之外，他们看似很有学问，有着一副正人君子的面孔，他们很擅长处理人际关系，就像吉塞克博士那样，打算着与胡诺斯小姐订婚，拿到一笔可观的陪嫁后，便可以用于参与本城的事务，甚至钻进像议会这样的地方，还有传闻说他有意于市长鄂威尔狄克的宝座呢。

克利斯蒂安在处理爱情的问题上却没有他的朋友吉塞克博士那么有远见，他总是那么举棋不定，犹豫不决，甚至有些漫不经心的样子。有一次，克利斯蒂安在宴会上向一位梅耶·德·拉·格兰日小姐献殷勤，送花环，还表达了自己的爱慕之情，可是，不久又像什么事情都没发生一样平静了下来。因此，人们都认为克利斯蒂安只是一位不谙世事的纨绔子弟而已。但他也因为他的这种无所顾忌成了大家茶余饭后的谈资，特别是他和一位不知名的夏季戏院女演员的暧昧关系，成了全城的笑料，这也多亏住在铸钟街的施笃特太太——一个既跟上流社会来往密切，又有一张闲不住的嘴的女人，她告诉大家在街上看到克利斯蒂安和一位女演员在一块，兴许已经住在一起了。

但是这件事情也并没有引起多大的波澜,人们虽然喜欢听这些趣事,可也不至于置道德于不顾而推波助澜。因为像克利斯蒂安这样的风流绅士大有人在,如那位彼得·多尔曼参议——由于生意失败而被大家当作趣事谈论的人。在全城绅士的眼里,他们并不是重要人物,因为他们的名字并不会出现在重要的宴会或会议上,而多是在一些俱乐部、交易所,甚至码头上,大家说多了自然也有了更简练的外号称呼他们,就是"克利山"和"彼得"。但也不排除一些别有用心的人,像哈根施特罗姆家的人。

克利斯蒂安对此并不理会,在别人谈论多了的时候只是装作糊涂,之后仍像往常一样无事。可是托马斯——这位日渐老练、沉稳的布登勃洛克参议却看得很明白,克利斯蒂安正在给自己的仇人制造攻击的机会,而且……他的弱点已经暴露无遗了。而与他们日渐疏远的鄂威尔狄克家对他们早已虎视眈眈,这种危机从布登勃洛克家族失势后,加上市长去世就无处不在了。参议心里明白,布登勃洛克家族已经不比往日,他处处保持低调,然而他弟弟的那些丑事从不停息……就连妹妹的婚事也成了一件不光彩的事情,那位已经去世的高特霍尔德伯父和那段门不当户不对的婚姻让妹妹的身价已经贬值不少,虽然她还可以再嫁。现在又增加了克利斯蒂安的事情,他的小丑的行为总让周围的人对此充满了或恶意或善意的目光。但是除此之外,弟弟还挥霍无度,到处举债,甚至向吉赛克借钱还债,这是一件非常使家族丢脸的事。

参议先生越来越厌恶和鄙视他的弟弟,这种不正常的兄弟之情甚至在一些琐碎的家庭事务中也表现无遗,而克利斯蒂安对兄长的这种态度只是默默地接受,而从不思索其中的原因。这也让托马斯更加恼火，他似乎更喜欢在任何家庭聚会的场合时时打击自己的弟弟。就像每次家庭聚会时，克利斯蒂安总是喜欢在大家面前表现他对于家族的辉煌历史是多么的铭记于心，他会充满感情和热爱地认真谈论一番他的故乡和祖先，可惜他从来不会学以致用，常常与祖训背道而驰。所以参议总喜欢在这个兴致勃勃的时刻给克利斯蒂安泼泼冷水，毫不顾忌情面地把弟弟的谈话打断。他不能忍受这件事。他就是鄙视这样表里不一的兄弟。除非克利斯蒂安用刻意讨好或认错的语气，并用马齐鲁斯·施藤格的语调谈这些事，参议先生才会放过兄弟一马。有时候，托马斯也很过分，他不允许弟弟和他一样喜欢同样的东西，甚至是一本书。即使随便一本什么历史书，托马斯很喜欢，并非常感动地把它称赞了一番。当克利斯蒂安受到哥哥的影响，也会喜欢这样的书，之后他也会去阅读这本书，并也像哥哥那样对此书赞不绝口时，这本书在托马斯的眼里就失去了原有的价值。托马斯从此以后就不会再谈到这本书，每当克利斯蒂安谈起这本书时，他的表情总是那么冷漠，还装作好像没有怎么读过它，只让弟弟一人在那里自言自语……

3

布登勃洛克参议从"和谐"俱乐部——一个绅士们的读书俱乐部——回到老参议夫人的住处。他在第二顿早餐后在外面已经溜达了一个小时才回到了母亲这里。一进家门，他匆匆地在屋里屋外都转了一遍，然后大声向家里的佣人询问克利斯蒂安是否在家，又让佣人们告诉克利斯蒂安回来以后立刻去见他。他径直回到办公室。

办公室里的人立刻感觉到今天主人的气色有些不对劲了，个个都装着埋头苦干的样子，埋头看着桌子上的账本。托马斯也不看任何人，到办公室后把帽子和手杖扔在一边，穿上工作服，走到窗子旁边那面对着马尔库斯办公桌的地方站着。只见这位年轻的主人眉头紧锁，一根接一根地抽着烟，一根快要吸完的俄国烟的烟头不安地从嘴角一边移到另一边。从他那些慌乱的动作中，马尔库斯先生感觉出这位年轻人在生很大的气，于是他也被这种气氛弄得慌乱起来，不停地用两根手指来回抚弄自己的上须，还不时地瞅着自己的老板。

参议先生就这样站在窗台前，整个房间只能听见沙沙的写字声，马尔库斯先生也小心谨慎地工作着，就连咳嗽声也是小心地发出几声。没多久，参议透过绿色的窗帘，在对面的街道上看见克利斯蒂安的身影，他一手抽着纸烟另一只手挥舞着一根黄色的手杖，手杖上雕塑着一个半身女尼像，这位先生正迈着轻快的脚步从街那面走过来。可以看出，他正从俱乐部回来，而他在那里应该已经待了一个早上，大概早饭也是在那里吃的，然后又玩了一会儿牌。克利斯蒂安哼着歌踱进办公室里，对屋子里工作着的雇员高兴地说了句"诸位,早上好！"那快乐的歌声让克利斯蒂安俨然不知现在已近下午了。他向自己的位子走去，为了"做一点点工作"。参议按捺住心里的怒火，站了起来，但眼睛并不看他，漫不经心地对他说："过来……我跟你说两句话！"

克利斯蒂安跟随着托马斯走出了办公室。他们快速地穿过走廊，两人都背着手走着，但一句话都没说。不过，克利斯蒂安的神情更加轻松，翘起的鹰钩鼻显得瘦骨伶仃，赭色的英国式胡须在凹陷的两腮中间上下抖动着。当他俩走过院子以后，托马斯才面朝前方，对弟弟说:"你陪我去花圃走走吧。"

"好,"克利斯蒂安回答说。两人一直往花圃深处走,避开所有的人,走到一处偏僻的路上,托马斯停了下来。这里是花圃最外边一条路,正面有一个洛可可式的凉亭,花圃里满是含苞待放的花蕾。此时,参议叹了一口气,转过身大声地说:"我刚才非常生气,对于你的行为我简直无话可说。"

"我的……"

"是的。你轻率鲁莽,时时刻刻把缺点暴露在别人面前,我简直找不到什么话来描述你……你的愚蠢已经成为别人的话柄。你昨晚在'和谐'俱乐部里说了什么,你应该最清楚。有人把它告诉我。这是一句真话吗?你怎能这样不知轻重。还有人马上驳斥了你,你还记得这件事吗?"

"啊……现在我知道你想说什么了——是谁跟你讲的?"

"是谁说的重要吗?这样的事情我能不知道吗?多尔曼已经让你的鲁莽成了所有不知情人的笑柄了。——自然,他说的只是为了拿它当笑话听……"

"不错,我一定要跟你说……哈根施特罗姆真是不知廉耻!"

"你总是自以为是地看待别人……真是,真是……我告诉你!"参议说话的声音越来越大,他攥着拳头,挥动着两只胳膊,激动地来回走着,"当着这样一群人的面,你还不认为那是混账话吗?那里有商人,还有学者,让每个人听见你说这样的话,什么认真研究起来,哪个生意人都是骗子……看看你自己,你不就是一个商人,就在一家公司里工作,你也是个骗子?你工作的这家公司不是一直保持着它的诚实可信、无懈可击的声誉……"

"哈哈，托马斯，就这个事情吗？我是在开玩笑的……虽然……说得像真的一样……"克利斯蒂安补充说，皱着鼻子，头微微向前探着，想从侧面看看这位哥哥的神态……接着他也背着手来回地走了几步。

"你说是个玩笑，玩笑？"参议喊道，"我不懂你说的玩笑是什么样的，可是别人又会怎么理解你的玩笑呢？这些年你也看到了，你的玩笑话还少吗！？'即使别人这样看，我还是非常尊重我的职业，'这是亥尔曼·哈根施特罗姆回答你的话……而你呢？还摆出那副游手好闲的样子坐在那里，一个商人对自己的职业都不尊重，让别人怎么想……"

"啊，汤姆，别人说别人的，但请求你别这么说！你应该相信我，那个哈根施特罗姆当时真把大家轻松愉快的气氛都给破坏了。大家当时多高兴，每个在场的人都认为我说的是真实的心理感受。突然这位哈根施特罗姆假惺惺地说了这么一句。可是我……可没这么细想过，这个笨蛋，我真替他感到羞耻。昨天回到家后我也觉得这个人说话有点不对劲，当时我有一种奇怪的感觉……我真没这么想，也没有诋毁商人的意思，这你应该相信我的……"

"你有点长进行吗？我求求你，用点心思做事情！"参议气愤地打断了克利斯蒂安的话。"即使我相信你说话时本意并非如此，但你怎么就不用脑子想想他的答话的用意呢？仅仅是表示他这人没有趣味吗？即使在当时的场合下，你说这种话是为了博得众人高兴，但至少也想想那些精明的人，看清楚说话的对象呀。免得这样愚蠢地被别人利用了啊！哈根施特罗姆这么狡猾，他不会放过打击我们的每一个机会……知道吗，他打击的不只是你，嘲弄的不是你一个，是我们，我们的公司，我们的家族，打了我们一个耳光。你知道，他为什么这么回答吗？他的意思是：您这种看法是布登勃洛克家族的想法吗？是这家公司的做法吗？他是这个意思啊，你这头蠢驴！"

"什么……蠢驴……"克利斯蒂安说，他听到这个词后脸色变得十分难看……

参议也意识到这个词用得太严重了，他的语气也缓和了点，"你还应该明白，这里的一切不仅关系到你一个人，"参议继续说，"你爱闹笑话是你自己的事情，我也不愿意干涉你，你哪一天不闹笑话！可你别把整个公司也搭在这里面！"他又激动地喊起来，他气愤得面色发白，他的头发也有些凌乱地耷拉在窄窄的额角上，使得额角上的青筋时隐时现。一条淡眉毛随着那激动的说话声抖动起来。他的手向旁边一摆，仿佛是把自己的话掷在克利斯蒂安脚前的石子路上似的……"你的笑话真不少，那些风流韵事，那些小丑的举止，装着的病以及让人发笑的治病方法，你简直就是一个活脱脱的大笑话……"

"哼，"克利斯蒂安冷冷地哼了一声，他的神情变得很严肃，摇着头，伸出手来，用一根食指指着托马斯，样子显得有些笨拙……"讲到这件事，你太不应该这么说，你也是清楚的……事情的原委……我不想在这个时候，一个人不冷静的时候说这些……我不知道原来你是这么想的……格拉包夫医生的药方……你心里明白，它确实有效。我是靠着这些药维护了心里的宁静，靠着这些药我有了病愈的希望，也是那些药，我感觉到舒服，呼吸顺畅，吞咽没有困难。但是我用的是自己的药，觉得身体正常了，你又有什么怨言呢？这样的我，在良心上没有什么愧疚，我对这样的自己很满足。我想，是这药发挥的作用。可原来你是这样看的……事情竟是这样，无法想象，原来事情一直是另一种想象,一种与我的想法相反的想象……我真的不知道,你是这样想的……"

"是的,就是这样!"参议喊道,他用力把拳头攥得更紧,"你爱怎么做那是你自己的事情!我不想管你那些愚蠢至极的想法,随你的便!但是不要让别人谈论它!笑话它!不要拿你那莫须有的小事来搅扰别人!你这样的愚蠢的行为早晚让人笑话死你!可是我告诉你,我郑重地说一遍:如果你只是自己出丑,我是没有闲心去管的。但是我不能容忍你那些蠢事影响到大家,你听见没有?我不会袖手旁观地任凭你把公司牵连进去,像你昨天晚上做的那样!"

克利斯蒂安没有接话,只是不停地用手拢着自己稀疏的、褐色的头发,他的脸色也变得越来越难看,神态有些慌张,眼神很是迷茫。无疑,哥哥刚才的那些话他是完完整整地记在了心里。托马斯一语不发,绝望地踱来踱去。

"说什么所有的商人都是骗子,"托马斯终于想到了继续诉说的语句"好!看来你很厌烦你的工作了,你当初为什么要当商人?你当初求得父亲的同意……"

"是的,你是对的,"克利斯蒂安沉思地说,"我真后悔没有去念书,没有大学里有意思的经历……不能像你这样,有自己的喜好,听听讲座,这里走走那里玩玩,就好像在戏院里……"

"好像在戏院里……哼,那是你最喜欢的地方吧,一群小丑是很合你的口味的……我不是开玩笑!我现在算是明白了,这才是你真实的想法!"参议断言说。克利斯蒂安一点也不辩驳,他只是茫然地凝视着空中。

"而你从来都没有认真地对待过这份工作,还这样评价它……你知道什么是工作吗？你就知道整天泡在戏院里，满大街地游荡，还装疯卖傻，就这样的人，你还装了一肚子情绪、不满，你就知道胡扯、打闹、赌钱，做这些恬不知耻的事情……"

"没错，汤姆，"克利斯蒂安声音有些忧郁和沉闷，右手无意识地摸了一下头发，"这是实话，你说得一点不错。我们是两条永远交织不到一起的线。你以前不也有像我一样的爱好吗？你也喜欢看戏，喜欢看小说，读读诗歌，还有过一些风流韵事……可是你毕竟比我明白些道理，懂得把这一切跟正常的工作，跟一个真正的商人分开……我清楚，这些我做不到。我完完全全被这些娱乐的东西，那些无益的东西控制住了，对于正事反而没有精力了……我心里明白得很，你了解不了我……"

"噢，你能看透这一点吗？"托马斯喊道，他站在克利斯蒂安的面前，两臂交叉放在胸前，"你终于懦弱地承认了这一点，可你的本性难改呀！难道你觉得自己不是像一只狗一样地生活着吗？克利斯蒂安！你的自尊心到哪里去了啊！如果一个人自己都找不到生活的目的和方向，他是怎样活着呢？可是你就是这样的人！你就是这种本性！如果你能看清楚一件事，能了解它，描述它……不行，我不能让你再拿公司开玩笑了，克利斯蒂安！"参议突然向后退了一步，把手平伸出去，猛地一挥……"我已经到了忍耐的极限，就这样吧！你不用来公司了，不需要你做任何工作！但你的薪水照旧付给你……即使这样做，我一点也不生气。你还是到一边去胡闹吧，像你一向做的那样。可是不论你到什么地方，你都不要再连累公司，连累我们，连累这个家！你是一个败家的人，是一块烂肉！你不但是家里的祸患，还是本城的祸患，如果父亲还在世，我想他一定会把你赶出去，从家里赶出去！"他大声喊道，一面愤怒地用手指向花圃前一条宽阔的甬道……他已经控制不住自己了，长期抑压在胸中的怒火一下子迸发出来……

"托马斯！你别以为这个家就是你一个人的了，你能做所有人的主。"克利斯蒂安说道。听了哥哥的那些刺耳的话，也引发了他心头的怒气。虽然他不擅长做出发怒的神态，但他还是使劲让自己稳稳地站在那儿，整个人像一个劈开了脚的圆规一样，身子还有点弯曲，把平时并不凸出的肚子和头与膝盖保持在一条直线上，因此身体更向前凸出来，有点像一个大问号。他那双可爱的小眼睛睁得又大又圆，十足遗传了父亲的模样，这一股怒火把眼睛烧出一个红圈，还一直延伸到颧骨上。"你为什么这样说我！"他说，"我做了什么对不起你的事了！我自己会走，不用你假情假意的。呸！"他又从心坎里斥责了一句，伴随着这个字急剧地把手向前一抓，好像在捕一只苍蝇似的。

令人意外的是，托马斯并没有因克利斯蒂安的话发更大的脾气，也没有对弟弟有更多的指责。相反他一声不响地把头低下来，依旧双手背在身后，在花圃中慢慢地踱着步子。他一直以为这位不上进的弟弟已经不会对任何事情上心，没有什么尊严可追寻了。然而这场谈话，引起了克利斯蒂安这样的怒气，托马斯反而觉得很有成就，克利斯蒂安这样激烈的抗议，起码证明他还对除娱乐以外的有精神价值的东西很在乎，这一点让托马斯感到满足了，还有一种久违的舒适。

"作为哥哥我真的是为了你着想，"他背着手平静地说，"这样的谈话很不愉快，真使我很难过，克利斯蒂安，即使如此我们迟早要面对这些分歧和矛盾的。尽管这样的矛盾不利于家庭和睦，但是我们至少能把心里话告诉对方……我们现在可以平心静气地把事情谈一谈，年轻人。我看得出来，你非常不喜欢在这样一个陈腐的老公司工作，是吗？"

"是的，托马斯，你说得不错。我开始的时候是非常乐意的……觉得自己在家里做事总比帮着外人做事好。可后来我明白了，我缺少了在外最可贵的东西——独立……当我看到你坐在那里工作的时候，你的工作和我的很不一样，我很羡慕，一直在思索着为什么，原来工作对你不是束缚，而是一种独立。你的工作是你生活的一部分，作为主人和老板，那是你的责任，也是你的真正的工作，你也很有激情地把事情做好……这是很不同的……"

"我明白了，克利斯蒂安，我现在能完全清楚你的想法了。你需要一种自主和独立，这样能激发你的责任和兴趣。如果你愿意，我会把父亲遗产里的五万马克的现款给你拿去，让你尝试着自己做主人；只要你有正当可靠的用途，这钱是父亲遗嘱里清楚地写着的要求，我随时都能兑现这个承诺。你可以在汉堡或者任何一个城市做些投资生意，这样你可以以股东的身份参加这些商号……哦，这些步骤都太快了，咱们还得从长计议，先要跟母亲商量。我现在还有点事要做，你在这几天先把手里的活干完，走吧……"

兄弟俩走到走廊时，托马斯突然想到什么，回头对克利斯蒂安说："比方说，汉堡有一家H.C.F布尔梅斯特公司，你可以考虑一下。"他说道，"是一家进出口公司……这里的人我比较熟悉。我相信，他们都是做投资的，很需要资金……"

这一年的5月底克利斯蒂安已经开始筹划离开的事情了。6月初，他决定了从布痕到汉堡的路线……然而，对于克利斯蒂安的离开，孟街似乎没有什么变化，只是那些俱乐部和剧院，"蒂渥利"和本城的纨绔子弟们少了一个志同道合的朋友，少了一个笑话的源头罢了。全体纨绔子弟，其中包括吉塞克博士和彼得·多尔曼，为克利斯蒂安组织了隆重的钱行仪式。他们陪同克利斯蒂安到车站，给他临别的纪念品——有些送鲜花什么的，还有的送纸烟。但是这个离别并不伤心也不郁闷，反而大家像一次聚会那样，只是地点选择的是车站。一群貌似绅士的人笑逐颜开，回想起以前克利斯蒂安的每一个令本城的上流社会的人都知晓的笑话。最后律师吉塞克博士还煞有介事地给克利斯蒂安佩戴一枚自制的纪念章，上面写着"致最会搞笑的绅士"，在大伙的欢呼声中克利斯蒂安和那枚纪念章一起步入了车里。这枚纪念章是从码头附近一处人家拿来的，在那个小旅馆，夜里总有一盏红色的灯悬挂在那里，那是一处让人们忘乎所以的娱乐天堂，那里总是欢声笑语……而这枚纪念章是给即将离开的克利斯蒂安在孟街的最好的纪念，纪念他在孟街生活的一些辉煌的功绩。

4

门铃响了，格仑利希太太循着门铃的声音往楼梯口走去。以往的格仑利希太太还没有这个习惯，但如今她会试着先在白色栏杆边探出身子瞧一瞧，然后慢慢地挪向门口。就在转动门把手想要伸出脖子时，又立刻撤了回来，然后右手拿着手帕贴着胸口，另一只手攥起自己的裙子，慌慌张张地向三楼跑去……她迈着急急忙忙的步子，在楼梯上，永格曼小姐正好和她迎面撞了个正着，气喘吁吁的她不连贯地在永格曼小姐的耳边说了几句，伊达忽然欢呼了起来，用波兰话兴奋地回答了一句：太好了，谢天谢地！

这事儿大约是在上午十一点的时候发生的。坐在客厅的老布登勃洛克参议夫人，正用着两支长长的竹签编织一块布，应该是用来做披肩或者头巾一类的东西的。

紧接着，一个侍女匆忙地穿过圆柱大厅，敲了几下玻璃门。戴着眼镜的老参议夫人接过这个侍女递来的一张名片，用手扶了扶眼镜仔细地看了看名片。看完名片后，老参议夫人透过眼镜框上边看了看侍女，思索一下又埋头念了一遍。老参议夫人温和又坚决地问："能告诉我这是什么意思吗？小姑娘，你能告诉我吗？"

老参议夫人手中的名片上印着：X．诺普公司。不过有几道蓝色铅笔线划去了公司名字，只剩下公司两个字。

"我也不清楚啊，夫人，"侍女双手捧在腰前，"外面来了一个说着听不懂的语言的先生，咿咿呀呀地说了一通。"

老参议夫人好像明白了，这个正是这个"公司"。

"赶紧请他进来。"侍女听了，赶紧去请。

一个矮壮的身影推开玻璃门，走进屋内，刚好站在屋子光线暗淡的地方，咿咿呀呀地讲了一大堆，听着好像是"很高兴能够……"之类的问候语，这个人是佩尔曼内德先生，他操着一口慕尼黑方言。

"佩尔曼内德先生，我也很高兴见到你。"老参议夫人说，"我人老了，眼力不好，能靠近点，让我看清你吗？"她身体往前一倾，不知是要站起来还是只坐着欢迎来客。

"很抱歉这个时候打扰您……"咿咿呀呀的方言好似唱歌一样，这位矮壮的先生说完后鞠了鞠躬，只是向前挪了两步，左右转了转脑袋，好像是在找个坐的地方，或者是找个能够放下他手中的帽子和手杖的地方。他的那把手杖很特别，上面有一个约有一尺半长的兽角，弯弯的好似一把长刀。

这个矮壮的先生看起来四十岁的模样，显得有些浮肿，脸蛋圆溜溜的，头发未经梳理，扁阔的鼻梁和鼻子下厚厚的分叉开的胡子盖在嘴上，整个脑袋活像海豹一般，也有点凶凶的感觉。不过浮肿的脸蛋，像是充气的气球一样，令人充满了怜悯和信任。短短的脖子系着白领带，小小的下巴却让脖子看起来比实际长。身上的衣服是棕色的敞胸外衣，里面带着一件褪色的花背心，紧紧地包裹着微微凸起的肚皮。肚皮上边的金表链穿着兽角、银子、珊瑚等小工艺品。底下的裤子是灰绿色不是很明显的，他的四肢稍短，裤腿却比他的腿还短。裤子的料子很硬实，圆圆粗粗的裤腿没有任何褶皱，连靴子都没盖住。再往上一看，鼻子、脸颊、脖子、后脑勺和整个下半张脸，浮肿不匀称，要不是嘴巴和下腭间的胡子，都分不清脖子和脸的界限了。他的两颊肉多，且都堆在了一块，把眼睛挤成一条细缝，留下眼角两边的一些细纹……这样肿胀似的皮肤有些紧绷，在耳垂和鼻翼上显出了一些红斑……一只白胖的小手，拿着的正是有着兽角的手杖，另一只手拿着一顶用羚羊须装饰的第罗尔式的帽子。

摘下眼镜的老参议夫人这下身子完全前倾，轻轻地倚着屁股下的沙发垫，但还是没有完全站起来。

"我能够为先生做些什么吗？"她像是对待一个顾客一样客气地问道。

这位先生为了腾出手来，终于决定好把手中的帽子和手杖放置在身旁的风琴盖上。他拉了拉衣角，搓了搓手对老参议夫人说道："还望夫人别见怪,我实在是没有其他名片了。我是从慕尼黑来的阿罗伊斯·佩尔曼内德。刚才我给那个姑娘说过我的名字了。"

他浅蓝的微微浮肿的小眼睛真诚地望着老参议夫人,说起话来洪亮浑厚,重重的地方口音听起来很费劲,经常是声音一个连着一个,咿咿呀呀的,好似拖了很长一口气。不过浅蓝的眼睛一直是那样的真诚,就像是在表示着:"我们一见如故……"

这会儿老参议夫人离开了沙发垫,并且侧着头举起手臂走向了客人……

"真的是你啊,佩尔曼内德先生!我的女儿曾提起过你的事儿。我女儿很感谢你在慕尼黑帮助她度过一段舒适愉快的日子。我一直想报答你对我女儿的帮助,终于把你盼来了。"

"实在令人尴尬,我就这样不请自来了。"佩尔曼内德先生说完,顺着老参议夫人优雅的手指所指的方向,找到一张靠背椅坐了下来。他一边坐下,一边用粗大的双手安逸地抚搓自己粗短的大腿……

"我没听清楚你刚才说了些什么?"老参议夫人疑惑地问道。

"是吗,你也觉得不可思议吧!"佩尔曼内德回答说,这一回没有再搓膝盖了。

"是啊,很好!"老参议夫人还是一头雾水,把手放在眼前的膝盖上,一脸安详地靠着后面。佩尔曼内德察觉出来,老参议夫人其实还不了解到底是怎么回事,于是令人费解地用手在眼前画了一个大圆圈——谁能知道他为什么要这么比画——尽力要让他跟老参议夫人说清楚。

"我明白你的意思了,亲爱的佩尔曼内德先生。事情其实就是这样的。"老参议夫人终于听明白了佩尔曼内德先生的话了。佩尔曼内德先生很高兴，但看到一下子谈话突然要冷场了，为了不让气氛冷清，他叹了一声并用自己的家乡话说了一句土话：“真厉害啊！”

"对不起，你刚说了什么？"老参议夫人睁大了明亮的眼睛向他询问着。

"真是够厉害！"佩尔曼内德先生洪亮地粗声粗气地复述了一次。

"对啊，挺厉害的。"老参议夫人依然不知道有什么厉害的，附和着他说了一下。眼看着，谈话又要冷淡了下来。

"佩尔曼内德先生，"停顿了一下，她说，"慕尼黑到这里来可不近啊，您来这里是不是有什么事要解决？"

"夫人你真厉害，要过来做些买卖，是生意上的事情，"佩尔曼内德先生，说着用他那短短胳膊比画了一下，"要过来和这边的瓦尔克米勒酿酒厂谈一桩买卖！"

"我想起来了，佩尔曼内德先生以前是做忽布生意吧。好像就叫作诺普公司，是吗？你一定知道，我的儿子可经常在我面前提起你的公司，称赞你们。"老参议夫人夸赞着他。不过佩尔曼内德先生并没有接受恭维，而是谦虚地说："惭愧惭愧，这个已经不值一提了。呐……关键是我很早就想来拜访您了，另外再和格仑利希太太见见面。就算路途再远，也不能阻止我。"

"你的热情让我受宠若惊。"老参议夫人亲切地说道，接着手伸向了他，手掌却尽量地向外翻着，"你稍等一会儿，我马上派人去告诉我的女儿。"她离开椅子，向一条悬在玻璃门上的绣花的拉铃带子走去。

"噢，我的上帝，十分感谢您。"佩尔曼内德先生激动地说，连带着座椅一并转向了玻璃门。

老参议夫人叫来侍女:"去请格仑利希太太过来一下,说有客人要找她。"然后她回到沙发这边后,佩尔曼内德先生也连带着椅子转回来。

"谢天谢地……"他满心欢喜地又说了一遍,却显得有些心不在焉,他的眼睛游离在地毯上、书桌上的色佛尔瓷的墨水壶和室内的家具上。接着他又用家乡话重复自己的口头禅:"真厉害……真厉害!"他的手也不停地在搓膝盖,一边又连续叹着气。他的眼睛、手、嘴巴的动作,几乎一直重复着,直到格仑利希太太出来。

冬妮显然是精心地打扮了一番,身上披着一件浅色调的罩衫,头发梳得整齐柔顺。她的脸庞比起平时显得红润有光泽。舌尖有时还悄悄地润湿一下两边的嘴角。

看到她刚推开玻璃门走进来,他"唰"地一下就向着她跳去,全身的每一块肌肉都动了起来。他情绪激动地抓着格仑利希太太的手,晃动着喊着:"天啊,格仑利希太太!祝福你永葆青春,福气多多!最近过得怎么样?在忙什么呢?哎哟,我的上帝啊,见到你,我实在是太高兴了。你可时常想起当时的慕尼黑城和那些山水景色吗?咱们那一次玩得可欢快了!感谢上帝,咱们又见面了!那时候,想都没想。"

见到热情的佩尔曼内德先生,冬妮也很热情地向他问好,随手拉过旁边的一张椅子,坐着和佩尔曼内德先生叙旧起来。他们两个人谈得十分融洽,有声有色地笑着说着。老参议夫人坐在一旁听着,佩尔曼内德先生的话虽然不能全听明白,但依然会不时地朝他微微一笑或点头表示同情和支持,或者把听不太明白的话,费点劲儿翻译成书面德语,一旦翻译得好了,就会满足地放松一下上身,往背后靠一靠。

佩尔曼内德先生和冬妮寒暄过后,也把一些有趣的往事说得差不多了,改口叫格仑利希太太为冬妮,向她说明了这次来拜访的原因。只是他在说起和酿酒厂交涉的买卖,语气故作轻松,说这只是一件无足轻重的小事而已,好似他根本用不着这样大老远到这个地方来。可是,他又饶有兴趣地打听着有关老参议夫人的家庭琐事,特别是关于她家的二女儿和两个儿子的事。甚至连克拉拉和克利斯蒂安离家一事,他也会连声表示遗憾。他这么做,其实是因为他早就想认识一下冬妮的家里的每个人。

老参议夫人询问他要停留多久,他含糊其词,没有正面说出确定的时间,就在老参议夫人说:"过一会儿,我的儿子就要回来吃早饭,不介意的话,佩尔曼内德先生,我们一起吃个饭吧……"这话还没说完,他已经连声答应下来了,好像本来就在等着邀请吃早饭。

老参议夫人的儿子回来了。他经过早餐室时,发现一个人也没有,还没来得及把办公服脱掉,就走上前去想拿块小点心先填填肚子。本来参议有些疲倦,心事重重,但是他一看到这位来自慕尼黑的远客,就连脖子上戴的大表链、身上穿的粗呢夹克以及风琴上带羚羊须的帽子都能够使他一下子有了精神。一听到客人的名字是格仑利希太太常常提起的那个人,感觉再熟悉不过了,便侧过头来看了他妹妹一眼。接着他很绅士地向佩尔曼内德先生问好,不过并没有坐下来说话,因为这会儿他们一同走到下面的中层楼去,永格曼小姐在准备桌子等候他们,上面的一个茶壶也咕噜咕噜地响起来——这个地道的茶壶正是蒂布修斯夫妻俩的礼品。

"真是令我大开眼界!"佩尔曼内德先生看到桌子上摆着各式各

样的冷盘，禁不住称赞起来。在谈话中，他甚至会说得语无伦次，只是他自己却不知道。

"请不要见怪呀，佩尔曼内德先生，这虽然比不上慕尼黑的皇家啤酒，但相比起本地酿的酒来，算是可以入口了。"参议给他倒着自己最近喜爱的、泛着丰富泡沫的啤酒。

"哪里哪里……十分感谢您的盛情款待。"佩尔曼内德先生还没来得及吃完嘴里的东西就说起话来，也没注意到旁边的永格曼小姐诧异的目光。老参议夫人看到他对黑啤酒不是很感兴趣，吩咐仆人去拿来一瓶红酒。一见到红酒，他一下子活泼起来，没有刚才那么拘束了，开始和格仑利希太太攀谈了起来。他坐得离桌子有些远，因为肥胖的肚子把他顶到外面来了，下面的两条腿岔开，一只短胳膊连同他的小白手搭在椅背上垂下来。长着海豹胡子的圆圆的脑袋向一侧微斜着，脸上的神情有些厌烦又有些惬意，眯成一条缝的小眼睛真诚地聆听着格仑利希太太的言语。

格仑利希太太知道他从未吃过鳗鱼，便一边用优雅的动作为他切鳗鱼，一边跟他欢畅地聊起自己对生活的态度。

"人生啊，美好的生活总是这么短暂，令人怀恋又令人伤感。你说对吧，佩尔曼内德先生！"说起在慕尼黑的那段愉快的生活经历，她不禁感慨道。她放下了手中的刀叉，若有所思地望着天花板，嘴里有时候会冒出一两句巴伐利亚的方言，很可惜的是她缺乏天赋，听起来令人有些忍俊不禁。

一阵敲门声打断了进餐，办公室的一个实习生拿来一封电报。参议接过电报看了起来，手指同时捻着长长的须尖。在座的人都知道，他这会儿完全被电报给吸引住了，可他依旧能够慢条斯理地问道："你的生意怎么样，佩尔曼内德先生？"

"你可以下去了。"他还对实习生说了一句，那个年轻人就退出去了。

"遇到了一点麻烦，这位先生！"佩尔曼内德回答着，想把脸对着参议，但是由于脖子太短，使动作显得很笨拙。他把另一只胳膊也顺着椅背搭下来。"我也不知道怎么说好，简直一塌糊涂。慕尼黑是什么样，你是知道的，"——他连故乡的名字都发音不清，听的人只能靠理解去猜——"慕尼黑和做生意的没有缘分，在那个地方的人除了安稳的生活和喝啤酒，其他并不缺也不需要了……没有人会在吃饭的时候看报纸，不知道消费。幸亏你们这儿不一样，感谢老天，让我再喝一口……这酒真厉害！像在纽伦堡那里，有个证券交易所，商业发达，我的伙伴诺普就一直想把生意搬到那里去……可是我舍不得慕尼黑，一点儿不想离开我的故乡！……可偏偏在我们那儿僧多粥少，不仅竞争激烈，出口的生意也很惨淡……以至都有人想去俄罗斯开分店做买卖。"

他停顿了一下，偷偷地瞄了一眼坐在邻座的参议："不过尽管如此……一切还过得去！这位先生！生意上也没什么令人不满的！尼德包尔是我们酿酒厂的经理，经营得还算有些盈余。一开始只是个小型的酿酒厂，后来弄到了一笔现金，那种四分利的，把旧厂房改造扩充得不错，如今生意越做越大，销路也还不错，每年都赚了不少钱，真的厉害！"佩尔曼内德先生结束了他说的这段话，参议给的纸烟和雪茄也被婉拒了，他请求抽自己的烟斗。接着，他从口袋里摸出了一只长牛角烟嘴的烟斗来，和参议在吞云吐雾中，从经济上的生意经到政治上的巴伐利亚和普鲁士的关系，再到历史上的马克西米连王国与拿破仑皇帝……佩尔曼内德先生还是和之前一样，嘴里时不时地咿咿呀呀地说些别人听不懂的话，只要是说话的空隙，就会用自己的口头禅"谢天谢地""我的上帝啊""真厉害"等。

一直睁着眼睛看着这位来客的永格曼小姐，常常惊讶得忘了咀嚼嘴里的东西。每次目瞪口呆的时候，她都会摆弄着手中的刀叉。以前，永格曼小姐从没见过这样的客人，听着奇怪陌生的方言，闻着呛人的烟草味；这些和客人不一样的举止，不仅是对她，对这栋房子都是陌生的……说话有声有色，老参议夫人还特意打听起势力强大的天主教迫害下的福音教会，可是实在是听不懂慕尼黑的方言，只好应和着一脸茫然地微笑。格仑利希太太吃着饭陷入了沉思中。而参议则在兴头上，还让他的母亲再去拿瓶酒出来，并邀请佩尔曼内德先生去他在布来登街的家去做客，他的妻子会很欢迎的。

这位来自慕尼黑的客人，在饭桌上说说笑笑足有三个钟头，才有离开的意思。他把身上的衣服整理了一下，清理了一下大大的烟斗，喝完杯中的红酒，说了一句什么"真厉害"，才起身离开饭桌。

"给您添麻烦了，老夫人……祝你福气多多，格仑利希太太……也祝你福气多多，布登勃洛克先生……"一听到这种粗俗的告辞，永格曼小姐打了个冷战，觉得十分特别。"后会有期，小姐……"他竟然会在临走的时候说一句"后会有期"。

老参议夫人暗示儿子留他住宿一晚……佩尔曼内德先生说在来这里的时候，就已经在特拉夫河岸的一个小旅馆住下了……

"我亲爱的慕尼黑朋友，家里离得那么远，"老夫人走到佩尔曼内德先生面前，劝说着，"你曾经帮了我的女儿的忙，热情招待我的女儿，我们也一直没找到机会报答你。如果不急着回去的话，可以在我家住几天……我们真诚地欢迎你……"

老参议夫人刚伸手时，佩尔曼内德先生就像刚才吃早饭时那般，毫不犹豫地接过手答应了夫人的邀请。接着他吻了吻老夫人和太太的手……那姿势实在有点儿可笑。他从客厅里拿回自己的帽子和手杖，跟宅子的主人说，马上会让人把行李送来，四点的时候办完事就会回到这里。"这位先生，请原谅我说话直接，不懂礼貌。你的妹妹真是一个惹人喜爱的姑娘！祝福她福气多多！"参议把他送到楼下时，他对参议充满感情地说着，并摇晃着脑袋，直到走了很远，还可以看到他的头在摇晃着。

参议感觉很有必要再到楼上去看看他的母亲和妹妹，永格曼已经拿着被单等东西，忙着给佩尔曼内德先生布置房间。

他的母亲依然在早餐的饭桌旁坐着，她的眼睛看着天花板发呆，手指按着同样的频率敲击着桌布。格仑利希太太坐在窗前，脑袋放在交叠的手臂上，眼睛直直地看着前方，好像若有所思，或者说是严肃地凝望着。整个房间，安安静静，没有声音。

"这个人你们喜不喜欢？"参议站在门边，掏出一个画着马车的烟盒，从里面取出一根纸烟抽了起来，笑得肩膀抖动了起来。

"一个有趣的人。"老参议夫人安详地说道。

"母亲，咱们是英雄所见略同！"参议走到冬妮旁边想知道她是怎么看，并做了个很有礼貌的、有点滑稽的姿势。可是冬妮不为所动，依然严肃地凝视着前方。

"要是他说话不带粗话，我想会更好些。托马斯你觉得呢？"老参议夫人补充着意见，"刚才他说的话，三句不离'见鬼'……"

"他并没有恶意,母亲,这已经是他的口头禅了。"

"托马斯,你不觉得他的一举一动也有点不讲礼节吗?"

"别见怪!住在德国南部的人,大多习惯这样了。"参议抽着烟,一口一口地吐着,向母亲笑了笑,又悄悄地看了看冬妮。老参议夫人没发觉。

"托马斯,要不今晚和盖尔达一块来这里吃饭吧!一定要来!"

"当然了,很高兴能够来一起吃饭。我还想和这位客人多交流些呢,晚饭一定会很有趣的。在平时你也总是有些神父牧师来做客,总算换口味了。"

"年龄不同,兴趣不同啊,托马斯。"

"说得没错!亲爱的母亲,我要走了……对了,"他拉开门把手回头说,"冬妮!他对你的确很有好感呢。这可是他亲口说的。你知道他在楼下叫你什么吗?惹人喜爱的姑娘——这可是他的原话。"

冬妮一听到这话忽然转过身来,提高嗓门说:"真的吗?你可别开玩笑啊,托马斯……不管他有没有叫你传话或者让你不要说,你这么做是否合适,我不知道。但是我知道,生活中最重要的事不是你怎么说,怎么做,而是这件事在心里是如何思考、如何想的。要是你在取笑佩尔曼内德先生……觉得他很滑稽……"

"冬妮!发生了什么事儿?我可没这个意思,你为什么这么激动……"

"行了……行了。"老参议夫人向参议皱了皱眉头,乞求似的瞪了一眼,意思是不要和她开玩笑。

"亲爱的冬妮,别生气!"他说,"相信我,并没有开玩笑也没有取笑他的意思。嗯,我现在要去交代下人,把行李拿过来……好啦,别这么激动,我先走了。"

5

从小旅馆搬到孟街来的这几天,佩尔曼内德先生每天忙着交际。住了一晚上后,他去托马斯在布来登街的新家,与托马斯夫妇一起吃饭聊天。再一天后,他还和尤斯图斯·克罗格和他的妻子认识,以及布来登街的布登勃洛克家的太太和三位小姐也感觉他是个滑稽得真厉害的来客——他们会把"厉害"说成"列害"——不过苔瑞斯·卫希布洛特可不这么认为,对他的态度比较严肃,最后连令人怜悯的克罗蒂尔德和小伊瑞卡也结识了,他送给了小伊瑞卡一包甜蜜的糖果。

他简直是一个快乐赛过神仙的家伙。尽管没说几句话就会习惯性地叹口气,可是叹得那么舒畅自在,一点儿也不会让人为他着急。他好抽烟,最好是用烟斗才过瘾,说话时重重的地方口音夹杂着咿咿呀呀的方言,令人感觉有趣得很"列害"(厉害),坐下来后,他可以做到惊人的持久。每次饭后,他会用自己感觉最舒服的姿势在位子上一坐,抽抽烟,泡泡茶,聊聊天……不到主人不耐烦不挪动。在老参议夫人的家里,他的到来给这座老宅子带来了一种很新鲜的气氛,虽说他同时也带来了一点不协调,但他自己不认为这儿的一些根深蒂固的老习惯正在被他打搅。每天早晚的祈祷,他都会一次不落地参加,在主人的允许下他还旁听了老参议夫人办的主日学校的一堂课,"耶路撒冷的晚会"他就连一次也没有错过,这是认识太太们的机会。正如他的性格,在丽亚·盖尔哈特准备开始朗诵时,这个慕尼黑的先生便已逃之夭夭了。

慕尼黑先生的滑稽出了名，很快，全城的人几乎都听说了这样一个先生。地位比较高的上流人士会饶有兴趣地谈起布登勃洛克家来的巴伐利亚的客人。但由于夏天来了，很多人都去海滨消夏，托马斯暂时还没有把他介绍到社交界里。参议貌似很喜欢这位客人，热心地带他出入各种聚会场所，尽管他还有很多商务和市政上的工作，但仍挤出时间来招待他。参议带着他游览城里的名胜古迹，参观所有的中古时代的古迹，如教堂、城门、喷泉、市场、议会大厦、船员之家等。参议想尽各种方法来招待好这位客人，把自己在交易所的挚友介绍给客人认识……有时候，要是他的母亲老参议夫人夸奖他这种为客人服务的精神时，他会毫不在意地说："这是我应该做的！"

老参议夫人懒得搭理参议，一句话也没应，就连嘴角也没动，眼皮也没抬。她侧着眼睛往旁边一看，顺势换了个话题。

她对佩尔曼内德先生的态度一如既往的诚恳与亲切，这一点，她的女儿和她可不一样。这个经营忽布的慕尼黑商人，已经在老参议夫人家过了两个"儿童日"了——虽然住了没几天他就隐隐约约地表示已经和本地的酿酒厂交涉得不错了，可是已经十天半个月了还没下文。在两次星期四的家庭聚会上，要是佩尔曼内德先生说句话，或者做个奇怪的动作，冬妮会挑高眉毛用一种慌张无措的眼神去扫一眼家人，看一下舅舅尤斯图斯，看看托马斯，或者身边的几位姐妹。看到佩尔曼内德先生，她有时候会面红耳赤，常常会一言不发地、僵硬地坐在一旁，或者干脆起身离开。

冬妮的卧室在三楼，有两扇大大的开着的窗户，夏天的晚风偶尔会轻轻地拂动着浅绿色的窗帘。一张桌子摆放在带着帐幕的大床旁，桌子上有一个盛着一半水的玻璃缸，水面上泛着一层油，油面上有许多小灯芯燃烧着柔和的火光，这间大大的屋子在朦胧的灯光中显得静谧安逸，屋子里灯光微弱地照射着罩着灰布套的直腿扶手椅。冬妮这会儿正躺在床上。一个镶着宽边带子的枕头柔软地支撑着她的后脑勺，双臂抱在一块躺卧在鸭绒被上。心事重重的她无法安眠，睁开着的眼睛盯着一只长长的大飞蛾发呆，看着飞蛾无声无息地、翩翩地扑打着翅膀，随着飞蛾转动着空空的眼睛……在床边的一堵墙壁上，两块雕刻着中古时代的风光的铜版画之间，是细致地用镜框装裱起来的一条《圣经》上的格言："让主指引你的道路……"看着这句话，冬妮一个人在午夜里辗转反侧，不知道该如何决定。终身大事是如此的重要，别人又没法帮忙决定，冬妮多希望主真的能够在这会儿帮她一把，做出正确的决定。

墙壁上的时嘀嗒嘀嗒的声音越来越清晰了，除了住在隔壁（只隔一层幔帐）的永格曼小姐偶尔会传来几声咳嗽的声音，什么都静悄悄的。幔帐那边的灯还亮着。永格曼小姐挺直身板，坐在桌面可以活动的小桌前，她手中正补着小伊瑞卡的袜子。而小伊瑞卡正睡在一边的床上，胸脯随着有规律的均匀的呼吸声起伏着。小伊瑞卡是因为苔瑞斯·卫希布洛特学校正在暑假中，回来和妈妈一块住着。

冬妮叹了一口气，起来半躺着，皱起了眉头。

"你还没睡吗？"她低着嗓子向永格曼小姐问着，"这么晚了，怎么还在忙着补衣服啊？"

"嗯，啊，是我的小冬妮啊，"永格曼小姐在幔帐的那边答应，"我的孩子，你可得早睡点啊，不然明天会起不来的，要是没精神了那可不好。"

"嗯，晚安。伊达……明早六点的时候，可不可以把我叫醒，我担心自己起不来。"

"六点？那么早起来干什么？马车到八点的时候才来呢，不用着急，六点半都算早的了。晚上睡得好些，不然明天可就不好看了。"

"我也想早睡……可是到现在还睡不着！"

"我的孩子，这样怎么行。睡好了明天才能在施瓦尔道显得漂亮啊。你试着喝几口水，向右侧躺着睡，数数羊……"

"亲爱的伊达，我很需要你！你过来一下好吧，好多心事扰得我心神不宁，想得都头疼了……我是不是感冒发烧了？还是老胃病又犯了？不然就是贫血了！这会儿脑袋胀胀的，好像有个什么东西在跳着……快不行了，我好难受啊，伊达……"

一件朴素的旧旧的棕色衣服，罩着伊达·永格曼那粗壮的骨骼、精力充沛的身体，她挪动了椅子，走到了幔帐中间。

"我可怜的孩子，小冬妮可别发烧了！快让我摸摸看……用冷手巾先敷一下试试……"话音未落，永格曼小姐迈着与男人一样的大步子冲到了柜橱前，找出一块毛巾在水盆中浸湿，最后冲回床边，把毛巾小心翼翼地平铺在冬妮的前额上，悉心照看着。

"亲爱的伊达，我舒服多了……啊，我的好伊达，多陪我一会儿好吗？就坐在我身边。你看我现在脑子里都是明天的事儿……我都不知道该怎么办好，头都大了！"

永格曼小姐一只手安抚着冬妮的额头，一边把针线和撑在架子上的袜子拿在另一只手中。她低垂着自己光滑的灰色的头，那双勤奋的眼睛时不时瞄着针眼，说道："明天他会问你那件事儿吗，你觉得？"

"那还用说,那家伙一定会的。我想他那种人,可不会白白浪费这个机会。你知道克拉拉吗?也是在一次普通的郊游中……本来我是可以不用去的。我本可以和同伴一直在一块,不会独自一个人见他……可是这样的事情就算是结束了!他已经和我说过了,他后天就得走了,要是明天我没挽留住,他不会再待下去了……总之,明天总要有个结果的……但我不知道……不知道他要是提出来,我该怎么回答他?亲爱的伊达,你还没结婚,不知道这对我有多难,但我最好的伊达,你已经四十二岁了,一定见过很多场面……能不能给我拿个主意?我很需要有人能帮我指引条路……"

伊达·永格曼抓紧了手中的袜子,揣在怀里。

"当然可以,我的小冬妮。这件事儿我也操心着,但是我明白,我不能给你关于这样一个外人的意见。我的小冬妮,冷静些,要是他不提这件事儿,就不会离开这里了,对吧?要是你早就烦透了,他怎么还可能待在这,还不早被你赶走了。"

"伊达,你说得没错,除非我是在撒谎才会否认。我并不在乎他是否英俊,生活久了这点并不要紧,但是有一点我是确信的,他是个善良的人,不会做坏事的。只是……一旦脑海里飘过格仑利希的影子,天啊!格仑利希总是夸奖自己聪明勤劳,却闭口不谈自己奸诈狡猾的一面……你看啊,佩尔曼内德就不会,大家都清楚。他虽然为人随遇而安,有时爱偷懒……好吧,这的确是个缺点,可能不能让他赚钱发财,特别是他那么懒散、马虎的个性。也许就像他所说的,他们那里的人都是这样子的……我想说的就是这个,伊达,这就是我感到烦恼的地方。可能在慕尼黑,他和他们混在一块,潜移默化的,和他们一样说话,一样做事儿……他率性、诚恳又亲切。

事情也许没这么简单。也许他误以为我是个很有钱的女人，比我实际还有钱，可能就是这样的原因。伊达，你也知道，母亲不可能给我很多钱的……但我相信这不会影响到他。他是要娶我的，而不是喜欢我的钱，是吗？……好吧……我简直糟糕透了，伊达？"

"我的孩子，这儿可不是慕尼黑！"

"那又怎样？我想伊达你知道我想说什么了。他这样背井离乡，来到自己不熟悉的地方，这里人不懂风趣，爱好名利，也更拘谨……不是骗你，在这儿我常常替他不好意思，真的是替他害臊，不知道为什么。伊达……你听过他讲话，有很多次该说第四格的'我'时，他已经习惯出口就是第三格。这并不是只有他才这样的，在他们那里，就算很有教养的人也是如此的，要是说的时候心情好，谁也不会在意，不会感觉到拗口、奇怪。但是来到咱这里，母亲看他的眼神都是怪怪的，汤姆就会皱起眉头来……尤斯图斯舅舅好似吃了一口冰块一样，而且像克罗格家人那样差点扑哧一声笑出来，菲菲·布登勃洛克或是佛丽德莉科或者亨莉叶特就要向她们的母亲使眼色。每当看到这种情况我都为他着急，简直就想赶紧跑出屋子，根本想不到要和他结婚……"

"我的孩子，你可别忘了，以后你和他是在慕尼黑生活的，不用担心这么多。"

"是在慕尼黑生活，没错。但是在举行订婚礼时怎么办？订婚礼是要在这儿举行的。要是因为他的举止粗俗，而在咱们全家面前还有吉斯登麦克和摩仑多尔夫这些人面前丢了脸的话……唉，格仑利希可是比他绅士懂礼貌多了，要不是格仑利希人品实在不行，就像施藤格先生经常说的……不行了，头又疼得厉害，伊达，给我换个毛巾。"

"这事儿啊，早晚都得面对，"冬妮一边接过毛巾，一边说着，"一辈子都这么过来了，其他的看得也轻了，我心里一直都想着要再结一次婚，离婚后在这里混日子的生活很不好受的……有时候，总是不经意地回想过去，想到当时第一次在这里见到格仑利希的情景，回想他跟我演的那场戏，一场荒诞的戏……伊达，我还想到特拉夫门德和施瓦尔茨可夫一家人……"她不紧不慢地说着，眼睛里闪烁着梦幻般的光芒，最后目光在小伊瑞卡的袜子的补缀地方停留了一会儿："说到订婚，爱姆斯比脱和我们的家才叫作极尽奢华，伊达啊，一想到我的那些漂亮的睡衣……跟那个佩尔曼内德一起的话，这些东西都没有。好的，我们都被生活调教得越来越懂得谦虚谨慎了，我想到了克拉森医生，想到了这个孩子，想到那个银行家凯塞梅耶，最后的那场戏收场得太残酷了，简直让人难以想象，一生中有过这样的经历实在是噩梦一样……要是佩尔曼内德，他绝对不会耍这种肮脏的把戏，他总是让人可以信任。在生意上，他也是让人信任的，我就相信他和诺普可以把尼德包尔酿酒厂经营得有声有色的。要是我嫁给他，一定是他事业上的贤内助，帮助他更努力一点，更有成就一点，我会为咱们所有的人增光。他绝不会辜负布登勃洛克家族的厚望。"

她的双手交叉放在后脑勺上，眼睛充满希望地遥望星空。

"自从上次答应格仑利希的求婚已经有十年了，整整十年呀……十年可以发生多少事情呢！十年之后，又要答应另一个人的求婚了……多么重要的事情啊！不同的是，那时候大家都觉得这是一件大事，家里的人都想尽办法逼迫我、要挟我答应了这桩婚事，而这次是如此的平静，认为我答应这件婚事是理所当然的事；伊达……

你要知道这次我和阿罗伊斯的订婚——我现在就要开始称呼他阿罗伊斯了——是早晚的事儿,对我来说一点儿也不值得高兴,也不值得庆祝。我的幸福没有人考虑在内。我这次再婚要弥补第一次婚姻中的失败。维护家庭的名声,是我的义务。母亲是这么认为的,托马斯也这么认为……"

"这是怎么了!冬妮啊,爱情不能勉强的,要是你不喜欢他的话,他也不能让你幸福的话……"

"伊达,我已经看清了生活的真实面目,我也不再是呆头呆脑的笨鹅了,很多事我心知肚明。我亲爱的母亲,她倒不会硬逼着我去做我不喜欢的事,遭遇一些不适当的事情,她并不会硬来,而是会尽量息事宁人。但是我的哥哥托马斯,他就不一样了。在他看来,除非是格格不入的人,不然都是可以在一块的。对他来说,目的并不是要办一门红红火火的喜事,而佩尔曼内德一落脚,托马斯就私底下去联系各路朋友打听有关佩尔曼内德的生意情况。这个消息千真万确。要是生意的情况让他满意,并且合他的口味,之后怎么做都被他计划在内了……别忘了托马斯是个政治家,他很清楚自己做的事儿,你还记得是谁把克利斯蒂安赶出去的吗?说起来我都有点心惊肉跳,可这就是事实。他之所以要这么做,是因为克利斯蒂安使公司和家庭脸上无光。现在,我在他的眼里和克利斯蒂安没有什么不同了。并不是因为我做了什么可耻的事,或者说了不该说的话,仅是因为我作为一个离婚的女人,整天留在家无所事事。他也希望这件事情少点波折,他有自己的理由,我也不会因为这件事,对他的态度有所冷淡,我也希冀他对我一如既往的好。老实说,我也不愿意一直在家无所事事,我盼望着开启一段新的生活。我才三十岁出头而已,我还年轻。每个人都不一样吧,伊达……你在我这个岁数时头发已经灰了,你遗传了家族的血统,你有一个因为噎嗝症而死的普拉尔叔叔对吧……"

在这个漫长的夜里,她唠唠叨叨地说了不少这样的话,时不时重复一句"是早晚的事儿",而后她舒舒服服地睡到天亮。

6

抬头看看城市的上空,一场大雾正笼罩着整个城市,清晨八点的钟声刚响,在约翰尼斯街经营马车行的朗盖特先生准时地出现在了孟街,他正赶着一辆封闭的带篷大马车,说道:"用不了一个钟头,就可以看到老爷子了。"大家听他这么一说,心里悬着的石头都放下了。

这天的早饭,佩尔曼内德先生和老参议夫人、冬妮、小伊瑞卡,以及伊达·永格曼一起吃完,收拾整齐后,大家一起在走廊里相聚,然后等托马斯和他的夫人盖尔达。冬妮穿着一件嫩黄色的衣服,在胸前系着一条丝巾,虽然昨晚睡的时间不是很长,但容光焕发,很有精神。临睡时的那些担忧和焦虑,貌似此刻已经烟消云散,她正从容地把手套上的纽扣一一扣上,并颇有风度地和客人谈话,神情中透露出来的恬静、幸福感,像是在告诉别人她的心情是欢乐的……此刻,这种阔别重逢的心情,正是上一次结婚时的感觉。今天她是主角,她感到自己即将要做出一个意义重大的决定,对这天的到来早有准备。她的名字也将又一次载入家庭的大事记中,她的脑海里浮现着这些想法,心跳不自觉地加速起来。昨晚她梦见了自己的再婚,被记录到家庭大事记中……一件事的记录是为了抹除另一件事的记录。她心里焦急地等待着托马斯的到来，一会儿她一定要更意味深长地向他示意……

参议和他的夫人终于来了，两人姗姗来迟是因为年轻的参议夫人很少起大早梳妆打扮，耽搁了些时间。参议穿着一套很精神的套装，浅棕色的格子衣服，有一个大大的领口，能够露出里边白色背心的边缘。当他看到冬妮美丽非凡的面容时，不禁眼生笑意。但是参议夫人可不像他那样精力充沛，而是略微有点没精神。这也许是因为起得过早，没睡够的缘故。她也是一个极富魅力的美女，不过她那种娇弱美和小姑冬妮表现出来的健康美却恰好形成了一种不协调的对比，身上穿着深色调的紫丁香颜色衣服，和深红的浓密秀发相得益彰，非常吸引人的眼球，同时也衬托得她的皮肤更加白嫩。她那两只长得比较近的棕色眼睛，周围罩着一圈淡淡的青圈，今天的青圈更暗更深一些……见到老参议夫人后，她有些撒娇地伸出额头，让婆婆在前额吻了一下，带着无比清高的眼神，伸手给佩尔曼内德先生时一副目中无人的神情。冬妮见到她后，拍手喊道："我的天啊，今天你的美是多么令人妒忌呀！盖尔达……"她也只是冷冷地笑了一下。

那种熙熙攘攘的活动她向来不感兴趣，更别说在炎热的夏天，而且还是在休息日。她的寝室挂着很多帐幕，光线熹微，她平常深居简出，对阳光、灰尘、咖啡味、啤酒味、烟草味，还有街头身着节日盛装的市井小民颇有厌烦……对她来说没有比燥热和杂乱更讨厌的了。上次为了能够使来自慕尼黑的远方客人饱览一下城郊景色，在施瓦尔道和"巨人丛林"的远足安排好后，她曾告诉过托马斯："亲爱的，你是了解我的，我这个人最爱的是舒适安静的平常生活，什么疯狂、兴奋的体验对我没有任何吸引力。这一次我可不可以不去了呢？"

如果连这种事都没把握说服自己的丈夫的话，她当初哪里会愿意答应托马斯的求婚？

"我都听你的，我亲爱的盖尔达！一个人常常是因为对某些事有非凡的想象力和好奇心，才会有丰富的兴趣……尽管我也知道是这样的，但场合不一样，一个人即使硬着头皮也得去参加，谁也不想特立独行，不管是对自己还是对别人。这点儿好胜心，我想所有的人都会有的，你我也不例外。要不然，自己就会成为那种孤僻的、看起来无能的人，又谈何威信？另外，我们还有足够的理由要对佩尔曼内德先生提供更积极的帮助。有些事儿，我不用讲你就会懂。我预期的一件事儿，正在朝着有利的方向发展着，要是半途放弃，那真的是可惜了之前的努力和将有的好处。"

"亲爱的，我不懂你有什么计划，并且我去参加与不参加有多大的区别？好吧，既然你有自己的计划，我就配合你一块儿去。去感受一下热闹的氛围。"

"我真的没法表达我的感激了，亲爱的。"

所有人一块走到孟街的大门……这时可以看到太阳拨开浓雾露出脸来，耳边传来的圣玛利教堂的钟声回荡着，像提醒着人们今天是星期天。头顶上的小鸟啁啾个不停。看到马车夫脱帽施礼，老参议夫人用那种主人体恤仆人的和蔼（托马斯对这种和蔼常常感觉别扭）十分热情地回礼："早上好啊，我的朋友。"接着回头招呼大家："大家都上车吧，现在正是做早祷的时间，但我们会去上帝创造的大自然里去，用另外一种方式向上帝祈祷。你说是不是，佩尔曼内德先生？"

"您说的没错，参议夫人。"

在老参议夫人的招呼下，大家一个个踩着马车两旁的铅铁脚踏，从马车后面的一个窄门进去。这辆大马车大得足以容纳十个人，车厢内的软椅带有靠垫，靠垫上套着蓝白相间的条布，这些细心的布置无疑都是在向佩尔曼内德先生表示敬意。一声车门关上的声音之后，马车夫朗盖特生放松了一下舌头，声音洪亮地吆喝了一声"吼！驾啊！"他前面的几匹强壮的棕色大马按照命令绷紧了缰绳，拉着马车沿着孟街徐徐前行。马车顺着特拉夫河边的一条路走了一段，接着经过霍尔斯登城门，然后向右一转，马车就沿着施瓦尔道大路缓缓地走着……

马车经过了田野、草地、树林、农舍……沿路一直走着，晨雾越来越高、越来越薄、颜色也变得越来越蓝，人们在那里时常可以听到百灵鸟悦耳的鸣啭。来到了庄稼地的时候，托马斯嘴里含着纸烟，眼睛炯炯有神地看着四周，发现了一些有趣的东西就会指给佩尔曼内德先生看。佩尔曼内德先生好似找到了童年的乐趣一样，在头的一边斜斜歪歪地戴着他自己那顶带羚羊须的绿帽子，宽大白皙的手掌在那里自得其乐地玩弄着那大牛角柄的手杖，想把它玩得自如。他甚至还想要用自己的下巴去托住它，尽管每次都没有成功，却让坐在一边的小伊瑞卡哈哈大笑，十分喜爱。他嘴里常常念叨着："这次的目的虽然不是去楚格史匹茨山爬山，不过要是有时间去爬一爬山也是很不错的，尽兴地放松一天，痛快玩一次才好，您说对不对，冬妮？"

然后他开始喋喋不休地诉说着如何背着登山包，拿着手杖去爬山的事来。老参议夫人听了他这一番有滋有味的叙述，好几次称赞他："真不错啊！"也不知道心里在想些什么，他突然替克利斯蒂安的缺席感到可惜，有人告诉过他，克利斯蒂安也是一个风趣幽默的人。

"也不总是这样子的，还是得看情况，"托马斯说，"但要是像今天这样的场合，我想除了他，没有谁能起到和他一样的效果，这倒是没错。对了，佩尔曼内德先生，再稍等一会儿就有大虾可以吃了！"他兴高采烈地说着，"虽然您在我母亲那里，可能已经吃过一两次那种大虾和波罗的海虾米。可是要论最正宗的味道，还要数'巨人丛林'饭店的老板也是我们的老朋友——狄克曼弄得最棒了。如果你喜欢，这里的姜汁饼可不能错过，要不就算白来过这里了！或许在伊萨河那边可能还没听说，但来到这里不能不知道，不能不品尝一下。不多说了，等会呢，你要亲自体会一下。"

冬妮跟马车夫打了两三次招呼，让马车停下来了好几次，跑到路边采罂粟花和矢车菊。每次停车的时候，佩尔曼内德先生心里都自己发誓决定一定要去帮帮冬妮一块儿采花，不过还是因为上下车有些吃力，始终没真的下车去帮她。

天空中偶尔有一只乌鸦飞过，伊瑞卡看见了都会开心地鼓掌喝彩。永格曼小姐依旧像平时那样，尽管今天的天气晴朗，但她还是准备了一把雨伞，以及一件大大的雨衣。她真的是一个十分称职的好保姆，不单单是工作上一丝不苟，而且私底下为孩子们分担一些纠结的感情。她会和孩子一起玩耍，一起毫无顾忌地大声嬉笑，她的笑声音调高且粗糙，有点儿像马嘶的声音，这让坐在一边的对她不太熟悉的盖尔达用奇怪的眼神看着她……

马车很快就到了奥尔登堡边境，抬眼可见到远处的山毛榉林了。不久，马车走出了森林，穿过了一个有一口汲水井的小市场后，转了个弯出去后就又是一个旷野。等到马车经过奥河上的一座小桥以后,"巨人丛林"四个大字便映入眼帘,马车缓缓地停在饭店前。眼前的饭店是个仅有一层楼高的建筑,对面就是一个宽阔的广场,几块绿色的草坪、砂石路,以及富有乡村风味的花圃在广场的一端。目光移到广场的另一端,可以看到那里有一大片茂密的像一座罗马圆形剧场似的一层层地升起来的森林。而且这森林的每一层之间都有几个简陋的"台阶"相连,其实这些"台阶"是山上几处露出地面的光滑的树根及裸露的石块堆砌而成的。上面的每一层树林台子上,一个个白色的点其实是漆着白色漆的桌椅板凳,以供休息停歇。

到达"巨人丛林"的托马斯一行人并不是今天店里的首批客人。他们看到几个体态丰腴的女侍和一个身着油腻的燕尾服的伙计正忙得不可开交,有的正在往上面的台子端送冷菜、榨柠檬水、牛奶和啤酒。客人真的已经很多了,店内里面连最靠外边的桌子也被那些成群结队的游客们霸占着。

一个头上戴着一顶黄色绣花小帽、卷着衬衫袖子的男人亲自走到马车门的前边来,迎接先生太太们下车。他就是这家饭店的老板——狄克曼先生。当车夫朗盖特正在把马车赶到一边,让大家准备下车的时候,老参议夫人对他说:"老板,过一会儿我们会先去散步再用早饭。到时候麻烦您把饭送到上边去……不用太远,大约就在第二层那里……"

"要麻烦你了,狄克曼,"托马斯说道,"我们可是来了一个对吃喝很讲究的客人。"

"别听他的!有啤酒和奶酪就可以了……"佩尔曼内德先生马上抗议说。

但佩尔曼内德的口音太重，狄克曼根本没听懂他的意思，只顾着给大家介绍菜单："今天菜单里的菜都有，参议先生可以尽量点……有大虾、虾米，各种肠子，各种干酪，各种熏鱼，鳗鱼、鲑鱼、鲟鱼……"

"谢谢您，狄克曼，您给我们点一份合适的即可。还有，麻烦您给我们准备六杯牛奶跟一升啤酒，是这样吧，佩尔曼内德先生？"

"没问题的，参议先生，不过我们这儿有甜牛奶、牛奶浆、酸牛奶，还有奶酪，不知要哪一种牛奶？"

"这样啊，那甜牛奶和牛奶浆各来三瓶好了，约一个钟头后送来。"

之后，他们一起走向广场去。

"咱们先去看看水源怎么样，佩尔曼内德先生？"托马斯提议着，"奥河的水源，就是奥河发源的地方。这边看到的那条小河就是奥河，沿着它的岸边修建的就是施瓦尔道，在很久以前的中古时代，这条河是我们住的城市的母亲河，整个城市顺着奥河修建，后来有一次发洪水，把整个城市的建筑都毁掉了——那时候的建筑都是普通简易的建筑——最后依靠着特拉夫河又重建起来了新的城市。现在一说起奥河的名字，总是能够让我想起童年的恶作剧。那时候我很调皮，常常用力掐住别人的胳膊问道：施瓦尔道旁边的河叫什么名字，别人被掐痛了，就叫了一声'噢'，正好回答对了……你看！"距离台阶还有十步远的地方，他忽然打断自己的话，"你们看到摩仑多尔夫和哈根施特罗姆两家人了吗？就在前面，走在咱们之前了！"

托马斯没有看错，摩仑多尔夫和哈根施特罗姆就在上面的第三层林荫下的平台上。没想到这两家攀了亲家的人，几个关键人物都一个不落地正围着两张并拢起来的桌子坐着，一边大快朵颐，一边高谈阔论。一位脸色苍白留着稀稀疏疏的白胡须的老先生坐在了主位上,他是正被糖尿病困扰着的摩仑多尔夫老议员。他老伴——朗哈尔斯,白发乱蓬蓬地很随意地盘在头上,而手里摆弄着一具长柄的望远镜。他们的儿子奥古斯特今天也来了,他是一个英俊的长着金发和白皮肤的青年,一看就是一位富贵公子哥,奥古斯特的妻子玉尔新是哈根施特罗姆家的姑娘,长得秀气活泼,眼睛又黑又大,她戴着一副和眼睛一般大的钻石耳环,坐在她旁边的两个人是她的弟兄亥尔曼和莫里茨。亥尔曼·哈根施特罗姆生活无忧无虑,据说每天一睁眼就开始吃饭,早上一定要有份鹅肝馅饼,腐化的生活让他已经变胖。他的嘴边还留着略微黄红的短短的络腮胡须,长着和母亲一样的鼻子,塌下来平贴在上嘴唇顶,扁得不可思议。莫里茨博士生得肩部瘦小,暗淡的皮肤,咧嘴笑的时候还会露出那一颗颗稀疏的尖牙齿来。这兄弟俩都和自己的夫人坐在一块,即使是那位法学家也在很久前就结婚了。法学家的妻子姓普特法尔肯,是一个汉堡小姐,生着那种奶油色的头发,外表看起来有些冷酷,跟英国人长得很像,但是令人称赞的是她的五官极其端正,看起来美丽动人。如果哈根施特罗姆博士娶了个丑八怪做媳妇,那么作为美术鉴赏家的他,是会有损他的名声的。另外,亥尔曼·哈根施特罗姆的小女儿、莫里茨·哈根施特罗姆的小儿子也都来了,这两个小孩都穿这一身白绒绒的衣服。虽然这两个孩子年纪尚小,却都算是订过婚了,原因是胡诺斯·哈根施特罗姆家的财产是不会流入外人田的。这两家人都在吃火腿煎蛋。

　　托马斯一家看到他们后,与这两家人打了个招呼。托马斯提了提帽檐,动了几下嘴唇,和他们寒暄了几句,妻子盖尔达还是老样子,冷冷地客客气气地弯腰行礼。也就佩尔曼内德先生与众不同,兴奋得像打了鸡血一样,率真地挥摆手中的绿帽子,兴致勃勃地大声招呼着:"各位早上好!"——摩仑多尔夫参议太太立刻摆弄起手中望远镜……这个时候,冬妮像平时那样,耸得高高的肩膀,昂着头,但下巴恨不得贴在脖子上。她就像是在一座不可逾越的高峰之巅朝下面的人打招呼,也就是说,她的眼球跳过玉尔新·摩仑多尔夫那非常讲究的阔边帽子,直接看过去……就在此刻,她心底终于拿定了主意,不再犹豫……

"都像是早有安排一样,幸亏我们还得一个钟头才能够吃饭。托马斯,我一点儿也不喜欢对着这个玉尔新吃东西……她刚才打招呼时的样子你看到没有?连基本的点头都没有。还有就是她的那顶帽子,虽然我的眼光不是很高,但我也看得出,这简直庸俗不堪。"

"帽子什么的,我没有研究过,不清楚。但是说起打招呼,你的态度也不比人家好到哪里去。亲爱的,别管她了,要是你生气了,可是会变老的。"

"生气,托马斯?我才不会呢。让这种人高高在上,真是可笑。你说,这个玉尔新有哪一点比我好?她至多是没嫁给骗子而是嫁给傻瓜罢了;要是她在我这个位置,我倒想看看她怎样在外面另找一个……"

"你的意思是说,你在外面有人?"

"让我在外面找个傻瓜吗,托马斯?"

"那也比骗子好!"

"管他是骗子还是傻瓜,我们还是言归正传,别谈这种事儿了。"

"你看,我们都被落下了。佩尔曼内德先生爬山的体力真不错。"

脚下的路越来越平坦宽阔了,再走一段,不用多久就到想达到的"水源"了。这个地方弥漫着一种浪漫舒畅的气氛，是一个挺有情调的幽美小景。水潭上横卧着一座小桥，枝叶繁茂的大树生长在带裂缝的石坡上，地面上还裸露着粗粗细细的树根。他们用老参议夫人带来的一个可以折叠的银杯，在散落着石头的水潭中舀起泉水，大家纷纷凑上去尝了一口甜美的矿泉，焕发一下精神。在大家要喝矿泉水的时候，佩尔曼内德先生想到要主动去献个小殷勤，请冬妮务必要先喝几口，才肯接过这水杯。他手舞足蹈地反复地说道："好极了！好极了！"他热情洋溢，面面俱到地照顾大家，一会儿和老参议夫人与托马斯谈谈，一会儿跟盖尔达和冬妮谈，即使是年纪不大的小伊瑞卡他也凑上去逗她开心……一开始备受燥热煎熬的盖尔达十分郁闷，一声不吭，显然已经有点儿不耐烦了，但这会儿顿时感觉心旷神怡。等到大家陆陆续续回到了饭店的时候，在第二层平台上有一张桌子已摆满了食品，都坐下后，盖尔达第一个开了口，用温和的语气向佩尔曼内德先生表示对他的惋惜：如今大家才开始了解到，语言不通反而让大家之间所产生的误会和隔膜变得更少，然而佩尔曼内德先生却要在这会儿离开了……她都快要说出口时，听见小姑冬妮已经能够流利顺畅地用慕尼黑话说"老天保佑"了……

佩尔曼内德先生并没有明确说要动身，而是专注谈论满桌的美食佳肴，这些东西在慕尼黑老家并不是很容易就能吃到的。

满桌的美味，在大家的谈笑中慢慢减少。小伊瑞卡拿着用来当作餐巾使用的丝光纸好奇地摆弄着，相比起家里大麻布做的餐巾，这个可漂亮得多，她在服务员的同意下小心翼翼地拿了好几张，准备带回家留作纪念。已经吃完饭后，佩尔曼内德先生一边喝着啤酒一边抽着深黑色雪茄，参议则还是只抽最爱的纸烟，一家人热情地陪客人坐着聊天。但是大家都没有再提到佩尔曼内德先生动身的事，大家对以后要做的事似乎都屏蔽了起来。恰恰相反，大家对往事和最近几年的政局倒是抱有很大的兴趣。老参议夫人给大家说了几个关于1848年革命的逸闻，这些是她故世的丈夫曾经告诉她的，佩尔曼内德先生听完后，笑得合不拢嘴，直不起腰来。他自己给大家说了一些他所知道的关于慕尼黑革命和罗拉·蒙特斯①的几个故事。安冬妮很有兴趣了解罗拉的故事，听得津津有味。午饭后的时间就这样慢慢消磨过去了。约莫过了一个钟头后，小伊瑞卡和伊达从不知走到多远的地方那里探险回来，脸蛋被太阳晒得红通通的，抱着一怀的雏菊、碎米荠和野草。大家想到还得买些姜汁饼，这一家人便站起身来，回到下面去逛一圈……当然，今天及之前结账是作为东道主的老参议夫人，她用了一枚够分量的金币来支付。

在他们已经盼咐好马车夫在一个钟头内准备好马车在饭店前，最好回到城里的时候，在晚餐前还有时间可以休息；然后他们走向了丛林里的几间小房子，步子不快，头上的阳光正斜射着布满尘土的路面。

走过了奥河桥，大家分散开走着，也一直保持着这样的分拨结群：队伍最前面的是步子最大的永格曼小姐，她带着蹦蹦跳跳地跑着追蝴蝶的伊瑞卡；然后是老参议夫人和参议夫妇三个人；走在最末尾的，并且落后了一段距离的是冬妮和佩尔曼内德先生两个人。小伊瑞卡追着粉蝶，一路大声地嬉笑追闹，永格曼小姐洪亮得像马鸣一样的笑声也络绎不绝，显得前面热闹非凡。中间的三个人则是有些沉闷，

---

① 罗拉·蒙特斯（1818—1861年），当时国际上一个臭名远扬的女骗子，路德维希一世的情妇。在这次革命中她被人们驱逐出境。

特别是盖尔达为这烦人的灰尘而感到十分烦躁,一边的参议母子二人,却不知都在想些什么,一路上显得有些安静……仅是表面安静而已,走在最后的冬妮和佩尔曼内德先生步子缓慢,一边散步,一边在倾诉着什么……谈的是冬妮的前夫——格仑利希先生。

这个来自巴伐利亚的客人,巧舌如簧,他说伊瑞卡是个招人喜爱的孩子,长相和她妈妈不是很像,这是一个十分中肯的看法。冬妮告诉他:"但是她和他的父亲简直是一个模子印出来的,这对她来说是值得高兴的事。她的父亲格仑利希长相清秀,一表人才,喜欢留样式特别的金色的鬓须,那种样式除了他,从没见过别人也这样的……"

尽管以前冬妮还在慕尼黑的时候,她已经告诉过他很多关于她与格仑利希先生的那次婚事的内容,但是这时候他依然请求冬妮能够把那次婚事前前后后一五一十地告诉他,他对那次破产的详情想要了解更多,他也对这样的遭遇感到揪心与同情。

"格仑利希就是个浑蛋!佩尔曼内德先生,当时我父亲就很清楚这点,才硬是把我从他那儿给带回来。这世界这么大,你永远不知道人心长什么样。尽管我还年轻,但漫长的十年对于我来说简直是在守活寡,是生活让我看清楚他的面目。他是个浑蛋,那个银行家凯塞梅耶比他还浑蛋,并且愚蠢至极。我并不是想说自己很完美……你可别误会了我的意思。格仑利希那个人狂妄自大,我在他心里什么都不是,有时即使和我在一块,他也只顾着做自己的事儿,他还会骗我,把我一个人丢在别人家里,他担心我在城里会连累他……是的,我也是个普通的女人,也有着不少缺点。有时候我比较轻率无知,对有些东西比较有癖好,如我的睡衣……但是对于我自己的缺点，我之所以原谅自己，是因为结婚的时候，我还只是个不懂事的孩子，一只呆头呆脑的大笨鹅。我给你讲个发生过的事情吧。你也许不敢相信，就在我订婚前几天，我连四年前关于大学和报纸杂志的联邦法律被修改的事儿一点都不清楚。这原本可是很好的法律啊！……多么令人遗憾的事，亲爱的佩尔曼内德先生，我们的生活不能再来一次，要是有第二次的机会选择的话，我想可就不能再犯傻了……"

冬妮一言不发，低着头专注地看着路；她刚刚恰如其分地把包袱甩给了他，正常人听了都明白是怎么回事；让生活新生，重新再来是极不容易的，对她来说这意味着要再结一次婚，开始筹划美好的日子，这个机会还没消逝。但是佩尔曼内德先生不明白怎么回事，错过了这个机会，他只是在那里言辞激烈地批评着格仑利希先生，他圆圆的下巴上的一小撮胡子都翘了起来。

"这种禽兽不如的东西，浑蛋！要是让我见着这种人渣，我一定给他点颜色看看……"

"算了，佩尔曼内德先生，这些都过去了，再念叨他也没用了。母亲说，报复是上帝的事儿，上帝不允许我们亲自复仇的……如今我也不知道格仑利希在哪里、做什么、过得怎么样，但是我已经释然了，他已经不关我的事。我的祈祷和想念，他不配……"

他们一行人已经走到村子里了，大家站在一个面包店的房子前面，不知不觉地脚步已经停止了挪移，大家看着伊瑞卡、伊达·永格曼、老参议夫人、托马斯和盖尔达一个接着一个弯着腰进入这家店，那个矮小的可笑的大门令人印象深刻。他们的眼神空洞，虽然看着却什么也没仔细看；他们两个在自己的谈话中沉沦，就算谈话的内

359

容一直是一些无关痛痒的话题。

有一道篱笆就在他们身边,顺着篱笆设着一个狭长的花坛,里面有几株木樨草长得旺盛。冬妮蹲下身子,细心地用遮阳伞的伞尖掘松花坛里的土壤,太阳把她的脸颊烤得红通通的。佩尔曼内德先生头上的那顶羚羊须的小绿帽已经滑到前面的眼睛上了,他紧紧地靠在她身边站着,偶尔用自己的手杖帮忙松动土壤。

缓缓地低下头,他原本浅淡的蓝色眼睛,在这时看起来是那么明亮有魅力,甚至略微有点浮肿,但这阻止不了他用自己的双眼自下而上地瞄着冬妮。他的眼神充满着爱慕、担忧和期待的神色,甚至那一撮像海豹一样的胡子也传递着同样的表情。

"可能就是这会儿了,"他开了口说,"你也许已经对结婚这种事不再感兴趣了,不想再尝试了吧……冬妮,是这样的吗?"

"真是木头脑袋!"她心里抱怨着,是不是要我把话挑明才明白我的意思……她故作冷静地回答:"你说得对,现在对我来讲,再婚是需要很大勇气的,但是我已经有第一次的经验了。做一个和终身大事密切相关的决定,是多么需要有一定的把握,确定对方是个可靠的、诚实的好人!"

这个时候,他终于有所进步了,问她认为自己到底是不是那个要等待的可靠的人,她立刻回答说:"是的,佩尔曼内德先生,你就是我心中这样的一个真男人。"

接着他们两个小声地谈着话,聊着话题,私订了婚约,佩尔曼内德先生赞同着,准备回去和托马斯及老参议夫人一块商量商量。

一直等到一家人都提着好几个口袋心满意足地走出商店,托马斯故意不去看他们的眼神,因为这会儿两个人都会非常忐忑。

佩尔曼内德先生毫无掩饰地表现着，但冬妮板着脸，假装自己很端庄矜持。

一大块乌云遮住了天空，雨水开始淅淅沥沥地落下，大家赶紧回到马车里面去。

冬妮之前给永格曼小姐说的没错，她的哥哥托马斯在佩尔曼内德先生一到这里后，就四处打听先生的经济状况。打听到的消息是，X.诺普公司的规模虽然不是很不大，可是它的商号的影响力和可靠性是出了名的，这个商号在以尼德包尔为经理的股份酿酒厂的合作中，盈利很多。要是未来还有冬妮的一万七千泰勒，那么佩尔曼内德先生即使不能整天奢靡地生活，也足以让他安稳舒适地过着富裕的生活。这件事情，他告诉了老参议夫人。订婚的那天晚上，老参议夫人、佩尔曼内德先生、安冬妮和托马斯四个人还在客厅详尽地讨论了一次。大大小小的问题都解决好了，连小伊瑞卡如何安排都搞定了。伊瑞卡会被送到慕尼黑去，这是冬妮的意思，不过她的准丈夫也十分同意，并且很感动。

过了两天，这个慕尼黑客人得动身回去了——否则诺普公司就要闹得不得安宁了，不过冬妮和他还会在6月的故乡见面的。托马斯和夫人盖尔达也会跟着冬妮一块去慕尼黑的，之后他们两个又陪着她去克劳茨浴场住了一个月，而老参议夫人会带着伊瑞卡和永格曼去波罗的海的海滨避暑消夏。在这两个人停留在慕尼黑的期间，他们找了个时间一同去查看了坐落在考芬格街上的一所房子，它距离尼德包尔家非常近。佩尔曼内德先生计划着买下这所房子，其中大部分的房间准备用来出租。这座老房子的样式迥异，推开门进去就有一座直直通向二楼的楼梯，没有转弯的地方，也没有停留的平台，就跟一架大大的梯子一样。走到二楼人们方才可以沿着走廊找到自己临街的房间。

直到8月中旬，冬妮回到了孟街，这一次是想用一星期的时间来准备嫁妆。尽管上一次结婚的时候，还剩有很多东西，不过这次还得购置些新的才可以。她在汉堡那边定制了很多东西，其中包括了一件睡衣……是的，这次镶边的天鹅绒变成了普通的带子。

到了秋末，佩尔曼内德先生也回到孟街了，他们想赶紧办妥这件事。

婚礼的各项事宜，都是按冬妮的意思操办的，一切如她所想，这次婚礼不会讲究铺张和排场。"排场什么的都不重要，"托马斯说，"重要的是这是你的第二次婚礼，很容易的，我们办得像第一次结婚那样就行。"婚礼的请帖发的并不是很多，不过哈根施特罗姆的姑娘，玉尔新·摩仑多尔夫各自都收了一张，这是冬妮特意吩咐的。这次的蜜月旅行就省去了，一来佩尔曼内德先生不喜欢跋涉劳累，二来冬妮也才刚避暑回来，那次去慕尼黑的旅行也令人十分劳累。另外这次举行婚礼的地方不是家里的大厅，而是在雄伟的圣玛利教堂，参加婚礼的只有几个家人和亲戚。新娘的头上戴着橙色的花，虽然不是镶金的，但神态十分端庄典雅，科灵牧师像往常一样在祝福词中特别提起了要戒酒，语气也还是那样犀利，只是声音比之前柔和了。

从汉堡急忙赶回来的克利斯蒂安，穿戴高贵精致，但气色有点儿不好，像是生病了一样，不过他还是满脸笑容。他给大家说，和布尔梅斯特合营的生意红红火火，不出意外的话会和克罗蒂尔德在那边完婚——他的意思是会各自找对象结婚。他到教堂的时候已经差点快迟到了，因为这之前他还去俱乐部逛了一下。尤斯图斯舅舅被这场婚事感动得满眼泪水，他和往常一样慷慨，赠送给这对新婚夫妇一件精美沉重的大银盘……家里的老婆和他却要为此挨饿了，这个坚强却柔弱的母亲在平日里用自己微薄的生活费替她的在外流浪惹事的儿子偿还债务。据传，这个不孝子正在巴黎。布来登街的布登勃洛克家那几位小姐在一边说："祝福他们白头偕老，别像之前。"话听起来感觉很奇怪，令人怀疑她们是不是说真心话……苔瑞斯·卫希布洛特走到了她的学生、如今是佩尔曼内德太太的冬妮面前，踮起脚尖在她的前额轻轻地吻了一下，用她那因为满心热诚而显得更加浑厚的声音祝福着："愿你从此与幸福相伴，我亲爱的冬妮！"

7

早上八点，布登勃洛克参议已经醒了，他下了床，从一处暗门后边走下回旋的楼梯，进入地下室，洗完澡后又披上睡衣，接着开始研究一下"天下大事"。每当这个时候，温采尔会从厨房打来一盆热水，并携带着理发用具走进来，他也是理发师兼市民代表会的代表。温采尔先生有一双红润的手，一张富有内涵的面孔。当布登鲁克参议坐在大靠背椅上仰着头闭着双眼，温采尔先生在一边拿着肥皂轻车熟路地打泡沫，他们两个总要说几句话。他们说的内容无非是昨晚上的休息情况，天气如何，然后把话题转到"天下大事"，接着再说说市内的新闻消息，最后再说几句经商和家庭背景等亲身体会的问题结束……这一闲聊拉长了刮脸的时间，因为参议的嘴巴移动，温采尔先生只好把刀子从他的脸上拿开一会儿。

"昨晚的睡眠可好，参议先生？"

"还不错,谢谢你的关心,温采尔。今天外面的天气如何?"

"我出门的时候看到下了满地的冰霜,另外还带着一些雪花,参议先生。经过雅各教堂的时候,因为几个孩子在那里弄了条十米长的滑冰道,我从市长那里出来的时候差点在那里栽跟头,这些捣蛋鬼!"

"今天你可看过报纸?"

"那个《公报》和《汉堡新闻》都看了。只有个奥尔新尼炸弹案①比较受关注,其他的都没什么……那个爆炸就发生在去往歌剧院的路上,那么多人……"

"这个没有什么值得在乎的。这个爆炸不会给人民带来什么东西,除了让维护治安的警察和媒体紧张一些。他也时刻戒备着……听说现在也是诚惶诚恐的,应该是个事实,他为了守住自己的地位和宝座,很有可能会不择手段。可就算是这样,我也依然支持他。据以往的经验,他不会做出没有价值的事情来的。还记得那次粮食贷金和减价售粮的事吗,让我十分敬佩。毫无疑问,他会为人民着想的……"

"这番话,不久之前吉斯登麦克先生也说过。"

"嗯?是那个施台凡吗?"

"他们说普鲁士的腓特烈·威廉的情况不容乐观,参议先生,事情很快就会有进展的,坊间传言,公爵就要干涉政权了……"②

"真有意思啊,这件事到底会怎么继续,我们拭目以待吧。这个威廉,如今已经表现得像是一个拥有自由思想的先驱,他不像他的哥哥那样对宪法总是怀着一种隐隐约约的憎恶……可怜的是,忧郁

---

①意大利革命家费利策·奥尔新尼,1858年谋刺法帝拿破仑三世未遂,所投炸弹炸死十人,受伤一百五十人,被判死刑。
②指的是普鲁士国王腓特烈·威廉四世,这时他已经神经错乱,他是德国1848年的刽子手。公爵指的是普鲁士威廉公爵,以后登基为德皇威廉一世。

正在损耗着他的精力……今天的哥本哈根还有没有其他新闻?"

"空空如也,尊敬的参议先生。他们不愿意。同盟[1]已经做出决定,认为霍尔斯台因和劳恩布格[2]的总宪法是不合法的……但是他们在北边一直不愿意撤销。"

"那可不,没有听说过有这样的,温采尔。他们硬是要让联邦会议有所行动,要是联邦会议能够机敏些就好……真是想不通这些丹麦人!小时候我唱的一首赞美诗,现在还记得,开头的一句就是'我的主,请给我,也给天下那些对尘世淡泊的人……'那个时候连'尘世'是什么都还不知道呢,还总以为那个'淡泊的人'是个'丹麦人',我就想啊,为什么要把这个特别的称号给丹麦人呢……"

"你小心一点啊,我那里破了个口子,温采尔,你还笑啊……是的,比方说我们如今这一条通往汉堡的铁路!不知道得和其他国家做多少游说工作……"

"你说的没错,参议先生,然而令人费解的是阿尔通纳—基勒尔铁路公司极力反对,其实他们就是霍尔斯台因一族人;前不久市长鄂威尔狄克就是这么说的,他们很担心基勒尔的生意做了起来。"

"温采尔,你说的没错。正常情况下,这个阿尔通纳—基勒尔公司一定会想方设法,在这条沟通波罗的海和北海的新交通线中搞破坏。他们或许也修一条同样路线的铁路竞争。东霍尔斯台因,新门斯特,诺宜城,这又不是不可能。但是我们不能被吓住了,这条直

---

[1] 同盟指的是在维也纳会议基础上成立的德意志同盟。参加的有三十四个日耳曼邦和四个利伯维尔。1866年解散。
[2] 当时劳恩布格属于丹麦,而霍尔斯台因则加入德意志同盟,虽然如此,这两个小国却有一部共同的宪法。

通汉堡的铁路照样得修下去。"

"参议先生好像很关注这件事啊。"

"嗯……只要是我能做到的,只要我能够为这事儿贡献一点微薄之力……我很有兴趣关心我们的铁路政策,这也是我们家的传统。1851年的布痕铁路董事会我的父亲也参加了,在我二十三岁的时候就已当选为董事,没准就是因为这个,我才一直成绩平平。"

"参议先生,按你的话说,那个时候的市民代表会……"

"你说的没错,这样我也给去参加会议的各种人留个印象了,至少大家都知道我是好心好意的。我很感谢我的父亲、祖父、曾祖父他们给我创造的条件,在他们都还活着的时候获得的信任与爱戴,如今也留给了我,不然我哪有现在这么快活……

比方说,我的父亲为了邮政改革从1848年开始到50年代初付出了多少心血?你也清楚当时他在市民代表会里,是怎样尽力主张把汉堡驿车和邮政联合起来,1850年在市议院——当时议院办事只是一味不负责任地拖拉——又怎样一再倡议实现了参加德奥邮政联盟的事,如果说我们现在寄信的邮资比较低,有了纸箱的邮递,有了邮票、信箱,能够和柏林、特拉夫门德通电报,家父的功劳绝不比别人小。如果不是他和另外一些人一再敦促议院,我们在邮政制度方面永远得落在丹麦和土仓—塔克西斯[①]后面。这就是为什么现在关于这件事情我无论发表什么意见,总会有人愿意听取……"

"参议先生所言极是,老天会看得到。说起这个汉堡铁路,几

[①]塔克西斯:1516年贵族朗茨·封·塔克西斯建立起维也纳至布鲁塞尔的第一条正式邮路。以后土仓—塔克西斯家族垄断着德国、尼德兰的邮政特权,一直到19世纪中叶。人们称之为土仑—塔克西斯邮政。

天前市长鄂威尔狄克博士还跟我说过：要想让这件事情做得顺利，可以在汉堡买块地皮建设火车站，我们一定得让布登勃洛克参议去办这件事，没有一个律师比布登勃洛克参议能干……这是他的原话……"

"是吗？他实在是过奖了。温采尔，在我的下巴那里多涂点肥皂，这个地方不好刮，要刮得彻底一些。"

"没错啊，总之我们必须有所作为！我没有贬低鄂威尔狄克的意思，我的意思是，可能是他太老了，如果我是市长的话，不可能让这件事拖这么久的。最近已经开始安装煤气灯，以前那些麻烦的煤油灯终于要和那些铁链子一块被淘汰了，这件事让我感到难以言说的兴奋。我想自己也参与了这项改革，多少做了一些努力……嗯，不知道还有多少事要做。温采尔，你是个明白人。现在这个时代，社会发展多快，我还有无数的事情要做，要去奉献自己。一回想起我的童年……哎哟，小时候咱们这里是什么样子的，你也知道。在大街上看不到半个人影，也没有人行道，路边的石缝长着高高的野草，有的房子的前屋甚至都快到街心了，那些空地和板凳……这些中世纪的建筑物没有认真的规划，随意添建，房型五花八门质量参差不齐，最终有很多都坍塌倾倒了，尽管咱们这里的人都挺有钱的，没有人会为填饱肚子犯愁，但政府穷得叮当响，让很多事都糊里糊涂地拖延着，就像我的妹夫佩尔曼内德说的那样，谁也想不到修缮保护。想起那个时候的人真的是很容易满足，我祖父的一位挚友，让·雅·克霍甫斯台德——不知道你认不认识这个人？——四处流浪，偶尔会从法文里找一些下流的小诗翻译……现在可不能再像那个时候一样

367

了；时代总在改变，还有更多的改变需要我们主动出击……以前我们的居民只有三万七千多，如今早已经超过了五万，想必你也知道，你看看，就连我们城市的性质也正在改变着。一幢幢新建筑物被盖了起来，市区的范围也越来越大了，整齐的马路一条条铺设了，以前那种辉煌时代的那些富有意义的建筑也得到了保护和重建……然而这些还只是看得见的表面上的变化。更大的改变还依然摆在我们面前等待去解决，温采尔你会佩服的，我父亲也曾呼吁过关税同盟，我们一定要加入关税同盟，这个趋势毋庸置疑，要是我在努力为这件事能够成功而做很多事的时候，希望你也能帮我做点事……请全力支持我，我虽然是一个做买卖的商人，但我比那些外交家知道得更清楚，要是说这件事情会破坏了国家的独立和自由，那简直是贻笑大方。能够加入关税同盟，像梅克伦堡和施莱斯威—霍尔斯台因那样，很多地方都会欢迎着我们前去；现在我们不能够像以前那样完完全全地控制着前去北方的路途，除非我们能够加入关税同盟，这对我们来说是一件利大于弊的好事……嗯，好了……先把毛巾给我一下，温采尔。"参议结束了这个话题。

接着两个人交谈了一两句关于黑麦当前行情的话——黑麦目前停留在五十五泰勒上，而且还有下降的趋势——也许又提了一下城里某户人家的什么事，之后温采尔先生就从地下室走出去，把他那闪亮的杯子盛的肥皂水倒在街头的石块路面上，而参议也从回旋楼梯回到上面卧室里。盖尔达醒了过来，他在盖尔达的前额上吻了一下后，便开始穿衣服。

每一个早晨，和这个可爱的理发师长长的谈话是托马斯每天工作开始的轻松小曲，谈话后他就要投入紧张的工作，解决问题，写作，计算，到处拜访……他每天各种事务都排得满满的。因为他结识的人多，走的路多，也是因为他兴趣多样。托马斯·布登勃洛克是他这些朋友中最不受小市民思想影响，他也是第一个发觉到自己的活动范围狭小的人。

不过在这个城市的外围，在他祖国的广大区域上，一个萎靡不振、死气沉沉的倒退的时代紧随着给社会生活带来的一阵繁盛的革命年代，特别的荒诞乏味，一个富有内涵的思想却没有什么东西可以寄托。好在托马斯·布登勃洛克是一个明智的人，他把"人类一切活动只具有象征的意义"这句格言当作自己的座右铭，并且把他所有的意志、才能、热情和主动的精力都用在他的小小的社会事业上，用在他继承来的名誉和公司上。他在本市从事市政建设的一群人中已经成为名列前茅的人物，他有远大的抱负，期望在小小的活动圈内有一番不平凡的作为，尽一切努力获得权力。他真的很聪明，他既懂得认真地看待他的野心，也懂得对它加以嘲笑。

他在饭厅用过安东准备的早餐后，随即穿戴好前去位于孟街的办公室。通常在那里逗留的时间都会在一个钟头以内，迅速地写两三封信函，撰写几张电报稿，并顺便发出一些指示，把这个商业机构的一些主要事宜稍稍调整一些，然后就把执行繁重的监督和管理业务的责任交给马尔库斯先生，全靠后者的敬业谨慎精神来监管。

每当需要他前去出席会议和各种集会抑或发表演说，在哥特式拱道下经过证券交易所时，他还会抽出空来到码头、仓库察看一下，与几个自己熟识的几条船的船长商讨一些刚出现的情况……在一天的行程中，他几乎是一直忙碌着，只有在和老参议夫人吃早饭，和盖尔达吃午饭,以及午饭后衔着一支纸烟坐在沙发上用半个钟头读报时,他紧张的活动才稍微放缓。有着许许多多的事情需要他做,常常忙到天黑。比方说,他有生意场上的事,关于税务的事,关于建筑铁路、邮政、救济穷人等方面的事,说都说不完。更不可思议的是,对某些与他好像毫不相关的东西,某些本属于学者专家研究的现象,他都有自己的深刻的见解,特别是有关税务理财方面的事务,他的才华早就表现得淋漓尽致了……

参议对他的社交生活也是十分小心,不让这方面有所失礼。尽管他在和别人约会时,因为各种原因常常没有提前赴约,而是在最后一秒钟才出现。有一次,他的夫人盖尔达早就打扮整齐,在下面马车里等候了半小时之后,姗姗来迟的他一边说"失礼了,盖尔达,刚遇到了件事情脱不开身",一边赶紧换上晚礼服。但是一来到那种宴会、舞会或者晚会上,他却能够对遇见的各式各样的人或事表现得很有兴趣,能够让自己在人群中成为那个最健谈最有人缘的主角……而在招待客人时,他和他的妻子不会比任何一个有钱的人家逊色;他家有着被人认为是顶尖的厨房和酒窖,他就是这些顶尖的建筑物的主人,在他拿起酒杯向大家祝贺时的致辞最有意思,普通的祝酒词根本没法相提并论。令人感觉意外的是平日里,他和盖尔达私下在一起时,他们的夜晚却是安静悠然的,他默默地吸着纸烟,或者在一旁认真地听她演奏提琴,或者看一本她介绍的德文、法文或者俄文的小说,与她共享安静的夜……

他几十年如一日地朝着自己伟大的目标辛勤地毫不懈怠地工作着,他在本城人中的声望与日俱增。尽管之前克利斯蒂安的创业及冬妮第二次结婚,花了公司不少钱,好在公司近几年的业绩十分喜人，获得不少利润。不过，他也是有所忧虑的，碰上不顺利的时候，棘手又麻烦的事也会频频打击他的信心，磨损他那富有朝气的干劲，让他的情绪低落、内心不快。

给他带来麻烦的人有一个就是在汉堡的克利斯蒂安。在1858年的那个春天，跟克利斯蒂安合伙的股东布尔梅斯特先生因为中风突然去世了。布尔梅斯特先生的后人从公司里把死者的资金都提走了，参议就向他的兄弟建议不要冒着风险自己投入全资经营，因为他很清楚，在资金每况愈下时候，还要独力去支撑一个已经开店面的商号是十分不容易的。不过克利斯蒂安一意孤行，坚持要一人继续经营，把H.C.F布尔梅斯特公司的资产和债务全部接了过来……烦恼事也随之而来。

另外给参议带来麻烦的人，还有他在利加的妹妹克拉拉。她和蒂布修斯牧师结婚之后，没有生孩子，这还不算，克拉拉自己也一直不想要孩子，而且十分肯定，没有半点做母亲的样子。不过在她和她丈夫的信函交流中知道，她的身体一直抱恙，还没有康复，在她还是个少女的时候头痛便是家常便饭，如今甚至都成了周期性的了，有时候这样的疼痛让她无法忍受。

这些的确很是麻烦。可是麻烦远远不止这些，在老家那里，布登勃洛克家族甚至要担忧有没有后继子孙。盖尔达对此漠不关心，十分冷淡，冷淡得好似她已经对此心存嫌恶、厌烦至极。托马斯很少抱怨或者向别人诉说自己的担忧，唯有母亲老参议夫人替他着想，感同身受地把医生格拉包夫拉到一边问："大夫啊，咱们说句实在话吧，是不是该想个解决办法？我知道克劳茨那边山地的空气也不错，格吕克斯布格或是特拉夫门德那边海滨的空气也不错,可是都试过了,也没见成效。你想有什么好法子吗?"

医生格拉包夫说起自己屡试不爽包治百病的老药方"注意饮食:多吃些鸽子肉和法国面包"之类的建议收效甚微,便又给了新的建议,庇尔荣山和施朗根浴场的空气也不错……

这就是困扰着托马斯的三件事。而我们的冬妮怎么样?令人怜悯的冬妮呀!

8

她在纸上写道:"我想要肉丸子的时候,她什么都不知道,在他们这里管肉丸子叫'肉圆';有时候她说'硬花甘蓝',我是想破脑袋也猜不着她说的是花椰菜;要是我跟他们说'煎马铃薯',她就一脸茫然地喊'啥呀!啥呀!'……非得我说'炸土豆'才明白,这里的人都是这么说的。她是第二个了,第一个是已经被打发走的卡蒂,那个卡蒂做事情很没有分寸,粗鲁冒昧,反正我认为她就是这样的。可现在,我慢慢地发觉,也许是我错了,因为这里的人习惯就是这样,要判断别人说话是不是粗鲁,还真是不好分辨。现在的这个叫芭贝塔(这边叫她帕培特),慈眉善目的,有点儿像南方人,黑色的头发和眼睛,一口令人羡慕的好牙。像她这副长相的人,在慕尼黑倒也不少见。芭贝塔做事勤奋能干,按照我的要求,她已经学会做咱们的家乡菜。比如,昨天她做了一道酸模菜加葡萄干。可是这道菜却让我很不愉快,佩尔曼内德他因为这道菜对我发脾气(尽管葡萄干都挑了出来),整个下午和我一句话也没有说,而是自己一个人自言自语。我亲爱的母亲,生活这件事,远没有童话里那么简单、快乐!"

让人心疼的是,让冬妮生活在水深火热中的并不是"肉圆"和酸模菜……刚结婚后,还没来得及度完蜜月,她就受到了一次挫折,一件谁也不会想到的、突如其来的、让人十分费解的事。这个突发事件几乎把她从天堂打到了地狱,祛除了她所有的欢乐,并且再也无法复原到过去那种充满欢乐的情绪。这件事的前因后果是这样的。

新婚后,在慕尼黑已经居住了几个星期的佩尔曼内德夫妻二人,收到了哥哥托马斯根据父亲的遗嘱从资金中抽出来的冬妮的陪嫁费,约合五万一千马克。托马斯把这些钱折合成金币,再完好无损地交到佩尔曼内德先生的手中。聪明的佩尔曼内德先生拿着这些钱存放在一个安全的地方,并且还能收到定期的利息,只是存放好陪嫁费后,他却好像什么也没发生一样、恬不知耻地对冬妮说:"冬内尔(他管冬妮叫冬内尔),亲爱的冬内尔,我想咱们不用再奢求什么了,东西太多也用不着。想当年我为了过好生活,没日没夜地努力赚钱,现在我得歇一歇,享受一下生活了!感谢老天!我打算把底下的两层房子都租出去,其他房子足够我们住了,偶尔晚饭加一顿猪肉,也不用去吃什么山珍海味……每天太阳下山后,我可以去咱们开的皇家酿酒厂去喝几杯。奢侈浪费的生活咱不要,只是工作的生活咱也不要,我就想着安逸地享清福。明天我会把所有的事结清,然后拿着利息钱做日常开销,这也就够了!"

"佩尔曼内德!你说什么!"冬妮大声喊着佩尔曼内德的名字,喊的时候她的声音和之前叫格仑利希的名字时那种奇怪的声调一模一样。但她听到的回答是:"你懂什么!给我闭嘴!"两个人就这样争吵了起来,尽管才结婚不久,连蜜月还没过完,这次吵架却闹得如此激烈、如此可怕，一个新家庭的幸福美满在吵架声中慢慢变得遥远……他赢了这场争吵。她激烈的反对最终败给了他更激烈的对安逸生活的欲望，不听劝阻的佩尔曼内德先生还把他投在忽布生意中的本钱和其他资金都抽出来，这时他名片上的"股份公司"也被诺普先生用蓝色笔画掉了……冬妮的这个丈夫每天晚上都会出现在皇家酒店的一张固定的桌子上喝掉三升啤酒，与朋友玩牌赌博，就和这些朋友一样的，他每天的正事就是想方设法涨房租和安分守己地剪着利息票。

在冬妮给母亲老参议夫人的信件中，她只是轻描淡写地提了这件事，不过在给他的哥哥的信件里，他们能够真真切切地体会到她的难受……可怜的冬妮！她最担心发生的事情也远远没有这么严重。虽然之前她也有发觉，佩尔曼内德先生与格仑利希相比，少了一些上进心，但是她对他还是有很大的期待，就在当时订婚的前夜，她还和永格曼小姐谈论过对他的期待。然而，新婚不久的佩尔曼内德就打破了她的幻想，他对这个来自孟街布登勃洛克家的姑娘是这么的不负责任，这些都是她没想到的。

她只能默默地承受，并且在她信中的每一个字眼里，家人都看到了她屈从命运的态度。她的生活就像一架机器，每天机械地跟着丈夫、伊瑞卡度日子，送伊瑞卡上学，做家务，与楼下的房客有礼貌地来往，除了这些，就是去圣玛利广场的尼德包尔家了。在宫廷剧院有时候也会有她的身影，和她一块前去的是她的闺蜜伊娃，佩尔曼内德先生从不陪她去这种"无趣"的地方。在慕尼黑居住了四十几年的佩尔曼内德先生，没迈进过绘画陈列馆的门口一步。

太阳东升西落，日子一天天过去……在佩尔曼内德先生想要把陪嫁费花到退休养老上的那一刻起，冬妮对期待的新生活几乎绝望。她再也不能向家人报告说做了哪一件成功的事，哪一项事业上取得了进展……这样单调的生活，会一直延续到她走向生命终点的那天，生活会一成不变地重复着，每天都和现在一模一样，尽管生活没有什么可担忧的，却总是有所限制，离"高贵"十万八千里。她的心里像是有个石头压着。在她的信件里面，可以很容易看出来，这样萎靡不振的状态让她对南部德国的环境处处不适应。那些比较不错的琐事自然不足挂齿。比方说，她现在已经可以轻松地和侍女、送货的伙计交谈，也知道用肉圆来替代肉丸子，在她的丈夫讽刺说她的果子汤和洗碗水一样后，懂得再也不给丈夫做果子汤了。但是，整体上来说，她在这个地方一直算是个外人，他们对待这位布登勃洛克家的姑娘没有丝毫的特别之处，这些简直都像在讽刺着她一样。在信件里她提到过，有一个建房子的泥水匠在手中端着杯啤酒，另一只手倒拎着些胡萝卜，是怎样在大街上和她打招呼的："嗨，现在几点啦，邻居太太？"在信里她好像用着轻松的语气描述这件事，却可以从中体会到她隐隐的怒火，并且想象下当时的场景，她的样子会是怎样地扬起头，不仅什么话都不应，而且连看都不看那人一眼……使她感到孤独、感受冷落和陌生的并非仅是别人的不懂礼节、不会说话，主要是她与慕尼黑的生活和活动格格不入，却还要在慕尼黑的空气中呼吸。这里的空气里居住着整天游手好闲的艺术家和市井小民，这种空气略微带着腐败的气味，而以她现在的心情自然无法很有风度地乐观地呼吸这种空气。

太阳同往常一样升升落落……直到后来才迎来了一丝富有希望的幸福的光芒，这也是布来登街和孟街的人苦苦追求的幸福，这个幸福就是：在1859年之后不久，冬妮十分确信即将生下她的第二个孩子。

在她的信件里看得出她的兴奋、喜悦，好久没在她的信里面看到这些充满着快乐的、毫不掩饰的、恣意放纵的字眼了。老参议夫人如今除了在夏天到外地避暑，很少会出游了，就是避暑也只是在波罗的海附近的海滨而已，所以她也为自己这次没能去冬妮那里感到遗憾，但她在心中向女儿致以自己真诚的祝福。老夫人走不动，年轻人可以，托马斯夫妇在回信里面说道，他俩会参加新宝宝的洗礼，而冬妮在脑海里开始想着各种招待的方式——"高贵不俗"地款待娘家人……可怜的冬妮！心里想的各种计划、准备的款待也落得凄惨落魄。她本来想要用一些花朵、糖果和巧克力来点缀这个迎接小生命的洗礼，竟然化成泡影——这个小婴儿，一个可爱的女孩儿，出生没多久就夭折了。小婴儿只活了一刻钟，在这一刻钟的时间里，医生用尽浑身解数竭力想保住这个小生命，最终也没能挽回。

在托马斯和他的妻子赶到慕尼黑的时候，冬妮自己也处于危险之中。她静静地躺在床上，医生说她的病情比起上次严重得多，本来她就时常犯神经性的胃弱症，这次连续好几天几乎一粒饭都没沾。幸好她最终慢慢地痊愈了。在托马斯他们准备要回家的时候，她的身体已经恢复得差不多了，只不过在另一方面十分令人担忧，尤其是有敏锐观察力的参议先生，这件事没有逃过他的眼睛：就算这对佩尔曼内德夫妇一起度过这次困难，他们两个的感情也难以复原。

看着这个再也不动的婴儿，佩尔曼内德先生倒是还有些软心肠……也许是他的心中感到了悲痛，一颗又一颗豆大的泪珠在他那小小的眼眶里失去了控制，顺着他圆圆的脸颊淌到稀疏的带穗胡须上……

他嘴里伤心地念叨着"唉……真是命苦啊！真是命苦啊！"而其实在冬妮所看到的，他安逸的享乐还是一如既往，他晚上依旧在皇家酒店消磨时间，没用多久就忘记了心中的悲痛，挂在嘴上的那句"唉……真命苦"的口头禅反映着他对命运的看法。他就在这样知足常乐、与世无争、有点抱怨又有点不痛不痒的人生观中浑浑噩噩地消磨日子。

可是冬妮就没那么乐观了，从那时候开始，她的信里面的每个字眼又回到了没有休止的绝望和悲苦中……"唉，我的妈妈，"她这么写着，"是前辈子造的孽吗？以前是遇到格仑利希破产了，后来是佩尔曼内德竟然早早地就要退休，现在又孩子死了……老天爷怎么如此对我啊！"

托马斯在家中收到信，当读到这样的话时，就忍不住摇着头微笑着，因为这些话里面饱含着现实中多少的苦痛，而在这信里，冬妮那可笑的骄傲感却无处不在。他很了解冬妮·布登勃洛克，不论是格仑利希太太还是佩尔曼内德太太，她都像是个还没有长大的孩子。她对自己那些成年后的经历，一开始不相信这些事是真的，而后却像个孩子一样的认真、像个孩子一样哭哭闹闹，尤其是像个孩子一样一边反抗一边承受着。

她也不知道到底欠了什么债才让她如此受罪，尽管以前她常嘲笑她母亲对宗教的迷信，整天说什么因果报应，她自己其实也是充满这样的思想……可怜的冬妮！她所受的打击不会因为第二个女儿的夭折而结束，这次也不是最残酷的……

1859年年末，一件可怕的事发生了……

9

临近 12 月的一天,深秋里的太阳有些寒冷,浓浓的雾气,就像是下了雪一样,只是阳光偶尔穿透雾气。这种天气在这个海港并不少见:猛烈的西北风在教堂厚厚的墙角处呼呼作响,人们一不小心就会染上肺炎,这天恰好也是这种天气。

快到中午的时候,托马斯·布登勃洛克走进了早餐室,看到母亲老参议夫人戴着一副眼镜,正趴在桌子上研究一张大大的纸。

"托马斯,"她开口说道,眼镜架在她的鼻梁尖上,眼睛望着他,双手把报纸搁在一边,犹犹豫豫地好像不愿意把钱递给他,"别感到惊讶……这件事情的确令人忧虑……我也不太了解……是从柏林那边发过来的……我想的确要发生什么事了……"

"让我看看。"他干涩地说道。接着他的脸色一下变得苍白,咬了咬嘴唇,额头上的青筋暴起。他伸出自己的手的那个姿态,就像是要做一个很大的决定一样,似乎在说:"令人忧虑也罢,不快也罢,赶紧给我就行了,让我仔细地看看到底是什么!"

他站在桌子边,一手捧着那张纸,读着纸上的内容,只见他挑起一边的眉毛,另一只手不慌不忙地捻揉自己长长的须尖。这张纸是一封电报,在上面清楚地写着:"请别惊慌。我和伊瑞卡马上赶回去。什么都结束了。——你们可怜的安冬妮。"

"马上……马上,"他有点愤懑地说,看着老参议夫人,把头摇了摇,"马上是什么意思?"

"托马斯,她没有什么特别的意思,只不过是用了这样一个词。她的意思可能是现在就在赶回来的路上……"

"那这份电报怎么是从柏林发来的？她去柏林做什么？她是怎么到柏林的？"

"我也不清楚，托马斯，我也想不明白……这是一封急电，刚到没十分钟。我想是发生了什么事了，别干着急，等等看到底是什么事。啊……我的上帝，保佑亲爱的冬妮、孩子平安无事。托马斯，你也先坐下吃饭吧。"

他心不在焉地坐下了，随手倒了一大杯黑啤酒。

"什么都结束了？"他念着电报上的这句话，"在底下又写着安冬妮……还是和孩子一样……"

接着他一声不吭地用着早餐。

一会儿老参议夫人开口说道："托马斯，你说会不会是佩尔曼内德的缘故？"

他仍旧是低着头吃饭，只是耸了耸肩回应。

用完早餐，快要离开的时候，他一手搭着玄关的门把手："我想是这样的，我亲爱的母亲，这会儿什么事也不知道，我们耐心地等她回来吧，也许三更半夜她回来不方便，很可能是明天白天到，到时让人通知我一下……"

老参议夫人在屋子里一个钟头又一个钟头地等待着。这天夜里，她也没有好好休息，隔一会儿就摇动铃声招呼伊达·永格曼过来（永格曼小姐现在是睡在中间阁楼的最后一间屋子里，就在老参议夫人的隔壁），吩咐她准备些糖水。一直到上床后，她还是毫无睡意，手里拿着针线活笔直地坐在床上。到了第二天上午仍旧是在忧心忡忡的紧张心情中熬过的。在中午吃午饭的时候，托马斯对大家说，要是冬妮真的回来了，那么只能够坐布痕那边的车过来，这样就得在下午三点三十三分才能到。午饭后,老参议夫人和以往一样在客厅的一个靠窗的椅子上坐下来,她拿出一本黑色封皮的书,想读读书放松一下心情。这本书封面上清晰地印着一条烫金的棕榈枝。

这一天和昨天一样:寒冷的阳光,浓浓的雾气,呼啸起来的冷风,在壁炉发亮的栏杆后面,火噼噼啪啪地燃起来了。一旦有车轮声传到老太太耳边,她便不禁有些哆嗦,急忙探着身子往窗外看去。等到四点钟的时候,即使外面有车轮声停下,她也不关心,几乎已经忘记了要等女儿的事情。突然楼下传来一阵急促忙乱的脚步声……她急忙坐起把上半身往窗口探去,抓起手巾擦去玻璃上的水汽:果然有一驾马车停在楼下,有人正在顺着楼梯爬上来。

她两手架在椅子的两边扶手上,弓着身子想站起来,但是她迟疑了一下,又坐了下去,只是把头转向冬妮走来的那个方向,脸上却是一副无关紧要的或者说是冷漠的表情。伊瑞卡被伊达·永格曼拉着手站在玻璃门旁边,而冬妮则迫不及待地冲进了屋子里。

我们的冬妮,佩尔曼内德太太身穿皮斗篷,一顶带有面罩的长形皮帽扣在头上。她的脸色苍白,疲倦的眼睛通红通红的,嘴唇像是被冻着了一样抖动着,冬妮小时候哭喊得厉害的时候也是这个样子的。她稍稍举起了胳膊,却又无望地落下去,双腿一弯在她的母亲面前跪了下去。在老太太的怀里,她埋着头呜呜咽咽地哭泣着。这些给人的感觉就是:她是这样一路从慕尼黑逃奔而来,在最后一刻扑向了终点,人被解救了,全身也都筋疲力尽地倒下了。老参议夫人一言不发。

"我的冬妮啊!"她用冷静温和的语气责备道,一边缓慢小心地把冬妮用来固定帽子的一个大别针拔出来,拿起帽子搁在窗台边,接着用双手亲切地、疼惜地抚顺着女儿那浓密的淡亚麻色的头发……

"发生什么事了,我的孩子……嗯?"

急切想知道发生什么事的她,这会儿必须很有耐心地等候着,过了好久一会儿,这个问题才慢慢地得到答案。

"妈妈!"冬妮破着嗓子喊着……"妈妈!"她叫了这两声就沉默了。

老参议夫人的眼睛呆呆地看着玻璃门那边,一只手抚慰着膝下的女儿,另一只手朝着伊瑞卡招呼,叫她走过来。小伊瑞卡一脸茫然地站在一边,食指触着嘴唇,不知所措。

"来,亲爱的宝贝,过来这边,跟我说声'你好',会吗?看看你都长这么大了,多可爱,多漂亮啊。谢天谢地。今年多大了,伊瑞卡?"

"十三岁了,外婆……"

"哇哦!是个大姑娘了……"

她俯下身子,越过冬妮的头亲了这个女孩儿一下,然后说:"和伊达到楼上去吧,宝贝,再过一会儿我们就开饭。现在我和你妈妈有话要说,你去休息一下。"

屋子就剩下冬妮和老参议夫人两人了。

"哎哟,我可怜的冬妮啊!难道要一直哭下去吗?既然老天要让我接受一次考验,我们就得坚强地经受住考验。勇敢地面对一切苦难吧,就像福音书中描写的那样……还是你也要上楼去休息一会儿,养养精神再来找我?我已经盼咐永格曼布置好你的房间……昨天你打来的电报,真的吓到了我们……"她的话还没说完,在怀里的冬妮抽泣着、哽咽地说着:"他就是个无耻小人……无耻小人……无耻……"

冬妮重复地说着这个刺耳的字眼,其他的话什么也说不出来了。

这几个字装满了她的脑海。她将头更深地埋在母亲的怀里,放在椅子边的一只手用力地攥着拳头。

"你说的'他'是在指佩尔曼内德先生吗,冬妮?"停顿了一会,老太太补充道,"原谅我的不礼貌,我不该这么揣测,可是我想不出你会说谁了。我的孩子,告诉我,是不是佩尔曼内德欺负你了?他是不是做了什么对不起你的事?"

"是芭贝塔……"冬妮哭着喊了一声出来,"芭贝塔……"

"什么芭贝塔啊?"老参议夫人疑惑地询问着……然后她后背靠着椅子,明亮的眼睛朝着窗外看去。她还不知道前前后后发生了什么。两个人一言不发地依偎在一块,只听得见冬妮渐渐平稳的啜泣声。

"亲爱的孩子,"有好一会儿,老参议夫人才开口说,"看你这副样子,一定是受了不少委屈……也是因为有什么缘故才会来告诉我们的……不过我不知道到底是什么让你这样激烈地难以平静地发泄呢?是什么让你非得千里迢迢地回到娘家,而且还带着伊瑞卡?你也知道,这样跑来娘家可能会让那些不知情的人有不好的揣测,就好像你没法再回到丈夫身边去一样……"

"没错,我就是不打算回去了!……不要再回到那个鬼地方了!"冬妮喊道,猛地一下抬起了头,一脸生气又可怜的表情看着母亲,红红的眼眶里泪水不停地打着转,接着又把头埋在母亲的怀里了。而老参议夫人就好像没听到似的。

"好吧,好吧……"老参议夫人有点儿唉声叹气地说,缓慢地把头转向了另一面,"好吧好吧,既来之则安之,都来了,就好好在家里休息,把心里的不愉快排解掉。慢慢来,等好些了再告诉妈妈发生了什么,我们再一起想想,怎么样用友好宽容的、妥帖有效的办法解决这件事。"

"再也不会了！"冬妮又扯着嗓门喊道，"再也不会了！"然后她就开始给母亲讲起了事情的始末，尽管因为她把头埋在母亲怀里的缘故，并且讲话的时候不时被难以控制的愤怒打断，以至于每句话不能都听得清清楚楚，但是总体上还是可以听得出来的。发生的事情，大概是下面这样的。

就在前几天，也就是本月的24号那天晚上，因为白天害胃神经痛比较厉害，只好熬到很晚才睡，在床上冬妮从很不踏实的睡梦中忽然惊醒过来。她被吵醒的直接原因是在前面楼梯上窸窸窣窣的声响不绝于耳，捂住耳朵也隔绝不了这些神秘的嘈杂的声音。声音嘈杂纷乱，仔细地分辨后可以听出有踩在楼板上的那种沉沉的吱吱声，有过往的人咳嗽中夹杂着咻咻的笑声，还有压低嗓门的窃窃私语，此外好像还听得见一种奇怪的哼唧和呻吟声……这些到底是什么鬼声音，一般人稍加注意都能够听得出来。冬妮起初听到这个声音时，尽管脑子晕晕的，但一听到就知道是什么。一下子，好像血液都齐刷刷地从头上猛地冲进心里，她的心开始重重地伸缩着，沉重地、令人透不出气来地扑通扑通地跳着。她就像被雷电击中了一样，在床上死了一般躺了漫长的一分钟，残酷的一分钟。但是这个无耻的难以忍受的噪声还在继续喧闹着，她打了一个冷战，起身把灯点着，带着空落落的心、冷冰冰的绝望和无比的愤怒拉开窗帘，推开门出去，手里拿着灯，脚下踩着拖鞋冲到了隔壁楼梯的附近。这个楼梯就是那个从大门直通到二楼的笔直的奇怪的梯子。迈着步子爬到梯子的最顶层，刚才让她在房间里听到的那种奇怪的不会误解的声音，在脑海里掠过的猜想这时活生生地呈现在她的眼前：这是一幅春宫图，是一幅佣人芭贝塔和主人佩尔曼内德先生忘我演出的伤风败俗不知羞耻的肉搏图。芭贝塔的手里还拿着一串钥匙和蜡烛（尽管是深夜，这个时候她本应该在屋子里的某个地方干活），扭动着的身子正在努力抵抗着。那个辛苦的主人呢，他的帽子扣在后脑勺上，搂抱着她，然后试图把自己海豹一般的胡须紧紧地往她的脸上贴，而且有那么几次居然成功了……看到安冬妮出现，芭贝塔吓得喊了一声："天啊，我的上帝！"佩尔曼内德先生也同样重复了一句："天啊，我的上帝！"然后急忙放开了佣人。芭贝塔立马消失得不见踪影，只留下了佩尔曼内德先生手挠着头，低着头和胡须站在自己的老婆面前，嘴里生气地念叨了一些没什么用的话："这下子麻烦了！……真见鬼……"直到他有勇气、大着胆子抬起头来直视他老婆的时候，她已经走开了。回到卧室后才发现，她正半躺半坐地倒在床上，泣不成声，一再念叨着："丢人！丢人！"一开始的时候，他软绵绵地倚靠着站在门边，然后肩膀向前一弹，好像要用胳膊肘顶她肋骨，试图让她高兴起来，说："不要生气了！这事儿就这么过去了吧，冬内尔！你知道，今天晚上是拉木索尔·弗兰茨尔庆祝命名日，我们都喝了才……"但是他在屋子里散布的刺鼻的酒精味，把她的激动状态刺激到顶点。她不再啜泣了，她已经不再脆弱、不再怯懦了。她的愤怒一发不可收拾，又因为她的无限的悲观绝望，使她把自己对他的满腔嫌恶、厌恨，对他的整个为人和举止的鄙视不屑全部倾倒到他的脸上……佩尔曼内德先生忍受不下下去了，他的头发起热来，因为他为了庆祝他的朋友拉木索尔不但喝了许多啤酒，而且喝了香槟。他针锋相对，很粗野地还了口，两人争执起来，这回比上次佩尔曼内德先生退休时的争吵更厉害。安冬妮夫人把她的衣服收拾起来，准备到起居间去……

但是最后,他又向她背后甩过来一句话,这句话她不愿意重复,她说不出口来,一句话……一句话……

这些就是冬妮在她母亲的怀里,倾诉的那件事的主要经过。而说起那句话,那句让她陷入深深的绝望之中的话语,那个让她在那个不眠的夜里不禁打哆嗦的字眼,她闭口不提,她没法复述它。噢,天啊,她说,她没法再提起它,而她的母亲并没有逼着她说。在冬妮讲起这段事情的前前后后时,老参议夫人微微低着头看着她浓密漂亮的淡亚麻色的头发,缓缓地陷入沉思地点着头,稍微地点着头。

"令人同情,我可怜的冬妮,"老参议夫人说,"这真的是很伤人的心,对你的遭遇我感同身受,我的冬妮!不只是因为我是你的妈妈,咱们都一样,都是女人……我现在才知道为什么你会这么痛苦不堪了,佩尔曼内德是个不负责任的人,忘记了你给他带去的好了,真是一时糊涂啊……"

"什么?一时糊涂!"冬妮大声叫道。她推开了身子,急急地把眼泪拭去。"妈妈,你怎么会说是一时糊涂?什么忘记了我和咱们家族带给他的好处……他是根本就不知道!这种一拿到老婆陪嫁费就存放起来等着退休、坐吃山空的人!这种没有丝毫上进心的贪图享乐的人!这种脑子里只有啤酒和忽布啤酒的人……是呀,佩尔曼内德就是这样的人!而且这种人还会和佣人偷偷摸摸干出那种见不得人的下流事,背地里和别人眉来眼去,要是让我说出他的无耻下流,我也会用一句话还给他……还给他……"

又提起了这句她没法说出口的话。可是忽然之间,她朝前面迈了一小步,突然改用安静、柔和、平静且饶有兴趣的语气说:"哇!

做得好精致啊！你在哪里弄来这个的啊，妈妈？"

冬妮下巴稍稍一翘，指向了旁边一个用麦秆编织的小筐，它搭配着精美的架台，上面系着带子，老参议夫人是用它装针线的。

"市场里就可以买到，"老太太回答说，"这个小筐可以用来装针线。"

"好精美啊！……"冬妮歪着头，伸出手指了指这个架台。老参议夫人的眼睛也停在了这个小工艺品上，不过她并没有仔细看，而是若有所思地想着其他事。

"就这样吧，我的女儿。"接着她牵着冬妮的双手，"不管发生了什么事情，既然你已经回来了，我都会衷心地欢迎你的，我可怜的冬妮，等到心情舒畅些，我们再来冷静地讨论这些……现在先去你的房间换换衣服吧，坐了这么久的车，休息休息……伊达——伊达——"她朝着餐厅大声地喊着。

"亲爱的伊达，吩咐下人给佩尔曼内德太太和小伊瑞卡准备两份饭吧！"

10

吃完晚饭之后，冬妮没有多说什么话就立即走回了自己的卧室，这是因为在用餐的时候她从母亲的话中证实了自己的猜测，托马斯果然已经知道她回来的事情……她没有半点兴趣去看托马斯了。

大约下午六点的时候，托马斯来了。他先去客厅和母亲讲了许久的话。

"她现在是什么情况？"他问，"她的反应怎么样？"

"唉……情况不太乐观啊，托马斯……她估计是心灰意冷了，她真的受到了很大的刺激……到底佩尔曼内德先生对她说的那句话……什么话会这么的严重啊？"

"我上去和她聊聊吧。"

"嗯，去吧，托马斯。一会儿多留意点，敲门时别太用力了，别吓着她，另外，你可别太冒失了，知道吗？现在的她还心有余悸，紧张兮兮的。刚才什么东西也没吃……一定是她的胃病又犯了……说话时注意点自己的语气啊。"

托马斯向母亲点了点头，转身向三楼走去，就像平常一样，两步并作一步登着台阶。一边走着，一边捻弄着上须的须尖想着什么。敲门的时候，刚才有点严肃的脸色一下子开朗起来，弯着两边的嘴角，他不想让解决这件事的时候还是那么严肃、沉重，尽量轻松对待这件事。

屋子里传来一声沙哑的"请进"后，托马斯推开了门，看到冬妮一身穿戴整齐地平躺在垫着鸭绒被的床上，床帐向后挂着。床的旁边有一张小桌，上面摆放着一瓶用来治胃痛的药。她向上挺了下身子，又往外侧了一下身子，用手臂支着脑袋侧卧着，看着托马斯像是哭一样的苦笑了一下。托马斯张开双臂，向她鞠了一躬，虔诚地行了一个大礼。

"尊敬的夫人……从都城千里迢迢来的贵人，回来之后，这里真是蓬荜生辉啊。"

"噢，我的托马斯……你能够亲我一下吗？"冬妮一边说，一边挺着身子把她的脸颊送了过去，然后又把身体放了下去。

"很荣幸能够见到你，我的好哥哥！上次我在慕尼黑见到你的时候,你也是这副样子,一点也没变。"

"啊?我想是窗帘拉着,光线不好,让你看错了吧,亲爱的妹妹。还有啊,本来这些恭维的客套话是我要说给你听的,怎么,你就在我的面前抢了我的台词……"

他一只手抓着冬妮的手,另一只手拽过旁边的椅子,坐在她的身旁。

"我给你们说了多少遍了,你和盖尔达……"

"噢!瞧我这记性,托马斯!……盖尔达现在过得怎么样?"

"她啊,不用担心,过得比神仙还舒适。由我们的克罗色敏茨太太专职照看着她,不会亏待她半分的。尽管如此,她还是每逢星期四都要来妈妈这边拼命地大吃一顿,就像是要把一个星期的都在这一顿吃完……"

她突然非常高兴地哈哈大笑——自从嫁到慕尼黑后,很少能看见这样的她。可是没一会儿,她忽然停住了笑声,叹了口气说:"哥哥现在的生意做得好吗?"

"嗯……还过得去吧。我这个人比较不苛求。"

"是吗?真得感谢老天爷,这里的一切都还是老样子!唉——都怪我现在没有一点说笑的兴趣和心情……"

"这样不太好啊。一个人无论活得多难,都要能够苦中作乐啊!"

"做不到,起码我是做不到了,托马斯。所有的事情你都已经知道了吧?"

"都已经知道了……"他重复了一句,松开了她的手后,将椅子向后挪了一下,"我的天,听听你说的这话。'所有'!什么叫作'所有'!'我的爱情啊,我的痛苦,所有的我都付与你',是不是?噢,不是,我的意思是……"

她沉默了好久。她用非常惊讶的眼神,像受到很大委屈似的瞪了他一眼。

"嘿……我就知道你会用这样的眼神看我,"他说,"要是没有这样的眼神,我想你今天也不会回来。但是我最亲爱的冬妮啊,你一定会理解我的,允许我用同样的态度轻松一点地对待这件事,就像你用严肃的态度对待一样。我知道,就像你的严肃一样,我的轻松也有点过了。但是不管怎样,我们刚好可以调和。"

"我的严肃过分了?托马斯,你是在说我的严肃过分了吗?"

"对啊。看在老天爷的份儿上,我看最好还是别把这事儿酿成悲剧,咱们都冷静点,别一开口就是'什么都结束了',一闭口就是'你们可怜的安冬妮'!我的意思你明白吗,我的妹妹;你知道的,没有谁能够比我更欢迎你回家来看看了。我一直都盼着你回家看看,不是和你的丈夫一块回来,而是你能够自己回来。如此,咱们一家人才能够团聚一下啊。但谁知道,现在你是为了这档子事回来的,别怪我说话不绕弯,你这么做很不明智啊,冬妮……就是这个意思,你让我说完!佩尔曼内德做的事的确是太混账了,不过你要相信哥哥,我能够让他认识到自己的错误……"

"够了,托马斯!他做了什么事,我已经让他自己看得一清二楚了,"冬妮打断了他的话,起身坐在了床上,一只手捣在了胸口,"我还能够向你保证,我还不只是让他'认识到'这么简单。我做的已经仁至义尽了,跟这种人讲道理,就是白费口舌!"讲到这里,她又躺了下去,两只眼睛直直地盯着天花板。

他低下头看着自己的鞋,好像冬妮的话压得他有些弯下了腰。

他的脸上却依旧是淡淡的微笑。

"好吧,我就不自作多情给他说一些难听的话了,这事儿由你自己决定。这种事,解铃还须系铃人,只要你已经把他教训够了,也就没什么可说的;再怎么你还是佩尔曼内德太太,这事是你的分内事。其实仔细想想,这事也不能够全部归咎在他的身上。在朋友庆祝命名日的时候多喝了几杯无可厚非,在兴高采烈的气氛中回了家,可能是喝了太多酒,酒后乱性犯了点错误,没管住自己的裤腰带……"

"托马斯,"她严厉地说道,"你说这话是什么意思。你这是什么态度,什么语气!你……你有自己做事的风格……可是你没看到他的那副模样!没看到他是像摊烂泥一样地抱住了那个女人,没看到他的那副德行……"

"那副样子我想象得到,一定很搞笑。可是冬妮啊,问题就在于当时你正在害胃病,根本就看不出这有多搞笑。你的丈夫和那个女人正在做见不得人的事时,这样暴露自己的时候,恰好被你撞见了,你看他当时的样子一定很可笑……你对这件事的反应太过强烈了。不要就这样被激怒了。这其实就是一件可笑的荒唐事,只有在这个时候你最能够发现他的面目了……我的意思不是让你一笑了之、默不作声,纵容他做这种事。只是现在你为了让他知道事情的严重性,一气就回到娘家,对他来说实在有点严厉了……他这会儿在家里会有多伤心啊!当然,这是他自作自受。我只是想让你不要太过激动了,让自己冷静一会儿,想想怎么应对效果会更好……咱们是兄妹,对自己人我才敢这么说。有件事情我得告诉你,不管是哪一对夫妻,都不是两个人完全平等的,总要有个人……要站在道德制高点上……

你明白我的意思吗，冬妮？现在你的老公做了对不起你的事情，这是事实。他不懂自爱，做了一件令人替他脸红的事……我说'脸红'，意思是这并不是什么十恶不赦的事，别放大了这件事的影响……好吧，简单地说就是现在错都是在他的身上，你现在就站在道德的制高点上！要是你能够好好地利用这点，家庭还能够挽回。要是你等到……暂且就说两个星期吧……是的，起码要留你这么久……要是你在这里想要鱼死网破，等到两个星期后要回去时，你就会看到……"

"我就没打算回去了，托马斯！"

"什么？"他问道，拉长了脸，用手动了下自己的耳朵，身子往前欠了一下。

她平躺在大床上，脸朝着天花板，后脑勺埋在枕头里，下巴带着几分冷酷的表情往前伸着。"再也不会回去了……"接着又唉声叹气起来，咳嗽了几声。咳嗽声，一下一下的，就像是她沉重的情绪。最近她都习惯了时不时就干咳的毛病了，都是欠缺照顾的胃病闹的。

两个人都沉默了。

"冬妮啊，"他先开了口，撑起了身子站了起来，一手实实地拍在椅背上，"总归，别把这事儿闹得尽人皆知了！"

她眼睛朝上偷偷看了他一眼，看到了他苍白的脸上轻微地抽搐着，太阳穴边的青筋看得清清楚楚。她需要翻下身子，活动一下。她向一边转动了身子，因为看到托马斯这样，她略微有点害怕，也是为了掩饰这样的害怕，她提高了嗓门发起脾气来了。她坐起身子，把脚放在床下，脸上微微泛红，皱着眉头摇头，乱舞着手臂，高声喊道："闹得人尽皆知了吗？托马斯……是别人往你妹妹脸上吐唾沫星子，你还要让我感谢别人的赏脸吗？你还是不是我的哥哥？……

嗯,是啊,我得问问你了。当然,两全其美,不了了之啊,真是好啊!但是做人也得有个底线吧,托马斯。你也知道,我对生活的了解与热爱,不会输给你半点的,要是总是怕闹事,在一定程度上就是懦弱了。好可笑,这些道理还需要我这样的笨鹅,跟孩子一样大的笨姑娘给你讲……是啊,我就是这样的人,我知道自己是什么样的。那个浑蛋佩尔曼内德就从未爱过我,我是个老女人,人老珠黄,大概就这样了,这就是为什么他会去找芭贝塔的原因。但是,这难道就可以成为他不尊重我的出身、不尊重我所受的教育和感情的理由吗?托马斯,你是没有看见他的那副恶心样。没有看见这一切的人,怎么能够了解我的感受,怎么能够体会到他当时那令人作呕的德行。这还没完,就在我收拾完行李离开屋子,想去起居室先休息一会儿的时候,他还追着我喊了一句话,你……你是没听到他当时在我背后,在你亲妹妹背后喊的那句话……天哪,那句话我一辈子都不会忘记的……一句话……就是那句话!……我就告诉你吧,就是这句话让我当时立即叫醒伊瑞卡,连夜离开了那个家。说得出这样的话的人,我怎么和他同住一个屋檐下,就像我刚才所说的,我再也不会和这样的人一块生活……否则我就是个没有底线的女人了,没有羞耻,没有半点骨气!"

"你能不能把这句该死的话说出来听听?这究竟是怎样的话!"

"不可能的,托马斯!我绝不会让这种肮脏的字眼脏了我的口舌!我知道,在这个家里我对你以及我自己的责任……"

"那就是打死也不说了,是吧!"

"嗯!这件事就到此为止,我不想再提起它了。"

"那你有什么打算?要离婚吗?"

"是的，非离不可。我已经想清楚了。不管是对我自己，伊瑞卡，还是咱的家人，我只能这样了。"

"嗨，别开玩笑，"他略带轻松地冷冷地说，一转身，从她身旁走开，好像是这件事已经解决了一样，"一个人是离不了婚的，要是你认为佩尔曼内德会如你所想的那样同意离婚，那就真的是开玩笑了……"

"你是不是认为他为了咱家的一万七千泰勒就会极力反对？你又不是不知道，当时格仑利希也不是心甘情愿的，也是在我们逼迫下他才同意离婚的。办法有的是，可以去找吉塞克博士帮忙，他是克利斯蒂安的朋友，他会帮助我的……是的，我知道你会说这次情况可不一样了。上一次是因为格仑利希没有能力赡养，嗯，如你所看到的，我现在已经对这些事情轻车熟路了，你却依然把我当成一个第一次闹离婚的人！……不过这也没有关系，托马斯。或许真的如你所说，这事情办起来没那么顺利，这也是有可能的。即便如此，我也依然不会回去的，这点是毋庸置疑的。要是真的那样的话，就给他一些钱，生活里比钱重要的东西很多。一句话，他永远别想见我。"

说到这里的时候，她又干咳了几声。她走下床，坐在一张安乐椅上。一只手的肘部放在椅子的扶手上，手掌支着下巴，下嘴唇埋在了四个弯曲的手指里面。她就这样用手托着脑袋，红肿的双眼侧过头望着窗外发呆。

托马斯在房间内踱着步，间或叹几口气，或者摇头，或者冥思苦想。之后，扭动着双手站在冬妮面前。

"你还没长大啊，冬妮！"他带着点乞怜的语气说着，"你在说每句话的时候就跟孩子一样！哥求求你行不？你能不能用一种成熟的眼光去思考这件事情呢，就算是想一下也好？你没有发觉，你的一言一行,就像是这个世界对不起你似的,让你受到了什么天大的委屈,好像是佩尔曼内德残忍地背叛、欺骗你了,在众目睽睽之下羞辱了你!你最好仔细想想,哪有这档子事啊,有哪一个第三者知道那天晚上考芬格街旁你们家天梯上发生的那件事呢?要是你像什么事情都没发生一样,乖乖回到佩尔曼内德身边去,就天下太平了,没有对不起你自己,也没有对不起我们,当然,你可以在回去的时候给他点颜色瞧瞧……否则,你把这事情越闹越大,一件芝麻大的小事儿就让你搞得尽人皆知,这样才是对不起家人,对不起你自己!"

她的手放了下来,转过头来凝视着托马斯。

"别再说了,托马斯。让我来慢慢地告诉你道理吧。你好好听着。首先,他佩尔曼内德自己做了这种不知羞耻的丑事,难道是别人听见了才叫丑事?绝非如此。在暗地里糟蹋一个人的灵魂、践踏别人的自尊那才叫可恶!难道我们布登勃洛克家是金玉其外败絮其中,在自己家内忍辱负重?托马斯,你怎么会有这样的想法!要是咱的父亲还健在的话,他会怎么处理这事?你应按着父亲那样的方式来,坦率和真诚是我们做事的原则……咱们可以随时做到把账簿公开,没有任何忧虑地说:你们看吧……我们也应该这般。我是什么样的人,我自己清楚。我一点也不担心!那个玉尔新·摩仑多尔夫要是招呼也不打地经过我的身旁,对我什么影响也没有!菲菲·布登勃洛克在星期四的时候来这儿,可能会幸灾乐祸地假惺惺地说:'真可怜啊,又一次这样啦!不过,这两次都是男人的错!'她们尽管这么说好了!对我一点影响都没有,托马斯,我没事的。这是我自己选择的路,我自己能承受。如果因为惧怕玉尔新·摩仑多尔夫和菲菲·布登勃洛克的冷嘲热讽,就让自己去忍受没有知识没有教养的家伙用在啤酒馆里学来的下流的肮脏的话来侮辱我，还得和这种人一辈子住在那样一个野蛮的城市，在那种鬼地方，一个女人就得适应遇见天梯上演的那幕戏，就得习惯听着天梯上所说的那些话，就得把自己是谁都给遗忘了，背叛自己的出身和所受的教育，反正，要让我在别人面前假装又幸福又知足的样子，那就是背弃了我自己。这种窝囊，才是耻辱和丑事，才叫作臭名昭著……"

冬妮有些激动了，一时停住了说话，手掌托着脑袋，转身注视着玻璃窗发呆。他走到了她的面前，只用一条腿站着，手插在口袋里。但他的眼睛好像停在了她的身上，却没有看着她，好像在思索着什么事，慢慢地摇晃着头。

"冬妮啊，"他开了口，"我相信这些都是你的心里话，我早就知道了，不过后面那几句暴露了问题所在。你嫁的人没有错。错的是你嫁的那个地方的风气。问题也不只是天梯上的那件事，而是所有的事情加在了一块。其实是你没有适应那边的环境而已。你说是吗？"

"你说的没错，托马斯！"她大声回答道。她伸着双手，跳了起来，快碰到了他的脸。她的脸蛋涨得通红，一只手扶在椅子上，另一只手挥舞着，摆着战斗的姿势准备滔滔不绝地发表一篇热烈的、令人兴奋的演讲。托马斯惊讶地看着她。她就像连珠炮般吐出心里累积已久的话语。是的，她打开了话匣子，把这几年闷在心里的话一股脑地都倾吐了出来，她的话没有经过组织，显得有些乱七八糟，不过她还是说出了一些。这就是一次情感溃坝，情感在顷刻间发泄出来。在她口中说出来的东西，无可辩驳，就像是强大的自然力量，任何反抗都显得微不足道。

"你说得没错，托马斯！要不要再说一遍！啊，跟你说实话吧，现在的我已经和以前不同了，不再像以前那样痴傻了，我知道该向生活学一些什么。当我发觉这个世界并不像我所想象的那样简单友好的时候，我并不会为此感到惊慌失措。我领教过像'泪汪汪'的特利什克，我跟格仑利希结过婚，也知道我们城里这个地方的花花公子是些什么人物。我可以告诉你，我不再是一个一窍不通的乡巴佬了。如果只是芭贝塔这一件事，我不会被赶到这里来的，你可以相信我的话。问题在于，再加上这件事，碗里的水就溢出来了，托马斯……不用很多，因为碗本来就是满的……早就满了……早就齐到碗沿了！只要几滴就让它满得溢出来，怎能再经得住这件事，怎能经得住再让我知道，就是在这方面佩尔曼内德也靠不住，这就把事情推到极端了。这就把木桶的底子打掉，让我立即下定决心从慕尼黑出走。其实，说老实话，这个决心我很久以前就已经下定了。因为我不能在那边生活下去，我在上帝和一切神面前发誓，我不能再住下去了！我的不幸究竟到了什么程度，你是不知道的，托马斯。就是你去看我的那次，我也什么都没让你看出来，我是一个机警的人，我不愿意向别人诉苦，惹人家讨厌，我不是一个心里放不住事、嘴上没有遮拦的人，我一向更倾向于深沉不露。但是，汤姆，我受够了苦，受够了我自己的苦，受够了我整个性格的苦。我好像一株植物，请允许我打这个比喻，一棵花被移到了陌生的土壤上……也许你觉得这个比喻不恰当，因为我是一个丑陋的女人……但是我确实觉得没有哪个地方比那里对我更为陌生了，我宁愿到土耳其去！噢，我们这里的人从来是不适宜移居出去的！我们就应该待在我们的港湾里，老老实实地吃自己的面包……你们有时候嘲笑我对贵族身份的偏爱……是的，最近几年我常常想到几句话，这是很久以前一个人，一个很聪明的人对我说的'同情贵族阶级'……他说：'让我告诉您为什么，好不好？因为您自己就是一个贵族！您的父亲是一位阔老爷，您是一位公主。在您和我们这些人中间隔着一道鸿沟，我们是不属于您这一统治阶层的……'是的，汤姆，我们感觉到自己是贵族，感觉到我们与别人之间有一段距离，什么地方别人不赏识我们，不懂得尊重我们，我们就不应该在那里生活，因为我们在这样一个地方只能受到别人的侮辱，而别人也只会觉得我们骄傲，骄傲到可笑的程度，是的，所有的人都觉得我骄傲得令人发笑。别人没有当面对我说过，但是我自己无时无刻不感觉到，而且为这件事痛苦不堪。哼，在那样一个地方，人们用刀子吃蛋糕，公爵说的德国话语法也有错误，如果一位先生帮一位女士把扇子拾起来，人家就觉得这是个求爱的举动，在这样一个地方很容易被人看作是傲慢不逊，汤姆！习惯当地的环境？不成，跟那些没有尊严、道德、野心，没有高贵感和严肃精神的人们在一起，跟那些懒懒散散、既缺乏礼貌又缺乏整洁的人在一起，跟那些既懒惰又轻浮、既愚笨又肤浅的人在一起……跟那些人在一起，我是无法习惯那地方的水土，而且就是将来也永远习惯不了。这就像我一辈子永远改变不了是你的妹妹一样。这件事伊娃·尤威尔斯办到了……很好！然而尤威尔斯并不是布登勃洛克家的人，再说她又嫁了一个多少还像样子的丈夫。可是我是什么情形呢？托马斯，你不妨回忆一下，从开头想一想！我是从这里，从这个家出去的，这个家受到别人的尊重，家里的人都勤勤恳恳，有明确的目标，而我嫁给的佩尔曼内德，却是一个拿到我的陪嫁费立刻就退休的人……哼，这就是他的本性，这就是这个人的特点，可是从这一点上看，这还算是唯一可喜的事情呢。以后怎么样呢？

一个婴儿将出生了！我多么高兴啊！它可以把我的苦恼一笔勾销！可是发生了什么事呢？孩子死了，夭折了。这倒不是佩尔曼内德的过错，我一点也不怪罪他。他已经尽了自己的力量，甚至有两三天没有到酒馆去，这是实情。但是这并没有使事情有所改变，托马斯，他并没有使我更幸福一些，这你是可以想象到的，我忍受过来了，毫无怨言。我很孤单，不被了解，被看作孤僻骄傲。但是我对自己说：你已经把终生许给他了。他有点迟钝、懒惰，他辜负了你的希望，但是他是善良的，心地是纯洁的。可是后来偏偏又遭到这件事，让我看到他最令人生厌的面目。这时我才知道：他也跟别人一样，多么不了解我，多么不懂得尊重我。他在我背后骂的那句话，就是在你那些仓库工人里面，也没有一个人肯用它去骂一只狗！这时我看出来，没有什么牵绊着我了，如果我再留下去，那真是恬不知耻了。我到了这里以后，当我坐马车从车站走过霍尔斯登大街的时候，搬运夫凡尔森从旁边走过，他摘下帽子来，深深地鞠了一躬，我也还了一个礼：我一点也没有骄傲，正像父亲向人打招呼那样……一举手。我现在回来了。汤姆，你就是用十八抬大轿，也不能把我抬回慕尼黑去了。明天我就去找吉塞克！"

冬妮滔滔不绝地说了一通。说完之后，她瘫软在椅子上坐着，手支撑着下巴，凝视着前窗玻璃。

这一席演讲吓坏了托马斯，他站在冬妮的面前呆呆地不知道该做些什么，哑口无言。缓过神后，他才深深地吸了口气，举起了双臂，双手快水平的时候，又忽然向下落去，拍打在大腿上。"既然你都这么说了，我说什么也没用了！"他轻轻地说着，接着转动脚后跟向后转身，走向了房门。他依然是以那种忧心忡忡的眼神看着她，抿着嘴角。

"托马斯？"她叫住了参议，"你是不是在生我的气？"

在门边的他，一手抓着椭圆的门把，另一只手疲倦地挥了挥手："不会，怎么会……"

她的头歪在肩膀上，向他伸出手。

"你过来，托马斯……现在你的妹妹心里很受伤，一路坎坎坷坷……没有谁能够给她一点帮助和同情……"

他停住了脚步，转身回来，抓着冬妮的手。只是他的眼神流露着疲倦和冷淡，虽然站在她的身边，但眼睛看着其他地方。

忽然，她的上嘴唇像是受惊吓一样，颤抖着。

"如今只有你一个人还在坚持，"她说，"克利斯蒂安想必是没有希望了，现在我也快不行了……我没有一分财产……再也不成气候了……嗯，没错，只剩下你们能够给我一口饭了，我已经是一个废物，一个可怜的老女人了。原本我也想在事业上帮你一把，亲爱的哥哥，没想到我会沦落到这步田地！以后咱布登勃洛克一家人能否保住以前那样的声名、地位，就只有靠你坚持到底……老天爷保佑你。"

两颗清澈的、孩童般的泪珠夺眶而出，在脸颊上滚落下来，她的脸上开始有了岁月的划痕……

11

再次身陷困境的冬妮没有懈怠，她开始为离婚的事情忙碌。托马斯为了让冬妮能够冷静、平和一些，改变闷闷不乐的状态，要求冬妮别慌慌张张的，她和小伊瑞卡也只待在家里，事情可能还有挽回的余地，先不闹得满城风雨，尽人皆知。这一周的星期四团聚暂时取消。

然而冬妮可没那么老实地听托马斯的话，在回来的第二天就写了一封亲笔信派人送给了律师吉塞克博士，邀请他来孟街一趟。她在二楼走廊中间的一间屋子接待了他，布置周到，屋子里生了火，在里面的一张桌子上摆好了墨水瓶与一叠厚厚的对开白纸，那些白纸是从楼下的办公室拿来的，两个人在屋子里各自坐在靠背椅子上……

"很感谢您的到来，吉塞克博士。"她问候道，抱着双臂仰着头看着天花板，"我知道，先生您不论是日常的生活中，或者做人、做事，看得出您是个热爱生活的人！"客套之后，冬妮平静地把在慕尼黑的时候，佩尔曼内德先生和芭贝塔发生的事和在卧室里发生的事一五一十地告诉了他。听完冬妮的整个介绍之后，吉塞克博士向她详细地说明着，对于冬妮所遭遇的，在天梯上发生的那件不幸的事以及她当时所受到的辱骂（尽管她依旧没有说出佩尔曼内德先生当时到底是说了哪句话）表示同情和遗憾，但这些都不足以成为离婚的充分的理由。

"嗯？"她有些失望，"那好吧……谢谢您。"

她还向吉塞克博士咨询了怎样才能够有充分的理由满足离婚的要件，还特别介绍有关嫁妆及陪嫁费相关的问题，每一句话她都听得仔细认真，一字不落。之后，她毕恭毕敬地对吉塞克提供的帮助表示了感谢，才肯把他送走。

她向楼下走去，看到了托马斯在他自己的私人办公室里。

"我正要找你呢，托马斯，"她说，"我想让你这会儿写一封信给那个慕尼黑的浑蛋……我不想提他的名字了。我已经向律师咨询了有关我那笔陪嫁费的事情,我知道该怎么做了。我想听听他是什么意见。当然,他已经别想再见我了。要是他愿意通过法律途径解决我和他之间的事情,把离婚手续办好,这样很好,那么我就和他好好地算算账,把我的陪嫁费还给我。要是他不愿意的话,也没关系,哥哥你也知道,在法律上,虽然佩尔曼内德还是那笔陪嫁费的所有人……这点我们也承认……感谢老天爷,我依然可以向我的这笔陪嫁费及其他财产提出主张……"

托马斯表情凝重,在冬妮刚才提起陪嫁费时候,看到她的一副不可一世的表情,更是在房间里有点不安地踱来踱去,不时微微耸一下肩膀。

他一整天都有多得忙不过来的事情要做,还要掺和他俩的事,哪有那么多的时间。她最好是忍一忍,这事儿就过去了,最少也得把这事好好地考虑个十遍八遍的,再来找他。明天他还得动身去一次汉堡,与克利斯蒂安进行一次没法愉快的谈判。克利斯蒂安之前写信过来借钱,他让老参议夫人在未来的遗产中挪些钱过去周转。克利斯蒂安的买卖不太理想,基本就是不亏不赚,但是他还要每天在酒馆、马戏团和戏院里花天酒地地享受,当然要捉襟见肘了。

目前,能够了解到的他所欠的债务(那些债基本都是靠家族在外的名声才贷到的),他现在是乞丐还要过皇帝的生活,整个资产入不敷出。在孟街的人、在俱乐部的人,甚至全城的人都知道这些债款该由谁来承担。那个人是一个女人,一个名叫阿林娜·普乌格尔的单身女人。阿林娜身边带着两个漂亮的孩子,在汉堡做买卖的人中跟她保持着密切的并且代价不菲的关系的人可不止克利斯蒂安……

反正,托马斯现在还有很多别的事需要处理,他分不开身来管冬妮要求离婚的事了。明天是一定得去汉堡了。另外，也很有可能是佩尔曼内德先提出这事来。

托马斯起身去汉堡，可是回来的时候，佩尔曼内德那边无声无息，没有提出这件事的任何迹象，这使得托马斯心情郁闷，气不打一处来，只好自己先提起这事了。他准备应冬妮的要求写封信。他写了一封纯属事务性的信，语气冷漠，并带着些清高之气：安冬妮在和佩尔曼内德同居生活中发生了令人十分失望的事，这是不容否认的事实……其他的姑且不论，仅从宏观的方面来看，她在这场婚姻中看不到任何幸福的希望……经过成熟冷静地考虑，她希望终止与你的夫妻关系……她再也不会回到慕尼黑了，意志坚决……我们想搞清楚，佩尔曼内德先生对这事是什么看法……

焦急地等待了好几天后，终于收到了佩尔曼内德先生的回复。

他的回答令所有的人都感到十分意外，不管是吉塞克博士、老参议夫人还是托马斯，甚至连冬妮都万万没有想到会是这样的一个回信：他完全同意女方离婚的要求。

他在信中说，对于发生这样的事情感到十分抱歉，很遗憾没有给冬妮一个很美满的生活，但是他尊重冬妮经过冷静思考后的决定。因为他也知道，他们不可能在一起生活了。他之前给她的日子带来了不安和痛苦，希望她能够把这些日子遗忘，能够原谅或忘记他……因为他很可能再也不能见到她和小伊瑞卡了。他祝愿她和孩子都能够安康幸福。

他还在信封的附注中明确地说明，可以退还所有的陪嫁费。即使没有这笔钱，他依然能够过着舒心的日子。他可以即日就算清这笔陪嫁费，不需宽限时日，因为他现在也没有什么可以结清的事业了，现在所住的房子就是他的事业。冬妮有些羞愧，这是她第一次感觉佩尔曼内德先生对钱财的不看重是如此令人钦佩。

现在吉塞克博士重新接手了冬妮离婚的案子，他与佩尔曼内德进行了联系，对离婚中的理由进行磋商，最终一致同意："夫妻双方感情破裂，夫妻关系难以维持。"冬妮的第二次离婚案就这样开始审理了。她用专业的眼光，十分认真地关注着这件案子的进展。她嘴边总是挂着这件案子，搞得人人知晓，托马斯有好几次为此对她大动肝火。起初她并不明白为什么托马斯这样不高兴。她的脑海里都是"孳息""赔偿""收益""附带条件""人证物证"等法律名词，常常翘着头，扬扬得意地念着这些名词。有一次，吉塞克博士在和冬妮商讨细节的时候，吉塞克说了一句让她特别兴奋的话，他说的是"要是在嫁妆之中包含着珠宝，可以看作是陪嫁费的一部分，要是婚约，这些财产都必须退还给女方。"根本没有这项珠宝的她，也逢人便说这事。伊达·永格曼，尤斯图斯舅舅，可怜的克罗蒂尔德，布来登街的布登勃洛克三姐妹没有不知道这件事的。有个特殊的事情是，布来登街的三姐妹知道了这次离婚的事之后，她们手抚胸口，面面相觑，五味杂陈：感谢老天爷……冬妮自然也告诉了苔瑞斯·卫希布洛特（伊瑞卡·格仑利利现在又在她那儿上学了）有关珠宝的事。连那个憨厚老实的凯泰尔逊太太她也告诉了……只是因为各种缘故，凯泰尔逊太太一点儿没听懂……

离婚案正式判决了，终于要到法律上生效的时间了，冬妮在这一天把最后的手续办妥，他到托马斯那里找来了那本家庭大事薄，亲手写下了这件事……现在要做的就是回到以往那样就行了。

她轻松骄傲地把这些事情做了，无论布登勃洛克三姐妹的风凉话多么难听,她都当作是没听见,她脸上骄傲的神情依旧。要是她和哈根施特罗姆和摩仑多尔夫两家人在街上碰见,便会面无表情地从他们头顶上看过去,她也不再去参加任何社交活动。不过有件事要说明一下,近几年来这些社交活动早已不在孟街这边的老家举行,而是转移到托马斯的新住处那边去了。她的亲人也就只有几个而已:老参议夫人、托马斯、盖尔达,还有伊达·永格曼、苔瑞斯·卫希布洛特——她像亲人一样的朋友——和伊瑞卡。她无微不至、视如珍宝地照顾着伊端卡,希望她能够受到"高贵"的教育,也许她最大的希望就寄托在伊瑞卡的未来上……她就是这样生活着,时间也在生活的缝隙中悄悄流淌而过。

很久之后,不知道是通过什么途径,家人知道了冬妮一直不肯说的那句该死的"话",就是那天夜里佩尔曼内德先生最后对着她骂的那句话。他到底说了什么话?——"给老子滚得越远越好,你这臭娘们!"

冬妮从此告别了她的第二次婚姻。

〔德国〕托马斯·曼 ◎ 著
黄淑航　龚嫚莉 ◎ 译

布登勃洛克一家
（下）

第七部

1

洗礼宴……布来登街正有一场盛大的洗礼宴要举办。

佩尔曼内德太太怀第二胎的时候，曾无数次设想过她的孩子出生后会带来什么，如今这些东西都在眼前了。餐厅里，侍女们正忙碌着，她们要为到来的客人准备饮料——一杯杯加了奶油的、滚烫的巧克力茶。尽管忙碌，侍女们都十分小心，尽量不让杯碗因碰撞发出声音，以免搅扰了在前厅举行的仪式。盛饮品的杯子被整齐地摆放在一个贝壳形的、精致的镀金柄茶盘中。仆人安东正在切蛋糕，那是一个造型精致的大蛋糕，像安东这样的男人站在它面前都不显得高大。此时永格曼小姐正往银盘里摆放糖果和鲜花，她手上一边忙着活计，一边不忘歪过头看看四周，干起活来她的手指爱向外翘起……

过不了多久，现在正在厨房准备的这些茶点就会被送往主人的起居室和客人待的客厅了。为了这场洗礼宴，主人邀请了众多亲友。

这里提到的"亲友"范围是比较宽泛的,这是为什么呢?比如,布登勃洛克与吉斯登麦克本没什么关系,但他们分别是鄂威尔狄克家的亲戚,如此一来,布登勃洛克与吉斯登麦克也就成了亲戚。同样的延伸攀附,布登勃洛克通过吉斯登麦克家又跟摩仑多尔夫家攀上了亲。如此一来,"亲友"的范围就无比宽泛了。因此,被邀请来参加这场洗礼宴的客人人数众多,仆人们不禁担心,他们之前准备的茶点是否够用。鄂威尔狄克家也在被邀请之列,来参加这场洗礼宴是位八十多岁的老人,叫卡斯珀尔·鄂威尔狄克,目前担任市长之职。

鄂威尔狄克市长下了马车,拄着那跟弯柄手杖,被托马斯布·登勃洛克搀扶着走进了大厅。市长的到来无疑令这场宴会显得更加隆重……而且,这的确是一场值得隆重操办的宴会。

大厅中间摆放了一张桌子,桌上铺了台布摆了鲜花,被装饰成一个祭坛。一个年轻的牧师站在桌子后面祷告,他穿着黑色的法衣,很像一个大磨盘摆在那里,雪白的硬领子一看就是刚浆洗过的,这也好像在显示穿它的人为了这次祷告是提前做了准备的。小桌前面是这场宴会的主角,他被满是花边的锦缎褓褓包裹着。抱他的那个女人个头高挑、身材丰腴,穿一身大红的衣服。那个小家伙,此时正安逸地躲在胖保姆肥嘟嘟的臂弯里,沉浸在自己的世界中……他就是这个家族新一代继承人,一位"崭新"的布登勃洛克。毋庸赘言,我们都了解,这个小家伙对于这个家族意味着什么。

这一喜讯刚从布来登街传至孟街时,佩尔曼内德太太的欣喜大家是可想而知的,或许我们该用狂喜来形容她那一刻的心情。她无比激动地拥抱自己的母亲、哥哥,甚至还无法控制、小心翼翼地拥抱了孕妇——自己的嫂嫂。其他人听到点儿消息后，也同样兴奋不已。1861年，这个小家伙随春天的脚步一起来到了人间。他也许不知道，还没出世之前，他便承载了很多人的期待和盼望；他是人们口中议论的对象，是人们翘首期待盼的宝贝；有许多的人为了他天天祈祷，天天追问家庭医生格拉包夫……如今，他终于与大家见面了，尽管他看上去与其他褴褓中的孩子没多大不同。

他的两只小手玩弄着保姆腰上的金穗子，小脑袋被包在镶着淡蓝缎带的织花软帽中，正歪躺在枕头上，毫不在意地把后脑勺对着牧师；他的一双小眼睛一闪一闪地望着大厅，好像老于世故一样，望着大厅里的亲友。他的上眼皮上生着长长的睫毛，在这对眼睛里，父亲眸子的淡蓝色和母亲眸子的棕黄色结合成一种淡淡的、随着光线变化而定的金棕色。鼻梁两旁的眼窝很深，罩着一圈青影。这就过早地给这张小面孔——虽然还很难称之为面孔——平添了一些代表性格特点的东西，这对于一个刚出世四周的婴儿是颇不合适的。但是上帝一定会保佑他，不使那特征成为任何不幸的征兆。母亲的相貌也是这样，而她的命运不是一直很好吗？无论如何，这条小生命是活下来了，而且是个男孩子，这正是四个星期以前使这一家人欣喜若狂的原因。

别看这个小家伙现在生机勃勃，四个星期前，却是另一种状况。那个身为参议的男人不安地在产房外等待着。格拉包夫医生从产房出来了，他长吁了一口气，握住参议的手说："谢天谢地，母子平安，幸而没出什么事……"这个家族一直盼望见到的小生命终于诞生了，只是这个小家伙刚从妈妈的肚子出来的时候连哭的力气都没有，差点就像他姑姑安冬妮的第二个孩子那样夭折了。经过这次，参议从来不敢在脑子里想一些可怕的后果。如今,他的妻子和儿子都安然无恙,这让他觉得无比幸福。想到这,他不由自主地低下头,温柔地在妻子的额头上印下一个吻。他的妻子盖尔达这时正和他的母亲并肩坐在一张椅子上,她的腿上盖着温暖的天鹅绒毯子,一双穿着漆皮鞋的脚交叠在一起。

盖尔达似乎并没有从产子的疲倦中走出,她的脸上仍旧没有血色。这苍白的脸庞在那头深红色的头发衬托下,反而显得更加白皙。此时,她正用一种异样的眼神看着祷告的牧师,那眼神里有一丝他人不容易觉察的讥讽,这让原本就显得神秘的双眼更富有一种奇妙的感觉。正在做祷告的是圣玛利教堂牧师安德利亚斯·普灵斯亥姆,一个年轻的总牧师。自从上一任总牧师老科灵病逝后,他便接替了这一职务。这个年轻人来自弗兰哥尼亚,那是一个天主教信徒遍地都是的地方。而偏偏就是这个年轻人一直是路德派小教会的信徒。这个年轻的总牧师长着一头金黄色的头发,面庞白净,脸颊上的两个颧骨高高挺立。他的表情随着祷告内容的不同而迅速转换,时而愉悦,时而痛苦,颇似演戏。为了使自己的发音准确而动人,年轻的总牧师费了一番工夫。但那些内容似乎故意与他作对,从他的嘴里出来的时候并没有产生让人愉快的感觉。要么母音冗长沉闷,要么就短促稚嫩,而且子音总是贴着牙龈卷出来的。他歌颂着上帝,时而把音调压低,时而又故意让所有人都听到他的声音。这家的女主人为了保持仪态,故意将一副庄重严肃的神情摆在脸上,以使自己心里的那股高兴劲和骄傲不那么易于为人察觉。伊瑞卡·格仑利希已经15岁了,出落成了一个少女,她的脸上有玫瑰色的光泽,像她的父亲,这青春的气息让她十分迷人。克利斯蒂安也回来了,先前他一直在伦敦。离家在外的忙碌让他消瘦了许多，踏进家门，他那双深陷下去的眼睛就不住地环视四周，像在寻找什么。另外不远万里赶来的，还有蒂布修斯牧师夫妇。西威尔特·蒂布修斯头发本就稀少，所以他把它们分披在了肩上，他使劲瞪着那对灰色的小眼睛，好像要将它们瞪到最大，这让看到他的人不禁担心那两颗眼珠会掉出来……克拉拉一只手扶着头，认识她的人都知道，她一直患有偏头痛，恐怕此时这毛病又犯了，这让她的脸色看上去沉郁又严肃。通往二楼的楼梯口放着一只棕熊的标本，这是这对夫妇送给布登勃洛克的贵重礼品。这头熊是牧师的一个亲戚在俄国打猎时的战利品，此时，它正张着血盆大嘴，直立着身子，两只前爪托着一个放名片的盘子。

来道贺的人还有克罗格家的尤尔根，他刚刚回来省亲，现在在罗斯托克邮政局做职员。鄂威尔狄克家的姑娘，如今已经是位白发苍苍的老太太，这个可怜的人生性柔弱，为了救济她那被剥夺了继承权的儿子，甚至变卖了自己家中所有的银器。而她那行踪无定的儿子亚寇伯，究竟人在何处，只有她知道。布登勃洛克家族的几个本家小姐都来道贺，这个孩子的出生对于她们来说也是一件意义非凡的事。整个大厅被喜悦包围，大家都向主人说着恭贺的祝福。不识趣的菲菲此时却说，这个孩子看上去好像并不是很结实健康，她的话很快得到了自己母亲、佛丽德莉克以及亨莉叶特的附和。虽然他们也对这个结果表示很大的遗憾，而我们那可怜的克罗蒂尔德还是那样的黝黑、瘦弱，一副皮包骨头的苦命模样。除此之外，普灵斯亥姆牧师的那些祝福以及蛋糕和巧克力茶让她很感动。不属于本家又不是亲戚的道贺的人还有弗利德利希·威廉·马尔库斯先生和苔瑞斯卫·希布洛特两人。

此时，两位教父正认真地听取牧师向他们宣讲他们的责任。尤斯图斯·克罗格是两位教父之一，起初，布登勃洛克想请自己的朋友斯台凡·吉斯登麦克来做教父，谁承想尤斯图斯舅舅一听他的打算立马火冒三丈。对于尤斯图斯·克罗格，参议本不想请，他说："我们还是不要给这个老头做糊涂事的机会吧，为了他那宝贝儿子，他们老两口天天吵得不可开交，他那点家底快被他的儿子挥霍光了，这烦心事让他甚至连自己的仪表都顾不上了。请他来做教父，他一定会拿一套金质器皿送给孩子做礼物，假如回礼的话，他还肯定不会要。"尽管布登勃洛克不愿意，可最终还是请他来担任教父。还好，他并没有送加厚的金质器皿，这让托马斯·布登勃洛克的愧疚感稍稍减轻了些。

另一位教父呢？他就是那位年迈的市长鄂威尔狄克博士。他一身黑色的软料子外套，系着高领子，身后的衣袋上还露出一角红色的手帕。他被邀请坐在了最舒适的椅子上，双手扶着那只曲柄的手杖。能邀请市长来担任这个孩子洗礼宴的教父，这简直是件让人无法相信的事，对于布登勃洛克一家来说也是绝对的大事，是一件足以让他们骄傲的事。上帝啊，布登勃洛克和市长是怎么攀上亲戚的呢？这家人用了什么计策才办成了这件事呢？不会是生硬地把老头弄来的吧？不错，这家人的确用了一点儿计策，参议与佩尔曼内德太太一起想出的计策。原来，在格拉包夫医生告诉参议母子平安的时候，这个男人兴奋地脱口而出："是个男孩，冬妮！——应该把市长请来做他的教父啊！"没想到参议这句被幸福冲昏了头的玩笑话竟被冬妮当真了，而且她还全力去办这事了。得知冬妮把这事当真后，参议也仔细考虑了一番,他也开始觉得这似乎是可以试试看的事。就这样,他们请尤斯图斯舅舅出面,让他妻子——木材商鄂威尔狄克的妹妹去找自己娘家嫂子,这个女人又托她的公公各处做了打点,一切铺垫做好之后,托马斯·布登勃洛克专门为此事还到市长家请求,如此一来,请市长做孩子洗礼宴上的教父一事就板上钉钉了。

保姆稍稍把孩子的帽子往上掀开了些,牧师将手伸进面前的一个盘子,那是一个金面银底的盘子,用手在里面蘸了几滴水,轻柔又庄重地将水洒在孩子那稀疏的头发上,随后,他不紧不慢、吐字清晰地对着众人读出孩子的名字:尤斯图斯·约翰·卡斯珀尔。随后,牧师又做了祈祷,这之后亲友们便一个个走上前,对着这个被裹在襁褓中默不作声、对他们又毫无热情可言的孩子的额头留下满含祝福的吻……苔瑞斯·卫希布洛特是最后一个走上前来吻这个孩子的,她来到跟前时保姆不得不稍微曲了下腿,以便她能够到孩子的脸。塞色密呢,却在孩子脸颊上啧啧地亲了两下,似乎想表达自己心里的感激之情,边亲边嘟哝:"你真是个乖孩子。"

三分钟以后大家都三五成群地聚集在客厅和起居间里享用甜点。一直主持洗礼宴的牧师此刻也落座了,他正享用主人准备的热巧克力茶里的冷奶油。他的法衣很长,一直拖到了他的脚面上,一双大肥靴子被那长长的衣襟挡住,但它那闪闪的光泽是无法被遮住的,偶尔会透过衣襟在他人面前闪一下。与别人交谈时,这个年轻的总牧师一改其在演讲时的严肃和庄重,表情会呈现出安详平易,也正因为这些,大家才对他印象深刻。他的一举一动似乎都在对众人表示:喏,不做牧师,我也可以做一个快乐平易的普通人。的确,他是无比聪明的人。在跟老参议夫人交谈时,他语调温柔,和托马斯、盖尔达交谈时，他又会让自己看上去是个十分会处事的人，会轻松地打着手势配合自己的语言。而和佩尔曼内德太太交谈时，他会换上轻松、搞笑、亲昵的语气……有时他又好像突然想到了自己的牧师身份，此时，他会皱起眉头拉下脸，双臂交叉放在膝盖上，将头向后仰去。他笑起来样子很怪异：总是紧咬着牙，一顿一顿地吸气。

突然，一位奇异客人的到来让仆人们哄笑起来，在走廊里掀起了一阵骚动。原来是格罗勃雷本来了。他的鼻子上一年四季垂着一条清鼻涕，摇摇欲坠却从没掉下来过。他在参议的粮栈工作，后来，他的东家又委派他做另外一份工作——擦皮鞋。每天清晨，他都早早来到布来登街，蹲在门道里，拿起放在门口的鞋一只只认真地擦。每逢节庆日，他会穿上节日服装，手捧鲜花，登门道贺。他会油嘴滑舌、哼哼唧唧地说几句祝福的话，此时那条清鼻涕仍旧会晃荡在他的鼻头。说完话后，人们总不忘给他几个钱以示感谢，但他好像并不是图这些才出现的。

他穿着一件参议先生赏给他的旧黑礼服，脚踏一双擦过鞋油的高筒靴子，脖子上围一条蓝色的羊毛围巾。一束颜色黯淡的玫瑰花被他那只树枝般枯瘦通红的手握着，因即将枯萎，那些花的花瓣纷纷飘落在地毯上。他那双小红眼睛滴溜溜地看着四周，满是惊奇，这里的一切都让他觉得好奇。他一进门就在门口站定，把花束擎在胸前，便开口讲话了，他每说一个字，老参议夫人便向他点点头，似乎是有意鼓励他继续往下讲，偶尔还接一两句话安慰他。参议却一直淡淡地看着他，不露声色。还有的人，如佩尔曼内德太太，却将手帕掩住嘴。

"各位老爷太太，虽然我是个穷光蛋，但我的心也是肉长的啊，布登勃洛克参议老爷对我的恩情深似海,如今主人家里喜添新丁,我感到由衷的高兴,我今天就是来向参议老爷、太太以及各位贵客道喜的,希望这个孩子健健康康、壮壮实实的。无论是从天理还是从人性方面讲,都应该是这样的。布登勃洛克参议这样百年不遇的大好人,真是千里难寻啊!像他这样的大好人,上帝也会保佑他的……"

"不错,格罗勃雷本,你说得真的太好了,借你吉言,这孩子一定会壮壮实实的。格罗勃雷本,你手里的这束玫瑰花是做什么用的呢?"

但格罗勃雷本并没把自己想说的说完,所以,他尽量提高自己的音量,想盖过参议的声音。

"上帝一定把他的这些善行都看在眼里,上帝会保佑他和他的家人的。将来有一天,我坐上了上帝的宝座,我的意思是,我早晚有一天会去见上帝,人总是要死的,无论他有钱还是没钱,这是上帝的规定,没有人能违背。有的人,或许死了之后能睡在一口被油漆刷得油光闪亮的大棺材里,有的人或许死后只能被装在一口薄棺材板里,但终究都是要被土埋了的,人从土里来终将会回到土里去……"

"行了,格罗勃雷本!今天我们家办的是洗礼宴,你竟在这说这些不吉利的话……"

"我拿的这束玫瑰花……"格罗勃雷本打算结束自己的发言了。

"谢谢,格罗勃雷本!你何必要浪费钱呢?万分感谢!这样的话我很久没有听到过了,来,拿上这些钱,朋友,去痛快地放松一天吧!"参议在他的肩膀上拍了拍,递给他一个泰勒。

"还有我的这一份,好心的格罗勃雷本!"老参议夫人对着他也伸出了手，"请问，你爱救世主吗？"

"我万分崇敬他，我亲爱的太太，这是千真万确的……"格罗勃雷本接过她手里的那个泰勒，接着又顺便取走了佩尔曼内德太太手中的那一个。之后，他后退一步，对这面前的几个人深深鞠了一躬，退到门外。至于那束即将凋谢的玫瑰，除了掉在地毯上的花瓣外，他又原封不动地带了出来……

这时市长要告辞了，参议一直扶着他把他送上马车。其他客人见市长走了，知道到了该告辞的时候，因为产妇盖尔达·布登勃洛克需要静心休养。客人逐渐离去，屋里渐渐安静了，没有离开的就只有老参议夫人、冬妮、伊端卡和永格曼小姐了。

参议说："伊达，虽然现在约翰有保姆照料，可是以后总还得有个人照看他，我跟母亲商量过了，我们几个是你带大的，等小约翰再稍稍大一点，你能搬过来跟我们一起住，帮我们照料他吗？"

伊达欣然应允："我当然乐意，如果参议太太也同意的话。"

盖尔达对这个安排也很满意，于是这个建议马上就被采纳了。

盖尔达显然对丈夫的这一决定十分满意，就这样，照顾约翰的人选定为伊达。

本打算告辞的佩尔曼内德太太走到门口又折返回来，她走到哥哥面前，左右各吻了一下他的面颊，对他说："我今天感到无比幸福，汤姆，你使我又想起了咱们家的鼎盛时光！感谢上苍，我们布登勃洛克家绝没有走到无可挽回的衰败，谁若认为我们家到了穷途末路，他简直是荒谬透顶了！如今，小约翰降临我们家，我们还叫他约翰，这是件多么美妙的事情，我似乎已经看到了无限光明的新生活！"

2

就在当天晚上九点半左右,克利斯蒂安·布登勃洛克,汉堡 H. C. F. 布尔梅斯特股份公司的主人,走进了他哥哥的起居室。他一手拿着自己那顶时髦的灰帽子,一手拄着顶上有半身尼姑像的黄手杖。他看见自己的哥哥和嫂子正坐在一起看书。

克利斯蒂安开口了,语调略显急切出口却磕磕巴巴:"晚安。嗯……托马斯,我有一件急事要跟你商量……抱歉,盖尔达……很紧急,托马斯。"

两兄弟一起来到昏暗的餐厅,参议点亮了墙上的瓦斯灯,借着灯光审视着自己的弟弟。他知道,克利斯蒂安跟他说的事不会是什么好事。这整整一天,除了克利斯蒂安刚从外地回到家中时,这兄弟俩打过招呼,其余时间,参议根本没顾上跟他说句话。但这天晚上,他也曾偷偷观察过弟弟,并且发现他表情反常,严肃、慌张。奇怪的是,在普灵斯亥姆牧师祈祷的时候,托马斯甚至发现他还离开过客厅一会儿……自从克利斯蒂安为了弥补亏空,接过那预支的一万马克遗产的支票,托马斯就再没给他写过一封信。参议当时几乎是痛心疾首,对他说:"你别再胡闹下去了,你的钱都快被你败光了。我希望今后你别拖累了我,这几年你从我这里拿走的已经够多了,你在透支我们的兄弟情分,你知道吗?"他现在要干什么?他碰到什么麻烦事了?

"你有什么事?"参议问。

"我快完蛋了。"克利斯蒂安垂头丧气地回答,斜着身子坐在一张围着餐桌摆放的高背椅子上,他的帽子和手杖就放在自己的膝头。

"你能不能说清楚些,究竟什么让你快完蛋了,你找我究竟是为了什么?"参议问,他一直站在餐厅里。

"我真的到了穷途末路。"克利斯蒂安手足无措,又无比惶恐地不停摇头,那双深陷下去的小眼睛不停地左顾右顾。他刚三十三岁,但看上去比实际年龄老多了。原来那头浓密的黄中带红的头发已经快脱落光了,连头皮都没法遮挡住。高高的颧骨与塌下去的面颊相比较,更显得突兀。那只瘦瘦的鹰钩大鼻子高高挺立在几乎只剩下皮的脸上。

"单单是这一点也就算了,"他一边装腔作势地把手放在自己的左半边身体处,由上往下地比画,其实他的手根本没触碰自己的身体,"这根本不是疼,确切地说是酸疼,你体会不到,我一刻不停地在忍受酸痛的折磨,却又找不到准确的位置。我在汉堡时,德罗格米勒大夫就曾经对我说,我的这半边身子的神经发育不好,不够长……你可以想象一下,我这半边身子的神经都不够尺寸!这多奇怪啊……有时我就觉得这半边身子迟早会痉挛、麻木,我非得被这病害得半身不遂了……你肯定无法想象……我没有一个晚上睡得安稳,有时我的心脏会突然停止跳动,我害怕地跳起来,吓出一身冷汗……入睡之前,这样的情况不知发生过多少次,不是一两次,至少也有十次之多。你遇到过这样的情况吗?……我好好跟你说说……是这样的……"

"打住吧,"参议冷漠地说道,"我想你并不只是单单想对我说这些才来的吧?"

"不,托马斯,如果仅仅是这个问题也就罢了,可偏偏还有生意上的事,我的生意陷入了困境……"

"是吗,你的生意受挫了吗?"参议一副事不关己的样子,甚至连语调都毫无波澜，他只是不痛不痒地问了一句，并用一种厌烦、不屑的神情歪着头瞟了自己的弟弟一眼。

"不，托马斯，老实说，我的生意从来就没顺利过，你也知道，上次从家里取走的那一万马克并没有解决根本问题，那笔钱只不过救了一下急，没让我立即破产而已，事实上……那笔钱我很快便赔光了，这是千真万确的。自那以后我一桩生意也没做过，只能坐吃山空，可我也得生活，眼下有五千泰勒的债务催得急，唉，你不知道我的处境有多艰难，再加上这让人绝望的折磨人的病……"

"哦？你只是坐吃山空吗？"参议实在无法沉默下去了，他已经忍无可忍，开口打断了弟弟的话，"你生意陷入泥潭，你却不管不顾去风流快活，你以为我对你的生活一无所知吗？是谁天天混迹了戏院、马戏团、俱乐部，和那里的下流女人打情骂俏？"

"哦，我知道你指的是阿林娜……我不得不说你对这整件事情不了解，而我之所以这么痛苦，是我从头至尾经历了这件事。如果你觉得我在这个女人身上花了太多的钱，那我不得不说，今后我还得在她身上花更多的钱，因为咱们是兄弟我才坦诚地告诉你……老三，也就是半年前出生的那个小丫头……是我的骨肉。"

"你这个蠢货！"

"别这么说，托马斯，就算你十分生气，也不能失了公道，对……为什么你就认为那孩子不是我的呢？而你也不能用辱骂那些下贱女人的话骂她，她一点儿也不下贱，她不是那种随便哪男人都跟的女人。为了跟我在一起，她毫不眷恋地离开了霍尔姆参议，他可比我有钱多了。不，托马斯，你根本不知道那是多么美妙可人，她对我是真心实意的，她十分健康……她是一个十分健康的人……"克利斯蒂安刻意重复了一遍这句话，他把手握成拳头，挡在自己的脸庞前，那架势就像以前他说到"那个玛丽亚"以及伦敦那些有伤风化的事时的姿势一样。"她笑的时候你应该看下她那满口可爱的牙齿，我想世界上再没有比这更好看的牙齿了，瓦尔帕莱索没有，伦敦也没有……我们俩初次见面的那个夜晚，我一辈子都会刻骨铭心……那在乌利希饭店吃牡蛎的餐厅……那时她是霍尔姆参议的女人，可是我走上前与她耳语几句，略献殷勤……后来，我得到了她……哦，托马斯！那种妙不可言的感觉是你谈一笔生意的感觉完全不能比的……哦，你的表情告诉我，你对我说的这些毫无兴趣，正好这件事也要结束了。我们就要决裂了，但因为我们有一个共同的孩子，所以以后可能还会不可避免地见面……我想告诉你，我想把在汉堡欠的债务还清，不想做生意了，我已经无法再支持下去了。我和母亲谈过，她同意给我我该继承的五千泰勒，这样我就能把汉堡的事情了结了，我想你也会支持我这么做的，与其让别人说更难听的话，不如就让他们念叨：克利斯蒂安·布登勃洛克还清债务出国了……这总比人家说我破产了要好听些，你说对不对？我想去伦敦，找个工作干，我这个人不适合自己做生意，我有这点自知之明。我真的无法承担那么重的责任。找份工作，当个小职员，工作结束就可以轻轻松松回家……而且我喜欢在伦敦生活……你觉得我的想法怎么样？"

克利斯蒂安讲这一大堆话的时候，参议始终背对着他，双手插在裤兜里，一只脚无聊地在地上画着图。

"你想去伦敦就去，一切随你便。"参议扔给弟弟一句不痛不痒的话，连看也没看他一眼，径直走向起居室。

克利斯蒂安紧随其后，走向坐在起居室看书的盖尔达，把手伸向她。

"晚安，盖尔达。哦，亲爱的嫂子，不久之后我便要离开去伦敦了。我们无法左右自己的命运，这很奇怪。现在又要走向茫然不可预知的未来，在这样一个大城市里，走上不过三步就会遇到让人心惊胆战的事，那里的新鲜事十分多。真是奇怪……这种感觉你有过吗？这里，就在胃附近的某处……真奇怪……"

3

杰姆斯·摩仑多尔夫死了，就是那位最老的商人议员。他死得很怪异也很恐怖。这个老头患有糖尿病，晚年时已完全丧失了自理能力。他对点心和蛋糕钟爱有加，而且从不知控制，虽然他的家庭医生格拉包夫曾无数次对他提出警告，家人也连哄带骗地控制老人吃甜食，但这个老头是怎么做的呢？虽然智力上已经出现了一些障碍症状，可这老头居然在一条偏僻的小巷——小格罗波街、安琪儿斯维克街或是莫格维什巷租了一间房子，把它当成储备甜点的仓库，每天偷偷摸摸去那里，大吃一顿……人们就是在小巷的房子里发现这个已经死去的老人的，他的嘴里还塞着没来得及咽下去的蛋糕，他的衣服和身旁的一张破旧的小桌上全是点心碎屑。他并非死于慢性疾病，而是被中风猝然夺去了性命。

一家人竭力掩盖老人死时的状态，尽力不让外人知道，因为那确实难看，简直令人作呕。但世上没有不透风的墙，这事还是很快便传开了，成了街头巷尾的谈资。人们对这件事议论纷纷，到处都在谈论，交易所、俱乐部、"和谐"餐馆、商号的办公室、市民议会，甚至某家举办的某个聚会。老人的死如此备受关注，也确实因为他死在一个社交活动最活跃的月份——2月，1862年的2月。关于老人暴死的话题无处不在，甚至在布登勃洛克家的"耶路撒冷晚会"上也出现了。丽亚·盖尔哈特的朗诵刚停下，老参议夫人便和自己的女友们耳语一阵，悄悄说着这事。甚至，当主日学校的小女孩无比虔诚地走在布登勃洛克家的大走廊上时，也在窃窃私语讨论这件事。家住铸钟街的施笃特先生和他那位热衷与上流社会的人来往的老婆，甚至不止一次地谈论过这件事。

死人无法长久地吸引人们的兴趣。随着这个老议员的离世，一个重大的问题立马摆在了人们面前……等到老人的尸体被埋进土里，让人们感兴趣的也就只剩下了那个萦绕在每个人心头的问题了：谁会继承老人的爵位？

大家的神经都高度紧绷，暗中的众多活动也在悄悄进行！假如此时一个外地人来这里寻找中世纪的古迹和城郊秀美的风景，那他会一无所获。可见，表象之下掩盖的奔忙和较量是多么激烈残酷啊！种种有理有据、颠扑不破的意见针锋相对，先是大声争吵、互不相让，接着又相互交流、彼此融合。人们积蓄的热情像是被激发出来了。虚荣和野心相互虎视眈眈，被掩藏的希望又有所抬头，但终究还会被再次扑灭。每次参选，住在面包房巷的老商人库尔茨都只能得到三四张支持票，这次选举那天，他像以前参选一样忐忑不安地在家里等人喊自己的名字，然而，他又一次失望了。以后，他还得保持那副正直、与世无争的表情，拄着拐杖嗒嗒地敲着地面外出散步。他一辈子也别想坐上议员的宝座了，这个遗憾会随他一同被埋进坟墓，抱憾终生。

布登勃洛克一家人星期四聚会时谈起杰姆斯·摩仑多尔夫猝死的事，佩尔曼内德太太说了几句深表惋惜的话后，用舌头舔舔嘴唇，又用一种狡黠的目光看了看自己的哥哥。她这两个动作恰好被自己的三个堂姐妹看到，她们彼此迅速交换了一个尖刻的眼神，接着便十分默契地一起紧闭了一下眼睛和嘴巴。参议对着妹妹微微一笑，算是对她那狡黠目光的回应，接着便把话题岔开了。他知道冬妮心里打的小算盘，这也正是全城的人在纷纷议论的事……

有些人的名字一提出便被否决了，一些人却荣幸地获得了候选人的资格。面包巷的兴宁·库尔茨一把年纪了，而议员选取应该面向新生的力量啊！木材商胡诺斯参议的巨额财产为他竞选增加了筹码，但他有个哥哥已经是议会成员了，宪法已经剥夺了他竞选的资格。候选人中比较有希望的有酒商爱德华·吉斯登麦克参议和亥尔曼·哈根施特罗姆参议。除此之外还有一个人一开始便备受关注，那便是托马斯·布登勃洛克。选举日越近，人们就越明白，新议员会在他和亥尔曼·哈根施特罗姆中间产生。

毋庸置疑，亥尔曼·哈根施特罗姆拥有自己的为数不少的支持者。他不遗余力地投身于公共事务，他所经营的特伦克和哈根施特罗姆两家公司发展势头迅猛，他本人生活奢华，住豪宅，他无比奢华的早餐等，都为他网罗了一批坚定的支持者。这个商人身材高大，稍微有些胖，满脸的络腮胡子呈现出浅红色，被剪得短短的，一只略显扁平的鼻子安详地在嘴唇上方坚守。他的祖父是一个名不见经传的小人物，就算作为孙子的他也不了解祖父的生平。他的父亲即便是娶了一个虽来历不明却十分有钱的女人，也未在社交界博得立足之地。而他却因和胡诺斯家与摩仑多尔夫家攀上了亲戚关系，而成为这座城市里五六家名门望族之一。他的姓氏和这些显赫的姓氏并列，他自己也无可厚非地成了一个赫赫有名的人物。他自由和宽容的性格，让他魅力四射，对他人有种神奇的吸引力，也正因为这一点独特之处，他获得了众多的拥护者。他赚钱的能力和花钱的能力，让他在那些勤俭谨慎、墨守成规的同行中间显得与众不同。他有自己的一套行事规则，不受传统方法的约束，也不盲从旧习。他的住所完全不同于那种祖传的老宅，面积宽敞得几乎令人难以置信，由巨大的石板铺成的甬道在用白漆刷过的回廊间蜿蜒。这所坐落在布来登街向南延伸过去的一条街——桑德街上的房子，是座新式建筑，样式不同于传统房屋的笨拙样式。房子的正面用油漆简单刷过，简单质朴又有特点。房屋的大小适宜实用，屋里的家具奢华而舒适。前不久，他在家里举办了盛大的晚会，并借机请来了市歌剧院的一名女演员。饭后，他请这名女歌剧演员为客人们演唱了几首歌曲，这些客人中有他一个很好的兄弟，这个人痴迷艺术、具有深厚的艺术造诣，同时，还是一名法学士。当然，表演完毕他没忘记给那个女演员一笔丰厚的酬劳。如果有谁在市民代表会上提议拿出一笔不菲的钱来修缮并保护中世纪的古迹，亥尔曼肯定会坚决地投反对票。但另一方面，他却是全城第一个在自己的住所和办公室安装煤气照明设备的人，这千真万确。哈根施特罗姆参议也并非毫不尊奉传统，他从自己的父亲身上继承了自由、进步、宽容和随和的品性，人们也正因此才对他无比崇拜。

托马斯·布登勃洛克的威信靠另一些东西培养和维护。人们尊敬他并不仅仅因为他值得尊敬，而是因为他身上继承了父辈、祖辈的高贵品格。先不说他在商业和社会活动中显著的成就，他还代表着一个有着百年历史的商业家族的辉煌。当然，他那得体的举止和翩翩风度对商人家族光荣传统的体现和维护，更让人心服口服。就算是和一些有学问的同僚在一起，他所受过的良好的正规教育也会让他显得出类拔萃。不论何时何地，他的这些优良品性都让他备受尊重，也让他显得卓越非凡。

星期日，在布登勃洛克家。参议本人在场的时候，家人一般不会深入谈论即将举行的选举，而对此事保持着冷淡的态度。谈及此事时，老参议夫人总是沉默不语，用一双明亮的眼睛瞄瞄四周。只有佩尔曼内德太太不能控制自己的兴奋，时而会显示一下自己对宪法的熟悉程度。宪法上关于议员选举的条款，每一条她都已经研究得无比透彻了，就如同一年前离婚时她对婚姻法的精心研究。她为大家解释选举室、选民和选票，认真分析任何一种可能发生的结果，选民投票前需背诵的庄严誓词，她也能背诵得滚瓜烂熟。她为大家讲解什么是"公开评论"：按宪法上写的，"公开评论"就是选举室公开讨论各位候选人。她说自己无比渴望参加对亥尔曼·哈根施特罗姆的"公开评论"。说完这话，她立马低头数起哥哥蜜饯盘子里的李子核，边数边嘟囔："选得上——选不上——选得上——选不上——选得上……"数完了这个盘子里的李子核，她迅速从旁边那个盘子里用叉子尖拨过一个……吃完饭，她实在无法抑制自己了，她抓住哥哥的胳膊，把他拖到窗户旁边。

"汤姆……哎哟，我的上帝！如果你能当选，如果我们家的纹章也能被市议会的武器库悬挂……我会高兴死的！我会被兴奋击倒在地，停止呼吸，你看着吧！"

"是吗，亲爱的冬妮？我劝你还是低调点吧！你平时不是很沉得住气的吗？难道你想让我像兴宁·库尔茨那样四处走动，到处宣扬吗？咱们家即便没人当选'议员'，也足够显赫了……我看，你还是好好活着的好。"

前面谈过的那种激动的讨论、争论依然如火如荼。那个公司除了剩下一个空字号什么都亏空干净，就连那个对已经死去的女儿的遗产也没放过的纨绔子——彼得·多尔曼参议居然也参选了。托马斯·布登勃洛克家举办宴会邀请他，他参加；亥尔曼·哈根施特罗姆家举办宴会，邀请他，他也不拒绝；并且不论是参加谁家的宴会，他都会在席间高声大嗓地称呼主人"议员先生"。塞吉斯门德·高什像头发狂的狮子，四处游荡，对于那些不愿意支持布登勃洛克的人，他连理都不理，恨不得立马扑上去要了对方的命。

"在座的各位先生，布登勃洛克参议……哦，多么伟大的人啊！想当年，也就是1848年，布登勃洛克参议的父亲用一句话就制止了一群暴乱者的恶行，我亲眼看见了这一切……如果世上还有公道，他的父亲、他的祖父早当上议员了……"

若寻求根源，让高什先生内心燃起熊熊烈火的不是布登勃洛克参议，而是他年轻貌美的妻子，阿尔诺德逊家的姑娘。这个经纪人从没和她说过一句话。他不是富商，也没和富商们一起吃过饭，更没和他们交往过。但是，就像前面我们所说的，盖尔达·布登勃洛克初次在此地露面，便立刻吸引了这个阴郁的、一直喜欢猎奇的经纪人。凭借自己从未做过错误判断的本能，他断定，这个女人一定会让他平淡的生活变得不平淡。虽然那时他连她叫什么都不知道，但他已经决定把自己的灵魂和肉体都交给这个女人了，他甘愿受她奴役。没有人把他引荐给她，但从见到她的那天起，他的思想便不受控制般不由地围着这个看上去十分紧张的女人转，就同马戏团的猛兽围着驯兽师转一样。有时在街上偶遇，他就会迎着她把自己的耶稣教徒的帽子一摘，几乎把她吓得跳起来。这时，他那阴郁的脸色、诡异低贱的态度，仍旧极像马戏团的猛兽对驯兽师的态度……他没有机会为这个女人做出什么惊世骇俗的事来，就算有这种机会，他这个驼着背、阴沉、冷漠地裹在斗篷里的人，会不会像魔鬼那样硬着心肠欣然前往呢？这个世界上的风俗不允许他通过杀人、血腥的阴谋等犯罪手段得到这个女人，他能为她做的，就只有在选举时为她那受人尊崇的丈夫投上赞成票。或者，在将来的某天，把罗贝·德·维加的全部戏剧翻译过来献给她！

4

宪法规定，议会中的空职在四个星期内必须补上。距杰姆斯·摩仑多尔夫逝世已经过去三个星期了，激动人心的选举终于要举行了。这一天是2月末一个冰雪消融的日子。

午后一点左右，布来登街市政厅前面聚集了很多人。这座建筑的正面是雕孔的玻璃砖砌成的，建筑物的顶上建有大小不等的尖顶楼，纷纷指向灰白的天空，带着遮阳顶的建筑被石柱子支撑着挺立在那里。从大厅前面的尖拱门望过去可以看到市场和市场上的喷泉……街上的积雪因众人的踩踏而融化，变成脏兮兮的雪水，但人们并未因此离去，他们一直伸着脖子向正前方张望，偶尔才相互交换一个眼神。他们面前那间大门紧闭的议会大厅里，由十四名议员和市民代表组成的选举委员会正焦急地等待选举的最终结果。

时间过去很久了，选举室里激烈的讨论仍旧没有结束的迹象，争斗似乎很残酷，直到现在他们仍没有确定最终人选，通知等待在外面的人，否则，市长怎么会不出来公布结果呢？事情很奇怪，没人知道谣言从哪里来，是怎样产生的，但是谣言却真切地从大门里传到了街上，并且迅速扩散，难道是市政厅两个信息传达员中那个年长的人，就是那个永远自称"人民公仆"的卡斯佩尔森先生把消息传出来的？他站在门里侧，紧咬牙关，侧着头盯着旁边。大家议论纷纷，说三个选举室都选定了自己推举的人名交给了选举委员，只不过三个选举室产生了三个结果：哈根施特罗姆、布登勃洛克、吉斯登麦克！上帝保佑，但愿这种秘密的选举方式能将新议员早点选出来。那些衣着单薄或鞋子单薄的人开始在雪水地上不停地跺脚，这寒冷的天气，快把他们的脚冻僵了。

在大门外等候消息的人形形色色，有脖子上刺着文身的水手，两手插在宽大低垂的裤兜里；有穿着黑色闪光亚麻布工作服的粮栈工人，看上去老实忠厚；马车夫们放下手里的活计，手持赶车的鞭子，站在门前向里张望；侍女们穿着条纹裙子，戴着小白帽，围着围巾和围裙，赤裸的胳膊挎着篮子；她们中间有几个穿草鞋的卖鱼或是卖菜的农妇，甚至还有几个戴着荷兰帽、穿着短上衣的花圃女工，她们那带褶皱的白色长袖蓬松地露在绣花马甲外面……当然，人群中也有一些有地位的市民，像附近商店的老板，在自家店里或是长辈朋友的店里做学徒的、穿戴整齐的年轻商人……居然还有几个背着或夹着书包的小学生……

一个女人站在两个蓄着水手胡子、嘴里嚼着烟草的工人后面。

这个女人兴奋得不能自已,为了从他们身体中间的缝隙里看到市政厅的大门,她不停地左右摇摆着自己的头。她穿着一件棕色皮领大衣,双手在外套下紧握,她的脸被一块棕色的厚面纱严实地遮挡着。穿着橡皮靴的双脚不停地在雪水里原地踏步……

"上帝,你们的老板库尔茨先生这次又没当选!"一个工人对另一个工人说。

"可不是,你也太天真了,他怎么能当选呢?目前只有三个候选人,哈根施特罗姆、吉斯登麦克和布登勃洛克。"

"对,可是眼下的问题是,三个人中谁能胜出。"

"嗯,说说你的想法吧。"

"我说?我想,会是哈根施特罗姆。"

"拉倒吧,别再装聪明了……别瞎说了。"

随后他把叼在嘴里的烟吐到脚下,因为身边挤满了人,他没办法把烟吐太远。他用双手往上提了提自己的裤子,接着说:"哈根施特罗姆是个大饭桶,胖得都无法用鼻子呼吸了……如果库尔茨老板当选无望,那我倒希望当选的是布登勃洛克,他算是个聪明人……"

"不错,你说得有道理,但哈根施特罗姆比布登勃洛克有钱啊……"

"这关钱什么事?这不是关键。"

"可是布登勃洛克的打扮总让人觉得眼花缭乱的,白色的衬衣袖口,丝领带,胡子打着蜡……你见过他走路的样子吗?像小鸟一样一蹦一跳的……"

"唔,你这个笨蛋,这些跟选举有什么关系?"

"他妹妹结过两次婚,但最后都离了!"

站在他们旁边的身穿晚礼服的女人身体不禁一颤……

"都是一些传闻,实情究竟怎样咱们谁能说清楚?况且,这也不是参议造成的啊。"

"说得对,这事跟他有什么关系!"那个女人心里暗暗想,被衣服遮挡着的两只手使劲绞着衣服……"说得对!哦,感谢上帝!"

"况且,"那个布登勃洛克的拥护者接着说,"连市长大人都给他家的孩子做教父,你想想这是不是件非常有面子的事?"

"说得好极了,"那个女人心里窃喜,"没想到,这件事起了不小的作用……"她的身体不由得抖了一下。又一种新的说法传了出来,在人群中蔓延,一直传到这个女人耳朵里。推选依然没有结果。但爱德华·吉斯登麦克因为支持者甚少而被取消了候选资格。哈根施特罗姆和布登勃洛克两人的票数仍不相上下。这时,一个公民严肃又庄重地向人群喊,如果二人的票数仍旧相等,就只有选出一个"五人委员会"投票表决了……

突然大门那边有个声音响起:"海涅·吉哈斯当选了!"

海涅·吉哈斯是个常年酗醉的酒鬼,每天推着手推车走街串巷地卖热面包。人群发出哄笑,大家都伸长脖子,想要看看究竟是谁在开玩笑。就连那个戴面纱的女人听到这句玩笑话也神经兮兮地笑了笑,她的肩膀耸动了一下,但马上停止了这个动作,意思像是说:这个时间和地点难道适合开玩笑吗?只见她摆出一副不屑的样子重新集中注意力,又开始朝着被两个人高马大的工人挡住的市政厅大门张望。可就在那一刻,她的身体突然松垮下来,两只手垂下,晚礼服敞开,她耷拉着肩膀站在那里,失魂落魄、有气无力……

哈根施特罗姆当选了！这消息从何而来，没人知道，它好像是从地底冒出来的，也像是随雪花飘下来的，但这不影响它的急速传播。没人对此表示怀疑，好像这一选举结果是板上钉钉的事了。哈根施特罗姆当选了！哈，不错，很好！终究是这个人。希望变成了绝望，戴着面纱的女人提醒自己早该料到这一结果。生活中的事总是这么难以把握。现在除了打道回府，她还能做些什么呢？她觉得眼泪完全不受自己控制了……

这种情况瞬间发生了改变，人群中忽然引起一阵骚动，人群从前往后退，有些没站稳的人居然倒在了其身后的人身上。市政厅大门前出现了一抹鲜红的色彩……这是市政厅两个传达的红袍子，卡斯佩尔森和乌尔菲德两人头戴三角帽子，身穿节日盛装和白色马裤，脚踩黄色翻边的长筒马靴，斜跨装饰性佩剑，肩并肩走了出来。他们从一直往后退的人群中穿过。

这两人走路的姿势如同他们肩负的使命般，严肃、沉默、目不斜视、眼睑低垂……他们已获知选举结果，正以一副正义凛然的神色朝着这个结果指引的方向走去。但是，他们并没有走向桑德街，而走向了布来登街！

戴面纱的女人像是无法相信自己眼前的一切，但是毋庸置疑，她四周的人看到的情形与她看到的完全一样。人们拥挤地跟在市政厅传达身后，向同一个方向进发："哈，哈哈，是布登勃洛克，不是哈根施特罗姆！"……此时，形形色色的绅士从市政厅大门走出来，他们兴高采烈、神采奕奕，边走边谈论着。他们步履轻快地朝着一个方向走去，每个人都想成为第一个道贺的人。

此时那个女人迅速提起自己的裙摆，飞奔向前。她奔跑的姿势简直与她的淑女风范相违背。面纱掉落，她那一张涨红的脸露了出来，然而她毫不在意。虽然有一只镶皮边的鞋套不断噼里啪啦地激起肮脏的雪水，还不断牵绊她的脚步，她仍然赶在了众人前面，来到面包房巷拐角处的那所房子前。就好像身后有人追杀她，这个女人急切地按响了门铃，她对着来开门的侍女喊："来了！他们来了！卡特琳……"她疾步奔上台阶，像旋风一样闯进起居室。她哥哥就在这间屋子里，脸色略显苍白。看见自己的妹妹闯进来，他放下手中的报纸，本想示意她出去，可谁知，她竟然一把抱住了他，不断重复着："他们来了！你当选了！你击败了亥尔曼·哈根施特罗姆！"

这天是周五。第二天，布登勃洛克议员已经登上已故的杰姆斯·摩仑多尔夫的宝座，对着大厅里的老市长和市委员会的代表宣誓。誓词内容如下：我将恪尽职守，尽全力为本市市民谋取福利；我坚决拥护国家法律，会全身心为市民效力；在行使神圣职责和参加选举时，不徇私情，不牟私利；我会坚守国家法律，无论贫富，对人一视同仁，公平对待，秉持公正；对需要自己保密的事守口如瓶，更不会泄露一点儿命令我保守秘密的事。愿上帝保佑我！

5

因为我们的神经系统有某些需求，我们会产生愿望和行动，这种需求无法用言辞形容，如托马斯·布登勃洛克非常注重自己的仪表，他的衣服都十分奢华精致，我们叫这"虚荣心"。其实，这不过是一个活动家努力使自己的装束符合自己身份的行为而已。他对自己的期望无限增加,他人也一样,他身上的担子越来越重,私事公务缠身。在市政厅召开的某次职务分配会议上,税务管理的重担也落在了他肩上,随后,铁道、关税和一些涉外事务也开始归他处理,这些都会消耗他的精力。就职后,他主持了无数次管理监督委员会议。会上,为了维护那些长老的颜面,尽量不触碰他们的利益,他一方面要对这些人保持必要的尊重,另一方面又要保证实权掌握在自己手里。或许有人注意到了,在某段时期内,托马斯的"虚荣心"越来越强烈,其实,这只不过是他利用频繁更换衣服的方法来缓解疲劳、保养精神而已。虽说托马斯·布登勃洛克才刚满三十七岁,他的精力已渐趋不济,身体状况也开始走下坡路了。

每当格拉包夫医生建议他注意多休息时,他会说:"哦!亲爱的,我还没到退休的年龄呢!"他的潜台词无非是:等哪一天功成名就了,他或许才有机会彻底放松,但这之前,他还有无数的工作要完成。实际上,他自己也怀疑自己是否能有安逸生活的一天。但一股无形的力量在背后推着他,让他不得不上紧发条不断向前。有时他看上去像在休息,如饭后看报纸的时候,表面上他在漫不经心地捻着胡须,其实他太阳穴处青筋迸露,他的脑子也在飞速运转,思考着永远也解决不完的问题。他总在一刻不停地思考,无论是生意上的一个谋划,一篇演讲词,还是一个长远的计划:他会马上把身上的衣服更换一遍,这样他就不必再为这件事分神了。

这种频繁购置和更换物品的做法能让他的精神压力得到暂时的缓解,至少能让他感到暂时的满足,所以,他并不吝啬在这件事情上花费钱财,因为这一年他的生意做得顺风顺水,顺利到几乎能和祖父活着时相媲美。他的公司不仅誉满全城,甚至在外地也很有声誉,而他在社会上的威望也越来越高,人们钦佩他的才华和能力,当然,也有一些人心怀忌妒。他仍试图在繁忙的生意和工作中寻找一种能让自己安闲、不忙乱的方法,只是他一直没找到这种方法,因为他的头脑中总有无数个解决不完的计划和幻想。

1863年夏天,布登勃洛克议员计划建造一所宽敞的大房子,他一直为这事奔忙。如果我们了解他的辛劳和他的财力,就不会觉得这是一件率性而为的事。能享清福的人才是幸福的人,而他那操劳的本性让他为这件事不停地奔忙。当然,有人会认为这又是他的虚荣心在作祟。确实,也没有另外一种别的什么解释了。盖座大房子,彻底改变一下生活环境,把一切旧东西、没用的东西和那些陈垢彻底清除,彻彻底底整理一次,来个大迁移……他在畅想这些事情的时候,居然产生了一尘不染、耳目一新的感觉,这让他浑身充满了力量……这座新房子他的确非常需要,因此他竭尽全力让自己的梦想变成现实,甚至他已经有了心仪的地皮。

他物色的那块地皮面积非常大,就坐落在渔夫巷。那是一所要出售的破旧的老宅,主人是一个已到暮年的老处女,她是自己那几乎已被人遗忘的家族唯一存世的人。本来她孤苦无依地住在这所房子里,可前不久,她死了。议员在去码头时经过这里,便开始盘算把自己的新房子建在这儿。这四周都是些有钱人家,周围是整齐的带山墙的民居。最寒酸的要数对面那座低矮的楼房,一家小花店开在它的底层。

他开始全身心地筹备这件事情。他做了初步的预算,虽然数字庞大,但他很自信自己有能力支付这笔钱。转念一想,他又觉得自己这个决定是不是太唐突太不切实际了，想到这儿他就十分颓废、面无血色。他十分清楚，目前居住的这所房子对于一家人来说已经绰绰有余。他就这样纠结着，最终对新房子的渴望战胜了自己的犹豫。为了找到支持自己这一想法的人，他首先把这件事告诉了自己的妹妹。

"冬妮，你觉得我这个想法怎么样？你看现在这座房子简直就像一个火柴盒，真的有些不体面，尽管通向浴室的螺旋梯挺有趣，你说是不是？现在我当选议员了，这事你功不可没……总之，我想说的是，你觉得我该不该盖座新房子？"

上帝啊，在佩尔曼内德太太心中自己的哥哥该拥有这世上的一切，她对他的仰慕是谁也没法比的。她双臂交叉抱在胸前，肩膀稍稍耸起，抬着头，在屋里走来走去。

"你该这么做，汤姆，上帝啊，你太应该这么做了！别人有什么理由反对？况且，你娶回家的是阿尔诺德逊家的姑娘，她的陪嫁就有十万泰勒……你最先把这件事告诉我，简直太让我感动了，这让我无比骄傲！既然决定了，那就要把房子盖得十分高贵，这是我全部的意见。"

"是的，我也是这么想的。盖座新房子，就算破费点儿也是理所应当的，我打算把这项工程交给乌格特，乌格特很有艺术才华，眼光不俗。我拿到设计图纸后会第一个与你分享。"

托马斯拉来的第二个支持者是自己的妻子，她对丈夫的这一想法不仅举双手赞成，还大加赞赏。虽然搬家时乱糟糟的场景会让人厌烦，但她一直无比期望拥有一间有高质量音响装置的琴房。而老参议夫人，一听到儿子想建新房子，便立刻觉得这是这段时间以来家庭顺利发达的必然结果，她对这一切心满意足。自从小孙子出生，参议当选议员，她更加觉得这个家庭给了她无上的荣耀。近来，她的口头禅是"我那当议员的儿子"，这句话深深刺痛了布来登街的三位布登勃洛克家的姑娘。

这三个年华渐逝、青春不再的老姑娘实在在托马斯身上找不到一点能让她们挑剔的毛病。星期四那天，她们几个狠狠挖苦了克洛蒂尔德一通，但这似乎并没有让她们获得多少快乐。至于克利斯蒂安，他经由老上司李查德逊先生介绍，在伦敦谋到了一份差事，前几天给家里发来电报，提了一个任性荒唐的要求，说自己要和普乌格尔小姐结婚，老参议夫人坚决反对这件事……如今，克利斯蒂安已经堕落成亚寇伯·克罗格一类人了，他这样的人不值得这三个小姐议论。她们三个便经常盯着老参议夫人和佩尔曼内德太太，从她俩身上寻找可以让自己嚼舌根的事情。比如，她们议论女人们的发型，谁知老参议夫人竟轻描淡写地说自己的发型最简单，其实大家都知道，尤其是那三位布登勃洛克小姐对这件事再清楚不过了，老参议夫人帽子下那些永不褪色的、黄里透红的头发，早已经不是她"自己的"了。她们觉得更有趣的是戏弄堂妹冬妮，引诱她谈论那些给过她可恨记忆的人，如泪汪汪的特利什克、格仑利希、佩尔曼内德、哈根施特罗姆一家……冬妮一旦被挑逗起来，就会像机关枪吐子弹一般把这些名字都喊出来，声音变得短促刺耳，可这声音在那三个老小姐听来却无比动听。

另外，她们也不想隐瞒——再说隐瞒也毫无意义——小约翰学走路和学说话都比同龄的孩子晚很多……这的确是实情，大家也都认可。汉诺——布登勃洛克议员夫人给儿子起的小名——可以准确地叫出家人的名字时，偏偏说不清三个人的名字——佛丽德莉克、亨莉叶特和菲菲。现在他已经十五个月大了,可若没人扶着仍旧不会走路。看到这些,三位布登勃洛克小姐摆出一副无比悲观的表情说:恐怕这孩子一辈子都不能走路不会说话了。

幸而,她们这一悲惨的预言没有变成现实,但大家不得不承认,汉诺的发育真的比一般孩子要晚很多。还是婴儿时,他便经常生病,一家人总为他担惊受怕。刚出生时,他甚至连哭都没力气哭;洗礼宴结束后,他上吐下泻地折腾了三天。就是这三天,他的小心脏差点就不工作了,是医生费了好大的力气才让它又恢复了跳动,虽然只病了三天,他却差点和这个世界永别。幸好,他活了下来,尽心尽责的格拉包夫医生如今在无微不至地照顾着他,费尽心血给他开营养食品,以免他还没长出牙齿就夭折。但是,就在他的牙床上刚刚有牙齿露头的时候,这孩子又生病了,他开始抽搐不止,而且越来越严重,那情形简直能吓死人。老医生默默地握着这孩子父母的手……几乎只剩半口气的孩子躺在床上,从他那呆滞的眼神看,好像是脑子出现了严重的问题。眼看着这孩子没有什么希望了。

然而,汉诺挺过来了,气力稍稍恢复,眼神也不像以前那么涣散了。虽然这场病耽误了他学习说话和走路,但总算是度过了危险期,至少他还有生命。

汉诺的胳膊和腿修长,和同龄的孩子比他的个头算高的。某段时间里,他那头原本无比柔软的浅棕色头发开始迅速生长,很快便呈现出波浪形,居然垂到了他的肩部。他遗传来的布登勃洛克一家人的相貌特征也显现出来了,首先是那双手,那是布登勃洛克家特有的手:手指秀美,手掌宽短;接着是他的鼻子,他的鼻子简直和自己父亲、祖父、曾祖父的鼻子是一个模子里刻出来的,只是鼻翼略显纤秀。再就是他的脸庞的下半部分，尖尖瘦瘦的，既不像布登勃洛克家的样子也有别于克罗格家的模样，这一点他遗传了自己母亲的基因。他的嘴极像自己母亲的嘴，很小的时候他就喜欢紧闭着嘴唇，露出惊恐无助、万般痛苦的神色……这种神色随着他年龄的增长，和他那双金棕色又些微透着淡蓝的眼睛越来越匹配。

父亲对他疼爱有加，母亲细心地照顾着他的饮食起居，安冬妮姑姑时常为他祈祷，祖母和尤斯图斯舅爷给他买他喜欢的玩具骑兵和陀螺——就这样，他在父亲的疼爱、母亲的照料、姑姑的祈祷中，玩着祖母和舅爷送的玩具一天天长大。他乘坐的那辆漂亮的小马车行驶在街头时，人们便都投去好奇和期待的眼神。至于那个现在仍一直照顾他、神气十足的保姆迭霍太太，家人早已下定决心，搬进新家后，便让伊达·永格曼取代她接手照看汉诺……

布登勃洛克议员的计划正在一步步变成现实。他轻而易举地就买到了渔夫巷的那块地皮。布来登街这所老房子终究是要出售的，消息一传出，经纪人高什便摆出一副"这事可不好办"的神情答应帮忙找买家。没多久，这所老宅便确定了新主人——施台凡·吉斯登麦克。他家人口不断增加，并且他和弟弟一同经营红酒生意赚了不少钱。建设新居的事全权交给了乌格特先生处理，很快，星期四，一家人聚会时，便见到了摆在面前的那一张张清楚的设计图。这座即将开工的新房子的正面模样，大家已经能清晰地看到了。从设计图上看，这是一座雄伟的粗坯建筑，房屋的重要部分由雕刻着女神像的柱子支撑着，上面则设计了一个平台。克罗蒂尔德拖着长腔假装和善地说，如果天气好的话，人们还可以去那里喝喝咖啡，晒晒太阳……议员还决定把公司的办公室也一并搬到渔夫巷，办公室搬走后，老宅楼下的那些房屋就会空出来，本市火险公司已经决定租下这些房屋作办公室。

秋天来临时，渔夫巷那栋老宅已变成了一堆废墟；到冬天的时候，托马斯·布登勃洛克的新家已经巍然挺立在那里了。对于布登勃洛克家盖新房的事，人们一直津津乐道，这成了一段时间内人们口中无法取代的话题。那真是数一数二的新居，方圆几十里再没有比这更漂亮的建筑了！整个汉堡城估计也找不到可与之媲美的建筑！……钱也一定花得数一数二吧？托马斯的父亲是从来不会这么大手大脚花钱的……附近的邻居，那些住在带三角山墙房子里的人都守在窗户旁，出神地看建筑工人在工地上忙前忙后，房子在他们的注视下一天天变高，他们心里美滋滋的，盘算着什么时候举行上梁典礼。

这一天终于来了，上梁典礼完全按照习俗进行，完美得几乎天衣无缝。一位泥瓦匠老师傅站在平台上讲了几句话后，把一个香槟瓶子从肩膀上甩过去；悬挂着的彩旗中间，一个用玫瑰花、多彩树叶编成的大花环正随风摇晃。随后，所有参与建设房子的人参加庆功宴，庆功宴在附近一家酒馆举办。工人们坐在摆了啤酒、夹肉面包和雪茄烟的桌子旁欢呼，目不转睛地看着布登勃洛克议员夫妇和保姆抱在怀里的小汉诺从这些桌子旁环绕一周，这一家三口对工人们的付出和热情表示感谢！

走出酒馆，汉诺被放回了自己的小马车里。为了再看一眼新房子红色的正面和雕着女神像的白石柱子，托马斯和妻子走到马路对面。再往前走便是一家小鲜花店。小店十分寒酸，一扇窄门，几个狭小的橱窗，橱窗里的绿玻璃板上摆着几盆球茎植物，除了这些，小店里再没其他什么了。这个小花店的老板——身穿羊毛夹克的伊威尔逊此时正和妻子站在门前。伊威尔逊是一个身材魁梧的男人，长着一头金黄的头发。和自己的丈夫比起来，站在一旁的女人显得疲惫而憔悴。这个即将再次临盆的女人的脸庞颇像欧洲南部人，皮肤黝黑。她一只手拉着一个四五岁的孩子，另一只手轻柔地前后摇着一辆小车，那里面睡着另外一个幼儿。一眼就能看出，她马上又要临产了。

伊威尔逊拘谨地朝议员深深鞠了一躬。他的妻子前后摇晃小车的动作没有停下，用她那对细长的眼睛注视着议员夫人，她看到她正挽着议员的胳膊缓步走向他们。

托马斯走到他们跟前，举起手杖指着新房子前面悬挂的花环说："那花环做得很漂亮，谢谢你伊威尔逊！"

"那不是我做的，议员先生，是我老婆做的！"

"哦？"议员听到这话好像很惊讶。他忙转过身，仔细看了看那个女人的脸，那明亮的目光里写满坚定与和善。他没再说什么，只是客气地招招手，便与妻子一同离开了。

6

7月初，也就是布登勃洛克议员搬家后的第四个星期的星期天，天色渐渐暗了下来，佩尔曼内德太太没有事先通知便到了哥哥家。哥哥的这所新房子的石板前廊装饰着雕塑家托瓦尔德森的浮雕，廊子右侧有间屋子是托马斯的办公室。佩尔曼内德太太穿过这条走廊，在风门前拉了拉门铃——屋子里的人若听到门铃响，只需在厨房里按一下橡皮球，门就会自动打开了。宽阔的大厅里楼梯下摆放着蒂布修斯送的那只棕熊标本。仆人安东在前厅见到了佩尔曼内德太太，他告诉她,议员仍在办公室里。

"我知道了,安东,你去忙吧,我自己去找他就行了。"她说。

她走到办公室门前,犹豫了一下,还是停在了门外。她向右走去,来到楼梯下面。二楼的楼梯安装了铁栏杆,三楼就成了一座黄白相间的大理石柱游廊。一盏金光闪闪的巨大的枝形灯架悬挂在高高的天窗上……"太豪华了,真让人骄傲!"佩尔曼内德太太环视着四周,感受着这华贵的气质,心里满是骄傲,她自己低声念叨着。对于她来说,这一切是布登勃洛克家族荣誉、地位、权势的象征。突然,她想起自己得知的那个坏消息,唉,终究还是得告诉托马斯啊!她微微叹口气,向着办公室走去。

办公室里只有托马斯,他正坐在窗户旁的椅子上写信。见有人进来,他抬起头,眉毛向上一挑,伸手去迎接妹妹。

"晚上好,亲爱的冬妮,有什么高兴事要对我讲讲吗?"

"哎哟,能有什么高兴事,汤姆!……哦,家里的楼梯简直太漂亮了,简直可用完美形容!……你为什么不坐在灯底下写字啊?"

"啊……一封短信。没有高兴事吗?愿不愿意和我一起到花园走走?那里可比屋里舒服多了,走吧!"

他们走出房间,经过走廊的时候,听到二楼琴房里传出小提琴的响声。

"听啊!"佩尔曼内德太太停下了脚步,"盖尔达又在练琴了,你听这声音多美妙!上帝,这个女人……简直是上帝赐给你的礼物!汉诺怎么样,汤姆?"

"正在和永格曼吃晚饭。实在令人懊恼,直到现在他还没学会走路……"

"迟早会学会的,汤姆,别为这事发愁!对了,伊达还能让大家满意吗？"

"满意，她把所有的事都处理得挺好！"

他们顺着房屋后的一条石板路散步，经过右面的厨房，又穿过一道玻璃门，下了两层台阶，便来到了一个鲜花争艳、花香浓郁的花园里。

"现在可以告诉我有什么事了吗？"议员问。

夕阳洒在花园里，这里没有任何喧嚣。花坛修剪得整整齐齐，空气里弥漫着花坛里散发出的香味。一眼别致的喷泉正向上喷着亮晶晶的水柱，水声潺潺，给人一种平和的感觉。喷泉的别致并不是单单因为它喷射出的水柱，更在于那环绕着它的高大的堇色鸢尾花环。夜幕已降，星星开始闪烁光芒。花园深处，有几级台阶夹在两个石碑中间，一直通向一个铺着碎石子的高台，高台上建着一座木结构凉亭，凉亭里摆放着几把供人乘凉的座椅。亭子的左边是邻居家的花园，右边是隔壁家的山墙，山墙旁边有一棵浑身长满硬结的胡桃树，它算是这园子里仅有的一棵大树了。靠着山墙的位置是为常春藤攀爬准备的大木架。亭子的台阶是悬空的，这为植物生长预留了空间，因此，台阶两边和亭子附近长满了山楂和醋栗。

"是这么回事，"当兄妹俩沿着砂石路缓缓地绕到花园前部的时候，佩尔曼内德太太才吞吞吐吐地回答说，"蒂布修斯写信说……"

"克拉拉？"托马斯问道，"不要转弯抹角了，你就痛痛快快地说出来吧！"

"好的，汤姆。她病了，病情不容乐观，医生说恐怕是结核病……而且……是脑结核……这是一种十分可怕的病，我简直无法接受。这是她丈夫写来的信，其中有一封是给母亲的，她丈夫说这里面说的是同一件事。我想我们还是不要贸然把信交给母亲，免得她受刺激。除此之外还有另一封信，是克拉拉的亲笔信，给母亲的，信上的铅笔字歪歪扭扭，看来她是连握笔的力量都没有了。蒂布修斯说，她写这几行字的时候说，这是她留在这个世界上最后的文字了。让人心寒的是，她几乎放弃了自己的生命，一直在向往去天国……"佩尔曼内德太太边说边把眼角的眼泪拭去。

参议一直默不作声地和她并肩走着，他低着头，两只手背在身后。

"为什么不说话，汤姆？……也对，有什么好说的呢，好像所有的不幸都集中在了一起，克利斯蒂安这个时候也在汉堡病倒了……"

她说的是实话，最近一段时期，克利斯蒂安左半侧身体的酸痛已经渐渐转变成了真正的疼痛，这让他几乎忽略了自己身上其他的小毛病。但他对这一切毫无办法，他写信给母亲，说要回家，让母亲照顾自己。他辞了工作，从伦敦往家赶，但刚到汉堡便一病不起。医生说他患了风湿性关节炎，他被送往医院，按目前的身体条件是无法赶回家了。他悲惨地躺在医院的病床上，让护士替他一封封给家人写信……

"真是的，祸不单行呐！"议员小声说了一句。

她轻轻拍了拍哥哥的肩膀。

"别灰心，汤姆！鼓起勇气，一切都会过去的……"

"是啊，连上帝都能看出来，此时我最需要的是勇气！"

"汤姆，你能不能告诉我，星期四那天，你为什么一下午都不说话？"

"唉……是生意上的事。我迫不得已把一大批稞麦贱价卖了出去，赔了一笔……"

"生意场上这种事在所难免。这单生意赔了，没准下次就赚回来了,如果因为这些事闷闷不乐……"

"你不了解,冬妮,"他摇着头叹息,"我不是因为这件事而心情低落到冰点,相反,只要我心情一低落,便会有糟糕的事情发生。"

"可是,你究竟为什么闷闷不乐?"她吃惊地说,"所有人都觉得你该开心快乐的,汤姆!克拉拉还在……她的病情也会好转!其他还有什么事呢?我们正在你的花园散步,这里花香扑鼻。你的新家,富丽堂皇如同童话里的宫殿,与你的房子相比,亥尔曼·哈根施特罗姆的住宅简直就是一座茅草屋!你眼前的一切都是你自己努力打拼来的……"

"没错,冬妮,这里真的像童话里的宫殿。但眼前的一切总让我觉得不安,也许我所有的坏心情就是这种感觉造成的。本来我对未来的一切充满了期待,但眼前的一切只是美好未来的一部分,新房建成的喜悦是短暂的,没办法带来未来全部的美好。好事总是来得太晚,晚到让人对它几乎要失去期待,晚到一个人失去了欢乐的心情……"

"失去了欢乐的心情,汤姆?这话是什么意思,你还这么年轻?"

"说一个人年轻还是年老,和人的岁数无关,关键得看他自己的感觉。那些美好的、人人期盼的事总是来得迟缓而艰难,而且,它来的途中往往还携带着种种让人没法不生气、束手无策的烦心事,这些都是人们事先没想到的。就是这些烦心事,让人的心情越来越低落,直至跌至谷底……"

"对,你说得有道理,但是你说一个人年轻还是年老,关键在于人的感觉,这话……"

"冬妮,也许这种情绪会很快消失……只是人的情绪低谷期。但是,这段时间,我真实地感觉到,自己比实际年龄老很多。生意上有很多事需要我操心；而工作方面，昨天在布痕铁路监察理事会里哈根施特罗姆参议对我的质问让我喘不过气来，几乎就要当众出丑……我以前从没想过这些事会发生在我身上。我感觉到，有些东西正在从手中一点点滑落，好像我不能再像从前那样把这些东西握紧……成功的含义是什么？是一种无法形容和描述的力量，是得心应手、左右逢源的能力，是只要自己在就能影响周围的人和事的能力……是相信自己对于生活的一切都十分重要……幸福和成功就在我们身边，我们必须一刻不放松地紧紧握住它。假如有什么东西开始有不受控制的势头，那周遭的任何一件事都会立刻不受约束，立刻会反抗、背叛我们，最终变得不受控制……到那时，一件件事情不断发生，一次次挫折接踵而至，一个人也就彻底完结了。最近几天我常常想起那句不知在哪里读过的土耳其谚语：'房子盖好的同时死神也便来了。'你看，如今到来的虽可能不是死神，但可能是衰退……结束的开始……我想你也明白这些，冬妮！"他把手伸到妹妹的腋下，用比刚才更轻的声音接着说："汉诺洗礼那天，你对我说过，'我觉得，一个新的时代要开启了'！至今我还清晰地记得这句话，你的话好像极有预见性，不久开始选举议员，我有幸当选；现在我又拥有了一座新住宅。可是'议员'和房子只是表面现象，我从生活和历史中还得到了一些你没有预见的事情。我知道，当事情开始走下坡路的时候，在表面的昌盛、幸运下，一些看不到摸不着的征兆才会慢慢浮现。这些征兆不是一天就能显露出来的，它被人发觉有一定的过程，就像我们看到的天边的那颗明亮的星星一样，我们虽能看到它，却不能判断它是否正渐渐暗淡甚至是否已经熄灭了一样……"

他不说话了，俩人又默不作声地挪动着脚步。身边的一切也变得安静下来，只有喷泉的水飞溅的声音和胡桃树叶在风中沙沙作响。佩尔曼内德太太深深地叹了一口气，听上去像是一声呻吟。

"你的话听上去有些绝望，汤姆！我从没听你说过如此绝望的话！你把心事吐露出来，是件好事，这样你会轻松一些，心里便不会有那么大的压力了！"

"是啊，冬妮，我会尽快从坏情绪中走出来。你把克拉拉和牧师的信给我吧。这件事由我来处理，明天早上我再去禀告母亲，这样也不会影响你了。可怜的母亲，如果克拉拉真的患了结核的话，我们也无计可施了。"

7

"您为什么不问问我？我在您眼里究竟算什么？"

"我不得不这样做啊！"

"您的决定如此草率，如此不经思考！难道您失去理智了吗？"

"理智不能解决所有的事！"

"哦，别再用这种不堪一击的理由为自己辩解了……任何一件事情都要符合最基本的公道正义，而您完全忘了这种公道正义，我简直要被您气死了！"

"你听我说，我的孩子，你刚才说话的语气也完全忘了你对我应该保持的起码的尊重。"

"好的，我亲爱的母亲，我从来没忘记过您是我的母亲，我必须敬您三分，但是，一旦我代替父亲主持公司和家庭的事务，我的身份就不仅仅是您的儿子了！"

"别再说了,托马斯!算我求你了,行吗?"

"不,不,我要说下去,我要让您意识到自己这一决定的武断和愚蠢!"

"那是我自己的财产,我想怎么处理是我的事,只要我乐意,我怎么处理都行!"

"您处理自己的财产也得受正当和理智的限制!"

"我从来没想过,你会让自己的母亲如此下不来台!"

"我也从来没想过,给我致命一击的竟然是您……"

"汤姆!……听我说句话,汤姆!"佩尔曼内德太太实在无法再忍下去了,她用惊慌的声音打断哥哥的话。此时的客厅里有三个人,她坐在窗前局促地绞着自己的双手,她的哥哥却气急败坏地、异常烦躁地在屋里走来走去,老参议夫人蜷缩在沙发里,气愤和痛苦让她蜷成一团,她一只手支着沙发垫,一只手使劲敲打着桌子。三个人全都身穿孝服,克拉拉离世了,他们为她戴孝。他们三人全部面无血色,激动无比……

究竟发生了什么事?是一件可怕的、让人惊恐的事,是一件连当事人都觉得不该发生在自己身上的事!一次争吵,一次发生在母子间的、激烈的争吵。

这事发生在 8 月间一个闷热的下午。就在议员小心翼翼地将西威尔特和克拉拉·蒂布修斯夫妇写来的信交给母亲后的第十天,他不得不把克拉拉去世的消息告诉母亲。随后,他去利加参加了她的葬礼,返回的时候,妹夫蒂布修斯也一道回来了。蒂布修斯在岳母家小住了几天,到汉堡的医院探望了病中的克利斯蒂安……这位牧师离开后的两天,老参议夫人才遮遮掩掩地告诉儿子一件事……

"那可是十二万七千五百马克现金啊！"参议声嘶力竭，他握紧双拳，举在自己面前摇晃，"如果仅仅是陪嫁也就算了，虽然克拉拉没有留下后代，给她丈夫八万块也不过分！但那是遗产啊！凭什么让他全部继承了克拉拉的遗产？您连商量也不跟我商量一句，您眼里还有我这个儿子吗？……"

"托马斯，看在基督的面上，说话要讲良心！你觉得我还有其他办法吗？我还能怎么做……她，那个刚刚离开人世的人，临死前在病榻上哆哆嗦嗦地用铅笔给我写信……她说：'母亲，我们此生再无法相见了，我知道，这是我留在世上最后几行字……趁我的头脑还清醒，我给您写这封信，替我的丈夫说几句话……我们俩没有孩子，一旦我离去，请您将我本该得到的一些东西（那些假使我比您后离世时该得到的东西）留给我的丈夫！这样他至少可以生活得舒心些！母亲，这是我在这世上最后一个请求……一个即将去见上帝的人的请求……请您一定不要拒绝……'托马斯，我怎么能拒绝她？我办不到！我打了电报给她，告诉她我会照她说的做，好让她走得没有牵挂……"说到这，老参议夫人号啕大哭起来。

"可您对我只字未提！什么也没向我透露！您的眼里根本没有我这个人！"议员仍旧怒气不减。

"是的，我没告诉你，托马斯！因为我知道，我必须答应我这个即将离世的孩子的请求……我也知道，你如果知道了这件事，肯定不会同意我的做法！"

"是的，我不会同意，连上帝都知道我不会同意！"

"可是你没权利左右我的做法，因为我的三个孩子和我是一条心的！"

"哼！我倒觉得，我的意见比两个女人和一个头脑简单的蠢货的意见更值得接纳……"

"你竟然如此评价自己的弟弟妹妹,就像你如此粗鲁地对待我一样!"

"克拉拉是个单纯又好骗的女人,母亲!冬妮是个孩子——况且,她对这件事也一无所知,不然,她一定会告诉我的,我说得对不对,冬妮?没错,他是得到了克利斯蒂安的同意,这个蒂布修斯……谁能料到他有这一手?……您难道看不出来,这个鬼头鬼脑的牧师是个什么人吗?他是一个纯粹的骗子,是个垂涎他人财产的大骗子……"

"女婿没一个好东西!"佩尔曼内德太太低声评论道。

"这个卑鄙无耻的骗子!他做了些什么您清楚吗?他巴巴儿地跑到汉堡去,坐在克利斯蒂安的床边,花言巧语胡乱说一通,于是克利斯蒂安说:是的,蒂布修斯,上帝保佑您。您知道我为什么得了这样的病卧病在床吗?哦,一个是愚蠢的笨蛋,一个是奸诈的骗子,两个人联合起来对付我!"说完这些,议员怒气冲冲地靠在壁炉前的铁栏杆上,两手交叠着放在额头。

本来这件事不足以让他如此恼火。是的,没人见过他如此大动肝火,这肯定不单单是那十二万七千五百马克引起的。事实上,刚过去的几个月里,无论是在生意上还是在市政事务上,他都遭受了一次次挫折和打击,这让他敏感的神经更敏感了,再加上这么一件事,让他备感受挫……诸事不顺,事情好像都故意跟他作对!家里发生了这么大一件事,居然没人跟他商量,没人问他一句意见,事情居然发展到这种程度,连一个外地的牧师都在背后耍手段戏弄他……本来,他可以将牧师的把戏揭穿,不让他得逞,可是他居然连制止这件事的机会都没有,在他毫不知情的情况下,这件事情已经悄无声息地完成了!他一直觉得,以前从没发生过类似的事,人们不敢这么做，一直以来，他对自己的幸福、权利、前途都信心满满的，这次他受了重创……刚才，他表现出如此的愤怒，其实不过是在母亲和妹妹面前流露出的脆弱与绝望……

佩尔曼内德太太站起身来，抱住他。

"消消气吧，汤姆！"她说，"别这么大动肝火，你会被气出病来的，事情并没有糟糕到不可挽回，蒂布修斯迟早会随克拉拉而去……他死了，这笔遗产照样会回到咱们家。况且，只要你想改变，这件事还有挽回的余地！是不是，妈妈？"

老参议夫人并没有回答，只是蜷缩在沙发里抽泣。

"改变？怎么改变？改变不了了！"议员站起来，像是重新振作了起来，他摆摆手否定了妹妹的说法，"这件事现在怎么样以后也就怎么样了。你们觉得我会因这件事跟自己的母亲闹到法庭上吗？难道我会把家丑拿到外面到处宣扬吗？随便怎么样吧，这件事就这样了……"他不再说话，有气无力地走向玻璃门，来到门前，他又站住了。

"只是，你们不要对家里的处境感觉非常乐观便是了……冬妮花掉了八万马克……克利斯蒂安不仅挥霍完自己得到的五万马克，又已经预支了三万……并且，他还在不断花着家里的钱，他不仅一分钱的收入都没有，还要花钱治病，至今他还躺在鄂文医院等着交医药费……如今，克拉拉的陪嫁又没了，她的那笔遗产也被她的丈夫骗了，什么时候要回还未可知……最近生意不好……也就在我盖房子花去十万马克后，生意便开始遭遇困境……唉，我们家里居然发生了刚才那让人感觉无比糟糕的一幕，还能盼望这个家继续昌盛下去吗？相信我说的这些吧，至少请相信：如果父亲还在，遇到今天这种局面，他一定会双手合十为全家人祈祷上帝的恩典……"

8

战争的炮火和呐喊声充斥着四周,到处是驻扎的军队和此起彼伏的轰鸣!普鲁士军官在布登勃洛克议员新家的二楼拼花地板上来回走动,肆意吻女主人的手,已经从鄂文医院回来的克利斯蒂安带着他们到俱乐部享乐。而在孟街老宅里,老参议夫人新雇的女管家李克新·塞维琳正跟侍女们给住在花园凉亭里的士兵一趟趟地拖拽被褥。

四周充斥着叫喊、惊恐,到处乱糟糟一团!一列士兵刚从城门出去,另一列又进来了。城里的街道上到处是士兵,他们在大街上吃东西、休息。市民的耳朵里全是鼓声、号角和士兵喊口号的声音,然后,这些声音随着一队士兵的离去而消逝。人们又迎来了王储。军队一拨拨地更换。随后世界迎来了阶段性的平静,市民们在这短暂的平静中提心吊胆地等着前面的场景周而复始地上演。

冬初的时候,军队凯旋,在城里驻扎了一段时间后,在人们的欢呼声中回家了,老百姓终于可以缓一口气了。——人们迎来了和平,暂时的、孕育重大事件的1865年的和平来了。

两次战争,并没有对小约翰造成什么影响,他依然安静地玩着自己的游戏。他有时在花园的喷泉边玩耍,有时在三楼前厅特意为他用栏杆围起的小阳台上玩耍,他穿着宽宽的带围嘴的衣服,披着一头软软的鬈发。他玩的那些游戏,都是一个四岁半孩子爱玩的,对于这些游戏的引人入胜之处和隐含在游戏里的深意,大人们是无法体会的。游戏的道具十分简单,两三块石子、一块木头、一朵可以放在木头上充当头盔的蒲公英,都可以让游戏变得津津有味。最主要的是，这个年龄段的幸福没有被惊恐吓过，这个年龄段独有的纯洁、热情、天真的幻想没有被破坏过。生活的艰辛无法走近这个年龄段的孩子，沉重的责任感和做错事情的懊恼均不能让这个年龄段的孩子分心。这个年龄的孩子用自己独特的方式观察着、聆听着周遭的一切，他们敢于表达喜怒，敢于流露真性情，也敢于憧憬未来，而成人世界对这个年龄段的孩子也还没过分的要求……那时，他们喜欢的人还没对他们有急切的期望，也没有强求他们学习为未来担当什么重担的本领……唉，不久之后，这一切都会降临到这些幼小的孩子身上，他们必须要学会承担起这如山般沉重的一切，在成人看似合理又十分急迫的要求下，一会儿被拉长、一会儿被压扁，直到他们变得精疲力竭，再也从生活中体会不到快乐为止……

　　汉诺沉浸在孩童的单纯、快乐中无忧无虑地玩着游戏的时候，他所生活的世界正发生着重大改变。战火再起，胜利属于哪一方，谁也无法预测。汉诺·布登勃洛克的故乡做了一个聪明的决定，选择支持普鲁士。这座小城心满意足地看着原本比自己富裕的法兰克福，因为站错了队，而付出了惨重代价——它和它的市民失去了自由。

　　6月，战争停止前的几天，法兰克福一家大公司宣告破产，这也让约翰·布登勃洛克家受到了牵连，损失了近两万泰勒！

第八部

1

胡果·威恩申克先生成了本市火灾保险公司的新任经理,他那燕尾服扣子总是扣得一丝不苟,下嘴唇稍稍向下垂着,上唇上蓄着一条细长的、黑黑的小胡子,这道胡子一直长到嘴角两边,看上去男人味十足。他总是迈着稳健沉着的步子穿过孟街老宅,从前面的办公室到后面的办公室。走起路来,他的双手总爱放在身体两侧,紧握双拳,手臂在身体两侧轻轻摇摆,人们一看到他就觉得他是一个精力旺盛、意气风发的男人。

另外,伊瑞卡·格仑利希已经二十岁了,出落成一个亭亭玉立、身材曼妙的大姑娘。她健康漂亮,面色红润。有时她在楼下或在楼梯上偶然碰到威恩申克先生——事实上,这种偶然碰到的机会并不少见,这位意气风发的经理便会礼貌地摘下礼帽,扭动着那裹在燕尾服里的身躯,大胆地、肆意地流露出对眼前这位少女的仰慕与惊叹之情作为问候,此时,他那礼帽下的、鬓角已经灰白头顶却仍旧乌黑的头发便会袒露在少女面前……每每遇到这样的情况，伊瑞卡就会窘迫、手足无措地迅速跑开，找个没人注意的窗台偷偷抹眼泪。

格仑利希小姐是苔瑞斯·卫希布洛特一手调教的，因此，这个女孩十分保守。她哭是因为他的那顶不招人喜欢的大帽子，以及他看自己时那轻浮的表情，还有他那看上去让人害怕的威严的神色和紧握的双拳。但她的母亲佩尔曼内德太太比她考虑的事情要多很多。

这几年，她一直在为女儿的未来忧心，因为伊瑞卡和同龄的女孩子比起来，并没有什么出众的地方。佩尔曼内德太太不仅远离了交际圈，而且还敌视这个圈子里的人。她总觉得上流社会的人因为她离过两次婚而看不起她，这一想法在她心里已经根深蒂固了。有时候，别人对她不过是冷淡了些，在她看来却是对她的敌视和侮蔑。就拿亥尔曼·哈根施特罗姆参议来说吧，他虽然有钱，但人很随和、开通。每次碰到佩尔曼内德太太，她总是扬起下巴，摆出一副仇视的神情盯着人家那张"鹅肝饼似的面孔"（佩尔曼内德太太自己说，她对这张脸不无痛恨）从他身边经过。她这副样子，让本来想跟她打招呼的亥尔曼·哈根施特罗姆参议彻底打消了自己的念头。母亲的这一行为，让伊瑞卡也只能远离自己的伯父，她从不参加舞会，也没机会结识男孩儿。

佩尔曼内德太太最大的愿望就是让女儿实现自己没能实现的愿望——嫁给一个有权有势且富有的人家，光耀门庭，让别人忘了她母亲不幸的婚姻生活。她的这个愿望，用她自己的话说自她"惨遭挫败"以来变得尤其迫切。最近一段日子，托马斯整天闷闷不乐，她迫切地想做一件事让哥哥看看，自己的家道并没有没落，他们的日子依然像往常一样如日中天……自己第二次结婚时的陪嫁费，离婚时佩尔曼内德先生大方退回的那一万七千泰勒,她早就为女儿准备好了。阅人无数的安冬妮,一察觉到伊瑞卡和保险公司经理之间微妙的关系,便暗暗欣喜,她虔诚地向上帝祈祷,保佑维恩申克先生来自家做客。

她的祈祷果然灵验了。不久后维恩申克先生便出现在她家的二楼,并受到了三个女人——老参议夫人、冬妮和伊瑞卡的热情款待。维恩申克先生坐了十分钟,和她们约定下午再来喝咖啡,到时候大家便可以无拘无束地聊会天了。

下午,他如约来了,大家边喝咖啡边聊天,互相了解了一番。维恩申克先生是西里西亚人,老父亲依然健在,住在故乡。但他的家庭,根本不用归入考虑范围,因为维恩申克简直可以称得上是白手起家。他的举止中含有某种惯有的骄矜自负的神色,这种神色不同于那种与生俱来的、自信的神色,很明显是一种做作的、带着几分自卑的矜持。他的举止并不让人觉得十分得体,谈吐也显得笨拙。他身上那件略显寒酸的礼服有的地方已经磨损了,那扣着黑玻璃扣子的袖口甚至还带着污渍。他左手中指的指甲干瘪乌黑,看上去像是受过伤的……总之,他的相貌看上去并不让人觉得舒服,但这并不影响他成为一个年薪一万二千马克的经理,也并不影响他成为一个看上去意气风发、勤奋能干、让人尊敬的人;并且,在伊瑞卡眼里,他还算是个美男子呢。

佩尔曼内德太太很快便弄清了形势,把一切分析得清楚透彻了。她把自己的想法如实地告诉了自己的母亲和哥哥。很显然,在这件事上双方的利益是一致的,甚至可以互补。另外,维恩申克经理和伊瑞卡一样没有什么交际活动,他们可以做到互相理解、信任对方,真的很般配。经理三十多岁，鬓角已经开始斑白，无论是从经济方面还是从目前的社会地位考虑，他都该成家了。如果他想一步步入本城的上流人家，那么他和伊瑞卡·格仑利希结合会帮他很快实现这一愿望，这一步无论对他的事业还是社会地位的巩固都是十分有利的。对于女儿的幸福，佩尔曼内德太太信心十足，至少她知道，女儿不会走自己的老路。胡果·维恩申克和自己的两任丈夫绝不是一类人，他有不菲的收入、有稳固的社会地位，当然，他的前途也不可限量。

总之，对于这件事，双方都表现出了极大的诚意。维恩申克经理午后访问的次数越来越频繁。1867年1月，他终于向伊瑞卡·格仑利希求婚了，尽管他的语气简单、直率又缺乏温柔和浪漫。

从此他便成为这个家庭的一员，他开始参加"儿童日"，受到家族成员的热情招待。估计他很快便感觉到了，他和这个家庭有着不能融合之处，尽管他十分巧妙地掩饰着这种感觉，摆出一副满不在乎的姿态。另一方面，老参议夫人、尤斯图斯舅舅、布登勃洛克议员，总之，除了布来登街的三位布登勃洛克老小姐之外，这个家族的每个人都对这位勤奋的办公室职员、在交际上十分生疏的先生，表现出极大的宽容和包涵。

维恩申克也的确需要包容。有时一大家子人正围坐在餐桌旁，他会突然对着伊瑞卡的胳膊或面颊做出过分亲昵的举动，或者他和别人交谈的时候忽然提高声调，询问橘子果酱是不是面制食品——他把"面制食品"几个字念得顿挫有力；再或者，他会随心所欲表达自己对某事的看法，他说《罗密欧和朱丽叶》出自席勒之手……他的语气肯定得不容置疑，他一边说一边若无其事地搓着手，人懒懒地斜靠在椅子的扶手上……这时大家会不约而同地沉默。为了缓和尴尬的气氛,总有人会想方设法地说句逗乐的话或岔开话题。

他和议员最有共同的话题,无论是谈政治还是谈生意,议员都知道如何控制场面,不给维恩申克先生说过头话、做过头事的机会。最无法缓解的是维恩申克和议员夫人的关系。这位夫人一副冷若冰霜的表情,他们俩之间几乎没有一个话题可以聊得超过两分钟。他知道盖尔达喜欢拉小提琴,而且他对这件事印象深刻,于是每到周四家庭聚会的时候,他都会用开玩笑的口吻问盖尔达同一句话:"洋胡琴拉得怎么样了?"第三次听到他问这个问题的时候,议员夫人连回答的兴趣也没有了。

而克利斯蒂安,多数情况下会皱着眉头仔细观察这位新亲戚,好在第二天惟妙惟肖地模仿他的言谈举止。老参议的这个小儿子,已经治好了自己的风湿性关节痛病,不过他的四肢却因此落下了关节僵硬的毛病,还有据说是因为半边身体筋脉太短导致的左半身周期性酸痛症和其他一些常犯的小毛病,如呼吸不畅啦、咀嚼困难啦、心律失常啦、麻痹症啦或者说担心出现的麻痹症啦都没有治愈。他衰老得很厉害,与他的实际年龄极不相称。虽然还不到四十岁,但已经谢顶了,以前那浓密的红头发不见了踪影,只在他的后脑勺上和头盖骨两边还依稀可见。那双不安分、喜欢左顾右盼的小眼睛深深陷进了眼眶里,比以往陷得更深。那只大鹰钩鼻子却比以前任何时候显得都大,突兀地挺立在毫无血色、深深凹陷下去的脸庞中间,如今他也蓄起了胡须,一丛浓密的黄里透红的胡须长在他的大鹰钩鼻子下方……那用考究的英国面料做成的裤子松垮地罩在变形、细弱的双腿外面。

出院以后，他便像以前一样住在二楼走廊上的那间屋子里，但他在俱乐部待着的时间比在家的时间长多了，因为他在家里不自在。自从李克新·塞维琳接替伊达·永格曼成了管家，开始管理家务以后，克利斯蒂安在家的日子就更不舒心了。这个二十七岁的乡下女人，体态健硕，长着圆圆的红脸蛋和厚厚的嘴唇。这个乡下女人用乡下人的眼光看待一切事物，她觉得既然议员先生对这个不争气的弟弟都视而不见，那么她对这个整天游手好闲、以讲故事逗乐子为业的人，这个时而行为滑稽时而病态十足的人便不必十分尊重。后来，她甚至对他的无论是什么需求都置若罔闻了。"呀，布登勃洛克先生，我现在没时间管您的事！"她常会对他这么说，每听到这话，克利斯蒂安就会皱着眉头瞪着眼睛盯着她，以示不满，好像是想让这个女人明白：难道这是你一个下人该说的话吗？……然后他会拖着那僵硬的双腿一瘸一拐地走开。

他对冬妮说："我现在连蜡烛都不能常用，有时候要上床睡觉了，我不得不擦亮火柴来照亮，以便我能找到我的床……"要么他会扯着嗓子抱怨母亲给自己的零花钱太少："窘迫啊！我的日子真是太困顿了，以前，我怎么会想到自己会如此潦倒呢？你会相信吗？如今买牙粉要用的五先令我也不得不向朋友借啊……"

"住嘴吧，克利斯蒂安！你觉得这是一件十分光彩的事吗，值得你如此炫耀？擦亮火柴照亮！借五先令！以后别让我听见你说这些话！"听到克利斯蒂安说这些话，佩尔曼内德太太便会又激动又愤怒地冲他叫喊，她觉得他的这些鬼话玷污了自己圣洁的情感，但她的叫喊并不能改变克利斯蒂安的现状。

买牙粉的五先令是克里斯安从自己的老朋友德利阿斯·吉塞克

那借来的，一个民法和刑法博士。有这样一位朋友是克利斯蒂安的荣幸，和这个博士在一起很能提高他的身价，因为这位身为律师的花花公子，知道如何维护他自己的社会地位。去年冬天，当卡斯珀尔·鄂威尔狄克与世长辞之后，朗哈尔斯博士便抢占了他的位子，吉塞克也如愿以偿地当上了议员。但是他花花公子的本性并没有因为当选议员而改变。众所周知，他娶了一位名叫胡诺斯的小姐，除了和她一同生活在城里的那套宽敞的大房子，他还有一座舒服的小别墅位于圣·葛尔特路德郊区，别墅里有一位姿色美艳、年龄曼妙、出身不明的年轻女子。别墅的大门上镶嵌着几个镀金的金光闪闪的字"吉西姗娜"，这座别墅也因这几个字而闻名全城。人们议论起这件事时，总喜欢把"姗"字读得轻飘俏皮，偏把"娜"字读得深沉浑厚。身为吉塞克议员的密友，克利斯蒂安·布登勃洛克有机会出入"吉西姗娜"别墅。在这座别墅里，克利斯蒂安如同在汉堡阿林娜·普乌格尔太太那儿或者在伦敦、在瓦尔帕莱索，甚至这世上任何一个类似的场合一样，使用自己惯用的手段——"讲几个故事""略施温柔"就会大获全胜。如今他来这所房子的频率一点也不低于议员来此的频率。他这么做吉塞克博士是否知情或是否同意，人们便不得而知了。但有一件事是不容置疑的，那就是吉塞克必须从给妻子的花费中拿出数额不菲的金钱才能在"吉西姗娜"得到的情趣，克利斯蒂安不费吹灰之力便得到了。

胡果·维恩申克经理和伊瑞卡·格仑利希订婚不久，就把这位无所事事的舅舅弄进了保险公司工作。克利斯蒂安也确实在保险公司会计处干了两个星期，但仅仅两周过后，这位舅舅的左半身"酸痛症"又犯了，并且他的其他一些叫不上名字来的病症也同时发作了。

外加这位经理在工作上是个脾气暴躁六亲不认的主，常会因为一点小过失毫不留情地称舅舅为"笨蛋"……克利斯蒂安不得不再次辞职了。

说到佩尔曼内德太太，她最近可是重新找回了幸福的感觉，这从她喜笑颜开的表情和时常挂在嘴边的"名言"中便能体会出来，最近她常说:风水轮流转，谁都有时来运转的时候。事实也的确如此，最近一段时间以来，她重新找回了昔日风光无限的神采，不停地忙碌，满脑子的想法和主意，一会忙着张罗房子，一会又忙着置办嫁妆，这让她好像新回到了自己初次订婚的时候。她觉得自己重新找回了青春，浑身充满了希望和力量。无论是她的神态还是举止，少女时代的神采和精神重新回到了她身上。是的，有一次，整场"耶路撒冷晚会"的气氛被她放肆的快乐一扫而空，害得丽亚·盖尔哈特《圣经》也不念了，像一个聋子一样忽闪着一对满是疑惑的大眼睛茫然地环视着大厅。

母女俩的感情使她们不愿分开。征得经理的同意，不，或许可以说在经理的再三请求下，佩尔曼内德太太决定跟女儿女婿一起住，这样至少她可以帮女儿操持家务……这段日子让她忍不住偷偷高兴的也正是这件事。她的生命里似乎根本就没出现过本迪可思·格仑利希和阿罗伊斯·佩尔曼内德两个人，那些曾在她生活中出现的失败、绝望、痛苦统统不见了踪迹，就像从来没出现过，如今她又满怀信心地憧憬起新生活了。她提醒女儿，要感谢上帝赐给她的这段美好姻缘，要珍视自己的老公和婚姻生活。而她呢，当初却因为责任和理智不得不放弃自己的初恋，选择嫁给一个自己从未爱过的人。虽然，她无比激动地用颤抖的手在家庭记事簿上写下女儿女婿的名字，然而，真正意义上的新娘似乎更像是她自己。她不厌其烦地精心挑选窗帷和地毯，在木器店和衣服店里穿梭来往，还不辞辛劳地选定一处华贵的住宅并做主租下它作为新婚夫妇的府邸。这次，她又要离开那时常令她心怀感激又觉无限荣光的娘家老宅，告别寄人篱下的生活和弃妇的身份，重新步入全新的生活了。她找回了让他人瞩目、为家庭增光的自信……是的，这一切都是真的，却又让人觉得好像在梦中。就连睡衣，她也买了两件，一件给自己，一件给新娘。这件她精心挑选的睡衣用柔软的丝料做成，长长下摆的一直拖到地上，领口到底边处还缝着一圈圈的天鹅绒环带。

时间过得飞快，伊瑞卡·格仑利希马上就要出嫁了。这对新人只拜访了寥寥几家人，因为经理本就是个不善交际、生性严肃、全身心投入工作的人，即便他有休息时间，也愿意窝在家里……订婚宴在渔夫巷新房子的大厅里举办，参加宴会的人除了议员夫妇、新婚夫妇和三位布登勃洛克老姑娘以外，只有议员的几位至交。宴会上，由于经理不明所以地不停拍打伊瑞卡裸露的脖颈而变得气氛尴尬……举办婚礼的日子即将来临了。

圆柱大厅又像安冬妮初为新娘时一样，再次成为举办婚礼的场所。史笃特太太，就是那个住在铸钟街、喜欢混迹上流社会的女人，依然是为新娘摆弄白缎子礼服上皱褶的人选。布登勃洛克议员的朋友和克利斯蒂安邀请来的吉赛克议员是正副伴郎，伴娘则是伊瑞卡在膳宿学校就读时结识的两名同学。新郎胡果·维恩申克经理一身庄重威武的装扮，这个勤奋的公务员在携着新娘走在通往临时搭建的祭坛的通道上时，只踩了一次新娘长长的曳地头纱。婚礼主持人普灵斯亥姆牧师像以往主持任何一场仪式一样，双臂交叠放在下巴下面，满脸神圣又和蔼的神色。总之，这是一场隆重又合乎礼节的婚礼。新郎新娘交换戒指，婚礼现场一片静穆。当双方用听上去略显沙哑的声音分别回答过"是的"之后，佩尔曼内德太太却忍不住失声呜咽起来，以往经历过的，现在正在进行的，憧憬中将要发生的，就像电影似的在她的脑海中迅速闪过，让她不能自已。她的哭泣一如她儿时那般不加掩饰、不经思索的。布登勃洛克家族的三个老姑娘看到这一幕，不约而同地报以酸味十足的嗤笑，这是她们惯常的表现。三个老小姐中的菲菲为了参加这场婚礼，还特意在夹鼻眼镜上配了一条金链。卫希布洛特小姐也出现在了婚礼现场。苔瑞斯·卫希布洛特看上去像是缩水的布偶般，比以往更显瘦小了。她那瘦瘦的长脖子旁的衣襟上别着一枚椭圆形的别针，上面有她母亲的照片。塞色密却激动万分，她强装镇定地祝福一对新人："祝你们幸福，我的孩子们！"

随后丰盛奢侈的婚宴开始了，绘制在大厅四壁蓝色壁毯上的白色神像一如往昔平静地注视着这里发生的一切。宴席即将结束的时候，一对新人离开，前往几个大城市进行蜜月旅行……这是4月中旬，之后的两个星期，佩尔曼内德太太与室内装饰匠雅可伯斯合作，共同完成了一项"大工程"：她租下了面包房中巷一座房子宽敞的二楼，将它装饰得富丽堂皇，并在房里摆满了鲜花，以迎接蜜月旅行结束后归来的小夫妻。

就这样，冬妮·布登勃洛克"第三段婚姻生活"开始了。

没错，这么说最合适不过了。一次星期四的家庭聚会上，维恩申克夫妇没参加，议员先生就曾说过这样的话，而佩尔曼内德太太听哥哥这么说显得十分受用。事实上，维恩申克一家所有需要操心的事都由佩尔曼内德太太操办，她乐此不疲，除了她本人愿意以外，她还能获得可观的酬劳。一天，她偶然在街上碰到哈根施特罗姆家的姑娘——玉尔新·摩仑多尔夫参议夫人，佩尔曼内德太太便用一种高傲又挑衅的表情、摆出胜利者的气势盯着对方，这种神色和气势把摩仑多尔夫太太给吓住了，她不由自主地首先开口跟佩尔曼内德太太打了声招呼……亲友们来新居探望的时候，佩尔曼内德太太会带着他们四处参观，此时她脸上的神色和一举一动流露出的骄傲与庄重让人心生敬畏，倒是这个家的名义上的女主人，在这个时候更像个来拜访的客人，呆呆地站在一旁。

那件精心挑选来的睡衣的长后摆拖在她身后，她微微让自己的肩膀耸起，头高高扬起使得下巴翘起来，胳膊上自认为优雅地挎着缀着她无比钟情的绸带的钥匙筐。佩尔曼内德太太带着客人在家里参观，她给客人介绍窗帷、透明的瓷器以及女婿买来的几幅大油画。油画的主题不是静物就是裸体女人，其他的估计胡果·维恩申克也无法欣赏。冬妮女主人般的举动无时不在提醒来客：看，我终于从痛苦的泥淖中走出来了，如今的生活才是配得上我身份的生活。这房间里的一切，完全可以与格仑利希的东西媲美，当然，肯定比佩尔曼内德家要好多啦！

老参议夫人也来探访新居，她身穿灰黑相间的绸缎衣服，身上洒了刺蕊草香味的香水。她用安详的目光注视着这屋子里的一切，虽然嘴上没说什么，但她的神色告诉这家人，她对这里的一切很满意。议员一家三口也来了，夫妻俩看到冬妮得意的神色便和她开起了玩笑，他们还费了好大的力气才阻止了冬妮不住地让汉诺吃葡萄干面包喝红酒，幸而他们成功了，不然汉诺会被撑死……布登勃洛克家族的三个老小姐也来了，面对富丽堂皇的新居，她们异口同声地赞叹漂亮，但她们又说，像她们这种喜欢过俭朴生活的小姐，住这样的房子会浑身不自在的……黑瘦黑瘦的克罗蒂尔德也来了，好脾气的她任凭别人拿自己开玩笑也没有动怒的意思，喝过咖啡之后，她拖着长音将自己看到的一切大加赞扬了一番……当俱乐部里无乐可寻的时候，克利斯蒂安也会来这里。每次来他都会喝一杯甜烧酒，并且宣称不久后自己会成为一家香槟白兰地酒业公司的代理商。他自称自己对这个行业很内行，做起来简直游刃有余，并且自己说了算，只要时不时地在记事簿上做些记录，就能轻而易举地获得三十泰勒。发表完这段宏论，他随即向冬妮借了四十先令，以便买束花送给市剧院的首席女演员。接着，他又突然像联想到了什么，突然想起了"玛利亚"，于是便开始絮絮叨叨地数落伦敦的"罪恶"。他想起一个关于一只癞皮狗的故事，说它被人装进箱子从瓦尔帕莱索运到旧金山。他越说越兴奋，简直可以用唾沫四溅形容，那滑稽逗笑的话语，即使整座房子站满了人也会全部被他的故事吸引。

他谈兴正浓，还充分发挥会多国语言的优势，不时将英语、西班牙语、北德方言、汉堡土话穿插进自己的故事里，他还描绘智利的短刀党和怀特沙佩尔的小偷。他看了看自己那本写满了滑稽小曲的本子，突然开口唱了起来。他的表情惟妙惟肖，还配合着幽默风趣的手势。他唱道：

有一天我四处游荡
独自在街上闲逛，
突然一眼看到，

迎面来了位姑娘,

她的身材窈窕,

垫裙是法国式样,

瓦盆帽子戴在头上。

我对她说:"我的好姑娘,

您长得多么漂亮,

能不能让我挽起您的臂膀?"

她忽地把身子一转,

狠狠瞪了我一眼,说……

"滚回你家去吧,小流氓!"

  唱完这段小曲,他马上调转话头开始谈论起林茨马戏团的表演来,他模仿一个英国小丑是如何入场的,从头到尾不落一个环节。看到他模仿的人一定会以为自己就坐在马戏团的看台上,耳边似乎有观众的喧闹声,似乎还能感觉到他们的拥挤,有人喊:"快开门!"也有人正和马车夫争执不休。接着他又用英语、德语混杂地讲了一连串故事,其中一个讲:一个人不小心吞了一只老鼠,他去寻求兽医的帮助,兽医建议他再吞只猫进肚……另一个故事是关于"我的硬朗的老奶奶"的,说"硬朗的老奶奶"历尽千辛万苦,经历了无数艰难险阻终于到了火车站,但火车从她的眼前开了过去……讲完这个故事,克利斯蒂安突然高喊"奏乐",可他发现,并没有音乐响起,这让他如梦初醒、疑惑不解、惊讶无比……

  突然地,他沉默不语了,脸上的神色也变了,动作松弛缓慢了。那双深陷在眼窝里的小眼睛又开始不安地左顾右盼起来。他用手摩挚着自己的左半边身子，好像身体里发生了什么奇妙的变化，他像正在静静体会、倾听一样……他重又端起一杯小甜酒，一饮而尽，精神也随之振作起来。他又讲了一个故事，可刚讲了一半又闭口不语了，神情抑郁地起身告辞了。

佩尔曼内德太太近来总是笑得合不拢嘴，对于克利斯蒂安刚才的表演表现出极大的兴趣。她饶有趣味地亲自送自己的哥哥到楼梯口。"再会，亲爱的代理商先生！再会，行吟诗人！猎艳能手！再会，老傻瓜！欢迎你常来！"然后对着哥哥离去的背影放声大笑一通后，转身回到自己的房间。

此时的克利斯蒂安·布登勃洛克并没有还口，他正想着自己的心事，根本没听见妹妹说了些什么。此时他正在琢磨：我必须去一趟"吉西姗娜"。于是他歪戴上自己的帽子，手拄拐杖，僵直、缓慢、一瘸一拐地走下楼梯。

2

1868年的春天，一个平常的晚上，大概十点时，佩尔曼内德太太来到了娘家渔夫巷新居，她直接来到二楼。此时，布登勃洛克议员正独自待在起居室看报纸。屋子的家具用橄榄绿布罩着，房顶中间悬挂着一盏大煤气灯，灯下面是一张圆桌。议员就坐在这张圆桌旁看《柏林交易所消息报》，他身体微微向前倾，趋向报纸。他的左手夹着一支香烟，鼻子上夹着一副夹鼻金眼镜；近来，他工作时不得不戴眼镜了。他听得出妹妹的脚步声，正从餐厅那边朝这边走来，他摘下眼镜，盯着门口，直到看到妹妹的身影被灯光投射在帷幔上。

"哦，冬妮，晚上好。你是什么时候从珀彭腊德回来的？你的朋友们都好吗？"

"晚上好，汤姆！谢谢，阿姆嘉德还不错……只有你一个人吗？"

"对，只有我一个，你来得正好。今天晚上就我一个人吃晚饭；永格曼小姐不算数，她不一会儿就会跑到楼上去看一次汉诺……克利斯蒂安陪盖尔达去俱乐部听塔玛佑的提琴演奏了。"

"请允许我借用母亲的一句口头禅——怪事！汤姆，你发现没有？我觉得最近盖尔达和克利斯蒂安相处得十分融洽。"

"我发现了。从这次克利斯蒂安回家后，盖尔达就对他表现出极大的兴趣，甚至在他描述自己的那些小毛病时，她也不觉得厌烦……上帝，我想他很有一套使她开心的办法。前几天盖尔达还在我面前念叨：'他简直不像是一个普通的市民，比你还不像！'……"

"市民……市民！哈哈，汤姆，我觉得，在这个地球上没有比你更好的市民了……"

"也许你说得对，但她说的似乎不是这个意思！……把外套脱了吧，孩子。你看上去气色非常好。我想乡下的新鲜空气对你一定大有裨益吧？"

"乡下简直太适合我了！"她边和哥哥聊着边把面纱和配着淡紫色飘带的帽子取下来放在身旁，随后，她一脸严肃地坐在桌旁的椅子上……"我现在胃病也好了，也不失眠了，这短短的几天时间，让我感觉自己好了很多。新鲜的牛奶、香肠、火腿，人在那里像头小牛一样快速长膘，像庄稼一样茁壮生长；还有新鲜的蜂蜜，我一直认为蜂蜜对于人来说是最好的补品，这是纯天然的产物，真的是值得品尝的美味！阿姆嘉德真是个好人，她居然没忘记我这个学生时代的朋友,她的先生也彬彬有礼,对我十分客气……夫妻俩诚恳地邀请我再多待一段时间,可你是知道的,我不在家,伊瑞卡处理不好那些家务,尤其是小伊丽莎白诞生后,她更是手忙脚乱……"

"哦,你不提及我都忘记了,孩子怎么样了?"

"谢谢,让你挂念了,汤姆,孩子挺好,现在刚满四个月,看上去长得很好,尽管我那几个堂姐说她没法存活于世……"

"那个刚荣升爸爸的维恩申克呢?他最近怎么样?我只能在星期四的家庭聚会上看到他。"

"他还能有什么变化,和以前一样!你也了解,他是个老实本分、全身心投入工作的勤奋人。有时候,他还真算是个模范丈夫,他从不去酒馆,下班后就直接回家,把工作之余的时间都用来陪家人。但有一件事——我偷偷告诉你:他要求伊瑞卡一直都保持活蹦乱跳的样子,陪他聊天,跟他开玩笑。他说,忙完一天的工作回到家中,希望看到自己的妻子在自己面前生龙活虎的,欢快地陪着他,想方设法逗他开心,好让他放松放松神经;他说,女人活在世上也就这点作用。"

"蠢货!"议员听妹妹这么说,不由得骂了一句。

"你嘟哝什么?……但是,伊瑞卡常常闷闷不乐的,我想她是遗传了我的忧郁基因。她有时候一语不发,低着头想自己的心事。每次看到她这样,维恩申克就会大动肝火,对她破口大骂,你是没听见,从他嘴里骂出来的词语有多恶俗。他似乎是有意让人知道,自己并非出身尊贵的人,也没有受过什么正规的良好教育。我不想对你隐瞒什么,就在我决定去珀彭腊德不久前,他还因为汤做咸了把汤盘盖子摔得粉碎……"

"真是有趣的事!"

"不,这一点趣味也没。但我们也不能就因为这些而完全否定他。说实话,这世上的人谁是完人呢?谁没点缺点呢?他这么勤奋踏实……我不该在他背后说他坏话的……汤姆,外表粗鲁但内心善良的人不算是坏人,你说对不对?我刚刚去过的那个朋友家,境况比这惨多了,阿姆嘉德在身边没人的时候偷偷向我哭诉过……"

"你指的是——封·梅布姆先生?"

"是,汤姆,我正想给你谈谈这件事。只顾跟你闲聊,我差点把正事给忘了,实际上我今天来,是有件很紧要的事跟你商量。"

"是封·梅布姆先生出了什么事了吗?"

"拉尔夫·封·梅布姆人十分随和,可谁知他竟是一个赌徒,他沉迷于赌博无法自拔,在罗斯托克赌,在瓦尔门德赌,因为赌博而欠下的债务多得就像沙滩上的沙子。如果你在他家里小住几天,是根本不会发现真相的。他家的房子富丽堂皇,庄园里一派生机勃勃的景象,牛奶、香肠、火腿应有尽有。在这样的一个庄园里居住,根本没法看出主人的实际经济情况……总之,他家实际已经成了一个空壳子,已经穷到身无分文了,这些都是阿姆嘉德边哭边亲口告诉我的啊。"

"是挺惨的!"

"可不是吗?后来我发现,他们把我请到他家庄园里,并不是毫无目的的,事实上他们心里在打自己的小算盘。"

"这话是什么意思?"

"听我说,汤姆。封·梅布姆先生急需一笔巨款,他知道他的妻子和我是旧相识,又清楚你我的兄妹关系,这次他是实在没其他办

469

法了，才恳求他的妻子出面，邀请我去他家的庄园……我的意思你清楚了没有？"

议员的右手插进自己的头发中，来回梳理了两次，他露出一副愁苦的表情。

"我想我大概知道你的意思。你所说的正经事和要紧事，是不是指用珀彭腊德的粮食做抵押借一笔钱，我猜得对不对？可是我觉得，这次你和你的那对夫妻朋友找错了对象。一来，我和封·梅布姆先生从无经济往来，并且他想建立合作关系的方法也十分特别。二来，我们的祖祖辈辈，从曾祖父算起直到我这一代，虽然偶尔也为乡间提供贷款，但那需要借款的人老实可靠、人品好，或者他有其他什么条件……但你刚刚描述的封·梅布姆先生无论是人品还是经济条件，都算不上是老实可靠的……"

"你错了，汤姆。你听我把话说完，你错了，封·梅布姆并不是想从你这儿贷款，实际上他需要三万五千马克……"

"上帝，这么多？！"

"三万五千马克，两周之内必须偿还。刀已经架在他的脖子上了，明白点说吧，他现在必须把庄园里的庄稼卖掉。"

"那些庄稼还长在秆子上他就要卖吗？唉，看来这可怜的家伙真是到了穷途末路！"议员一边玩弄着桌上的眼镜，一边摇着头。"可是我们从没做过这样的生意。我倒是听说过黑森有类似的事，那儿很多地主都被犹太人操控于股掌之中……谁承想，这位可怜的封·梅布姆先生会被高利贷者操控于股掌之中啊……"他说道。

"你说的是犹太高利贷者？"佩尔曼内德太太听到这些显得无比惊讶，她几乎喊了出来，"可我们现在讨论的是你啊，就是你汤姆！"

托马斯·布登勃洛克把一直玩弄在手中的眼镜往桌子上一扔，由于力道过大，眼镜在桌上的报纸上滑了一段。他猛地把身子一扭，整个上半身转过来对着自己的妹妹。

"谈的是我？"冬妮只看到哥哥的嘴唇在动，却听不到他在说什么。议员随后大声对妹妹说："快去休息吧，冬妮，我想你太累了！"

"没错，汤姆，小时候每当我们晚上玩得正在兴头上的时候，伊达·永格曼都会对我们说这句话。但我敢发誓，我从没像今天这般清醒过，我不顾黑暗和雾气来找你，就是想把封·梅布姆夫妇的提议转告你……"

"可是，我觉得这件事你想得太简单，也正好表明梅布姆病急乱投医。"

"想得简单？病急乱投医？托马斯，我听不懂你在说些什么。人家给了你如此好的一个机会，既可以帮人于危难，又做了一笔利润可观的生意……"

"行了，亲爱的，别再说这些天真幼稚的话了！"议员高声说，还不耐烦地把身体向后仰去，"别怪我这么说你，你的天真幼稚真的让人十分恼火！你难道不觉得，你是在劝我做一件有失我的身份又龌龊肮脏的勾当吗？你非得看我趁火打劫、剥削他人吗？趁这个地主身处危困之中狠狠敲他一笔？用比以往低一半的价格购买他一年的收成，从中渔利？"

"哎哟，原来你这么理解。"佩尔曼内德太太心有余悸地说。但她马上又抖擞精神接着说："完全用不着多虑，根本不用这么理解这件事，汤姆！为什么说逼他呢？是他主动找的我们啊，他急用钱，想通过朋友们解决这件事，悄悄地进行，不让这件事传出去。正因为他有这样的想法,才邀请我去他们家啊!"

"总而言之,我和我们公司,都不是他想象中的那样。我们有我们做生意的套路,一百年来我们从没这样做过生意,这个惯例我不想从我这儿打破,我不会干这种龌龊的事。"

"当然,我们有我们做生意的方式,我们都应该尊重公司的这种方式。就算父亲还活着,他也可能不赞成,这些你不必多说……但是,就算我不够聪明,我也知道,你和父亲是不一样的,自从你接手了公司的生意,经营方式已经和父亲在世时有了很大的变化。这些年你做的事,有很多是父亲一定不会做的。这些,都因为你年轻,有魄力,有经营理念和灵活的头脑。我很担心你被最近几次失利的生意给吓住……我认为,就是因为你最近过于谨慎胆小,事事小心,才让最近一切事情都显得不顺利。眼前就有一笔十拿九稳赚定的生意你却不敢放手去做,难道你忍心看着机会从眼前溜走?"

"哎哟,你快别说这些了吧,我的好妹妹,我简直要气爆炸了!咱们还是聊点别的什么吧!"议员的语气有些尖锐了,他扭动着身子。

"是啊,你生气了,托马斯,我从你的神色中看出来了。你从一开始就不高兴我说这件事,但我为什么还坚持说下去?我就是为了向你证明,你觉得这件事不正当是你的错误。如果让我说,你为什么生气,我就会觉得,你根本就瞧不上这单生意,从一开始就没打算做。我虽是一介女流,也算不上聪明,可从我的经历和我从别人身上得到的经验来看,只有当一个人觉得别人给他的建议他不能完全否定,他又有心想试试的时候,他才会激动,才会大动肝火。"

"你说得真好!"议员一口将嘴里的纸烟咬断了,然后便开始沉默。

"很好?哈,不,这不过是我从生活中获得的简单经验罢了。我们暂且不说这个,我不愿跟你争吵。难道我还幻想自己有能力说服你吗?不,我没这么高的水平,我是个蠢人……唉……拉倒吧,随你怎么想吧。我们还是聊另一件我觉得有趣的事吧,一方面我为我的朋友梅布姆夫妇糟糕的处境忧心,另一方面也为你感到高兴。我常想,近来你总是闷闷不乐,以前你还会发发牢骚,现在连牢骚也不发了。他最近生意不顺,遭遇事业上的低谷,而此时,恰逢我受上帝保佑生活刚刚有所好转的时候。接着我又想,这是一个天赐良机,上帝为你安排的绝妙的机会,这回,你可以把以前损失的钱全部赚回来,而且还能证明给别人看,约翰·布登勃洛克公司即便遭遇过几次挫折也仍旧有继续发展的潜能,并且生意越做越大。如果你觉得这件事可行,那作为中间人的我也会觉得自豪,就像你一直知道的,做一件光耀门楣的事,是我一直以来的心愿……哦,算了……我今后再也不提这件事了。让我不甘心的是,迟早会有人买走梅布姆尚长在地里的庄稼,只要他在城里放出一点风声,就会有成群的买主找上门去,这个买主或许是亥尔曼·哈根施特罗姆,哼,他可是个狡猾的人啊!"

"哦,对了,不知道你能不能确定,他真的能做这笔生意。"议员先生的语气略带讽刺的意味,佩尔曼内德太太连续回复了三句相同的话:"你就等着看吧,你就等着看吧,你就等着看吧。"

忽然,托马斯·布登勃洛克把头摇得像拨浪鼓,满脸嫌弃的神色说:"太可笑了……我们居然一本正经地讨论一件完全不靠谱、完全没必要讨论的事——至少你是一本正经的。回想一下,刚才我似乎并没有向你询问我们究竟谈的是什么,封·梅布姆先生要卖的那块地究竟在哪……我对珀彭腊德几乎一无所知。"

"你应该亲自去看看的!"佩尔曼内德太太十分热心地说,"从这儿到那儿并没多远,一到罗斯托克就算到了珀彭腊德了。他要卖的地在哪?我只知道他的庄园很大,一年能收一千多袋麦子,其他更具体的情况我就不大清楚了。每年的收成里稞麦、燕麦、大麦各有多少,是不是收得一样多,这我就不清楚了。但我保证,这是一单稳赚不赔的生意,哦,汤姆,你是做生意的人,比我聪明百倍,你该亲自去看看……"

两人都沉默不语了,一直待了好长时间。

"行了,我们不要再为这件事争论了。"议员干脆地做了决定,把夹鼻眼镜拿起放上衣口袋里,又扣好外套的扣子,在屋里来回地踱起步来,他的动作既显得迅速利索,也很随意,敏捷地换上了衣服,陷入沉思中。

过了片刻他又在桌子旁边站住,把身体朝妹妹那边靠了靠,同时用手指轻轻敲打着桌子说:"亲爱的冬妮,我给你讲个故事吧,这个故事会告诉你,我为什么反对这件事。我知道,你一直向往上流社会的生活,也知道你想结交梅克伦堡的贵族,所以,请你耐心听完我的故事,假如我对故事中的某个地主说了什么不当的话——我是说我要讲的这个故事里刚好有这么一个人物,他十分需要商人的帮助,如同封·梅布姆先生需要我们一样,却在心里根本没把商人当回事,这类人和商人的来往中太注重——当然,这的确是一种存在的事实——生产者对于商人的重要性。总之,商人在他们的心目中,就如同那些明知道自己会吃亏还要把旧衣服卖掉的犹太小商贩一样。令我欣慰的是,我和这些人打过多次交道,尚未给他们留下无耻的剥削者的印象。相反,我发现,他们中间有一些人比商人还要精明、工于算计。一次,我就遇到了这么一个人,为了让他知道我的社会地位并不比他低,我决定给他点颜色瞧瞧……这个人你一定听说过,是大包根多尔夫的地主,有一段时间我跟他打过多次交道:施特雷利茨伯爵,满脑子的顽固思想,有一只眼睛上罩着一片方形镜片……有时我就想,那个镜片怎么就不扎伤他的眼睛呢……他脚蹬长筒翻口漆皮靴,手持一条金炳的马鞭。他有个习惯,半张着,嘴眯缝着眼睛,一副盛气凌人的表情盯着我看……第一次见他让我印象深刻。在我们见面之前,通过几次信,我到了以后,仆人通报过之后就把我领到了他的办公室。那时,他正坐在写字台前。我向他行礼问好,而他只是象征性地欠了欠身子,接着写他的信,直到写完才抬头看我。随后我们开始谈业务,他一直是一副高高在上的表情,目光一直从我的头顶掠过。我靠在沙发桌旁,交叠着胳膊跷着二郎腿,兴趣十足地欣赏着他的尊容。我就这么靠着跟他聊了十分钟,随后我就直接坐到他的桌子上了,我的两条腿悬空晃悠着。就这样,我一直以这种姿势跟他谈生意。十五分钟过去了,他如同施舍我同情般地朝我挥挥手,对我说:'您还是坐下来谈吧,行吗?'我说……'没事,不用客气,我这不已经坐下了吗?'"

"你真的这么回答的吗?真的就这么回答?"佩尔曼内德太太被逗得乐呵呵地说……刚才发生在兄妹间的分歧和不愉快似乎根本没发生过,她整个人被这件事情吸引了。"你已经坐下了!哈哈……这简直太逗了……"

"是,我跟你说,从那一刻起,这个高傲的伯爵的态度才了发生了转变,我再次去的时候,他慌忙跟我握手,给我让座……后来,我们相处得还算融洽。我为什么给你讲这件事?我是想问你,梅布姆先生和我谈这笔生意的时候,我还有没有这样的勇气,假如他也对我不客气,忘了请我坐的话,我还有没有信心像这样教训他?……"

佩尔曼内德太太没有回答哥哥的问题。过了一会儿,她站了起来,说:"好吧,汤姆,也许你是对的,就像我刚才说过的,我不会强迫你做决定。哪件事该做,哪件事不该做,你比我清楚。但请你相信,我跟你谈这件事并没有恶意,你可别误会我……就这样吧,晚安,汤姆!……哦,不,再等一下。我得先去吻吻小汉诺,跟伊达道声晚安……然后再来跟你道别……"

说完,她朝门口走去。

3

她上了三楼,但并没有去小阳台,而经过游廊上金白色的栏杆向前走,穿过一间与走廊相连的前堂。走廊右面的一扇门通向议员的更衣室。走廊尽头还有另外一扇门,她小心翼翼地打开那扇门,进入屋子。

这是一间十分宽敞的房间,窗户上悬着带褶皱的花窗帷。屋子四壁空空的,除了挂在永格曼小姐床头的那幅巨大的黑框雕版画以外,还有几个用大头针固定在淡色的壁纸上的黄头发、红衣裳的英国五彩小纸人。伊达·永格曼正坐在屋子中间的桌子旁给汉诺补袜子。这个来自普鲁士的女人已经过了五十岁,她对主人一直忠心耿耿,虽然她头上开始出现银丝,但是乌黑的头发还是占多数。她的身躯依旧挺拔、强健,眼睛也仍旧迸发着神采,丝毫看不出疲倦之意,一如二十年前的她。

"你好,伊达,我的好人儿!"尽管佩尔曼内德太太压低了嗓音,但她的快乐还是不由地迸发了出来,刚才哥哥讲的那个故事让她心情大悦,"你好,老太太!"

"哦,亲爱的小冬妮,你刚才叫我什么——老太太?你怎么来了?"

"哦,我来找哥哥……谈件事情,很紧急……糟糕的是我俩没谈拢……小汉诺睡着了吗?"她边说边用下巴朝汉诺的小床那示意了一下,小床放在左边墙边,床上支着绿帐,床头紧靠着一扇通往他父母卧室的门……

"嘘,"伊达把食指放在嘴边示意她小点声,"嗯,他睡着了。"于是佩尔曼内德太太便小心翼翼地走到床边,轻轻地把帐子撩开一点,俯下身子盯着自己那在梦乡里的小侄子。

小约翰·布登勃洛克仰面躺在小床上,小脸扭向一边,那头浅棕色的长头发遮在小脸上,他的小鼻子被枕头堵着,发出轻轻的鼾声,一只胳膊放在胸前,另一只顺着身体放在鸭绒被上,那肥大的睡衣袖子把他的小手都盖住了。尽管被睡衣盖着,我们还是能清楚看到他的小手的手指不时微微抖动一下。他那半张着的嘴唇不时轻轻蠕动一下,好像很努力地想说话。过不了多久,他那张小脸上就会浮现一次痛苦的表情,那表情在他的脸上自下而上蔓延开来,先是他的小下巴抖一下,接着是小嘴唇,再接着是小鼻子的鼻翼微微张一下,最后,那窄窄的小额头就挤在一起……他长着长长的睫毛,却遮不住眼睛下面那浓浓的黑眼圈。

"他做梦了。"佩尔曼内德太太对侄子充满了疼爱。她俯下身子,轻轻地在他小小的脸蛋上吻了一下。之后她认真地把床帐整理好,轻手轻脚地回到桌子边。伊达把一只袜子绷到袜板上,借着昏黄的灯光找到了破的地方，开始缝补。

"你又在补袜子，伊达？我总是看你做这些事！"

"是的，冬妮……这孩子上学之后，什么东西都破得快了。"

"汉诺不是一直很文静、很温和的吗？"

"没错，没错……可是……"

"他愿意去上学吗？"

"哦,不。他不愿意！小冬妮！比起去上学,他更喜欢跟着我读书。其实我觉得他跟着我读书挺好的，小冬妮，你知道吗？学校的老师不像我一样是把他从小带到大的，老师教汉诺的时候找不到合适的方法……汉诺的注意力不太容易集中，他很容易疲倦，坚持不了多长时间……"

"可怜的孩子！老师打过他吗？"

"那倒没有，托上帝的福……他们还不会那么残忍！这孩子一看见周围的人……"

"第一次去的时候情况怎么样？他哭了吗？"

"是的，他哭了。可是他哭得声很小……几乎听不到，好像在默默啜泣……然后他又拉住他爸爸的衣服，苦苦哀求，要求回家。"

"啊，是我哥哥亲自送他去学校的吗？……唉，我跟你说，伊达，第一天上学实在是折磨人的时刻，我至今还记得我第一天去上学的情景，感觉就像是在昨天。我使劲哭闹……说实话，我像是一只被拴着的小狗使劲哭闹，当时觉得心里无比难受。什么原因？因为在家待得很舒服，就像小汉诺一下。后来我发现，凡家庭条件好的孩子都会哭，相反的，其他孩子就没事，只是看着我们傻笑……上帝啊！你看他怎么了，伊达？"

这时汉诺的一声呻吟打断了她的话,她的手保持着做了一半的手势停在半空,她惊慌失措地跑向侄子。这声呻吟满含惊恐,紧接着他又接连发出好几声叫喊,而且一声比一声痛苦、恐惧。"噢……噢……"这是满含愤怒、绝望的一连串抗议,声音因害怕而显得嘶哑,他一定梦到了什么可怕的事……瞬间,小约翰笔直地站起身来,嘴里嘟哝着一些让人无法听清的话,那双金棕色的大眼睛瞪得圆圆的,满是惊恐,他并没有醒来,仍在凝望着梦中的世界……

"没事,他在做梦,有时候比这厉害多了。"伊达说,说完她沉着地走向汉诺身边,轻轻拍着他,并柔声说些抚慰的话,让他重新躺在床上,给他盖好被子。

"哦,原来是在做梦啊,"佩尔曼内德太太好像被吓到了,"他会醒吗?"

虽然汉诺睁大着双眼,紧紧盯着什么,嘴唇也在不停地蠕动,但他并没有醒。

"什么?孩子,你在说什么?……我们不说话了……你想说什么?"伊达问床上的孩子,佩尔曼内德太太也走近小床,想听听孩子在嘀咕些什么。

"我……走进……小花园……"汉诺嘟囔着,"给我的……小葱……浇浇水……"

"他是在背诗。"伊达·永格曼摇着头叹气,"好了,孩子,好了,安心睡吧!"

"小矮人儿……站在那旁边……噗噗打喷嚏……"汉诺依然嘟囔着。忽然他的眼睑半垂了下来,脸色也变了,头在枕头上不安地左右滚动,声音十分痛苦:

月光亮堂堂，
小孩哭哇哇，
时钟敲了十二下，
上帝就来解救我们于水火中！……

念完这几句，他长长地叹了一口气，泪水冲破睫毛的阻挡，顺着脸颊滑落下来……这时他醒了，他一把搂住伊达，满含泪水的双眼环视了一下四周，喃喃地对佩尔曼内德太太叫了声"冬妮姑姑"，这时他似乎找回了平静，翻了个身，又沉沉地睡着了。

伊达见他睡着了，重新回到桌边坐下，佩尔曼内德太太问："奇怪，伊达，他背的是什么诗？"

"是他的课本上的，一篇名为'孩子的奇异号角'的课文，这几天他刚学完这一课，他跟我聊了许多关于那个小矮人的事，你听说过那个小矮人吗？……真是太可怕了，一个驼背的小矮人，四处游荡，他打破别人家的锅，吃光糖浆，偷走木柴，破坏人们的纺车，捉弄他人……还有，他求人替他祈祷……就这样，汉诺牢牢记住了这个小矮人，整天想着这个故事，你知道他说了什么吗？有两三次了，他说：'伊达，他并不是真心想做坏事，他只是心里郁闷，但他做了这些事之后，心里就更郁闷。如果我们替他祈祷，他就不必做那些事了。'今晚，他母亲临去音乐厅时来看他，他就问她能不能替小矮人祷告。"

"那么，他替他祷告了吗？"

"没有出声音地祷告，但我觉得，他在心里默默这么做了……可另一首名叫'乳母的钟'的诗他却从来不背，但只要听到这首诗就

480

会哭，这孩子很爱哭，而且哭起来没完没了……"

"这首诗很让人伤心吗？"

"我哪里清楚……汉诺只背过开头部分，就是刚才在梦里念叨的那几句，后面的从来没听他背过……另外，还有一部分提到一个马车夫三点就从稻草堆里爬起来，每次读到这几句，他都会哭……"

佩尔曼内德太太显然被自己的侄子感动了，不由得面带笑容，但很快神色又严肃起来。

"我想说的是，伊达，这并不是什么好情况，这孩子如此多愁善感，并不件好事，马车夫三点起来，上帝，因为他是马车夫啊，我觉得这孩子太敏感了，什么事都搁在心里，什么事都当真……这会损耗他的精神。我觉得，你们应该把这个情况告诉格拉包夫医生……可是，话说回来，"她双手交叉抱着肩，头歪向一侧，烦闷地跺着地板，接着说，"格拉包夫老了，即使不说这些，他的心地善良……单从医术方面来说，我不大信任他，伊达。如果我说得不对，请上帝宽恕我。就拿汉诺躁动不安这件事说吧，他常做噩梦，在梦中害怕地跳起来……格拉包夫医生不知道吗？可他怎么治疗的？他仅仅告诉我们一个拉丁词汇，告诉我们那是梦魇……是的，这倒让我们长了知识，但他解决了什么问题呢？他只不过算个和善的人，是这个家庭的好友罢了。一个精通医术的人绝不是这样的，有能力的人一定会尽早让世人看到他的能力。格拉包夫经历过1848年，那时他还年轻，可是那时他热血澎湃过吗？曾经为了自由、正义，为了推翻特权和专制激动过吗？对，他是个学者型人才，但我敢保证，他当时对那个荒谬绝顶的、关于大学和报刊的联邦法是无动于衷的。他的举止向来四平八稳，甚至连个激动的手势都没有，他永远笑容满面，永远让病人吃鸽子肉和法国面包，如果病得厉害些，他就再开上一味调羹蜀葵汁……晚安，伊达……我相信医生不都是这样的，肯定有比他强很多的医生……可惜，我没有看到盖尔达……好了，谢谢，走廊里的灯还亮着，晚安……"

佩尔曼内德太太向外走，经过餐厅的时候她推开门，探头向起居室里张望，她看见这几间屋子都灯火通明，托马斯正背着手，在屋里踱步。

4

妹妹离开之后，议员又坐回到桌旁的座位上，他拿起夹鼻眼镜，打算接着看报纸，但他发现自己的注意力已无法集中在报纸上，他抬起头，透过窗帷的空隙望出去，久久地凝视着黑暗的客厅，一动不动。

孤身一人的时候，他的面容变得如此陌生。他嘴角和两颊的肌肉向来紧绷着，显示着坚定的意志，如今却松弛下来，软塌塌的。长久以来，他那副故意保持的警觉、谨慎、和善，看上去精神饱满的面容，像一张假面具忽地从脸上掉了下来，呈现在脸上的是一副疲倦和愁苦的表情，他双眼满含忧郁迟疑地盯着一件东西，却又像什么也没看见，渐渐地有泪水在他的眼中泛起……他无法再自欺欺人了，头脑中纷乱、沉重的思想在挣扎纠结，令他痛苦无比。托马斯·布登勃洛克虽然只有四十二岁，但精力更像是一个年近暮年的老人。

他长长地叹了口气，抬起手轻轻摸了摸自己的额头和眼睛，机械地点燃一支纸烟，尽管他知道吸烟对身体健康的坏处。他在烟雾中继续凝望着黑暗……他脸上松弛的线条和刻意修饰过、像军人一样整齐的须发形成了鲜明的对比。他那捻得长长的唇须洒过香水，下巴到两边面颊处剃得光光的，连根胡子茬都看不到。头发经过一番煞费苦心的梳理，使后顶稀疏的地方不那么明显了。太阳穴处梳着两个小蓬，留出中间一条窄窄的发缝，两边耳朵处剪得短短的，一改蓄着长长的发髻的老样式，这种样式不容易让人发现发白的鬓角……他自己意识到了这种对比，并且他也十分清楚，城里的人很容易就会发现自己灵活、富有弹力的动作和毫无血色的脸庞的不协调。

这些并不意味着他的威势在外界已减退，在这个城市，他依然是一个重要的、无可替代的人。市长朗哈尔斯博士曾经无比骄傲地引用前任市长鄂威尔狄克的一句话：布登勃洛克议员是市长得力的助手。这句话不仅让议员的朋友喜不自禁，就连那些忌妒议员的人也无可反驳，另一方面，约翰·布登勃洛克公司的业务正在下滑，这一点是大家公认的，就连铸钟街的史笃特夫妇中午喝肉汤的时候也开始讨论这件事……这事让托马斯·布登勃洛克操碎了心。

然而，人们之所以会这么议论，托马斯自己也难辞其咎。他向来有钱，就算经济上遭受过多次损失，哪怕是1866年那次，也没能让他的公司受到多大的威胁。他仍像以前那样大宴宾客，酒席也一如往常奢侈丰盛，就像宾客们一直期待的。但他总觉得自己的时运已经一去不复返了。这种想法，与其说托马斯有客观事实依据，不如说是他自己凭空现象出来的。这种想法让他变得畏首畏尾、神情沮丧。他从没这么在意过钱，也从没像现在这样锱铢必较地节约开支。建筑这座新宅花费的大笔金钱让他后悔不已，认为从此家道没落。以前保持的夏季旅行取消了，海滨和山区度假也变成了在小花园里散步。在他的一再要求下，他和妻儿一起吃的几顿饭变得十分简单，简单到与这宽敞的客厅、华丽的装饰、华贵的家具极不相称，许久以来，这个家里只有星期天才有尾食……尽管他的衣服看上去还像从前一样华美精致，但据老佣人安东说，议员现在每两天才换一次衬衣，因为好的衬衣是禁不住常常水洗的……并且安东还知道，不久之后自己就会离开这个他忠心耿耿照料了许多年的家，尽管盖尔达十分反对，觉得这么大的房子三个仆人照顾不过来，但她的意见根本起不了什么作用，即便这么多年托马斯·布登勃洛克去议会，从来都是安东驾车送他去。最终，这个老佣人还是被主人用一笔适当的钱给打发了。

议员的这些举措和他生意上的冷清是分不开的。年轻的托马斯·布登勃洛克曾一度让公司的生意红红火火，但如今这种情况再也找不到了，而公司的另一位股东，弗利德利希·威廉·马尔库斯先生，向来对公司的事务不闻不问，无论从性格方面还是从能力方面说，他都不是一个主动的人。

随着年龄的增长，马库斯先生的迂腐习气越来越大，渐渐发展成一种怪癖。每次切雪茄时，单是把雪茄装入钱包他就得花费一刻钟，他总是一边切雪茄，一边抓弄胡须或清喉咙，要不就是斜着眼睛左顾右看。晚上，办公室里灯火通明，他却还要点燃一根硬脂蜡烛放在办公桌上。每隔半小时，他就要去水龙头那儿冲冲头。一天早晨，不知是谁大意把一只空麻袋丢在了办公桌底下，他误以为那是一只猫，大声呵斥想把它赶走；那可笑的样子让整屋子的人哈哈大笑……不成了，他不是一个能打消他伙伴目前这种消沉情绪，使生意重新振兴起来的人了。有时候议员目光疲惫地凝视着黑暗大厅——就像现在这样——头脑中迅速盘算着近来公司不得不放低身价做些微不足道的小生意，可怜的小算盘，他就会感到无比羞耻、愤怒和绝望。

可是，这样不好吗？就算再倒霉也有转机的时候，他想。境遇糟糕的时候，静待时机、默默积蓄力量难道不是明智之举吗？为什么偏偏在此时冬妮向自己提出这个建议，把他从这种乐天知命的状态叫醒，让他满心疑惑？难道时机已到？难道这是一个预示？他是不是该提起精神奋力一搏？刚才自己那么坚决地拒绝了冬妮的建议，这件事就这么结束了？不是的，他不是还坐在那苦思冥想吗？"只有当一个人觉得别人给他的建议他不能完全否定，他又有心想试试的时候，他才会激动，才会大动肝火。"冬妮倒很精灵！

他是如何回复她的呢？回过头来想想，他曾经好像说了些耸人听闻的话："肮脏的勾当……趁火打劫……残酷剥削……牟取暴利……"这些话如此义正词严，只是他忍不住问自己，值得用这么严厉的字眼形容这件事吗？亥尔曼·哈根施特罗姆参议一定不会用这样的字眼，而且也想不起来用。托马斯·布登勃洛克究竟是一个魄力十足、果敢利索的商人，还是一个优柔寡断、裹足不前的人呢？

是的，这是个难以回答的问题。很久了，自从这个问题出现在他的头脑中，就一直是个难有答案的问题。生活是残酷的，而商业上的厮杀只是残酷生活中的一部分。托马斯·布登勃洛克遇到眼前这种糟糕的境况，能不能像自己的祖辈们一样步伐稳健、沉着稳定呢？很长时间以来，他就看到一些事实，让他开始怀疑自己的能力。从年轻时起，面对残酷的生活，他就时常妥协……学习跟残酷搏斗，学着不把残酷当残酷，也学着把世间的残酷当成是必然的，难道直到现在他还没有学会吗？

485

他想起了1866年的惨烈变故，和那种把他击倒在地无法翻身的痛苦。他损失了一大笔钱……啊，那并不是无法承担的损失！但这是他第一次彻底亲身体会了商场的残酷。这种生活中，一切善良、温柔、友爱的感情都被阴险、粗暴的自我保护给遮蔽了。这种生活下，一个人的不幸，无法得到亲友的同情、怜悯，只能得到他们的怀疑——冷漠的、唯恐连累自己的怀疑。难道这一点他以前不知道吗？难道他还会被这件事吓到吗？然而当时他竟愤怒得夜里无法安寝，生活中这些可耻讨厌的冷酷把他伤得体无完肤，使他无比厌恶和恼恨。随着时间渐渐流逝，他的心情渐渐有了好转，心情平复之后，他觉得自己那段时间的脆弱是如此让人羞愧。

这是多么蠢笨的行为！他表现出的脆弱是多么可笑！他怎么会产生这种情感呢？他常常问自己：自己究竟是一个商人呢，还是一个脆弱的幻想家？

这个问题在他的脑海中出现过千百次。当他坚定、对未来充满信心的时候，他就觉得自己是一个商人；当他心灵疲倦的时候，就觉得自己是个脆弱的幻想家。但因为他骨子里的聪明和诚实的本性，所以他不得不承认：这两点他都具备。

他始终在他人面前维持着政治家的姿态。但是就算他在别人眼里是这样一个人……难道不像他喜欢引用的歌德的一句名言所说的……这只是他在故作姿态吗？如果说他过去很成功……这只能算反射作用在他身上产生的激情和亢奋，难道不是这样吗？然而，他现在身处困境，他已经精疲力竭——上帝保佑吧，希望这困境是暂时的——谁能说这不是他头脑中那些不自然的、耗费精力的念头和自己没法保持全身心投入造成的呢？……他的祖辈是否会买珀彭腊德那尚长在田里的庄稼,这不重要。但他们都是现实的人,他们比他果断、坚定、直率,这才是问题的关键……

他被一种极度的不安牢牢控制住,他觉得自己必须有所动作,必须找到空间和光亮。他把椅子往后推了推,走进客厅,把悬挂在屋子正中间的那些煤气灯点亮。他站在那里,一边慢慢地捻着胡须,一边茫然地环视这华丽的大厅。这间客厅和起居室并排组成这座房子的正面,客厅里摆放的家具都是浅色的、带波浪扶手和靠背的家具,另外,厅里还摆放着一架三角大钢琴,上面放着盖尔达的提琴盒子,旁边摆着一个放乐谱的小书架和一个做工精良的乐谱架。门上面雕刻着玩乐器的小天使图案,这些家具和装饰让这个屋子看上去像一间音乐厅。凸出去的窗户前摆放着盆栽棕榈树。

布登勃洛克静静地站在那里好几分钟。随后他摇摇头,强迫自己振作起来,他返回起居室,走进餐厅,把餐厅的灯点着。他走到食物柜前,喝了杯水,或许是为了让自己镇定下来,或许是为了有件事做。之后,他又背起手,在屋里来回踱步。摆在吸烟室的家具是深色的,屋里装饰着壁板。他机械地打开放纸烟的柜子,马上又关上,然后又把牌桌上一个装纸牌、记分簿等小玩意儿的橡木箱打开。他伸手随意抓住一把骨质筹码,又任由它们从自己的指缝间哗啦啦落下,接着他盖上橡木箱,继续在屋里踱步。

吸烟室隔壁有一间装着彩色玻璃的屋子,屋里放着几张可以随意挪动、拼在一起的茶几,茶几上面有一个装甜酒的箱子。穿过这间屋子,便走进了装着嵌花地板的大客厅。大厅的四扇窗户上都装着紫红色的窗帷。大厅窗外就是小花园。大厅的跨度与这座房子的跨度一样,可以想象它有多宽敞。客厅里摆放着几个大沙发,沙发罩的颜色和窗帷的颜色一样，几张高背椅子整齐地靠墙摆放着。客厅里壁炉的栏杆后面放着假煤，上面盖着闪着金黄色光泽的纸条，从远处看好像是煤在燃烧。大理石壁炉架上放着两个大大的瓷花瓶，一面镜子摆在它的前面。

客厅里灯火通明，好像刚刚举办过宴会，客人们刚刚离去一般。议员从客厅的这头走到那头，接着在小屋前的一扇窗子前停下，朝花园里张望。

月亮高高挂在天上，被旁边大片的棉花似的云彩一衬显得小巧精致。胡桃树伸展着枝叶沐浴在月光下,喷泉喷出的水静静地流淌着。凉亭遮住了托马斯的视线，他便望向那闪着白光的小平台和上面的两座方尖柱碑，望着那平整的砂石路和新翻过泥土的花圃、草坪……这幅宁优美、整齐祥和的画面并没有让他的心情平复，反倒更令他烦躁、气愤，他握住窗户的把手，把头靠上去，任由那烦乱的思绪在脑海中冲撞、奔腾。

该怎么办？他想起自己刚才跟妹妹说过的那句话，突然意识到这句话有多么多余，这句话让他后悔不已。他在说到施特雷利茨伯爵和地主的时候，明白地表达过自己的看法：生产者的社会地位显然高于商人的社会地位。这是实情吗？唉，苍天，是不是实情有什么要紧，关键是自己怎么就如此轻易地把头脑中的真实想法说出来了呢？为什么不考虑一下？或者，他为什么不多问自己一句，怎么会想到这个问题？难道他能像父亲、祖父或者城里的其他人解释自己为什么会产生这种想法，为什么会轻易说出这种想法吗？一个人如果专心致志地投身于自己的工作，他的心里就会只有这项工作，也会对这项工作保持尊重和虔诚。

他突然觉得热血上涌，自己的脸蓦然变得通红。这时有一件事浮现在他脑海中。有一次他和弟弟克利斯蒂安在孟街老宅的花园中散步的时候，发生了激烈的争吵，这在当时并不少见。克利斯蒂安向来说话不经大脑，让人颜面尽失，从不顾忌有多少人在场，是什么场合，这让他十分恼火，他无法克制自己，便和克利斯蒂安争论起来。当时克利斯蒂安说：仔细想想，哪个商人不是骗子呢……这有什么不对呢？从本质上讲，这话和刚才自己对妹妹说的那些话并没有什么区别啊。可那时自己竟然怒火冲天地冲克利斯蒂安大喊大叫，可狡猾的小冬妮怎么说呢？"谁生气，谁就是……"

"不好！"议员忽然大喊一声后迅速仰起头，放开窗把手，后退一步，又高声说，"不能再这样下去了。"像是要摆脱刚才自言自语带来的不愉快感，他清了清喉咙，转过身，背起手，耷拉着脑袋，快速地在房间里踱步。

"不能再这样了。"他又嘟囔了一句，"一定不能再这样下去了。我这是在浪费生命，在走向沼泽，现在的我比克利斯蒂安还要蠢！"非常庆幸，他对自己所处的境遇仍有一定的认识，如何让自己从这种境遇中走出来，权力掌握在他自己手中，他要义无反顾……我们需要仔细思考一下……思考一下……妹妹刚才提到一笔生意，那究竟是什么？庄稼……珀彭腊德还没成熟的庄稼？"这笔生意我一定要做！"他的声音虽低，却满含激情，他简直要振臂高呼了，"我一定要做这笔生意！"

这难道就是人们常说的"百年不遇的良机"？这次能不能使手里的资本，就假定四万马克吧，转手就变成八万马克？是不是有点多？暂且先这么想吧！没错，这是上天赐予的一次机会，一次改变自我的机会，一个重新让自己振奋的启示。这只是开始，是迈向辉煌的第一步，而这件事唯一的风险就是摆脱自己内心的自责。这笔生意如果做成了，他便能重新振作，会找到昔日的勇气，往常的意气风发、坚定果敢会重新回到自己的内心，他便可以继续牢牢抓住幸福和权势……

抱歉了，施特伦克·哈根施特罗姆公司无法做这笔生意了！本地的另一家公司，由于有熟人在这笔生意上抢占了先机……确实是这样，熟人的情面在这单生意中是起决定作用的因素。这可不是一笔按老套路出牌，不用开动脑筋的普通的生意。冬妮作为中间人，让这件事带上了私人事务的色彩，自己必须谨慎机敏。唉，亥尔曼·哈根施待罗姆不是这件事的合适人选……作为一个商人，托马斯知道自己在市场行情上占了上风，今后在出货的时候，他也一定会抓住市场行情的！另一方面，他也拉了一把身处困境的地主，因为冬妮和封·梅布姆夫人有交情，拉他们一把也是应该的。那就写信吧……马上就动笔——不必用印有公司标记的公用信笺了，就用印有自己姓名的私人信笺。措辞还要尽量委婉些，跟对方商量一两天后去拜访行不行。虽然他已经决定做这笔生意了，但这件事并不十分简单，就像人在光滑的路上行走，自己必须小心谨慎……但这好像更符合自己的脾性。

他走得越来越快，呼吸也一点点变得急促。他稍坐了一下，又立马跳起来继续在几间屋子间穿行。他又把这件事从头至尾想了一遍，一些人的影子在眼前浮现，马尔库斯先生和亥尔曼·哈根施特罗姆，克利斯蒂安和冬妮，他好像看到了珀彭腊德那遍地成熟了的庄稼，幻想着公司会在这笔生意之后重新繁荣起来，他有些激愤地将头脑中的顾虑抹去，把手摆了摆说："这笔生意我做定了。"

佩尔曼内德太太对着餐厅大喊了一声："再见！"他心不在焉地回复了一句。克利斯蒂安和盖尔达从俱乐部回来了，俩人在大门口道别，盖尔达独自走进屋子，她那双棕色的、生得很近的奇异眼睛里散发出奇异的光芒，每次她听音乐时眼里都会有这种光芒。议员机械地停下手中的工作，心不在焉地询问她演出的情形，然后告诉她，自己马上就会去休息。

但他并没有去休息，他仍在屋里踱来踱去。他想到整袋整袋的小麦、稞麦、燕麦以及大麦，这些粮食会把"狮子""鲸鱼""橡树""菩提树"几个粮栈堆满，他还想到该给那个地主出个怎样的价钱——当然，他出的价肯定不会太离谱……夜深了，他悄悄下了楼，进了自己的办公室，燃起一支硬脂蜡烛，借着它的光，给封·梅布姆先生写了一封信。信写完了，他头昏脑涨地读了一遍，自我感觉这是这辈子写得措辞最恰当、表达最合情理的一封信。

这一切发生在5月27日晚上，第二天他便用一种轻松愉快的腔调对妹妹说，他已经全面考虑过这件事了，他不能眼睁睁看着封·梅布姆先生身处险境而坐视不管，被骗子们欺压。这之后的两天，他便动身前往罗斯托克，在那里雇了一辆马车赶往乡下。

以后的几天他极度兴奋，他脚步轻盈，面带微笑。他取笑克利斯蒂安的举止，愉快地和他开着玩笑，他逗冬妮，星期天和儿子在三楼的露台上玩了一个多小时，和儿子一起把一小袋一小袋的粮食运到一座砖红色的小粮仓里，边运还边学着搬运工人们拖着长音吆喝……6月3日，他在市民委员会上做了一场生动风趣的演讲，演讲的主题是关于世界上最枯燥无味的某种捐税问题。听了这场演讲的观众无一不对此给予好评，而他的死对头哈根施特罗姆参议成了大家纷纷嘲笑的对象。

5

不知是议员疏忽了，还是他故意这么做的——不管怎样，如果不是佩尔曼内德太太提醒，一件重大的事情恐怕要被大家忽略了。佩尔曼内德太太向来是家庭大事簿的最忠实、最热心的关注者，就是她提醒大家：根据记录，1768年7月7日是公司成立的日子，公司成立一百周年的大日子即将来临了。

当冬妮激动万分地把这件大事告诉托马斯的时候，他并没有她想象的那么兴奋，像是很不痛快的时候被人碰了一下。前段时间，他那高涨的情绪并没有保持多长时间，很快地他便如往常一样沉默，甚至比以往更沉默。近来，往往工作还没结束他便离开办公室，像是被一种烦躁的情绪控制着，他心情烦乱地在花园里散步，但走着走着他又会突然站住，像有人喊他或是他被什么东西挡住了，这时他会长叹一声，用双手捂住自己的脸。他从不对别人说自己的心事……关键是向谁说呢？马尔库斯先生听合伙人跟他讲起珀彭腊德这笔生意，十分出人意料地向托马斯大发雷霆，还果断声明，自己是不会掺和这笔生意的，也不会对这件事负任何责任。至于妹妹，他倒是向她吐露了一些消息。一次星期四的家庭聚会结束后，大家走出家门、即将告别的时候佩尔曼内德太太悄悄提起珀彭腊德这笔生意，托马斯紧握了一下她的手，匆忙中小声对她说："唉，冬妮，我真心希望我已经结束了这笔买卖……"话没说完，他便快速转身从妹妹身边走开了，剩下冬妮一个人莫名其妙地呆站在原地……哥哥刚才握自己手时透露出的绝望和悲观她清楚地感觉到了，那急速的耳语中隐含的恐惧她也听出来了……当冬妮处心积虑地想跟哥哥再聊聊这个话题时，他却对此只字不提，他对自己一时表露出的脆弱感到万分羞愧，同时又觉得自己无力独自承担这件事情，无援无助的孤单让他痛苦无比……

他不耐烦地迟疑着说："亲爱的冬妮，我们还是尽快忘了这件事吧！""忘记？这怎么可能？这太不可思议了！你认为我们能隐瞒这件事吗？你觉得全城的人会不记得这一天对于我们家族的意义吗？"

"我不是说我们忘记这一天，我的意思是我们只要悄悄地度过这一天就好。一个人如果对现在的生活心满意足，对未来又充满信心，庆祝过去倒也是件有趣的事……当一个人觉得自己继承并发扬了祖业，并让祖先们原来走的路变得越来越宽，举办宴会纪念祖先也会让他们脸上有光，但如果这个纪念日没赶上好的光景……总之，我不赞成举办什么庆祝活动！"

"你怎么能这么说呢，汤姆？你扪心自问，自己真是这样想的吗？如果这个重大的节日就这么悄悄地过去了，我们的脸面该往哪搁？当下你只是心情不好，并且我知道原因……尽管我觉得你没有任何理由心情不好……但等到那一天真正到来，你就会和我们大家一样激动、兴奋……"

她说得没错，布登勃洛克家族的子孙们是不会让这一天悄悄过去的。不久之后，报纸上便刊登了一则启事，详细介绍了这家声名远播的老字号公司的历史，同时也告诉人们近在眼前的百年纪念日。事实上，就算没有这则启事，商业界也不可能忘了这一天。亲友们中最先提起这件事的是来参加星期四聚会的尤斯图斯·克罗格。而佩尔曼内德太太则执行了另外一件事：尾食刚刚撤走，她便把那本记录家族历史的、让人肃然起敬的大皮夹子拿出来放在桌上，让在座的每个人都认识一下公司的创办人——汉诺的曾祖父，第一个约翰·布登勃洛克的生平事迹，为纪念日庆祝活动做准备。冬妮用一种宗教徒般虔诚崇敬的语气向大家讲述这位祖先的经历，他什么时候出过紫斑，什么时候染上天花，什么时候从三楼摔倒掉到了烘焙房上，什么时候得了热病神经几近错乱……讲完这些，她还没尽兴，继续向前翻阅那个大皮夹子，找到了这里面记录的最早的一个布登勃洛克，就是那位在格拉堡当过市参议员的祖先，又找到了那位在罗斯托克做裁缝的，据记载"相当有钱"的、儿女成群的祖先，"相当有钱"这几个字下画着一条线……"真是太了不起了！"冬妮由衷地赞叹，接着又开始读那些破旧泛黄的老信件和节日祝词……

不出大家所料，7月7日那天早上，温采尔先生是来道贺的第一位客人。

"议员先生，这可是百年纪念日啊！"他一边挥舞着手中的刮胡刀和磨刀的皮带，一边向主人道喜，"不夸口，这一百年里，我有五十年为府上的各位先生修面，府上大大小小的事情我都经历过，难道不是这样吗？每天早上，第一个和主人见面的总是我……府上故去的老参议先生早上最健谈，他常问我：'温采尔，你觉得最近稞麦的行情怎么样？你认为我该卖出去呢，还是再等等？……'"

"对，温采尔，我也如此。我简直无法想象如果没有您，我这里的事情会变成什么样。我曾不止一次跟您说过，您所从事的行业非常吸引人。您一个早上转下来，这城里便没有您不知道的事了，您手里的剃刀几乎在每座大府邸的老板的脸上都刮过了，每个人当天心情如何，您全知道了，这是一件非常有趣的事，您的工作简直让人羡慕啊！"

"您说得一点没错，议员先生。说到人的情绪，我斗胆问一句……您今天早上的气色看上去不那么好啊……"

"哦？对，我今天有点儿头疼，而且我感觉一时半会好不了，我想今天一天我是没时间闲着了。"

"我也这么觉得，议员先生。全城的人都在关注这件事。您稍等一下可以往窗外看看：那是一片旗子的海洋啊！渔夫巷口停泊的'屋伦威尔'和'弗利德利克·鄂威尔狄克'两条船全都挂起了旗子……"

"是吗？请您加快点速度吧，温采尔，我不能耽误时间。"

今天议员先生并没有像往常一样先穿上办公服，而是选了一条淡色的裤子和一件敞胸的黑礼服，露出白色的螺纹背心。上午肯定会有来道贺的人，他望了望镜子里的自己，又拿起火钳烫了烫胡须，然后轻叹一声走出了屋子。应酬活动开始了……如果这一天已经过完了该多好。他多想有那么一点儿时间，哪怕是一小会儿不受人打扰，放松一下自己脸上僵硬的肌肉！可这是办不到的，一整天他都得在道贺的客人中间周旋，他得保持一副神气十足的样子来回复客人的祝贺，根据客人不同的身份选择不同的词语回答，恭敬的、严肃的、和善的、嘲讽的、幽默的、亲切的、宽厚的……设在市政厅地下室酒店的招待宴会从下午一直持续到深夜……

他撒了谎，他并不是头疼，只是有些疲倦。一夜的休息，神经只有在早上获得短时的放松，马上，他便感觉到自己心里无比抑郁愁苦……他为什么不说实话？好像他对自己身体上的不舒服无比愧疚似的！为什么要这样？为什么要这样？……但是他知道，现在并不是考虑这个问题的时候。

看他走进餐厅，盖尔达兴致勃勃地迎了上来。为了接见来道贺的客人，她已经穿戴整齐，一件苏格兰料子的闪光裙子，一件白衬衣，一件质地轻薄的非洲式小外套，外套的颜色刚好和她头发的颜色很搭。她面带微笑，一口整齐洁白的牙齿露了出来，颜色比她的面庞还要白净；笑意从她那双生得比较近、谜一样深邃的棕色眼睛里流露出来……

"我很早就起床了，由此看来，我对这件事是多么重视！"

"真是的！你也那么看重一百周年纪念吗？"

"那是当然的！……但或许，这节日的热闹气氛让我兴奋……这是多么美好的一天！就拿这个说吧，"她指了指身边的餐桌，餐桌上摆放着从花园里采来的鲜花编成的花环，"这是永格曼小姐编的……你若觉得现在可以喝早茶了，那你就错了。全家人都在客厅等你，准备给你献礼，向你道贺，我也准备了一份小礼物……托马斯，今天咱家客人一定很多，当然这只是个开始。开始时我会尽力支撑，午后我就得找个地方躲一躲了。气温虽然略微降了些，但是天凉得让人心醉——这让那些旗子看上去更好看了。你看到全城招展的旗子了吗？估计等一会气温会升起来……走吧，早餐估计得晚点儿吃。你今天应该早点儿起床，就不会饿着肚子去迎接客人们的祝贺了！"

老参议夫人、克利斯蒂安、克罗蒂尔德、伊达·永格曼、佩尔曼内德太太和汉诺都在客厅里等着，佩尔曼内德太太和自己的侄子费劲地扶着事先准备的礼物——一块很大的纪念碑……老参议夫人激动地迎上前去搂住自己的长子。

"我的孩子,今天是个好日子……好日子……"她重复了一遍自己的话,"我们应该虔诚地感谢主的仁慈与恩典……"说着她激动地流出了眼泪。

被自己的母亲紧紧搂在怀里,议员的心在这一刻是柔软的。好像心里某些坚硬的东西被融化了,离他而去。他抖动了一下嘴唇,内心充满了怯懦的情感。他多想就这样依偎在母亲怀里,紧贴她的胸口,沉醉在她柔软的绸缎衣服上散发出的淡淡的香水味中,他想闭上眼,什么也不看,什么也不说……他轻轻吻了一下自己的母亲,挺直身子,伸手去握弟弟的手。克利斯蒂安面带困窘、心不在焉地握了握他伸过来的手,每到喜庆的日子克利斯蒂安都是这副样子。克罗蒂尔德一如往常,拖着长长的腔调说了些道贺的话。而永格曼小姐只是深深向议员鞠了一躬,一只手始终没有离开胸前那条银表链。

"过来,汤姆!"佩尔曼内德太太用微微抖动的声音招呼哥哥,"我和汉诺扶不住了。"汉诺太小,胳膊没力气,实际上那一大块纪念碑由她一个人扶着。她使出浑身的力气,又处于无比激动的状态下,所以她看上去像是一个忠心耿耿的女殉道徒。她眼眶潮湿,脸颊泛红,伸出舌头舔舔嘴唇,显出一副体力不支的神色,这神色在他人看来很像是故意做出来的顽皮神情……

"来了!来了!"议员赶忙走了过去,"这是什么?放手吧,我们把它靠在一旁。"他把这块纪念碑靠在钢琴旁边的墙边,在它前面站定,这时家人都向他围拢过来,把他围在了中间。

那是约翰·布登勃洛克公司四位主人的画像,被雕花的大核桃木镜框框着,外面罩了一层玻璃,下面用金色字写着每个人的名字和生卒年月。其中有一副照着老油画画下来的公司创始人约翰·布

497

登勃洛克的画像。那是一位身材高大，神情庄重的老人，他紧闭双唇，一副面孔在大绉花胸巾的衬托下更显坚毅。这里有让·雅克·霍甫斯台德的朋友约翰·布登勃洛克满面春风的、肥头阔面的容颜；这里也有下巴贴在僵挺的硬领子上、阔嘴四周布满皱、长着鹰钩鼻子的约翰·布登勃洛克参议，他那双充满宗教徒般虔诚的双眼正炯炯有神地望着盯着他这副画像看的人。当然这里还少不了托马斯·布登勃洛克的画像，画像上的他还很年轻……四幅画像分别由金色的麦穗图案环绕，画像下面同样用金色字醒目地标注着年代：1768－1868。四幅画像的上面有一句格言，这是模仿那位给子孙后代留下这句格言的祖先的笔迹，用粗大醒目的字写的——我的孩子，白日里尽心工作，但千万别做亏心的事，这样晚上便能安然入睡。

议员背着双手，凝视着肖像，在它前面站了很久。

"很好，很好，"他的语气里几乎带着一种戏谑的意味，"夜里可以安睡了，这是件很好的事……"说完他转身面对大家，这时严肃的神色又回到了他的脸上，虽然只是简单地表示了一下谢意："万分感谢！这是一件特别的礼物……大家觉得，把它挂在哪儿合适呢？放在我的办公室行吗？"

"好主意，汤姆，就把它挂在你办公室的书桌上方！"佩尔曼内德太太对哥哥的想法连连称赞，她还激动地抱住了哥哥。接着，她拉着他走到窗户前，指着外面的情形让他看。

整条渔夫巷，从这头到那头，家家户户都悬挂着两面旗，旗子映着夏日蔚蓝的晴空，迎风招展。码头上，布登勃洛克公司的那两艘船——"屋伦威尔"和"弗利德利克·鄂威尔狄克"更是彩旗飘扬。

"整座城都是这样的情形。"佩尔曼内德太太因激动声音都有些发颤了……"我在街上逛了一圈,汤姆,就连哈根施特罗姆家也挂上了旗子!哼,他们还算识大体……不然,他们家的窗户玻璃是要遭殃的……"

托马斯被妹妹的话逗乐了,她又拉着他回到屋子中间,让他站在桌旁。

"这是几封贺电,汤姆,只有外地亲友们早些时候发来的,商号发的都送到你办公室了……"

他们拆开几封电报,有来自汉堡的,有来自法兰克福的,也有来自阿姆斯特丹阿尔诺德逊先生一家的和来自威斯玛尔尤尔根·克罗格的……忽然,佩尔曼内德太太的脸变得通红。

"他还算是一个不错的人。"她嘟囔了一句,把手里已经打开的那封电报递给哥哥。这封电报上签着一个名字:佩尔曼内德。

"时间不早了,"议员打开自己的怀表看了看时间,说"我想去喝杯茶,你们愿意和我一起去吗?一会儿客人们来了咱们可就有的忙了……"

伊达·永格曼给议员的妻子打了个手势,盖尔达喊住要离开的议员:"稍等一下,托马斯……汉诺马上要去补习功课,在这之前他想为你朗诵一首诗歌……来,我的孩子,你就当这屋里只有你自己,别紧张!"

7月放暑假后,为了让小约翰的算术成绩赶上其他孩子,他要补习算术。在圣·葛尔特路德郊区某个地方,一个空气污浊闷热的小屋子里,一个长着红胡子、脏指甲的人正和小约翰一起练习那烦人的九九算术表。今天在去补习班之前,他首先要为爸爸朗诵一首诗,这首诗是妈妈费了很大的心血才教会他的。

他身穿亚麻布宽领、白色的领圈下面露着水手式大领结的哥本哈根水手服,靠在钢琴前。他交叉着自己那双细瘦的腿,头和上半身微侧着,这姿势让他看上去既羞怯又秀美,虽然他从没注意过自己秀美的容貌。他那头长头发前不久刚剪过,这让他在学校不再受同学甚至老师的取笑了。但他的头上仍旧有浓密又柔软的头发,那头发一直遮住他细嫩的额头。他低垂着眼帘,那棕色的长睫毛遮在蓝眼圈上,那紧闭的嘴唇微微扭曲着。

对于即将发生的一切,他心里非常清楚。他觉得自己肯定会忍不住哭出来,而自己的朗诵也会因为自己的哭泣无法进行;他的心一阵阵悸动,就如同星期日在圣玛利教堂听费尔先生用管风琴演奏出让人动容的庄严的曲子时一样……他一定会哭的,就像以前,每到别人让他表演、考验他或是测验他的本领和智商时一样——他的父亲对这些事无比热衷。假如妈妈不提醒他要保持兴奋的情绪和愉悦的表情,那该多好,他知道妈妈是好意,但这让他更加紧张,备感压力。一家人围着他,盯着他看,他们都十分紧张地盯着这个小家伙,他随时都会哭出来……他抬起眼帘,用眼睛搜寻着伊达的眼睛,伊达此时正紧握着胸前的银表链,一脸愁苦地望着他,向他点头。他心里萌生出一种冲动,想立刻跑过去伏在伊达身上,让她带自己离开这里,他多么希望,此时伊达会用她低沉但让人安心的声音对自己说:别怕,孩子,不用朗诵了……

"汉诺,你可以开始了。"议员说。他坐在桌旁的椅子上等待着,脸上毫无笑意,确切地说比以往这种场合更严肃。他挑起一条眉毛,用审视,甚至可以说冰冷的目光盯着汉诺那小小的身子。

汉诺站直了。他摸摸钢琴那闪着光泽的木盖,用怯怯的目光看了看周围的人。他在奶奶和冬妮姑姑温暖的目光中找到了些勇气，于是，他开始用一种不带情感的、低沉的声音朗诵："《牧童的主日颂歌》……作者，乌兰德。"

"唉，你看你是什么样子，我的孩子！"议员高声提醒儿子，"首先，别靠着钢琴，把手从肚子上拿开，挺直身体！发音要响亮。站到帷幔中间来，抬头挺胸，胳膊自然下垂……"

汉诺照父亲要求的走到起居室门前的门槛前，垂下胳膊。他抬头挺胸，但长长的睫毛仍旧低垂着，让别人无法看到他的眼睛。没准儿他的眼里已经满是泪水了。

"今天是主日。"

他开始低声朗诵，他的父亲又打断了他，这次父亲的声音特别响亮："开始朗诵前，要先向听众鞠躬！声音也要足够响亮，让在座的每一个人都能听到。从头再来，《牧童的主日颂歌》……"

这对于孩子来说太严厉了，议员自己也清楚，他的这一番提醒和言辞会让儿子彻底乱了阵脚。而孩子是不应该被大人一吓唬就慌乱失态的，孩子要学会坚强，要学会成为一个男子汉……为了鼓励儿子，议员又重复了一遍："《牧童的主日颂歌》……"但他依旧沉着脸。

汉诺却完全被吓傻了，他的头垂得很低，一直低到自己的胸脯上，那只从绣着一只锚的袖子里伸出的小小的右手，哆嗦着扯着绣花锦缎的幔帐。那是一只惨白惨白的手，没有一点儿红润的颜色，却能隐约看到上面青青的血管。

"我孤独地站在旷野。"

他勉勉强强只背了一句，下面的内容就再也背不出来了。这首诗悲戚的情感基调已经深入他的心里，他觉得自己无比可怜孤单，所以，一句话也背不下去了，任由泪水夺眶而出，流淌在脸上。忽然，他想起自己某次生病的夜晚，他多么希望自己能再次回到那个夜晚啊！那晚他或许是脖颈疼，或是发烧了，病恹恹地躺在床上，伊达走到他身边喂他喝水，又满含柔情地在他的额头放上一块湿毛巾……他一个趔趄，把头靠在拉着帷幔的胳膊上，呜呜地哭了……

"你觉得哭是一件很好玩的事吗？"议员生气地站起身，严厉地质问儿子，"为什么哭？在今天这样的日子你都提不起精神，不能做一件让我开心的事。况且，这件事值得你哭吗？你是个小姑娘吗？你总是这副样子，将来怎么办？你打算将来在大庭广众下说话时，都要哭吗？"

"不，如果有可能，我肯定不会在大庭广众面前说话的。"听着父亲的训斥，汉诺绝望悲戚地暗暗想着。

"你仔细反思一下今天自己的表现。"议员对儿子说了一句，拔脚离开客厅。伊达·永格曼则赶忙走上前蹲在汉诺身旁，一边用温柔的声音安抚这个自己一手带大的孩子，一边替他擦去脸上的泪水。

议员匆忙吃过早餐后，老参议夫人、冬妮、克罗蒂尔德和克利斯蒂安便跟他道了别。一家人今天要在新宅里和盖尔达一起吃午饭，而议员，就算再不情愿也要出席在市政厅地下室酒馆里举办的宴会。不过，他不会让自己在那里耽搁太久，晚饭时他会赶回家和家人共进晚餐。

他从那张摆着花环的桌子上端起一杯热茶，又吞下一个鸡蛋，站在楼梯口抽了几口烟。在大热天脖子上依然围着块毛巾的格罗勃雷本，正在卖力地刷着一只长筒靴。他的鼻子上一如既往地垂着一条清鼻涕。他穿过花园走到前厅,在端着名片盘子的棕熊标本前遇到了主人……

"恭喜您啊,议员先生!世界就是如此,有人要钱有钱要权有权,就像您,而有人,穷得叮当直响……"

"对……对,你说得对,格罗勃雷本!"议员没有耐心听完他的话,往他那拿着刷子的手里匆忙塞了一枚硬币。然后议员通过前厅,来到那间会见客人的办公室。办公室里,公司的会计员,那个身材高挑、双眼流露出忠厚神色的人迎着他走过来,用文绉绉的话代表公司员工向他表示祝贺。议员应付了两句,就直奔自己靠近窗子的位置。他刚翻看了一下桌上的报纸,读了几封信,就听见有人敲门。最先来道贺的人已经来了。

来的是六个粗壮的大汉,他们是堆栈的工人代表,六个壮汉走起路来咚咚作响,他们个个垂着嘴角,面带忠诚的神色,手里还分别拿着自己的大帽子。六个人中带头的一个,把嘴里正在咀嚼的烟草随口吐在地板上,双手抓住裤腰,使劲往上提了提自己的裤子,然后就又紧张又兴奋地念叨着"一百周年""几百年、几千年"之类的贺词……议员向他们允诺不久会给他们一大笔犒劳金后,便把他们打发走了。

紧接着到来的是几个税吏,他们是代表本区的税局来道贺的,他们离开时,在门口碰到了另一帮来道贺的人,这是一批在"屋伦威尔"和"弗利德利克·鄂威尔狄克"货船上工作的水手,带领他们的是两艘货船的舵手,两艘货船都是布登勃洛克公司的,现在正彩旗招展地停靠在码头上。后来搬运粮食的工人们也来了,他们还是那身装束,黑褂子,短裤,外加圆礼帽。这期间不间断地有市民来道贺，如花店的老板伊威尔逊。还有那个白胡子的老信差，他是一个怪老头，戴着耳环，两只眼睛总是泪汪汪的，有时托马斯在街上碰到他，心情好的时候会跟他打招呼，喊他"邮政局长"。这个老头一进门就高声喊："我可不是图什么才来的，我可不图什么，虽然我听说今天来道贺的没有空着手走的……"尽管他口口声声说自己不图什么，但临走时他还是感恩戴德地领了一笔赏钱……来道贺的人好像没完没了。十点半左右，侍女来传话，说议员夫人在家里的客厅中会见了第一批客人。

托马斯·布登勃洛克从办公室出来，匆忙走上楼梯，来到客厅门口，他停下了脚步，对着镜子整了整领带，把带着香水味道的手帕放到鼻下嗅了嗅。他面无血色，尽管现在的他汗流浃背，手脚却是冰凉的。办公室里的这番接待已经让他快无力支撑了……他轻叹了一声，推开了客厅的门，他要在这间布满阳光的办公室里接见那位身家五百万的大木材商胡诺斯参议，以及他的夫人、女儿、女婿——吉塞克议员。这一家人刚从特拉夫门德回来，若不是为了向布登勃洛克家道贺，他们一家现在仍像其他许多上流家庭一样，在海滨避暑呢。

大家刚在波浪形的明亮的靠背椅上坐定，已故市长的儿子，鄂威尔狄克参议和他的妻子就来了；胡诺斯参议一家刚离开，他的弟弟便进入了客厅，此人虽然财富上比哥哥略逊色些，但比哥哥多一个议员的头衔。

从此刻起，一场无比繁忙的迎来送往活动便拉开了序幕。那个演奏音乐的小天使浮雕像下的白色大门几乎没有关闭的时候，坐在客厅里的人轻易便能看到门外阳光从天窗直射进来，照在楼梯间和楼梯上的情景。楼梯几乎一秒钟都没有空闲,来往的客人在上面穿梭。但是因为客厅十分宽敞,而且客人们又都东一拨西一簇地凑在一起聊天,所以,客厅里仍在不断地走进客人,而离开的十分有限。不久,使女们干脆把客厅的门敞开了,省得它被反复地开开关关,一些客人索性就在客厅门外铺着木地板的走廊上聊天。到处是你一言我一语的交谈声,到处是寒暄、握手、鞠躬、开玩笑甚至是大笑。这种笑声顺着楼梯间的四根柱子直达天花板,又被天窗玻璃反弹回来。布登勃洛克议员一会儿在楼梯口,一会儿在客厅的窗户前答谢客人,他有时只是随便应付几句,有时又真挚诚恳地高喊几声。市长朗哈尔斯博士身材矮胖却仪态威武,那剃过之后显得光洁的下巴缩在白领带里,他的上唇蓄着短短的灰白胡须,双眼流露出外交家一样的神色,只是略显疲惫。他的到来令现场一片沸腾。酒商爱德华·吉斯登麦克参议带着他的夫人、弟弟以及弟妹——一个身材非常健壮、出身地主家庭的女人——前来道贺。他是议员的朋友,对议员向来推崇有加。已故摩仑多尔夫议员的夫人,端坐在客厅正中的沙发上,其子奥古斯特·摩仑多尔夫参议偕同妻子——哈根施特罗姆家的玉尔新小姐——向主人道过贺后,此刻正在人群中与人寒暄。肥胖的亥尔曼·哈根施特罗姆斜倚着楼梯正和议员兼警察局长克瑞梅博士聊天。亥尔曼·哈根施特罗姆留着一丛淡红色的胡须,几乎要把他的扁平鼻子隐藏起来了。而克瑞梅一脸狡黠的微笑,他蓄着一圈棕灰相间的络腮胡子。检察官莫里茨·哈根施特罗姆博士和他那漂亮的妻子——那个姓普特法尔肯的姑娘——也来了,这个检察官一笑起来就会露出那口尖牙齿。老医生格拉包夫也来了,他激动地用双手紧紧握住议员的右手,但很快他就被建筑师乌格特挤走了。身穿便服的普灵斯亥姆牧师张着手臂，一步一跃地奔上楼梯，还有，弗利德利希·威廉·马尔库斯也来了。那些议会、市民委员会、商务总会派来的代表，都统一穿着黑礼服。——时间已近中午，气温很高，一刻钟前女主人盖尔达已经离开了客厅，去了自己的房间……

忽然，楼下大门传来一阵嘈杂的脚步声，像是很多人一下子涌了进来，同时还伴着一声响亮的喊叫……所有的来客都聚到了栏杆旁，客厅门口、走廊里、餐厅和吸烟室都是人满为患，人们相互推搡地伸长脖子朝下张望。楼下，大约有二十个人拿着乐器排成一队，队伍前站着指挥—— 一个头戴棕色假发、蓄着水手式灰胡须、一说话就露出满口又大又黄的假牙的人。这是怎么一回事？原来是彼得·多尔曼参议带领市剧院乐队来了，眨眼间他已经登上楼梯，手里晃动着一沓节目单！

为祝贺布登勃洛克公司成立一百周年的演奏会开始了。只是，让人觉得可惜的是，从演奏效果上考量，乐队实在没找到一个适合演奏的地方，音符乱糟糟的，和音也根本听不出来，一个摆出一副拼了命的神情的大胖子将一个低音喇叭吹得吱吱呀呀，这难听的声音盖过了其他乐器发出的声音。乐队先演奏了一曲《大家都感谢主》，接着演奏的是奥芬巴哈的《美丽的海仑娜》的变奏曲，再后来演奏的是好多首民歌……节目还是相当丰富的。

大家都觉得多尔曼想的点子不错，音乐会吸引了大家，在它没结束前，宾客们没有一个人想要离开。他们有的在客厅里，有的在走廊里，有的站，有的坐，三五成群地边听音乐边聊天……

托马斯·布登勃洛克和施台凡·吉斯登麦克、议员吉塞克博士、建筑师乌格特几个人站在楼梯另一端吸烟室门外，这里离三楼的楼梯不远。托马斯靠着墙,沉默着听客人们聊天,只是偶尔插上一两句话。他茫然地望向栏杆外边,气温不断上升,从一阵阵从天窗上掠过的阴影判断,天空一定云层积聚,由此判断,老天没准儿在酝酿一场雨。他的感觉没错,天上的云越积越多,一块紧挨着一块,楼梯间的光线也随着外面光线的变化而忽明忽暗,让人感觉眼睛都酸了。楼上镀金的器皿、灯架和屋内的陈设,一会儿变得暗淡无光,一会儿又金光闪闪……有一次,外面昏暗的时间比较长。随后人们便听到什么东西落在玻璃窗上噼里啪啦的声音,大概是下冰雹了。可仅过去一会儿,天又变晴了。

人们有时会被压抑的情绪所控制:通常情况下,对于一件十分令人生气的事,我们会发一阵脾气或产生一种正常的愤怒情绪,可有时候,这件事情会让人产生无法言说的苦闷,重重地压在我们心头……托马斯目前正处于这种状态下。早上小约翰的表现和家中闹哄哄的氛围,都让他郁郁寡欢,与这些比起来,更让他觉得郁闷的是,努力了很多次却无法从这种情绪中走出的无力感。好几次,他都告诉自己,必须高兴起来,今天是意义非凡的一天,自己应该保持愉悦的心情和大家一起庆祝这一天。但是嘈杂的音乐响在耳边,客人的喧哗和笑声以及这些人的面孔让他的神经无比紧张,再加上他想起了过去,想起了自己的父亲,所以心里充盈着一种酸楚的感觉,在他的精神上占主导地位的竟是一种痛苦的感觉。他觉得四周的一切既好笑又让人痛苦,那低劣的演奏技巧和不在调上的音乐,那喋喋不休谈着生意的俗不可耐的来宾……这种感慨和厌恶同时在心中翻滚,让他的情绪跌到了谷底。

时间刚过十二点不久,市剧院乐队演奏的节目即将结束时,发生了一件小事。这件小事丝毫没有破坏这座房子里洋溢的节日欢庆气氛，只是让主人不得不暂时离开了一会儿，因为这是一件生意上亟须解决的事。事情是这样的：正好在乐队休息的当口，办公室最小的学徒走上楼来，看到有这么多人在，他一下子显得十分窘迫。本来他就是一个发育不全的人，又有些驼背，此时，在这样的场合下，他的脸庞变得通红，比平时更低地缩在两肩间。为了不让他们看出自己的窘迫，他强装镇定，左右张望，寻找自己的老板。当他发现托马斯的身影后，就开始在人群中穿梭，边挤边向身边的人致歉。

实际上，并没有人在意他，当然也没有人注意他的窘迫。宾客们根本连看也不看他一眼，继续他们的交谈，只是在他通过的时候略微侧一下身给他让路。他来到布登勃洛克议员身旁，向他鞠了一躬，把电报递到他手上。布登勃洛克议员拿到电报后，辞别吉斯登麦克、吉塞克和乌格特，跟随小学徒离开，准备阅读这封电报，宾客们依旧没有留意这件事。尽管今天收到的大多是贺电，但不管怎样，办公室在接到电报后都要在第一时间交给老板。

游廊在通往三楼的楼梯口拐了一个弯，顺着客厅的侧面延伸开来，一直通到另一个楼梯处，这是供仆人上下楼用的后楼梯，这里还有客厅的另一扇门。对着三楼楼梯口的是一扇从厨房往上送菜的升降机的门，旁边摆着一张大桌子，那是使女们擦拭银器的地方。议员就站在这里，背对着那个驼背学徒，打开了手里的电报。忽然他的眼睛睁得大大的，假如有人看到会被吓一跳，他浑身颤抖、着急地倒吸了一口气，因为着急，使得喉咙发干，急促地咳嗽起来。

他喃喃自语："这倒好！"但他身后的喧闹声盖过了他的声音。"这倒好。"他重复着这几个字，但声音含混不清，甚至最后一个字竟像耳语。

议员站在那里一动不动,连个手势也没打,所以那个驼背的学徒只能不自在地站在那里,然后,他拘谨地朝议员鞠了一躬,从后楼梯走了下去。

布登勃洛克议员依然一动不动地站在桌子旁边。那只握着电报的手无力地垂着,他一边像刚才一样半张着嘴,局促又费劲地喘着气,一边前后摇晃着上半身,同时又像中了风似的,机械地不住甩动头发。"这一场雹子……这一场雹子……"他不断重复着这几个字。时间过了一会,他渐渐平静了下来,身体也不像刚才摆得那般厉害了;他的双眼中多了一种疲倦、失神的神色,沉重地点了点头,转过身来。

他推门走进大厅,垂头丧气、步履蹒跚地走到窗前,在一张深紫色沙发上坐下来。这儿安静且凉快,能听到花园里喷泉哗哗的流水声。一只苍蝇徒劳地想穿过玻璃进入屋子。前厅喧闹的声音在这儿几乎听不见了。

他闭上双眼,有气无力地靠在座垫上。"这倒好,这倒好。"他一再低声重复着这句话,过了一会儿,像是心情平复了很多,长叹了一口气,然后又念叨了一句:"这很好!"

他让自己放松下来,连面容也放松下来,就这样静静地躺了五分钟。然后坐起来,把手里的电报折叠好,放进前胸的口袋里,站起身,想回到前厅去。

但紧接着他又重重地倒在了沙发上,伴随着倒下去的身躯还有一声痛苦的厌恶的呻吟。音乐……那正在奏起的音乐,简直是一阵让人无法忍耐的噪声,似乎想模仿快马奔驰的声音,锣鼓和铙钹敲打出节奏,其他乐器却无法合上这节拍,或快或慢,杂乱无序。真是一群笨蛋,这声音简直让人受不了,咯咯吱吱,轰隆轰隆,咿咿呀呀,甚至还夹杂着几声短横笛发出的刺耳的尖鸣。

6

"噢,巴赫,塞巴斯提安·巴赫,我尊敬的夫人!"圣玛利教堂的管风琴师爱德蒙·费尔高声说着。此时,他正兴奋地在客厅里来回走动。盖尔达面带微笑,用手托着下颌,坐在钢琴前。小汉诺坐在她身旁的一张大靠背椅子上,双手搂着自己的双膝,认真地听着……"当然……就像您说的,和声学战胜对位学,巴赫功不可没……他开创了现代和声学,这一点毫无疑问。但他是如何开创这门学问的呢?我想不用我费口舌再跟您解释了,难道他不是在对位学的基础上进行的吗?这一点您应该比我清楚。但这门学问的实质是什么?是和声学?绝对不是,应该是对位法,亲爱的夫人。试问,纯粹的和声实验会将我们引向何方?只要我还活在这世上一天,我就要劝您,不要妄想去做这种单纯的和声实验。"

他热情高涨,甚至没有丝毫加以控制的意思,在这间客厅里,他如同在自己家一样自在。每周三下午,他都会身穿一件后摆长及膝部的咖啡色的燕尾服,如约来到这间客厅。他通常会一边等待与自己合奏的人,一边满怀爱怜地打开贝西斯坦钢琴的盖子,整一下放在雕花书架上的乐谱,用一种优美的姿势试弹一阵,他的头左歪一下,右歪一下,脸上一副沉醉的表情。

他有一头浓密的鬈发,深红夹杂着灰白色,这让他的头看上去比一般人的大好多,幸而他长着一条长脖子,与这大脑袋配在一起还算合适。他那大大的喉结突兀地露在短翻领之外。唇上的胡须与他的头发一个颜色,并没有烫卷,而是蓬松地扎在一起,更显得他那扁平的小鼻子微不足道了。那双棕色的眼睛闪闪发光,每当他开始演奏音乐,眼睛上又会涂上一层神秘梦幻般的光彩,那目光好像能穿透一件东西,看到它的另一面。他的眼睛下面有大大的眼袋……这副相貌并没有特别之处,但看到他的人会觉得他是一个灵活聪明的人。他的眼帘总是半垂着,嘴唇虽是闭着的,但那剃得光洁的下巴却松弛地耷拉着,看上去他像是个毫无意志的人,这让他的嘴上也带了一副柔弱、迟钝、蠢笨、魂不守舍的神情,这种表情我们很容易在一个极度嗜睡的人脸上看到……

但他严厉的性格和他外表的柔弱形成了鲜明的对比。爱德蒙·费尔在当地是个闻名遐迩的风琴演奏家,并且他对对位法十分有研究,在这方面有着渊博的知识。由他撰写的一本论教堂音乐的书被好几所音乐学院定为自学参考书,而由他创作的几首赋格曲和由他改编的几首合唱曲,在有风琴演奏的场合是必演奏的曲目。无论是他精心创作的歌曲,还是他在圣玛利教堂即兴创作的歌曲,都完美到无懈可击,都既符合乐理又充满了崇高的精神和严密的逻辑性。这些作品的本质远不同于世俗的美,因此,普通的俗人也便无法理解和欣赏作品的内涵。这些作品所蕴含的,或者说这些作品所要表达的,是已经发展成为宗教苦行的技巧,已经成为一种绝对神圣的东西,它本身已经成为他人追求的娴熟技巧的目标。爱德蒙·费尔从来看不起只追求优美旋律的音乐,谈到这些他总是不屑一顾。但也很奇怪,他并不是一个毫无情趣的人。"巴勒斯特利那[①]!"每提到这个名字的

[①] 巴勒斯特利那(1525—1594年),意大利教堂音乐创作者。

时候，他就会摆出一副凛然的神色。但转眼之间，当他开始演奏那些古典的曲子时，又会换上一副温柔、沉醉、梦幻的表情，他将目光投向远处的某个地方，好像一切事物最终都将被音乐融化、吸收一样……音乐家的目光就是这样，看上去是朦胧的、虚幻的，因为它停留在一方遥远神圣的土地上，一方我们无法用言语形容，无法用思维想象的深邃、神秘、纯净的国土上。

他的手大而柔软，软得好像没有骨头，手背上长满雀斑。他说起话来，嗓音低沉而沉闷，像是嗓子里卡着块小东西。当他看到盖尔达·布登勃洛克从起居室进入客厅的时候，便用这种沉闷的声音跟她打招呼："您好，尊贵的夫人，您的仆人！"

他从椅子上欠起身体，低着头，恭恭敬敬地用一只手握住盖尔达伸过来的手，而另一只手则利落地在钢琴上弹出一个五度音。盖尔达则拿起她那把斯特拉迪瓦里提琴，迅速又娴熟地把琴弦调好。

"还是弹巴赫的 G 小调协奏曲吧，费尔先生。我觉得我在柔板部分还有所欠缺……"

这位管风琴师开始按她说的弹奏起来，但差不多每次都会发生同一件事情：音乐刚刚响起，走廊的门就会被慢慢地、轻轻地推开，接着就是偷偷溜进来的小汉诺，他通过屋子中间的地毯，在一张靠椅上坐下来。双手抱住自己的双膝，在一旁静静地聆听，他听音乐，也听母亲和费尔先生的谈话。

"汉诺，你又来偷听我们练习了？"休息的时候盖尔达这样问儿子，她那一双蒙着暗影的眼睛望向他，这双眼睛因为刚才全身心投入演奏而闪着温润的光……

这时汉诺会从椅子上站起来，默不作声地给费尔先生鞠个躬，然后向他伸过手去。费尔先生每每都会充满爱怜地在他柔软、浅黄色的头发上抚摸几下。头发软软地贴在汉诺的额前，让他看上去十分可爱。

"尽管来听，我的孩子！"他语气温柔，却很坚定，汉诺一脸羞涩地看着这位管风琴师和他那随嗓音上下蠕动的大喉结，随后他便快速地转身轻轻走回自己的座位，像是已经迫不及待地想听到音乐再次响起。

他们又合奏了海顿的一个乐章，莫扎特的几首曲子和贝多芬的一首奏鸣曲。接下来，就在盖尔达挟着提琴翻乐谱的时候，一件不寻常的事情发生了。圣玛利教堂的管风琴师费尔先生，本来想随意弹点什么，但忽然他弹出一个十分特别的调子，他那原本朦胧的目光也泛起了一种就像害羞似的幸福的光泽……最初仅仅是一声声沉闷的嗡鸣，但慢慢绽放，升扬起来，变成了歌声。这歌声刚开始是轻轻地哼唱，不久就昂扬起来，而且越来越清晰，越来越响亮，最后，旋律和歌声完美汇合成了一首庄严而雄壮的经典的进行曲……升高、扩散、转化……主题开始分解的时候，提琴奏出的响亮的声音也融合了进来，此时演奏的是《名歌手》的序曲。

盖尔达·布登勃洛克对新音乐情有独钟且热烈拥护，而费尔先生更倾心于古典的音乐，对新音乐不屑一顾，原本盖尔达以为没法改变他的这种观念。

还记得那次她把《特利斯坦和伊佐尔德》中几段钢琴曲的乐谱放在乐谱架上，求他弹奏的时候，他只勉强地弹了二十五小节就跳了起来，一脸深恶痛绝的神情，在钢琴和窗户间大踏步地走动。

"我不能弹这样的曲子，夫人！虽然我是忠于您的仆人，但恕我不能从命，这根本算不上音乐……请您相信我，我自认为自己多少还算是个懂音乐的人，这是一堆乌七八糟、杂乱无章的东西，是蛊惑人心、亵渎上帝的东西，创作这首曲子的人简直就是神经病！这是一团闪着电光、散发着香水味的迷雾！完全是对艺术道德的扼杀！我不能弹奏！"说完这些话，他又重重地坐回椅子上，强忍着又继续弹奏了二十五小节。他的喉结局促地上下滚动，边咽口水边咳嗽。然后，他把钢琴盖子一盖，高声说："哦！苍天啊，我实在是无法忍受了！请您恕罪，尊敬的夫人！坦白跟您说吧，夫人，这几年来，我一直从您这儿领着丰厚的薪酬，为此我也一直在尽心竭力地伺候您……虽然我的日子不富裕，但如果您执意让我为您弹奏这些低劣的东西，那我只能辞职了……您看看那个孩子，那个坐在椅子上的孩子，他偷偷溜进来就是来听音乐的，您忍心让他的精神受到毒害吗？"

尽管他对这样的事深恶痛绝、无比愤慨，但盖尔达还是坚持不懈，一再地劝说他，逐步把他说服，让他渐渐接受了这种音乐。

"费尔先生，"她说，"您客观些，别着急。他这种别出心裁的和声运用技巧把您弄糊涂了吧……您一定认为，和他的这首音乐比起来，贝多芬的更纯净、清新、自然……贝多芬在他那个时代也让那些受传统模式教育的同龄人感到吃惊和疑惑啊……而巴赫呢，不也有人指责他的音乐缺乏和谐的音调和清晰的节拍吗？……您刚才谈到道德……可是您提到的艺术道德究竟是什么呢？如果我理解得没错，您认为一切和快乐主义相反的东西就是艺术道德吧！假如被我说中了，那这些音乐里也含有这些东西啊，而且一定也不比巴赫的少，甚至比巴赫的更壮丽、更明确、更深沉。请您相信我，费尔，这种音乐和您一直追求的并不相悖,也不像您想象的那般陌生。"

"简直是狡辩——我说这话冒犯了,夫人。"费尔先生喃喃地说,但是盖尔达说得没错,从本质上说,这种音乐并不像他想象的那般陌生。虽然他一直无法喜欢上《特利斯坦》,但他还是遵从了盖尔达的要求,将《伊佐尔德之死》改编成了提琴钢琴合奏曲,且十分用心地展示了自己的才华。起初,他只是觉得《名歌手》里的某几段还算不错,后来自己竟无法抑制地喜欢上了这种音乐。这一点他从未对别人讲,而自己几乎被吓了一跳,而且每当谈到此事,他便不自然地否认。此后,在他能心平气和地公平对待一些往昔的艺术大师后,已经不用再让盖尔达催促或请求,他便主动运用复杂的指法,面带一种害羞的,又有几分愤怒的复杂的幸福神色,弹起激昂奔腾的主题来。弹完之后,他偶尔会和盖尔达争论这种音乐风格和庄严音乐的关系。有一天,费尔先生竟然宣称,虽然自己对这个题目并没有多大兴趣,但还是觉得有必要在他那本论教堂音乐的书后面补充一章内容——"论理查德·瓦格纳的作品在教堂音乐和民乐对古典音乐的作用"。

汉诺一如往常,安静地坐在椅子上,双手搂着自己的膝盖。他用舌头舔舔白齿,这让他的小嘴巴歪了起来。他瞪大眼睛,目不转睛地盯着自己的母亲和费尔先生。他用心听着他们的演奏和谈话。在他的人生刚刚起步时,就已经认识到了音乐是一件十分严肃、重要、意义非凡的东西。其实大人们的谈话,他只能偶尔听懂一两句,他们演奏的乐曲也早已超出了他这个年龄段的孩子的接受能力。但他还是一次次走进大厅,安静地坐在椅子上,一待就是数小时,<u>丝毫不觉得无聊和厌烦,我们只能说,是信仰、热爱和无上的崇敬促</u>

使他这么做。

他刚满七岁,就已经尝试着将给自己留下深刻印象的连贯音乐用小手在钢琴上弹奏出来。他的母亲面带笑容默默注视着他用心地把一个个音符串成曲子,还耐心地帮他纠正他弹错的音,耐心地指导他当某一和弦转为另一个和弦时,哪些音符必不可少。他自己的听觉也告诉他,母亲的话是非常正确的。

他在钢琴上这么尝试性地弹奏了一段时间后,盖尔达决定让儿子学钢琴。

"依我看来,我的儿子不适合独奏,"盖尔达对费尔先说,"但我觉得这样挺好,因为独奏有它的不利之处。我暂且不说独奏者对伴奏者的依赖,但不得不承认在某些场合伴奏的好坏关系着一场音乐会的成败。比如,如果没有您,我的演奏……但是这里存在一种危险,就是演奏者或多或少会炫耀演奏技巧……这种事我听过很多。我坦白跟您说吧,我觉得对于一个独奏家来说,精湛的演奏技巧仅仅是其走向音乐圣坛的第一步。因为他的全部精力几乎都放在了高音部、风格和音色上,所以复声在他的脑海中仅仅是模糊的、不值一提东西,对于一些音乐天分不高的人来说,这种习惯极易造成他们对和声的感觉及记忆的缺失,这种缺失是无法弥补的。我很喜欢演奏提琴,也具有一定的水平,但钢琴在我心目中的地位甚至比提琴还重要,我的意思是:对于我个人而言,钢琴作为一种能概括最丰富、最多样的音响结构的工具和无可替代的重新表现音乐的无与伦比的优秀手段,它让我实现了与音乐更密切、更清晰、更广博的沟通……费尔先生,我十分迫切地恳求您来担任这个孩子的钢琴老师,还望您不要推脱。据我所知,除了您之外,还有两三个女老师收学生。可我觉得她们只能算是钢琴老师……我想您明白我的意思……学会弹奏一种乐器并不重要,重要的是要懂得一些音乐的知识,您说呢?……拜托您了,您对音乐向来认真执着,由您来教他,他一定会取得很好的成绩。他长着布登勃洛克家族特有的手……布登勃洛克家的人弹钢琴时都能弹到八度到十度,但可惜,他们没有注意到这一点。"盖尔达微笑着结束了自己的这段话,而结果很显然,费尔同意收汉诺为学生。

从那以后,他每周一下午也会来一趟。他教汉诺的时候,盖尔达会待在起居室里。他并没有用钢琴老师那种传统的方法教汉诺,因为他觉得,仅仅教会他一点弹奏技巧,对不起这个孩子对音乐的那种沉默又激奋的热情。在教了一些最基础的知识之后,他便开始用一种简单、容易接受的方法讲解理论,教汉诺和声学的基本原理。这孩子居然能听懂这些,这些理论无非是把他已经知道的东西加以证实而已。

只要有可能,费尔先生会尽全力满足这孩子如饥似渴的求知欲。他一直担心,丰富的物质会变成一种负担,影响孩子的想象力,妨碍他洋溢的天分,他竭尽全力不让物质变成负担。练习音阶时,他并不苛求孩子一定达到非常熟练的程度,至少不把熟练当作训练的目的。与其说他为汉诺定下的目标十分容易达到,不如说他想让汉诺对各种音调有一个清楚深入的了解,让他深刻认识不同音调间彼此的关联,这样不久后,汉诺就可以十分容易地认识各种音响的配合,也能靠直觉熟练掌握钢琴的琴键,只有具备了这种才能,以后才能引导汉诺进行即兴演奏甚至作曲……因为这个孩子一直都在听庄严的乐曲,所以对这种音乐十分喜欢,费尔先生也总是想法设法满足汉诺的这种精神渴求。为了不削减他对庄严乐曲的喜爱，费尔先生不让汉诺练习那些一般的曲子，而是让他练习弹奏众赞歌，在还没教他规律之前，禁止他在和弦间转换。

盖尔达一般会一边忙着织毛线，或一边看书，一边侧耳倾听着隔壁屋子里正上的课程。

"您的教授方法实在出乎我的意料，"有一次她对费尔先生说，"但您的教学方法是否太冒进了？对于一个孩子来说是否太难了？我觉得您的方法太有创意了……有时候他确实开始进行一些全新的小的尝试了。可是，如果他无法适应您的教学方法，或是他根本不是这块料，我们就白费力气了……"

"他完全能适应，"费尔先生说，"我留心观察过他的眼睛……他的眼里隐藏了太多太多的东西，可是，他始终未开口表达。也许，这孩子在今后的日子里会把嘴巴闭得更紧，但他一定会找到另外一种与世界交流的方法……"

盖尔达出神地盯着眼前这位头戴红棕色假发、身材魁梧的音乐师，盯着他的眼袋和他蓬松的大胡子、大喉结——然后把手伸向他，说："万分感谢，费尔。谢谢您的好意，您为汉诺付出了这么多，我们真是无比感激！"

而汉诺对自己的钢琴老师的感激和仰慕更是无以复加。虽然参加了补习班，但他对九九算术表根本一窍不通，也提不起丝毫兴趣。但只要一坐到钢琴前面，无论费尔给他讲什么，他都能听懂，不仅如此，他还能迅速掌握这些知识。只有那些烂熟于心的东西，人们才能这么迅速地掌握。汉诺认为，眼前这位身穿燕尾服的费尔先生简直就是上天派来的天使，每周一下午，他都准时到来把自己从痛苦中解救出来，揽入怀中，指引他来到一个温柔、甜蜜、庄严又能让人无比放松的音乐的国度……

有时候汉诺也到费尔先生家上钢琴课，这是一所老宅子，带着三角屋顶，古老而空旷，显得很幽森。整座房子里仅有费尔先生和一个女管家。星期天，到圣玛利教堂做礼拜时，管风琴师有时会把汉诺带在身边。坐在高处的感觉和与众人在下面杂坐的感觉是完全不同的。坐在高于众人之处，甚至比站在教坛上的普灵斯亥姆牧师还要高，两人就坐在轰鸣的声浪里。这声浪是两人一同发出的，由二人共同操控，因为费尔先生有时会让汉诺帮助自己操纵一个音栓。每到此时，汉诺的心里就充满了骄傲，心花怒放。给合唱伴奏的音乐停止之后，费尔先生的手会缓缓地离开琴键，教堂里就只剩下基音在回旋，这时，普灵斯亥姆牧师会故意默不作声，让教堂里沉寂片刻，接着他开始用抑扬顿挫的音调布道。费尔先生不止一次嘲笑过牧师布道时的样子，嘲笑他那装腔作势的弗兰克语，嘲笑他拖着长音的、时而低沉时而尖锐的母音，嘲笑他的叹息声，和他那由阴郁转而开朗的面部表情转换的突兀。这时汉诺也会开心地咪咪笑起来，他们俩虽然没有言语上的交流，甚至连眼神都没有交换，但想法是一致的。牧师的布道不过是一场装傻充愣的闲扯，而真正的礼拜应该说是牧师和会众为了证明自己虔诚而添加的那种辅助手段——音乐。

是的，坐在下面礼拜堂里的议员、参议、市民和他们的家属，对他的音乐成就知之甚少，这正是让费尔先生郁闷的事，也正因此，他才愿意把自己的学生带在身边，这样他至少可以在弹奏的时候悄声对汉诺说，刚才自己弹奏的那支曲子很难。他正在表现自己微妙的弹奏技巧。他弹了一回"反向模仿",他创作了一首曲子,这首曲子首尾可以互换位置,正着念和反着念都行。接着他在这首曲子的基础上利用"倒影进行法"演奏了一支赋格曲。弹奏完这些,他一脸愁容地把双手揣进怀里。"没人听得懂。"他低声嘟哝了一句,绝望地摇摇头,接下来,是普灵斯亥姆牧师布道的时间。此时,他凑到汉诺耳边说:"这是一段倒影进行的模仿,约翰。我还没给你讲过这些,这是对一个曲子从后向前的模仿,就是从最后一个音符开始朝前弹奏,直到第一个音符……这十分困难。以后你就知道了,古典音乐中所谓的模仿是什么……倒影进行技法,今后我也不打算教你,因为这太难了,你用不着学这么难的东西。如果有人跟你说,这不过是技巧游戏,毫无音乐价值,你可千万别相信。你可以轻而易举地在任何一个时代那些伟大的作曲家的作品中找到倒影技巧。只有那些缺乏热情的普通人,才高傲地对这种技巧不屑一顾。这是对真正的音乐家的羞辱啊!你要记住我的这些话,约翰。"

1869年4月15日,在八岁生日那天,汉诺当着众位亲人的面,与母亲合奏了一支自己创作的短小的幻想曲。这支曲子是他独立创作的,又简单加工了一下,他觉得这十分有意思。当然,他把这支曲子弹给费尔先生听后,费尔先生对好几处进行了严厉的批评。

"这支曲子的结尾实在太突兀了,约翰!这和整首曲子的格调不搭啊。开始的时候还好,可到了这里,你为什么突然从大调降到了带低三度音的四级四六和弦呢?你能告诉我你的理由吗?这简直像在耍把戏。而且这里你还用到了震音。你是从哪儿抄来的这些呢?……你是从哪儿学的这些?哦,我想起来了,有时我和你母亲合奏某支曲子的时候,你听到了……改改结尾部分吧,我的孩子,这样这才能称得上是支干净利落的小品。"

但是就是这个震音和这个结尾部分,是汉诺觉得最得意的,并且他的母亲也觉得这两处很好,因此他保留了这两处未加修改。整支曲子,汉诺都只是简单反复地弹奏一个旋律,他的母亲则用提琴拉高音部,并且用急促的三十二分音符进行种种变奏,这使人听上去华丽恢宏。汉诺竟有了此生从未有的快慰感觉,他激动地吻了自己的母亲。就这样,4月15日他们在家人面前进行了表演。

为了给汉诺庆祝八岁生日,4月15日这天老参议夫人、佩尔曼内德太太、克利斯蒂安、克罗蒂尔德、克罗格参议夫妇、维恩申克夫妇、布来登街的三位布登勃洛克小姐和卫希布洛特小姐,大家聚在位于渔夫巷的房子里吃饭。下午四点,午饭结束后,大家坐在客厅里入神地听汉诺和母亲合奏。他们的目光一会儿聚焦在那个身穿水手服、坐在钢琴前的孩子身上,一会儿又被盖尔达美艳的风姿吸引。首先,盖尔达表情丰富地在 G 弦上拉了一段曲子,接下来,她又用娴熟的技巧演奏了一个华彩的结尾乐段,这段曲子如水花四溅、飞流直下的飞瀑。她手中的琴弦的银柄被灯光一照,发出耀眼的光泽。

过度兴奋让汉诺看上去面无血色,午饭也没吃多少,现在他正在专心致志地演奏他的作品。啊,还差三分钟,这首曲子就结束了,但他整个人都沉浸在这支曲子中,周围的一切都被他抛在了脑后。就性质而言,这段曲子与其说节奏鲜明,不如说声调和谐,而那原始的、天真的音乐素材,以及加工这些素材时的热情和几乎可以称得上完美的演奏技巧形成了鲜明的对比。汉诺的头向前探着,伸长脖子,用力而认真地弹奏每一个主导音。他坐在圈手椅的前端,两只脚努力踏着踏板,将自己的感情倾注在每一个音符上……事实上,每当汉诺制造一个效果，就算只有他一个人知道，这个效果都注满了他的感情，一点也不带感伤的情绪。那些本来简单普通的和弦节拍都因被他运用了一种沉重、迟缓的加强手法而变得深沉而富有神秘色彩。每一个和弦，每一个转音，每一个新的和声，都因他运用了突然而压抑的音响而变得让人惊愕紧张。弹奏时，他端坐在钢琴前，身体微微摇摆……现在到了他最喜爱的结尾部分，这部分他用稚嫩的奋扬法把全曲引向高潮。在小提琴那圆珠滚落、似潺潺流水的声音中 E 小调和弦用轻柔的力度奏出银铃般轻微的颤音……接着这种声音越来越强，扩散开来，慢慢地向四周膨胀，这时，汉诺开始用强音引进那不和谐的 C 的高半音，又将曲子重新引回了基调。当提琴响亮而流畅地围绕着 C 的高半音奏响的时候，他又使出浑身气力将这一不和谐的音调提高，一直提到不能再高。他迟迟不肯把这个不和谐的音分解开，久久地让自己和听众们沉浸其中。该怎么进行分解呢？该如何在让人如痴如醉的时候回到 B 大调呢？哦，那将是一种无法形容的幸福，一种无比甜蜜的喜悦……是平和，是极乐，是天堂……不要结束，不能结束，还要延续一会儿，还要有一分钟的紧张，一定要让那紧张达到不能忍受的程度再舒缓下来，这样才够甜美……就让人们在这如饥似渴的爱慕和贪婪中再忍受一分钟吧！让人们再忍耐一分钟，不能马上就给予其满足，让它在让人发抖的紧张中再忍受一分钟的折磨吧！因为汉诺知道，幸福转瞬即逝……他挺直并尽量拉长自己的上半身，眼睛瞪得大大的，紧闭的双唇微微颤抖着，痉挛般用鼻孔吸着气……最后，已经无法再拖的幸福来临了，它来了，降落在他身上，汉诺不再躲闪。他的肌肉放松了，脑袋也有气无力地垂到了肩膀上。他闭起双眼，嘴角浮现出一种哀伤的、甚至可以说是痛苦无比的、幸福的笑容。他的脚踩着弱音和延音踏板,他的震音——他已在不知不觉中使用了低音伴奏——在提琴那像私语、似流水、如波涛的演奏中滑到了 B 大调上,接着很快转变为强音,在一声脆响中戛然而止……

这次演奏对汉诺的影响绝对不是他的听众们所能体会的。比如,佩尔曼内德太太对这些技巧都一窍不通,但她看到了这孩子脸上的笑容,看到了他上半身轻轻地摇摆,以及他的小脑袋是如何幸福地从一旁歪向另一旁……这一切深深触动了她的灵魂。

"这孩子弹得简直太完美了!真是好极了!"她一边喊着,一边热泪盈眶地奔向自己的侄子,一把将他搂在怀里……"盖尔达,约翰太优秀了,他长大后一定比莫扎特还要优秀,一定比梅耶比尔[①]要强,比……"她一时无法从脑海里搜到另外的与这些大师齐名的人。她开始狂热地吻自己的侄子,以掩饰头脑的短路。汉诺坐在那里,双手放在膝盖上,看上去仍旧一副有气无力的样子,眼神里流露出迷茫的神色。

"够了,冬妮,打住吧!"议员低声斥责,"求求你,你在给他灌输什么思想啊……"

7

托马斯·布登勃洛克向来反对自己儿子的这种气质和这种爱好。

曾经,他不顾一些惊愕的小市民的抗议娶了盖尔达·阿尔诺德逊为妻,因为那时他觉得自己独立坚强,没有什么能左右他,当她

[①]梅耶比尔(1791-1864年),德国作曲家。

那风雅高贵不同凡俗的趣味表现出来时,他认为没有关系,这并不影响她的聪明才干。然而,如今,他这个期盼了许久才得到的儿子,这个无论是外表还是形体都保留着布登勃洛克家族特点的继承人,竟然完全彻底地继承了母亲的气质。他本来想,将来有一天把自己经营的公司交到儿子手上,并希望他把公司事业发扬光大,但就目前的形势来看,这个孩子不仅不符合他的希望,与他生活的环境完全不搭,甚至还对自己的父亲十分冷漠。这一切都是真的吗?

到目前为止,盖尔达的提琴演奏和她那对奇异的眼睛、浓密的深红色的头发和其周身奇特的风姿是一致的,这些对于托马斯都具有极大的吸引力,增加了托马斯对她的迷恋。可现在,托马斯不得不承认,妻子那种与他的本性相背的对音乐的痴迷,已经完全影响了他的尚是孩子的儿子。这种对音乐的痴迷,完全变成了与他作对的敌对势力,高高竖立在他和他的儿子中间。对自己的这个儿子,他本来希望他能成为一个真正的布登勃洛克,一个性格坚强、思想现实,对外界的物质和权力都拥有正当欲望的人。就目前这种严峻的形势看,这种敌对势力对托马斯是个极大的威胁,几乎要把他变成这个家里了一个陌生人。

盖尔达及她的朋友费尔先生钟情于音乐,他无法走近他们的世界,盖尔达在一切关于艺术方面的事物上表现出的孤傲和自负的态度,残忍地将他接近那个世界的欲望给浇灭了。

他从没想过,音乐对于这个家庭来说如此陌生,直到现在他才产生这种感觉。他的祖父休闲时有吹笛子的喜好,他自己在听到旋律优美的音乐时也会觉得动听,不管那音乐是什么类型的,不管它是优雅的、悲戚的还是活泼的。但只要他把对某支曲子的感受一说出来，盖尔达就会摆出一副不以为然的神色，带着怜悯笑话他："你真是的，连这种毫无音乐价值的东西都……"

他对"音乐价值"这个词语深恶痛绝，对他而言，这个词语包含着蔑视和傲慢。有时，碍于汉诺在场，他不得不辩解。不止一次，在他遇到这样的情况时愤怒地喊："哦，亲爱的，你动不动就搬出什么'音乐价值'来，在我看来，所谓的'音乐价值'不过是狂妄自大、毫无意义的废物。"

盖尔达反驳道："托马斯，你永远也无法体会音乐作为一种艺术的美妙和独特，你虽然聪明，但你无法体会，音乐并不是人们茶余饭后的消遣品。你对于别的事物，很容易便能分辨出什么是庸俗，但在音乐上，你是缺乏辨识能力的……而偏偏是这种辨识能力，才是了解音乐的根本。你对于其他事物的认识和见解远高于你对音乐的认识，单就这点而言，你就会知道自己对音乐有多无知。音乐为什么能让你感到高兴？那是因为这些音乐里有某种低级庸俗的享乐主义的东西。如果这些东西以文字的形式写在一本书里的话，你一定会不屑地、生气地将它扔到垃圾桶里。希望还没有露头就被匆忙实现了……意愿刚露出势头就被轻易地满足了……那些华美的旋律实质就是这样，但世界上其他东西有这样的吗？……这只不过是庸俗的、空洞的、浅薄的理想主义。"

他了解她，也明白她的话的意思。但他的感觉阻止他向着她引导的方向走去。他不明白，为什么那些能让自己兴奋、愉悦的音乐在妻子眼里就成了低俗、空洞的旋律，而那些自己听起来艰涩、嘈杂的曲子反倒成了高雅的、具有音乐价值的东西。他呆立在一间屋子的前面，盖尔达毫不留情地将他拒之门外……他只能满怀痛苦地站在那里，无助地看着她带着他们的儿子消失在屋里。

他渐渐发现自己和儿子之间的隔阂越来越深，这让他忧心忡忡，但他不想让别人觉察，他害怕别人以为他在有意讨好孩子，而这对于他来说是莫大的耻辱。他一天里和儿子接触的时间是十分有限的，仅仅在吃饭的时候才有机会跟他说上几句话，他尽量保持一种关心又不让儿子害怕的严厉。"嗨，小伙子。"他边跟儿子打招呼，边轻轻地在儿子的后脑勺上拍了两下，在汉诺的身旁，与妻子面对面坐下，"怎么样？今天都干了些什么？读书了吗？……哦，也弹钢琴了？这很好！但也别总是把时间用在弹钢琴上，这样你就会对别的事情失去兴趣，等复活节到来的时候，就只能整天被冷落了！"汉诺会怎么理解他这番示好的话呢？会怎么答复他？汉诺的心情不由地紧张起来，但脸上的表情丝毫没有透露他的这种紧张。最后，儿子没有吭声，只是用那双蒙着一层阴影的棕黄色大眼睛略带着羞涩的神情看了他一眼，那目光，甚至连他的脸都没有扫到，这让他的心不禁抽搐般疼痛，尽管如此，他还是保持着那副若无其事的样子。

如果他连儿子的这种沉默和羞涩都无法接受的话，那未免显得太大惊小怪了。作为一个父亲，他有更重要的职责，那就是利用这珍贵的团聚机会，抓住吃饭的空当，比如，换餐具的时间，跟孩子聊两句，考考他对周围事物的认知能力，再如，咱们居住的小城里有多少人，有哪几条街是从特拉夫河畔通向城的上区，咱们的公司有几个粮栈，分别叫什么名字。他希望这些问题的答案儿子能脱口而出。但是，汉诺总是用沉默代替回答，他没跟父亲赌气，也不是故意想惹恼父亲，只是这些问题，什么人口啊、街道啊、粮栈啊，他从来没有留心过，每当父亲拿这些问题考验自己的时候，他就会觉得无比厌烦。父亲不提这些问题，他也许还活蹦乱跳，也许能陪父亲闲聊几句，但只要他一提这些带有测验性质的问题，他的心情就会一下子跌落谷底，所有兴致都消失得无影无踪了。他的眼中泛起泪花，脸上露出一副沮丧的神情，对于父亲的这一行为，他又是苦恼又是怨恨。爸爸应该知道，从他身上得不到想要的答案，只能让一家人聚在一起吃顿饭的事变得糟糕透顶。他双眼满含泪水，低头盯着自己面前的盘子。盖尔达轻轻碰碰他，悄悄把答案透露给他，但这毫无作用，他仍旧默不作声。这位母亲并不了解自己的儿子。事实上，父亲问及的那些街道他是知道的，至少有几条他是清楚的，说起来，作为儿子稍稍满足一下爸爸的愿望在他也不是件办不到的事情，但总是觉得有一股无形的力量在阻止他这么做。父亲厉声对他说了句什么，紧接着他听到叉子用力敲击刀架的声音，他吓得浑身一抖。他望了望母亲，又望了望伊达，试图开口回答父亲的问题，可是出口的并不是答案，而是啜泣声，抽泣让他无法说话。"够了！"议员显然生气了，"你不用回答了，我也不想听了，你就这么一辈子做哑巴，一辈子别说话了！"于是，这顿饭每个人都沉默不语、郁郁寡欢。

议员之所以反对儿子学习音乐，正是由于他了解的儿子的性格，这种胆小懦弱，爱哭，对任何事情都提不起兴趣、毫不在意的性格。

汉诺一直体弱多病，很多病症是他那口牙齿导致的，长乳牙时他发高烧、抽搐，这几乎将他送到了鬼门关前，后来他的牙齿动不动就发炎、长脓包，永格曼会等待最佳时机用大头针给他刺破。现在，他开始换牙了，这让他比以前更遭罪，那痛苦对于一个七八岁的孩子来说简直是无法忍受的，牙一疼起来他常常彻夜无法入睡，在昏昏沉沉中低声哭泣。乍一看上去他的新牙和母亲的牙齿一样洁白好看,但实际上,这些牙齿脆弱不堪,而且长得东倒西歪。为了弥补这一缺陷,家人找来一位牙医——布瑞希特先生,磨坊街执业牙医。

因为这个人的职业,汉诺总能把他的名字和一种让人不寒而栗的声音联系起来:那种拔牙时的拉、挫、敲等动作在嘴里弄出的刺啦刺啦的声音。汉诺在布瑞希特的诊所里候诊,他蜷缩在伊达·永格曼面前的一张靠椅里,闻着刺鼻的药水味,看着画报。他紧张地等待着大夫站在手术室门口用冰冷的语气客气地说"请"的那一刻,这让他的小心脏收缩得更紧。

但这家诊所里也有吸引人的地方,那就是这里养了一只长着五彩羽毛的鹦鹉。这只鹦鹉长着一对贼溜溜的小眼睛,待在墙角的铜鸟笼里,让人好奇的是,它为何叫犹塞夫斯。它常模仿老太婆怒吼的声音说:"请坐……马上就来……"这话在现在的境况下,听上去具有莫大的嘲讽意味,但汉诺对这只鸟又喜欢又害怕。一只长着斑斓羽毛的鹦鹉,它居然会说话,它是不是从魔术林里逃出来的呢?就是伊达在家里常给他念的格林童话里的魔术林……并且,这只鸟还会模仿布瑞希特先生开门时常说的那个"请"字,它不停地重复这个字,急切而局促,这让汉诺进入手术室,在窗前牙钻旁的一张令人难受的大椅子上坐下后,仍旧忍不住咯咯直笑。

而那个牙医的相貌,简直和他养的鹦鹉差不多:他那花白的胡须上长着一只和鹦鹉的喙十分相似的鼻子。最令人惊恐的是,他非常神经质,他工作起来有种让人强忍的折磨感,他自己却忍受不了。他面无血色地对伊达说:"这必须得拔掉。"汉诺瞪着大眼,吓得汗如雨下,既不敢逃跑,又无力反抗,感觉就像要被送上刑场一般,他无助地看着布瑞希特先生慢慢向自己走来，待他靠近后，汉诺发现，这牙医的脑门上也渗出一层细密的汗珠，并且他的嘴歪着煞是吓人……终于，一颗牙被拔掉了，汉诺脸色苍白，瑟瑟发抖，双眼蓄满泪水，痛得龇牙咧嘴。他把嘴里的血水吐到旁边的一个蓝色盆子里，布瑞希特先生不得不坐在旁边等他，他一边擦去头上的汗，一边猛灌了几口水……

人们劝小约翰，说这个人是在帮助他解除痛苦，可以让他今后少受很多罪。但相对于眼前遭受的痛苦，牙医所做的一切让他以后少受罪的事，都显得那么遥不可及，所以，汉诺一直把去磨坊街看牙医的事当成是让人活受罪的倒霉事。为了使智齿顺利地长出来，牙医决定将汉诺刚长出来的四颗洁白、美丽、完好的牙齿拔掉。为防止这孩子忍受不了，医生决定花费一个月的时间完成这项手术。这么漫长的时间，简直是残忍的、让人无法忍受的折磨。上一次酷刑带来的折磨还没消退，这一次早已等在那里了。最后一颗牙齿被拔掉后，汉诺一病不起，整整八天都病恹恹的，这次手术让他元气大伤。

牙病不但影响他的心情，也使他的其他器官机能受到了影响。因长期无法顺利咀嚼，导致消化不良，从而引起了胃炎。胃炎又影响了他的心脏，它有时跳得过快，有时却又跳得太慢。另外这孩子还患有晕厥症，以及那越来越厉害、被格拉包夫医生诊断为梦魇的奇怪的病。几乎每天晚上，这可怜的孩子都会从梦中惊醒一两回，他绞着自己的手指，惊魂不定地大喊救他、饶恕他……听上去这孩子像是遇到了什么可怕的事，或许是被投进了火坑，或许是觉得别人要把他掐死……待到第二天醒来的时候，他已完全记不起昨晚发生的这些了——格拉包夫医生给开的药方是每晚睡前给他喝一杯覆盆子汁,可汉诺的病丝毫不见好转。

汉诺遭受的这些病痛的折磨和种种痛苦,让小小的他懂得了这个年龄段本不该懂的许多事,让他看上去比他的实际年龄成熟很多。也许,是由于他与生俱来的那种高雅的气质,这种早熟并不常常显露出来,即便显露出来也不突兀,但偶尔这种早熟会以一种沉郁高傲的神态显露出来。比如,当家人或是布来登街的布登勃洛克小姐问他:"你怎么样,汉诺?"他并不开口回答,只是无所谓地撇一下嘴,那蓝海军服的翻领遮盖下的肩膀微微一耸……

"你喜欢学校吗?"

"不喜欢!"他毫不在乎地如实相告,这种回答说明他心里有自己认为更重要的事,这种问题,根本不值得他撒谎。

"不喜欢?可是,一个人必须学知识啊,必须念书、写作、学数学……"

"以及诸如此类的事。"汉诺马上接过话茬,把对方的话补充完整。

不,他真的不喜欢去这种老式学校上学,不喜欢这种带十字回廊和哥特式屋顶教室的修道院附设的学校。他常缺勤,即便人在教室里,心也早不知道跑哪去了,因为,他不是在想某个和声联音,就是在思考他听到的母亲和费尔先生谈及的、自己还没弄清楚的某个乐曲的绝妙旋律,这种状态下,他的成绩自然无法提高。对于那些教授低年级课程的助理教员和师范学校的学生,因为他们出身贫寒、见识浅薄,又常常衣衫不整,汉诺除了担心他们会对自己实施惩罚外,心里还怀着一种蔑视的感觉。教数学的蒂特格先生,是一位常穿一件油腻的黑外套的老头,很久以前,早在马齐鲁斯·施藤格还在时，他就是这所学校的教师了。他的眼睛歪得厉害，为了矫正这个缺点，他戴上了一副像瓶子底一样的、又圆又厚的大眼镜。这位数学老师，每次上课时都会提醒汉诺，告诉他，他的父亲当年是如何聪明，学习如何用功……他常常剧烈地咳嗽，讲台上满是他吐的痰。

汉诺和他的小同学们，感情并不热和，仅仅是知道彼此的存在而已，但是有一个人除外，汉诺和这个孩子一开学便结下了深厚的友谊，这个叫凯伊·摩仑的孩子虽出身贵族，是个伯爵，却整天一副邋遢的外表。

这个孩子个头和汉诺差不多，常穿一件褪了色的破旧的衣裳，纽扣掉了好几颗，屁股上还打着块大补丁。他的衣服袖子很短，两只手就这么裸露在外，手上永远都像是沾满泥土般黑乎乎的。但是他的手很纤小，手指细长，连指甲都那么秀气。他的手和他的外貌很搭，头发虽然不干净，也没见打理得多么利落，但一看他的面容便知他是一个贵族。他那一头棕黄色的头发从中间分开，向后梳着，那光洁的额头便露了出来，一双淡蓝色的眼睛闪着明亮的光，目光深邃而凌厉。他的颧骨略高些，鼻梁窄窄的，带着一点点弧度，鼻翼有这个年纪的孩子该有的娇嫩。这只鼻子和他的上唇微翘的嘴一样，小小年纪就显现出他的性格。

开学前，汉诺·布登勃洛克和伊达通过城门向北散步的时候，就在匆忙中瞥到过这个小伯爵。离城区很远，几乎快到郊区的地方有个微不足道的小农庄，小到连个名字也没有。放眼望去，只能看到一个粪堆、几只鸡、一个狗窝和一座寒酸的农舍，这座农舍的红屋顶一直斜搭到地面上。这就是凯伊的父亲、农场的主人艾伯哈尔德·摩仑伯爵的栖身之地。

　　这位老伯爵行为怪异，他住在自己的农庄里，几乎不与外界交往，靠养鸡、狗和种植蔬菜谋生，人们很少能见到他。他体形高大，脚穿一双翻口长筒靴，身着一件绿色粗羊毛短上衣，头上没有帽子，脸上长着童话人物那种灰白的长胡子。虽然他的庄园连一匹马的影子都看不到，但他常常手握一根马鞭，眉毛非常浓密，深深的眼窝里嵌着一个单眼镜。这个国家，只剩下他和他的儿子称为摩仑伯爵。这个曾经富贵、兴旺、烜赫一时的家族，如今没落得几乎要绝了后代。这个宗族，除了凯伊一家，还有他的一位姑母。这个女人早就和艾伯哈尔德·摩仑没有了往来，她为自己起了一个标新立异的笔名，并用它写小说，在家庭读物上发表。说起艾伯哈尔德伯爵，人们对他的一件往事津津乐道。他刚从城里搬到这个小农庄来的时候，为了免受小偷、乞丐等打扰，便在低矮的门上悬挂了一块牌子，上面写着："这里仅住摩伦伯爵一家，我家不需要也不购买任何东西，更没有钱物赠送。"直到这块牌子上写的东西发生了效用，没人再来打扰，他才把它取下来。

　　小凯伊的母亲在生下他之后不久就辞世了，现在这个家的里里外外由一个上了年纪的女仆操持。凯伊从小就像一只没人饲养的小动物，在鸡狗群中长大，汉诺·布登勃洛克第一次见他便是在这个小农场里，在远处胆怯地望着他。他像只兔子在白菜地里又蹦又跳，一会儿又跟一群小狗一起在地上打滚，把身旁的母鸡惊得乱飞乱叫。

　　汉诺再次见到凯伊是在教室里了，初次见面时，这个小伯爵给汉诺造成的粗野的印象让汉诺对他仍保持着畏惧。但是过了一段时间，通过自己认真地观察和判断，汉诺就十分肯定地抹去了对他的这种印象，不再计较他那邋遢的外表，而是把注意力集中在他白净的额头、薄薄的嘴唇和他那双常常带着愤怒的神色冷冷地观看周围事物的细长的淡蓝色眼睛上。——全班同学中，汉诺独独对凯伊产生了深深的爱慕之情。但他性格内向，不敢跟凯伊说明自己想和他成为朋友。假如不是凯伊的冒失性格，没准儿俩人还做不成朋友呢。对，凯伊接近汉诺的热情和速度，开始时几乎让汉诺吃惊和不安。这个活泼又冒失的小家伙带着他的热情和男子汉气概，向另一个生性内向、怯懦、沉静而且衣着华丽的孩子表达想交朋友的愿望，让后者几乎没有拒绝的能力。虽然他的成绩比汉诺也好不到哪儿去，九九算术表对于他的野性、天马行空的思想就如同对于汉诺那梦幻的、心不在焉的思想一样，没有一点儿吸引力；但他还是把自己所有的宝贝无私地和汉诺一起分享，玻璃球啊、木陀螺啊，甚至还有一把扭曲的铅皮小手枪……休息的时候，他会喋喋不休地跟汉诺讲自己家的母鸡、小狗。中午的时候，伊达·永格曼会带上一块面包在校门口等汉诺，然后带他一起散步，凯伊总要陪着他走上一段，能走多远走多远。也就是在这个时候，他知道家人管小布登勃洛克叫汉诺，从他得知此事起，他便一直用这个亲昵的名字称呼自己的好朋友。

有一天凯伊邀请汉诺一同到磨坊街散步，然后到父亲的农庄看一只刚出生的小豚鼠。孩子的这两个要求，永格曼小姐最终还是答应了。他们在伯爵的庄园里晃悠，一会儿去看粪堆，一会儿又跑到菜园，一会儿又去看那些鸡狗，当然，还看了那只刚出生的小豚鼠，最后他们进了伯爵的屋子。在这间低矮的、地板与房基持平的长屋子中，艾伯哈尔德伯爵正独自一人在一张笨重的桌子前看书。见有客人来，他傲慢又十分不客气地问："你们来干什么？"

从此以后，汉诺再也不要求伊达·永格曼带他到农庄去了。伊达果断地决定，如果两个孩子想在一起玩耍，那就让凯伊来汉诺家。如此一来，小伯爵有幸来到他的朋友的豪华府邸，他对这里的一切充满好奇，但不害羞。自此，他到汉诺家的次数越来越多，只有在冬天下了大雪道路难行的时候，为了下午不再走一段很长的难走的路，他才会不舍地放弃去汉诺家和他一起玩两三个小时的想法。

他们会在三楼宽敞的儿童房里做老师留的作业。他们需要做很长很长的算术题，要在石板的正反两面写满各种算式，最终得出答案是零。如果他们计算的结果不是零，那就说明一定是哪个环节出了问题，他们必须返回头去一点点寻找，直到找到那个出了问题的环节，并加以改正。他们只希望，这个环节不是出在最开始，不然他们得从头至尾再算一遍。做完算术题，他们还要练习德语语法，要把比较级练熟，整洁地写下练习题，像"角质透明，玻璃更透明，空气最透明"等。然后再拿出听写本，研究那些处处是陷阱、故意把人整迷糊的句子。等把这些都做完，他们就收拾好东西，坐到窗前，听伊达给他们读故事。

伊达会给他们读"白雪公主""学习发抖""古怪的姓""莴苣""青蛙王子"等故事，她压低声音，耐心地缓慢地读着，因为这些故事她都记不清自己读过多少遍了，几乎都能背下来了，所以她微闭着双眼。不过，她还是会用手指沾上唾液去翻故事书。

但这项娱乐活动渐渐滋生出一个环节——小凯伊产生了一种强烈的欲望，那就是他要撇开故事书，自己发挥。由于书中的故事他们都听过了，有的甚至都记住了，并且伊达也不能一直不停地讲，所以，凯伊的这个欲望倒得到了大家的支持。刚开始时，凯伊编的故事又短又简单，但渐渐地，他的故事越来越离奇，越来越复杂，而且因为他的故事结合了现实生活，并不是单纯的编造和凭空的想象，所以十分吸引听众。汉诺最喜欢那个关于魔术师的故事。故事中的魔术师很邪恶，但他的魔法高深，他把一个叫尤塞夫斯的英俊王子变成了一只长着五彩斑斓羽毛的鸟关在鸟笼里，还用他的魔法折磨所有人。在远方的某个地方，一个肩负重任的英雄渐渐长大，后来，他率领一支由鸡、狗、豚鼠组成的军队，来讨伐这个恶毒的魔术师，他把宝剑一挥，就除去了魔术师的魔法，解救了王子和其他受苦的人，特别是把汉诺·布登勃洛克给解救了出来。尤塞夫斯王子摆脱了魔法之后，回到了他的国家当上了国王，还封汉诺和凯伊为大官……

布登勃洛克议员经过儿童房，偶然间看到了这两个孩子在一起玩。他不反对他们的交往，因为他发现，这对于两个孩子来说都是有益处的。一来，汉诺会让凯伊改掉野孩子的习性，变得温顺、举止文雅，凯伊打心里喜欢汉诺，对他很温柔，也羡慕汉诺长着一双白净的手。受汉诺的影响，他听话地让永格曼小姐用刷子和肥皂为自己清洗双手。二来，汉诺也能从小伯爵身上学习点儿活泼和野性，这正是布登勃洛克议员日夜渴望的。议员心里十分清楚，儿子一直由几个女人调教，这对于培养他的男子汉气概是十分不利的。

伊达·永格曼在布登勃洛克家效命已有三十年的光景了，她对主人的忠诚和事事为主人考虑的品性实在难能可贵。汉诺的父亲、叔叔、姑姑都是由她废寝忘食地照料、抚养长大的。而她视汉诺更如同珍宝，对他体贴入微、关怀备至，甚至把他当成了自己的偶像。她天真固执地认为，汉诺在这个世界上享有绝对优越的特权地位，她的这种观念几乎发展到了令人发笑的地步。所有的事情，只要一涉及汉诺的利益，她就会将一切置之度外，什么脸面之类的，全被抛到了脑后，这种行为简直让人害怕，有时还会让人觉得不快。比如，她带汉诺到糖果店，一定会毫不客气地将手伸进柜台里挑挑拣拣，直到找到一块令汉诺满意的糕点。可是她是不会付钱的，她觉得，汉诺能在你这儿找到一块满意的糕点，店主应该感到无上光荣才对。如果碰巧橱窗前围满了顾客，她肯定会操着那口西普鲁士方言客气却又不容反驳地让人家给她的小少爷让出一块空间。是的，他在她眼里就是这么独一无二无可替代，这世上再也没有第二个孩子有资格接近汉诺。至于小凯伊，那是她看到两个孩子是如此要好，而且，也没准儿是凯伊的伯爵头衔让她放宽了心。但在平时，如去磨坊水坝散步，他们正在一张凳子上坐着，这时只要一看到别的孩子跟大人一起向他们走来，永格曼小姐就会立马站起身来，找一个理由，或是说时间晚了，或是说风太大，总之，她总会找个借口，匆忙带汉诺离开。她的这些借口，很容易让汉诺想到其他一些什么，如他会认为世界上除了他以外，其他孩子都正生瘰疬或"流臭水"之类的病。他生性本就腼腆，本就不善于与陌生人交流，永格曼小姐的这种做法，对他的这种性格的改变没有丝毫的益处。

这些小事，布登勃洛克议员无从知晓，但他清楚地知道，他的儿子因为天性和其所受的外界的影响，正一步步远离他的希望。如果他能亲自教育这个孩子，时刻言传身教影响这个孩子的气质，该是多么好的一件事。但是，他没有时间和精力去做这件事，并且他偶然做的几次和孩子沟通的尝试，让他感觉痛心，不但没有达到预期的效果，反而使父子关系越来越冷漠。他的脑海中一直有一个理想人物,他多想按这个人的标准来培养儿子,这个人就是汉诺的曾祖父,托马斯从儿时起便对这个人印象深刻——头脑灵活、乐观、单纯、幽默、有情趣、有毅力……难道自己的儿子不能成为这样的人吗?这是一件不可能实现的事吗?为什么不能呢?……如果他能克制自己对音乐的狂热那该多好,最好是能放弃!音乐吸引了这个孩子的全部精力,让他与现实生活产生了隔膜,对他的健康也无益处。他那种梦幻的气质难道不就是懦弱无能的表现吗?

一个下午,离四点钟吃午饭的时间大概还有半个多小时的时候,汉诺独自从二楼走了下来。他刚刚练了一会儿钢琴,无所事事地在起居室里转悠。他斜靠在躺椅上,小手玩弄着海军服的领结,左看看右瞧瞧。这时,在母亲精巧的核桃木书桌上,他看到一个翻开的皮夹,只是他不知道,这个皮夹里装着家里的文件。他斜靠着躺椅的靠背,小手托着下巴,远远地看着那个皮夹。不用说,今天吃过第二顿早餐后,爸爸一定用过这些东西,只是没有及时把它们收起来。几张纸夹在皮夹里,几张纸零散地放在外面,用一根铜镇尺压着。桌上还放着那本用特殊的纸张装订成的金边大记事簿。

汉诺懒散地从躺椅上滑下来,来到写字台前。记事簿翻开的那页上写着他的众多祖先——包括他的父亲在内——的名字,还用不同的字迹记录着布登勃洛克一家的历史,除了字迹,这一页上还密密麻麻标注着括号、标题以及清楚的年月日。汉诺一条腿跪在转椅上,一只小手搭在自己那长满浅棕色头发的头上,而他的头则微微侧向一旁,双眼打量着面前的这个本子。他一副无动于衷的表情,眼神里却流露出挑剔和轻蔑。他的另一只手里拿着妈妈那支乌木镶金的钢笔。他的目光在纸上那些男人女人的名字上滑过,这些名字有的排成一列，有的排成一行，有几个人的名字还是用那种古老的字体写的，那些字的笔画里带着奇怪的小勾和大弯。本子上的字有的已经泛黄，有的却还乌黑清晰，上面还带着些吸水纸的细末……某一页的最下方，汉诺看到了父亲娟秀的笔迹，父母的名字正是用这些字书写的，下面则是自己的名字——尤斯图斯·约翰·卡斯珀尔，生于1861年4月15日。这一发现顿时引发了他的兴趣，他挺了挺自己的身体，仍旧一副懒洋洋的表情去拿镇尺和钢笔。他把镇尺放在自己的名字下面，看看这页纸上那些乱糟糟的人名，然后机械地、像做梦般地在这页纸上画了两条线，他画得很完美，干净又漂亮，上面的一条比下面的一条稍粗一些，就像他在自己的算术本上画的装饰一样。他画线时，神情平静，很细心，但他并没有考虑自己在做什么……画完之后，他又盯着这页纸看了一会儿，然后起身离开了。

吃过饭后，议员把汉诺叫到身边，皱着眉头严厉地问他：

"这是什么？这是怎么一回事？这是不是你干的？"

是不是自己干的呢？他得好好想想才能做出回答。过了一会儿，他才胆怯地低声回答："是。"

"你为什么这么做？你是怎么想的？快回答我，你怎么这么捣蛋？"议员愤怒地大叫，用手里的本子打了汉诺的脸一下。

小汉诺捂着脸倒退一步，嗫嚅道："我以为……我以为……它没有用了……"

8

在最近一段时间，每周四的晚上，当这家人在那些绘制在壁毯上面带恬静的笑容的雕像旁边吃饭时，他们又加入了一个很严肃的主题。虽然这个主题对于布莱登街三个小姐来说，是那样的不足挂齿，但引起了佩尔曼内德太太的强烈反应，每每谈及，她总是激动得无法克制自己，这在她的行为举止及面部表情上完整地表现出来。她表达满腔愤怒和愤慨的方式就是把头往后一仰，向前或是向上举起两只胳膊。佩尔曼内德太太常常由这个新话题的具体事件上升到一般的情况，再归结到身边所有坏人，可算是从言语行动到内心，将其愤世嫉俗的情绪表现得淋漓尽致。在她高谈阔论之时，除了因胃病引起的干咳声偶尔中断讲话外，其余时间她一直用变粗的喉音（她在怒气上冲时候，嗓音就会变成这样），简直跟喇叭似的，吐出一连串令她感到厌恶的名字，比如说："'泪汪汪'的特利什克——！""格仑利希——！""佩尔曼内德——！"……令人无法相信的却是在让她厌恶的名字后面又出现了一个新的名字，而这个新名字她总是用一种无法形容的轻蔑和厌恨从嘴里喊出来，那就是："检察官——！"

一段时间后，胡果·威恩申克经理走进了大厅（他总是因为公务繁忙而次次迟到），他放平自己的拳头，特别轻快地摇摆着裹在大礼服里的身躯，然后坐在自己的位子上，下唇在窄窄的上须下垂着，显出一副漠不关心的样子。这个时候，热闹的大厅突然安静下来，一种沉闷得让人窒息的沉默马上笼罩在饭桌周围，每逢此刻的僵局，都需要议员出面打破。议员用那种随随便便的态度，像谈买卖似的向威恩申克经理打听那件事的近况。胡果·威恩申克就回答道，那件事很好，简直顺利极了，真是要多好就有多好……接着他就兴高采烈地东拉西扯，谈起别的事情来。其情绪高过以往任何时候，一双眼睛也总是毫无顾忌地到处张望，即使没有得到答案，也会一遍一遍地耐心地询问盖尔达·布登勃洛克提琴拉得如何。他在高谈阔论时很少会斟酌自己的措辞，因此经常会说出一些令大家感到难堪、与场面不合的幕后故事来，这一点就使人感到很不愉快。比方说，他曾经讲过一个故事，这个故事说一个保姆在看管别人家小孩时，因为患了肠胃充气症，最后导致那个孩子的健康受了影响。在讲故事时，他故意模仿医生的口气，用一副自以为很滑稽的样子喊道："是谁在这儿放屁？是谁？"听到这个故事后，他妻子的脸变得通红，老参议夫人、托马斯和盖尔达就像木雕一样呆坐在自己的椅子上，而三位布登勃洛克小姐彼此交换了一个眼色，这个眼色仿佛能刺进对方的肉里一样，就连坐在桌子下端的李克新·塞维琳也一副受了侮辱无法忍受这个笑话的样子，顶多是克罗格老参议扑哧笑了一声……可是这些情形他看不到，就算注意到，但说出的话早已覆水难收了……

威恩申克经理到底出了什么事呢？这样一位勤奋认真且拥有健壮体魄的人，虽然言谈举止有些粗俗、不善于交际，但尽职尽责、埋头做事，这样的人竟然犯了重罪，据说还不止一次，而是惯犯。不错，他已经被控告了，而且法院也受理了，控告的罪名是多次进行含糊的、违法的商业活动。目前这件案子正在审理当中，结果会如何，现在还无法得知！他究竟是如何犯下此罪行的呢？事情是这样的：在许多不同的地区都发生过一些损失非常严重的火灾，那些和这些受灾用户订立过契约的保险公司理所当然地要赔偿一笔巨款。但威恩申克经理在通过其代理人了解了受灾地区的真实情况之后，就有目的有计划地欺骗，他把这批受灾户的保单契约全部转移到其他保险公司，从而嫁祸于人。现在这起案件已经由检察官大人在审理，而且转到了莫里茨·哈根施特罗姆检察官手中……

"托马斯,"一次老参议夫人利用她和儿子独处的机会问道,"你同我说说看……对于这件事我根本一点儿都不懂。对于这件事我们该采取何种态度?"

他回答道:"是的,亲爱的母亲大人……我该从何对您说起呢?当然,最好是一切都没有问题,可惜我觉得还是不能够这样认为。但是如果说威恩申克真像有些人想的这样,犯了那么严重的罪行,我也感觉不可思议。在新兴商业活动里有一种东西叫作商业'惯例'……所谓援用惯例,就是玩弄那些并非完全无可指摘的手段,并且找一些法律漏洞,在商界外内行人士看来,这已经算是一种缺乏诚信的举动,但是在商业界的内部,根据那固有的默契是可以被默许的。严格地区别惯例和真正的诈骗是十分困难的……暂且不说这个……倘若威恩申克真的做了这些,他的那些同行做的那些事未必都比他好,只不过那些人碰巧成为漏网之鱼而已。但是……我对这件案子还是不抱希望。也许在那些大城市里,他可能会被宣判无罪释放;可是在我们这儿,什么事都得依靠关系及个人好恶来决定……因此他在寻找律师的时候,对于这种情况应该三思而后行。我们这里没有一个像样的律师,也没有口才出众、阅历丰富、能对付疑难案件的厉害角色。但是我们这里的律师老爷也有自己的特点,他们已经拉帮结派,组成利益团体,要么是沾亲带故,要么就仅仅是彼此间聚聚餐,大家都是一丘之貉,包庇成风。照我看,威恩申克若还清醒的话,就应该找一个本地的蹩脚律师,可是他并未这样做。他认为一定要——我说一定要,就是不管怎么说,能够看到他心里还是有鬼的——去柏林请一位叫布列斯劳尔博士的辩护律师。据说这个人是个出了名的讼棍,是个十足的大无赖,巧舌如簧,他自己说曾经帮助很多诈骗犯逃脱了法律的制裁。这次他一定看在丰厚的谢礼的分上，会像往常一样施展诡计……可是这样做到底是否有用？我可以想象到，我们那些所谓正直可敬的律师们一定会使出各自的看家本领，一起来打击这个外地律师的嚣张气焰，使他颜面扫地，况且法官们也一定会采取先入为主的态度，会特别听取哈根施特罗姆博士的辩词……除了这些之外，这件事的关键是证人。那么证人又是什么样呢？我认为，威恩申克公司里的那帮小职员们不一定可靠，毕竟他们不见得会特别用心地替老板卖力气。还有一点是，对于好心肠的我们来说，我想就连他自己本身也会承认的一点就是——他那一副粗暴的外表——意味着他身边不会有多少支持他的朋友……总体来说，妈妈，我始终不看好这件事情。如果这个时候有什么不幸的事发生，那给伊瑞卡带来的自然是遗憾，但我想冬妮会感到更加的痛心。她曾经跟我提过，这件案子哈根施特罗姆拿到手里后，感觉得意扬扬，真的很有道理。不管怎么说，威恩申克都是我们家族的一位成员，是跟我们同桌吃饭的亲戚，因此我们所有人都跟这件事有着或大或小的联系，若不小心出了差错，大家都会受到牵连，人人有份。其实对于我自己来说，是完全可以置身事外的。所以我知道，自己如何做才是最好的。在外人面前，这件事要当成一件跟我完全无关的事来处理，就连审讯我也不必去旁听，不流露一点关心之情——即使布列斯劳尔值得我去认识一下，此外，为了不使他人造谣，说我想通过自己的力量施加影响，还要装作一副爱理不理的样子。但是冬妮怎么办呢？我简直不敢去想象，要是威恩申克被判刑，对于她来说会是多么悲惨的一件事。她试图争辩，说这是有人恶意中伤，出于忌妒而耍的阴谋诡计，只听她说这些话，就能想象到她脸上浮现的是怎样的恐惧……她是怕她在遭受那么多磨难后，连替她的女儿管理家务的美差也付之一炬。唉，妈妈您就看吧，往后的事实越使她怀疑威恩申克涉嫌的清白，她越是要为威恩申克申冤抱屈……当然了，他也有可能是清白无辜的，一点儿罪也没有……我们一定得好好观望着，妈妈，还有对待他、对待冬妮和伊瑞卡，我们也要考虑得更加周详一些。但我总觉得有些地方的形势不怎么好……"

就在这种悲伤的气氛之下，圣诞节渐渐地逼近了。伊达亲手制作了一个月份牌送给了小约翰，并在月份牌的最后一页画了一棵枞树，小约翰怀着激动的心情拿着月份牌，一天天地期待着圣诞节这个特殊日子的到来。

节日的气息越来越浓郁了……刚到降临节的第一个礼拜，祖母就在餐厅的墙壁上挂上了一张有真人大小的五颜六色的圣诞老人的画像。几天后的一个清晨，小汉诺看到他的房间里到处都是金粉。若干天后的一个下午，父亲在卧室的躺椅上看报纸，汉诺在看格罗克的《棕叶集》里一篇名叫《恩朵尔的巫婆》的诗，与此同时，"圣诞老人"也来到这儿了。虽然每年的这个时候"圣诞老人"都会出现，但是每一次的出现都会给大家带来惊喜。"圣诞老人"穿着毛很长的长皮袍子，袍子上洒满了金屑和雪花，头上顶着一顶被同样装饰起来的帽子，脸上涂满了灰，在他那不同于常人的大把雪白胡子和浓密的眉毛上，点缀着闪亮的金银线。老人被迎到了屋子里。他拖着笨拙的步伐走了进来，依照以往的惯例，用沙哑的嗓音说道，他左肩上的口袋里的东西，是送给会读祷告词的好孩子的礼物。里面是苹果和金核桃；而在他的右肩上则是一根藤条，这是为坏孩子准备的……这便是圣诞老人了。自然，真正的圣诞老人是不会来的，他也许只是反穿着他爸爸的皮衣的理发师温采尔。但是如果圣诞老人是真实存在的，那大概就是这个人了。汉诺就像以前那样，怀揣着同样忐忑谨慎的心情，小心翼翼地背诵起祷告词来。他本来可以一股脑地背完的，可是因为太紧张了所以在中间的时候，由于换气停顿了那么一两次。即使这样，他依旧有资格，可以把手伸进"圣诞老人"左肩上的袋子里面抓一把，然而每次"圣诞老人"离开的时候，都会忘记带走这个袋子。

节日的假期就从这时开始了。学校每年还会在圣诞节放假前填发一张成绩单，幸运的是，今年父亲看到成绩单的时候并没有发火……大客厅被神秘地关上了门，杏仁泥捏的糖人和咖啡色的蛋糕也被摆上了餐桌，整个小城里到处弥漫着节日的气息。一场大雪之后，气温骤降，变得异常寒冷，意大利人手摇风琴演奏着清新明快或忧伤和缓的调子，穿透了寒冷刺骨的空气从远处传了过来。这些意大利人蓄着黑色的胡子，身着丝绒的上衣，他们是专程赶到这里来过节的。商店已经在橱窗里摆放了各式各样的节日礼物。位于市中心的哥特式喷泉周围已经搭建起了五颜六色的圣诞节主题游戏棚来了。不管你身处何处，都能闻见和枞树的香气交织在一起的圣诞节的气息。

终于等到了12月23日的夜晚。在这个夜晚，一家人在客厅里分发了礼物。送礼物的只是最亲近的那几个人，因为这仅仅是一个拉开序幕的象征，是一个开幕式，真正隆重而正式的圣诞节夜晚是要到老参议夫人家中庆祝的。到了那个时候，全族的人都会来参加的。因此在平安夜的夜晚，孟街的风景大厅聚集了星期日定期团聚的所有人，除了这些固定人选外，还请来了威斯玛尔的尤尔根·克罗格以及苔瑞斯·卫希布洛特和凯泰尔逊太太。

老夫人今天穿了一条灰黑色的条文厚缎衣服，面色红润，眼光里闪露着兴奋，身上散发着淡淡的香水的柔香，她将客人们一拨拨地迎进了屋子里。每当她和来宾们亲密拥抱的时候，手上的金镯子就发出了清脆悦耳的碰击声。今天晚上她显得很沉默，虽然还是很激动，甚至身体都微微发着抖。"哦，天哪！母亲，您的身体都在发抖。"议员领着盖尔达和汉诺一边朝他的母亲走去，一边这样轻声说……"我们是不会被困难击倒的。"可是当她亲吻了三个宾客之后，又轻声嘀咕道："上帝保佑，愿我在天国的约翰保佑！"

正因如此，亦如多年前去世的老参议曾经建立起的庆祝制度如今依旧被严格执行着：老参议希望这个夜晚是充满深沉的、肃静的、由衷的、欢愉的气氛的，而老参议夫人将这看作自己神圣的责任认真地执行着，没有一丝的懈怠，不知疲倦地四处巡视着。圣玛利教堂的唱诗班的孩子们已经在圆柱餐厅里集合了；李克新·塞维琳正在餐厅里忙活着，为圣诞树和礼物盘做好最后的装扮和检查；几个衣衫破旧、面色窘困的老人从餐厅走到了游廊上，他们站在那儿，等待着接受馈赠。让我们先回到客厅里来，这屋子里的人们大声交流着，显得有些嘈杂，可是，每当老参议夫人的眼光落在他们身上的时候，他们就会立刻停止下来，当老夫人环视一周，屋子里会瞬间连空气都凝固了，变得异常安静，甚至连远处的手摇风琴的演奏声都可以听得清清楚楚。琴声像是从某个白云飘飘的街道上悠悠地传过来，就像八音钟的声音一样悦耳、温柔却又清晰。虽然此刻的屋子里，或站或坐着近二十个人，可是安静得胜过了教堂。就如同议员在他舅父尤斯图斯耳边低声说的那样：这样的氛围，安静得简直像一场葬礼。

并且,大可不必担心这种悲伤压抑的气氛会因为某一个青年人的一句玩笑话所引起的笑声而打破,这根本不会发生。稍稍留意就会发现,在这个屋子里的人,无论是处在什么年龄段的,他们的喜怒哀乐都已经不在自己的掌控之内,而是被统一到了同一个年龄段了。屋子里有:脸色煞白的议员托马斯·布登勃洛克,在这种环境的对比下,他面部的那种机警的,甚至是幽默的表情都显得做作;盖尔达是他的妻子,她倚坐在椅子上,静静地凝视着头顶上方,她那充满了异域风情的脸上有着一双空洞而泛着光芒的眼睛,出神地盯着树枝般的蜡烛架上那晶莹剔透的玻璃柱;佩尔曼内德夫人,就是他的妹妹;不善言辞而且衣着简朴的尤尔根·克罗格,是他的表兄弟;佛丽德莉科、亨莉叶特和菲菲是他的三个堂姐妹,虽然这三个人中,前两者越来越高且瘦,后者越来越矮且胖,但是她们有着一个共同点,那就是她们都有着一张永远不会换第二个表情的脸,无论何时,她们的脸上都挂着尖酸刻薄的冷笑。她们怀疑一切事物,对任何人任何事都不以为然,她们不停地质问:"当真如此吗?我还真的不相信呢。"……当然,还有那个面容憔悴的可怜的克罗蒂尔德,她没有心思想别的东西,只是在期待一顿即将到来的晚餐。这里所提到的人至少都已经四十岁了,而老夫人和她的嫂子以及瘦小的苔瑞斯·卫希布洛特她们则早已度过了六十大寿,高特霍尔德的遗孀,另外一个布登勃洛克参议夫人和双耳失聪的凯泰尔逊太太则已经年过古稀了。

这里唯有伊瑞卡·威恩申克是正值青春年华的。可是,当她那双和格仑利希先生一模一样的淡蓝色眼睛望向她丈夫的时候,她丈夫那寸长的头发和斑白的鬓角，就会在她的眼前晃来晃去，大家就会发现，她丰满的胸脯随着急促的呼吸上下起伏着，渐渐没有声响地鼓了起来……各种各样的商业惯例、账本、证人、检察官、律师、法官什么的，全部涌进了她的脑袋，令她痛苦不堪；可是苦恼的并不只她一个人，屋子里的每个人都有着和这节日气氛格格不入的悲伤苦恼。佩尔曼内德太太的女婿已经被人告上了法庭，大家就和这个违反了法律、违反了道德标准、违反了商业规则的人坐在一起，也许不久的将来，他还会有更丢脸的事情，会去坐牢。当大家突然意识到这一点的时候，屋子里充满了一种诡异又可怕的气息。布登勃洛克家族的圣诞节夜晚，居然还坐着一个罪犯！佩尔曼内德太太斜倚在身后的椅背上，露出严肃而庄重的神情。三位来自布来登街的布登勃洛克小姐，脸上的笑容也比以往更加尖酸刻薄……

至于孩子们呢？那个家族的唯一的继承人呢？不知道他是否也感受到了这种不同于往常的阴森可怕的气息呢？我们不知道小伊丽莎白此刻是怎么想的。她的小衣服上绣着大缎子边（显而易见，这是佩尔曼内德太太打扮的），她依偎在保姆的怀里，紧紧地攥着小拳头，吐着舌头，两只硕大的眼睛微微向外凸出，直勾勾地看向远方。偶尔她会突然大叫一声，保姆就慌忙将她抱在怀里摇着。另一侧，汉诺一声不吭地坐在她母亲脚边的小板凳上，和他母亲一起，仰望着树枝形烛架上的玻璃柱……

唯独克利斯蒂安不在！他去哪儿了呢？此时此刻，大家才突然意识到这个屋子里少了一个人。老参议夫人不停地用手从嘴角到鬓角间拂过，这只是她的一个习惯性动作，就好像要整理一缕不规整的头发，而这一次她做这个动作的时候显得格外的紧张慌乱……她匆忙地向塞维琳小姐交代了几句，于是塞维琳就穿过了那群圣诗班的孩子们，穿过了圆柱大厅，穿过了游廊上等待施舍的穷人们，来到了克利斯蒂安的房门口，敲响了他的房门。

克利斯蒂安很快从屋里走了出来。他细瘦的罗圈腿走起来一瘸一拐的（自从得了风湿性关节炎后，他走路就一直有点儿跛），他抬起手擦着额头，不紧不慢地朝风景大厅走来。

"天哪，"他忽然惊呼道，"我险些忘了！"

"你险些忘了……"他的母亲模仿着他的语气，气氛有点尴尬……

"谁说不是呢，我险些忘记了今日就是圣诞节……我正在屋子里面看书……是一本关于在南美洲旅游的书……哎呀，对于圣诞节我可是再熟悉不过了……"他又添了一句。说到这里，他突然想给在场的嘉宾们讲一个关于他在伦敦最下等的歌舞厅发生的圣诞节长篇故事，可是突然，他被屋子中严肃悲伤的气氛所感染，于是他皱了皱鼻子，小心翼翼地回到了自己的位子上。

"开心起来吧，郇山的女儿！"唱诗班的孩子唱起了的歌曲。就在刚才，这些孩子还在一起嬉笑打闹，议员在门口瞪了他们许久，他们才安静下来。现在他们居然唱得这么动听。那清脆的童声和低沉的管风琴伴奏曲相互交织在一起，美妙的旋律轻快悠扬地飞舞起来，带动在场的每一个人心中的欢腾，就连那笑容尖酸刻薄的三个老姑娘，此刻也显得温和多了。那歌声使年迈的人开始回忆起自己的过去，也使重压下的中年人暂时忘却了自己的烦恼。

汉诺松开了一直抱着双膝的手。他的脸色煞白，伸手抚弄着椅子边上的穗，嘴巴微微张开，舌头抵着一颗牙齿，那表情就像木雕泥塑一样。以至于过了许久，他才想起来要深吸一口气来换气。多亏空气中弥漫着这优美的歌声,像银铃般清脆的赞美歌,他的心才能够暂时逃离痛苦,沉浸在幸福之中。这就是圣诞夜啊……从神秘高大的白漆双扇门后飘来一股淡淡的枞树香,这一切,对于他而言是多么美妙、多么令人神往的东西啊。每一年他都像期待一份世间罕有的瑰宝一样期待着这一天的到来,一颗小心脏兴奋地快要跳了出来……里面给他准备了什么样的礼物呢?毫无疑问,定是他满心期待的。除了那些不切实际的愿望会被大人们提早打消,无论如何,拿到的东西都是他最期待的。一定是戏院!一座木偶戏院。不要多久这座戏院就会出现在他的眼前,只差一步他就可以得到它了。汉诺列给奶奶的心愿单上,这个愿望被排在了最前面,而且还在下面重重地加上了一道粗线。自打上次去剧院看了一场《费德丽奥》以后,得到一座木偶戏院就成了他最殷切的期盼。

前不久,为了减轻他治疗牙齿的痛苦,家人第一次带他去市中心看了一场戏。他紧紧依偎着母亲,坐在豪华的包厢里。津津有味地看着《费德丽奥》,他特别专注节目的音乐和表演。从这以后,他连做梦梦见的都是歌剧中的情景,他对戏剧爱到痴狂,几乎到了废寝忘食的地步。当他在路上遇见和克利斯蒂安叔父一类的人——他们是戏院的常客,如多尔曼参议、经纪人高什……他特别羡慕他们,因为他们每天晚上都可以在戏院消磨时间,这是件多么幸福的事情啊!如果每周都能够让他去一次戏院,哪怕是在开演前去参观一下,听一下戏院里给乐器调弦时的声响,看一眼那还没有拉开的帷幕,他就已经心满意足了啊!不管是煤气灯还是煤气,是座位还是幕布……戏院里的任何东西他都喜欢得不得了。

他的礼物是什么样子的呢?木偶剧场有多大?有多宽?幕又是

什么做的呢？拿到礼物的时候要立刻在上面剪开一个小洞，因为市剧院的帷幕上面就有那样一个窥视孔。奶奶或是塞维琳小姐——不过奶奶没有那么多精力照顾他——能否找来《费德丽奥》演出所用的布景啊？明天天一亮，他就要找一个没有人的地方，自己一个人演一遍……想到这里，他脑海里的角色已经欢快地唱起了歌，他的脑袋里已经被音乐和剧院填满了。

"肆意快乐吧，耶路撒冷！"赞美诗就要结束了，依照赋格曲形式的此起彼伏，运用了不同的声音，但是唱到结尾的时候都会和谐地交融到一起。轻快的和弦停了下来，客厅里笼罩着一种沉静的气氛。似乎是被这种寂静所震撼，在场的所有人的目光都暗了下来；唯有威恩申克经理和佩尔曼内德太太例外：前者瞪着他的一双眼睛四处张望，后者则时不时干咳一下，就好像没有什么能够阻止这种干咳。老参议夫人迈着缓慢的步伐来到了桌子前面，在沙发的中间坐了下来。她把台灯朝桌子的边缘移了移，将那本金边都已经褪了色的厚重的《圣经》拿了出来，戴上了老花镜，解开系着书的两个皮质纽扣，翻到了自己做好标记的那一页。面对着这些粗糙发黄的纸张、特大号的字体，她喝了一口糖水，就开始认真地念起了书上有关圣诞节的记载。

她刻意将这些她几乎倒背如流的语句读得很缓慢，这样简单明了而且更具有说服力。在此刻这种严肃的气氛的衬托之下，老夫人的声音显得清晰而动人。"为世人带来福祉！"她念道。她的话音刚落，圆柱大厅的另一边就传来了《寂静夜，神圣夜》的三重唱，接着，风景大厅的人们就随着一起唱了起来。尽管他们小心翼翼地唱着，但是因为多数人是没有接受过音乐教育的，所以时不时会听见有人唱高了或是唱低了，甚至会有人完全跑了调子……可是这一切都不能破坏这首歌的感染力……佩尔曼内德太太唱着歌的时候嘴唇一直不停地抖动着，在场的所有人中，只有她有着辛酸艰难的过去，只有在这神圣的节日里，她才能够细细回想一下她过去的经历，而在这样的旋律和氛围里，又使这种既甜蜜又痛苦的感受变得更加深刻……凯泰尔逊太太也被这种氛围所感染，轻声哭泣，尽管她的耳朵已经几乎聋了。

一曲结束后，老参议夫人起身，一只手牵着孙子约翰，另一只手拉着重孙女伊丽莎白，离开了这间屋子。人们按照年龄的长幼依次跟在老参议夫人的身后离开了风景大厅。来到圆柱大厅的时候，仆人们和在这里等待馈赠的穷人们也顺势跟在了后面。于是所有人都高兴地唱起了《哦，枞树》这首歌。克利斯蒂安叔叔再次迸发了表演欲，故意学着木偶人，走路的时候将腿甩得老高，又故意将"噢，枞树"口齿不清地唱作"噢，松鼠"，逗得孩子们哈哈大笑。大家就这样穿过了高大明亮的双扇折门，排着整齐的队伍，就好像通往天堂，每个人的眼里都神采奕奕，脸上都洋溢着微笑。

烘烤桦树枝的香味飘散在整个大厅，那些闪烁而明亮的小火光将整个屋子照耀得灯火通明，如同白天一样。天蓝色的壁毯上画着白色的众神雕塑，使这间屋子显得更加明亮了。在悬挂着紫色窗帘的两扇窗户中间摆放着一棵高大的枞树，它是那么的高，以至于树尖都要碰到屋顶的天花板了。整棵树上都用银线和百合花装饰着，树梢上挂着一个闪闪发光的天使，树下面摆放着耶稣诞生的模型。枞树用无数的小蜡烛点缀着，就好像是满天的繁星坠落下来。有一张铺着桌布的长桌摆放在那里，长桌一头在窗户下，另一头几乎就要抵着房门了。桌上摆放着各式各样的礼物,还有许多棵挂着糖果的小树,它们像那棵大枞树一样,用许多小蜡烛装饰起来了。不仅如此,墙壁上也挂着煤气灯,房屋的四个角落里都摆放着点着大蜡烛的镀金烛台。还有一些礼物是摆放在地上的,因为它们体积太大桌子上实在放不下。房屋的两边摆着两张稍小一点儿的桌子,上面同样铺着白布,摆放着小枞树和礼物,那些礼物都是为穷人和下人们准备的。

大家高兴地看着屋子里令人眼花缭乱的一切。他们一边高歌一边围着屋子走了一圈,看了一眼马槽里的蜡制的耶稣童身像,在大家将屋子里的一切看得清清楚楚以后,就各自回到了自己的位子上,屋子里又恢复了安静。

汉诺此刻早已被兴奋冲昏了头脑。他迷迷糊糊地冲进了房间,那双渴盼的目光立马就发现了那个木偶戏台……戏台就放在了桌子的正中间,在那一大堆的礼物中间显得那么大气,那么显眼,他做梦也没有想过会有这么漂亮的戏台。可是他现在所站的位置已经不是去年的那个地方了,而是恰恰相反的位置,这让他开始感觉到不安,甚至开始怀疑,这个玩具戏台究竟是不是要送给他的。除此以外,戏台下方的地板上,还放了另一个用布蒙起来的东西,就像是一个大家具,他记得在他的愿望单上并没有这样的一项……这不会也是要给他的礼物吧?

"孩子,你到这里来看看这个吧,"老参议夫人边说边掀开了盖在这个庞然大物上的盖子。"据我所知,你对弹奏赞美诗非常感兴趣……费尔先生会告诉你怎么弹奏它的……要记得踩踏板打节奏……时而轻时而重……把手放在这里,更换手指就可以了……"

原来布下面放着的竟然是一架风琴,这架精致而美丽的风琴。琴是棕色的,踏板是花纹的,两侧都分别有一个金属柄,还附送了一个座椅。汉诺伸手按下了一个和弦音……一段优美的琴声立刻传了出来,引得旁人纷纷投来好奇羡慕的目光。汉诺激动地一把搂住祖母,祖母也回应似的爱抚了他一下,然后就松开了他。她还得忙着去接受别人对她的感激呢!

他迫不及待地朝那座木偶戏台走去。眼前的风琴虽然令他着迷,可是他现在也无暇顾及了。当一个人对一件事物有了太久的期待的时候,他对其他的事物就会视若不见,他需要对他盼望的事物细细把玩后,才有精力去看别的东西……看,一只贝壳形的小箱,这个小箱子是用来提台词的,小箱的后面就是华贵漂亮的帷幕,帷幕是金色和红色的。帷幕被高高地升了起来,舞台上演出着《费德丽奥》的尾声:衣衫褴褛的罪犯可怜巴巴地合掌乞求,唐·庇夹罗则穿着一件有鼓蓬蓬大袖口的长衫,气势汹汹地站在他的旁边。步履匆忙的大臣身穿黑绒衣从后面赶出来,为了把一切转化为欢乐的结局。整个木偶戏台都和市剧院的布置一模一样,也许比市剧院的装饰还要更华丽一些。汉诺的耳旁似乎又响起了那久违的剧终曲,那首大合唱的旋律他还记得,于是就坐在风琴的边上,将他记得比较清楚的那一段弹了出来……可是他没有过多地停留,他立刻起身将那本他期待已久的书拿了过来,那是一本有关希腊神话的书。书的封面是大红色的,上面还有一个金色的帕拉斯·阿西娜像。他在装满杏糖和姜汁饼的小碟子里拿了几颗糖放到嘴里。接着就开始整理其他的小礼物了,如文具啊、本子啊之类的。最后,他被一支钢笔吸引住了,这支钢笔的顶端有一个小玻璃球,凑上去看,就能看见一片瑞士的田园风光,这一切是那么神奇,好像被施了魔法一样,此时的他似乎忘却了一切烦恼……

不一会儿,塞维琳小姐和侍女就在房间里四处走动,给屋子里的宾客送来茶和饼干,汉诺拿起了一块饼干并将它放进了茶里面泡一泡,他吃着饼干,环视了一圈,有的人站在桌子边,有的人在屋子里四处走动,大家拿着礼物有说有笑,互相点评着。桌面上摆放着各色各样的小物件儿,磁的、镍的、银的、金的、木头的、丝的、布的,应有尽有。新出炉的大姜汁蛋糕对称地嵌着杏仁,里面松软的奇大无比的杏仁泥面包摆满了桌子。佩尔曼内德太太亲手制作了几个小东西:一个手提包、一个花盆垫和一个脚垫,都用飘带装饰着。

时不时有人朝小约翰走来,一手搂住他的脖子,用一种不屑甚至是嘲弄的神情看着他的礼物,一如所有的大人们对孩子们视若珍宝的东西所表达出来的不屑和愚弄。唯独克利斯蒂安叔父不会这样虚情假意,他戴着一枚母亲送给他的钻石戒指,朝他的侄子小约翰缓缓走来。而当他看见这座木偶戏院的时候,他的惊讶和欢喜并不亚于自己的侄儿。

"天哪,这简直太棒了!"他惊讶地赞叹道,又反复将帷幕升降了好几次,走开几步在远处细细打量了这个小戏院。他的眼神显得慌乱而不安,在屋子里四处张望了一下问道:"这是你向奶奶要的吗?啊,果然是你自己想要的。可是你为什么想要这样一个东西呢?你是怎么想起来要个木偶戏院的?你一定是已经去过市剧院了,是吗?……看过《费德丽奥》?这是一部很出色的戏呢……你也想学一学,试一试?你也想当演员是吗,孩子?……有那么喜欢吗,现在?……

听叔叔的话，孩子，照我说的去做吧，你可不能沉迷于戏剧之中啊……看戏这一类的事情……对于你是没有好处的，叔叔对你可是不会撒谎的。就拿我自己说吧，就是对这种事情投入了太多的精力，以致我现在一事无成。我的一生多么坎坷曲折，我不希望你重蹈覆辙……"

他用一种严肃又严厉的语气向侄儿告诫这一切，可是汉诺并不明白，他只是用一种不解的眼神望着他。然后，他又细细打量起这个小型的剧院。突然，他那张苍白枯瘦的脸上散发出了光彩，他拿起其中一个木偶将它向前移了一下，竟用自己沙哑而低沉的声音唱起了歌剧《啊，多么可怕的犯罪》来。他越唱越起劲，索性将风琴前的小椅子拉到戏台前，坐在椅子上表演了起来。他一边唱一边模仿着歌剧里的那些动作，一会儿学乐队指挥，一会儿又充当演员。家人都好奇地围了过来。尽管也有人对他的表演嗤之以鼻，但是大多数人都被他的表演逗乐了。汉诺更是扬扬得意地站在最前面欣赏他叔叔的表演。正当大家开心地笑着的时候，克利斯蒂安突然停止了表演。他愁眉不展地站在那里，伸出一只手不安地摩擦着脑袋，又顺势从左半身摸过来，最后，拧着眉毛，皱着鼻子，神情悲伤地把身子转向大家。

"唉，大家瞧见了吗，"他解释道，"惩罚再次降临了。每当我的心情刚刚开始转好的时候，它就会立刻出现折磨我一下。这虽然不是病，却比病痛更折磨人，想象一下吧，这简直是叫人痛不欲生啊……可是你急不得，也不能发火，因为这是你自己的问题啊。"

可是家里的人对他的话并不太在意，正如他们不在意他的表演是否精彩一样。于是大家都默默回到了自己的位置上，没有人给他哪怕一点点安慰。克利斯蒂安伤心地回到了戏台前边，他呆呆地面对戏台坐着,眼睛直愣愣地盯着这座戏台,似乎有满腹的心事又不知道向谁诉说。最后他无奈地起身走开了。

"算了吧,好孩子,你自己去玩吧,"他轻抚着汉诺的小脑袋,"可是别玩得太疯了……这样你会把正经事给忘掉的,明白了吗?这就是我曾经犯过的错误啊……我先走了,我还得去一趟俱乐部!"他又转过身对其他人说:"我得去和他们一起庆祝圣诞节。再见了各位。"于是他就迈着他那细瘦的罗圈腿走出了圆柱大厅。

因为今天的午饭比平时吃得早些,所以现在大家都饿了,正大口吃着饼干、喝着茶。可是还不等把饼干吃完,仆人们就又端来了几个大玻璃盆,盆里面装着有许多小颗粒的黄色稀糊。原来这是给大家当点心吃的一种用鸡蛋、碎杏仁和玫瑰香精混合调出的杏仁酪,十分美味。可是这种零食不能多吃,哪怕多吃了一小勺,也会造成很严重的胃病;尽管这样,大家也并不在乎,大口大口地吃着,以至于在老参议夫人善意地提醒大家为晚饭留点肚子的时候,大家也装作没有听见。克罗蒂尔德正在大快朵颐。她的嘴巴已经腾不出说话的时间,脸上带着满足的神情,一口接一口地吃着杏仁酪,就好像在喝一大碗荞麦粥。不仅仅是杏仁酪,让大家为之兴奋的,还有玻璃杯里面的酒膏,它要和英式葡萄饼干搭配在一起吃。渐渐地大家纷纷带上自己的盘子三五成群地围坐在风景大厅的桌子前。

汉诺独自一人待在客厅里,这是他首次被获准可以在孟街吃晚饭。小伊丽莎白·威恩申克因为年纪小已经被送回了家。仆人们和在那里等待接受礼物馈赠的穷人们拿到礼物后,都心满意足地离开了。圆柱大厅里伊达·永格曼正在和李克新·塞维琳聊天,平日里伊达一直以女教师自诩,可是当她站在后者面前的时候,就明显处

556

于下风。大枞树上的蜡烛已经燃烧殆尽了，马槽那边已经一片漆黑；只是桌子上的小枞树上的蜡烛依旧燃烧着，烛光在黑暗中摇曳着，有些小树枝也被蜡烛点燃了，噼噼啪啪地响着，屋子里到处弥漫着枞树的香气。每当清风吹动了树枝，树枝上的金银箔就晃动起来，在一起撞击着发出清脆悦耳的声音。风静下来了，屋子里又恢复了安静，从远处的某个寒冷的街头悠悠地飘来了摇风琴的声音。

汉诺被这圣诞节的氛围和食物深深地感染了。他一手托着奶奶送给他的神话书，一边毫无意识地往嘴里塞着杏仁糖、杏仁酪和葡萄饼干，仿佛吃零食是圣诞节里一个不可或缺的环节。一方面因为他吃了太多的东西，撑得很难受；另一方面，圣诞节的美好又让他很兴奋。在这两种复杂的情绪交织下，他显得既忧郁又幸福。他正看到宙斯为取得统领众神的权力而进行的斗争了，可是他也能听见隔壁房间里的谈话，大人们正在那里讨论克罗蒂尔德的未来。

今晚在场的所有人之中，克罗蒂尔德应该是最开心的了，无论大家是奉承她还是嘲讽她，她都用微笑来回应，她那平日里暗淡无光的脸上，在今日也显现出了少有的快乐；她是如此兴奋，以至于连话都说不完全了。因为克罗蒂尔德已经准备进入"圣约翰修道院"了。议员们因为这件事情在暗地里花费了不少心思，虽然这样做也引起了不少人的非议。大家都认为这是值得颂扬的慈善行为，认为它就像梅克仑堡、多贝尔廷、利勃尼兹和其他几个女修道院那样，是专门接济那些系出名门却又孤苦无依的老女人的。可怜的克罗蒂尔德终于可以依靠这样的修道院获得一笔养老的钱了，虽然现在她还拿不到多少钱，但是以后每年都会增长的，等到以后她老了升到最高级的时候，就足以在修道院里得到一套舒适而安逸的房子……

小约翰和大人们待了没多久就又回到了大厅里面。此刻的大厅里已经不像之前那么烛光摇曳了，也不像圣诞节庆祝时的光亮夺目，一片黑漆漆中更让人有一种拘谨困窘的感觉。这样的大厅反而产生了一种独特的魅力。这是一种完全不同于以往的体验，就好像在演出结束后好奇地走到黑漆漆的后台看一眼所不知道的秘密：他走到那棵大枞树下面，细细观赏上面的百合花，拿起圣婴诞生模型和小动物模型把玩一番，看一看伯利恒马厩上的星星蜡烛究竟是什么样子的，掀开从桌子上垂下来的布，下面都是包装纸和泡沫包装。

此时大人们在风景大厅的谈话也越来越没有意思了。直到目前为止，大家因为害怕那件令人尴尬的事情——威恩申克经理的被起诉的事情——会破坏节日的气氛，始终尽量绕开了这个事件（即使这件事情一直在大家的脑袋里挥之不去），可是现在，人们又忍不住心中的想法，大家还是不可避免地回到了这个话题上。胡果·威恩申克本人开始对此发表了长篇的议论，他故意装作一种异常活泼，甚至是粗野的动作和神态。他告诉了大家传讯证人时的一些细节，因为这个神圣的节日才把审理的进度耽搁下来，埋怨会长菲兰德博士那赤裸裸的偏心，狠狠地嘲笑并批评了检察长哈根施特罗姆博士的尖酸的口吻，因为哈根施特罗姆总是喜欢用这种尖酸的口吻和他或者他的辩护律师说话。他还向大家宣布，布列斯劳尔用他巧妙的口才驳倒了好几个对他不利的证据，并且向他承诺，判决的结果不会很快出来。议员们之所以问这样的问题，仅仅是出于礼貌。佩尔曼内德太太此刻正倚在沙发上，嘴巴里面嘟嘟哝哝地咒骂着莫里茨·哈根施特罗姆。其他人都一声不响。他们默不作声，就连威恩申克经理本人都闭上了他的嘴巴。就在小汉诺快乐地在大厅里玩耍，眼看时间如天使般飞过的同时，风景大厅却陷入一片令人窒息的沉闷、抑郁和寂静之中。一直到八点半，克利斯蒂安从那个庆祝圣诞夜的俱乐部单身派对回来的时候，这种沉闷的气氛依旧没有消退。

克利斯蒂安的嘴里衔着一根已经燃烧快尽的烟头，微微的红光映衬在他枯瘦的面颊上。他穿过大厅走进了客厅，刚一露面就大喊起来："孩子们，大厅简直装扮得太漂亮了！威恩申克，真遗憾我们没有将布列斯劳尔邀请来，这样的场景他一定会喜欢的。"

老参议夫人不开心地瞪了他一眼，但随后发现了克利斯蒂安的不屑的神情。他并不理解老参议夫人为什么会瞪他，所以他依旧是一脸满不在乎的神情。终于等到了九点，到了吃晚饭的时间了。

与以往的圣诞节没有什么不同，今年的晚餐依旧在圆柱大厅里举行。老参议夫人像往年那样站在餐桌前虔诚地祷告：

"请到这里来吧，我的主耶稣，请为我们的面包赐福。"

接下来，依旧和往年一样，她象征性地说了几句勉励大家的话，提醒大家还有许多不能像布登勃洛克家这样幸福地欢度佳节的人……在她的训导结束以后，大家才纷纷落座，准备开始这顿丰盛的晚餐。晚餐十分丰盛，打头的菜是奶油鲤鱼和莱茵的陈年葡萄酒。

议员们拿起几片鱼鳞放到了钱包里，据说这样来年的时候他们的钱会越花越多。唯独克利斯蒂安不屑一顾，他认为这个行为根本就是可笑至极。克罗格参议更是不会使用这种方法的，他所剩的那些积蓄已经根本不值得担心了，所以他根本不害怕还会发生什么变化。可怜的老先生离他的妻子远远地坐着。近些年来他几乎已经不和妻子说话了，因为老夫人一直偷偷地去给那个已经被剥夺了继承权的儿子亚寇伯寄钱。亚寇伯这些年一直漂泊在外，而他具体流落到了什么地方，是在伦敦、巴黎，还是美洲？这一切，或许只有他的母亲知道。当第二道菜上来的时候，大家将话题转移到了那些漂泊在外的人身上，克罗格老先生发现那个思念儿子的母亲在偷偷擦眼泪，不由地皱起了眉头。大家议论起了在法兰克福和汉堡的游子们，也说到了那个还在利加的蒂布修斯牧师，没有说他们的什么不是。议员悄悄地和他的妹妹冬妮干了一杯，祝愿格仑利希和佩尔曼内德两位先生健康长寿，归根结底，这两个人也是他们家族中的一员！

用栗子、葡萄干和苹果填满肚子的火鸡得到了大家的普遍欢迎。通过和往年的菜肴进行比较，大家得出结论，今年的火鸡是历年以来最大的。和火鸡一起被端上来的还有炸土豆、两道蔬菜、两道煮水果。仆人们用一个大圆盆装着这些菜，但是单从数量这一点来看，这些菜远比压轴餐和小餐更加丰盛，无论是哪一道单一的菜，都足以让这一大家人吃饱。作为结束，大家又举杯喝下了摩仑多尔夫公司生产的陈年葡萄酒。

坐在父母中间的小约翰正拼命地往自己的嘴巴里塞着一块带馅的鸡胸脯肉。他不像他的克罗蒂尔德姑姑那么能吃，吃了一会儿他就觉得自己吃累了，胃撑得很难受。他却仍旧感觉骄傲，因为他已经长大了，并且有资格和大人们一起吃饭了。和大人们一样，他的面前也放着一摞叠放讲究的餐巾，餐巾上也有一个撒上了罂粟粉的做工精致的奶油面包，还可以不像以前那样只能放置教父克罗格老舅送给他的高脚杯，而是可以放着三个玻璃杯来喝酒……不一会儿，尤斯图斯老舅就把一种像油一样稠的金黄色希腊酒倒入大家面前的小酒杯里，有着红、白、棕三种颜色的漂亮冰点心也由仆人们端了上来，这一下又激起了小约翰的食欲。虽然这些点心冰得他牙龈痛，可是他还是把一整块红色的吃掉，白色的也被他吃了一半，最后还念念不忘地尝了几勺棕色的巧克力味的冰点心。不仅如此，他还吃了几块方格饼，又喝掉了几杯甜酒。直到克利斯蒂安叔叔开始了他的高谈阔论的时候，他才停了下来，坐在那里听大人谈话。

克利斯蒂安正在说俱乐部里是怎么庆祝圣诞节的，正如他所言，他在那里玩得很痛快。"哦，上帝啊！"他用着他谈论琼尼·桑德施托姆的故事时的语调说着今天的故事，"他们那些人喝瑞典混合酒的时候，简直就像喝白开水一样！"

"哦。"老参议夫人随声附和了一句，就把目光从他身上移开了。

可是他完全不在乎这一切。他的眼睛散发着光芒，脑中快速地回忆着发生在俱乐部的事情，像放电影似的，一个个画面从他的脑中一一掠过，渐渐地浮现在了他那枯瘦的脸上。

"你们谁晓得，"他笑着问道，"当你喝多了瑞典酒的时候，那是种什么样的感觉？我可不是说你醉醺醺的时候，我指的是你喝过酒后，第二天醒来时的感觉……那种滋味一点也不好受，迷糊而难受……嗯，就是那样的，迷迷糊糊却难受得很。"

"真新奇，难为你说了这么多。"议员说。

"好了，克利斯蒂安，没有人对这种无聊的事情感到好奇的。"老参议夫人忍不住说。

这一次，他依旧没把老参议夫人的话当一回事，其实到了现在这个时候，无论别人说什么他都根本不会去听的。他有好一会儿没有再说话。忽然，那个在他头脑中的思想好像已经成熟了，他终于可以将它们表述出来了。

"无论你身处何处，你去到哪里都是不舒服。"他又接着说，愁眉苦脸地望向他的哥哥，"头疼、想吐……虽然这种感受不仅仅是酒喝多的时候才有。可是除此之外，你还会有一种'黏腻'的感觉。"克利斯蒂安仿佛又回到了那种感觉之中，他来回搓着手，好像浑身都不舒服："这种黏腻的感觉，会让你觉得自己没有洗澡。你再洗手洗澡都没有用。好像浑身都是黏糊糊、脏兮兮的，像有什么黏黏的东西粘在你的手指上……你去洗一个澡，依旧于事无补，你的身上已经洗不干净了，这种感觉就会让你难受、着急，可是你没有任何办法……你懂我的意思，你也有过的，是吧，托马斯？"

"是的，是的！"议员应和道，摆了摆手，希望他停下来。然而克利斯蒂安恰好就属于那种为数不多的厚脸皮之人，而且年纪越大越不识抬举了。他丝毫没有感觉到在座的人中没有一个对他所说的东西感兴趣的，更何况在今晚这个庆祝圣诞的夜晚说这些话显得多么不合时宜，他却依旧喋喋不休地说着喝多了瑞典混合酒会有什么样的反应，直到他觉得把该说的说尽了，没有什么好讲的了，才渐渐停了下来。

老参议夫人在大家开始吃乳酪以前又说了几句话。她说，虽然不是任何事情都会按照我们自己愚昧肤浅的想法的方向发展，但是最终我们还是会得到很多幸福的，正是因为如此，我们要始终对主心怀感激。从近些年来我们家族所遭受的祸也好，福也罢，我们可以得知，主从没有放弃对我们的管理，他始终按照他给我们规划好的路，用智慧的意旨引导着我们走向自己的命运之路，我们不能妄自菲薄，揣测主的意图。我们应该充满信心和希望地为我们家族的幸福安定干杯，为我们的未来光明干杯，为今后，也就是在座的老人和长辈们安葬以后……我们也要为这些孩子们干杯，毕竟，说实话，今天是属于他们的节日……

因为小约翰唯一的同龄人威恩申克经理的小女儿也回家了,为了迎合大家的气氛,小约翰不得不举着酒杯围着桌子走一圈,跟在座的所有人一一碰杯,从祖母一直到塞维琳,他都敬了酒。当他来到自己的父亲面前的时候,议员父亲将手里的酒杯轻轻地碰了儿子的酒杯,并且慈爱地抬起了他的下巴,想要对视一下他的眼睛……可是他并没有能够看见儿子的眼眸;汉诺的双眼深深地低垂着,长长的金黄色睫毛几乎完全遮住了他的眼睛连同他微微泛青的眼圈。

苔瑞斯·卫希布洛特伸出双手捧着汉诺的小脑瓜,在他的脸颊两侧各亲吻了一下,接着又用连上帝都不忍心拒绝的恳切的语气为他祈祷说:"愿你幸福,亲爱的孩子!"

一个小时过去了,此时汉诺已经上床睡觉了。他现在住在靠近三楼游廊的一间屋子里,房间的左侧是议员的更衣室。由于吃了太多东西,他只能面朝上躺着,今天晚上,吃这么多好吃的,胃撑得都快装不下了。他高兴地发现伊达正朝他这里走来。伊达早已回屋换上了睡衣,她边走边晃动着手里的杯子。汉诺接过杯子,一口气将苏打水喝光了,扮了一个鬼脸,重新躺好。

"我感觉我真的要吐了,伊达。"

"不要乱讲,汉诺。你现在好好躺着睡一觉就什么事都没有了……你不要忘记了,刚刚是谁多次劝你,要你不要吃这么多东西的?不听老人言,吃亏在眼前啊……"

"我应该休息一会就好了的……伊达,那些东西,你什么时候才能交给我?"

"等你睡醒就给你,孩子。"

"让他们现在就拿过来！我现在就想要！"

"好的，好的，汉诺，可是你还是需要先睡一觉。"她亲了他一下，关上了灯，走出了房间。

他独自一人待在房间里。他躺在床上的时候，听见苏打水在他的肚子里咕咕作响（这是一种多么舒适的感觉），他闭上了双眼细细回想，大厅里灯火通明的场景又浮现在眼前。他仿佛又看见了他的木偶戏院、他的手风琴、他的神话书，仿佛又听见了远处传来唱诗班的孩子们悠扬的歌声"高兴起来吧，耶路撒冷"。这一切都是这么的美好灿烂。他的头嗡嗡作响，一阵一阵地发热，由于吃多了，他的胃里翻江倒海，这让他的心里很难受，整个心脏毫无节奏地跳动着。他的心里五味杂陈，开心、难受、疲惫和幸福都交织在一起，让他久久都不能入睡。

明天就是圣诞节的第三个夜晚了，明天要去苔瑞斯·卫希布洛特家里去，接受礼物。这是能够使自己的高兴延长一些的唯一理由了。苔瑞斯·卫希布洛特自打去年开始就已经放弃了创办寄宿学校了，因此米伦布尔克那里的小房子现在就只有她和凯泰尔逊太太两个人居住了，她住楼下，凯泰尔逊太太住楼上。她知道自己瘦弱的身躯已经被病魔折磨得离死期不远了。可是她天生的善良和对宗教的顺从精神使她还是坦然接受了这件事情。近些年来的圣诞节她都过得提心吊胆，总是觉得这是自己的最后一个圣诞节了，所以，尽管她的小屋子里热得很不舒服，她都会使出浑身解数，让这个节日过得更加丰富多彩。虽然她没有足够的金钱来买许多礼物，可是她每年都会从自己为数不多的家产中拿出一部分暂时不需要的东西作为礼品。任何可有可无的东西，她都将它们放在圣诞树下面，如小饰品、镇纸、插针的小布包、玻璃花瓶之类的……除了这些，她还会从自己的藏书中挑出一些来，她拥有很多不同的老书，如《一个自我观察者的秘密日记》啊，赫贝尔的《阿雷曼尼诗歌集》啊，克鲁马赫尔的寓言啊……她曾经送给汉诺一本《布雷斯·帕斯卡尔沉思录》，这本书要用放大镜来看。

"必舍夫酒"储备丰富，并且塞色密家的姜汁饼也是十分美味，受到欢迎。只是有时会适得其反，卫希布洛特小姐为了庆祝她的最后一个圣诞节，每一年都会别出心裁，并且不知什么原因她的双手总是抖个不停，所以每一个圣诞节的夜晚都会出点状态，发生些什么不幸，闹出点儿什么乱子，可是这也无形中拉近了主客之间的距离，客人们哄堂大笑的时候，也体现了女主人的热情好客。不是不小心碰倒了"必舍夫酒"，就是把红色的甜汁子沾到了什么东西上面，要不然就是当大家过去领礼物的时候，圣诞树轰然倒地……汉诺迷迷糊糊中又想起了去年的闹剧：在分发礼物之前，苔瑞斯·卫希布洛特开始念《圣经》，她用力极大，以致念错了每一个字的母音，然后她向房门那里走去，她打算再和客人们说几句话。她背驼得很厉害，瘦小的身子微微蜷曲着站在门槛上，双手交叉放在平平的胸前。窄小的肩膀上飘着软帽上垂下来的绿缎子丝带，在她头上方的门框上面悬着一张透明的字标，字标被松树枝装饰着，在小蜡烛的照耀下显现出几个字来："光荣属于俯视一切的上帝！"虔诚的教徒塞色密又开始谈论起上帝的仁慈。她说，这次的圣诞节将会是她人生中最后一个圣诞节了，可是她愿意以一个信徒的方式让大家快乐。此时她激动得全身哆嗦起来了，因为这是她发自肺腑的话语。"尽情欢乐吧！"她说，并且把脑袋歪向一侧，开始挥舞起手臂来了，"我最后再重复一次：'尽情欢乐吧！'"可是与此同时，她头顶上方的那个字标突然着火了，装饰的松树枝被烧得呜呜作响，吓得卫希布洛特小姐高声尖叫着，一下子跳得老远，刚好躲过了掉下来的那团火苗，谁也没有想到她可以如此灵敏……

汉诺只要一回想起这位老小姐跳开的画面，就觉得无比滑稽，他把头蒙在被子里，情不自禁地咯咯笑了好久。

8

佩尔曼内德太太步履匆匆地从布来登街上赶来。她显得是那么的沮丧，完全没有了平日里的那种骄傲的神情，这种骄傲现在只能在她的头部和肩部依稀看出。如同一个早已被推翻的国土，她在自己这种慌乱而焦躁的时刻，还极力想要守住自己最后的骄傲……

可是，这是掩盖不住她凄惨的面部表情的！她那颇具几分俏皮韵味的圆嘟嘟、微微噘起的小嘴，没有了平日里的可爱，此时它们慌乱地颤抖着。她惊恐地瞪大了双眼，呆滞地看着大街，好像它们也在急着赶路……风帽底下，她的头发蓬乱而松散，脸色蜡黄，就好像害了胃病似的，平日里的风采荡然无存。

的确如此，前段日子她得了很严重的胃病。星期四的时候，家人聚在一起，大家就发现了她的胃病又犯了。不管大家如何小心翼翼地避免谈论到这个话题，可最后谈话还是搁浅在了胡果·威恩申克的案子上，更何况佩尔曼内德太太本人总是忍不住就把话题转移到了这件事上。她总是喜欢激动地问，问东、问西、问在场的所有人：真弄不明白莫利茨·哈根施特罗姆检察官晚上怎么能够安稳入睡的！她不能理解，她任何时候都不能理解……并且她会变得更加激动。

"谢谢,我什么都不想吃。"她拒绝道,推开面前的一切东西。她扬着头,耸着肩膀,独自一人坐在那里生闷气。并且她还在慕尼黑那里养成了一个坏习惯,就是除了啤酒,她什么也不吃,空荡荡的胃里,被巴伐利亚出产的冷啤酒一个劲儿地浇灌着,于是她的胃终于受不了了,开始了对她的报复。每当一顿饭接近尾声的时候,她都会起身去外面走走,然后趴在伊达·永格曼或是李克新·塞维琳的身上,大吐一场。等到她把胃里的所有东西都吐干净的时候,她的胃就开始剧烈地抽搐起来,而且往往持续很久,这让她痛苦不堪。因为这个时候她已经吐不出什么东西了,可是还要忍受干呕的煎熬。

在一个狂风暴雨的一天,大概下午三点的样子。佩尔曼内德太太拐进了渔夫巷口,快速经过了一段下坡,来到了她哥哥家的院子里。敲门的时候她显得慌慌张张,从过道就直接闯入了办公室里面。她迅速地掠过了写字桌,目光敏锐地望向窗户边她的议员哥哥所在的位置,并且用一种可怜兮兮的神情看着他,挠了挠头,托马斯·布登勃洛克没有丝毫犹豫地放下了手中的一切事情,朝他的妹妹走来。

"怎么了?"他问道,不由地皱眉……

"我打搅你一小会儿,托马斯……有些急事,一刻也不能耽误了……"

他推开通向他私人房间的包着毛毯的门,待他妹妹走进房间,就转身将门关上了,然后一脸疑问地看着她。

"汤姆,"她用颤抖的声音说着,两只手在皮手筒里不安地搓来搓去,"你可要帮我们弄到这笔钱啊……只是先借我们用一下……只是保证金,就当我拜托你了,你一定要帮我们先付了……我们哪有……哪里有这两万五千马克的现金啊?……日后,我们一定会如数奉还你的……要不了多久就会还给你的……你不知道……那件事情,唉，其实就是那个案子目前的状况是这样的：如果我们能够交出两万五千马克作为担保金，那么威恩申克就不会被拘留。威恩申克向你发誓，他一定不会离开这里的……"

"已经发展到了这种状况吗？"议员无奈地摆了摆脑袋。

"不是发展到了这一步，而是被那些坏蛋硬生生地逼到了这一步！"佩尔曼内德太太的身体因气愤而颤抖着，她长长地吐出了一口气，整个身子瘫软在旁边的漆木椅上。"他们的阴谋还不仅如此呢，汤姆，他们非要一查到底啊……"

"冬妮，"议员说着在办公桌前面的椅子上坐了下来，将一条腿架在了另一条上面，用一只手托着脑袋，"事到如此，你难道依旧觉得他是被冤枉的吗？"

冬妮抽泣着，顿了一会儿，用低沉而无助的声音说道："啊，我也不知道了，汤姆……我不知道相信谁，我什么也不知道。这一辈子里我遇到了这么多不顺心的事情，我一直不敢相信别的一切，虽然我不断地告诉自己要试着去相信。你知道的，我也不是傻瓜，在经历了这么多的事情之后，很难再让我相信谁是无辜被冤枉的……唉，说实话我对他从来就没有过信任，这种怀疑令我的心里很难受，不仅仅是我，还有伊瑞卡……她同样不相信他……她曾哭着向我诉说过……因为他在家里的举止异常所以曾怀疑过，这并不是什么光彩的事情，所以我们绝口不提……可是最近他越来越奇怪和暴躁了……他常常让伊瑞卡做出一些快乐的表情来逗他开心，并且越来越频繁，只要伊瑞卡不开心了，他就发狂、摔东西。你简直难以想象，他每天夜深人静的时候都会把自己关起来，一个人做账……只要有人在外面敲门，他就会暴跳如雷，怒斥道：'谁啊？是谁啊？'"

她顿了顿,提高了嗓门,接着说道:"就算他做了那些事情,他是违反了法律!可是他也不是为了自己啊,他是为了公司的利益啊;更何况……天哪,上帝呀,我们的一生中难免会做一些迫不得已的事情啊,汤姆!他既然是伊瑞卡的丈夫,那就是我们家的一分子了……我们有义务帮助他……我们总不能眼睁睁地看着自己人被关到了监狱里面吧,我的老天爷啊!"

他耸了耸肩,表示无能为力。

"你为什么要耸肩呢,汤姆?难道你就甘愿忍受这帮坏蛋如此欺负人,并且让他们骑到脖子上来吗?不行啊,你要帮帮忙啊!不能让他们为所欲为的!……你是市长最器重的人,他一直把你当作他的左膀右臂……天呀,为什么就不能赦免了他们呢?……老实告诉你吧……其实我本来是不打算来麻烦你的,我是想去找克瑞梅的,我想不管用什么样的方法也要拜托他,请他出面处理这件事情……毕竟他是警察局长……"

"唉,孩子,这真的是异想天开的事情。"

"什么异想天开,汤姆?为伊瑞卡想想吧,孩子由谁来照顾?"同时她将双手放在胸前,做出恳求的样子。接着她又不说话了,把双手放在了身体的两侧;她咧着嘴巴,下巴抽搐着,连带着全身都抖了起来,眼皮低垂着,不一会儿,硕大的泪珠就从里面滚落了出来。她用非常低的声音无奈地又补充了一句:"我现在要怎么做呢?"

"哦,冬妮,坚强一点!"她痛苦而无助的样子让他的心都碎了,他不由地将椅子拉向了她,坐在她身边抚摸着她的长发,安慰道,"事情也不是没有挽回的余地了。至少现在他还没有被判刑,那么一切都有可能。这样吧,保证金我先替你交了,我尽力做一切我可以做到的事，并且还有布列斯劳尔，他可是个无所不能的人啊……"

她的眼泪依旧没有停止，摇了摇脑袋。

"不可能了，汤姆，结果是改变不了的，我已经不再相信还会有什么转机了。他们会治他的罪，给他判刑，最后要他坐牢的，等到那时伊瑞卡、孩子和我可就有苦吃了。她陪嫁的钱花得一干二净了，已经用来买那些嫁妆、家具和油画……这些东西再卖的话，是卖不到好价钱的……每个月的薪水都花完了，没有结余……威恩申克连一分钱都没有留下。如果母亲同意的话，我们又得搬回母亲那里去住，一直到他出来……可是事情没有好转的话，我们还能住在哪里呢？……我们就只能露宿在外，睡在石头上好了。"她哭哭啼啼地说道。

"睡在石头上吗？"

"好吧，这只是我打的一个比方……一个典故……唉，不会有什么改善的。我遭遇了太多的坎坷……我只是想知道，我上辈子定是造了什么孽……如今的我对一切都失去了信心，对什么都不抱希望。我过去遇到的那些折磨人的事情，现在又降临到伊瑞卡的头上了……这一次的事情就发生在你身边，是你亲眼所见的，你大可以自己去想一想：这究竟是怎么一回事，为什么会有这种事情的发生呢，这是多么折磨人的事情啊！没有谁能够逃脱的，汤姆，我祈求你告诉我，世界上有没有摆脱这种厄运的方法啊！"她反复说着这句话，眼泪哗哗地流着向他点着头，"无论我做什么事情都是不顺利的，它们最后都会演变成一场灾难……天地良心啊，我做这些事情的时候都是存了一颗善心的！……我一直希望自己，在短暂的一生中能够做出一些为家庭增光的成就……可是这一次我又失败了。我人生的最后一次……结果却依旧不能改变……"

托马斯伸出一只胳膊温柔地搂着她,她依偎在里面嘤嘤地抽泣着。她为她这一生坎坷的命运而哭泣,为她多年来终究不能实现的夙愿而哭泣。

一个礼拜以后,胡果·威恩申克经理的判决书下来了,他被判处了三年半的有期徒刑,并且立刻被关进了监狱。在双方进行辩论的这一天,法院的旁听席上座无虚席。这一天从柏林赶来的律师布列斯劳尔博士做了一次非常出色的辩护,大家第一次见识了什么叫作巧舌如簧。直到好几个礼拜以后,当经纪人塞吉斯门德·高什谈到律师雄辩的口才和无懈可击的逻辑思维时,还是赞不绝口。克利斯蒂安·布登勃洛克在这一场辩论结束以后,常常在俱乐部里拿出一沓报纸放在桌子上,自己站在桌后,惟妙惟肖地模仿这位律师;他在家中的时候也常常对家人说,其实当律师还真是一个非常好的职业,早知道,他当年也去学法律专业了……就连那位本身就在这一行业的检察官哈根施特罗姆也在私下里偷偷地说过,他对这位律师的口才佩服不已。可是即使这位律师再有过人的才干,对这件事情也起不了多大帮助,他的同行也是对方的律师,还是拍拍他的肩膀平和地告诉他,法律面前是不允许他这样颠倒是非的……

威恩申克经理入狱以后就不得不进行了一次拍卖,拍卖结束以后,小城的人们逐渐忘记了胡果·威恩申克这个人的存在了。然而在星期日两家人聚会的这一天,布来登街的小姐总是找着机会提一下这件事:从第一眼看见这个人,她们就觉得这个人不够安分,不守规矩,天生就不是什么好人,以后也不会有什么好结果的。只是当时碍于双方的面子,她们才一次次地将这已经到了嘴边的话又咽了回去,现在想想果不其然啊。

第九部

1

老医生格拉包夫和一个年轻的医生朗哈尔斯跟随在布登勃洛克议员的身后,他们从老参议夫人的房间里走出来,来到了早餐厅,随即将门关上了。本城的朗哈尔斯家族就是朗哈尔斯医生的本家,他年纪尚轻,行医也不过一年左右。

"不好意思,先生们,打扰一下。"议员说着,同时把他们请到了楼上,穿过走廊和圆柱大厅,来到了客厅里面。秋季天气阴湿,显得寒冷,所以这间屋子里已经生起了火。"你们一定理解我们的心情是多么的着急……请坐吧!不知道方不方便向我透露一下病情,希望两位可以让我不这么干着急。"

"您太客气了,议员先生!"格拉包夫医生回应道。他安逸地向后面靠去,双手抓住帽檐抵在胸口上,下巴缩进了衣服的领子里。那个年轻的朗哈尔斯医生,身材矮小,皮肤黝黑,他很绅士地将礼帽放在了身边的地板上,此时他正伸出那双长满了汗毛并且小得出奇的手，专心致志地观察着。他还留着两撇小胡子，短短的头发，眼神俊美，神色浮华。"您放心吧，目前是没有大碍的……就目前您母亲的体质来看，她拥有很强的抵抗力……一点也不假，近些年来我一直是您家的私人医生，我对老夫人的身体状况非常了解，对她这个年龄段的人来说，很少有抵抗力这么强的……我向您保证……"

"的确，对她这个年龄段的人而言，真的是……"议员一面捻着自己的胡须一面自言自语，显得很不安。

"但是我的意思也不是说，您的母亲明天一醒来就能下床走动了，"格拉包夫医生用温和的语调接着说，"我想您也不会觉得这件事情可能发生，议员先生。虽然我们不得不承认，最近几天黏膜炎是有恶化趋势的。昨天晚上恶寒的出现就是这样的信号，果不其然今天就发展成为腰痛和呼吸困难了，并且，病人还有一点儿发烧，虽然不算严重，但是毕竟还是烧着。除此之外，还有一句话要交代，亲爱的议员先生，就是老夫人的肺部也有一些感染了……这一点你们要做好充分的心理准备。"

"你是说肺部也发炎了？"议员吃惊地问道，目光游移在两个医生之间……

"是这样的，是肺炎。"朗哈尔斯医生说道，表情严肃地将身子向前倾了倾。

"只是右肺上面一点点轻微的发炎啦，"那位年长的医生赶紧补充道，"不过我们会尽最大的努力将它控制住的，争取不让它扩散……"

"由此说来，这可不是一般的小毛病啊！"议员屏住了呼吸，直愣愣地坐着，盯着两位医生的脸看。

"这的确不是一般的小病，正如我刚才所说的，我们现在的首要

573

任务就是尽全力将病情控制住，使咳嗽减轻……奎宁对此病很有疗效……但是我还要提醒您一些事情……这样您才不会被一些病状吓到。病人的咳喘也许会比现在更严重，晚上的时候可能会说梦话，也可能会呕吐……您懂的，就是会吐黄水，可能还会夹着些血丝……这都是病情的正常现象，都在我们的预料范围之内。所以您要做好充分的心理准备，并且告诉那个服侍老夫人的佩尔曼内德太太，让她也做好心理准备……刚刚忘记问了，佩尔曼内德太太的胃病近来是否有些好转？"

"还是老样子，听说也没什么改善。您知道的，我现在最担心的已经不是她的身体了……"

"当然，当然。对了！我倒是又想起了一件事，您的妹妹现在很需要休息，特别是晚上的时候，单靠塞维琳小姐一个人是照顾不过来的……实在不行您就再请一个护士来吧，亲爱的议员先生。我们那里天主堂的护士团一直承蒙您的照顾，要是她们得知能够来给您帮忙，一定会非常乐意的。"

"您认为有这个必要吗？"

"这也只是我的一个建议。这些护士都很优秀，会很好地照顾病人。更何况她们还有经验，又体贴细致，病人也会得到很好的精神抚慰……特别是这种病，我刚刚也说过了，它会有许多的并发症……没事的，我再提醒您一次，只要放宽心就好了，议员先生。您母亲的病我们还需要再观察一段时间……这件事咱们今天晚上再说吧……"

"就先这样吧。"朗哈尔斯医生说着，拿起了自己的圆礼帽，和老医生一起离开了。唯独议员坐在那里一动不动，他还有话要说，他的心里还有一个疑问，他急切地想知道答案……

"两位先生，"他叫住了他们说，"我还想再问一句……我兄弟的身体不是很好，我怕他经不住这个打击……你们说，我现在要不要把母亲的状况告诉他呢？或许迟些日子再告诉他……是否应该让他早点回到家里来呢？"

"令弟克利斯蒂安现在不在城里吗？"

"不在，他去汉堡了，是因为商业上的一些事情。据我所知，也不会去很长时间。"

格拉包夫医生向他的同行望了一眼，然后笑嘻嘻地晃着议员的手说："这样的话，就不要告诉他了，让他安安心心地办事吧！不要让他在外面还担惊受怕的。如果病人情绪不稳定或者需要他来提高病人情绪的时候……再喊他回来也还来得及……反正我们有的是时间……"

主人将客人送了出来，当他们穿过圆柱大厅和走廊之后，又站在楼梯的拐角处谈了一会其他的事情，他们谈到了政治，提起了前段时间战争给人们的生活带来的改变……

"哈哈，好日子就要来了，不是吗，议员先生？黄金满地……多么令人兴奋的时刻。"

议员应付似的答应了几句。他表示，战争的确大幅度地增加了和俄国之间的粮食贸易，因为这扩大了从俄国进口供应军粮燕麦的数量，可是事实上这种利益的分配是很不均匀的……

医生们走了以后，布登勃洛克议员便返了回来，打算到房间再看一看他那可怜的母亲。他现在回想起刚才格拉包夫所说的话……格拉包夫总是这样含糊不清……让人觉得，他是在刻意地隐瞒着什么。他也仅仅说老夫人是"肺部发炎",可是这几个字可重可轻,在完全不懂医术的人看来,说了就和没说一样。更何况老参议夫人已经一把年纪了……既然需要两个医生一起来看病,就说明这不是一个小病。这一切都是格拉包夫医生精心安排的,他处理得天衣无缝,没有让任何人看出破绽。据他所言,他不久以后就要退休了,打算把自己今后的工作都交给朗哈尔斯医生,因此他现在每次出诊都将朗哈尔斯医生带着,并且,他也很乐意这么做……

他来到母亲病榻旁边的时候,他刻意使自己的脸部有些微笑,脚步轻快起来。他一向这么做,喜欢用自己的镇定和自信的神情将所有的疲倦和悲伤掩饰起来。因此,在他推开门的一瞬间,这副表情就像预先设定好的似的自动出现在他的脸上。

佩尔曼内德太太坐在一张挂着帷幔的大床边,紧紧地握着母亲的手。老夫人躺在床上,背后靠着枕头,当听见有人的脚步声时就把头朝那个方向扭去,用她那淡蓝色的眼睛盯着前来的人。从她的眼神里可以看出,她极力克制着让自己保持镇定,可是又那么咄咄逼人。因为她的眼睛是斜着看过来的,所以又显得狡诈而充满心计。她那苍白的脸上因发烧而两颊通红,除此以外,她的脸上再也没有什么能够看出生病的痕迹了。老夫人对自己的病情小心翼翼、十分在乎,甚至超过了周围的任何一个人,毕竟,她才是生病的人啊,不是吗?她对自己的病心怀恐惧,她不愿就这么束手无策地听任病情的发展……

"他们怎么说啊,托马斯?"她问。她的话语坚定而激动,话音刚落就剧烈地咳嗽起来。她屏住了呼吸,嘴巴紧紧地抿着,想把咳嗽逼回去,可是这已经不管用了,她不得不按住了自己右侧的身子。

"是这样的，"议员轻抚着她，等她停止了咳嗽后，抓住了她的一只手，回答她的问题道，"他们说，我们的好妈妈要不了多久就可以下床走动了。您目前还下不了床，只是因为这讨人厌的咳嗽伤害了您的肺，不过这还称不上是肺炎。"可是他的母亲还是用她那咄咄逼人的目光看着他，他急忙解释道："就算真的是肺炎，那也不是什么大不了的病，这世上比肺炎严重得多的病比比皆是！简而言之呢，只是肺部受到了刺激，两位医生都这么说，他们的话是没有什么可怀疑的……对了，塞维琳在什么地方？"

"她去药房了。"佩尔曼内德太太回答道。

"这样不是办法，塞维琳一个人照顾着母亲，难免会有去药房之类的事情而没办法时时刻刻待在母亲身边。可是你呢，冬妮，你总是一不小心就睡着了。这样可不行啊，这可不是两三天的事情，一直这样下去可不行啊……我们还是请一位护士来照顾吧，你们觉得呢？好吧，就这么定了，我现在就找人去修女护士团问问看，不知道她们能不能推荐一个合适的人选……"

"托马斯，"老参议夫人这次都不敢大声说话，害怕又引起咳嗽，"你听我说，你总是偏袒那些天主教会的修女，而那些基督教的修女就会觉得受了冷落，你这样做会使我们得罪多少人啊！你帮助天主教会的修女得到了不少好处，可是基督教的修女们什么也得不到。实话告诉你，普灵斯亥姆牧师近期已经不止一次地向我赤裸裸地抱怨过这件事情了……"

"他又何必抱怨呢？我一直觉得天主教修女要比那些基督教修女更加热心、忠诚，她们具有那种自我奉献的精神。基督教修女相比之下就不是这种老实的人了……总的来说，她们自私、势利、肤浅……

天主教修女脱离了这些尘世间的恶习，所以我坚信，她们离天堂也许会更近些。更何况，她们还背着我的一份人情债，我相信她们才是最合适的人选。汉诺上次抽风时，不也是李安德拉修女负责看护的吗，我真希望这一次她还有时间过来……"

谢天谢地，这一次派来的居然还是李安德拉修女。她一声不响地将她的小手提包、斗篷和白帽上罩着的灰色头纱放下后，就开始了她的工作。她轻柔熟练地完成这一系列动作，让人感觉亲切和蔼，她的腰际挂着一串念珠，当她走动的时候就发出响声。她夜以继日地服侍着这个已经被娇惯坏了的、脾气暴躁的病人，把老参议夫人伺候得服服帖帖。并且每当其他护士来替她的班，让她回去休息的时候，她仿佛觉得自己这种休息也是一种过错，所以每次都是饱含歉意地离开。

老参议夫人现在时时刻刻都需要人照料。她的病情越是不见好转，她就越是对她的病况充满了担心和焦虑，把自己的所有心思都放在了她的病上。她对自己的疾病既害怕又憎恶，并且毫不掩饰自己这种幼稚的想法。在过去的交际场合中，她早已习惯了生活在奢侈的享受之中，可是到了晚年，她却加入了宗教，热心从事慈善事业……这些变化是由什么原因造成的呢？可能除了出于对亡夫的忠诚之外，还有一种本能，驱使着她请求上帝原谅她拥有如此顽强的生命力，让她临死前少受一点折磨吧！可是，这点心愿都无法实现，她不可能毫无痛苦地死去。虽然她这一生中遭受过不少生活的折磨和忧虑，可是这都没有能够压垮她的腰板，她的目光也依旧神采奕奕。她热爱生活，注重生活的品质，喜欢精美讲究的菜肴和衣着，对于所有令她不开心的事情，她都视而不见，或者刻意地装作没有发现，掩饰过去。家中的子女们对她的敬爱给她带来了威望，她对这一切心满意足。可是现在的这一场病，却将身板硬朗的她击倒了，她没有任何的心理准备，一切都来得这么突然，她甚至没有一点办法来减缓这病的汹汹来势。它不同于那种会长期困扰人的慢性病，一点点地侵蚀；不同于那种让人慢慢对生活失去信心、因疼痛厌倦这个世界，因而对另一个世界充满了向往的疾病……虽然晚年的老参议夫人开始相信宗教，可是她依旧十分的留恋这个尘世间，她隐隐约约地意识到，如果这是她人生中的最后一场病的话，那么到了生命的最后一刻，这场病就会在顷刻间击溃她所有的抵抗力，并且一点点地侵蚀着她的肉身，到时候，她就束手无策地等待着死亡的降临。这样的现实，让老夫人一想到就禁不住全身战栗。

她常常向上帝祷告，但是更多的时间里，她都在检查自己的身体状况，只要她的头脑还是清醒的时候，她就会为自己诊脉，给自己量体温，或者极力压制住自己的咳嗽……可是结果却往往不尽如人意，她的脉搏跳得很乱，体温也是退了又升，反反复复，这样她总是游走在恶寒和高烧之间；并且她的咳嗽也越来越严重了，连带着震得她五脏六腑都疼，咳中带血，呼吸急促。这些病症引发的原因是她右肺的发炎部位已经扩散了，炎症从肺尖延伸到了整个肺叶上，并且现在左肺也开始被感染了。朗哈尔斯医生看着自己的手指解释道，这就是"肝样变"。格拉包夫医生此刻却一言不发地站在一边……高烧丝毫不见有消退的迹象。没过多久，病人的胃部也失去了原有的功能，身体一天不如一天，虽然这一切看起来是那么缓慢，可是大家对此却无能为力。

她非常在意自己身体的这种衰竭，所以只要她能够咽下去，她都会强迫自己把家人买的补品吃下。她比护士都清楚什么时候该吃药,她的全部心思都放在了自己的这场病上,甚至除了医生外她几乎不和其他任何人说话,即使说什么,也都是敷衍了事,并不感兴趣。刚开始的时候,医生也会允许"耶路撒冷晚会"的会员,和一些平日里来往比较频繁的老夫人们以及牧师太太之类的熟人来探病,可是她接待这些客人的时候都显得十分冷淡,即使表面上有所寒暄,也能看得出她的心不在焉,并且要不了多久,她就会将这些人打发走,有的时候她甚至不愿意搭理别人,好像在埋怨:"你们谁都帮不了我了。"就连家人现在也发现老夫人看他们时那种表情极其冷漠,这样的态度使家人格外难过。即使在她精神好的时候,她最疼爱的汉诺来探望她,她也仅仅是伸手摸摸孩子的脸蛋,然后就转过身子不再搭理他了。从她的表情里,大家似乎看出了她心里的话,她好像在说:"孩子啊,你们是这么的可爱,可是我恐怕不能够陪伴你们了!"唯独对待两位医生的时候,她是发自内心地欢迎,她表现出积极的态度,细细地向医生描述自己现在的身体状况……

这天两位盖尔哈特老太太,也就是保尔·盖尔哈特的两个后裔到这里来探望老参议夫人。她们还是一副老样子,披着斗篷,戴着帽子,手中拿着跟医院格格不入的装粮食的口袋,因为她们在路上把粮食施舍给了穷人。家人没有什么理由阻拦这两位来看望她们生病的朋友。她们进去和老夫人说话的时候,屋子里没别的人了。所以没有人知道,她们之间进行了一场什么样的对话。可是当她们离去的时候,她们的表情平静,目光清澈,并且显得是那么深不可测,而躺在床上的老参议夫人,她的表情和眼神也和刚刚离去的两个人一模一样。她仿佛变了个人似的,安静地躺在床上,表情平和,完全不同于以往,她的呼吸缓慢而平稳,虽然每次都间隔很长时间,但衰弱得很明显。佩尔曼内德太太在盖尔哈特小姐们离去的时候骂了一句很难听的话,接着就派人去请大夫了。两位医生刚到家门口,老参议夫人的病情立刻发生了恶化,这是令人十分害怕的变化。她就像从噩梦中惊醒,浑身乱动,几乎坐了起来。可是当她看见了这两位医术并不高明的医生,她似乎又从死亡的边缘回到了人间。她张开臂膀欢迎他们的到来,接着汇报起这一天的状况来,她说:"欢迎回来,两位先生!我今天的状况大致是这样的……"

但是她现在的病情非常严重,这是已经无法遮掩的事实了。

"的确如此啊,议员先生,"格拉包夫医生抓住托马斯·布登勃洛克的双手难过地说道,"很抱歉,我们没能够控制住老夫人的病情,她现在两侧的肺叶都已经被感染了,您也十分清楚事情的严重性,所以我们没有什么好隐瞒的了。老夫人现在已经病得十分严重了,我不想再编造一些善意的谎言来欺骗您,即使病人现在是二十岁而不是七十岁,依照目前的状况来说,都是十分令人担心的。如果现在您问我有没有必要给您的弟弟克利斯蒂安先生写信的话,我想告诉您,即使您给他发去电报都是不足为过的……顺便问一下,您的弟弟近来身体如何?他可真是一个幽默的人,我非常喜欢他的为人……哦,天哪!上帝保佑,亲爱的议员先生,您可不要因为我刚才的那一番话就产生什么不必要的误会啊!不要因此觉得老夫人的病情已经到了什么不可挽回的地步了……哎呀,瞧我这张笨嘴啊,真是不会说话,怎么讲出了这样的话呢。可是事已至此,话虽是这么说,照现在的情形来看,你们也应该早点为老夫人的身后事做打算了……这次老夫人生病,我们对她作为一个病人能积极配合感到很满意。她事事都配合着我们的工作，没有让我们觉得为难……我们不是在您这里说奉承的话，说实在的，这么温顺的病人是很少有的！所以一切都还有希望，亲爱的议员先生，还是有很大的希望的！我们都要尽可能地把事情往最好的方面想！"

然而在之后的几天里，虽然家里人表面上还是充满了希望，可是那不过是出于对自己和别人的安慰罢了，根本不是发自肺腑的。病人现在的身体恶化得很厉害，神情都发生了改变，看起来是那么的陌生，完全不像往日里的样子了。她常常会说出一些离奇古怪的话，这些话常常让家里的人不知道该怎么去回答。这些话好像标志着病人已经走到了死亡的边缘。即使亲人们视她为最亲最爱的人，他们现在对她的病情也感到无能为力，无法让她站起来，重新回到他们中间来。即使他们现在能够让她起死回生，可是如今的她也就像是一个从棺材里钻出来的人，完全没有了一点正常人的样子……

虽然她是一个意志坚强的人，她艰难地支撑着自己身体的某些器官，所以部分器官依旧运行着，可是她的身体已经逐渐衰竭，死亡逼近的脚步已经越来越明显了。因为老参议夫人自从感冒以后，就已经卧床不起好几个礼拜了，现在的她已经全身生满了褥疮，并且病情日益恶化。她好久都没有睡觉了，一是因为疮痛、咳嗽和气喘的困扰搅得她无法安睡；二是她想极力保持自己的清醒，她害怕自己一入睡就再也不能醒过来了。只有在高烧烧得特别厉害的时候，她才会昏迷一会儿，她的意识很模糊，即使在清醒时，她也会不断高声地和那些已故的人说话。一日黄昏的时候，她居然大声地说："好的，亲爱的约翰，我来找你了！"她的声音听起来有点令人恐怖，可是很像真的一样，就好像在和一个站在她对面的人对话。听见她这么说，家人似乎都听见了故去的老参议对她的召唤了。

克利斯蒂安已经从汉堡赶回到了家中，据他本人所言，他是为了办点公事而去汉堡的。他只在老夫人的房间里待了一小会儿就出来了。他骨碌碌地转着眼珠，擦着额头上的汗说："太恐怖了……太恐怖了……我真的受不了这个。"

普灵斯亥姆牧师也赶来了，他表情冷漠地看了李安德拉修女一眼，接着便用他那低沉的声音在老参议夫人的病榻边做起了祷告。

几天过后，老夫人的病似乎有了好转的迹象，不过，那只是回光返照。这几天的气温降低了些，她好像恢复了些体力，身上的疼痛也没有以往那么严重了。在她清醒的时候，她还说了几句充满希望的话，这样的情景令家人不禁泪湿眼眶……

"孩子们，我们还是可以留住她的，等着看吧，我们一定有法子留住她的。"托马斯·布登勃洛克安慰着大家，"她今年还是会和我们一起过圣诞节的，只不过，我们不能再让她像去年那么兴奋了……"

可是到了第二天的夜晚，盖尔达和她的丈夫正准备去休息的时候，佩尔曼内德太太就派人去把他俩请到了孟街。病人此时已经到了死亡边缘。窗外冷风凛冽，大雨滂沱，敲击着玻璃。

两位医生早已被请到了家里，当议员和他的夫人走进病房的时候，他们正在屋里等待着。两座树枝形烛台摆放在桌子上，克利斯蒂安也从他的房间出来了，他弯着腰，双手支着脑袋，背对着自己母亲的床坐着。现在大家几乎都到齐了，正在等待老夫人的兄弟——尤斯图斯·克罗格，请他来的人已经去了。佩尔曼内德太太和伊瑞卡·威恩申克都在老夫人的床边站着，低声哭泣着。修女李安德拉和塞维琳小姐只是站在那儿，不知道该做些什么，她们用悲伤的眼

583

神望着病人。

老参议夫人此时躺在病榻上,背后厚厚的一叠枕头将她撑了起来,她的双手不停地抖动着,撕扯着盖在身上的被子。曾经她的手是那么的美丽、白皙而温暖,如今却枯瘦如柴,皮肤冰冷而灰暗。她戴着一顶白色的睡帽,并且过一段时间就将帽子转一个方向,让看到的人心神不安。她的嘴巴已经开始抽搐了起来,每呼吸一次都显得很艰难,仿佛是在吞咽东西似的。她的一双眼睛显得暗淡无光却又略显惊慌失措,她慌乱地四处张望着,盯着周围每一个人,好像怀着无限的忌妒与愤恨。他们这些人衣着整齐、呼吸顺畅,他们拥有着生命,可是他们对于这濒临死亡的老夫人却束手无策,他们能够做的所有的事情就是以同情的目光眼睁睁地看着死神将她带走。时间在一点一滴地流逝,病人似乎没有什么变化。

"我的母亲还有多长时间?"托马斯·布登勃洛克在朗哈尔斯医生为老夫人注射一种药的时候,偷偷把格拉包夫医生拉到了房间外面,小声地问他。佩尔曼内德太太哭泣着,用手帕捂着嘴巴也凑了过来。

"目前还不确定,亲爱的议员先生,"格拉包夫医生如实地回答,"老夫人可能过几分钟就咽气了,或许还能撑几个小时……这种事情我还无法预测。病人的肺部已经积水了……就是所谓的肺水肿……"

"我明白。"佩尔曼内德太太回答道,她附和着点点头,眼泪忍不住从眼眶里滚落下来,"这种病通常是由于肺炎引起的……有一种液体会在肺叶里积聚起来,达到了一定程度,就会阻止病人的呼吸……据我所知,是这样的……"

议员紧张地握紧了双拳,无奈地望着床上的病人。

"啊,她现在该多么难受啊!"他感慨道。

"不是这样的!"格拉包夫医生低声回答道,他的声音里充满了作为医生的权威性,他那一向温和的脸庞也变得严肃起来,这更加增强了他话语的肯定性,"并不是你们看到的这样,请相信我说的,亲爱的朋友,这只是你们的想法……老夫人现在已经没有任何的意识了……你们所认为的她的痛苦的反应,只是她的条件反射,并不是她的真实反应……这一点请相信我……"

托马斯如释重负地说:"这样就好!"可是就是孩子也能看得出来,老参议夫人那痛苦的眼神分明在说,她是有知觉的,她什么都能感觉得到……

所有人又各自回到了自己的位子上……现在克罗格参议也到了,他的眼睛红通通的,在床头坐了下来,倚在自己的拐杖上。

老夫人此刻已经被恐惧死死地抓住了。当死神逼近的时候,她全身上下都充满了痛苦和不安,是那种想逃脱却又无法逃脱的无助和绝望。她用眼睛向人们传递着她此时此刻的感受,时而身体僵直双目紧闭,时而又瞪圆了那布满血丝的双眼。这一切迹象都表明老夫人没有失去知觉。

已经凌晨三点了,克利斯蒂安起身离开了。"我坚持不住了,"他埋怨道,拖着那双膝麻木的腿,扶着家具离开了。与此同时,伊瑞卡·威恩申克和塞维琳小姐也听够了病人连续不断的呻吟,便坐在椅子上睡着了,脸颊红扑扑的。

到四点的时候,老夫人的病情又加重了。大家将她扶了起来,斜靠在枕头上,豆大的汗珠从她的额头上不断地落下。此时,老夫人已经几乎无法呼吸了。她越来越惊恐不安。"我想……休息一下……"她结结巴巴地说着,"喂我一点药吧……"可是,他们现在根本不想给她吃什么安眠药了。

忽然,她又开始重复先前说的那些话,似乎是在和空气里某个透明人对话:"哎,约翰,我这就来啦!"又说道:"唉,亲爱的克拉拉,等着我!"

然后她又开始新一轮的挣扎……是在和死亡做斗争吗?不,她只是为了死亡而斗争。"我想……"她大口地喘着粗气说着,"我可不可以……休息一下呢……医生,帮帮我吧!让我休息一会儿吧!"

一声"帮帮我吧"刚出口,佩尔曼内德太太就一下子大声哭了出来,托马斯也捂着脸,轻轻地呜咽起来。但是作为医生应有自己的职业道德。那就是不管在什么时候,都要帮助病人在世间多停留一会儿,即使只需要一针麻醉就可以帮助病人毫无痛苦地离开这个世界。可是医生的天职是救死扶伤,不惜代价地挽救病人的生命,而不是帮助病人走向死亡。此外,这样做也是有一些宗教和道德上的依据的,大学期间他们就听过一些关于这方面的理论宣讲,尽管现在他们不一定会想到这些……不过,他们没有顺从病人的意愿,相反地,他们还给病人注射了各种加强心跳的药物,尝试各种方法帮助病人减缓痛苦。

五点钟的时候,病人的痛苦挣扎已经达到了顶峰。她的身体直直地挺着,眼睛瞪得滚圆,伸出双手,到处乱抓,就好像想要抓住什么东西,想抓住任何一个人伸过来的手。她向着空气里那些看不见的人回答着,那些来自四面八方的呼唤,似乎频率越来越高了,所以她回答得越来越勤,越来越急切。周围的人也渐渐感觉到,现在已经不仅仅是她故去的丈夫和女儿在召唤她,并且她的父母、公婆还有许许多多死去的亲朋都出来迎接她了。她甚至叫出了一些屋子里的人从来没有听过的陌生名字。"唉！"她一面答应着，一面摇晃着脑袋，"我这就来……马上就来了……就一会儿……哎呀……我不行了……给我药，医生们……"

到了六点半的时候病人终于安静了下来，但是这并没有持续多长时间。没多久，她那在疾病的折磨下已经变了形的布满皱纹的脸抽搐起来，她的脸上显露出莫名的令人恐怖的微笑和令人不寒而栗的温柔颜色，她伸出手好像要抓住什么，并且表现出无限的顺服和既恐怖又饱含深情的温柔，高声地回应道，她的声音慌张而又急切，就好像问话的人话音刚落她就迫不及待地回答着，最终，当她说完"我来了"这句话后便离开了人世。

屋内所有人都吓得一哆嗦。这是怎么回事？究竟她听见了谁的呼唤，让她这么奋不顾身地随他而去了？

人们默默地打开了窗子，吹灭蜡烛。格拉包夫医生平静而温和地帮死者合上了眼睛。

秋日清晨那苍白无力的日光已经洒满了屋子，所有人都禁不住微微颤抖着。李安德拉修女拿起一块布遮住了镜子。

2

透过半敞着的房门可以看见屋子里佩尔曼内德太太在老参议夫人去世的屋子里做祷告。她独自一人跪在床头的一张椅子前，孝服被铺在了身下，双手抱拳摆在椅子上，低着头，小声地念叨着……她发现她的哥哥、嫂子往早餐室走去，也发现了他们犹犹豫豫地停下脚步，想等待她做完祷告，可是她并没有因此而加快祷告的速度，她念完了祷告后，便故意干咳了两下，然后才缓缓地站起来神色庄重地整理了一下衣服，朝哥哥嫂子走去。她走的时候雍容娴雅，没有将心中的窘迫难过流露半点儿。

"托马斯，"她用严肃的声音说道，"我觉得母亲将塞维琳留在身边做侍女，简直就是把一条毒蛇养在了身边。"

"为什么？"

"我快被她气死了。我简直就要疯了……我们现在都是这么难过悲伤，她竟然做出了这样的事情，这就是给我添堵，你说，她怎么能够这么做啊？"

"到底发生了什么事情？"

"她的贪财，简直到了无法无天的地步了。我今天看见她打开了母亲的衣橱拿走了母亲的绸缎衣服，把它们夹在了胳膊下，就走。'李克新，'我喊住了她，'你要将衣服拿到哪里去？''老夫人说过会把这些衣服留给我的！''亲爱的塞维琳！'我憋住了一肚子的火气，好言好语地劝说她，她现在做这些事情是很不合时宜的。可是你猜我的话生效了吗？她变本加厉，拿走了绸缎衣服，还顺便带走了一包衬衣衬裤。我总不能和她打一架吧？……更何况这样做的并不仅仅是她一个人……还包括那些女仆们……把衣服和料子一筐筐地往外运……她们之所以可以当着我们的面明目张胆地瓜分，就是因为钥匙还在塞维琳的手里。'塞维琳小姐！'我劝说道，'请你把衣橱的钥匙还给我！'你们都想不到她是怎么回答我的。她竟然毫不害臊地回答我说，她并不是我雇来的，也不是服侍我的，所以我没资格命令她，直到她离开的那天，钥匙都该在她的手上！"

"放银器的那个柜子的钥匙是不是在你手里？是的，那就行了，其他的就不要去管她了。家中的权威者一旦过世，这种事情的发生也是在预料之中，更何况最近两年，家里的仆人已经被惯得没有什么规矩了。我可不希望因为这件事闹出什么纷争来，更何况那些衣服本来就已经坏了……我们现在倒是可以统计一下还剩什么东西。你手头有册子吗？就在桌子上吧？好。我们现在就来核对一下。"

他们走进屋子里，安冬妮太太把盖在死者脸上的白布掀开，他们就在窗前默默地哀悼了一会儿。人们已经帮老参议夫人穿上了缎子的寿衣，今天的下午就得在大厅里入殓了。此时离老夫人逝世已经过去了二十八个小时。拿掉了假牙以后，她的嘴巴和两侧的脸颊都凹进去了，而下巴则突兀地向上翘着，显得特别老。他们三个人望着死者紧闭的双眼，几乎快要认不出这就是他们的母亲了。只有老夫人那顶在节日才会戴的帽子下露出的那柔顺的红棕色的假发还和以前一样。布来登街的三位小姐在老夫人生前常常会取笑这顶假发……死者的被子上撒满了花瓣。

"这是最美丽的花圈了，"佩尔曼内德太太小声地赞叹着，"每家每户都送来了花圈……哎呀，就好像全世界的人都在为老夫人哀悼似的，我将它们排列在了走廊上，盖尔达和汤姆，等会儿有时间了你们也要去看看。这些花圈那么美丽又令人那么难过。宽宽的带子在空中飘舞着……"

"大厅里都布置好了吗？"议员问道。

"马上就好了，汤姆。已经布置得差不多了。负责室内装饰的雅可伯斯忙得一刻都没有停歇。另外那个……"她突然低声哭了起来，"棺材也已经运到了，你们可以把外套脱掉了，亲爱的，"她说着便将那块白布重新盖到了死者的脸上。"虽然这边很冷,但是早餐室的暖气已经打开了……我来帮你脱掉外套,盖尔达,这么好看的斗篷可得小心点儿脱……让我亲你一下好吗?你知道,尽管你那么讨厌我,我还是那么喜欢你……没关系,我来帮你摘帽子,保证你的头发不被弄乱……你的头发真漂亮!就和母亲年轻时一模一样。可是她从没有你现在这么好看,不过在我出世的时候,她还真的是一个大美人。只是现在呢……就像你们的格罗勃雷本经常说的一样:人最终还是要回到土里去的。这话只有像他那样的蠢人才说得出来啊……对了,汤姆,拿好这几本最要紧的册子。"

此时,他们三个人已经来到了隔壁房间,在圆桌边坐了下来。议员接过了登记杂物的小本子,这上面写的东西要分给几个亲属的子女……佩尔曼内德太太一直盯着她哥哥的脸看,一刻也没有离开过,她表现得既紧张又激动。一个在她心中停留了许久,一直难以启齿的问题,过几个小时以后就能得出结果了,现在她的全部心思都放在这件事情上面了。

"我觉得,"议员提议道,"我们应该像以往那么做,谁送的礼物就还给谁,这样……"

他的话音未落,妻子突然插了一句:"抱歉,打断你一下,托马斯,我想说……克利斯蒂安……怎么没有喊他过来呢?"

"我的天哪,克利斯蒂安!"佩尔曼内德太太一下子被提醒了,"我们忘了喊他一起过来了!"

"对啊。"议员回答着,赶紧放下了手中的册子。

"没有通知他吗?"

佩尔曼内德太太忙走过去拉铃。可是与此同时克利斯蒂安也恰好自己打开了房门，走进了房间。他步履匆匆地走进来，"砰"的一声关上了门，不高兴地皱着眉头站在房间里，那双凹陷的小眼睛并没停留在谁的脸上，只是向四处环视着，他那浓密的深红色胡须下的那张嘴一张一合，欲言又止……他好像有一肚子的怨气想找谁评评理。

"听别人说你们都在这儿，"他的声音里有些怨气，"你们在讨论这些事情的时候，应该找个人通知我一下。"

"我们正准备去喊你过来的。"议员的声音冷冰冰的，"坐下吧。"

说这句话的时候，议员不满地看着克利斯蒂安衣服上的白色领扣。他自己穿得十分符合规矩，谁都挑不出一点儿毛病：黑色的外套，白色的衬衫，黑色的宽大的领结，胸口上不再是往日的金色扣子而是换成了黑色的扣子。克利斯蒂安也感觉到了他哥哥的目光，所以在他坐下来的时候，他一只手拉过来椅子，另一只手摸着自己的白纽扣说："我明白，是要戴黑扣子。可是我还没时间去买黑色的扣子，实话告诉你吧，我是故意没有去买的。我已经没有钱了，为了买牙粉我都向别人借了五个先令了，我每天上床睡觉都是靠火柴照明……我不清楚，究竟这是不是都是我的错。但是，是不是黑扣子也不是多么重要的事情。我又不在意外表，我根本不觉得这有什么不行的。"

盖尔达一直看着他，听他说这些话，在克利斯蒂安说完最后一句的时候盖尔达禁不住低头笑了。议员说道："亲爱的，我倒想看看你是不是能够像你说的那么一直做下去。"

"是吗？可能你比我更了解，托马斯。我现在只想说，我现在已经不在乎这件事情了。在过去的那段日子里我已经经历了太多事情了，我和形形色色的人接触过，也看过了各式各样的风俗人情，我无法……何况我已经不再是年轻人了，"他把声音提高了些，"我现在已经四十三岁了，什么事情都可以由我自己做主了，我不需要别人的干涉。"

"你是不是有什么心事啊，朋友？"议员感到非常意外，"包括刚才扣子的问题，我可什么都没有说啊，你想怎么穿戴就怎么穿戴啊。但是你不要认为你的这种不拘小节的性格态度可以让我感动……"

"我并不想做什么来感动你……"

"汤姆……克利斯蒂安……"佩尔曼内德太太劝说道，"你们说话的时候都冷静点儿吧！……今天……就在这里……就在隔壁的屋子里……我们继续刚才的话题，托马斯。礼物送还到各自的家里吗？我很赞同这个想法……"托马斯只好又回到了刚才的那个话题。他先从大的物件开始说起，将屋子里对他有用的东西划到了他的名下：比如餐厅里面的蜡烛吊台和在楼道里放着的镂花的大衣箱以及其他的一些东西。佩尔曼内德太太对于这件事非常感兴趣，凡是物品的原主人对该件东西犹豫着要不要的时候，她都会以一种难以模仿的表情回答道："好的，我愿意拿走这个……"她的表情就好像在说，大家应该感谢她的自我牺牲，收下了那么多没有人要的东西。就这样，大部分的家具被她以这种方式划分到她或是她的女儿、外孙女的手中。

克利斯蒂安对他的收获很满意，他得到了几件家具、一台座钟，以及那架风琴。但是分配银器、床单和餐具的时候，他表现出来的热情令所有人都大为吃惊，简直到了贪婪的地步。

"我的呢？我呢？"他忙不迭地询问着……"你们是不是把我给忘掉啦……"

"没有把你给忘掉啊。我分给你很多了……说给你听啊，那一整套的茶具和银托盘都是你的了。只不过那套镀金的餐具是节日里用的，放在我们家才用得到……"

"我愿意要那套平日里用的石榴子纹的餐具。"佩尔曼内德太太慌忙接过去。

"那我呢？"克利斯蒂安不满地抗议道。平日里他也会这样发起火来，每当这时他消瘦的脸颊就凹得更厉害了，一副难以描述的样子……"至少有一部分的餐具得归我！你们打算给我多少羹匙和叉子？我觉得我什么都没有分到！……"

"亲爱的，这些东西对你有什么用啊？你就是拿走了也用不到……餐具都是留给有家的人用的啊……"

"我可以拿回去留作纪念。"克利斯蒂安不甘心地争辩着。

"亲爱的，"议员觉得这件事情很不可理喻，"我没有工夫在这里和你闹着玩……你刚刚说你想用它们来纪念母亲，如你所说，你是希望放一个汤盆在五斗橱上吗？你不要觉得我们现在在贪念你的那部分遗产，你在这些日用餐具上少拿的，我们今后会在其他的东西上补偿你。对于那些被单衬衣也是同样的道理……"

"我不要你们的钱，把被单和餐具分给我。"

"但是，你留着这些东西又有什么用处呢？"

克利斯蒂安回答的这句话惊得盖尔达·布登勃洛克猛地转过了头，细细地打量起他来，目光里饱含着意外和疑惑，议员也把眼镜从鼻子上摘了下来，同样意外地看着他的弟弟，而佩尔曼内德太太则是双手交叉抱起来了。他平静地回答："嗯，实话告诉你们吧，我迟早是要结婚的。"

他用低沉而快速的语调说完了这句话，然后随手一挥，就似乎把什么东西向他的哥哥抛过去一样,再然后他就向后靠在了椅子上,表情很难看,就像是被谁欺侮了一样,愁眉不展、坐立不安的样子,眼神也四处游荡难以安定。经过很长一段时间的沉默之后,议员最先开口说道:"说真的,克利斯蒂安,你的这个打算也算姗姗来迟了……但是,这些是你的一些切实可行的计划?并不是像你以前随口敷衍母亲的那些无法实施的……"

"我的看法还是和以前一样。"克利斯蒂安打断他,仍不去看任何人的脸,面部的表情也没有一点点的改变。

"怎么会这样?难道你是故意想等到母亲去世以后吗?好……"

"的确,我就是这么想的。你不要觉得自己是这个世界上最圆滑世故的人了。"

"我不明白,你说这些话究竟是什么意思啊?其实你的别有用心我们都看在眼里,真是让人佩服啊。母亲刚刚去世,你的叛逆和为所欲为就表现出来了……"

"这仅仅是因为今天咱们恰好谈论到了这个话题。不过更重要的原因是,现在这么做就再也不会惹恼她了。现在也罢,一年多以后也好……哎呀,我的上帝,就算是母亲她也只是代表了她自己的观点,这观点也不一定是对的啊,托马斯。她活着的时候我尊重她的看法。可是现在她已经去世了,她的观念是老一辈人的观念了,不该影响到我们……"

"只是我告诉你,在这件事情上,我同母亲持一样的观点。"

"那也不关我的事了。"

"当然和你有关,朋友。"

克利斯蒂安看着他的脸。

"不！"他抗议道，"这都和我无关！实话告诉你吧，这事你管不着！我怎么做，是我自己的事情。我现在不是小孩子了……"

"唉，你也仅仅是看起来像一个大人！你对自己在做什么，需要做什么根本不清楚……"

"我清楚！首先，我的所作所为都是正派人的行为……你根本不清楚事情的真相啊，托马斯！现在冬妮和盖尔达都在这里……我不想和你深入地讨论这件事情。但是我要告诉你，我这么做是出于我的责任。还有那个最小的孩子，小吉塞拉……"

"小吉塞拉是谁我不知道，而且我也不想知道！但我清楚，你现在是被别人骗了。无论如何，除了你以前所做的那些事，所谓的义务以外，对于这样一个女人，你心中的那个人，你已经不需要再做些什么了……"

"你说话放尊重点儿，托马斯！什么女人，她不是你想象的那样！阿琳娜……"

"住口！"布登勃洛克愤怒地制止了他的话。坐在桌子两端的兄弟俩就这么怒目而视，托马斯全身颤抖着，脸色气得惨白，克利斯蒂安那消瘦的脸庞则比平日里更加凹陷，脸颊上因为生气而泛着红晕，一双红通通的小眼睛瞪得滚圆，嘴巴半张着不知道说些什么了……盖尔达的脸上挂着说不上的讽刺微笑，目光游走在他们两个之间，冬妮不安地搓着双手，哀求道："汤姆……克利斯蒂安……看在母亲的份儿上，她还没有入殓呢！"

"你已经丝毫不知道廉耻了，"议员又开始说道，"你不可以这样……啊，你简直没有良心了，居然在此时此刻又提起了这个名字！你实在是不识好歹了，你已经没有丝毫的理智了，你真是被她迷得晕头转向了……"

"我真不懂，我凭什么就不能提起阿琳娜的名字！"克利斯蒂安气急败坏地大吼着，惹得盖尔达目不转睛地盯着他。"我一定要提起她的名字，你可听明白了，托马斯。我也想要有一个家，一个安静温馨的地方，所以我已经决定和她结婚了。而且你没有资格……你听明白我说的话了吗？你没有资格插手这件事情！我是我自己的主人，我的事情我自己做主……"

"你是个白痴！宣布遗产分配的时候你就会明白了，你是怎样做你自己的主人的！事情都已经安排好了的，我实话告诉你好了，你不能再去浪费母亲的遗产了，过去的那段日子里你已经挥霍掉三万马克了。而你剩余的财产会由我来替你保管，我向你保证，除了你每个月的生活费，其他的钱我一分都不会给你的……"

"哼，这件事是怎么一回事你最清楚，还不是你教唆母亲这么做的。只是有件事情我感到不解，为什么母亲不把这件事情交给一个和我更加亲近，更顾念手足之情的人呢？她为何偏偏交给了你……"克利斯蒂安现在已经是怒火中烧了，他说出了许多憋在心里很久的话。他的胡须乱糟糟的，两个眼睛红通通的，趴在桌面上，不停地用食指敲打着桌面。而托马斯却坐得笔直，面色惨白，半闭着眼睛看着他。

"你打心眼里看不起我，所以你对我冷淡而怨恨，"克利斯蒂安用他那浑浊而嘶哑的声音接着说了下去，"从我记事起，你对待我就一直很冷淡，使得现在的我一看到你就浑身冒冷汗……是的，也许你会觉得我这么说太过夸张了，可是实话告诉你，我真实的感受确实就是这样的！你不喜欢我，每当你见到我的时候就露出一脸嫌弃的神色，所以后来你连看都不想看我一眼。你凭什么这么对我啊？你难道就没有缺点吗？你也不过是一个普通人啊！的确，在两位已过世的老人眼里，你就是那个听话懂事的乖孩子。如果你向我这么孝敬他们的话，你就会从他们的身上学会一点基督徒的为人处世的精神。就算你丝毫不顾念我们的手足之情，那你也应该学会基督教的博爱精神吧。可是你却没有，你对人一点儿都不友善，你甚至都不愿意多看我一眼……我得了风湿性关节炎在汉堡的医院住院的时候，你甚至从来都没有来探望过我……"

"我当时还有其他重要的事要去处理。何况我自己的身体……"

"有什么事比看我一眼更重要，托马斯？你的身体再好不过了！如果你和我病得一样严重的话，你怎么会像个无事人一样坐在这里呢……"

"或许我得了比你更严重的病呢。"

"你？你未免太信口开河了吧。冬妮，盖尔达！他说他得了比我更严重的病！是吗？你也得了风湿性关节炎在汉堡一个人苦苦挣扎吗？你也会因为一点小病就被折磨得死去活来吗？是不是你左半边的神经也太短了？医生是这么告诉我的！你是不是在傍晚回到房间的时候，觉得有个人坐在沙发上冲你点头，可实际上这个人根本就不存在啊……"

"克利斯蒂安！"佩尔曼内德太太忍无可忍地吼道，"你不要再吵了……我的天啊，究竟为了什么你们俩要在这里争论不休？你们是不是觉得，谁病得更严重谁就更光荣一点啊！你们还想吵的话，我和盖尔达也想说两句了！母亲的入殓仪式还没有开始呢……"

"你到现在还不清楚吗？你这糊涂鬼，"托马斯·布登勃洛克又高声吼道,"你所说的这一切让人觉得恶心的事情,不都是你自己自作自受吗?你整天无所事事、游手好闲,这就是你的报应啊!工作吧!你不能再放纵自己的任性了,不能再让你的坏脾气发展下去了,别每天把你的病挂在嘴边了!如果一有天你疯掉了,我实话实说,这确实是很有可能发生,我是不会因此而难过的,因为这是你放任自己的代价,都是你自己的过错……"

"我当然知道,就算我死了,你也不会为我哭泣的。"

"你还没有病入膏肓吧?"议员皱起了眉头。

"我还没有病入膏肓?好的,就当我还不会病死吧!我们来看看谁死得比较早吧!……工作!如果我不能够工作呢?我可没有办法老是做同一件事。上帝啊!我就是无法持续做同一件事情的人啊,那样我会烦闷死的!假使你过去做着一件事,现在也还做着同样的一件事,你自己觉得这样很光荣的话,那你就自己开心去好了,可是千万别以此来要求别人,这又不是什么值得骄傲的事情……上帝赐予了某个人力量,却没有给另一个人……很可惜,你就是这样的人啊,托马斯,"他又接着说下去,脸部的表情更加扭曲了,身子前倾得越来越厉害,手指更加急促地敲打着桌子,"你可别再把自己的想法强加给别人了……看,我在说些什么啊,我并不是想说这些的,也并不是想以此来批评你的……只是现在的我,已经不知道想说些什么了,我所说的这些东西,也不过是我千分之一、万分之一的委屈!你是一个有地位、受尊敬的人,你高高在上,所有扰乱你心思的、让你精神迷糊的东西,哪怕对你只是一瞬间的影响,你都将它们拒之于千里之外,对于你而言,没有比心境安宁更重要的东西了。只是你要明白,托马斯,这不是我们人生中最重要的事情,我向天发誓,这绝不是你人生最值得追求的东西！一点都不假，你是这个世界上最自私自利的人了！虽然你会发脾气、摔东西、骂人，但是即使这样我都是爱你的。最可怕的是你的沉默，当别人和你说了一件事情后，你就一言不发，然后就默默地走开，孤傲又冷漠地推卸掉一切责任，留下别人独自在那里困窘不堪，不知如何是好……你丝毫不懂得顾及别人的感受，不知道什么叫作爱……唉！"他忽然叹了一口气，胳膊在脑袋后面摇晃了一阵，然后又往前方伸过去，就好像要推开一切的烦忧似的。"所谓的世故，圆滑，心神宁静，庄严，以及体统都让我觉得恶心……无比厌烦！"他这最后的四个字，仿佛是从心底喊出了最真实的声音，充满了他本人对此的深深嫌弃和厌恶之情，所以，这声音让听众们也为之一怔。托马斯向椅背方向缩了缩，顷刻间已经不知道说什么了，他看起来很疲惫，茫然地望着前方。

"我在你的心目中已经成为这样一个人了吗？"托马斯隔了许久又说道，表情显得痛苦不堪。"我只是不想成为像你这样的人。如果你觉得我发自内心地躲着你，只是因为我想要提防着你。对于我而言，你的行为举止都是危险的……我真的是实话实说。"

沉默了片刻，他用简短而不容置疑的一句话回到了之前的话题："我们的话离题太远了。你对我的为人处世发表了一些你的看法……都是一些乱七八糟的东西，也许也有一定的道理吧。只是今天我们要讨论的对象不是我，而是你。你打算结婚这件事情，我告诉你吧，你还是早早断了这个念头吧，你的计划是不可能实现的。因为，我今后付给你的利息没有多少，这足以让你心灰意冷了……"

"阿琳娜自己也有一点儿存款。"

议员咽了口吐沫，想使自己的心情平静下来。

"哦……有一点儿存款。你想把母亲留给你的遗产和那个女人的钱混在一起吗？"

"是的。因为我也想要有一个家，希望有一个人能够在我生病的时候给我安慰。更何况，我们两人是如此般配。我们都是有些残缺的人……"

"你也想将她的孩子收养过来……这就是说，将来让他们继承你的财产吗？"

"是的。"

"所以你死了以后，你的财产就要被几个毫无血缘关系的人瓜分？"议员说这些话的时候很激动，佩尔曼内德太太抓住他的一只胳膊摇晃着，小声劝说道："托马斯！母亲的入殓仪式还没有开始呢！"

"当然，"克利斯蒂安回答他哥哥说，"这都是理所应当的。"

"不！你不可以这样做！"议员站起来吼道，暴跳如雷。克利斯蒂安也起身走到了椅背后面，下巴抵在胸脯上，一只手扶着椅背……用害怕而恼怒的眼神看着他的哥哥。

"我不允许你这么做……"托马斯·布登勃洛克忍不住又补充了一句，现在的他气得几乎要发了狂，他的面色惨白，身体不停地颤抖，"除非我死了，不然我不会允许这种事情发生……我向你保证！你自求多福吧……小心点儿吧！因为运气不好的你做了那么多的错事，还有，你被别人骗取的钱财已经够多的了，我不能够让你再把母亲四分之一的财产分给那个女人和她的私生子！……更何况你已经有四分之一的财产被蒂布修斯骗走了！……你已经做了太多丢人现眼的事情了，我们可不愿意再和那样一个下贱的女人成为亲戚，更不愿让她的孩子和我们一个姓。你听明白了没有，我不允许你这么做！"

我绝对不允许！"他的声音让整间屋子都"嗡嗡"作响，佩尔曼内德太太无助地蜷缩在小角落里哭泣着。"我还要警告你，你不要试图去破坏我定下的规矩！至少目前我仅仅是瞧不起你，没有把你放在眼里……可是有朝一日你若是触犯了我的底线，那咱们就走着瞧吧。谁怕谁呢？我向你重申一遍。你可要当心了，我是无所顾忌的！只要我向别人宣布你神志不健全，我就可以把你软禁起来，你也就被彻底毁灭了！毁灭！你明白吗？……"

"我也想要你明白……"克利斯蒂安不甘示弱地反击道。结果这种局面就变成了兄弟之间的争吵，他们互不相让，毫无内容的对话空洞而又苍白，没有什么实质的内容，更没有什么目的性。他们说出的每一句话都是为了戳中对方的伤疤，在伤口上撒盐，让彼此的感情更加支离破碎。克利斯蒂安又重新提起了他哥哥性格方面的缺陷，努力从记忆中翻找一些早已逝去的事情，用这些令人不愉快的事情来证明他哥哥的自私。虽然这只是些小事，却是克利斯蒂安从小到大耿耿于怀的，并且他总是怀着这种悲愤不满的情绪反复回想。而另一边，议员也不断地用一些轻蔑讽刺的话来激怒他的弟弟，尽管这些话说出去没多久，连他自己都后悔了。盖尔达用手支撑着脑袋，抬起头用迷惘的眼神看着他们，表情十分怪异，以至于没有人知道她心里在想什么。佩尔曼内德太太显得悲伤而绝望，她不断重复着："母亲还没有入殓呢……母亲还没有入殓呢……"

克利斯蒂安在回答他哥哥最后几个问题的时候，开始在屋子里面踱步，准备离开这间屋子了。

"好的！我们走着瞧吧！"他怒气冲冲地喊了一句就离开了屋子。他的眼睛红通通的，胡须也乱糟糟的，外套敞着，手里攥着一块手帕。

刚刚离开屋子就"嘭"的一声狠狠地关上了门。

屋子里顿时寂静了下来,议员挺直了身子站了一会儿,盯着他弟弟离开的方向愣了好一会儿,才一言不发地坐了下来,将册子重新拉回到自己的面前,神情恍惚地接着分配母亲的遗产。当他将这一切事情都做完以后,他向后倒去,仰靠在椅背上,捻着自己的胡须,陷入了沉思之中。

佩尔曼内德太太受到了惊吓,心跳加速!那个问题,那件大事情不能够拖下去了。她现在想提出来,要让他给出个答案……可是他现在是否还有那个心情呢?他是否还能够顾念得到孝心和仁慈呢?

"那个……汤姆。"她低头看了看,支支吾吾了一会,又怯懦地看了一眼她哥哥的脸色,才开口说道。"家具什么的……你那么周到地把这些事情都处理好了……划分给我们的东西,也就是分给伊瑞卡、小东西和我的东西……都很合理……在我们的手中……不过这间房子呢,这间房子怎么处理呢?"她问道,同时紧张地偷偷合扣着手。

议员没有马上给出答案。而是继续摸了一会儿自己的胡须,面色凝重地沉思了一会儿,然后长长地叹了一口气,把身子正了正。

"至于房子,"他说,"房子是属于大家的,你、克利斯蒂安和我……真搞笑,蒂布修斯牧师也有份儿,他拥有克拉拉的那一份儿遗产。所以这事我一个人可做不了主,这件事需要我们大家共同商议,得出一致的结论。但是其实事情很明了了,早点把房子卖掉。"话音刚落,他也装作满不在乎地抖了一下双肩。但是他的脸色出卖了他,因为他的脸上写满了对自己说的话的紧张和害怕。

佩尔曼内德太太深深地低下了头,两只手也不在不断地搓揉,四肢都软弱无力。

"完全赞同！"短暂的沉默后她重复了这样一句话，她的声音很悲伤，并且还带着几分辛辣。"我的上帝，你是明白的，汤姆，只要是你觉得正确的事情，你就放心去做吧，我们是不会提出任何异议的！……只是如果你同意的话，我想再补充一句话……我有一个不情之请，"她压低了自己的声音，低到几乎听不见了，嘴唇也开始不断地颤抖，"这间老屋！是母亲住过的房子！是我们祖宗的遗产，我们的童年曾在这里度过！如今它却要被卖掉了……"

为了表示无可奈何，议员又耸了耸肩。

"实话对你说吧，孩子，你想说的话也正是令我不安的原因……可是我们没有任何理由不去做这件事情，这件事情不能受到我们个人情绪的影响。我们还是应该按照客观的现实处理问题。我们拥有这么一大块的土地……留着它有什么用呢？多年以前，那个时候父亲才刚刚去世，屋子的一整个后厢房就开始有坍塌的迹象了。野猫在弹子房里面安了家，屋子里面到处都是空洞的地板……的确，如果我还没有渔夫巷那个新房子的话……但是现在那座房子已经盖起来了，你说我要怎么处理那座房子呢？难不成把它卖了？说实话……卖给谁？房子一转手可就不值钱了，我原来投进去的本金至少损失一半啊。好啦，冬妮，我们拥有那么多的地皮，多到用不完！那些堆栈还有两套大房子！地产的价格和我们的流动资金可是得保持平衡的呀！无论如何，房子要卖，要卖掉……"

佩尔曼内德太太并没有因为他的话感到丝毫的安慰，她缩成了一团窝在椅子上若有所思，满含泪水地盯着前方发呆。

"那是我们的家！"她嘟哝着……"我不能忘记，小时候我们一起快乐生活的温馨日子……那时的我们只有这么高,并且家人都活着。霍甫斯台德叔叔还朗诵了一首诗……稿纸就夹在活页本里……我还记得呢……维纳斯·阿娜乔敏尼……客厅和餐厅来来回回走动着的是一批批的宾客……"

"是的,冬妮,在爷爷买下这间屋子的时候,从这里搬出去的人的心情也一定和你现在一样。他们破产了,没有钱了,就必须离开这间屋子,现在他们都已经死了,尸骨都已经化成灰烬了。世界上没有什么事情是永恒不变的。我们家还没有落败到和过去的拉登刊普家一样,我们离开这所房子的原因和他们是不一样的,我们也应该感到庆幸,这是老天对我们的恩赐了……"

可是他的话被一声长长的抽泣声打断了。佩尔曼内德太太再也抑制不住自己的心情,放声地哭起来,眼泪滑过了面颊她也不顾,只是缩成了一团,将身子向前倾去,滚烫的眼泪滴落在她支撑在膝盖的手上,她也不去抹掉。

"汤姆,"她强迫自己说出这句话,却不时地被呜咽时的换气声打断,可这更增加了她声音里的坚定,"你不会明白的,这对于我而言是一种怎样的感受,你不会明白。你这个一辈子受到命运折磨、没过过一天顺心日子的妹妹啊。为什么一切灾难都要降临在我的头上啊……我真的不知道,我到底做错了什么。但是这一切都没有把我击倒,汤姆,我从没有放弃过,不管是格仑利希的那件事情,还是佩尔曼内德的那事,就连威恩申克那件事都没有让我放弃过。无论哪一次,老天将灾难降临到我身上的时候,我都没有自暴自弃、走向绝路,因为在我心中始终有一个信念支撑着我,那是个避风的港湾,换而言之,我在那里出生,在那里成长,之后我遇到了困难,我还是可以回到那里……可是，从今以后，我再也回不去那里了，威恩申克现在已经被关进了监狱，我问过母亲说：'我们可不可以回来住呢？''好的，孩子，回来吧。'……还记得我们小的时候，汤姆，我们玩打仗游戏的时候，也会划出一小块的地方，作为我们的家，如果谁遇到了危难的时候，就可以躲到那个地方去的，在那里安安静静地休息一会儿，因为那里是安全的，别人不允许攻打那里。这间老房子，有母亲在的家，就是我现实生活中的那个安全的家，汤姆……只是事到如今……如今……却要被卖掉了……"

她拿起手帕捂住了脸，将身子朝后面靠过去，放声大哭起来。

他拉过来妹妹的手，握在自己的手中。

"我明白，亲爱的冬妮，你的悲伤难过我都明白！可是现在我们需要更理智一点儿，好吗？面对现实吧，我们慈爱的母亲已经去世了……她再也回不来了。我们现在能怎么做呢？如果不卖掉这所房子的话，它将成为一笔无法流动的资金了，这么做太不现实了……不然，我们把房子按月租出去吧？……我知道你不希望让别的人住到这里面来，这样会让你很难过、很心痛。不过只要你没看见，这样总好过看着别人买下这房子住在这。你自己的一家可以在别的地方租一间漂亮的小屋子，也可以租一层楼，就比如，城门外的那间……又或许，你仍旧愿意和一大堆的房客们住在这所老房子里面吗？何况你还是有一个安全的家的，盖尔达和我、布来登街的老家、克罗格家、卫希布洛特小姐我们都还在啊……当然还有克罗蒂尔德，我没有说她是因为她已经做了修女了，我不知是不是应该和她保持距离，是不是该疏远些，不知道往来是不是很方便了……"

她长长地叹了一口气，心情仿佛好多了。她将头扭了过去，拿手帕紧紧捂住了眼睛，噘起了嘴巴，还是气鼓鼓的样子，就像一个闹情绪的小孩子被大人逗得破涕为笑了。可是没有多久，她似乎决心要振作起来，忽然把手帕从脸上拿走了，坐直了身板，将头向后扬着，而下巴又努力地紧紧抵在胸脯上，极力维护自己平日里的尊严和骨气。

"好吧，汤姆，"她的眼中还含着点点的泪滴说道，表情坚定又十分严肃地看着窗外，"我也希望自己可以理智一点儿……不过我现在已经冷静下来了。你别和我一般见识……你也是啊，盖尔达……我刚刚就这么肆无忌惮地哭了一场。人们常会犯这样的错误……情感太脆弱了。但是请你们相信这不是我的本质，这只是个表象。你们应该是明白的，我已经在这令人煎熬的生活中磨炼出来了……的确，汤姆，我可以理解你说的那些无法流动的资金，至少这些我还是明白的。我再次向你说明，只要你认为是正确的事情，你就放心大胆地去做吧。但是，你做之前要为我们考虑好，要替我们着想，我和盖尔达都是女人，至于克利斯蒂安呢……啊,愿上帝保佑他！……我们是不会反对你的，因为我们根本提不出什么有力的理由来反对你，可是我们的情绪会写在脸上，大家都会看得清清楚楚。你已经计划好把房子卖给谁了吗，汤姆？房子是不是很快就能卖掉呢？"

"唉，孩子，这个我也不清楚……但是迟早会卖掉的……今天早晨我和那个老经纪人高什简单地讨论了一下这件事情，他好像有帮我们处理这事的意向……"

"如果他肯出面帮忙的话，那一切就迎刃而解了。虽然，塞吉斯门德·高什也算不上什么十足的好人……听其他人说，他在翻译西班牙文的一个什么东西，我记不清那个诗人叫什么名字了。他真是个奇怪的人,难道不是吗,汤姆?可是听说他以前和我们的父亲是朋友呢。更何况,他这个人很诚实,而且又通情达理,这是大家有目共睹的。他一定会明白的,我们这回不是随随便便的一桩小买卖,这可不是一栋普通的房子……你打算开价多少钱呢,汤姆?至少也要十万马克,对不对?……"

"十万马克应该是最低的底价了,汤姆!"当她的兄嫂已经走下台阶,她手里还握着门把,还急忙插了一句话,此刻,她已经走下了台阶。之后,就只有她自己一个人了,她站在屋子的中间,双手在胸前交叉放着,掌心面向地面。她睁大了眼睛向屋子的四周看了一遍,显出了一副不知所措的样子。头顶上的那顶镶着黑缎带的软帽随着她晃动的脑袋轻轻摇摆着,她仿佛被那重重思绪压着,渐渐地脑袋向一侧歪去。

3

小约翰也要去拜别奶奶的遗体,虽然他心里蛮害怕的,可是那是他父亲的安排,他自然不敢说出一个"不"字。在老参议夫人逝世的第二天,议员在吃饭的时候和他的妻子说起了克利斯蒂安昨天晚上的行为,说到他在母亲最危急的时刻竟然溜出去睡觉了,对此议员毫不留情地予以痛斥,议员有意将这样的一番话说给儿子听。"那是因为他的神经不好啊,托马斯。"盖尔达解释说。议员此时看了自己的儿子汉诺一眼,他是故意要让孩子看见自己的眼光的,然后用严厉的声音斥责道:"无论是什么原因,这都不可原谅。在母亲那么难受的时候,其他的人都在为自己不能分担母亲的痛苦而感到羞愧的时候,他怎么可以如此懦弱,连这么一点点的痛苦难受都不能承受呢?"汉诺听了父亲的这一番话后,决心不再对拜别奶奶的遗容提出任何异议了。

出殡的前一天,汉诺跟随父母从圆柱大厅再次走到这间大屋子里面,他夹在父母的中间,发现这间屋子完全变了样子,就像去年圣诞节大家排队进去那次的布置一样。巨大的银烛台和一盆盆高大的植物间隔摆放着,围成了一个半圆形。屋子的正中间,在一大片深绿色树叶的装饰下,是一尊坐落在黑色底座上的雪白的拉尔瓦德逊的耶稣雕像,这座雕像原先是摆放在走廊上的。现在屋子里到处挂满了黑纱,它们在风的吹动下轻轻摇摆,天蓝色的壁毯和那个面带微笑的神像现在都被黑色的布包了起来。小约翰站在同样戴孝的族人们中间,他的水手服的袖子上也缠上了一大团黑纱。屋子里摆满了花圈和花束,偶尔飘来一阵淡淡的花香,但是,还有另一种说不上来的既熟悉又陌生的香气,小约翰被这两种香气弄得有些迷迷糊糊的,他静静地站在灵床的前面,怔怔地看着死者在那布满白色缎子的灵床上僵硬而又冰冷的躯体……

这一定不是祖母,虽然她的头上戴着的还是在节日里常戴的那顶白色缎子飘带的帽子,在帽子下面的依旧是她那棕红色的假发,不过,她那尖尖的鼻子,深深地凹陷的嘴唇,连同她那尖尖的翘起的下巴,还有那看起来冷冰冰的、僵直的、焦黄的、交叉着的双手,这些都不是她原来的样子。她就像一个蜡质的假人静静地躺在那里。把一个假人这么精心地打扮好放在这里,实在有些吓人。他往客厅的方向望去,就好像活着的祖母会在某个时刻从那里走出来一样。可是这一切都是他自己的臆想,祖母已经去世了。死神用这个蜡人和祖母进行了交换,永远地换走了她,她的眼皮、嘴唇紧紧地黏合在一起，看起来是那么难以亲近……

他站在那里，身体的重心都转移到左腿上，右腿微微地屈膝站着，脚尖轻点着地面，一只手攥着衣服上的水手结，另一只手则毫无力气地垂了下来。他将脑袋向一侧歪去，额头上垂下来他那卷卷的浅黄色的刘海。他的眉头紧紧地皱着，眉毛的下面是一双棕黄色的、笼罩在一圈青影中的眼睛，他的眼睛带着嫌恶的神色盯着死者的脸部。他呼吸得很慢，似乎是不敢用力来吸气，生怕将那股陌生又熟悉的香味吸到自己的身体里，那种气味连屋子里浓郁的花香都遮盖不住。每当他闻到这股气味的时候，他都禁不住皱起了眉头，嘴巴也会难受地颤抖好一会儿……最后，他深深地吐出一口气，就像难过的抽泣声，佩尔曼内德太太弯下腰亲吻了他一下，把他带出了房间。

议员夫妇、佩尔曼内德太太以及伊瑞卡·威恩申克正在房间里接待前来吊唁的客人，这样的接待足足进行了好几个小时。等到接见完所有的客人之后，伊丽莎白·布登勃洛克的葬礼正式开始了。从法兰克福和汉堡赶来的外地亲戚们，正在接受对他们最后一次的款待。前来吊唁的客人们挤满了客厅、圆柱大厅和走廊，圣玛利教堂的普灵斯亥姆牧师在棺材前面正进行一场庄严的葬礼演说，在烛光的辉映中，他的双手交叉抵在下巴上，那张干干净净的、没有留下任何胡碴儿的脸仰望着天空，他的脸上时而狂躁时而阴郁，时而又是一片祥和的平静。

他慷慨激昂地赞颂着死者生前的种种美德：她的高尚、她谦和的态度、她的积极乐观、虔诚的态度以及她慈悲善良的菩萨心肠。他还特别强调了死者对"耶路撒冷晚会"和"主日学校"的贡献，他用他的伶牙俐齿让死者的这一生都充满了光辉……最后，说到死者将就此"长眠"时，他使用了一个比喻详细地说明了一下死者是如何"安静地长眠不醒"的。

佩尔曼内德太太十分明白，面对这么多前来吊唁的客人，她应该拿出庄严的姿态，以主人的身份来对待这场葬礼。她和女儿伊瑞卡及外孙女伊丽莎白站在了全场最显眼的地方，她们站在摆放着花圈的棺材边，紧紧地挨着牧师，而托马斯、盖尔达、克利斯蒂安、克罗蒂尔德、小约翰，甚至包括坐在椅子上的克罗格老参议都在那边不那么显眼的位子上，就像是关系较远的亲戚似的。佩尔曼内德太太笔直地站在那里，挺直了腰板，端起了两只手搭在一起，手里面还抓着一块镶着黑边的细麻布手帕。她对自己可以在这么重要的场合扮演了主角的身份感到十分自豪，这种骄傲甚至已经让她忘记了悲伤，而且忘得干干净净。可是她发现大部分的客人都将目光盯在她的身上，所以她不得不将自己的眼睛低垂着，只是有的时候，她还是会忍不住向人群中望一眼。她看见哈根施特罗姆家的女儿玉尔新·摩仑多尔夫和她的丈夫也在人群中……这是自然的，他们这些人都是理应前来的，无论是摩仑多尔夫家的人，还是吉斯登麦克家的人，或是朗哈尔斯家的人以及鄂威尔狄克家的人，他们都得过来。即使冬妮·布登勃洛克经历过格仑利希那件事，又遭受了佩尔曼内德那件事，还碰上了胡果·威恩申克那件事，可是在她离开母亲居住过的这座祖传老屋子的时候，所有的这些人都会在这里最后一次聚集，向她表示出安抚和慰藉……

普灵斯亥姆还在进行他那滔滔不绝的悼词演说，他说的每一个字都在极力煽起和触动大家的悲伤。他不厌其烦地向每一个人极力地劝说着，失去了她是他们多么大的一个损失，他拥有那种让不会哭泣的人落泪的本事，并且那些被感动了的人也对他的这种做法表示感激。当他的话题转移到"耶路撒冷晚会"的时候，死者生前所有的朋友都掩面而泣，当然，不包括什么都听不见的凯泰尔逊太太。她注视着前方，脸上带着所有聋人惯有的呆滞表情。可是除此之外，不为所动的还有保尔·盖尔哈特家的那两个后代——盖尔哈特两姐妹。她们俩相互挽着手，眼神里看不出一丝波澜，和往常一样清澈。她们发自内心地为老朋友的死而感到高兴，甚至不仅仅是高兴，若不是她们生来就不懂得忌妒和怨恨的话，恐怕此时她们的心里还有忌妒。

而卫希布洛特小姐呢，她只是不停地用力擤着鼻子，每一次都伴随着轻轻的响声。然而来自布来登街的三个布登勃洛克小姐，她们也没有哭泣，她们平日里就不是喜欢哭泣的人。只是她们今天看起来不像往日里那么尖酸刻薄，眉宇之间多了一些心平气和的满意的神态。"死"终究是这个世界上最不偏不倚、大公无私的……

随着普灵斯亥姆牧师最后的两个字"阿门"喊出口，四个戴着黑色三角帽的杠夫走进了屋子。他们走路的速度很快，又特别的轻盈，以至于他们的袍子在身后悄无声息地鼓了起来。他们走进了屋子就直奔棺材而去，这四张面孔谁都认识，他们穿梭于各种一流的家庭聚会，专门帮人家打杂，所以经常可以看见他们在宴会上被雇来端大盘子，或是在走廊上举着一大瓶摩仑多尔夫酒厂生产的红酒走过。除了这些场合，在一流或是二流的家庭办丧事的时候，同样也可以看见他们的身影，他们做起这些事情来也是得心应手。他们都很明白，死者的棺材就这样被几个外人硬生生地从家里面搬走，并且再也回不来了，这种感觉是多么令人痛心，所以这件事情必须做得干净利落，来不得半点儿的拖泥带水。就这样在这几个轻快的动作中，他们已经将棺材从灵架上扛到了肩膀上，没有一丁点儿的声响引起喧哗吵闹，以至于亲人们都没有来得及去体会这一刻的悲伤，被花圈装饰着的棺材就已经被不紧不慢地从圆柱大厅抬到了外面。

在场的夫人们举止优雅地围到了佩尔曼内德太太和她的女儿的周围来和她们握手，于是她们也垂下了眼帘含含糊糊地说了些答谢的话，她们说得不太多，也不太少，将一切都表现得恰到好处。而其他的男宾客们现在已经到了外面，去准备出去时乘坐的马车了……

然后这一队长长的穿着黑色孝服的送葬队伍就缓缓地开始了他们的行程，他们走过了一条又一条阴暗潮湿的灰色街道，一直走出了城门，走到了一条经历着雨水洗礼的街道上，两旁大树上的叶子也被雨水打落，最后他们来到了墓地。乐队站在树叶几近落光的几棵低矮的灌木后面奏起了哀乐，人群跟在棺材的后面，走过了松软的泥土地，来到了一棵低矮的灌木边，那儿有一座大砂石十字架、上面镌刻着皋塔式的黑色粗体字，那里就是布登勃洛克家的祖茔……在一片绿莹莹的树木的环绕下，有一个黑洞洞的墓口，上面盖着一大块刻满家族纹章的石质墓盖。

墓地里深处的位置就是为新进来的人预留的。前几天议员亲自监督主持把墓地的里面扩大了一点儿，将几位早先离世的布登勃洛克先人的遗骸向两边移了移。在哀乐快要结束的时候，拴在绳子上的棺材开始缓缓地向墓地的深处放去，当听到"砰"的一声接触到地面的声音的时候，这时已经换了一副腕套的普灵斯亥姆牧师又开始了他的讲话，他那练习过无数遍的清晰、热情而又虔诚的声音从墓穴的上方飘了过来，散播到这阴冷潮湿的空气中。最后他俯身对着穴口,大声呼喊着死者的姓名,并画了一个十字为她祈祷。他的声音戛然而止,这时所有来参加葬礼的先生们都用戴着黑手套的手将帽子摘了下来默哀。忽然,一缕阳光从乌云中钻了出来。雨已经停了,偶尔有几滴雨珠从枝丫上滑落下来,在这滴滴答答的雨滴声中,还有几声鸟儿清脆嘹亮的鸣叫,似乎在询问着什么。

然后,宾客们又依次走到了死者的两位儿子和一位兄弟跟前,再一次和他们一一握手。

托马斯·布登勃洛克的大衣上挂着许多细细的雨珠,深色厚呢子的布料让雨珠看起来显得晶莹剔透,他站在弟弟克利斯蒂安和舅舅尤斯图斯的中间,接受宾客们的握手安慰。近期以来他稍微有一点儿发福,这也是他精心呵护着的身体衰老的唯一证据。他那带着两撇小胡子的脸颊似乎比以前更加丰满了,唯一没有改变的是他那惨白的肤色,白得么死气沉沉,没有一点儿血色。每当客人把手伸向他的时候,他都会握着停顿一会儿,并用自己微微红肿的眼睛疲倦而充满友好地注视着对方。

4

又过了一个礼拜,一个小老头出现在布登勃洛克议员私人的办公室里面,他坐在了写字桌旁边的一张皮质的转椅上面。他的脸上没有留下一点点的胡碴儿,头发已经全部白了,一直垂到额前和鬓角。他的背已经驼了,两只手搭在自己白色拐杖的手柄上,尖尖的翘下巴抵在两只手上,嘴巴紧紧地抿着,一副没安好心的样子,嘴角向下,紧盯着议员的那双眼睛显得狡诈又讨人厌。这样的场景不禁会让人觉得奇怪,议员为什么没有拒绝和这样的一个人打交道?此刻托马斯·布登勃洛克窝在椅子里,身子向后靠着,表情显得那么怡然自得,并且从他和这个老头谈话的语气听来,他就像是在和一个普通的善良的市民聊天一样……原来,约翰·布登勃洛克公司的老板在和他的经纪人塞吉斯门德·高什探讨着孟街上那所等待出售的老房子的价格问题。

他们就这个问题讨论了好长时间,可是由于高什先生给出的价格——两万八千泰勒,让议员很不满意,可是经纪人却发誓说,没有人会给出更高的价格了,除非他疯了。托马斯·布登勃洛克不住地夸赞说这房子不仅地理位置好,而且占地面积也是非常大的,可是高什先生却夸张地张牙舞爪,从牙缝里硬生生地挤出了这样几个字,他给出这样高的价格已是冒着血本无归的风险了。他的这番解说显得是如此夸张,单从它的说服力和感人程度而言,简直堪比一场演讲……哼!如果他要把这座房子再转手卖给别人的话,那还要等到什么时候啊?谁又愿意买呢?买的时候又肯给出多高的价格呢?只是想买这房子的人不知道一百年能不能遇到一个呢?他亲爱的朋友们没有人可以向他保证,明日那辆来自布痕的车上是不是有一位从印度衣锦还乡的人,他是不是打算买下布登勃洛克家的那所老房子住下来呢?还是这房子将要滞留在他——塞吉斯门德·高什的名下了……如果他就此多了一个负担,那么他的今后也就玩完了,他就再也没有翻身之日了,那他的阳寿也就结束了,他的坟墓就此挖好了,挖好了啊……最后他不仅神神叨叨地说了这么些话,而且他又添了几句话,说什么瑟瑟发抖的灵魂啊,落在棺材盖上的土块啊,等等。

可是议员仍旧对他高什出的价格表示不满意。他又开始说起这座房子的种种好处啊，说起他对他弟弟妹妹的承诺啊，所以他坚定地认为至少要三万泰勒不可，当他说完之后，又不得不摆出一副愉悦而焦躁不安的神情来聆听高什先生新一轮的反驳。高什先生这一次说了近两个小时，在这两小时里，他使出了浑身解数，把自己全部的本领都拿出来了。他就好像一个人在扮演不同的角色，扮演一个假仁假义的虚伪坏人。"那咱们就这么说定了吧，议员先生，我年轻的客户，八万四千马克……我是一个诚实而慈厚的老人，这是我能给出的最高价格了！"他油嘴滑舌的，将脑袋歪向一侧，一边阴阳怪气地努力摆出一副天真老实的笑脸，一双白色的大手伸向前方，却不住地颤抖着。这分明只是欺骗的谎言罢了！就算是一个小孩子，他也能看出藏在这张笑脸后面的虚伪，那是一副奸诈狡猾、无赖丑陋的笑脸……

最后托马斯·布登勃洛克做出了让步，他说价格的事情他还需要时间好好考虑一下，至少他需要征求一下他的弟弟妹妹的意见，然后才能给答复，告诉高什是否可以接受两万八千泰勒这个价位，可是估计这个事情是很难成功的。说到这里，他主动转移了话题，开始关心起高什先生近来的生意状况和身体状况来。

高什先生近来很多事情都不顺心，他优雅地甩了一下胳膊，以此来否认他最近一切不顺利这种说法。他的年岁已经很高了，就像他自己所说的那样，他的坟墓都已经准备好了。每天晚上在他喝热酒的时候，当他把酒杯从桌子上举到唇边，杯子里的酒都会被他洒掉一大半，真是见鬼，不知从什么时候开始，他的手已经抖得这么严重了。可是抱怨也无济于事啊……他的身体已经不受他的意识控制了……可是就顺其自然吧！反正这一生他已经见识了不少世面了。他用这双眼睛看过了世上发生的许多重大事件。革命也好战争也罢，他都目睹过，并且，还可以这样说吧，他的心也随着这些波动震撼起伏着……唉，想起多年以前在那场意义重大的市民代表大会上，他和议员的父亲约翰·布登勃洛克老参议并肩作战，镇压那些暴乱的民众，那样的日子真让人刻骨铭心啊！也是惊险万分的画面啊……唉，他的一生是那么的充实，他没有白白来这世上走一遭，因为他的内心不是空洞的。该死，他应该感觉到自己的力量的，费尔巴哈曾经说过，"有怎样的力量，就会有怎样的理想"。以至于直到今日今时，甚至到现在的这一秒……他的灵魂都是充实不贫乏的，他的内心是年轻的，他从未失去过，并且永远都不会丧失对神圣的事物的感受能力，他的内心永远热忱地忠于自己的理想，永远都不会背叛自己……即使他死了，躺在棺材里了，也不会放弃这些理想，永不放弃！然而，理想的存在是为了有朝一日人们能得到它、实现它吗？当然不是这样，它应该像天上的星星，只能远观而不能得到……啊，理想啊，人生中最美好的东西就是不断地追求，而不是现实中唾手可得的东西。无论这个理想是多么的虚无缥缈，它总能够带给我们无限的追求，让我们走完人生这条路。这句话出自法国作家拉罗什福科之口。这句话说得很俏皮，难道不是吗？的确如此，可是他高贵的朋友和恩主却没有必要知道这些！作为一个事业有成、诸事顺心的人，是不需要记住这些话的。但是像他这样生活在社会最底层、不断摸索追逐着自己的梦想的人，却十分需要这些话的鞭策！

"您是多么幸福啊，"他毫无理由地说了这句话，同时把一只手搭在了议员的膝盖上,泪眼蒙眬地看着他,"的确是这样的!您不要否认这一点,否则就是在亵渎神灵!您是幸福的!幸福就在您的臂弯里!您出去征战了,用您孔武有力的胳臂将它征服了……用您那孔武有力的臂膀!"第二遍的时候他改用了"臂膀"这个词,因为他不想连着两遍都用"胳臂"。他又停顿了好一会儿,议员所说的那些恭维的客套话,他一个字都没有听进去,只是用他特有的那种阴沉、天真的表情一动不动地看着议员的脸,又沉默了好一会儿,他才忽然站了起来。

"我们把话题扯远了,"他说,"我们还是回到刚刚谈论的那个话题上去吧。时间很紧张,我们不要再犹犹豫豫地浪费时间了!让我来告诉您吧……这一切都是因为您……您明白我想说些什么吗?因为……"高什先生似乎又打算开始新一轮的高谈阔论,可是这一次他克制住了自己的这种行为,他像下了很大的决心似的,慷慨激昂地一挥胳膊,高声宣布:"两万九千泰勒,用八万七千马克这个价格来买下您母亲的房子!就这么说定啦!……"

布登勃洛克议员对这样的价格表示了赞同。

果不其然,佩尔曼内德太太对这个价格极为不满:"简直低得不像话!"除非有人能够理解她对这座老屋深深的怀念和不舍,一次性给出一百万马克来买这房子,她才会觉得这场交易是公平合理的,除此以外,什么样的结果都不会令她满意。可是她还是很快适应了他哥哥给出的这个价格,更何况她现在的思维已经被未来的种种计划所占据了。

因为自己分到了这么多这么好的家具,她已经感觉十分满意了,虽然直到现在都没有人说过要她从这间祖传的老屋子中搬出去,可是她自己已经开始兴致勃勃地四处奔走,准备为自己和家人们租一套新的房子。虽然将要离开住了这么多年的老房子是一件让人很难过的事情……这是不可避免的,每每想到这里都使她禁不住湿了眼眶。可是从另一个角度来说,搬到一个全新的环境,还是很让人期待和兴奋的……这简直就相当于重新造了一个家,她这一生中的第四个家!她又一次去看新房子,又一次和装修师傅雅可伯斯探讨问题,又一次去商店购买窗帘和地毯……她激动得心脏怦怦直跳,这位一生受尽折磨,经历了生活中那么多风风雨雨的老妇人在这段日子里,却比平常的任何时刻心脏跳得都厉害!

就这样又度过了好几个星期……四个星期,五个星期,六个星期。一年中的第一场雪已经下了,冬天到了,炉子里噼噼啪啪地烧起了火,布登勃洛克一家人开始为今年的圣诞节发愁,他们讨论今年的圣诞节要怎么过……就在这时却突然发生了一件事,发生了一件让在场所有人都措手不及的戏剧性的一幕。事情的发生吸引了每一个人的注意力,发生了这样一件事……毫无征兆地凭空降临的事,弄得佩尔曼内德太太放下刚刚做了一半的事情,直愣愣地来在那里了!

"托马斯,"她说道,"是我的脑袋不正常了,还是高什没有睡醒!不可能会有这样的事情发生的!太不可理喻了,太离奇了,太……"她的话说到这儿就再也说不下去了,她用两只手按压着自己的太阳穴。但是议员也只是无可奈何地耸了耸肩。

"亲爱的孩子,这件事情本来就是八字还没一撇呢!何况这种想法,这种事情也是存在可能性的。如果你心平气和地想一想,就会明白这也并不是什么完全不可思议的事情。当然,还是有一点在我们意料之外的。高什当时告诉我的时候,我自己也吓了一跳。但也不能说是不可思议……难道有谁规定过不可以这样的吗?……"

"我宁死都不愿意看见这种事情的发生。"她说着就在一张椅子上面坐了下来,再也没有离开过那里。

究竟发生了什么样的事情呢?这只是因为房子已经找到了买家,换言之,就是有一个人对这个房子表现出了兴趣,并期望来看一看这所房子以做下一步的打算罢了。而这个人就是大商人亥尔曼·哈根施特罗姆先生,他同时也是葡萄牙帝国的议员。

当佩尔曼内德太太刚刚得知这个消息的时候,她整个人几乎傻了,不能动弹,脑袋里面早已是一片空白,更不敢往深层次去想这个问题。可是现在这个问题却已经真真切切地发生了,哈根施特罗姆就站在孟街的老房子门口,他正等待着进来看房子呢。她忽然又清醒了起来,似乎灵魂又回到了她的身体里面了。她要反对,而且必须抵抗。她努力搜索着一些最强烈的话语来表达她内心激动的心情,就像高举一把火炬或是一件武器一样左右挥舞。

"绝对不可以这么做,托马斯,只要我还活着,我就不允许这么做!就算我们卖的是一条狗,还要看看卖给什么样的人呢。更何况我们卖的是母亲的房子!那是咱们家的房子!风景大厅……"

"我实在是不明白,想要问问你。究竟为什么你不同意这件事情?"

"为什么我要阻止这场交易?上帝啊,阻碍他的是什么!阻碍他的、阻碍着这个胖家伙的是几座高山,托马斯!是几座高山!只不过他却视而不见!他根本不在乎这些!他甚至连一点点的感觉都没有,难道他是牲口吗?谁都知道,哈根施特罗姆家族永远都是我们家族的仇人……老亨利希曾经对我们的祖父和父亲做过的事情,耍过的那些卑劣的手段,就算亥尔曼还没对你耍过这一类的手段,就算他还没有对你下过什么毒手的话,那也仅仅是因为他还没有找到合适的机会……我们小的时候,我曾经在大街上扇过他一个耳光,我当时是有十足的理由,而他的那个宝贝妹妹差点因为这件事情把我撕碎。不过,这都是小孩子之间的打打闹闹……这些都可以不提了!并且每次我们家遇到困难的时候,他们都会在一旁幸灾乐祸地看热闹,而我几乎每一次都会成为他们嘲笑的对象……这或许都是命运的安排吧……你是否还记得亥尔曼在生意场上是如何坑害你的,他又是怎样厚颜无耻地挤兑你的,这一切你比谁都清楚吧,汤姆,在这件事情上我可没有什么发言权。而且,伊瑞卡结了一门好亲事,这一切也让他们茶饭不思,他们绞尽脑汁、费劲一切心思把威恩申克经理拉下台,他们非要把他关进监狱才罢休,这都是他那个野猫般的哥哥干的好事,他这个凶残的检察官……如今他们怎么能够这么厚颜无耻……简直是白日做梦……"

"我来告诉你,冬妮,首先,在这件事情上面我们没有发言权,我们和高什已经达成了协议,他想把房子卖给谁就可以卖给谁,这是他的权利。虽然,我也认同你的观点,单从这件事情看来,就像是命运对我们的嘲弄一样……"

"命运对咱们的嘲弄?汤姆,这是你的看法!在我看来,这就是一个耻辱,就像是打在脸上的一记响亮的耳光,就是如此!……难道你不会细细考虑一下,这对咱们而言意味着什么吗?你是需要仔细想一想的,托马斯,这就是说:布登勃洛克家族就此完蛋了,永远都翻不了身了,咱们从这个家搬了出去,而哈根施特罗姆一家却欢声笑语地搬了进来……不行,托马斯,我无法装作什么都不在乎!这是一件多么令人汗颜的事情,我什么都不做,就让他们搬进来好了,如果他真的是那么厚颜无耻的话，就来看房子好了。反正我是不会待见他的！我要和我的女儿还有外孙女坐在一间屋子里面，把门从里面锁起来，不允许他们进来，我说到做到！"

"你就按照你觉得合理的方式去做吧，我亲爱的，并且在做这件事情之前，请你一定要考虑清楚这么做是不是符合礼法规范，我们还是应该遵守社会规范的。可能你觉得，你这样的行为深深地伤害了哈根施特罗姆参议！不是这样的，我的孩子，如果这样想你就错了。他不会因为这种事情而感到不开心，也不会因为这种事情而感到难过，最多会让他觉得有些惊讶，只不过是一种事不关己、毫无所谓的惊讶罢了……而现在的问题就是，你要把你对他的种种猜忌厌恶强加到他的身上，觉得他也是同样地讨厌你。这是不对的，冬妮！他没有理由讨厌你。现在的他又怎么会恨你呢？他现在不会仇恨任何人，他的事业生活一切都是顺顺利利的，所以他的心情永远是快乐的，他看谁都很顺眼，对待别人的态度都很友善，这一点你是相信的吧。我已经对你说过好多遍了，当你在外面和他偶遇的时候，要稍微改改自己的脾气，不要那么气势汹汹地故意将眼睛望向天空装作没看见他，你不那样做，他自然会主动殷勤地向你问好。他只是对你的行为感到意外，他平心静气的可能还感觉到可笑，他就这么惊讶一会儿，因为他没做过什么对不起你的事，自然过不了多久就会恢复到他平时的状态，他的一切生活都不会因你的举动而发生变化，你又是为什么对他不满呢？是因为他在生意上做得远远比我好？还是因为在社交活动中做得比我出色？这都不是什么理由啊，这只是说明他是一个比我更优秀的精明的商人，更有手腕的政客罢了……你这样怒气冲冲地埋怨他是不应该的！咱们再回到房子的那个事情，那所老宅子现在对我们已经没有什么用处了，咱们家的活动中心应该渐渐地直到完全移到我家的这所房子来……我这样说，只是为了让你清楚现在的状况。而哈根施特罗姆打算买下我们家的老宅子的原因，大家也是有目共睹的。他们家一夜暴富，人口比从前增加了不少，后来又和摩仑多尔夫家联姻，无论是名望还是在经济实力方面他们都已经跻身一流社会了。但是似乎他们还是缺少了点什么，缺少了一些外在的东西，时至今日了，他们只是因为自己的优越感，所以即使没有光辉的历史倒也并不在意……他们所缺少的这种光辉的历史就是指合法化的地位……可是现在他们开始希望追求这些了，他们想要搬到我们家这样的房子里面来就是为了给自己增加一点儿这样的历史积淀……你大可不必担心，哈根施特罗姆参议会保持这座老宅原来的样子，他不会对屋子的任何一个地方擅自进行修改，甚至连房门上的座右铭'Dominus providebit'他也会留着的。不带任何偏见地说，施特伦克·哈根施特罗姆公司能有今天的辉煌，他的功劳是不可抹杀的，但是这也绝不是上天注定的……"

"就是这样，汤姆！居然在你的口中都能听见这样愤愤不平的话，这真叫人痛快啊！你说的正是我心里所想的！老天啊，如果我有你这么聪明的头脑，我一定会叫他好看！但是你就只是……"

"你得知道，我这样的头脑对我也没有什么用的。"

"我刚刚还想说呢，你总是这么平心静气地和我分析这件事情，向我解释哈根施特罗姆会这样做的原因，我根本不能明白为什么你的心情如此平静……好吧，无论如何，我知道你的身体里有着一颗和我一样愤慨的心，我不愿相信，你的心里也和你表面上一样的平静！你安慰我的不平心情……说到底也是在安慰自己罢了……"

"你太嚣张了，冬妮。作为你，你现在应该仔细看看我是怎么'做'的，而我内心的想法都是我自己的事情。"

"汤姆，我还有一件事情不明白：你说这一切像不像一个被颠覆的世界？"

"非常像！"

"像不像一场噩梦呢？"

"就像是这样啊！"

"像不像一出令人哭笑不得的滑稽剧？"

"好了，可以了！"

果不其然，哈根施特罗姆参议已经来到了孟街。陪同他来的是高什先生。高什先生的手中拿着基督教徒的帽子，跟在参议的后面，猫着腰，一脸狡诈地四处张望着，来到了门口，有一位侍女递给他们名片并为他们打开了玻璃门，他们走了进去，一直来到了风景大厅……

亥尔曼·哈根施特罗姆穿着一件直垂到脚踝的厚重皮大衣，他没有扣上衣服的扣子，里面的那一件黄绿色英国料子的呢子冬衣就露了出来，他的气势十足，就像一个大人物似的，像一位非常有名望的交易场合的人物。他非常非常胖，不仅仅是双下巴，似乎整个脸的下半部都是重叠的。即使他留着一脸金黄色的络腮胡子也掩盖不住这样的事实。有时候他会抬一抬额头或是皱一皱眉头，这个时候他的整个头皮，也会在剪得短短的头发中显露出许多皱纹来。他的塌鼻子平平地趴在自己的嘴巴上面，浓密的胡须堵住了鼻孔，就连呼吸都显得特别吃力。这个时候他就不得不借助于他的嘴巴，用嘴巴大吸一口气，并且每一次吸气的时候，舌头都会和喉咙碰触，发出吧嗒一声。

佩尔曼内德太太的脸色一下子变得很难看，在她刚一听见这熟悉的咂舌声的时候。一桌子柠檬糕加松露肠子和鹅肝饼的景象瞬间出现在她面前，她平日里那副冷漠傲慢的表情瞬间不复存在了……她梳理得一丝不乱的头发上戴着一顶丧帽，一袭黑色的衣服剪裁得恰到好处，裙子上的褶皱一直延伸到腰际。她端坐在沙发上，抱起了两只胳膊，为了避免这种令人尴尬的局面，在两位来看房子的客人走进屋子的时候，她还装作什么都没有发生一样地对她的哥哥说了一句什么毫不相关的话。可是，紧接着议员就迎上前去了，他走到了屋子中间和经纪人高什亲热地拥抱，又彬彬有礼地和哈根施特罗姆参议相互问候，佩尔曼内德太太却依旧坐着没有动。又过了很长时间她才缓缓地起身，向到来的两位客人微微屈身打了招呼，然后不紧不慢地和她的哥哥一起邀请客人们入座。自始至终，她都没有抬起过她的眼皮，而是一直耷拉着，一副无精打采的样子。

当大家都入座以后，最开始的时候只是哈根施特罗姆参议和经纪人高什两个人轮流说着话。高什先生用拙劣的演技装出一副任谁都能够看得出的谦卑的样子，可是在那谦卑的外表下似乎隐藏着某种奸诈！他希望主人们可以原谅他们的冒昧前来，因为哈根施特罗姆参议先生希望买下这套房子，所以他就带他来看看房子……然后，哈根施特罗姆参议用另外一种语言组织方式把这同样意思的话又说了一次，听到他的声音的时候，佩尔曼内德太太再一次想起柠檬糕和鹅肝饼。的确如此，买下这房子是参议和他的家人共同的心愿，所以无论如何，这对他都是有好处的，他希望这个心愿可以成真。但是现在需要面对的问题只有一个，只要高什先生别把价格开得太高了,哈哈!……当然,他始终都相信,这件事情一定会得到一个圆满的结局的。

他的言谈举止无不体现出他高超的交际手段,大方自然并且毫不拘束。这样的举止也无法不改变佩尔曼内德太太对他的态度,更何况,他为了讨好她几乎每一句话都是冲她说的。当他谈论到为什么想买下这所房子的时候,他说话的语气听起来就像是在乞求他们把房子卖给他似的。"面积,我们需要更大的住房面积!"他说,"可能你们不会相信,但是我们在桑德街的那套房子……亲爱的夫人和议员先生……那套房子对我们而言实在是太小了,我住在里面的时候简直挪不开身子。我不是说请客吃饭的时候,就仅仅是我们自己家人住在里面的时候,胡诺斯家、摩仑多尔夫家、我兄弟莫里茨一家人……我们这么多的人,住在里面挤得就像是鱼罐头。您一定能理解,这就是我们想找一个大一点的房子的真正原因!"

他的语气听起来就像是对现在的住房环境非常不满,而他的表情和动作似乎又在告诉主人们:难道你还不清楚吗……我为什么要吃这样的苦头啊……我也不傻,我的经济能力,谢天谢地,是足够让我们搬出那里的……

"原本我并不急着搬的,"他又开始说道,"我是想等到蔡尔琳和波布他们需要自己的房子的时候。我们就把现在住的房子让给他们,然后我们去找一套更大一点儿的房子住,可是……您也了解,"话说到这里他稍微顿了顿,"我的女儿蔡尔琳和我当检察官的那个兄弟的大儿子波布在几年前就已经订婚了……婚礼不应该拖得太久,最多也不能超过两年……虽然他们现在都很年轻,但是这也没有什么不好的!归根究底,我也没有必要非等到他们结婚,而白白丧失了这么好的一个机会啊！这样做没有什么重要意义，而且也太不明智了……"

大家都对他的这一番分析表示赞同，于是他们的谈话内容也就此转到了婚礼上。这种在经济上互相有利的叔伯兄妹结亲在这里算不上什么稀奇的事情，所以也就没有人提出什么别的意见了。大家对这对即将步入婚姻殿堂的新人产生了兴趣，开始打听起他们日后的计划，也关心起他们的蜜月旅行……他们是打算到利维也拉去还是打算去尼斯这一类的问题。只要他们自己想去，就随他们的心意好了。他们的话题又开始转到了那几个年纪稍小一点儿的孩子身上，哈根施特罗姆参议谈论到他们的时候，脸上露出了疼爱而慈祥的微笑，他不断地耸着肩膀，装出一副不屑的样子，但还是掩盖不住他发自内心的骄傲。他拥有五个孩子，他的兄弟莫里茨也有四个孩子，儿女双全。更何况，谢天谢地，他们都很健康，不是吗？总而言之，他们都很健康，而且也很活泼开朗。然后他又说到了家里的人口越来越多，房子显得越来越拥挤……"对啊，现在的情况就不一样了！"他说，"我刚刚从楼梯上去的时候就发现了。这座老屋子就像一颗美丽的珍珠，的确是珍珠啊，如果我将这两个体积相差如此大的东西放在一块比较是合适的，哈哈！……包括这一条壁毯……实话和您说吧，我亲爱的夫人，虽然我一直面向您说这话，可是这条壁毯一直吸引着我的目光。这真是一间非常漂亮的屋子，我可一点儿都不夸张！每当我想到……您就是在这里长大的……"

"是在这里，可是中间也离开过几次。"佩尔曼内德太太说话的时候，声音变得很奇怪，她经常喜欢用这种奇怪的声音说话。

"离开过几次，的确如此。"哈根施特罗姆参议将她刚刚说的话重复了一遍，讨好似的在旁边赔着笑脸。他向布登勃洛克议员和高什先生那边看了一眼，发现他们两个正在谈话，于是他把椅子向佩尔曼内德太太的身边拉了过去，他的整个身子都向她倾过去，甚至连他的呼吸声都清清楚楚地传到了佩尔曼内德太太的耳朵里。出于最基本的礼节上的原因，她没有向后躲开他热乎乎的气息，她只能僵直地坐在那儿，动也不动，垂下眼帘看着他。只是哈根施特罗姆丝毫没有察觉到他这样的举动带给对方的尴尬。

"是的，亲爱的夫人，"他说，"我忽然想起来，很久之前我们也曾经有过一次的交集，是吗？哦，是的。那次是什么呢？……是什么？好像是事物，是糖果，对吗？……可是现在却是一整栋房子了……"

"我没有什么印象了。"佩尔曼内德太太回答道，她的姿势显得更加僵硬了，她简直无法忍受了，参议的脸贴得那么近，简直不成体统……

"您已经忘了吗？"

"说实话，我的确不记得什么糖果的事情了。可是我却还记得柠檬糕加肥肠的那件事情，那份令人反胃的早餐……我已经忘记了，那是你的早餐还是我的……毕竟那个时候我们都还小……但是我知道今天的这件事情是高什先生负责的事情……"

说着，她迅速向她的哥哥递过去一个感激的目光，因为刚刚布登勃洛克议员发现了他妹妹的尴尬处境，帮她化解了麻烦。他提议要客人们在房间里四处转转，看看房子。客人们对他的提议表示赞同，他们起身向佩尔曼内德太太暂时告别，并说希望一会儿还能再见到她……然后两位客人就跟随着议员离开了这间屋子。

议员带领着他们上上下下地参观着，他们看了三楼的房子和二楼走廊边的屋子,当然也参观楼下,连地下室和厨房都看了一遍。但是由于当时正是保险公司上班的时间,所以他们就没有去办公室参观。当他们讨论起新上任的经理的时候,哈根施特罗姆参议不住地夸奖他,说他是一个非常诚实的人,可是议员却对他的意见保持沉默。

他们又穿过那座冰雪已经开始消融的院子,参观了一下院子里的凉亭,接着又去洗衣房所在的前院,沿着两堵院墙中间窄窄的青石板路,他们来到了后院的厢房。后院里只剩下一棵栎树了,呈现出一片萧条的景象。石板路的夹缝里长满了野草,石板上也布满了青苔,就连屋子的木质楼梯也已经腐朽,他们的到来还使得已经在房屋内定居的野猫们吓了一跳。可是这也只是一场虚惊,因为他们并没有打算进去,房屋的地板已经朽坏,他们只是开门看了看。

哈根施特罗姆参议渐渐地不说话了,他的脑袋里盘算着各种计划。"好吧,行了。"他的嘴里嘀咕着,摆出一副满不在乎的样子,他的表情似乎是在告诉大家,等他成为这个房子的主人后,一定要对房子进行一番大规模的修复。他在布满灰尘的地面上又站了一会儿,抬起头望着上方空荡荡的粮仓,脸上的表情依旧没有变化。"好了,好了。"他的嘴里又开始嘀嘀咕咕了,手里攥着屋子里面一根沉甸甸的绞绳,不停地摇晃着,这副绞绳和它下面挂着的那个布满铁锈的钩子已经很久很久没有人碰过了。接着他就离开了这间房子。

"议员先生,劳驾您带我们看了这么一大圈,真是十分感谢。"他说着就往回去的路上走着,一路上都保持着沉默,以至于当他们回到客厅和佩尔曼内德夫人告别的时候,他也没有坐下来闲聊几句,而且当托马斯·布登勃洛克送他们走下楼梯,一直送到了门口时,他都没有再说话。可是,当哈根施特罗姆参议刚刚和主人们道别,离开了这所房子后,他就和经纪人高什热火朝天地聊了起来……

议员送走客人后回到了客厅,佩尔曼内德太太此时正笔直地坐在靠近窗户的那个位置,一脸不悦地拿着两根大竹针为她的外孙女小伊丽莎白织一件黑色毛衣。织毛衣的时候,她时不时向窗外望一眼街道上的反光镜。托马斯的双手插在口袋里来来回回地踱步,似乎想要说些什么。

"好吧,我已经将房子的事情委托给经纪人高什了,"许久之后他终于开口说道,"最后是怎样的结果,我们还要再等等看。我觉得他是想把这座房子买下来的,家里面的人住前面,后面也许有别的用途……"

佩尔曼内德太太依旧保持着她正襟危坐的姿势,没有向她的哥哥看一眼,也没有停下手里的活。相反地,她织毛衣的速度更快了,两根针在手中不停地穿梭。

"啊,是啊,真好啊,他一定会把一整座房子都买下来的,一定会的。"她说这句话的时候阴阳怪气的,"他有什么理由不买呢?如果他不买,他就是一个既不聪明又不明智的人啊!"

透过夹鼻眼镜,可以看见她那轻佻的眉毛,每当她做这些针线活的时候,她都会戴上眼镜,虽然她总是戴歪了,然后,她又开始继续她的针线活。竹针绕来绕去的时候发出砰砰的碰撞声,让听的人心惊胆战。

又是一年的圣诞节,这是第一个没有老参议夫人参加的圣诞节。12月24日平安夜的时候是在议员家里度过的。他们既没有邀请三位布登勃洛克老小姐,也没邀请克罗格老夫妇。因为每个星期的"儿童日"例会已经停止了,所以托马斯·布登勃洛克也不想再将当年参加老参议夫人的圣诞节的那些客人，一一邀请来送礼了。参加这一次圣诞节的只有佩尔曼内德太太和她的女儿伊瑞卡·威恩申克以及孙女小伊丽莎白、克利斯蒂安、在修道院生活的克罗蒂尔德和卫希布洛特小姐。卫希布洛特小姐依旧保持着她往年的习惯，她每年的12月25日晚上还要在自己的暖烘烘的小屋子里分发一些礼物，并且和往年一样，她还是会状况百出。

往年特意赶到孟街来等待施舍衣服和鞋子的穷人们没有了，教堂的钟声歌咏队今年也没有过来。只有来参加这次圣诞节的人一起在客厅里唱起了《圣诞夜、平安夜》这首歌，然后就由苔瑞斯·卫希布洛特一本正经地念起了《圣经》中的句子来。这本来应该是议员夫人做的事，可是她并不喜欢做这些事情，所以她就让卫希布洛特代劳。像往年那样，他们一起唱着《噢，枞树》中的第一段，然后穿过一大排房子向大厅走去。

并没有什么事情可以让大家开心。所以大家的脸上并没有显得特别兴奋。大家没有什么更多的话题了，世界上快乐的事情本来就不多。他们一起谈论起去世的母亲，谈起了已经卖掉的房子，谈到了佩尔曼内德太太新租的那间宽敞明亮的小房子，它就在霍尔斯登城门外菩提树广场，也谈了谈胡果·威恩申克从监狱中释放之后的生活……在他们谈话的时候小约翰弹奏了几首费尔先生教会他的曲子，又给他的母亲伴奏了一首莫扎特的交响曲。虽然他的弹奏还是有一些细小的错误，但是整体的音韵感特别好，得到了大家的夸奖和亲吻。可是没过多久伊达·永格曼就让他回床睡觉去了，这一整天的忙碌让他显得疲惫又苍白。更何况他的肠胃病也还没有好。

克利斯蒂安自从那一次在早餐室里因为结婚的事情和托马斯大

吵了一架之后，就再也没有谈过这件事情，他和托马斯又回到了从前的那种关系，让他觉得很不舒服的关系。平安夜，他既不想说话也不曾流露出一点开心的神色。他的眼睛偶尔会骨碌碌地转着，以表示他左半边身子的疼痛，来博取大家对他的同情与关心。接着，他又早早地就到俱乐部里去了，按照往年的习惯要等到一家人吃晚饭的时间才会回来……布登勃洛克一家就是以这样的方式度过了今年的圣诞节，圣诞节终于过去了，他们都觉得如释重负。

1872年刚刚开始，孟街的这个家就完全解散了。婢女们都被辞退了，佩尔曼内德太太高兴地感激上帝，因为那个鸠占鹊巢的、常常对她大呼小叫的塞维琳小姐，也拿着她分到的绸缎衣服、被单和内衣永远地离开了这个家。没过多久搬家的马车就停在了孟街的门口，开始准备腾空房子了。雕花的柜子，镀金的大烛台和议员夫妇分到的其他的一些东西都已经送往渔夫巷去了，克利斯蒂安在俱乐部附近租下了一套三间屋子的单身公寓，带着他分到的行李搬到了里面，而佩尔曼内德—威恩申克这一家人则搬到了菩提树广场边的那座整齐明亮的楼房里了。这座小房子十分漂亮，甚至说是华丽也是不为过的，佩尔曼内德太太在一楼的门口挂上了一块擦得锃亮的铜牌，上面用花体字写着：阿·佩尔曼内德·布登勃洛克太太。

孟街上那所房子里的东西刚一搬空，就来了一批工人开始拆除后厢房了，他们弄得到处尘土飞扬，空气中雾蒙蒙的……这块土地终于划到了哈根施特罗姆参议的名下了。他终究还是将这座房子买了下来，拥有这座房子才能让他的野心得到满足。布来梅曾经也有一个人向塞吉斯门德·高什开出了价格想买下这房子，可是哈根施特罗姆参议毫不犹豫地开出了更高的价格。如今的他，已经开始考虑怎么利用这项产业赚取利益了，在生财的方法上，他的天赋和手段一直让别人赞叹不已。春天的时候，他们一家人已经搬到了孟街的房子里，前面的屋子供家人居住，所有的家具布置都还是原来的样子，只是稍稍进行了一些小修小改，对设备做了一些更加先进的改进，比如，将拉铃全部去掉了，而是给整个屋子里通上电……后面的厢房全部都拆除了，取而代之的是一排崭新的建筑物，成了面向面包巷的一排宽敞华丽的门面房。

佩尔曼内德太太曾经多次向她的哥哥托马斯发誓，从此以后，没有任何理由可以让她再去看一眼他们家的老房子了，她是绝对不会再去看一眼的。可是她却不能够完全遵守她的这个誓言，为了处理一些事情，她不得不从这房子附近经过，要么是从房子的两侧路过，要么就是从面包巷那边已经以高价租出去的商店的橱窗边经过，要么干脆就是从正大门边上高大的三角山墙下路过。原来的门牌上拉丁文"Dominus Providebit"依旧还在，只是下面的名字如今已经换成了亥尔曼·哈根施特罗姆参议。当看到这样的场景，佩尔曼内德·布登勃洛克也顾不上自己正站在街头，旁边是人来人往，她就这么号啕大哭起来了。她扬起头，就像一只准备唱歌的小鸟一样，用手帕紧紧地捂住眼睛，就这么悲痛地大哭起来了，她的哭声里充满了哀怨和忧伤。她不在乎路人的驻足观望，也不听女儿的劝阻，任由心中的悲伤发泄出来。

虽然她的这一生经历了那么多的风风雨雨，遭受了那么多次的灭顶之灾，可是她哭声里没有半点儿的做作，一如儿时的那种天真无邪，尽情发泄着自己的不满。

第十部

1

每当心情不好的时候，托马斯·布登勃洛克就常常扪心自问，自己究竟是一个什么样的人，他凭什么认为自己比其他的那些朴实、勤劳、头脑简单的市民们要聪明一些。自己多年以前的梦想和追求都已经不复存在了，也不再具有那种敢于拼搏的勇气了。他把工作当成了一种游戏，以一种半真半假的玩乐的态度去面对生活中自己所追求的目标，他的这种乐观却又抱有怀疑的妥协，聪明的事事都不去计较，旺盛的精力，还有幽默感和好性情。然而托马斯·布登勃洛克已经厌倦了做这样的自己，他因这样的自己感到了疲惫和厌恶。

在生活中应该得到、拥有的东西，他已经全部都拿到了手，更何况他也明白，自己人生中的最高峰——他补充道，如果他的这种平凡而又庸碌的人生还有最高峰可言的话——早已经度过了。

就从经济的方面而言，由于公司的效益并不好，他已经亏损了很多的资金。可是由于母亲留下的那笔财产，以及卖掉孟街的房子后赚来的那笔钱，他现在还是有六十多万马克的积蓄。可是在公司这几年的业务中，他一直都没有将资金有效利用。早在做珀彭腊德的那桩粮食生意的时候，议员就曾经抱怨过自己现在的生意的微不足道，然而自从那一次生意上的打击之后，他的生意不但没有好转反而越来越差了。现在的形势本来是一切事业都蒸蒸日上、大有可为的时候，更何况本城也加入关税同盟，许多刚刚兴起的小生意在几年的时间内也迅速发展成了大公司，只有约翰·布登勃洛克公司毫无起色，没有因为时代的变化得到任何好处。每当别人向他问起生意上的事情，老板总是无精打采地一挥手："唉，没有什么令人开心的消息……"议员在生意场上的一个竞争对手，也是哈根施特罗姆的一个好朋友，曾经说过：托马斯·布登勃洛克就是生意场上的一个花瓶。这句话原本是想讽刺议员那打扮得一丝不苟的外表的，可是城里的人都觉得这句话说得风趣幽默，因而极为赞赏。

如果说，在生意场上议员是因为个人的种种原因，如遭受到种种挫折、精力不够、疲惫不堪，而不能再像以前那样热忱、勤奋地为公司的招牌打拼，那么在政府工作上，他做不好的原因则是受到了外部的限制，而不能有升职的机会。在几年以前，他被选入议院的时候，他在从政方面的全部追求都已经达到了。今后要做的就是努力保住现在的位置，因为他已经没有什么新的追求了，他拥有的只是现在，追求的也只是现实，他没有对未来的规划，没有进一步的计划了。当然，他也十分懂得利用自己的职权，和他同等地位的人绝对不会有他这样的权势的，即使是他在官场上的敌人也无法否认，他是"市长的左膀右臂"。不过他是没有资格当市长的，因为他是商人，不是学者，他并不是从文科学校毕业的，也不是法学家，他甚至没有在任何一所学院接受过教育。很多年前他就养成了一种习惯，在自己空闲的时间里，看一些历史和文学类的书籍来打发无聊的时光，他觉得自己无论是在精神还是在理智方面都不比其他的任何人差，所以他常常觉得仅仅是因为他没有接受过法律教育，就不能让他在这个自己生长于斯的小国度里当上市长，坐上第一把交椅，而愤愤不平。"过去的我们是多么傻啊！"他有时候会对自己的好友和崇拜者施台凡·吉斯登麦克这样抱怨道，可是他所说的"我们"，指的仅仅是他自己，"我们那么早就去商行工作了，为什么不把书读完！"施台凡·吉斯登麦克此时就附和说："是的，一点都不错！……可是你说的是什么事情呢？"

议员如今绝大多数的时间都是在自己私人办公室的桃木制成的大书桌前工作的，因为这里不仅不会有人看见他扶着脑袋闭目沉思的样子，而且，还有一个更重要的原因，就是回避他的同事，弗利德利希·威廉·马尔库斯先生总是在对面不停地整理文具，摸着自己的胡须，那种假模假样的德行令他忍无可忍，因此不得不离开他在总办公室里那个靠窗的位子。

而那位马尔库斯老先生喜欢思前想后的毛病也随着时间的推移，演变成了一种奇怪的病症。在最近的这一段时间里，托马斯·布登勃洛克之所以对他的这种行为无法忍受，甚至觉得是一种侮辱，是因为他在自己的身上也发现了与之类似的病状，这样的发现让他觉得特别意外。的确如此，以前他对这种琐屑犹豫的性格是十分反感的，可是最近他自己居然也养成了这样的毛病，虽然他们两个人的这种相同的行为是源于两个完全不一样的原因，具有不同的性质。

他的内心早已是一片空荡荡的，他已经失去了任何希望，没有什么工作能让他欢欣鼓舞地投入其中。只是另一方面，他又不能允许自己停下工作，他必须活动起来，不过他的这种心理和他的祖先曾经具有的那种对工作最真挚的爱好和持之以恒的能力是截然不同的，因为他对活动的追求是一种神经质的行为，是虚伪的，或者说这只是他自我麻醉的一种方法，就好像他对那种烈性俄罗斯纸烟的依赖一样……他不仅没有失去这种不断工作的本能，而且已经到了不能控制这种欲望的地步了，他的身体被这些病态的想法所操控，这对他而言就是一种折磨。它们渐渐分散成了无数个细碎烦琐的东西，而他被这些零零散散的毫无意义东西折磨着。这些事情很多仅仅是他的一些家务事和衣着方面的问题，只不过因为他凌乱烦闷的心情而将这些事情处理得颠三倒四，他没有办法将它们处理好，为此他付出的时间已经多得不合常理。

　　城里人常常说的那些他所追求的"虚荣"的数量也在不断地增多，甚至已经多到了他自己都觉得害羞的地步了。可是，他却无法把这些习惯彻底地割舍掉。每天晚上虽然他睡得还算安稳，可是总是迷迷糊糊的，好像一直睡不醒似的；早上睁开眼的时候，就已经九点钟了，以前他起床的时间比这早得多；从他穿上睡衣到更衣室的老理发师温采尔先生那里开始，到他觉得自己已经穿戴完毕，准备出门的时候，这要足足花费一个半小时。这样之后他才走下楼梯到二楼去喝早茶。他十分在意自己的穿戴装扮，他会在浴室内用冷水冲洗，直到身上没有一丝丝的尘土，最后用烫剪熨平自己的胡须，他做的每一件事情都有自己规划好的顺序，有条不紊，以致最后由于每天重复着这些相同的细节，他几乎发了狂。可是尽管如此，一旦他发现自己的哪一个细节做得不够好或者是忘记做了，他都绝对不会从屋子里走出来的。他总是害怕和担心自己会失去那种镇定、清新、一尘不染的形象。然而几小时后，这一切的感觉都会消失，这时他就会重新修整一番。

只要外面的人不去议论纷纷，他在生活上是十分节省的，唯有在衣着上他总是不惜代价，他所有的衣服都是由汉堡最好的裁缝制作的，而且在保存和保养衣服这一方面他也是毫不吝啬。打开他的更衣室，在大门的后面，墙壁里还有一个相当宽敞的暗室，里面是一排排的木质衣架和衣钩，挂满了在不同的季节、场合穿着的上衣、常礼服、大礼服、燕尾服，还有许多张椅子，他各式各样的裤子就整整齐齐地叠放在那里。另外还有一张有着一面大镜子的五斗柜，上面摆满了梳子、刷子和修饰头发和胡须用的化妆品，各式各样的内衣则放在抽屉里面，所有的内衣都在不断地更换、清洗、使用和补充……

他每天清晨都会来到这间屋子里度过很长的一段时光，不仅如此，在他出席议会例会、大型宴会和公共集会之前都会在这里待上很久，反正只要会在别人面前出现，他就会精心打扮好久，就连每天在家里和妻子、小约翰和伊达·永格曼四个人一起吃饭的时候也不例外。每次外出的时候，他穿上好看的外衣，刚刚洗干净的内衣，光滑白净的脸，胡须散发的发油香味，包括嘴巴里漱口水的清凉都会带给他自信和满足，他就像一个化好妆的演员，等待着走向舞台的那一瞬间……就是这样的！托马斯·布登勃洛克先生就好像生活在一个大舞台上似的，他的人生就好像在出演一部漫长的戏剧，只有在他每天独自待着的时候才能得到短暂的休息，除此以外他生活中的每一个细节都需要他来演戏，需要他花费心思去琢磨思考，这一切都使他疲惫不堪……因为他的内心是如此的空虚,而空虚是这样令人害怕的东西,以致让他觉得在隐隐约约之间有什么东西死死地掐住了他的脖子,让他喘不过气来,更何况他的身上有那么沉重的责任,他坚定的决心也不能够被动摇。所以在穿着打扮上,他都会尽量穿得更加讲究,他用这种方式来掩盖自己内心的衰颓,要注意自己的形象,于是就为了这些虚假的表面上的东西,议员的生活开始变得造作、不自然,这让他的一言一行都变得令人厌烦。

由于这种种情形,议员的身上开始出现了一些令他自己都感到厌恶的奇怪行为,这样一些怪癖,甚至有些不可思议。有的人并不希望做什么伟大的人,站在光辉的顶峰,他们不喜欢被别人关注,只喜欢躲在暗地里默默地观察别人。可是议员却不是这一类的人,他可不愿意自己在黑暗的小角落中,而别人在光芒四射的地方受万人瞩目地站在他的面前。他宁愿让灯光刺得他睁不开眼睛,他高高在上看着他黑压压的一群仰慕者,他就是受万人拥戴的政治家,也许是成功的商人,也许是经营有道的公司老板,还可能是用自己出色的口才影响着这些人的演说家……只有这些实际的、名利的东西才能给他带来安全感,他用这些东西来进行自我麻醉,甚至他有时在事业上获得的成功也是出于这样的动力。的确如此,随着时间的累积,他已经渐渐地习惯了这种如同演戏一样的虚假的人生了。当他在餐桌上举起一杯酒的时候,他的表情和蔼,举止洒脱。他脱口而出一些精妙绝伦的祝酒词,他说的话是那么充满智慧,引得全场的人眉开眼笑,此时的他虽然面色是苍白的,可是他依旧是托马斯·布登勃洛克。但是当他闲下来的时候,一个人独自待在屋子里的时候,他就没有办法用这种方式来伪装自己。那个时候他就会感到疲惫和对自己的厌倦，他的眼睛里也失去了平日里的光彩，低垂着脑袋，腰板也弯下了。此时的他心中只有一个愿望：他屈服于这种悲伤绝望的心情了，他要偷偷地跑回家去，枕在冰凉的枕头上好好地睡一觉。

这一天佩尔曼内德太太来到了渔夫巷和她哥哥一家共进晚餐，她是自己一个人来的，本来她的女儿也准备一起来，可是下午的时候女儿去探望了她在监狱里的丈夫，像往常一样，这一趟让她觉得疲惫不堪，所以她就留在了家里。

在一起吃饭的时候安冬妮谈论起胡果·威恩申克，说现在他的心情很糟，精神状态很不好，于是大家就开始讨论起来，能不能向法院递交一份申请赦免他的罪行的文书。哥哥、嫂子和妹妹三个人在起居室里面一张上方悬挂着大煤油灯的圆桌旁边坐了下来。盖尔达·布登勃洛克和佩尔曼内德太太面对面坐着，都忙活着手里的针线活。议员夫人那张美丽的白皙的脸贴在一块绢底的刺绣上面，她那一头乌黑的一丝不乱的头发在灯光的照耀下发着亮。佩尔曼内德太太的脸上戴着一副夹鼻镜，一直滑到了鼻尖，看起来完全就是多余的。她正专心致志地将一条大红色的缎带缝到一个黄色的小篮子上面，这是留给她的一个熟人的生日礼物。议员侧着身子静静地倚在一张大弹簧椅子上，他的腿交叉着跷着，读着一份报纸，手里夹着一支俄国纸烟，偶尔从胡须后面的嘴巴里吐出一团白雾来……

这是一个暖洋洋的夏季周末夜晚。他们打开了那扇大窗子，这样温暖而湿润的风就可以从窗户吹进来了。坐在桌子旁边能够看见在对面房子的三角山墙上方，缓缓移动的乌云的缝隙里面有几颗小星星闪烁着光芒。街道的对面，伊威尔逊的那家小鲜花店还没有打烊。在某个更远的小巷子里，传来阵阵拉手风琴的声音，很多的音调都

639

拉错了，拉琴的人也许是马车夫丹克瓦尔特的伙计吧！偶尔还会有一阵阵的欢笑声从窗户里钻进来。几个抽着烟、唱着歌的水手手挽着手从码头的某个奇怪的地方钻出来，他们一定是打算到某个可疑的地方去的。随着脚步声的渐渐远离，他们嘈杂的嗓音也随之消失在巷子深处。

议员忽然把报纸搁在身边的桌子上，把眼镜放进了背心的口袋里面，伸出手擦了擦额头和眼睛。

"毫无内容，这些报纸的内容全部都是泛泛而谈！"他说，"每当我读这些报纸的时候，就会想起以前祖父评价那些毫无味道的饭菜的话：那种味道就像是你把舌头伸到窗外尝尝空气……草草地翻阅了三分钟，就把整张报纸的全部内容看了个透。什么实质性的东西都没有……"

"就是这样的，你说得一点也不错，汤姆！"佩尔曼内德太太附和道，她放下了手里的针线活，从眼镜的上方看着她的哥哥，"这些报纸上面能说些什么内容呢？在很久很久之前，那个时候我还是个小丫头，我就说过：我们当地的报纸实在是太乏味了。可是，我只能看这份报纸，还能怎样呢？我们没有别的报纸了啊……可是整天看那些报道，某某商人或是某某参议为了准备银婚而努力，实在太无味了。这里需要一些别的报纸，如《哥尼斯堡哈同报》或者《莱茵报》之类的。只有如此……"

此时她的话戛然而止。在刚才她说这一段话的时候，她已经把报纸拿到了手中，她将报纸打开，用一种鄙视的眼神扫视着每一个栏目。猛然间，她的眼睛被一个小版块吸引住了，虽然这则报道只有短短的四五行字……她的声音哽咽住了，用手扶住了眼镜，一口气将这则报道读完了。在她念的过程中,嘴巴吃惊地张开了,念完之后她惊呼了两声,撑起两只胳膊,用双手捂着脸,表情痛苦。

"不会的!……这怎么可能呢!……不可能的,盖尔达……汤姆……你们瞧!……太令人害怕了……可怜的阿姆嘉德!她怎么会遇上这种事情呢……"

盖尔达抬起了她伏在刺绣上的脑袋,托马斯也一脸惊讶地转向他的妹妹。于是佩尔曼内德太太就大声地将这一条消息读了出来,因为还未从吃惊的情绪中缓和过来,她的声音依旧颤抖着,她将每一个字都咬得特别重,好像报道中人物的命运都和她的朗读息息相关。这是一条来自罗斯托克的报道,上面说昨日夜晚珀彭腊德田庄的主人拉尔夫·封·梅布姆在自己的书房内开枪自杀了。自杀的原因据推测是迫于经济压力。封·梅布姆先生留下了一个妻子和三个孩子。她念完这段报道之后,身子向后面靠去,一句话都不说,手中的报纸也滑落到膝头,她用一种凄凉的眼光望向她的兄嫂。

托马斯·布登勃洛克在他妹妹念这段文字的时候就将身子转向了她,现在他的目光依旧停留在她的身上,似乎已经看透了她,直直地望向她身后门帘外面那幽暗的客厅。

"是开枪自杀的吗?"在整个屋子里沉默了好几分钟后,议员开口打破了沉默。接着他又停顿了好一会儿,用低沉浑厚的声音,讽刺般地补充道:"看吧,那个贵族老爷最终就是这样的结局……"

说完之后,他又陷入了沉思。他伸出手捻着自己的胡须,做这个动作的时候他显得十分慌乱,这与他脸上那呆滞、茫然失措的表情显得很不符。他没有理会他妹妹的悲伤和对自己的朋友阿姆嘉德今后生活的种种担心,也没有注意到在另一侧的盖尔达正在用一双怎样悲伤阴郁的棕色大眼睛静静地注视着他。

2

每当想到自己晚年的生活时，托马斯·布登勃洛克的眼睛里总是流露出忧愁和惨淡，但是在考虑到小约翰的未来的时候，他就不能用这种忧愁的目光了。他有着崇高的家族荣誉感，他从祖先那里继承过来的并且受到过专业培训的，对家族过去和未来的崇高敬仰和关切不允许他这么做；他的亲朋好友，他的妹妹（甚至包括布来登街的那几位小姐），她们投向小约翰的关怀而好奇的目光也正影响着他的思维和行为。他常常用这种乐观的态度麻痹自己说，虽然他自己的生活已经到了潦倒的地步，前途也没有了希望，但是对于这个即将继承自己的人，他却抱有很大的希望。他想象着小约翰的未来，他既有才干，又能勤勤恳恳地工作，他会获得名利和成功，会家财万贯，光宗耀祖……是的，只有这件事情才能让他已经虚伪、冷漠的心重新感受到一些温暖，才能给他的心情增加些许的担忧和期冀。

也许到了他老的时候可以看见家族史上一个光辉时代的再现吧，汉诺的曾祖父的那个辉煌时期会再次出现吧？难道这会是一个根本不可能实现的愿望吗？一直以来他都将音乐看作是他人生中的死敌，可是这真的有他认为的那么严重吗？就算约翰他具有不寻常的音乐天赋，他可以不看乐谱即兴演奏，可是在跟随费尔先生进行正规的学习的过程中他并没有取得什么更大的进步。毋庸置疑，他对音乐的喜好是源于母亲的遗传，所以这在他童年的时候表现得极为突出，这也并不是什么奇怪的事情。可是从现在开始，是他这个做父亲的开始影响孩子的时候了，父亲应该将孩子的行为举止朝自己的这个方向拉拢，用男人的影响来改变迄今母亲对孩子的教育。议员下决心要把握这一次的机会。

汉诺今年已经十一岁了。这一年的复活节，他和朋友摩仑小伯爵都已经勉勉强强地升到了小学三年级，并且他的算术和地理两门课还需要补考。家里面决定让他去上实科班，因为他迟早是要从商的，要将家里面的事业继承下来的，这是理所当然的事情。有的时候，他的父亲会问他，对于他未来的事业他是否喜欢，这时他就回答"喜欢"，但只是胆怯而简短地回答这一声"喜欢"，因此议员常常会紧接着又询问他几个问题，想让他多说点儿什么，得到些更详细的回答，可是往往什么都问不出来了。

假如布登勃洛克议员拥有两个儿子，那么他一定会让小一点儿的儿子去念一所普通的高中，然后去读大学。可是公司需要一个能够继承的人，更何况他觉得能让小儿子免于学习希腊文的苦恼，这也无异于是做了一件好事。他觉得实科班学习的内容相对而言比较容易，汉诺的理解能力不好，反应又比较迟钝，他的注意力不够集中，又因为体质不好常常缺课，他去实科班学习会稍微轻松一点儿，学东西的过程也会更快一些。如何才能让小约翰·布登勃洛克最终完成这个家族赋予他的使命呢？如何才能让他不负众望呢？那么他就要做到以下几点：不仅要小心翼翼地保养他那羸弱的体质，还要通过逐渐的训练和锻炼使他的体质增强……

他有着一头棕色的头发，将一侧的刘海从他白皙的额头上梳上去，可是他柔软的鬓发却总是会垂下来，垂在额角的上方，他有着长长的棕色眼睫毛和金黄色的眼睛。虽然他穿着一身哥本哈根式的水手服，可是当他走在大街上或是校园里的时候，他在那群有着淡黄头发、深蓝眼睛的斯堪的纳维亚型同学们中间，还是会显得与众不同。近几年来他已经长得比从前结实了许多，可是他的胳膊和腿还是像女孩子一样纤弱。他的眼睛极像他的母亲，笼罩在一圈青色的阴影中。他的这双眼睛，尤其是在侧视的时候，常常会流露出胆怯、懦弱的目光。他不常说话，嘴巴像小时候那样忧郁地紧闭着，时不时用舌头舔一下他那颗松动的牙齿，这时他的脑袋就会歪向一侧，露出一副怕冷的表情……

现在的朗哈尔斯医生已经完全接替了格拉包夫医生的工作，成了布登勃克家新一届的顾问医生。据朗哈尔斯医生所言，汉诺苍白的脸色和羸弱的体质，主要是因为他自身不能制造足够数量的红细胞。并且这种病症是没有任何药物可以治疗的。但是有一种补品很有疗效，朗哈尔斯医生经常开出大量的这种药品，那就是鳕鱼肝油。这种药每天服用两次，每次服用一勺。依照议员的叮嘱，伊达·永格曼每天按时叮嘱他服药，她做这件事的时候既严格又不失亲切。刚开始的时候，汉诺吃到这种药的时候都会吐出来，他似乎无法接受这种有利于他的病情的药物。但是后来他渐渐地学会习惯这种药物了，他先是吞下一口鱼肝油，然后吃一大口黑面包，这样恶心就不那么厉害了。

他身上其他的病症都是由于缺少红细胞所引起的，被称为"并发症"，如同朗哈尔斯医生看着自己的手指甲漫不经心说的那样。不过这些并发症也需要毫不含糊地一一解决。治疗牙齿的有布瑞希特先生，他和他的鹦鹉犹塞夫斯一起住在磨坊街，他会治疗牙痛、会补牙，有必要的时候他也可以将牙齿连根拔掉。治疗消化不良的，有一种叫作蓖麻油的东西，用一支茶匙往下一送，那感觉就好像一条滑溜的蝾螈从喉咙里滑了下去，自那以后整整三天的时间里，无论你是睡觉还是走在路上的时候，那股味道一直会残留在你的嘴巴里……唉，这些治病的良药为什么都这么难以下咽呢？唯独有一次，汉诺病得很严重了，他躺在床上，心律不齐，朗哈尔斯医生怀着不安的心情给他开了一服药。小约翰十分喜欢这种药物的味道，觉得他做了件大好事：可是这次开的药是砒丸。从那以后，汉诺常常想吃这种甜甜的令他十分享受的小丸子，他好像对这种药物产生了一种依赖，可是他再也没有得到过这种药了。

鱼肝油和蓖麻油都是对他身体有好处的东西，不过朗哈尔斯医生和议员都说了：如果小约翰不加强锻炼，仅仅凭借这几种药物的话，是不能够成为一个真正健硕英勇的男子汉的。所以在这一点上面，他俩完全达成了共识。比方说，体育教员弗利采先生在城外的"布格广场"上举行体育训练，夏季的时候每周举行一次，意在培养本城年轻人的体质、意志力和勇气。可是汉诺对这种体力活动不屑一顾，甚至表现出一种虽然嘴上不说但是内心充满傲慢的嫌恶之情，他这样的行为，让他的父亲感到非常恼火……今后他还要和他的同龄人一起学习、一起工作，他怎么能够以这种心态看待他们呢？他为什么总是喜欢和那个浑身脏兮兮的小凯伊一起玩耍呢？凯伊当然也不是一个坏孩子，但是他总是有一些奇怪的言谈举止，还是不太适合做朋友的。何况男孩子应该和自己年纪差不多大的孩子一起长大，因为这些人会对他今后的人生起到很大的影响作用，他必须学会如何同他们相处，如何取得他们的信任。比方说，哈根施特罗姆参议的两个儿子，他们一个十四岁，一个十二岁，两个孩子都长得很漂亮，健康结实、神采奕奕。他们在附近的树林里举办过正式的拳击比赛，他们都是学校里优秀的运动员，游泳的时候就像海豹一样灵活，他们不仅抽烟而且爱胡闹，经常胡作非为。人们对他们既害怕又尊敬。而他们的堂兄弟，检察官莫里茨·哈根施特罗姆博士的两个儿子就和他们俩截然不同了。他们俩的身体都不太好，可是却生得一表人才，特别是在学业上，两个人都很出色。他们都是学校里的模范生，爱好学习，性格文静，但是上进心很强，专注于学业，渴望成为最优秀的学生，拿到第一名的文凭。他们也的确成了这样的人，并因此成了那些懒惰或是迟钝的同学崇拜的对象。可是汉诺的同学们——就先不说老师是怎么看待他的——觉得汉诺是一个怎样的人呢？他只是一个成绩非常平庸的学生，不仅如此，他胆小、懦弱，对于一切需要勇气、体力来完成的活动，他都会远远地躲开。有的时候布登勃洛克议员到更衣室去时路过三楼的阳台，他会听到从中间的那个屋子里传来的声音，汉诺自长大以来就不和伊达·永格曼住在一间屋子里了，而是单独搬到了这间屋子来住，屋子里不是传出风琴声，就是传来凯伊低声说着故事的声音……

凯伊这个孩子呢，他也不喜欢去上体育课，可是他的不喜欢只是因为他不愿意受到学校一些规章制度的约束。"不，汉诺，"他说，"我可不去上体育课。你去吗？真见鬼……上课的时候什么有趣的事情都没有。"类似于"真见鬼"这一类的话，是他从他父亲的口中学来的。不过汉诺回答道："如果有一天，弗利采先生的身上不再散发着啤酒和臭汗混合的味道，倒是可以考虑一下体育课……好了，不说这个了，凯伊，接着说你刚才说的那个故事。你从水池里捡来了那个戒指，然后呢……""好的，可是等我点头的时候，你就得开始弹琴。"接着，凯伊又回到了他刚才说的那个故事。

如果他说的都是真的话，那么在几天前的一个闷热的夜晚，他曾独自来到一个陌生的地方，从一个既陡峭又湿滑的斜坡上栽了下来。坡的下面，磷火石闪烁着诡异的绿色光芒。他在那一片光亮中发现了一个黑漆漆的水潭，水潭上不断地冒出白色的泡泡。其中的一个处泡离岸边很近，它不断地破裂，每次裂开都形成一个戒指的形状。他冒着生命的危险，伸出手费了好大力气才将水泡捞了上来。捞上来的那一瞬间，它就变成了一个平滑坚固的指环，不再破裂了。他将指环戴在了左手的手指上。那是一个有魔力的指环，它帮助他克服了重重困难，重新登上了那个湿滑陡峭的坡。在斜坡的附近有一片粉红色的迷雾，迷雾里出现了一座死气沉沉的、有众多怪物驻守的黑色城堡。他就凭借着指环的指引，只身闯入了城堡，破除了城堡里的魔法，救出了许多人⋯⋯当讲到这个奇妙的时刻时，汉诺就开始用风琴弹奏出美妙的音乐来⋯⋯有的时候，如果舞台上没有需要克服的困难，这些故事也会在木偶戏台上上演，用音乐进行伴奏⋯⋯但是汉诺也会在父亲严厉的逼迫下来参加一些"体育训练"，那个时候凯伊就会跟着他一起去训练。

无论是冬季的滑冰项目，还是夏季在阿斯木森先生建造的木质游泳池里游泳，都只是那么一回事⋯⋯"进去洗澡！去游泳！"朗尔哈斯医生说道，"这个孩子需要游泳的锻炼！"对于他说的这些话，议员表示完全的赞同。可是汉诺对包括游泳、滑冰在内的一切活动，甚至是"体育训练"都采取躲避的政策。但是他这么做也并不是没有原因的。关键的问题是，哈根施特罗姆参议的两个儿子对这一类的活动都非常在行，他们早早地等待着看小约翰的笑话呢！虽然他们两个都住在祖母家里，可是他们却从来不会放过任何欺负、嘲笑、戏弄小约翰的机会。特别是在"体育训练"的时间，他们将他撞倒在滑冰场边的脏雪堆上，在游泳池里大声呼叫着朝他冲过来……汉诺不想躲开，因为这根本就没有用。他站在齐腰深的脏水里，露出他那像女孩子一样纤细的胳膊，水面上到处漂浮着一种叫作鹅草的水草。他将眉头皱了起来，微微咧着嘴巴，无奈地等待着他们的到来。哈根施特罗姆的两个儿子也一定知道了他就是等待他们捕获的猎物，所以他们噼噼啪啪地击打着水花，向他冲了过来。他们两个都有十分发达健硕的肌肉，当他们用四只胳膊抱住他的时候，约翰挣脱不了，这时他们就将他按到水里去，会让他在里面待上很长时间，直到他喝下许多口脏水，扭着头想喘口气才罢休……但是有一次他也报了仇。有一天下午，当哈根施特罗姆兄弟准备把他按到水底去的时候，他们其中的一个人突然痛苦地大叫了一声，他把那条肉乎乎的腿从水中抬起来的时候，已经有血在往外冒了。与此同时，摩仑伯爵凯伊从水里钻了出来。原来凯伊不知道从哪里弄到一笔钱买了入门券，他偷偷地从水底钻了过来狠狠咬了哈根施特罗姆一口。他就像一只发了狂的小野狗似的，将整整一嘴牙嵌到了哈根施特罗姆的腿里。他那一头黄里透红的头发湿漉漉地滴着水，从垂在脸上的头发缝里露出了他那一双亮闪闪的蓝眼睛……这位可怜的小伯爵为了替朋友报仇也吃尽了苦头，当他从水里钻出来的时候显得那么狼狈不堪，但是至少这一次哈根施特罗姆的儿子是一瘸一拐走回家去的。

各种补药与运动的结合，布登勃洛克议员就是用这种方式来调理他儿子的身体的。但是他也丝毫没有疏忽在精神方面对小约翰的影响，他要让小约翰在现实生活中产生更多的生动的印象，因为汉诺迟早都要步入这个社会的。

他一步步地将他引导进他将来要在其中生活的这个圈子。所以每当他在生意上有什么业务的时候都会带着他一起去。无论是他站在港口的码头上用夹杂着北德方言的丹麦话和脚夫聊天的时候，还是他在阴暗的粮栈小柜房里和工头们探讨问题的时候，又或者是他站在大院子的高台上提高了嗓门向院子里的工人下达任务的时候，他都让汉诺在一旁观察学习着……对于托马斯·布登勃洛克而言，海港、海船、货棚、粮栈这一类地方，常常散发着奶、鱼、海水、焦脂、涂油的铁板之类的东西混杂着的气味，这就是他从小最爱玩耍、最感兴趣的地方；可是现在，他的儿子却对这些东西没有一丁点儿的兴趣和爱好，因此，他必须培养儿子的这种爱好……"哪几艘船是行驶在哥本哈根航线上的轮船啊？它们的名字都是什么？""纳亚丁……哈姆史塔德……弗利德利克·鄂威尔狄克……""孩子，这已经很棒了，你已经知道了这么多的船的名字。剩下的今后你也会慢慢知道的……看看那群往上绞谷袋的人，在他们之中很多人都和你的名字相同，因为他们都是随你祖父取的名字。而他们的孩子之中，也有很多是叫我的名字的……也有随妈妈的名字的……每年我们都会送给这些人一点儿礼物……走过前面的那个谷仓的时候，咱们不要和那里的人说话，我们和他们之间没有什么话好说的，那是在和咱们家竞争的一家商行……"

"你愿意和我一同前往吗，汉诺？"曾有一次他提议道……"今天下午我们公司会有一条船要下水了，我要为它举行命名仪式……你想要和我一起去吗？"

汉诺说他愿意一同前往。于是他就跟随父亲去了，在那里，他面无表情地听完了父亲慷慨激昂的演讲，看着他将一个香槟瓶在船头摔碎，最后淡定地看着一群人将这艘船从涂满绿色肥皂的船架上推进水中，溅起了一片水花……

在每一年的某些特别的日子里，比如在举行坚信礼的复活节之前的那个星期天，或者是元旦，布登勃洛克议员都要坐着马车在整个小城里兜上一圈，去拜访一下那些需要应酬的人家。由于议员的妻子总喜欢以头痛或是心情烦躁作为借口，拒绝去参加这种活动，所以议员就让汉诺陪同自己去。而汉诺也确实对这一类的事情有点儿兴趣了。他同父亲一起坐在马车上，等到父亲去别人家的会客室里谈话的时候，他就一声不吭地跟进去坐在父亲的身边，默默地看着父亲和别人聊天时从容淡定、圆滑周到，甚至因人而异的言谈举止。汉诺发现，当区司令官林灵根中校在同他们告别的时候，他告诉父亲，他对他父亲拜访感到非常开心，这时父亲是以一种怎样受宠若惊的姿势，伸出胳膊在主人的肩头放了一会儿；可是在另外一个地方，当父亲听到这样的客套话的时候他父亲显得沉默而严肃，接着回敬了一句更加夸张甚至带着讽刺的客套话……并且，不论是在什么样的场合，他的举止言语都会显得那么合乎礼仪，他自然、老练、不紧不慢，当然他也希望自己的儿子能够发现并欣赏他的这种圆滑，并为孩子起到示范的作用。

可是小约翰发现的实际上远远不止这些，他那双笼罩在青色眼圈中的金棕色眼睛，虽然羞涩，但十分善于观察别人。他不仅看出了父亲外表上的从容和应酬时的圆滑，他也用他罕见的，甚至让自己苦恼的尖锐、犀利的目光，看出了父亲对自己这样的做法是感到多么的痛苦和不情愿。每当他的父亲做完这一切，回家的路上会是多么的疲惫不堪,他脸色苍白、眼睛红肿、紧闭着双眼靠在马车的内侧一言不发。还有一件事情令他更加吃惊,每当跨进家门的那一瞬间,这副疲惫的表情就会从父亲的脸上消失,他又重新充满了活力,仿佛注入了新的能量……在小约翰看来,议员和别人交涉的时候所表现出来的那种言谈举止,并不是为了谋取那些实质性的有利益的东西,那些利益是要在别人的帮助下才能够谋取的,还要防止其他人的竞争,而是一种发自内心的、最真实的、自然的、完全出于不受控制的本能的反应;相反,他在做这些动作的时候本身就是为了形成这样一种优雅谈吐的造作行为,因此,在做这些事情的时候他也不是表现得自然、从容,而是一种小心翼翼的卖弄,炫耀他这种优雅的谈吐。闲下来的时候汉诺会忽然想到,未来的某一天他也将在众目睽睽之下做这样的动作、有这样的谈吐,每当想到这里他就不禁害怕而难受地打一个寒战,赶紧闭上了眼睛……

哎呀,这已经不是托马斯·布登勃洛克所希望的那样了,他不是在以身作则,用自己的行为举止对小约翰产生潜移默化的影响啊!他的愿望是让小约翰形成一种大方、坚韧的性格,让他坚强地去面对真实的生活,这才是他日日夜夜念念不忘的事情啊。

"你似乎希望生活过得更加舒适一些,孩子,"每当汉诺在吃过饭之后又要了一份点心或者是又多要了半杯咖啡的时候,议员就会这么说,"如果是这样你就得做一个精明的商人,才能赚更多的钱!你希望这么做吗?"每当小约翰听到这样的问话时,他都会回答"是的"。

有时候,所有的至亲来到议员家吃饭,安冬妮姑姑和克利斯安叔叔都会拿可怜的克罗蒂尔德姑姑开玩笑,故意模仿她说话时的卑躬屈膝、拖着很长的声调和她说话。在葡萄酒的刺激之下，汉诺有的时候也会模仿起这种奇怪的腔调来，他也会拿克罗蒂尔德姑姑取乐。每当这个时候托马斯·布登勃洛克就会发自内心地大声笑出来，这种笑声是一种赞同的笑声，就好像遇到了什么令他特别高兴的事情似的。的确如此，他甚至会为了帮他的儿子出头，而开始戏弄起别人来，当然还是这个很久以来他都不和她开玩笑的亲戚。克罗蒂尔德是一个反应迟钝、头脑简单，甚至永远吃不饱饭的憨厚女人，所以在她的面前耀武扬威是一件很简单的事情，并且也不用担心她会报复反抗，何况事情本身也无伤大雅，可是他却不屑于这么做。如同生活中的许多其他违反了他本性的事情，经常会引起他的无限反感一样，这件事情也让他厌恶得不得了。他不能够理解生活中的许多事情，也想不明白，有的人明明已经看穿了生活中的某种定式，已经完全了解它了，为什么就不能好好地利用它呢？所以在另一方面他告诉自己，为了能够更好地适应生活，他必须毫无羞耻地利用周围一切环境！

所以在偶尔的情况下，小约翰能够表现出适应生活的迹象，就算是这种生活细节的问题，也足以让他感到非常的欣慰、喜笑颜开，甚至不知道怎么表达！

3

近几年来，布登勃洛克一家已经不像往年那样每年进行一次夏季长途旅行了。就连去年春天，议员的妻子说她想回到阿姆斯特丹探望她的父母，想在时隔这么多年之后再和她的父亲一起演奏一次二重奏，议员也是非常勉强地同意的。只不过每年夏天盖尔达和永格曼小姐都会带着小约翰到特拉夫门德去度过一整个暑假，以此来增强小约翰的体质，这却已经成为一种习惯……

在海边度过暑假！这是一种任何人都无法形容的快乐感觉，有谁能了解这种滋味呢？在经历了整个一学期无聊又单调的学习之后，能够这么轻松而自由自在地度过这不被打扰的四个星期的生活，空气中弥漫着海水的气味，耳朵里充实着波涛的汹涌……四个星期，这么长的一段时间，甚至会让人觉得它是过不完的，似乎没有结束的那一天，如果谁说四个星期将会结束，那他就是最邪恶残忍的人！小约翰一直以来都不能够理解，为什么有的老师会在假期开始之前说出这样的话："假期结束以后我们再接着说，下学期我们要讲……"假期结束以后！说得就好像假期结束以后是一件多么令人开心的事情一样，他真是一个难以理喻的人！假期结束以后！这是一个多么遥远的时间啊！四个星期以后的事情都是很久很久之后的事情了啊，那都是未来的事情！

暑假期间他们住在两座瑞士式的小房子里，两间房子的中间通过一条走廊连接起来，与点心铺和用于休息的主房在一条线上。每天清晨都能够在这样的一所小房子里面醒来，是一件多么令人感到幸福的事情啊！考试的成绩是好也好，坏也罢，反正已经给家人看过了，旅途的劳累也已经结束了，他告别了挤满行李的马车。现在的他觉得自己正沉浸在满满的幸福之中，他的心也跟着扑通扑通地跳了起来，猛地一下他就醒过来了……他睁开了眼睛，发现自己身处一间摆放着老式家具的干净的小屋之中……开始时，他还是睡眼惺忪地没有弄清楚状况，可是紧接着他就反应过来了，他现在是在特拉夫门德,并且他将要在特拉夫门德这里度过整整四个星期的快乐暑假!他保持着现在的姿势没有动;他安静地平躺在那张黄色木头的小床上,由于使用了很多次、很长时间,床单已经变得又黄又薄,他时不时将眼睛闭上,静静聆听自己因为兴奋和不安而变得深沉的怦怦心跳声。

阳光从窗户上悬挂的条纹窗帘的缝隙里挤了进来,洒满了整间屋子,伊达·永格曼和妈妈还没有醒,周围静悄悄的。但是隐约间可以听见外面的工人用耙子耙花园中石子路的声音,安静而富有节奏感,除此以外还能听见一只飞在窗帘和玻璃之间的苍蝇不断撞击玻璃的声音,透过窗帘隐约可以看见这只苍蝇的影子,飞来飞去的像一条虚线……周围一片寂静!甚至可以听见老鼠的窸窣声和苍蝇的嗡嗡声!寂静但是不失祥和的这种美好感觉,让小约翰此时产生了别样的心情:这就是海边特有的安静,无人打扰的安静。没有什么比让他待在海边更让人开心的了。哦,感谢上帝吧,在这个可怕的世界上代表着比例律和文法的那些人是不会到这里来的,肯定不会过来,因为在这里的生活是要花费不少钱的……

想到这里他就抑制不住内心的快乐,一骨碌从床上跳了下来,光着脚跑到了窗户边上。他把窗帘拉了上去,拉起白漆的窗栓,推开了一扇窗户。他欣赏着外面的风景:花园里,苍蝇从花园里的沙砾路和玫瑰花圃上飞过去。旅馆对面种着半圈黄杨树,那里面是一家音乐厅,此时正空无一人。罗喜登矿场的右侧伫立着一座灯塔,矿场就因这个灯塔而得名,白云在天空中缓缓地飘动着,时卷时舒,白云的下面长着些稀疏的短草,中间还夹杂着几块寸草不生的秃地,可是到了远方就能看见一大片粗壮、高大的海滨植物了,再远的地方就是一大片沙漠了，沙漠的尽头就是一片大海了，即使是站在这里也能看见临近海边的沙滩上摆放着一排排的私人小木棚和椅子。海就在那个远方，安静地躺在晨曦的怀抱里，像一块蓝绿色的镜子，时而光滑时而泛起无数涟漪。海面上有标志着航路的红色浮标，一条来自哥本哈根的轮船从中间缓缓地行驶过来……这艘船是"纳亚丁"号，还是"弗利德利克·鄂威尔狄克"号呢？现在这又有什么重要的呢？汉诺·布登勃洛克沉浸在这份宁静的幸福之中，深深地吸了一大口含着海水腥味的空气，他的心中充满了深深的感激，然后饱含深情地向大海投去问候的目光。

短短的二十八天的假期就要开始了，现在第一天已经到来了，幸福就好像在假期的最初的几天被定格了似的，可是一旦过了这几天，日子就会像流水一般飞逝，快得让人不敢相信……吃早餐的地点是在阳台或者是游乐场前面安着大秋千的一棵大栗树下面，不论是侍者铺在桌子上面的新洗过的桌布的气息，还是皱纸做的餐巾，各式各样的面包，甚至是用最普通的茶匙，而不是家里精致的骨匙——从金属碗里挖鸡蛋吃，这里的任何事物都让小约翰为之着迷。

吃过早餐以后的事情，也没有一件是不令人感到快乐的，这里的生活是如此闲适，所有的事情都被安排得妥妥帖帖的。一天的时光就这么自由自在地度过了：早上的时候就在海边，听旅馆乐团前来演奏的午前音乐节目。他安静地躺在藤椅里，仿佛处于童话的世界，懒洋洋地伸出手玩弄着海边的细沙，他的眼睛望向那一片无边无际的蓝绿相间的海洋。一阵强劲、粗野、新鲜、芬芳的气息从海面上吹了过来，就这么自由自在地吹来、毫无阻挡，伴随着海浪温柔的敲击声，冲击着你的耳朵，顷刻间，你就陷入了一种舒适的昏昏沉沉、迷迷糊糊的境界了，被幸福冲击得几乎要昏厥了。那个世界的一切束缚人的东西，时间也好，空间也罢，什么都已经不复存在了……再说说游泳，和在阿木森游泳池里游泳相比，这里的游泳才是一件真正令人快乐的事情，大海里面不会有"鹅草"，水面是清澈的碧蓝色，拍打的时候会泛起白色的泡沫，脚下面的不是黏糊糊的木板，而是海滩上细软的柔沙，更重要的是，哈根施特罗姆参议的儿子现在不在这里，他们此刻都在很远很远的地方，也许是挪威或者是第罗尔。他们的父亲每年的夏天都喜欢到很远很远的地方去度假，既然他喜欢这样的度假方式，他们当然也可以这么做的，不是吗？……然后他就会开始沿着海边的沙滩散步，暖和暖和身子，一直走到海鸥石或者望海亭，然后坐在柳条圈椅子里吃点儿东西补充体力，到了这个时候他就应该回去休息了，睡个把小时的觉，换上一套干净的衣服准备和别的游客们一起吃饭了。现在这个时节正是洗海水浴的好季节，吃饭的人是非常多的，海滨旅馆的大厅里会挤满了和布登勃洛克家认识的熟人，他们来自各个地方，有的来自汉堡，还有的是英国人和俄国人。他们的身边放着一张做工精致的小桌子，桌子上摆放着一个闪着光芒的银质汤罐，一个穿着黑衣服的侍者正从里面为大家盛出汤来。今天的菜一共有四道，和家里面做的饭菜比起来这些饭菜似乎更可口、更香甜，至少是做得更有档次。吃饭的时候还有好多人在长桌上喝香槟。还有一些人，他们不愿意整个一星期都被一些公务缠扰，所以他们从城里面赶来，来这里放松一下自己的心情，吃过饭以后再玩一会儿轮盘赌。比方说，彼得·多尔曼参议，他让女儿留在家中，独自一人逍遥快乐，他在这里扯着大嗓门用带着北德土话的口音说着一些低俗的段子，逗得那些来自汉堡的太太们笑得直不起腰。除了他以外，还有议员克瑞梅博士，那位老警察署长、克利斯蒂安叔叔和他的老同学吉塞克议员。吉塞克议员也是喜欢独自一人玩乐，不会带着老婆孩子玩乐，克利斯蒂安·布登勃洛克的所有的开支都是由他支付的……之后，当大人们在咖啡馆的帐篷底下听着音乐，品着咖啡的时候，汉诺也坐到帐篷前面的椅子上面跟随大人一起听音乐，他似乎永远都不知道疲惫……下午的活动也已经有了安排。海滨旅馆的花园里有一个射击棚，并且在房屋的右侧还有几个牲口棚，棚子里面养着些马、驴和羊。这样在吃过下午茶之后，人们就可以喝到刚挤出来的香喷喷的、起着奶泡的羊奶了。酒足饭饱后，人们可以到镇上去散散步，或者沿着"海滨路"走上一圈；还可以坐船横渡到"普瑞瓦"去，人们可以在"普瑞瓦"的沙滩上捡到琥珀；或者还可以去儿童游乐场玩一局槌球，到旅馆后面的一大片树林里，在挂着报告吃饭时间的大钟下面的一条长板凳上听伊达·永格曼念一会儿故事书……但是打发时间最好的方法莫过于回到海边去，坐在防波堤的顶上，在苍茫的暮色中，望着远方的海平线。每当有大船开过来的时候，他就拼命地向它招手，或者就静静地聆听浪花拍打礁石的声音，就像是大海轻轻地低语，周围这一片寂寥都被大海温柔的声音填满了。海浪声就像是在和小约翰温柔地说话，在这舒适的环境中他就渐渐地闭上了眼睛。可是每当这个时候，伊达·永格曼的声音都会将这一片宁静打破，"走吧，小汉诺！回去吃晚饭了，快走吧。你要是在这里睡着了，那你连命都没有了……"每当从海边回来的时候，他都会觉得心旷神怡！他的心跳是多么的均匀而沉稳啊！当他吃过晚饭，在卧室里喝过牛奶或者发甜的棕啤酒之后，因为母亲要到旅馆的露台上和别的客人一起吃饭，所以只有他一个人了，他躺在床上，身体蜷缩在轻软的薄被之中，这时他的心是如此的宁静和缓，伴随着音乐会的伴奏声均匀地跳动着，他渐渐沉入了梦乡，梦境也是如此的平和，一点都不可怕，甚至没有一句梦话……

当然也有一些人，他们平日里忙于那些烦琐的事务，不得不留在城里，只有到周末的时候，他们才能抽出时间到海边来散散心、陪陪家人。议员就是这群人中的一个，他在周末的时候和他们一起来到了这里，和家人们团聚一天，不过周一的早上他就要回去了。虽然在这一天里可以在饭桌上吃到冰激凌，还可以喝香槟酒，虽然这一天里可以骑驴，还可以和一大群人到海边去坐帆船，可是小约翰不是真心喜欢这样的星期天。这一天海滨浴场的安详宁静都会被打破。下午会从城里赶来一大批原本不属于这里的人，伊达·永格曼用一种轻蔑却丝毫不夸张的口吻将他们称作"中产阶级的一日浮游"，他们占据了旅馆的花园和沙滩，喝着咖啡，听着音乐，洗海水浴，可是汉诺宁愿待在屋子里哪儿也不去，等到这些穿着华丽的人都退去以后再出来……一直等到星期一的时候，海滨才会恢复到原来的样子，这时他父亲的眼睛——虽然在整整六天的时间里他都没有看见这双眼睛了，可是到了周末的时候，他还是可以清楚地感觉到，这一双眼睛，从来都没有放弃过对他的挑剔——终于远远地离他而去了，他就又恢复了玩耍的兴致，假期的第十四天都已经结束了，汉诺不断地安慰着自己说，如果有谁问起的话，自己一定会告诉他，假期剩下的日子还有米迦勒节日那么长呢。而这一句话也不过是自欺欺人，假期只要过去一半，剩下的日子就会过得飞快，就像走下坡路似的，越来越快，追都追不上。他希望能够紧紧地握住每一小时，不让它流逝。就连他在海边呼吸空气的时候都特别地小心翼翼，慢慢地呼气，生怕时间一不留神就飞走了。

可是即使这样，时间还是不会有片刻的停留，有的时候会下雨，有的时候阳光明媚，风会从海面上刮来，也会从陆地上刮来，天气时而酷暑难耐，时而雷电交加，这一切的一切都离不开这片海。曾经有几天，东北风肆虐，把海湾里的水都吹成了墨绿色，海岸上铺满了海藻、贝壳和水母，沙滩上的帐篷似乎都会被狂风卷走。这个时候一大片白色的泡沫就会将翻滚着巨浪的海水覆盖。轰隆轰隆的巨浪带着恐怖的气息，高高地耸立着、一排排的就像是钢铁铸成的、墨绿色的、闪着光芒的城墙，快速地向海岸边推进，又"砰"的一声摔碎在海岸上……当然有的时候也会刮起西风，西风将海水吹了回去，细细的波纹向大海的远处蔓延，这时，到处都可以看见赤裸的沙地。在这样的天气情况下都会下起滂沱大雨，将天空、地面和海水都连接在一起。狂风将雨帘吹了起来，拍打着玻璃窗。玻璃窗上的雨水都已经汇成了一条小溪，顺着窗户往下淌，外面的景色也模糊得看不见了。当碰上这种天气时，汉诺就会待在旅馆的大厅里，坐在里面弹奏着一架变了音的小钢琴，因为经常会在这里举办舞会，所以这架小钢琴经常用来弹奏华尔兹和苏格兰舞曲，它现在已经走了音，远远比不上演奏家的钢琴声那么动听，不过它那沙哑的、吱吱呀呀的琴声却依旧可以给人们带来无尽的快乐……还有一些日子，海边一点儿风都没有，只有湛蓝湛蓝的天空和笼罩了整个大地的、令人昏昏欲睡的闷热。在罗喜登广场上，苍蝇嗡嗡地悬在阳光下。大海沉闷得就像是一面大镜子般凝然不动。假期也只剩下最后的三天了，汉诺不断地告诉自己，同时也告诉周围的每一个人说，这还是有好长好长的一段时间呢,相当于整个圣灵降临节那么长的时间呢。他的这种说法,虽然没有任何人反对,但是他最终连自己都说服不了了。他的内心已经赞同了那位穿着发亮哔叽上衣的先生所说的话了。四个星期的时间是有尽头的,现在它已经结束了,很快他们就要开学了,那以后他们会从停止的地方开始继续上课⋯⋯

回家的日子已经到来了,马车装好了行李现在就停在旅馆门口。清晨的时候,汉诺已经去和大海道了别;现在他又给了那些侍者们小费,并向他们道别,向音乐坛、玫瑰花和这一整个暑期道别。最后,在旅馆侍从们集体鞠躬欢送下,马车的轮子开始缓缓转动起来。

马车穿过了小镇的林荫路,沿着海滨路向前⋯⋯汉诺的脑袋靠在马车车厢的内壁上,眼睛直直地望向窗外。眼睛里闪着光芒、身材枯瘦、头发花白的伊达·永格曼坐在汉诺对面的倒座上。早晨的天空中飘浮着朵朵淡淡的白云,特拉夫河面上泛起层层涟漪,在微风的吹动下向四处扩散,偶尔也会有一滴雨珠拍打在车窗上。在海滨路的尽头,有当地的居民坐在门口补着渔网,光着脚的小孩在门口跑来跑去,好奇地打量着马车。他们永远都不用离开这里⋯⋯

当马车路过了最后的几栋房子的时候,汉诺不舍地探出了身子,又看了灯塔最后一眼,接着他就将身子向后一靠,紧紧地闭上了眼睛。"我们明年还会来的,小汉诺。"耳边响起了伊达·永格曼低沉的安慰声。这正是汉诺最想听到的话,所以在她说出口的一瞬间,汉诺的下巴微微颤抖了一下,眼泪从长长的眼睫毛下面滚落下来。

在海边待的这一个月,他除了脸和胳臂晒黑了以外,没有其他任何的变化,家人的本意是让他在这里变得活泼、强壮或者抵抗力增强点儿,可是这一切都失败了;汉诺自己也对这个可怕的事实清楚得很。在这四个星期的远离城市喧哗的安逸生活中,他对大海更加敬仰和膜拜了,他的心比之前更加柔软、更加任性、更加敏感,也更富于梦想了;并且在蒂特格先生的比例律前面,他也比从前更加手足无措了。每当他想到自己还要背诵那么多的历史年代和语法规则的时候,想到过去痛苦的生活,晚上无比绝望时,就任性地将书本丢到一边,投身到睡眠之中来寻求解脱,可是第二天的清早和以前上课的恐怖感受,想到这些重重的烦恼、总是会欺负他的哈根施特罗姆家兄弟,以及父亲对他的挑剔和种种的要求,他就变得比从前更加心灰意冷。

清晨,马车行驶在坑坑洼洼的积着水的乡间大路上,周围的鸟儿叽叽喳喳地叫着,在这样的环境下,他的心情渐渐地舒畅了一些。他开始怀念凯伊了,过不了多久他就可以和凯伊见面了,他想到了费尔先生和他的钢琴课,想到了家中的大钢琴和他的小风琴,更何况明天又是星期天,所以还是平安无事的,后天才是开学的第一天呢。啊,他摸到了自己扣绊靴上粘带着的海滩的沙子……他要请求老格罗勃雷本永远都不要把这些沙子擦掉……哔叽衣服也好,哈根施特罗姆家的两兄弟也罢,又和他有什么关系,让他们过来好了!反正他所拥有的东西是他们抢不走的。当他再次面对这些灾难的时候,他就会想起海滨旅馆和大海带给他的美好回忆。他会想起在那个宁静的夜晚,海浪是如何静悄悄地从沉睡的夜幕中翻滚过来,击打在防波堤上的声音,每当他回想起这个,他就会感到莫大的安慰,一切伤心难过的事都不会将他击倒……

从船上下来了,也经过了伊色列朵尔夫林荫道,再穿过耶路撒冷山和城外空旷的土地,马上就会来到城门口了。城门的右边是高高耸立的监狱围墙,威恩申克姑父就被关押在这里面。马车现在正沿着布格街行驶,等过了考贝尔格和布来登街之后,往前一拐就会到达渔夫巷的斜坡了,马车这时就会一边行驶一边刹车……转眼间他们已经到达那座带有白色大理石雕像柱的红房子前。他们穿过空气闷热的午后街头,走进了阴森冰冷的石头走廊,这时议员已经离开了办公室,来到门口迎接他们了,他的手里还捏着一支钢笔……

从那以后又过了好长好长的一段日子,小约翰才渐渐习惯了没有大海的日子,习惯了每天心惊胆战、无聊乏味的日子。他每天都会因为哈根施特罗姆家的两个孩子提心吊胆,只有在凯伊、费尔先生以及音乐中之中可以得到些许安慰。

布来登街本家的几位小姐和克罗蒂尔德姑姑刚看见他的时候总是会问,过了这么长的一个假期之后回到学校的感觉如何啊。每当她们发问的时候总是会挤眉弄眼的,就好像在说你现在的感受可一点都瞒不过我,同时她们的脸上还带着成年人特有的傲慢和嘲讽,就好像在说,这些与孩子有关的事情,她们要么就干脆不去过问,要是问就会以一种开玩笑的口吻。可是汉诺没有被她们所问的问题困住。

回到家里三四天以后,家庭顾问医生朗哈尔斯博士按约来到了渔夫巷,查看小约翰进行海水治疗的疗效。他先和议员夫人进行了一番长谈,然后把汉诺喊进屋子,脱掉他上半身的衣服,对他的身体进行了一次详细检查,就如同朗哈尔斯博士一边看着自己的手指一边宣布的那样,检查一下他的身体。朗哈尔斯查看了一下汉诺那纤弱的肌肉组织,为他量了胸围,听了他的心跳,又让他汇报了一下身体各个器官的机能,最后用针尖从汉诺的小细胳膊上取了一滴血，带回去做化验。可是，朗哈尔斯似乎还是不很满意。

"汉诺倒是晒黑了，"他说着，伸出一只手将汉诺揽在怀里，另一只汗毛很重的手搭在了汉诺的肩膀上，抬起头看着议员夫人和永格曼小姐，"可是为什么还是这么一脸忧郁的表情呢？"

"他怀念海边。"盖尔达·布登勃洛克回答道。

"啊，原来是这样啊……如此说来，你应该是非常喜欢那个地方吧！"朗哈尔斯大夫说这句话的时候，带着一脸骄傲的神情望着小约翰的脸……汉诺的表情一下子僵住了。他问这个问题是什么意思呢？朗哈尔斯博士显然还在等待着他的答案。汉诺的脑海里突然出现了一个异想天开的想法，并且特别希望这就是真的，上帝保佑，这世界上没有什么事情是不可能的，即使世界上所有穿哔叽上衣的人一起说的话也不管用。

"喜欢……"他艰难地从口中挤出这两个字，瞪着一双大眼睛等待着医生的回答。可是朗哈尔斯医生问这个问题的时候并没有什么特别的用意。

"好的，海水浴和海边新鲜的空气迟早都会起到疗效的……会有作用的！"他说着，拍了拍小约翰的肩膀，冲议员夫人和伊达·永格曼充满信心地点了点头——这只是出于一个学问渊博的医生高高在上的、充满善意安慰、不希望令别人失望地点头示意，因为所有的人都等待着从他的嘴巴里或是眼神里流露出一点儿对这次治疗的肯定——接着他就起身准备离去，结束了今天的疗效鉴定……

汉诺因为离开了海边感到十分痛苦，他的这种难过的心情恢复得很慢，并且被日常生活中的一些小细节戳到的时候就会感到万分痛苦。能够同情并理解他的这份痛苦的人只有安冬妮姑妈。安冬妮姑妈在向他说起在特拉夫门德的生活时，脸上露出了非常真切的微笑，并且由衷地和他一起赞美那段美好时光。

"的确，汉诺，"她说，"这就是事实啊，特拉夫门德的确是一个非常美丽的地方！一直到某天，我躺进了坟墓里面，我也会怀着一种幸福的心情来回忆我在那里度过的那个夏天的。那一年我还小，也不懂事。我就住在一户人家里，我很喜欢他们，并且他们应该也不讨厌我，因为那年我还是个挺漂亮的小姑娘，充满了活力。不过那是因为现在的我已经是一个老太婆了，所以我才会这么说。但是不得不承认，那户人家的人都是好人，他们老实、善良、直心肠，但是也很聪明、有学问、对人热心，从那以后我再也没有遇到过像他们这么好的人了。的确如此，和他们的相处真的是特别愉快。从他们的身上我学会了许多东西——在知识和谈吐方面，这些东西都令我终生难忘。如果不是因为其他的一些事情——形形色色的事情，你应该知道的，人的一生不过如此——打乱了我的生活，我从他们身上还会学到更多的东西呢。你简直不知道，那时的我有多傻。我想把水母身上的五色小星取下来。然后我就用手帕包了一大包的水母回到家里，放在阳台上，想让太阳将它们晒化……我觉得，这样我就可以得到那些五色小星了！可是结果，等到我再次出去看的时候，阳台上只留下了一大片水印和腐烂的海藻腥味……"

4

1873年的春天法院颁布了对胡果·威恩申克的赦免令，因此这位曾经的经理在他的徒刑期满之前的半年就获得了自由。

假如佩尔曼内德太太实话实说的话，她就会告诉别人这并不是一件令她开心的事情，她还是愿意按照原来的样子生活下去。她和自己的女儿以及外孙女三个人和和美美地住在菩提树广场，除了在平日里到渔夫巷走动外，她的社交范围就只有她儿时上学时代的朋友，母姓封·席令的阿姆嘉德·封·梅布姆了。她的这位好朋友自从丧夫以后就搬到了城里面来居住。她自己非常清楚，离开了自己的故乡以后，就没有任何的地方是既适合她居住又不会辱没她的身份的，更何况她在慕尼黑生活时的那段悲惨的回忆。她消化不良的症状越来越严重了，她需要的只是一份宁静平和的晚年生活。即使现在祖国已经统一了，她也不想再搬到什么别的大城市去居住了，更不想搬到国外了。

"我亲爱的孩子，"佩尔曼内德太太看着她的女儿问道，"我有点儿事情想要问你一下，我必须弄明白这事！……你是不是发自内心地爱你的丈夫呢？他已经没有颜面再在这个地方待下去了，我想要知道是不是无论他到哪里去，你都愿意带着孩子跟随着他。你对他的爱有没有到这个地步呢？"

伊瑞卡·威恩申克默默地流出了眼泪，然而她流泪的原因可以用任何一种方式来解释，以此回答了她母亲的问话。就好像在多年以前，冬妮在汉堡的别墅里也曾回答过她父亲的同样的问话，伊瑞卡的回答也是一样的。从那以后人们就知道，要不了多久这对夫妻就会天各一方了……

佩尔曼内德太太用一辆门窗紧闭的马车将她的女婿从监狱接回了家里，这种感觉就好像威恩申克经理被抓进监狱那天一样令人害怕。她将他接到了菩提树广场边自己的家中，他简直有些不知所措，在和自己的妻子行过见面礼之后,他就躲进了一间专门为他准备的小房子里,从白天到黑夜只是不停地抽雪茄,不敢往街上迈一步,就连吃饭也几乎不和家人们一起——现在的他已经是一个毫无斗志、头发花白的失败者了。

在监狱里的生活并没有影响到他的身体健康,何况胡果·威恩申克的身体一向都很强壮;但是他的遭遇也是非常悲惨的。他所做的这件事情,几乎他的每一个同行每一天都明目张胆地做着,假如不是他的运气不好被抓进监狱的话,他也会和其他人一样清清白白、昂首阔步地走在大街上。可是事到如今,他已经甚至不够资格成为一名市民,他受到了法律的惩罚,在监狱里待了三年,他的精神也因此崩溃,这是一件多么悲哀的事情。他在法庭上极力为自己的这种行为辩护,他并不觉得自己做错了什么,并且懂行的人也都赞同他的这种说法:他的这种行为只是为了公司和个人的利益而采取的较为极端的手段,在这一行里也并非没有先例的。可是那些在他的眼里什么都不懂的法官,以及那些有着完全不同的世界观和见解的老爷们却给他定下了盗骗罪,并且他们的这种决定,通过法律的形式表现出来,这让他无地自容,再也抬不起头了。他曾经那矫健的步伐,大方自信的举止;他在大礼服里扭着身子,瞪大了眼睛,摇晃着拳头,他那发自内心的憨厚天真,无所顾忌地说着故事、问着问题,不在乎自己的无知和没有教养,如今这一切都已经消失了。这一切都已经毫无踪迹。他现在这副沮丧、颓废、自暴自弃的样子让家里人觉得心寒而害怕!

又过去了八九天,这期间胡果·威恩申克先生除了待在房间里独自吸烟外什么都没有做。接着,他开始看报纸、写信什么的。就这样又过去了八九天，他含糊其词地告诉大家，他已经在伦敦找到了一份工作，可是他想先独自前往，等到把一切都安排妥当以后，就会把妻子和孩子接过去。

伊瑞卡陪伴着他一起乘坐了一辆门窗紧闭的马车来到了车站，接着他坐车离开了。在走之前他没有去向任何以前的亲朋好友道别。

数天后，他从汉堡给他的妻子寄来了一封信。信中的内容大致是，他已经决定在创造出一份安逸的生活之前，他不打算将妻子和孩子接到那边去，甚至也不想和她们通信。这封信是胡果·威恩申克留给她们的最后的信息，从那以后他就音信全无了。后来，佩尔曼内德太太也曾多次托人去打听她女婿的消息——她做出一副气恼的表情说，她打听他的消息只是为了搜集有力的证据而以弃养罪的名义让他们离婚——并且她对打听这一类的事情十分擅长，所以她这样做的时候既有魅力，又没有留下可疑之处，但是威恩申克先生如同石沉大海，杳无音信。从那以后，伊瑞卡·威恩申克就带着她的女儿小伊丽莎白和她的母亲住在了一起，住在了菩提树广场边的一栋明亮小楼房里。

5

小约翰的父母亲的婚姻，一直是当地人茶余饭后的谈资，这么多年过去了人们对此依旧津津乐道。因为这一对夫妻都是怪异、神秘的人，所以这场婚事也就注定有些神秘而与众不同的地方，人们想方设法地打听一些内幕消息，想要揭开表面的现象，探寻一下这件事情的深层原因，虽然这是一件很难做到的事情，但是值得尝试……不论在起居室还是在寝室里，是在俱乐部还是在酒馆里，就连在证券交易所里都有人谈论着盖尔达和托马斯·布登勃洛克，并且知道得越少，人们就越乐于去谈论。

他们两个人是为什么结合起来的？他们两个之间的关系又是怎样的呢？人们忍不住想象着十八年前，三十岁的托马斯·布登勃洛克是因为什么而下定决心娶了盖尔达的。"我今生非她不娶"，这就是他当年说的话。而按照盖尔达的说法，她的情况也是大致相同的，在她二十七岁之前，所有在阿姆斯特丹向她求婚的人都被她拒绝了，只有当他向她求婚的时候她才欣然接受。人们都认为，他们一定是因为爱情而在一起的。无论他们是不是愿意承认，但是那就是事实，盖尔达带来了三十万马克的陪嫁，这对于他们两个人的婚姻，并不是主要的原因。可是说到两个人的爱情，根据大家对爱情的最基本的定义，自始至终就很少有人能够在他们两人之间发现所谓的爱情。恰恰相反，最开始的时候，人们在他们两人之间只能够发现一种近乎殷勤的客套，一种不会在正常的夫妻间出现的毕恭毕敬。更让人们难以理解的是，这种客气不是因为他们两个人关系的疏远，而是因为一种相互之间的默契，是彼此关怀的表现；并且随着时间的推移，他们两人之间的这种关系没有发生任何的变化。唯一的变化就是两人外貌上的差距越来越大了，虽然他们俩的实际年龄差不了多少……

初次看到这两个人，人们的感觉就是，男人看起来很老，并且已经开始发福了，然而在他身边的妻子却显得十分年轻。有一件事情是显而易见的，虽然托马斯·布登勃洛克竭力装扮自己，他对自己的过度的打扮甚至已经到了可笑的地步，可是他还是无法掩饰住自己衰老的迹象，相反的，盖尔达在这十几年间居然没有发生任何的改变。她还是和以前一样落落大方，并且生活在她一贯的冷艳气质中，几乎是无时无刻不在保持着这种气质。她那一头赭红色的头发还是和原来的颜色一模一样，肤色也是和以前一样白皙，体形和以前一样窈窕。她那双不大的、生得比较近的眼睛依旧笼罩在一圈青色的阴影中……她的这双眼睛常常不能博得人们的信任。她的眼光很独特，似乎里面写着什么，但是人们猜不到。这个女人生来就是如此的冰冷、不喜欢和别人交往，只有在涉及音乐的时候才会表现出一些热情，这就很难避免别人对她的猜疑。人们将他们观察人的种种方法应用在对布登勃洛克议员的妻子的评价分析上。"人静心深。""话语少，心眼多。"人们通过这样的推测，既希望可以把事情弄得清楚一点儿，又希望可以知道点儿什么，了解点儿什么，所以他们运用自己有限的想象力进行了这样的猜测：漂亮的盖尔达肯定背着她的丈夫有了外遇了。

于是他们就开始留心查找这一类的迹象了，没过多久，他们就达成了一致：盖尔达·布登勃洛克和封·特洛塔少尉先生有什么不寻常的关系，含蓄点儿说就是，他们之间的关系已经超出了礼法范围。

列内·玛利亚·封·特洛塔原本是莱茵河区人，现在在驻扎在本城的一个军营里当少尉。他军服的红领子和他一头乌黑的秀发十分相配。他的头发是斜分着的，右侧鼓起了一个高高的蓬，刘海向后梳着，露出他那雪白的额头。虽然他有着高大而健硕的身材，可是他的外貌和谈吐看起来都不像是一个军人。他经常喜欢将一只手插在敞着的制服里，要么就是用双手支撑着身体坐着。就连在他行军礼的时候都没有半点儿的军人气概，别人甚至听不见他的鞋后跟的碰撞声。他也不会怀着一颗崇敬的心去对待自己穿在身上的军服，而是显得那么随随便便,就好像是一件便装一样,就连他刚刚蓄起来的唇上胡须也是那么窄窄的一条,沿着嘴角的弧度垂了下来,既不能蓄尖,也不能捻曲,这就更加减弱了他身为军人的风度。他全身上下最吸引人的地方莫过于他的那双眼睛了,他的眼睛不仅大而且黑,闪着光芒,像一个望不到底的闪着光芒的黑洞,不论这双眼睛在看什么人或物,都会因为充满了热情和严肃而闪闪发光……

显而易见,他最初的愿望一定不是加入军队,因为虽然他的身体很强壮,但是他似乎对这些事物不是很感兴趣,他在执行任务的过程中表现得也并不出色,所以同事们也都不很喜欢他。他对于同事们所喜欢的东西——特别是一些刚刚胜利归来的新晋升的军官们的兴趣爱好——都表现得冷淡。在其他人看来,他是一个性格怪僻、不易相处的人。他喜欢的事情就是独自一人散步,既不喜欢骑马,也不打猎,不赌钱,不和女人调情,他全部的兴趣都在音乐上,他会演奏很多种乐器,无论是哪一场歌剧或者音乐会,人们都会在观众席发现他闪着光芒的黑眼睛,以及毫无军人风范的随意的坐姿,可是俱乐部和赌场却是他从来不会光顾的地方。

他不屑于去那些当地显赫的人家走动,只有在迫不得已的时候他才会勉强自己出去应酬一下,其他的邀请他都会一律谢绝。但是,他却唯独愿意去拜访布登勃洛克一家,而且他登门拜访的次数未免也太多了一点儿,至少包括议员在内的其他人都是这么认为的。

没有谁能够知道,托马斯·布登勃洛克的心里是怎么想的,但是这似乎也不需要去猜测。正是这种能够在其他人的面前掩饰自己的痛苦、恼恨和自己的软弱无力,才是一件对自己几乎残忍的事情!人们发觉他的行为变得越来越匪夷所思了,当然,如果人们能够明白他是怀着怎样的心情提防着人们对他的嘲笑，哪怕能够体会这种心情的万分之一，那么，人们就会将这份嘲讽转化为同情了！实际上，早在别人表现出这种嘲讽的势头的时候，他就似乎已经看到了这种耻辱正一步步地向自己走来，他就是拥有这种敏锐的预感。而且他对自己过分的打扮，实际上也是由于害怕别人对自己的嘲笑。他在所有人之前就已察觉到了自己和盖尔达越来越不般配，因为盖尔达的容貌没有发生任何的变化，就好像岁月奈何不了她似的。事到如今，封·特洛塔到他家的次数越来越多，渐渐地成了他们家的常客，他就不得不拿出自己所有的精力来和心中的害怕做斗争，尽最大的努力掩饰它的存在，因为他知道这件事情一旦被别人发现，他就会成为大家茶余饭后的谈资笑料。

更何况，盖尔达·布登勃洛克和这位年轻俊俏、举止奇怪的军官是通过音乐联系在一起的。封·特洛塔先生不仅会弹钢琴，还会拉小提琴、中音提琴、大提琴，会吹横笛，几乎所有的乐器他都精通。每当议员看见封·特洛塔的侍从背着大提琴盒子从他的私人办公室的窗子前走过，向内宅走去的时候，他就知道这位年少的军官马上就会和自己年轻貌美的妻子会面了。这时议员就会坐在书桌前什么都不做，静静地等待军官走进他们家的屋子，直到澎湃悦耳的钢琴声从他头顶上方的屋子里传出来为止。那声音就好像有人在歌唱，又像是在哀诉，像一阵神秘的欢呼声，像把捆绑着的双手伸向天空，在一阵兴奋的跌跌撞撞之后，忽然安静的呜咽声，一直沉到了夜色和黑暗之中。就让那声音尽情地咆哮呼喊吧，呜咽饮泣也好，沸腾欢呼、纠结缠绕也罢，就让它为人们带来神秘的感觉吧！想怎么样就怎么样吧！只是在演奏结束之后的寂静太让人感到害怕了！

那种寂静会在楼上的客厅笼罩那么长的时间,长到没有尽头,只有深深的寂静,没有一点儿动静,让听的人毛骨悚然!客厅里没有传来一点儿脚步声,甚至也没有拉椅子的声音,只是那一片邪恶、神秘、鸦雀无声的寂静……每当这个时候,托马斯·布登勃洛克就静静地坐在那里,心中充满了恐惧,常常会不由自主地发出痛苦的呻吟。

他究竟在害怕什么呢?别人看见封·特洛塔先生又登门拜访他的妻子了。他似乎从别人的眼睛里看见了这样的景象:一个衰老、性格乖僻的自己孤独地坐在楼下的办公室里,而他年轻漂亮的妻子在楼上陪她的情人玩乐器,可能还不只是玩乐器……的确如此,在别人的眼中,事情就是如此,这点他的心里十分清楚,当然他也清楚"情人"这个词用在封·特洛塔的身上还不是那么贴切的。唉,如果真的可以用这个词来形容他的话,那他不过是一个轻浮、无知的平凡少年,他和别人的区别也不过是他把自己并不比别人多的精力花费在了音乐上,并以此来勾引妇女。如果事情真是这样的话,那对托马斯来说,事情就没有这么痛苦了。他自我蒙蔽地把封·特洛塔想象成这样的人。他发挥出祖先们留在他身上的那种天性来应付这件事情:这就是他作为一个老实本分的商人对于一个喜欢冒险、轻浮并且没有事业心的军人阶层的猜忌和鄙夷的心态。无论是在他的头脑中还是在他的口中,他都将封·特洛塔阴阳怪气地称作"少尉",因为他对此非常清楚,这样的头衔和这个年轻人的气质是多么不相符……

可是,是什么令托马斯·布登勃洛克感到害怕?没有什么……其实他也说不出是什么。唉,如果他现在正在害怕的东西是一件简简单单的、可以触摸得到的实物该多好啊!他多么羡慕别人,他们可以想象出自己害怕的东西的样子;可是他只能坐在这里,痛苦地双手抱着头,为他看不见的东西而害怕,只能在这里静静听着楼上的动静。他的心里也很明白,"欺骗""通奸"之类的词语都不能够用来形容楼上的歌声和无尽的寂静。

他坐在那里,有时抬头看看对面灰色的三角山墙,低头看看路过的市民,有时他的目光会落在挂在他面前的他的几位祖先的画像上,他就会开始回忆自己家族的历史了。他告诉自己,我们的家族已经没落了,这一切都已经结束了,但是,还差最后一件事情——等到他自己成了大家嘲笑的对象,他的名字,成为大家茶余饭后的谈资,一切就彻底结束了……想到这里,他似乎觉得轻松了许多,因为比起他苦思冥想都说不出口的那个耻辱,比起楼上的客厅里不为人知的神秘行为来说,这件事情是显而易见的、正常的,他是这么想的,也敢这么说出来……

他实在无法忍受这种感觉了!他将椅子向身后一推,站起身来,向楼上走去。可是他还没有想好要去哪里。去客厅吗?以他轻蔑的态度向封·特洛塔先生打个招呼,然后说准备留他吃饭,准备好就像以前很多次那样,得到他的拒绝?少尉每次都会躲开他,不和他打任何交道,几乎每一次议员对他的邀请,他都会找借口拒绝,他只是喜欢和女主人在一起做一些不为人知的事情,议员最受不了的就是这一点……

等他出来吗?坐在吸烟室或者其他什么地方,等着他的离去,等他走了以后,再去找盖尔达,把自己的心里话明明白白地告诉她,然后再让她表明自己的态度吗?不可以,托马斯不能够让盖尔达把话挑明了,何况他自己也无法把心里话说出口。他还有什么好说的呢?他们俩的婚姻本来就是建立在理解、容忍、缄默的态度上的。

他没有必要在她面前扮演那样一个可笑的角色。如果因为少尉而吃醋那就说明他默认了外面的传言是真的，将家丑外扬……这是忌妒的感觉吗？忌妒谁？忌妒什么？不是的，他并不忌妒，忌妒会迫使一个人采取行动，即使做出一些疯狂的、错误的行为，但至少那样的行为是强有力的，会使他的心情舒畅。可是他却没有，他现在只是感觉到一些焦虑，对这件事情感到烦躁和不安……

他来到了三楼的更衣室，用香水清洗了一下自己的额头，然后他下到二楼，下决心无论如何都要打破这屋子里的寂静。可是当他的手刚刚抓到白漆门的乌金门柄的时候，屋子里又传来了一阵气势汹汹的音乐声，吓得他连连后退了几步。

他从仆人走的那一条楼梯匆匆回到了楼下，经过前厅和阴冷的穿堂来到了花园里面，想了想又转身回到了前厅，在那里端详了许久熊标本，又在楼梯旁的金鱼缸边站了好一会儿。可是不管他在什么地方，他的心情都无法平静下来，他偷偷听着楼上的动静，想要看看楼上发生了什么，他的心里充满了羞耻和郁闷，楼上神秘的、不为人知的丑行就像一块大石头压在他的心头，令他不知所措。

还有一天，也是在这个时刻，他倚在三楼的走廊栏杆上，从扶手边往楼梯井里走。周围依旧一片寂静。这时，小约翰恰好从他的屋子里走出来，他沿着阳台的楼梯走下去，穿过走廊，看来是要去找伊达·永格曼。他手里捧着一本书，看见他的父亲后垂下眼帘低声打了个招呼，正当他打算偷偷沿着墙边溜过去的时候，议员叫住了他。

"汉诺，你要去干什么？"

"我在写作业，爸爸，我要去找伊达，让她看看我的翻译……"

"今天学会了什么?作业是什么啊?"

汉诺几乎要闭上他的眼睛了,他是在努力回想,好让自己的答案既正确又快速、清晰。他顿了一下,咽了口吐沫,接着回答说:"今天上课讲的是耐波斯①的一篇文章,作业是练习抄写一段文章、法文文法、北美洲的河流……作文改错……"

他不再说了,他因为自己说"作文改错"的时候没有在前面加连接词"和",以及最后说完的时候语调没有降下来而感到懊恼不已,因为他已经不知道说什么了。可是他的这句话结束得那么突然,就好像没说完似的。"就这么多了。"他说着,却并不敢抬起头,尽量使自己的语气明朗一些,只不过他的父亲并没有注意到这些。他抓起汉诺没有拿书的那只手,轻轻地抚弄着,一副心神不宁的样子,很明显,他并没有在意汉诺在说些什么。他依旧心不在焉地玩弄着小汉诺的手,什么都不说。

这个时候,汉诺听见父亲说了一件和刚刚的谈话毫不相干的事情,他说这句话的时候声音非常小,惶恐不安,几乎是一种乞求的语气。他从来都没有见过父亲用这样的口吻说话。他说的是:"少尉已经和妈妈在一起待了两个小时了……汉诺……"

听到父亲这样的语气,小汉诺缓缓地抬起了他那双棕色的眼睛盯着他父亲的脸,他的眼睛瞪得很大,用从来没有过的清澈而充满爱意的目光看着他的父亲。父亲的眼睛红红的,还有些肿,脸色苍白也有些浮肿,眉毛淡淡的,两撇胡子也毫无生气地贴在嘴巴上方。没有人知道,汉诺是否懂得他父亲的烦恼。只不过有一点是显而易见的,父子俩也都心照不宣。那就是:如果此时两人的目光对到一

---
①耐波斯(Cornelius Nepos),公元前1世纪罗马历史家。

起的话，那么之前父子之间的生疏、冷漠、拘束和误会都会烟消云散。假如问题在不在于力量、能干、蓬勃的朝气，而是恐惧和痛苦的时候，那么不管是在什么时候，托马斯·布登勃洛克都可以完全地依赖信任他的儿子。

只不过他自己并没有发现这一点，他平日里也不会去关注这一类的事情，每当遇到困难的时候，他就会以此来考验汉诺对未来事业的准备情况，考验儿子是否具有坚强的意志，强迫汉诺说出他对自己未来的事业怀有极大的兴趣；因为如果他的儿子表现出一丁点儿的反抗或是厌烦的情绪的话，议员就会大发雷霆……虽然托马斯·布登勃洛克今年只有四十八岁，可是他已经预感到自己的生命不长了，预感到自己不久就会与世长辞了。

他的身体状况越来越差了。更何况他一向就有厌食、失眠、头晕、恶寒等病症，经常会请朗哈尔斯医生前来治疗。可是每次医生给他提出的建议他都不肯遵守。近几年来，又由于生意上的萧条，他已经无事可做了，这对他的精神是一种摧残，对他的意志也是一种消磨。他已经养成了早睡的习惯，虽然每天晚上睡觉前他都会警告自己，明天要早起，要按照医生的嘱咐在喝茶的时候悠闲地散一会儿步。不过，事实上他也只做到过那么两三次……而对于其他的事情也都是如此。由于他的精神一直处于紧张的状态，并且一直都得不到成功的喜悦，他的信心也开始遭受到打击，心情变得越来越低落。在多年以前，他就养成了每天吸入大量烈性俄国卷烟的习惯，而现在，他就更加沉醉于这种自我麻痹的享乐方式了。他也曾经直截了当地跟朗哈尔斯医生说过："您知道，医生，您有责任禁止我吸烟……您说这句话的时候不用费太大的力气。可是遵守这条规定确是我的责任！您可以监督我完成……不是，对于这件事我们需要合作完成，可是这次合作的分工未免也太不公平了一些！您别笑话我……我并不是在说笑话……我真的觉得太无助了……我需要吸烟。您也要一根吗？"

他的精力变得越来越差了，他的心中现在只剩下一个想法：痛苦很快就会结束了，因为我将不久于人世了。他经常会产生一些奇怪的错觉。有好几次在吃饭的时候，他突然感觉到自己已经不是和家里人在一起吃饭了，而是来到了一个虚无缥缈的地方远远地看着自己的家人……"我将不久于人世了"，他告诉自己，于是他再一次把汉诺喊到自己的跟前，告诉他："孩子，我可能要早早地丢下你们母子了。到时候你就要接替我现在的位子！我也是很年轻的时候就从我父亲那里接过了家族的事业……你知道吗？你的这种事不关己的态度让我感到十分难过！你现在是否已经准备好了？……'是的''是的'——这不是我要的答案，这不能算是一个回答！我想知道的是，你是不是已经鼓足了勇气，怀着极大的兴趣准备去做这件事情了……你是不是认为自己很有钱，没有必要去做这些事情呢？我告诉你吧，你现在什么都没有了，你所拥有的少得可怜，你现在必须完全依靠自己的力量，如果你想要活下去，或者还希望活得更好的话，你就必须努力工作，甚至要比我还要辛苦地工作……"

但是，令托马斯·布登勃洛克十分担忧的远远不止这一件事情，对儿子和家族的前途的担忧也仅仅是一个方面的问题。另外的一件事情还在困扰着他，一个新思想抓住了他，对他疲惫不堪的大脑大加蹂躏……那就是，每当他想到自己的生命即将终结的时候，他突然想起这已经不是一件遥不可及的理论上的事情，而是一件迫在眉

677

睫、伸手可及的事情，他必须尽快为这件事情做好准备，每当他想到这些，他就陷入了深深的沉思之中。他开始研究起自己的内心来，开始探讨自己的今生和来世的种种关系……可是，当他这样反复做了几次之后，他就发现，他自己的灵魂似乎还没有做好转世的准备。

他的父亲生前曾经完美地融合了商人极端讲求实际的思想和以《圣经》为代表的基督教精神、热忱的宗教主义，他将两者结合得是那么融洽；而他的母亲到了晚年的时候也接受了父亲的这种精神。可是在他的眼里，这种宗教感始终是陌生的，甚至于在他的一生里无论他看待什么事物，都是抱着一种像他祖父那样的世俗的怀疑精神。可是另一方面他又是一个心思缜密而又机警的人，他对那些不可预知的玄学世界充满了好奇，所以老约翰·布登勃洛克那种不求甚解的、怡然自得的态度也不能够让他得到满足。因此他就将这种永恒和不朽的问题借助于历史发展来解答。他的答案就是：他的生命是从祖先那里继承过来的，也会在他的子孙身上传承下去。这样的想法不但不会和他的宗族意识、家长感以及对祖先的崇敬感相违背，并且也鼓舞并支持着他的活动、野心、生存。可是现在他才明白，在死亡面前，在生命的紧紧逼迫下，他的这种看法也不能带给他些许安慰，连一分钟的平静都不能给他。

虽然托马斯·布登勃洛克在他这一生中也会偶尔表现出一点对天主教的倾向，可是在他的身上表现得更多的还是那种作为一名新教徒的严肃、深沉，甚至有点近乎自我苛责的责任感。可是这种事情是他自己一个人的，他无法在外部得到别人的支持、原谅、麻醉和安慰！现在还不算太迟，他必须依靠自己一个人的力量，独自一人费尽心思地揭开关于死亡的迷局，将他今后的事情全部都准备好，否则他就会带着遗憾和绝望离开这个世界……他原本希望让自己的儿子延续自己的生命,想在他的身上看见年轻的自己。可是他的这点愿望看来是很难实现了,他不能再依赖自己的儿子,而是应该去别的什么新的地方寻找真理……

这是1874年的一个夏季。蔚蓝的天空中飘浮着几朵洁白轻盈的浮云,下面是一大片精致、规整的花园。小鸟在胡桃树上叽叽喳喳地叫着,似乎在惊叹着什么。一丛丛美丽的淡紫色鸢尾花中有一口不断喷涌的喷泉。花园里面紫丁香花的香甜气息和被微风吹来的附近糖厂的蜜糖甜味交杂在一起。令员工们感到奇怪的是,最近的这段时间,议员总是会在工作最繁忙的时候离开办公室。他独自一人来到花园里面,不是双手背后来回走动,就是去把一把小路上的沙砾,掏一掏水池里的烂泥巴,或者把一大丛玫瑰花捆在一起……他那两条淡淡的眉毛向上一挑,似乎对所做的这些事情都十分的认真;可是与此同时,他的思绪却在遥远的地方,跋涉在一条黑暗崎岖的山路上。

有时候他也会坐在高处的小凉台上,坐在被葡萄叶层层掩盖的小凉亭里面,一个人望着花园后面的红色房屋出神。温暖的空气中弥漫着一丝甜甜的香味,微风吹来的时候叶子就会窸窸窣窣地响动着,就像一首催眠曲、安慰着他入睡。因为孤单、沉寂和长时间的注视他开始有些困乏了,他渐渐地闭上了眼睛,但是一会儿又突然睁开眼睛,努力将这困意赶走。"我需要清清楚楚地想一遍,"他几乎是说出来的,"趁现在还不算太迟,我必须安排好一切……"

还有一天,也还是在这座凉亭里面,他坐在黄藤摇椅上,手里捧着一本书聚精会神地看着,一看就是四个钟头。他也是偶然得到这本书的。有一天,他吃过第二餐早饭后,来到吸烟室吸烟,他在吸烟室摆放着一排排装订精美的书籍后面发现了这本书。他回想起来,这是他多年以前,用很低的价格从一个书商那里买来的一本书。这本书很厚,每一张纸都又薄又黄,印刷的质量很差,装订也并不考究。这是一部很有名的谈论形而上学的系列丛书中的第二本……他将这本书拿到了花园里面,专心致志地一页页地翻阅下去……

他的心中得到了从未有过的感激和满足。他似乎看到了一个伟大而智慧的头脑是怎样征服生命,征服了这个冷酷凶残而且富有嘲讽意义的生命,这个头脑可以摆布它、处置它,他因此感到无比满足……这只是一个受难者的满足。他原本因为生命的残忍无情和不可知而感到万分的痛苦,他被困于其中,可是现在他从一位智者的手中获得了这样的认同和许可,那么他所忍受的这一切痛苦都是合情合理的了——这个世界本来就不是人们想象的那么美好,这个伟大的哲学家已经以游戏的形式证明了这个世界是残酷无情的。

他并没有完全看懂整本书,里面的很多原则、假说他都没有弄清楚,他的大脑还是不习惯看这样的著作,作者清晰的条理,他也没法跟上。但是这种世界观的光明与黑暗的对换,让他从愁眉不展到若有所悟,直到最后恍然大悟,这让他的目光一直没有离开过这本书。一个小时又一个小时,他不但没有放下过书,甚至连座位都没有挪动过。

一开始的时候,他翻得很快,拼命地往后寻找那些对他自己很重要的东西,他只会去看那些吸引他注意的东西。直到后来他发现了一个很长的段落,并把它一字不漏地看完了。他的嘴巴闭得紧紧的,双眉紧锁,表情十分严肃,整个身体似乎已经到了僵直的地步,几乎感觉不到周围的动静了。这一篇文章是"论死和论死与生命本质不灭的关系",这是德国哲学家叔本华所写的书《意志与表象的世界》中的一章。

直到下午四点,女仆到花园里来找他,喊他回去吃饭的时候,他还有几行没有看完。他点头表示知道后,将剩下的几句念完了,这才合上书,起身向四周看了看……他觉得自己浑身的血管都充满了血,整个人有一种昏昏沉沉快要睡着的感觉;他已经沉醉于这种十分诱人的、让他觉得充满希望的东西,他就仿佛是回到了初恋时紧张又期盼的心情。他将书放在花园里柜子的一个抽屉中。他冰冷的双手不停地抖动着。他感到一种强大的压力正在压迫着他的脑袋,使他的头快要炸裂了,因而不能集中他的思想。

这究竟是怎么了?他向房屋里走去,走上了楼梯,和家人一起坐在桌子边吃饭,他不断地问自己:"到底是怎么一回事?谁对我说了些什么啊?是谁?对我,对本城的议员托马斯·布登勃洛克,布登勃洛克粮栈的老板……这是对我说的话吗?我能够忍受得了吗?我不清楚,这是为什么呢?……我只知道这样东西对我这个平凡的头脑而言太沉重了……"

整整一天的时间里,他都是在这种迷迷糊糊、昏昏欲睡的状态中度过的。到了晚上的时候,他再也承受不了这颗沉重的头颅了,他很早就回到床上睡觉了,整整三个小时的时间内,他睡得非常沉,他这一生都没有过这么香、这么熟的睡眠。三个小时后,他猛地醒来了,心中却充满了一种幸福的感觉,就像一个心中萌发着爱情的人从美梦中孤单地醒来一样。

他意识到这间空荡荡的大屋子里只有他一个人,盖尔达现在住在伊达·永格曼的屋子里。因为伊达·永格曼近来为了更好地照顾小约翰,已经搬到了阳台旁边的三间屋子中的一间去住了。窗户上的巨大幔帐将窗户遮得严严实实的,整个屋子笼罩在一片黑暗之中。他仰面躺在床上看着头顶上的天花板,周围充满了阴郁的情绪,笼罩在他的身上。

到底发生了什么事?一瞬间,他似乎感觉眼前的黑夜被撕开了,一道来自深渊的、永恒的亮光从中间照射出来,里面似乎可以看见未来的光辉场景……"我还不想死!"托马斯·布登勃洛克几乎大声地叫了出来,他感觉到自己的胸口因为无助的呜咽而微微颤抖,"这就是说,我要活下去!'它'也要活下去……假如这个'它'指的不是我的话,那这一切都只是个错觉,是个错误,死亡会出面改正它的。的确如此,就是这样的啊……为什么呢?"他刚刚问出这个问题,夜幕中的光亮就又合上了。他再次陷入了什么都看不见、什么也不明白的局面了。他将脑袋深深埋到枕头里面,被自己刚刚看到的真理弄得眼花缭乱、疲惫不堪。

他静静地躺在床上,焦急地等待着什么,他不禁开始为自己祈祷:让刚刚的景象再现一次吧,再让他看看那光芒吧。它果然又来了。这一次他平躺在床上,双手合十,静静地看着那光亮……

什么是死亡?这个问题似乎不是用简简单单的三言两语就可以回答的。可是他感觉到了答案,他在内心触碰到了它。死亡也是一种幸福,这种幸福是平常人不易发现的,只有在现在,这种上天赐予的特别时刻里,你才能感受到它的幸福所在。那是一种在历经生活的艰辛折磨后,不再徘徊地踏上归途,它可以纠正严重的错误,也可以将人从种种的枷锁中解救出来,一件悲惨的事情已经被它挽回了。

那它意味着结束和解体吗？如果有人将这两个空洞、虚无的概念看得无比可怕，那么他实在是太可悲了！敢问，什么是结束？什么又是解体呢？是在身体上的……还是他的个性上的，还是他的个体吗？是这个笨拙的、冥顽不灵的、状况百出、可恨又可厌的障碍物！当你摆脱了这个障碍物的时候，你将会成为一个更加完美的自己！

是不是每一个人都是一个荒唐可笑的错误呢？是不是他们一出生就要陷入无尽的痛苦和束缚之中呢？监牢啊！监牢啊！人生到处都充满了束缚！每一个人都只能在关押自己的牢房中仰望外面的天空，直到有一天死亡降临，带他走向归途，走向光明……

个体呢？……唉，人之所以会被称为人，是因为他们所拥有的和所能做的事情，不过都是些贫乏、灰暗、无聊和欠缺的，但是人所不能的，的确，许多的东西他们不能拥有、不能做，他们就用一种贪恋的目光羡慕地注视着，这种目光会因害怕变成仇恨，这就是所谓的爱情。

我身上有着世界上一切的可能性，是一切事物的开端和萌芽——如果我不是在这里，那我还能在哪里呢？如果我不是我，我不能将自己和外界的其他事物隔离开来，我的意识不能够区别一切本我和非我的话，那么我又会是谁呢，我会是什么东西呢，我又该依靠着什么活下去呢？在我这个有机体内，我的意志的轻率、盲目而又可怜的爆发！与其让它永远地困在牢狱之中，在那个智慧的小火焰摇摆不定，忽明忽暗的牢狱之中永远地困顿下去，还不如让它自由自在地在不受时间和空间拘束的长夜里翱翔，这样不是更好吗？

我原本还寄望于我的儿子身上，希望生命在他的身上得到延续，在这一个比我还要软弱,还要动摇,还要无能的人身上吗?这是个多么荒谬、多么可笑的想法啊!我需要儿子做什么呢?我不需要儿子!……等我死了以后,我会在什么地方呢?这件事现在我已经清清楚楚了,了如指掌!我活在所有曾经说过、正在说着和将要说"我"的人的身上,特别是那些可以更加自信轻快而饱满有力地说出这个字的人身上……

也许就在世界的某处,我的孩子正在慢慢长大,他有着过人的天赋,聪明伶俐,能够充分发挥自己的一切才能,他的身材健硕、积极乐观,他善良活泼又冷酷,他的眼神会让幸福的人感觉到快乐,而使不幸的人感到自身的痛苦绝望,他将会是我的儿子,也会是将来的我……要不了多久……当死亡将我从这种可怜的幻想中,这种似我非他,但是又似我非我的幻境中解脱出来之后……

我从来都没有抱怨过生活,这种纯洁、冷酷而又无情的生活。这只是一个愚蠢的误会。我只是埋怨我自己,是我自己不能经受住生活的考验。但是我爱你们……我爱你们大家,你们这些幸福的人,可是要不了多久我就不会再被这一切束缚了,我将要奔向自由的天地。不久之后,我内心对你们的喜欢,我对你们的爱,也将会得到自由了,它们会回到你们的身边,回到你们的身上……回到你们所有人的身上!

他突然又哭了起来,将脸埋在枕头里面,全身颤抖着,他感觉自己的身体被一种轻飘飘的、奇怪而幸福的感觉推上了天空,这种既痛苦又幸福的感觉简直无法形容。这就是那个从昨天下午一直到现在让他沉醉于其中的东西,也就是那个在夜晚的时候让他激动不已、如初恋般悸动的东西。现在已经到了他了解感悟它的时候了……

这并不是通过字里行间或是头脑中的想象,而是通过他的内心真实地感受到了……他就此自由了,得到了解脱,摆脱了一切身为人的困苦和束缚。他自愿将束缚着自己的这个小世界的城门打开了,在他的眼前出现的是整个世界,外面的世界他从小就窥到了那么一隅之地,这是死亡答应带给他的世界。他对于空间、时间等虚拟的意识形态的认识,寄托在自己的后代身上的延续自己的声名、历史的忧虑,以及他对于死亡的未知和恐惧……这一切都已经不再让他的内心痛苦而纠结了,他对于永恒已经有了新的理解。他现在拥有的,只会是一个永远不会结束的现在,而在他心中的那股力量,那种如初恋般既让人害怕又使人向往的力量……他自己也都只是这种力量的一个错误的表现形式……将会永远地找到一条通往"现在"的道路。

"我要活下去!"他的头埋在枕头之中,低声地呜咽着……可是没过多久,他就已经不知道自己为什么哭了。他的大脑停止了转动,身体似乎也没有了知觉,心中也只剩下一大片无尽的黑暗,他再次陷入了一无所知、一无所有的境界。"但是,它一定会再度出现的!"他这样安慰自己,"我刚刚不是已经体会到了吗?"当他感觉到浓浓的困意已经将他层层包围的时候,他对自己发誓说,他一定不会白白错过这美好的幸福时光,他要振作起来,认真地进行学习、阅读和研究,这样才能充分地掌握并应用令他振奋起来的这门哲学。

但是,这还是一件不可能完成的事情。第二天清晨,当他醒来的时候,由于昨天晚上亢奋的精神状态和今天早上感到的一丝羞涩,他已经很清楚了:这美丽的愿望是很难实现的。

他很晚才起床,刚一起来就赶着去参加本市市民代表大会的一次辩论。在这个街道弯曲、到处都是三角山墙的中等商业城市里,活跃着的公共事业、商业活动以及市政活动占据了他的全部心思。一方面,他仍然对那本令他豁然开朗的美妙读物念念不忘,想再读一遍那本书,但是另一方面他也开始有所动摇:那天晚上的经历能够影响他多久?当死亡真的降临的时候,他是否还会像现在一样泰然自若?他那种天生的怀疑态度对这样的假设进行了否定。除此以外,他的虚荣心也开始作祟了:他不愿意扮演这样一个奇怪而又滑稽的角色。他做的这些事情和他的身份相符吗?和他,和托马斯·布登勃洛克议员,和约翰·布登勃洛克公司的老板的身份相称吗?

那本给他带来了那么多全新感悟的奇书,他后来再也没有时间去再看一眼,更别说将这一整部作品买回来翻阅了。伴随着年龄的增长,他也变得更加神经质,他越来越学会了拿腔拿调,日子也就在他这样的方式中消磨掉了。他每天都要处理解决上百件的大小琐事,他的头脑和精神都被这些事情折磨得痛苦不堪,他的信念和毅力越来越差了,也无法合理地分配好自己的时间了。在那个令他若有所悟的午后过去了两个星期后,他就将一切誓言抛在了脑后。他吩咐女仆,去花园里把抽屉里面的那本书拿回来,放到吸烟室的书橱里去。

这样,曾经满怀信心地用双手触碰过最高真理的托马斯·布登勃洛克再一次颓废起来,成了他从小到大人们所熟悉的那个形象。无论他走到哪里,他的心中总是感激、追随着那唯一的、人格化的上帝——他是人类的父亲,他将自己身体的一部分送到地球上来替人们受苦、流血,在他们人生的最后一刻他将会对他们的一生进行审判,那些匍匐在他的脚下的善良正直的人们将会得到永生,以此来补偿在这一生中所受到的种种苦难……这些听起来甚至有些荒诞的故事不需要人们的理解，只需要百分之百的相信，等到最后可怕的死亡降临的时候，这种如同童话般的话语就会成为一个人的依靠……但是，当真如此吗？

唉，就是现在他的心情也不能得到片刻的安宁。他这一生为了家族的名誉，为了自己的妻子和儿子的幸福生活，也为了自己的声名，为了家庭，终日忧心忡忡，他每天都费尽心思地打扮着自己，表面上看起来衣冠楚楚、神气俨然，可是实际上他早已心力交瘁了。这么多天以来这些奇奇怪怪的问题一直在折磨着他，这究竟是怎么一回事呢？人死了以后灵魂是会飞上天堂还是会转移到新的肉体开始一段新的生活呢？……转入新的肉体之前灵魂又在做什么呢？曾经在学校或是教堂中有人告诉过他真相吗？可是让人们这么混沌无知地走向死亡未免也太不应该了吧！他原本已经打算好要去拜访普灵斯亥姆牧师，向他请教这些问题，可是由于害怕别人的取笑，在临行前的一分钟，他又打消了这个念头。

直到最后，他把一切的好奇和念头都放弃了。并且，由于并不满意于对不灭的精神的安排，他已经下定了决心，现在他要做的就是将尘世间的事情安排好，这样他才能毫无遗憾地离去。他决心将一件计划了很久的事情先行解决。

直到有一天，午饭过后，议员和夫人坐在起居室里喝咖啡，小约翰听见他的父亲对母亲说，今天请来了一位姓什么的律师，现在正在等他的到来，准备要他帮忙立下遗嘱，这件事情可不能再往后推了。接着，汉诺独自一人在客厅里练习了一个小时的钢琴。正当他穿过走廊准备离开的时候，正好遇见他的父亲和一个身穿黑色长大衣的人一同从楼梯上来。

"汉诺!"议员用冰冷的语调喊住了他。小约翰立即停下了脚步,咽了一口唾沫,低声应允道:"是,爸爸……"

"我跟这位先生还有重要的事情要商量,"他父亲吩咐道,"你能不能就站在这里?"他伸手指了指吸烟室的门口,"你在这里看着,不要让任何人来打搅我们,听见了吗?谁都不可以。"

"好的,爸爸。"小约翰回答道。等到他的父亲和朋友走进了屋子,把门关上了之后,他就独自一人站在房间门口守着。

他站在那里的时候很无聊,手里玩弄着衣服上的水手结,舌头在嘴巴里面舔着一颗他感到十分可疑的牙齿,歪着脑袋听屋子里父亲和律师之间叽叽喳喳的谈话声。他歪着头的时候,淡黄色的鬈发就会垂到他的额头上,他紧紧地皱着眉头,一双金棕色的、罩着一圈青影的大眼睛闪烁着光芒,表现出一副不耐烦的样子。就像很久之前,他站在祖母的灵柩前,闻着花香和另一种奇怪的香味混杂的气味时,也是现在的这个表情。

伊达·永格曼路过的时候看见了他,问道:"小汉诺,孩子,你上哪儿去了?你在这里做什么呢?"

这时,一个驼背的小学徒从屋子里走了出来,手里还拿着一份电报,打听着议员在哪里。

每当有人过来的时候,小约翰都会伸出自己绣着船锚的水手服袖子,摇着头,顿了一会后接着用一种低沉而有力的声音说:"爸爸说谁都不准进去,他在立遗嘱呢。"

6

秋天到了，朗哈尔斯博士就像一个女人一样娇媚地挤着眼睛说："你是神经出了问题，议员先生，这都是精神问题引起的。除此以外，血液循环的功能有时也不太正常。让我来给您提一个建议吧，您今年可不能那么辛苦工作了！仅仅依靠每年夏天在海边那几个星期天的休假是远远不够的……现在还是9月底，特拉夫门德的旅游旺季还没有过去，还有许多避暑的人。您也去那里吧，议员先生，去海边歇歇，也许两三个星期就会有疗效的……"

托马斯·布登勃洛克采纳了医生的这个建议。可是当他向家里人宣布这个决定的时候，克利斯蒂安却说想陪他一起去。

"我和你一同前往，托马斯，"他就这么直截了当地说出了他的想法，"我觉得你应该不会不同意的吧？"虽然议员的心里非常不想和他一起去，但是还是同意了。

克利斯蒂安的日子现在过得比以前任何时候都要自由多了。可是因为自己健康情况的不稳定，他才不得已放弃了自己香槟和白兰地酒代理商的职务，这是他最后一项商务活动了。他再也没有出现过在黑暗中有人坐在沙发上向他点头的幻觉。可是他左半边身体的周期性疼痛却越来越严重了，除此之外，他还出现了一大堆其他的毛病，克利斯蒂安总是细心地观察他的这些症状，然后摆出一副可怜的样子向别人一一倾诉。和以前的症状一样，在他吃饭的时候，管吞咽的肌肉会突然不听使唤了，这时他的喉咙里就会卡着一口饭，他坐在那里，一双深邃的小眼睛四处转动着。还是和以前一样，有的时候他会突然陷入一种难以形容却又摆脱不了的恐怖之中，他总是害怕自己的舌头、食道、四肢或者是其他什么器官会突然失灵。可是实际上，他身体的任何一个器官都不曾失灵过，但是这种隔三岔五袭来的可怕担忧比他的实际情况还让人觉得无助。他总是滔滔不绝地向别人倾诉自己的状况：有一天，他正准备烧水，就把一根划着了的火柴放在一个打开了的酒精瓶上，而不是放在酒精炉上，结果他差点儿把自己烧死，还险些连累整栋楼的房客和附近的几栋房子……自然，他将这件事情说得有些夸张了，可是他却说得绘声绘色、不放过任何一个细节，努力让别人理解，这种现象也是近来他在自己身上发现的反常现象之一。也就是说，有一段日子，特别是在某种特定的气候或者是特定的心情之下，当他看见敞开的窗子，他就会产生一种奇怪而可怕的想法：他想从窗子那里跳下去……远是一种近乎疯狂的、无法控制住的冲动，是一种狂暴的精神问题！在一个星期天，全家人都在渔夫巷吃饭，他就向大家描述他是如何克服重重困难，使出全身力气才跑到打开的窗户边将它关上的……他说到这里的时候，大家纷纷打断他的话，因为没有人愿意听他再讲下去了。

他在说这一类的故事的时候，总是带着害怕的神情但同时又陶醉于其中。可是有一件事情他却没有发现，甚至没有丝毫的觉察，他总是意识不到别人的感受，而别人此刻的目光却越来越尖锐，的确如此，他总是这么不知分寸，并且这个缺点并没有随着他年龄的增长有丝毫的收敛，反而愈演愈烈。更不像话的是，他还经常在家里人面前说一些只有在俱乐部里才说得出口的逸闻趣事。除此以外，他还有其他的一些症状——他似乎也已经失去了对身体的羞耻感。比方说，虽然他和自己的嫂子盖尔达的关系一直都还不错，可是他为了向盖尔达证明他的英国短袜有多么禁穿，同时让盖尔达顺便看看他瘦得多么厉害，竟然当着盖尔达的面将自己的大方格裤子向上卷起来，一直卷到膝盖的上面……"你瞧，我瘦得太厉害了……是不是有点吓人？"他一边愁眉不展地说，一边皱着眉头，盯着自己干柴似的罗圈腿和在白线衬裤里面撑得高高的、瘦得可怕的膝盖骨。

刚刚已经说到了，他现在放弃了一切商业活动，可是他还是会想出各种各样的方法，来填补一天之中他不在俱乐部的那几个小时。他总是喜欢告诉别人，虽然他的身体有着种种不适，可是他还是不会完全停止工作。在不久之前，他开始学习一种新的语言，他这么做，仅仅是因为对科学的热爱，没有任何实用性的目的——他开始学习中文，认认真真地学习了整整十四天。而现在，他正在"增补"一本他觉得内容不够全面的《英德词典》。可是现在，他需要换一个环境了，更何况议员也说了希望能有一个人陪同，所以他就暂时放下了手头的工作，陪议员出城……

兄弟俩坐在马车里一同向海边驶去。一路上都下着大雨，雨水敲击着马车的窗户，乡间的小路上早已泥泞不堪。两个人都没有什么话要对对方说的。克利斯蒂安不停地转动着他那双小眼睛，就好像听见了什么奇怪的声音；托马斯缩在他的大衣里面，眼睛红肿着，脸上写满了疲惫，他的脸色苍白、胡须僵直、浑身瑟瑟发抖。就这样度过了煎熬的一路，终于在下午的时候他们的马车到达了旅馆的花园。花园里的沙砾路上积了水，车子在行驶的时候发出吱吱呀呀的响声。老经纪人塞吉斯门德·高什此时正在旅馆的玻璃阳台上喝着甜酒。当他看见这两兄弟的时候，嘴巴里嘀咕了一句什么，然后就站起了身子，来迎接这刚刚到来的两个人，和他们坐在一起喝一点儿酒暖暖身子,与此同时,仆人们正在把他们的行李搬到楼上去。

高什先生就是走得晚的避暑客人之一,和他一样走得比较迟的人并不多:一家英国人、一个荷兰的老处女和一个汉堡单身汉。在吃饭前的这段时间里,这些人应该都还在小睡,因为周围除了能听见淅淅沥沥的雨声以外,再也没有别的什么声音了。让他们好好睡觉吧!高什先生可没有在白天睡觉的习惯。就算是在夜晚,他能够睡上两三个小时也是让他激动不已的事情了。因此他的身体也一直不太好,他到海边来是为了治疗他的颤抖,他的手脚都颤抖得很厉害……这要命的毛病,他几乎连杯子都端不稳了,并且——太令人讨厌了!——他也因此经常无法写字,害得他翻译罗贝·德·维加全集的工作也不得不多次停歇。他的心情也因此变得特别低落,就连他平日里爱说的脏话也没有了那种愉快的口吻。"去他的吧!"他说。现在这句话已经几乎成了他的口头禅,他将这句话挂在嘴边,常常这么说,也不管说得合不合适。

议员先生如今的身体如何?两位先生打算在这里待多久?

唉,托马斯·布登勃洛克告诉他,因为他的神经衰弱,所以朗哈尔斯医生建议他到这里来疗养。他自然只能遵命,最近的天气是如此的恶劣,医生说的话,他也不敢不听。更何况,他现在也觉得自己的身体可能真的不大好了。要等到他的身体稍微康复一点儿,他们才会离开这里的……

"的确,并且我的身体状况也很不好。"克利斯蒂安觉得托马斯没有提到他的病情,因而既气愤又忌妒,连忙补充道。当他正准备接着说那个黑暗中向他点头的人以及点着酒精瓶和开着窗户的事的时候,他的哥哥不耐烦地起身去看房子了。

大雨一直在下，雨水冲刷着大地，雨点滴落在海面上，像舞蹈的精灵，由于受到了西南风的影响，海水被吹离了海岸一大截。周围的一切都笼罩在一片雾蒙蒙的景色之中。汽船如同鬼魅一般从海面上漂过，然后消失在模模糊糊的地平线之外。

那几位外地来的客人只有在吃饭的时候才会出现，议员跟经纪人高什一起披着雨衣穿着胶鞋到外面散步去了，而克利斯蒂安却待在酒吧里和卖酒的姑娘喝着瑞典混合酒。

也有过那么两三个下午，天气似乎有放晴的迹象，这时几位城里的熟人也出现在了饭桌前。他们是暂时离开家人独自来这里放松心情的。比方说，克利斯蒂安的老同学议员吉塞克博士，彼得·多尔曼参议等。后者因为长期饮用苦矿水而变得越来越瘦骨嶙峋。现在这几位先生都身着大衣坐在点心铺下面的棚子里喝咖啡，他们面对着现在不再演奏音乐的音乐台，一边消化着肚子里面刚刚吃下的五道菜，一边欣赏着花园里凄凉的秋景，聊着天。

城里出了各种各样的新闻——由于接连几天的大雨，城中很多地下室被水淹没了，许多沿河的街道都能够行船了；还有码头上的一个货棚被烧毁了，以及议会的选举……这些东西都是他们聊天时的内容……做批发和零售生意的史推尔曼·劳利岑海外土特产公司的阿尔弗莱德·劳利岑在上周入选了，布登勃洛克议员对此事不屑一顾。他一直坐在那里，竖起大衣的领子将自己裹得严严实实，默不作声地吸着烟，直到他听到这件事的时候才抬起头插了一句。他说自己并没有把票投给劳利岑先生，这是毫无疑问的事情。他也承认劳利岑先生是个诚实守信、高明灵活的商人，这并没有什么，可是劳利岑是属于中产阶级的，彻彻底底的中产阶级，他的父亲还是一个亲自将醋泡过的鲱鱼包好递给厨娘的人……可是现在，他们居然让这么一个小铺的掌柜跑到议院里来了。他的祖父——托马斯·布登勃洛克的祖父，当初就是因为自己的大儿子和一个小铺的女儿结了婚而和他闹翻脸的。这就是当时的规定，是当时的风气所致，"只不过现在的要求放低了，议院里面的人的身份要求也低了，议院的门槛低了，亲爱的，这是一件糟糕的事。一个精明能干的商人并不能代表什么。按照拙见，我们还应该有更高一点儿的要求。每当我想到有着一双粗犷的大脚和一张纤夫似的脸的阿尔弗莱德·劳利岑现在也和我在同一个议院的时候，我觉得那简直是一种耻辱……我也不清楚，我的心里究竟是怎么想的。但是总而言之，这件事情是完全不成体统的"。

可是他的这一番话却无意中得罪了吉塞克议员。因为，归根结底，他也只是个防火队长的儿子……我不赞同，我们共和党人的看法就是，我们要选贤荐能。"顺便提醒您一下，布登勃洛克，您不应该抽这么多的烟，您一点也没有享受到这海滨新鲜的空气。"

"好吧，我不抽了。"托马斯·布登勃洛克说着扔掉烟蒂，闭上了眼睛。

雨又开始下了起来，窗外的景物也渐渐模糊了起来，大家又开始断断续续地聊了起来。他们谈论起了最近城里发生的一件丑闻——普·菲利浦·卡斯包姆公司的大老板卡斯包姆伪造汇票的事情，他现在已经被关进了监狱。谁都没有因为这件事情感到愤怒，大家都将卡斯包姆先生所做的事情称作愚蠢的行为，然后冷冷地笑了两声，耸了耸肩膀。吉塞克博士告诉大家，这个大商人却没有因为银铛入狱影响自己的心情。当他被关进了监狱以后，还要了一块监狱里缺少的穿衣镜。"我可不是仅仅在这里待上一年半载,而是有好几年呢,"他说,"我必须有块镜子来试衣服。"——他同克利斯蒂安·布登勃洛克以及安德利阿斯·吉塞克一样,都是已经去世的马齐鲁斯·施藤格先生的学生。听到这里,几位先生又板着脸冷笑了几声。塞吉斯门德·高什又点了一杯热甜酒,他说话时的语气就好像是在埋怨:这该死的生活啊,活着还有什么意思呢?……多尔曼参议点的是一瓶烧酒,克利斯蒂安还是想喝瑞典混合酒,吉塞克议员为他和自己各点了一杯。不一会儿,托马斯·布登勃洛克又开始吸起烟来了。

他们之间一直用这种懒洋洋的、无精打采的语调谈论着,可能是因为吃得太饱,又或者是因为有些醉意以及窗外仿佛下个没完没了的雨,大家的谈话显得更加的迟缓、默然。于是大家又开始谈论起一般的商情和私人的商务活动,可即使是这个话题也没能够调动谈话的氛围。

"唉,没有什么可以让人开心的事情。"托马斯·布登勃洛克怀着沉重的心情说着,不胜其烦地将身子往椅背上一靠,脑袋仰了过去。

"您最近如何呢,多尔曼?"吉塞克议员问道,还打了个哈欠……"您都没有说话,就顾着喝酒了,是不是?"

"只有有了柴火,烟囱才能冒得出烟啊,"多尔曼议员回答道,"我只是隔三岔五到办公室里去看看。头发短,梳的时候也方便。"

"所有有利的大生意都让施特伦克·哈根施特罗姆抢去了。"经纪人高什一脸苦闷地说道,他伸出一只胳膊撑在桌子上,将自己老奸巨猾的脑袋放在手心里。

"没有人能够和粪堆比谁更臭了。"多尔曼参议故意用这种鄙俗的口吻说,可是他这种近乎嘲讽的说话方式让在场的各位更加难过了。"哦,您呢,布登勃洛克,您最近做些什么?"

"没什么,"克利斯蒂安回答道,"如今的我能做什么事情呢?"然后,他们转移了话题,只是因为他觉得有必要加重大家的这种心情,他将帽子往额头上斜着一拉,忽然就将话题转移到了他在瓦尔帕莱索的办公室和琼尼·桑德施托姆的事情上来……"哦,那么热的天气里。我的上帝啊!……工作?No,Sir,您清楚的,Sir!然后他们就会将烟吐到老板的脸上。我的上帝啊!……"简直没有什么词汇可以很好地形容他脸上的那种放荡不羁的表情和他摆出的那一副傲慢无礼的动作。而此刻他的哥哥坐在那里无动于衷。

高什先生颤抖着把酒杯往自己嘴巴边上递了一下,然后又无奈地放了下来,他在嘴巴里面低声地咒骂着,朝他这只不听使唤的胳膊狠狠地捶了几拳。之后,他再次尝试着将酒杯举到了嘴边,可是在这一过程中酒已经洒了一大半,他一赌气将剩下的一口喝完。

"唉,您的颤抖症啊,高什!"多尔曼说道:"您看看我这样的。这该死的苦矿水……为了保住性命,我每天都得喝掉一升——我现在的情况就是这样了,我要是一直喝下去早晚也是会送命的。吃下去的饭,没有可以消化的,你们想想这是什么样的感受啊,吃下去的东西都会存积在胃里……"接着他就将自己的这种令人厌恶的病症详细地描述了一番,克利斯蒂安·布登勃洛克一脸嫌弃的表情,既害怕又饶有兴致地听他说完了这番话。当然,他也不忘用一番生动而简洁的话语将自己的病症描述了一番。

雨下得大了起来。雨滴"唰唰唰"密密地砸落下来,在一片凄凉、单调、绝望的景色之中,雨的声音打破了花园里的寂静。

"哎呀,生活可真是无趣啊。"吉塞克议员说这话的时候已经喝多了。

"我真的已经不想在这个世界上活下去了。"克利斯蒂安附和道。

"去他的吧！"高什先生咒骂说。

"看，菲肯·达尔贝克过来了。"吉塞克议员说。

菲肯·达尔贝克是牛栏的女主人。她年近四十岁，肥胖的身材看起来非常诱人。此刻她正提着一桶牛奶往这边走过来，她冲坐在这里的人笑了笑。

吉塞克议员一直用一种直勾勾的眼神看着她。

"多美的胸脯啊！"他说道。然后多尔曼参议就说了一个十分猥亵的笑话，可是说完之后，几位先生都只是从鼻子里笑了几声。

接着他们就把侍者叫了过来。

"我的这瓶酒我也已经喝完了，施罗德尔，"多尔曼说，"现在我们可以付账了。反正迟早都是要付的……您呢，克利斯蒂安？啊，吉塞克会帮您付的。"

说到这里，布登勃洛克议员忽然有了反应。在这么久的一段时间里，他一直躲在自己的高领大衣里面，插着双手，嘴巴里叼着一支卷烟，几乎没动过，也没有说什么话。可是现在，他突然站起身来，严厉地说："你出门的时候没有带钱吗，克利斯蒂安？我来帮你付吧。"

大家撑起了雨伞，准备走出雨棚，到外面活动一下。

佩尔曼内德太太也赶来看望过她哥哥几次。她每次过来的时候，两个人都会散步到海鸥石和望海亭。不知道是什么原因，冬妮·布登勃洛克每次到这里来的时候就特别开心，甚至产生一种莫名其妙的叛逆心理。她反复强调人与人之间应该平等相处，并且坚决反对阶级对立的说法，强烈地抨击那些具有特权的人，并且说人才的选拔应该看才能而不是看门第。然后,她又会谈论起自己现在的生活来。她说的话很有道理,替他的哥哥减轻了不少烦恼。她是一个幸福的人,她在人世间活了这么久了,可是她永远学不会忍气吞声,她从来不会默默地忍受痛苦。在她的生命中快乐的事情也好,不开心的事情也罢,她都不会一声不吭地接受的。无论是幸福还是烦恼,她都会以一种孩子般的口吻说出来,也许肤浅,但是她无所顾忌。她就是喜欢将心中的事情统统说出来,那是她的癖好。她的胃部不太健康,可是她的内心依旧快乐——可能连她自己都不清楚,她的心有多么轻快。在她的世界里,没有什么不可告人的秘密,没有什么令她痛苦的事情压在她的心灵上。过去的事情没有什么对她而言是一个沉重的包袱。她也知道自己的一生命运坎坷,屡遭不顺,可是这并没有让她整日痛苦不堪、疲惫不已,更何况她自己本来也就不相信会有这样的事发生。她将那些大家都知道的事情作为向别人夸耀的资本,摆出一副像煞有介事的样子喋喋不休地夸耀着……她也会发自内心地怒骂那些伤害了她,或者伤害了布登勃洛克家族的人。随着时间的推移这些人的名单被越列越长了。"'眼泪汪汪'的特利什克!"她喊道,"格仑利希!佩尔曼内德!蒂布修斯!威恩申克!哈根施特罗姆!检察官!塞维琳!这些人都是臭流氓,我始终坚信:上帝一定会来惩罚他们的,托马斯!"

当他们来到望海亭的时候,已经是傍晚时分了。现在已经是深秋了。他们身处一间和海滨浴室一样、散发着檀木香的小屋子里,屋子的墙壁上写满了题词、诗句、人名,还有象征爱情的心形,小屋的对面就是一个浅浅的海湾。他们并肩站着,望着湿漉漉的山坡和海滨中间那一条长长的石岸,注视着里面浑浊、翻涌的海水。

"瞧这些海浪……"托马斯·布登勃洛克说,"你看它们一波又一波地涌上来,撞击到海岸上,撞碎后又来了一波,它们永无止境,可是又毫无目的,这是多么可怜又可笑……可是,它们却不像世界上其他的事物那样简单,它们可以让人感觉到抚慰和镇定,我觉得我越来越爱大海了……以前我更喜欢山,可能是因为山只会出现在那遥远的地方吧。可是现在的我已经不再喜欢那些地方了。山太高大、太复杂、太令人难以捉摸了,山会让我感觉到恐怖和羞涩……在山的面前我只能感觉到自己是如何的软弱无力。喜欢大海的单调雄浑的人会是怎样的一种人呢?我觉得,应该是那些厌倦了对尘世间的错综复杂进行观察处理的人吧。他们希望得到的只有一样东西,那就是'单纯'……在山的面前,人们学会了勇敢攀登;可是在海边,人们只是静静地躺在海滩上休息,当然这只是表面上的区别。我却看到了人们看待山和海时,完全不同的目光。眺望崇山峻岭的目光都是稳定、傲慢而幸福的目光,其中饱含着奋发向上的朝气和蓬勃的精神。可是大海带给人们的感觉却是永无止境的翻滚,这是一种神秘的现象,让我们感觉到渺小,感受到命运的不可逃避。眺望大海时的目光就像在云里雾里穿行似的迷蒙、无望,就好像你的生活中的悲惨、杂乱已经全部被它看清了,到了如今已经看透……健康和病态二者的差异也不过于此。人们努力去攀登那些危险重重、层峦叠嶂的山峰是为了磨炼自己的意志,证明生命力的顽强。可是总有一些人会被尘世间种种杂乱生活弄得疲惫不堪,他们只是想从外界社会寻求一点儿宁静祥和的安慰。"

佩尔曼内德太太在他哥哥说话的时候一言不发,她完全被这一番话震慑住了。她和所有那些单纯善良的人一样,当别人严肃地和他们说了一些生活的真理后,他们就什么都说不出来了。"人们在平日里是不会说这种话的",她在心里默默地想。因为害怕自己的目光会和哥哥的目光交会,所以她举目望向远方。她似乎是替他说的话感到害羞一般,为了对他表示歉意,她默默地挽起了哥哥的胳膊。

7

转眼又到了冬天。等圣诞节一结束,1月就来临了,这是1875年的1月。马路的两侧堆满了厚厚的积雪,人行道的两侧积雪和尘土混合在了一起,被人们踩成了硬硬的雪块。因为近来气温回升,路边的雪块已经渐渐地变成了灰色,松软了起来,雪堆上也融化出一条条小渠,融化的雪水就在其中顺流而下。街道上湿漉漉的,变得十分泥泞,房顶上的雪水顺着灰色的三角屋顶往下滴落。可是天空却是像洗过一样干净的蔚蓝色,甚至连一片云都没有,空气中似乎有成千上万个闪着光的小珠子,它们就像水晶似的在周围旋转、舞蹈……

今天是星期天,并且也是赶集的日子,所以市中心非常热闹。卖肉的已经早早地将摊子放在了市议会的尖形连环拱门底下,用一双沾满血污的手拿肉给顾客们。在集市喷泉的周围是卖鱼的摊子。几个胖乎乎的女人坐在那里,她们的双手插在毛都快掉完了的皮手筒里,脚放在炭火盆边取暖。她们一边看着自己捕获来的猎物,一边大声吆喝着,说着些甜言蜜语哄骗那些女厨子和家庭主妇来买她们的鱼。不过也不用害怕上当,那些鱼几乎都是活蹦乱跳的,所以买到的一定都是新鲜的……木桶里的鱼虽然挤得满满的,但是它们依旧跳来跳去的,似乎也并没有觉得委屈。还有一些鱼痛苦地在木板上挣扎，它们眼睛瞪得鼓鼓的，鱼鳃一张一合，甩着尾巴将污水溅得到处都是，直到有人将它们拎了起来，用血淋淋的尖刀一下子割断了它们的喉咙，这才永远地停止挣扎。还有一些又粗又长的鳝鱼，它们将身子扭来扭去，在盆里到处钻。深一点儿的桶里面装满了波罗的海出产的海虾。还有的时候，会有一两条健壮的比目鱼忽然从盆里跳出来，摔到离摊位很远的湿漉漉、脏兮兮的马路上，这时它的女主人就会嘴里一边埋怨着它的不安分，一边小跑过去把它抓回到盆里来。

中午时分，布来登街来往的行人很多。小学生们会背着书包跑到这里来，抓起还未融化的雪块打雪仗玩，他们常常让这里充满了笑声。一些出身富裕家庭的学徒，也会戴着丹麦式的水手帽或是穿戴着时尚的英国式服装，将文件夹拿在手中，趾高气扬地从这里走过——他们对于摆脱了实科中学这件事情觉得十分的自豪。有时候，一些留着灰色胡须的有相当权威的老一辈公民也会拄着手杖，满意地拿手杖点着地，脸上流露出对国家自由主义政策的坚决支持，饱含深情地凝望着市议院的琉璃大门。由于那天议院正在开会，所以议院的门口有两个警卫员把守。两个警卫都穿着制服，扛着枪，在一段路上分毫不差地走来走去，坚决英勇地踩碎脚下的泥雪块。每次走到议会厅正门口的时候，两个人都会刚好碰面，这时，他们俩就会抬起头来交换一个眼神或者说上一句话，然后又朝着各自的方向走回去。偶尔也会有一个双手插在口袋里，大衣领子上翻的军官走过来——像这样的军官大多是追求着谁家的侍女，但同时又得到了大家闺秀的青睐——那两个警卫员就会站在那里，细细打量一下自己然后同时举枪敬礼……从现在直到他们对散会出来的议员敬礼时还有很长时间。会议刚刚进行了三分钟，可能等不到会议结束就会有人来接他们的班了……

就在此时，两个警卫员忽然听见有人低声说了句"嘘"，然后大门就被打开了，议会厅门房乌尔菲德的红袍子便从门后面钻了出来。乌尔菲德的头上戴着一顶三角帽，腰间挂着一柄佩剑，他走出来轻轻喊了一声"敬礼"，然后又退回到屋子里面去了。此时，外面的人已经可以明显地听见里面石板路上的脚步声慢慢逼近了……

警卫员站得笔直，脚跟靠在一起，伸长脖子，挺着身板，枪托就放在脚边，随着两声干净利落的"刺刺"声，两名警卫员同时摆出了一个敬礼的姿势。一个身材不算高大的中年男子一只手掀起他的礼帽，步履匆匆地从两名警卫员身边经过。他的眉毛淡淡的，微微向上扬，脸色苍白，两缕细细长长的胡须被捻得向上翘。会议还没有结束，托马斯·布登勃洛克议员今天就早早地离开了会场。

他向右手边走去，这就说明，他今天并没有回家。他打扮得是如此精致、整洁，让人们挑不出他的半点毛病来。他走路时那种略带跳跃性的感觉也都还和以前一样。他沿着布来登大街往前走，一路上不断有人向他打招呼。他的手上戴着一副白羔羊皮的手套，左边的胳膊下夹着一根银柄的手杖。从他的皮大衣的厚领子里面可以看到他戴着一条白色燕尾服领带，他那经过精心修饰的脸上流露出疲惫不堪的神色。从他身边经过的人中，很多都能发现他红肿的眼睛中闪烁着泪花，他的嘴巴向一个方向奇怪地扭曲着，里面似乎充满了口水，时不时就会咽下去一口。从他不正常地跳动着的太阳穴和两侧面颊上的肌肉来看，在他每一次咽口水的过程中，都忍受着巨大的痛苦。

"哎，布登勃洛克，你提前离会了吗？这可真是少见啊！"来到磨坊街的时候，他都还没有看清对方是谁，就先听到了这样一个声音。说话的人是施台凡·吉斯登麦克，他不知道什么时候就突然出现在布登勃洛克议员的面前了。他作为布登勃洛克的好友兼忠实的崇拜者，在所有的社会问题上都追随着布登勃洛克。吉斯登麦克留着一脸灰色的圆形胡须。他有着浓浓的眉毛和长长的鼻子，上面的毛孔很大。自从几年前他赚了一大笔钱之后，他就放弃了自己酿酒的生意。他的兄弟爱德华将他的生意接了过去，而他自己现在就靠吃利息过日子。可是他对自己这种不劳而获的方式感到有些难为情，所以他总是装出一副忙得不可开交的样子。"真是累死了！"他说着伸出手摸了摸自己被火钳烫得弯弯曲曲的灰色头发。"唉，人的这一生啊，忙忙碌碌又有什么用呢？"他经常会在证券交易所里一待就是好几个小时，他在那里指手画脚地说上个半天，实际上什么作用都没有。此外，他还担任了一大堆挂名的职务。前不久他还成了本城浴室的经理。除此以外，他还是陪审官、经纪人、遗嘱的执行人，他对这些大大小小的事情都十分感兴趣，常常忙得汗流浃背……

"不是还在开会吗，布登勃洛克？"他又重复了一遍，"你怎么跑到街上来溜达了？"

"哦，原来是你啊，"议员小声地回答着，小心翼翼地颤抖着嘴唇，"我疼得受不了了……有一会儿疼得眼前一片漆黑。"

"疼？你哪里疼啊？"

"牙疼，就是从昨天开始疼的，害得我一夜都没有睡着觉……今天早上我一直抽不出时间去看医生，公司的事情一直忙不过来，我本来也不想错过这个会的，可是我实在是忍不下去了，我现在正准备到布瑞希特那里去呢……"

"你哪颗牙痛呢?"

"左侧下面的这颗……是一颗白齿……里面都已经被掏空了……我疼得受不了了……再见,吉斯登麦克!对不起,可是你清楚的,我的时间有限……"

"我当然清楚的,可是你觉得我不忙吗?我的事情也多得忙不过来……再见,祝你早日康复!拔了这颗牙吧!这是最好的方法,一下子就可以解决问题了……"

托马斯·布登勃洛克马不停蹄地向前走,他狠狠地咬住牙齿,即使这样他的牙还是疼得很厉害。就是这样的一颗白齿,害得他整个左半边身体都疼痛难忍,像火烧、像针扎一样痛苦。发炎的那个地方像是用一个烧烫了的小锤子在不停地敲打似的,让他左半边的脸都红肿起来。彻夜未眠又让他现在的精神状态非常差。刚刚他也是透支了自己全部的力气,才勉勉强强和吉斯登麦克说了那几句话。

终于到了磨坊街,他进入一间棕黄色的房子,走上了二楼,门上面挂着一块铜牌子,牌子上面写着"牙医师布瑞希特"这几个字。门口并没有侍女来帮他开门,走廊里面飘散着菜花炖牛排的香味。他自己走到了候诊室里面,立刻闻见了一股刺鼻的药水味儿。"请坐……请您稍等!"这个声音就像是一个老太婆的口吻,他抬头一看,原来是那只鹦鹉犹塞夫斯。鹦鹉被关在屋子后墙边的一个亮闪闪的鸟笼子里面,此刻正用一双恶狠狠的小眼睛盯着他。

议员在圆桌旁的一把椅子上坐了下来,翻开了旁边的《弗利格报》,想看几则笑话排解一下痛苦,可是没过多久就厌恶地合上了报纸,他用手杖上面冰凉的银质手柄抵住红肿的脸颊,闭上了眼睛,低声呻吟起来。屋子里面静得可怕，只听见犹塞夫斯不停地用它的嘴"笃笃笃"地啄着栏杆。布瑞希特先生就是这样，即使他没有什么事，也会让病人等上一段时间。

托马斯·布登勃洛克忽然站了起来，走到了小桌前从大腹瓶里倒了一杯水喝掉了。水里面有很浓的哥罗芳味，然后他又打开了通往走廊的那扇门，急迫地呼喊着，假如布瑞希特现在没有什么特别紧急的事情的话，能不能快点儿过来。他的牙痛得受不了。

这时，一个花白胡子、鹰钩鼻子、秃脑门的脑袋从手术室的门后面探了出来。"请进吧。"他说道。"请进！"犹塞夫斯也学着喊了一句。议员连忙走进了房间，他的脸上再也挤不出一丁点儿的笑容了。"他病得不轻啊！"布瑞希特心里想着，脸色也变得难看了⋯⋯

他们两人穿过了这间明亮的屋子，来到了窗前一把绿色的带扶手和枕头的活动椅面前。屋子里面有两扇窗户，这把椅子就放在其中一扇的前面。托马斯·布登勃洛克躺在了椅子上，简单地介绍了一下自己的病情，便将头仰了过去，闭上了眼睛。

布瑞希特将椅子向上摇了一点儿，然后拿起了一个小镜子和一根钢棍开始检查起来了。他的手上有杏仁肥皂的香味，呼吸的时候还带着菜花炖牛肉的味道。

"这颗牙必须拔掉。"他检查了一会后，脸色苍白地说。

"那您就拔了吧。"议员说着，紧紧地闭上了眼睛。

此刻屋子里出现了短暂的寂静，布瑞希特先生在柜子旁边准备着手术需要的一些器具。过了一会儿，他又回到了病人的身边。

"我要先抹一些药。"他说着，立刻将大量的气味刺鼻的药水涂到了议员的牙龈上面。然后他很温和地告诉病人不要动，张大嘴巴，手术马上开始了。

托马斯·布登勃洛克的手紧紧地抓住身边的扶手。钳子在他的牙齿上的冲钻也好，拧也好，他都没有什么感觉，可是从他嘴巴里发出的咯吱咯吱的声音以及他疼得快要裂开的脑袋上，他可以得知，所有的一切都在按照程序自由地进行着。谢天谢地，他在心里暗自祈祷着，这一难总算是要熬过去了。可是，这种疼痛还会继续下去，而且会越来越疼，直到你难以忍受，它会一直疼如同一种酷刑，疼到你叫天天不灵、叫地地不应的地步，似乎整个脑袋都已经炸开了一样……只有疼到了那个地步这一切才算结束，而他现在只能忍着。

这样的持续疼痛延续了三四分钟。布瑞希特先生的四肢由于用力过度而颤抖了起来，而他的这种卖力的精神也传到了托马斯·布登勃洛克的身上，布登勃洛克已经从位子上欠起身来，他隐隐约约地听见牙医呼哧呼哧的重重的喘气声……猛然间，他感觉到了一次用力的撞击，他的身体也随之震了一下，与此同时，他也听见了咯嘣一声。他慌忙睁开了眼睛……头顶的那种疼痛已经消失了，可是脑袋里面还在嗡嗡作响，他的嘴巴里发炎的地方此时正像火烧一般的疼痛。他已经感觉到了，治疗的目的并没有达到，问题也并没有解决，相反，这意味着一轮新的灾祸的降临，它会将事情变得更加糟糕……布瑞希特先生往后退了一步，靠在身后的器械柜上，他的脸色苍白，结结巴巴地说道："齿冠……果然如同我预料的那样。"

托马斯·布登勃洛克坐起来，向身边的蓝色盒子里吐了一口血，因为他的牙床被划破了。然后他又迷迷糊糊地问道："什么不出你所料？齿冠怎么了？"

"齿冠折断了，议员先生……我就是害怕这件事情的发生……您这颗牙齿很脆弱……但是无论如何,我也要去试一试……"

"那现在该怎么办呢?"

"您放心吧,议员先生,我来解决吧……"

"您打算怎么做呢?"

"要把牙根也拔了。用钳子……智齿有四个根……"

"四个?这么说,我还要受这四倍的折磨吗?"

"很抱歉,就是这样的。"

"好吧,我们今天就到此为止吧!"议员说,他本来想立刻站起来的,可是不知道为什么不但没能站起来,反而向身后倒去了。

"亲爱的布瑞希特先生,您说的这个方案也并不过分,"他解释道,"只不过我的身体一直不太好……今天已经够我受的了……您帮帮我吧,能不能帮我把窗子打开点儿?"

布瑞希特先生按照托马斯说的打开了窗子,但是他补充道:"您最好能在明天或者后天的时候来一趟,我们尽快把手术完成,我不得不承认,这件事我自己也……让我再帮您冲洗一下伤口,抹上一些药水,这样就不会那么疼了。"

最后这两个步骤完成以后,议员离开了这里,脸色苍白、筋疲力尽的布瑞希特先生拼尽自己最后一点儿力气,耸了耸他的肩膀,以此表现他的遗憾和歉意。

"请稍等一下……"当离开时,他们经过候诊室的时候,犹塞夫斯再次尖声叫了起来,一直到托马斯·布登勃洛克走下了楼梯远去了,它还在身后叫个不停。

要用钳子拔牙……算啦,算啦,这都已经是明天的事情了。那现在做些什么呢?回家去休息吧,他想好好地睡上一觉。之前神经的疼痛现在已经没有了知觉，只是嘴巴里面还有一股热辣辣、麻酥酥的感觉。现在就回家吧……他拖着沉重而缓慢的脚步走过一条又一条的街，他机械地回答着别人对他的问候，他的眼神渐渐变得迷茫而犹豫，就好像他自己都在思考，究竟自己现在的感觉是怎么样的。

他现在已经到了渔夫巷，正沿着左侧的那条马路走下去。刚刚走了二十步左右，他突然感到一阵恶心。"我去街边的那家酒铺里去喝一杯白兰地吧。"他的心里想着，穿过马路往对面走过去。可是他刚刚走到马路中间的时候，突然发生了下面这件事情。他的脑袋就好像是被谁抓住了，有一股强大的力量在他的脑子里面转啊转的，速度越来越快，圈子越来越小，直到最后，那股力量将他的脑子毫不留情地撞碎在了中间那坚硬的一点上……他转了半个圈，然后就伸直了胳膊，摔倒在湿漉漉的地面上了。

因为他摔倒的地方是一个斜坡，所以他摔倒的时候脸离地面的距离更近。他摔倒在地上的时候，是脸先着地的，脸的下面立刻积起了一摊血。他头顶上的帽子沿着马路向前滚了好几圈。皮大衣上沾满了雪水和泥巴的混合物。他戴着那一双白羔羊皮手套的手也伸到了一摊污水中变得肮脏不堪。

他这样摔倒在了地上。过了好久，才过来几个人将他翻了过来。

8

佩尔曼内德太太急匆匆地从楼上赶了下来，她的一只手按着前面的衣襟，另一只手放在脸颊上，按着一个棕色的大皮手笼。她走路的时候跟跟跄跄，好几次险些摔倒了。她的面颊红扑扑、热乎乎的，微微翘起的上唇上还有几颗细小的汗珠，头上的风帽也戴歪了，虽然这一路她也没有看见谁，可是唠叨个不停。在她的自言自语中偶尔可以听见几个比较清晰的字眼，这是因为她过度害怕而不自觉地说出口的……"没什么大碍的……"她说，"不要紧的……上帝保佑……天知道这是这么一回事啊；我一直相信这点……一定不可能发生这种事情的……哦，主啊，我求求您啦，行行好吧……"因为害怕，她的嘴里一直嘀咕这些毫无意义的话，她一路磕磕绊绊地跑到了三楼，穿过了回廊……

通向前厅的房门是开着的，她的嫂子看见她过来急忙迎了上去。

同样是因为害怕和厌倦，盖尔达·布登勃洛克美丽、白皙的面庞已经完全走了样，她那双距离很近笼罩在青色阴影中的棕色眼睛不停地眨巴着，里面分明充满着恐惧、气愤和嫌憎的神情。当看见佩尔曼内德太太过来了之后，立刻向她挥了挥手，跑过去抱住了她，将脑袋伏在她的肩膀上。

"盖尔达，盖尔达，发生什么事情？"佩尔曼内德太太几乎是大声叫喊道，"怎么回事？……究竟发生了什么事情？……他们说他是摔倒了？昏过去了，是吗？……那他现在怎么样了？……上帝保佑，不会发生什么可怕的事情吧……你别不说话，求求你，快告诉我……"

可是她还是没有立刻得到答案，她感觉到盖尔达整个身体都在瑟瑟发抖。然后，她听见自己的耳边传来盖尔达的低语。

"他们将他带回来的时候，"她听见如下的这段话，"他已经不成个样子了！他这一生都不愿意让别人看见他的身上有一点点的不足……可是，事到如今，却落了这么个下场，这件事情简直就是个耻辱,这是多么可悲的一件事情啊……"

她们听见了另一个声音压低了嗓门在说些什么。然后通往更衣室的那扇门被打开了,是伊达·永格曼,她身着白围裙站在门槛上,手里还拿着一个脸盆。她抬起红肿的眼睛看了看佩尔曼内德太太,然后就低下头往后面退了一步让出一条路来。在此过程中她的下巴一直在颤抖着。

冬妮走进她哥哥的卧室,嫂子紧随其后,随着她们的脚步屋子里高大的花窗帘也飘荡了一下。屋子里面弥漫着一股苯酚、二乙醚和别的药品混合的气味。托马斯·布登勃洛克平躺在一张桃花心木大床上,他的衣服已经被脱掉了,只穿了件绣花的睡衣,身上盖着一床大红色的鸭绒被。从他半闭着的眼睛里面,可以看见他的眼珠是上翻着的,胡须蓬乱,嘴巴不停地抽动着,嗓子里发出"咯咯"的表示难受的声音。朗哈尔斯医生现在正伏在他的身上,从他的脸上取下一条沾满了血渍的绷带,将另一条绷带浸在床头的水盆里面。然后他又听了听病人的心跳,量了量病人的脉搏……小约翰坐在床头的一个软垫上面,一边伸出手摆弄着衣服上面的水手结,一边静静地听着身后从父亲嘴巴里面传来的奇怪的声音。病人的脏衣服胡乱地堆在旁边的椅子上面。

佩尔曼内德太太握住她哥哥冰冷、沉重的手,在床头蹲了下来,静静地凝视着她哥哥痛苦的脸……这时的她已经明白,不论上帝知不知道他自己现在做了什么,他已经让那最不幸的事情发生了。

"汤姆!"她拖着哭腔喊了一声,"你看我一眼啊……你现在感觉怎么样?你可不能丢下我们不管了啊……啊,你不能这么做啊……"

可是她没有听见任何可以当作是回答的声音。她那一双无辜而又无助的大眼睛直直地看着朗哈尔斯大夫。朗哈尔斯大夫只是站在那里，他秀丽的眼睛低垂着，脸上的表情似乎也是代表着上帝的意思，无奈中又带着一点怡然自得……

伊达·永格曼又回到了屋子里，她进来看看有没有什么需要她帮忙的地方。格拉包夫医生也走了进来，他带着一脸和气和在场的所有人一一握手打了招呼，然后重复了一遍朗哈尔斯医生刚刚做过的事——摇着脑袋检查了一下病人的状况……像一阵风似的，这件事已经满城皆知了。楼下不时地传来门铃声，仆人们不时进来报告说楼下有人来探问议员的病况如何。可是所有的人得到的都是这样的一句回答——病情没有什么改善，一点也没有变化。

两个医生都一直认为今天晚上至少需要一名护士来照料病人。然后家里就派人去把李安德拉修女又请来了。她走进屋子里来的时候，脸上完全没有害怕和受到惊吓的神情，和上次一样，她还是将皮包、头巾、罩衫轻轻地放在了身边，然后立刻轻手轻脚地投入到工作中来。

小约翰在那个软垫上坐了一个又一个小时，他静静地看着四周的人，听着他父亲的嘴巴里传来的"咯咯"的声音。原本这个时候他是应该去补习算术的，可是他已经感觉到了，家里今天发生的事情足以让穿哔叽外衣先生无以言对。只不过，当他想起自己的家庭作业的时候，他觉得有点嘲讽的滋味……有一段时间，当佩尔曼内德太太来到他的身边将他搂住的时候，他也会被她的情绪感染而流下眼泪；可是在更多的时间里，他只是带着那一副冷静、思索的表情坐在那里，干巴巴地眨动着他的眼睛。他小心翼翼地呼吸但是又显得十分不自然，他的心里就像在期盼着那熟悉而又奇怪的香味似的……

快到四点的时候，佩尔曼内德太太下定决心去做一件事情。她将朗尔哈斯医生带到了旁边的一间小屋子里，她的两只胳膊抱在胸前，头向后仰着同时又尽量用下巴抵着胸脯。

"医生，"她问道，"有一件事情只有您能告诉我，所以我求求您！您尽管实话告诉我吧！我已经是一个饱经生活磨炼的妇人了……我已经学会如何面对和接受残忍的现实了，请您相信我说的这些！……我哥哥还能不能活过今天晚上？请您实话实说吧！"

朗哈尔斯医生将他秀气的眼睛转向了另一侧，他看着自己的指甲盖儿说，着这个问题不是在我们人类的回答能力范围，他又说到了人的渺小，至于佩尔曼内德太太的哥哥能不能够活过今天晚上，这个问题谁都说不准，可能下一秒他就会被召唤走了……

"这样的话，我知道我该做些什么了。"说着她走出了房间，派人去请普灵斯亥姆牧师。

普灵斯亥姆牧师还没有将法衣穿戴整齐就匆匆赶了过来。虽然他的身上穿了一件长袍子，可是他没有戴皱领。他毫无表情地看了李安德拉修女一眼，然后就在家人递过来的一张椅子上坐了下来。他让病人看看他是谁，听他说几句话。可是病人对他所说的话无动于衷，他只好转向上帝那里了，他用典雅的佛兰克话开始同上帝进行交流了。他说话的时候声音起伏很大，时而浑厚，时而尖锐；脸上的表情时而狂躁阴郁，时而温和清澈……他用自己特有的奇怪的腔调不停地发出"r"这个音，这个时候，小约翰就能明明白白地感觉到，在到这里来之前，他一定刚刚喝过咖啡，吃了奶油小面包。

他告诉大家，无论是他还是在场的任何人都无法替这位亲爱的人祈求生命了，因为他已经看到了，把这个人召回去是上帝的旨意。现在他们能够做的只是让上帝保佑，祈祷他能平静祥和毫无痛苦地离开人世间……然后，普灵斯亥姆牧师又饱含深情地念了两段适合这种场合的祈祷文，接着就站了起来。他伸手和盖尔达·布登勃洛克以及佩尔曼内德太太握手告别，又用爱怜和同情的目光看着小约翰，用颤抖的双手捧起了他的脑袋，凝视着他那低垂的睫毛。在他和永格曼小姐道别之后，他又冷冷地看了李安德拉修女一眼，然后就离开了这里。

朗哈尔斯中途回去了一趟，等他匆匆赶回来的时候，这里依旧没有任何变化。于是他对看护的护士简单地交代了两句，就又离开了。格拉包夫医生后来也来了一趟，他平和地给病人做了一下检查就离开了。托马斯·布登勃洛克依旧没有变化，他翻着眼睛，抽搐着嘴巴，时不时从喉咙里发出"咯咯"的声音。天色渐渐暗了下来，天空中出现一片晚霞，夕阳从窗户中照了进来，正好洒在那堆沾满血渍的衣服上。

由于佩尔曼内德太太的心情过于激动了，在五点左右的时候，她竟然做出了一件很欠妥的事情。她坐在床边，突然面向她的嫂子，双手合十，用喉音大声唱起一首赞美歌来……

"结束吧，主啊！"她念的时候所有的人都愣了，直直地坐在那里听着——

"让他的一切痛苦都结束吧；赐予他手脚的力量，指引他走入幽冥的世界。"

因为她过于专注祈祷，所以不小心将本该在心中祷念的话也一并大声说了出来，可是连她自己都没有想到：这一节诗，她根本就不会背，在刚刚念完三行以后，她就念不下去了。于是，当她正念到最高调子的时候，突然卡住了，她只好摆出一副大义凛然的表情来代替这首诗的结尾。

只是此时,屋子里的每一个人都在等待着下文,他们屏住了呼吸,样子非常困窘。小约翰在一旁不停地咳嗽,咳得那么厉害,听起来就像是呻吟一样。接着,又回到了一片寂静之中,这时屋子里面只剩下托马斯·布登勃洛克的喉咙里发出的痛苦的喘息声。

直到侍女走进来向大家汇报隔壁已经准备好了一些食物时,才将大家从这种困窘的局面中解救出来。可是正当大家来到了盖尔达的卧室里面准备喝一些汤的时候,李安德拉修女又忽然出现在了门口,她站在那里温和地向大家招了招手。

议员似乎就要断气了。他发出了最后两三声的呻吟,然后就不再出声了,渐渐地嘴巴也停止了抽动。这就是他的病症发生的唯一的变化。而他的眼神,在之前就早已暗淡了。

几分钟后朗哈尔斯医生匆匆地赶了过来。他将黑色的听筒放在死者的胸口听了良久,接着根据自己的良心做出了判断,他说道:"的确,议员已经过世了。"

听见这句话,李安德拉修女伸出自己苍白柔嫩的手,轻轻地用食指将死者的眼睛合上了。

与此同时,佩尔曼内德太太扑倒在床边,她的脸伏在被子上面,号啕大哭,让心中的悲伤尽情地释放出来;这种情感宣泄的方法可以让她的内心不那么难受,每当佩尔曼内德太太遇到灾祸的时候,她都会这么做,这是上天对她的恩赐……当她哭够了,站起来的时候,她的脸上到处都是泪痕,可是精神却比刚才振奋了许多,她的心情平静了,也恢复了内心的平衡。她忽然想起了讣告的事情,此刻应该立即去印制讣告……要印制一大包做工精美的讣告……

克利斯蒂安终于出现了。他在俱乐部的时候听说了议员摔倒的消息，于是他急忙离开了那里。可是由于他害怕看见什么可怕的场景，所以故意围着城门外绕了一个大圈，这样就没有人可以找到他了。一直到现在，他才出现在门口，可是他刚刚进来就听说议员已经逝世了。

"怎么会这样呢。"他心中嘀咕着，一瘸一拐走上楼来，一双小眼睛骨碌碌地转着。

他来到自己的嫂子和妹妹中间，站在床边上。他的头顶已经秃了，两侧的腮帮向里面凹着，两撇胡须也下垂着，配上他的一个大鹰钩鼻子和两只弯曲的罗圈腿，整个身躯看起来就像一个巨大的问号。他用自己那一双深邃的小眼睛盯着死者的脸，这张脸现在已经变得那么的沉默、冰冷而无法靠近，让人觉得是那么可怕。现在人们的任何言论他都听不见了……托马斯的嘴角都向下垂直，就好像带着一脸不满而嫌恶的情绪。克利斯蒂安也曾责备过他，说即使自己死了他也不会为他哭泣的，可是如今，这个被他责备的人就躺在这里，已经一声不吭地死去了。如同他生前的一贯作风，现在的他也已经高傲地步入了他的幽冥世界，留给别人的只有无尽的惭愧。在他生前，每当克利斯蒂安说起自己的病痛，说到那个向他颔首的人、酒精瓶、打开的窗户的时候，他会报以鄙视的神情，现在看来，他这么做究竟对不对呢？只是现在这个问题已经不重要了，一切都已经没有意义了，可怕的死亡之神已经选中了他，专横地将他接到了另一个世界，从此以后，他会拥有很高的荣誉，所有的人都会对他充满尊敬和畏惧；而克利斯蒂安却被死神摈弃了，死神还是会用各式各样的不起眼的小手段玩弄着他，他得不到别人的半点儿同情。

715

托马斯·布登勃洛克这一辈子都没有像此刻这样得到过他兄弟的敬重。这一点带来的成功是毋庸置疑的，死亡是让别人尊重我们的痛苦的最好的方法，就算是一些微乎其微的痛苦，死亡也会让它变得令人敬仰万分。"你已经找到了归宿，我向你鞠躬"，克利斯蒂安在心里默默地想着。然后他急忙笨拙地跪下他的一条腿，亲吻了他哥哥冰冷的手背。接着他向后退了两步，用一种游移不定的目光扫视了一下四周。

还有其他的许多人：老克罗格夫妇、布来登街的太太们以及老马尔库斯先生他们都前来吊唁了。贫苦、可怜的克罗蒂尔德也赶来了，她的两只手上戴着毛线手套，交叉放在胸前，灰白而瘦小的身子站在床边，一张略显迟钝的脸上似乎没有什么特别的表情。"冬妮、盖尔达，你们不要觉得我并不伤心，"她的声音哽咽，断断续续地说了半天，"我并不是心肠硬，内心冷酷，我已经哭到没有眼泪了……"她的这番话，不会引起任何人的怀疑，因为她瘦小的身体站在那里的时候显得那么无辜而颓败……

最后，当一个老女人进来的时候，大家都走了出去，把房间留给了这个不讨人喜欢的瘪嘴老太太。她是到这里帮助李安德拉修女一起替死者进行洗刷装殓的。

到了晚上，夜已经深了，可是盖尔达·布登勃洛克、佩尔曼内德太太、克利斯蒂安和小约翰还围坐在起居室的一张圆桌边，桌子上放着一盏煤油灯，他们都还在工作着。他们在整理那些应该发去讣告的人的名单，写着一些信封。几支笔在同时"唰唰唰"地书写着。偶尔谁又想到了一个新的名字，就会将它添加在名单上面……之所以需要汉诺来帮忙，是因为他的字写得很清晰，而且时间也非常紧迫。

房间内外都很安静。窗外偶尔会传来一阵脚步声，但是很快又会消失在远处。有时瓦斯灯也会"噗噗"地闪烁几下，有人小声说出一个人的名字，然后就听见笔"唰唰唰"地在纸上书写着。只有当大家的眼神碰到一起的时候，才会突然想起刚刚发生了什么。

佩尔曼内德太太郑重其事地挥舞着手中的笔，可是仿佛形成了一种习惯似的，每隔四五分钟她都要将笔放下来，握紧了双拳举到和嘴巴一般高的位置，悲愤地感慨道："唉，我简直不能够相信！"她这么说的意思是：她渐渐开始意识到这件事情确切地发生了。"然而现在一切都已经结束了。"她这么绝望地喊了一声，然后就抱着她嫂子的脖子放声大哭起来。哭了一段时间之后，她似乎又恢复了力量，重新投入到工作中来了。

克利斯蒂安也和那个可怜的克罗蒂尔德一样，也是流不出一滴眼泪来。因为他的心中充满了对这件事的羞愧之情。他害怕别人的耻笑，这种情绪已经压倒了他心中其他的一切情绪。除此以外，他没有一秒钟不在为自己的健康问题担忧，这是造成他感情迟钝、精力耗尽的另一个原因。每过一段时间他就会站起来一次，摸摸自己光秃秃的脑门，低声说道："啊，真是太可悲了！"这句话是他对自己说的，他责备自己，拼命努力想挤出几滴眼泪来……

这个时候发生了一件事情，将整个局面完全打乱了。小约翰在写信封的时候遇到了一个发音很可笑的名字，然后，他居然大声笑了出来。他将这个名字重复了一遍，然后擤了擤鼻子，身子向前趴在桌子上面，抖动着双肩，不停地抽搐，似乎完全失去了自我控制的能力。最开始的时候大家还以为他是哭了，可是没有想到他并没有哭。大人们不知所措地看着他，简直不能相信眼前发生的这一幕。

然后他的母亲就把他送去睡觉了……

9

仅仅因为一颗牙齿……城里面已经传得沸沸扬扬了,布登勃洛克议员因为拔掉了一颗牙齿而送了命。可是,真是太奇怪了,怎么会因为拔牙而送了命呢?他的牙齿发炎了,布瑞希特医生把他的冠齿拔断了,然后他就在街道上摔倒了。怎么会发生这种事情呢?……

不过现在,这事已经没有什么大不了的了,这只是死者一个人的事。而其他人所需要做的就是送花圈,要送更贵重的花圈,这样他们才会更有面子,报纸上会这样报道,从门口摆放的花圈就可以看出——他们是来自有名望的富贵人家。不断地有花圈从各个地方送来,有的是以公司团体的名义送的,也有的是以个人或家庭的名义送的。有月桂编成的花圈,也有各种其他香味扑鼻的鲜花编成的,银色的花圈上面挂着黑色的和本市市旗颜色的布条,布条的上面题着黑色或者金色的挽词。还有棕榈树的树枝,数不尽的棕榈树枝……

所有的鲜花店都比平日里盈利翻了好几倍,特别是位于布登勃洛克家对面的伊威尔逊花店,它的生意是最红火的。伊威尔逊太太在这一天内按了好几次他们家的门铃,每次都会带来各式各样的花圈或是花束,这些都是某个议员或者某个参议又或是某个机关送来的……有一次她过来的时候,问道她是否可以上楼去看一眼死者?她的这个请求被允许了,她可以上去看看。接着她就跟在永格曼小姐的身后,从正门的楼梯走了上去。一路上她什么话都没有说,只是用眼睛盯着楼梯上的照明灯。

她的步伐很缓慢，因为和以前一样她又有了身孕。客观地说，随着时间的流逝她的容貌已经变得有些粗俗了，可是她那双黑色的眼睛和马来西亚风格的颧骨却依旧充满了迷人的韵味，并且无论是谁都可以从中看出——她曾经是一个风华绝代的美人。她被带到了客厅里面，而议员托马斯·布登勃洛克的遗体就被停放在这里。

这间屋子里的家具现在已经被全部搬走了，他的遗体就停放在这宽大明亮的屋子的正中间，他平躺在棺材的白缎衬垫上。他穿着一身白缎的衣服，身上盖着白缎寿布，周围是一股浓郁的月下香、紫罗兰和上百种别的花混合起来的香味。在他的脑袋边上，是摆放成半圆形的一圈银烛台，烛台的中间是托瓦尔德森雕刻的代表祝福的基督雕像。雕塑的底座上放着一块纱，墙角处、地板上和寿布上都摆满了别人送来的花圈、花束和花篮。棺材的四周都摆放着棕榈树的叶子，长长的叶子一直拖到了死者的脚面上。死者的脸上有多处地方被擦伤了，特别是鼻子被擦伤得非常厉害。可是他的头发还和生前一样——烫成了漂亮的鬈发，温采尔先生也将他的上须重新烫了一下，长长的僵直的胡须贴在他惨白的脸上。他的头微微向一侧偏着，交叉的两只手里握着一枚十字架。

伊威尔逊太太刚刚走到门口就停下了脚步，她聚精会神向棺材那边张望，直到穿着一身黑衣服、哭得天昏地暗的佩尔曼内德太太从起居室里走了出来，站在帐幔之间向伊威尔逊太太亲和地点头示意时，她的脚步才在地板上向前移了几步。她的双手搭在自己凸起的肚子上，瞪着一双细长的黑眼睛打量着屋子里的陈设，从花卉烛台到飘带和那些白缎子，最后她的眼神定格在托马斯·布登勃洛克的脸上。很难去形容在这位孕妇苍白的脸上混杂着一种怎样的神情。

最终她也只是唏嘘了一句……非常短暂而含糊地"啊"了一声，然后转身离去。

佩尔曼内德太太喜欢守在这间屋子里，看别人前来吊唁，她总是热心而不知疲惫地在这里看着别人是如何争先恐后地向她的哥哥表示敬意的。她一遍遍地朗读着报纸上的一些文章。就像在公司一百周年纪念的时候，报纸上歌颂她哥哥的丰功伟绩一样，现在报纸又在为公司的这一巨大损失而感到惋惜。当盖尔达在起居室里接待前来吊唁的那些人的时候，她一直都在旁边陪着，那些人是那么多，几乎都可以编成一个军团了。她和别人讨论着埋葬的事情，这场葬礼一定要办得风风光光。这最后一幕她已经安排好了——先由公司的全体员工一起来向老板告别，然后由粮栈的工人，他们大多都是拖着两只大脚在嵌花地板上啪啦啪啦地走着，带着一脸无限真诚的表情，嘴巴里面散发着烧酒、烟草和干体力活的气味儿。他们用惊奇的目光望着这制作考究的棺材，转动着自己的帽子，最开始的时候他们会觉得新奇，可是渐渐地就会感到不耐烦，直到有一个胆子大的人转身离开了这间屋子，于是其他的人也紧随其后纷纷拖着大脚走了出去……佩尔曼内德太太由衷地感到开心。她告诉别人说，很多前来吊唁的人哭得很厉害，眼泪流到了胡须里面，可是事实上根本不是这样的。可是既然她说她看见了，并且这件事又能让她感觉到开心，那这又有什么不妥呢？

棺材下葬的日子一天天地逼近了。那口金属棺材现在已经被严严实实地封了起来，上面铺满了花，屋子里烛台上的蜡烛也被点燃了，普灵斯亥姆牧师神情凝重地站在棺材的前面，前来送葬的人将他的四周围了个水泄不通。他那个表情丰富的大脑袋端放在他宽大的皱领上,就好像放在一个大水果托盘里。

一个负责打杂的仆人——他是一个介于仆人和司仪之间的聪明人——担任此次仪式的指挥。他将大礼帽拿在手中轻快地从楼上跑到了下面的走廊。这里聚集了一大群穿着制服的税吏以及穿着工作服、牛仔裤、头戴礼帽的粮栈搬运夫。他强迫自己用沙哑的声音大声宣布说:"屋子里面已经没有空地了,可是走廊上还可以站些人……"

这时,大家突然安静了,因为普灵斯亥姆牧师开始说话了,整间屋子里面充满了他那跌宕起伏、抑扬顿挫、美妙而动人的声音。他站在基督雕像的旁边发表着他的演说,他的手时而在胸口前绞着,时而又伸出去表示祝福。在冬季那灰白色的天空下,四匹骏马拖着一辆灵车来到了房子前。紧随其后的是一长列的马车,长长的队伍一直延伸到特拉夫河边上。房屋的大门边面对面排着两列士兵,他们将枪托放在了脚的前面,封·特洛塔少尉站在队伍的最前方。他抽出指挥刀,凝视着楼上的窗户,眼睛里面充满了热情……近处几栋房子里面的居民和街道上行走的其他人都伸长了脖子好奇地张望着。

接着,前厅里面的人开始缓缓地移动了,少尉下了一声口令,兵士们齐刷刷地将枪举了起来,这时,封·特洛塔先生放下了指挥刀。棺材由四个身着黑色袍子、头戴三角帽的人抬了出来,慢慢地从大门内移了出来。一阵微风拂过,看热闹的人纷纷闻见了一股浓郁的花香,风吹乱了灵车上的黑色羽毛,吹动了河边上的马匹的鬃毛,也吹拂起车夫和马夫帽子上面的黑纱。

拉灵车的马匹浑身都裹上了黑布,只留出了两只不安的眼睛在外面,滴溜溜地四处张望。四个身穿黑色衣服的马车夫走过来牵着它们缓缓向前走动，于是，那一列士兵就在灵车的后面列队尾随。其他的马车也跟着转动了起来。克利斯蒂安·布登勃洛克跟牧师一起坐在第一辆马车上。第二辆车上坐的是小约翰和一个从汉堡赶来的、满面红光的亲戚。托马斯·布登勃洛克的送葬队伍很长，缓缓向前行进的时候透着一种说不出的悲凉之感。每家每户的窗前都悬着半旗，旗子在风中摇曳……公司职员和粮栈的工人走在队伍的最后面。

送葬的队伍走到了城外，穿过通往墓地的那一条路，再经过一些十字架、石像、几座小礼堂，以及路旁的那些叶子已经落尽的垂杨柳以后，就到达布登勃洛克家的祖坟了。到达以后仪仗队列好阵形，同时举枪致敬，接着，悠扬的哀乐从一排矮树后面传了过来。

雕刻有家族纹章的大石碑再一次被搬到了一边，送葬的队伍又一次将墓口的四周团团围住，与上一次的不同之处只是这一次下葬的人是托马斯·布登勃洛克而已。墓口周围站着的都是一些有身份、有地位的人，从他们戴着的白手套和白领结可以看出，他们当中有一部分是议员。他们站在那里，有的人低着头，有的人悲伤地将脑袋歪向一侧。职员、搬运工、店里的伙计和粮栈工人都站在稍远一点儿的地方。

哀乐结束，普灵斯亥姆牧师又开始了他的演讲。在冰凉的空气里，当他的祝词停止了以后，大家纷纷聚集过来，打算一一与死者的弟弟和儿子握手。

这是一次似乎没有尽头的握手仪式。克利斯蒂安·布登勃洛克完全心不在焉，带着一脸困窘的神情接受大家的吊唁，这是他在这种严肃的场合下的习惯性表情。小约翰在他叔叔的身边站着，他的眉头紧锁,低下了头,躲避着寒风。他的身上穿着一件有着金色领结的水手式短外衣。他的一双大眼睛笼罩在青色的阴影之中,低着头不和任何人的眼神对视。

第十一部

1

当我们想念一个人的时候我们会想，他现在在做什么呢？猛然间我们才回想起来：他已经再也不能在马路上散步了，他的声音也永远地消失在这个纷繁复杂的世界，他已经告别了人生这个大舞台，永远地消失了，也许现在正在城外的某处地下长眠。

施推威英家的女儿，布登勃洛克参议夫人，高特霍尔德伯伯的遗孀现在也已经去世了。在生前她一直被认为是家庭不和的根源，现在她死了，所有的过错也都一笔勾销了。她的三个女儿：佛丽德莉科、亨莉叶特和菲菲都露出了一副受尽委屈的表情来迎接亲人们的吊唁，但是她们也是有理由这么做的，她们的那副表情就好像在说："瞧瞧吧，她是被你们这些人给活活逼死的……"然而，她们的母亲按年龄也可以算是终其天年了……

凯泰尔逊太太也已经离世了。她在临终前几年一直深受风湿病的困扰，可是最后，她还是怀着对上帝赤诚的信仰安详而悄无声息地告别了人间。她的那位很有学识的妹妹却与她不同,这个妹妹总是要同理智的诱惑做斗争,并且,她的背越来越驼了,身体也越来越萎缩了,她注定要在这个世上受罪,为此她十分羡慕自己的姐姐。

彼得·多尔曼也被死神带走了,他深受匈牙利苦矿水的毒害,将自己全部的财产都花完了,留给女儿的只有每年两百马克的年金。他在临终前许下心愿,希望社会能够出于对多尔曼这姓氏的敬重,让圣约翰修道院收留他的女儿。

同样永远地离开了人世间的还有尤斯图斯·克罗格。从现在起世界上再也没有人可以阻止他的那位性格懦弱的太太变卖银器,来给他失去继承权的儿子亚寇伯寄钱了,这的确是件糟糕的事情。而亚寇伯现在一定在某个地方过着风流快活的日子。

再说说克利斯蒂安·布登勃洛克现在的情况。城里现在再也不会出现他的身影了,他已经不住在这里了。还没等到他的议员哥哥去世满一年,他就迫不及待地搬到了汉堡。他在汉堡和一个女人,那个他在心中钦慕已久的女人——阿林娜·普乌格尔小姐,在上帝和众人的见证下举行了婚礼。这个世界上再也没有人能够阻止他结婚了。而在他们结婚以前,他的母亲留给他的钱,大多数也是寄往了汉堡。而现在,那笔还没有被挥霍完的遗产,已经根据布登勃洛克议员在生前立下的遗嘱由议员的好朋友施台凡·吉斯登麦克保管,可是除此之外,克利斯蒂安已经在其他所有事情上获得了自由……当得知克利斯蒂安在汉堡结婚的时候,佩尔曼内德太太愤怒地给阿林娜·布登勃洛克太太写了一封充满敌意的信。她以"夫人"作为她对这个女人的称呼,然后她就开始使用一些充满火药味的字眼来告知对方——佩尔曼内德太太永远也不会承认她和她的孩子的身份,不会同他们来往。

吉斯登麦克先生作为遗嘱的执行人、布登勃洛克家财产的监管人以及小约翰的保护人，他将这些责任完成得很出色。这些事情成了他生活中非常重要的组成部分，现在他再也不用在交易所里指手画脚，装出一副很繁忙的样子了，现在的他可以问心无愧地告诉别人：为了处理一些别人家的事情，他现在每天都很忙碌……可是有一件事情也值得一提，因为他做出了这样的贡献，所以他可以从布登勃洛克家的进款中拿到百分之二的酬金，可是对于生意上的事情他并不是很擅长，结果没过多久，盖尔达·布登勃洛克就对他产生出强烈不满。

生意上的事情还没有处理妥当，公司也需要停业整顿，可是根据议员的遗嘱，公司要在一年之内处理好这些问题。佩尔曼内德太太因这件事情感到不可思议："我们还有小约翰啊，有小约翰呢？不是还有汉诺吗！"她一遍遍地问道……她的哥哥在临终前竟然没有考虑到自己唯一的儿子，没有为了他把公司留下来，这让她感觉到十分痛苦和难过。公司的这个赫赫有名的招牌，这个已经传承了四代的最宝贵的遗产竟然就被他这样抛弃了，更何况，这里明明有一个合法的继承人啊，可是现在这家公司却要永远地宣告结束了。为了这件事她不知哭了多少次。不过后来，她就开始自我安慰了，她想：公司的结束并不能代表家族事业的终结，她的侄子将来一定会创办一家新的公司，来代替现在的公司完成家族的事业，守护住家族的名声的。小约翰和他的曾祖父有着许多相似的地方，这一定也是其中之一。

虽说公司的事务是在吉斯登麦克先生和老马尔库斯先生两个人

的共同领导下进行的，可是依旧是一团糟。预期的时间很短，所以不能够出现一点儿的失误，因为时间是紧迫的。然而，所有的事情都是在时间紧迫中匆匆忙忙、马马虎虎地被解决的。一批货物匆忙间被抛售出去，亏了本，下一批却依旧如此。货栈和粮仓都以极低的价格换成了金钱。即使这笔交易侥幸没有被吉斯登麦克的急躁毁掉，它也一定会被老马尔库斯先生的犹豫缓慢而毁掉。城里有人传言，冬天，在马尔库斯出门之前，他不仅要将大衣、帽子放在火炉边烤暖，并且还要烤暖他的手杖。作为这样一个磨叽的人，即使机遇摆在他的面前，他也会让它白白流失的……总之，亏损的事情接二连三地发生。原本托马斯·布登勃洛克留下的遗产是六十五万马克，而他逝世一年以后，大家发觉财产已经远远不足这个数字了。

  关于公司变卖财产这件事情，城里谣言四起，尤其是盖尔达·布登勃洛克说出她想将自己现在居住的这栋房子卖掉的时候，谣言愈演愈烈。人们不断地夸大着事实的真相，讨论着究竟是什么原因让她走到了卖房子的地步，他们议论起布登勃洛克家的财产为什么会离奇地消失了；这种谣言渐渐地似乎有些越来越过分了，连议员那足不出户的遗孀也感觉到了。最开始的时候，她只是对这种传言感到诧异和莫名其妙，直到后来渐渐演变成了愤怒。有一天，她告诉自己的小姑子，一部分艺匠和商人毫不保留地要她还清几笔较大的欠款，听到这个消息佩尔曼内德太太先是愣住了，然后忽然大笑起来，声音令人毛骨悚然……盖尔达·布登勃洛克对此事感到非常的生气，她表示她打算带着小约翰离开这里，搬到她父亲所在的阿姆斯特丹那里，她想和他一起演奏二重奏。可是这个提议却遭到了佩尔曼内德太太的强烈反对，因此盖尔达也不得不暂时放弃了这个计划。

不出所料，佩尔曼内德太太对自己嫂子提出的，变卖这座她哥哥亲手盖起来的房子也提出了反对。她感慨于这样做可能产生的种种不良影响，并且抱怨道，这样做会沉重打击家族的威望。不过最后她也不得不承认，住在这个华丽、宽敞的房子里的开支是巨大的，而在他们家现在的情况下，继续住在这里是不合适的，而盖尔达的心愿是，搬到城外的树林里一处舒适的小别墅内，这种想法倒是可取的……

此事在经纪人塞吉斯门德·高什看来，是一个伟大事件的开端。这件事可以让他晚年的事业再获得一次伟大的成就，为此，在好几个钟头里，他的四肢都停止了颤抖。这件事就是，他来到盖尔达·布登勃洛克家的客厅里，和她坐下来面对面地商量房子价格的问题。他那一头银白色的头发散乱着，下巴向前翘着，一双奸诈的眼睛从头发的缝隙里紧紧地盯着对方。他的样子看起来就像是一个驼子。虽然他的嘴巴一直滔滔不绝地说着，可是他的语气显得干巴巴的，没有表现出一丁点儿心中的激动之情。他说他愿意买下这栋房子，然后带着诡异的笑容伸出了一只手，给出了八万五千马克的价格。这样的价格是完全合情合理的，出售这样的房子，损失是少不了的。可是，她必须再征求一下吉斯登麦克先生的意见，于是盖尔达·布登勃洛克无可奈何地请高什先生先回去了，她并没有和他谈成这笔生意。可是后来才发现，吉斯登麦克先生根本不允许别人插手自己职权范围内的事情。他对高什先生给出的价格嗤之以鼻，嘲笑了一番之后，他发誓说，自己一定可以卖出一个更高的价钱来。他逢人就说这件事情，结果到了最后，为了让这件事情有一个结果，他不得不以七万五千马克的价钱将这所房子卖给了一个年纪不小的单身汉,这个男人在外旅行多时,现在回来了,打算找个地方住下来。

新买的房子也是吉斯登麦克先生一手操办的,除了价格稍高了一点儿,总的来说这是一套非常适合居住的小别墅,盖尔达·布登勃洛克对此非常满意,别墅位于布格门外的一条林荫路上,马路两侧栽满了栗树,房子四周环绕着花园和果树……于是在1876年的秋季,议员夫人带着她的儿子、仆人和部分家具住进了这所新房子。其他的家具在佩尔曼内德太太惋惜的哀叹中留在了渔夫巷的老屋里,连同房屋一起转让给了新主人。

可是发生的变化还不止这些!永格曼小姐,那位在布登勃洛克家里工作了四十年的伊达·永格曼也从这个家里离开了,她回到了她的家乡——西普鲁士,和她的亲人们一起安度晚年了。但是,说实话她是被议员夫人给打发走的。当她照顾过的一代人已经长大,渐渐地不需要她的照料时,她立刻用她善良的灵魂发现了小约翰。她照顾着他,管教着他,给他讲格林童话,给他讲关于那个死于噎嗝症的伯伯生前的故事。但是现在就连小约翰都已经长大了,他今年也已经十五岁了,虽然他的身体状况一直很不好,但是他也不需要再被照料了……更何况,永格曼和议员夫人之间一直相处得不大好。小约翰的母亲来到这个家的时间比她短得多,所以在她的眼里,从来没有将这个女人当作是布登勃洛克家正统的女主人。除此以外,随着年岁的增长,她越来越喜欢高傲地以一个老仆的身份自居,她做的事情也渐渐地超越了她仆人的身份。她的这种鸠占鹊巢、妄自尊大的态度引起了主仆之间越来越多的矛盾……并且这样的局面愈演愈烈,有的时候甚至会出现公开争执的场面。因此,即使佩尔曼内德太太施展她伶牙俐齿的本事极力劝阻议员夫人,可是就如同她当初为老宅子和家具乞求的结果一样,老伊达依旧被撵出了家门。

当这个老妇人在离开之前和小约翰道别的时候,她哭得很伤心。在和她拥抱过之后,小约翰就将双手背在身后,单脚站立着,用另一只脚尖轻点着地面,目送她远去。他的那双笼罩在青色阴影中的金棕色眼睛里流露出一种沉默而内疚的神情,这样的表情和当年他看见祖母的尸首、父亲的过世、老屋的变卖,以及别的许多细小的事情时的表情是一样的……在这些年里,他经历了一次次的生离死别,在他看来,和老伊达的分离不过是这一系列事件中的最后一件罢了。这样的事情已经不能再引起他内心的波澜了。有的时候,他抬起他那颗长着淡黄色鬈发、嘴巴微微噘起的小脑袋,他的秀气的小鼻子微微翕动着,似乎非常小心翼翼地呼吸着周围的空气,他害怕再次闻到那股熟悉的香味,就是那次在祖母的灵床边闻到的,即使那么浓郁的花香都掩盖不住的气息……

每当佩尔曼内德太太来到她嫂子家的时候,她都会把她的侄子喊到身边来,为他讲述布登勃洛克家光辉的过去和充满希望的未来。他们这一家的未来,按照佩尔曼内德太太的话来说,除了要仰仗上帝的恩赐以外,其余的一切都背负在小约翰一人的身上了。现实生活越是这样令人忧心忡忡,她就越是热衷于讲述父亲和祖父在世时那些豪华场面的陈年往事。讲述着汉诺的曾祖父是如何坐在四匹马拉的马车上周游世界的……可是有一天她的胃忽然疼起来了,原因是佛丽德莉科、享莉叶特和菲菲三个人一口咬定,哈根施特罗姆家族是社会的精英。

克利斯蒂安近来的状况也让人很伤心。他这次结婚并没有让他的身体有丝毫的好转,相反,他过去的那种时常精神恍惚、看见一些可怕的幻影的病状越来越严重了，在妻子和医生的双重建议下，他已经进入一家精神疗养院进行休养。可是他在那里的治疗并不顺心，他给家人写了许多封诉苦的信抱怨医院的一些情况，希望早日离开那个地方，似乎那里对待病人很不近人情。然而，医院对他的看管非常严格，虽然这可能是目前最好的办法。不管怎样，至少现在他的妻子可以像婚前一样过着自由自在的单身生活，并且毫无妨碍地享受婚姻给她带来的在经济和道德两方面的利益。

2

闹钟准时准点、毫不留情地响了。因为闹钟已经有一些年头了，所以零件磨损得很厉害，现在的它已经不是清脆的丁零零的声音，而是变成了一阵噼噼啪啪的声音。就算是这样，那铃声依旧响得很大很漫长，长到让人抓狂，因为上发条的人给它上足了劲。

汉诺·布登勃洛克打心底被这阵骇人的闹铃声吓了一跳，每天清晨的时候这阵恶心又忠诚的声音就会从床头一直传到他的耳朵里，震得他浑身上下都感到悲愤而绝望。可是他总是装出一副平静的样子，甚至躺在床上的姿势都不曾动一下，他还沉浸在迷迷糊糊的睡梦之中，急忙睁大了眼睛。

在这个冬季的早晨，屋子里一点光亮都没有；虽然他看不清屋子内的陈设，更看不见时钟上的指针，可是他的心里清楚：现在已经是早上六点了，因为昨天晚上，他就是将闹铃定在这个时间的……昨天……昨天发生了什么呢？他面朝上躺着，头脑里为了要不要下床开灯做着激烈的思想斗争。这时，昨天发生的事情一幕幕又浮现在他的眼前。

昨天是星期天,在经历了布瑞希特先生对他进行的为期几天的治疗之后,为了安抚他的身心,母亲决定带他去市剧院看一场《罗亨格林》[①]的演出。这一周以来,他的内心一直因为这件事情而感到格外开心。可是快乐在到来之前,总是会受到各式各样的阻挠,直到快乐降临的最后一刻,人们的心情都会被这些烦心的事情左右着。但是最终星期六还是会到来,结束了一周的功课,钻牙机也在他的嘴巴里完成了最后一次"嗡嗡嗡"的作业……而现在终于一切都过去了,所有不快乐的日子他也忍受过来了,他干脆将家庭作业留到星期日去做。星期一是什么?星期一会有到来的那一天吗?无论是谁,如果他能在周日的晚上看《罗亨格林》,那他一定不会觉得有星期一到来的那一天……所以他决定,在星期一的一大早起来将所有讨厌的事情做完。这样他就可以自由自在地度过一个美好的星期天了。他在钢琴前这样畅想着,仿佛忘却了一切烦恼。

星期天的晚上,他的美梦成了真。幸福就是这么突然地,带着一切神秘而美好的惊喜,带着来自内心的喘息和意外,毫无征兆、劈头盖脸地降临到他的身上了……虽然也出现了一些小瑕疵——在序曲的演奏时,乐队低劣的小提琴似乎有些招架不住;那个坐在小船中出现的满脸淡黄色络腮胡子的大胖子出现的时候,动作做得也很着急,显得很不自然。除此之外,在他们隔壁包厢里坐着的是他的保护人施台凡·吉斯登麦克先生,在演出的过程中,他嘴巴里不停地嘟哝着:"大人不应该将孩子带到这种场合来的,这种娱乐场所会影响到他的功课的啊……"可是这一切对汉诺而言都不重要了,

---

[①]《罗亨格林》是德国作曲家瓦格纳创作的一部歌剧。

有音乐,对他就足够了,因为那美妙清朗、富丽堂皇的声音会带着他在天空中尽情地翱翔……

当歌剧结束的时候,所有美妙、幸福的感觉也随之暗淡了下去,失去了光彩。他的脑袋昏沉沉的,再次回到了自己家中的小房间里,他感觉到,能够让自己脱离这个灰暗世界的唯一方式,就是躺在床上睡觉。这时,他那种一贯的沮丧消极的情绪又重新涌上了心头。他忽然意识到,原来美好的事物会使人感到这么绝望,它会让人对现在的生活产生深深的羞耻感和厌恶,它会让人不甘心再这么平凡地生活下去。这种可怕的感觉就仿佛是压在他身上的一座大山,他又一次告诉自己说,他身上肩负着的不是他私人的痛苦,而是在生命的最初就压在他的灵魂上的,迟早有一天会将他压垮……

他关掉闹铃又接着睡了。他睡得是那么香,就好像永远都不会再醒过来似的。可是,现在已经是星期一的早上六点了,而小约翰的作业一点儿都没有写!他强迫自己坐了起来,点亮床头小桌子上的蜡烛。可是房间里是那么冷,刚钻出被子,他的肩膀和胳膊就冻得受不了了,于是他又立刻躺了回去,盖上被子。

桌子上的闹钟已经显示六点十分了……就算现在起来做功课也没有用了,几乎每一门课都留了作业,功课太多了,现在开始做已经来不及了,更何况,他定的那个时间已经过去了……昨天是因为他觉得:今天的拉丁文课和化学课都有可能点到他来回答问题,可是真的会出现这么凑巧的事情吗?的确,根据一般的情况进行判断的话,很有可能是这样的。因为上一次的拉丁文课上讲到奥维德的时候,就是按照字母的顺序,上次叫到了最后一个字母了,那么今天很有可能就是从开头的 A 和 B 喊起,可是这种推测也不一定是可靠的，不是完全没有失误的时候！老师总是喜欢不按常理出牌的！我的老天啊，什么样的事情都是有可能发生的！……当他在做这些臆想时，他的大脑又陷入了迷糊之中，他再次睡着了。

这间属于这个小朋友的卧室里显得寒冷而空旷，他的床头的墙上挂着西克斯塔斯教堂圣母的铜制雕像，房间的正中间摆放着一张桌面能够拉开的桌子，另外还有一个乱七八糟的书架，一张直腿的桃花心木斜面木书桌，一架风琴及一个小小的洗脸架。这一切陈设都在烛光的照耀下一动不动。为了能够感受到阳光的温暖，窗帘并没有被放下来，玻璃窗上已经结上了冰花。汉诺·布登勃洛克依旧沉睡着，他的脸颊紧紧地贴在枕头上面。他的嘴巴微微张开，长长的睫毛盖下来，他睡梦中的表情显得既酣沉又痛苦，他的一绺浅黄色的头发耷拉下来遮住了他的鬓角。又过了一段时间，桌子上的蜡烛也失去了摇曳着的红光，泛着鱼肚白的天空中开始出现惨淡的冬日阳光。

他又一次从睡梦中惊醒了，这时已经七点了。这一段时间就这么过去了。他从床上爬起来，开始这一天的生活。除此之外他也别无选择。离上课的时间只剩下最后的一小时了……时间是如此的紧迫，根本不可能完成作业了。即使这样，他也依旧在床上没有动，一想到自己即将要离开这温暖的床，踏进昏暗、冰冷的冬日清晨里去，走到无情、充满恶意的人群里去，等待着他的是痛苦和危难，他感到又难过又厌恶，简直是悲愤交加。唉，再让我躺两分钟，只两分钟就好了，他温柔地向床请求道。可是接着，为了表示他心中的不满，他又给了自己足足五分钟的时间来再休息一下。在这五分钟内，他不断地睁开眼睛不安地望着床头的时钟，看着时针冷酷无情却又丝毫不差地向前走动……

已经七点十分了，他无奈地咬着牙起来了，他来来回回在屋子里不停地忙碌着，蜡烛依旧亮着——单凭早上的阳光还是不足以将整间屋子照亮。他走到窗边，呵出一口气融化了一片霜花，这时他发现外面已经起了一层浓雾。

现在的他特别的冷，常常会禁不住打一个哆嗦。他的手指已经冻得红肿了，就像发烧了似的，他现在都不敢拿指甲刷子了。当他洗好了上半身的时候，他的手已经快要麻木了，他将海绵一把扔到了地上，然后站在原地发了一会儿呆，他就如同一匹出汗的野马一般，浑身冒着热气。

到了最后他终于穿好了衣服，他大口喘着粗气、面带忧郁地来到中间的那张桌子面前，拿起书包，用尽他全身上下的最后一点儿力气收拾起今天上课需要的课本来。他站在那里，眼神迷茫，嘴巴里面嘟哝着："宗教课……拉丁文……化学……"然后把那些破破烂烂、沾满了墨水的书装到了书包里……

的确，现在的小约翰已经长得相当高了。如今他超过了十五岁了，身上也不再穿着小时候爱穿的哥本哈根式的水手服了。今天他穿着一件浅棕色的短外套，脖子上围着一条带着蓝白点的围巾，背心上面挂着的是一条金表链，这是他的曾祖父遗留下来的。而在他纤细的右手的无名指上戴着的是那枚他们家祖传下来的镶着绿宝石的印章戒指，现在这枚戒指也同样属于他了……他又套上了一件肥肥大大的毛外套，戴上帽子，拿起书包，吹灭蜡烛，步履匆匆地朝楼下走去，他经过了那个熊标本，然后向右侧一转，进入了餐厅。

克雷门廷小姐也来到了这里。她是母亲新雇来的女管家，是一

735

个有着尖鼻子、眼睛近视、额头上贴着鬈发的身材瘦弱的姑娘,她正在忙着弄早餐。

"现在具体几点了?"汉诺从嘴巴里面挤出这个问题,虽然他比谁都清楚现在的时间。

"还有十五分钟到八点。"她一边回答,一边用她那只像得了风湿病一般又红又瘦的手指了指墙上的时钟。"你得赶紧了,汉诺……"说着她将一杯冒着热气的可可放到了他的位子上,又将面包篮、黄油、盐和一个装着鸡蛋的杯子拿到了他的面前。

汉诺没有回答什么,只是拿起一个小面包吃了起来。他也没来得及摘下头上的帽子、放下胳膊里夹着的书包,就匆匆地喝起桌子上的热可可了。这杯热饮的温度让布瑞希特正在为他医治的那颗牙齿剧烈地疼痛了起来……他喝掉了一半的热可可,连鸡蛋都没有时间吃,就鼓起扭曲的嘴巴,发出了一声类似告别的声音,然后离开了屋子。

他穿过花园,走出了这间红色的小房子,然后向右边转去,沿着在冬日暖阳的照耀下的林荫路匆忙向学校跑去,这时离八点只剩下十分钟了……还有十分钟、九分钟、八分钟了。可是还有很长的一段路程。在这样的大雾天气他根本不知道自己走了多远!在剧烈的呼吸中他把冰冷的空气吸进了他窄小的肺中,然后又将它们吐了出来。嘴巴里,他的舌头舔着那颗被热可可烫疼了的牙齿,奔跑时活动着他并不发达的小腿肌肉。他的身上已经冒出了汗,可是四肢依旧觉得寒冷。他两侧的肋骨也开始隐隐作痛。这段时间的运动和不停的晃荡,让在他胃里面的那些早餐开始翻涌起来,他觉得恶心,一颗心悬在那里扑通扑通地跳着,害得他连喘气都变得困难了。

城门,他看见了城门,可是现在离八点只剩下最后的四分钟了!他就这样痛苦而挣扎地走在路上,忍受着肋骨的疼痛、胃部的翻涌,可是当他向四周张望的时候却没有发现任何一个同学……没有,一个同学都没有。他们所有的人都到达了学校,八点的钟声已经敲响了!在一片浓雾之中,钟声从四面八方的钟楼上传来,特别是圣玛利教堂的钟声显得特别的欢快,简直是在庆祝这一刻,钟楼上响起了《让我们都来感谢上帝》的调子……它把这首歌的曲子弹错了,奔跑中的汉诺也不忘断定说,它的节拍完全都是混乱的,而且音调也不准确……但是现在这些事情都不重要了,没有必要为这些事情费神了!现在最重要的事情是,他已经迟到了,这已经无法挽回了。虽然学校的钟比外面的稍慢一些,可是都没有用,他来得实在是太迟了。他看着那些从他身边路过的人。他们有的是去上班的,有的是去办事的,但是他们都没有这么慌慌张张的,没有什么逼迫他们。当有人发现了他那又羡慕又无助的目光时,会回头看看他,瞧瞧他那一副急迫的样子,然后对他笑笑。可是这种笑容几乎让他抓狂。他们为什么而笑呢?在他们不慌不忙的立场上他们又会怎么估计他的处境?他真想对他们吼道:先生们,你们笑,只是因为你们不明真相!你们根本不明白,就是累死在学校紧闭的大门口我也是心甘情愿的啊……

一堵嵌着两扇大铁门的朱红色长墙——这就是学校的围墙,这堵墙将学校和大街隔离开来。在他还有二十步左右的距离就走到这堵围墙的时候,一段刺耳的铃声传入了他的耳朵,这是预示着晨祷开始的铃声。这时的他已经没有力气再大步向前迈进了,更没有力气奔跑起来了,他将身子向前探着,两条早已经没有力气的腿勉勉强强支撑着他走到了学校的门口,他并没有跌倒,可是上课铃已经打过了。

看门的施雷米尔先生是一个胖胖的、有着杂乱的胡须的工人长相的人,他正准备把大门关上了。"唔……"他因为发现了小约翰而惊呼了一声,然后就留了一条缝,让小约翰钻了进来……也许,他现在已经得救了。只要他现在偷偷地溜到教室里面去,等待同学们从体育馆做完晨祷回来,然后装出一副什么都没发生的样子就好了。他喘着粗气,带着一身冷汗,偷偷地走过铺着红砖的院子,又穿过一扇镶着五彩玻璃的漂亮的折门,走进了屋子……

学校里的一切东西都是崭新的,干净漂亮。时代的变化是日新月异的,现在的孩子们求学时用的教室已经不同于他们家长年轻时的那种旧式寺院学校,不再是那么颓朽、灰暗的老房子了,取而代之的是一幢幢宽敞漂亮的新房子了。虽然在整体上房屋还保持着原来的样式,过道和十字回廊的上面依旧是哥特式的壮丽的拱顶,可是现在的照明和取暖设备,教室的宽敞亮丽程度,教员休息室的舒适度,化学、物理和绘画教室的试验设备等等,都是按照新时代的标准修建起来的,是以前的学校完全不能比拟的……

心力交瘁的汉诺·布登勃洛克贴在墙边,小心翼翼地向四周张望……没有谁,谢天谢地,他并没有被发现。他听见远处传来嗡嗡的声音,那是全校的学生和老师们赶往学校体育馆的声音,他们打算从宗教那里为应付这一周的工作寻找一些安慰。所以这里现在像死一样的寂静,一直到前面铺着油毡的楼梯那里都不会有人了,汉诺蹑手蹑脚地、连大气都不敢喘一声,他注意着四周的动静,小心翼翼地爬上了楼梯。他所在的教室——六七年级的实科生的教室在二楼正对着楼梯口的位置。教室的门是开着的,他来到最后一级台阶上向走廊上张望了一下,走廊的两侧都是挂着磁牌子的教室门。然后他以最轻的脚步,三步并做两步地来到了他的教室里。

教室里一个人都没有,三个窗户上的窗帘都还没有拉开,天花板上吊着一盏亮着的瓦斯灯,在寂静的教室里灯泡"呲呲"地响着。在绿色灯罩的照耀下是三排浅色的木制双人桌,在课桌的对面是一张深色的高大讲桌,讲桌的后面钉着一块黑板。四周墙壁的下半截都有木板镶嵌着,上半截则是石灰墙,墙上挂着几幅地图。讲桌的侧面是一块放在架子上的黑板。

汉诺的座位大概在教室的中间位置,他来到自己的座位上,一屁股坐在硬板凳上,将书包放进抽屉里,伸出两只手趴在桌子上,将脑袋伏在胳膊里面。此时他感到无比的放松和愉快,这是一种难以形容的安逸的感觉。原本这间空荡荡的屋子是充满了残忍和丑陋的,并且在他的心中,这个房间里还充满了各式各样的危险。可是现在一切都已经过去了,他安全了,紧张的气氛结束了,现在他就安心地等待无法逃避的事情到来。更何况第一节课是巴雷史太特先生的宗教课,这个课是很安全的……从墙壁上通气孔的圆口边发抖的纸片上,我们可以看到暖气正在往教室里面涌进,燃烧着的煤气灯也使这间屋子里变得暖和不少。唉,现在终于可以舒展开身子,让他冻僵的身子慢慢融化过来暖和暖和了。可是这时,一股舒适可是不太健康的灼热感上升到他的脑袋里,他的耳朵里面嗡嗡作响,眼前变得朦胧了……

忽然他听见身后传来窸窸窣窣的响声,吓得他不由得一怔,转过身去……看吧,凯伊·摩仑小伯爵从最后一排的板凳后面露出了上半身,他这个年纪轻轻的小贵族从后面爬了出来,他站起来,拍了拍手上沾着的尘土,兴高采烈地朝汉诺·布登勃洛克走过来。

"哈,原来是你,汉诺!"他说,"我刚刚藏在教室的后面,你刚刚进来的时候,我还以为是某个老师进来了呢!"

他正处于变声期,所以声音变得十分沙哑,在这件事上,他比汉诺开始得早。他现在和汉诺一样高了,可是除此之外,他的身上没有什么别的变化了。他身上穿着的那套衣服已经有些褪色了,扣子也散落了好几颗,屁股后面还有一个大补丁。他的手也依旧是脏兮兮的,但是很纤秀。即使这样,也掩盖不了他高贵的样貌——纤细的手指,长长的指尖,他黄里透红的头发像以往一样随随便便地从中间分开,垂在他那如同石膏一般洁白光滑的额头上,额头的下边,是一双闪着光芒的蓝色眼睛,深邃又锐利,他的鼻子微微地向里钩,上唇向上翘着……此时此刻,他秀丽高贵的模样和他不修边幅的仪表比以前任何时候都明显。

"喂,凯伊,"汉诺撇着嘴嘟哝道,"你吓了我一跳!你怎么会也在这里?你是不是也迟到了?"

"怎么会,"凯伊回答道,"我早就到了……星期一的早上,所有人都希望可以早一点到学校,这一点你应该非常清楚的啊……我怎么会迟到呢,我躲在这里纯粹是因为有趣。今天轮到那个'饱学'的老师值日了,他喜欢蛮横地将别人撵下去做祷告。然后,我就一直偷偷地躲在他的身后……无论他转向那个方向,他朝哪里看,他都没有发现我,我神秘地躲在他的身后,后来他下楼去了,我就一个人回到了这里……你又是为什么会在这里?"他用满怀同情的口吻问道,然后温柔地在汉诺身边的凳子上坐了下来……"你又是跑来的吧,是吗?多可怜的孩子啊,你看你跑得满头大汗,头发都粘在额头上面了……"说着他从桌子上面拿起了一根直尺,小心翼翼地挑开了小约翰额头上粘着的头发。"你又睡懒觉了,是吗?瞧啊,我现在坐在阿道尔夫·托腾豪甫的座位上,"他忽然岔开了自己的话题,他激动地向周围看了看,"这是班长的位置!那又如何,我坐在这里也不是什么大不了的事情……你的确是睡过头了吗?"汉诺趴在了桌子上。"昨天晚上我去看戏了。"汉诺深深地叹了一口气后,回答说。

"噢,是的,我都差点儿忘了!……好看吗?"

可是小约翰并没有回答他的问题。

"在这一点上你已经很了不起了,"他劝汉诺道,"你得想想,汉诺,你看,我从来没有去过戏院;并且在未来的许多年里,我应该都不可能到那里去……"

"假如开心的事后面,没有这些令人烦恼的事就好了。"

"的确,你的心情我能够理解。"凯伊将汉诺放在地上的大衣和帽子捡了起来,拿着它们来到了走廊上。

"这样的话,你一定没有好好复习《变形记》这首诗吧?"当他从走廊回来的时候问道。

"是的。"汉诺回答说。

"那地理测验你应该准备好了吧?"

"我也没有准备,我什么都没有看,什么都不会。"汉诺说。

"化学和英文也都没有看吗?太好了!你可真是我同甘共苦的好兄弟!"凯伊似乎找到了心理的安慰。"我的情况也和你一样,"他像是高兴地宣布道,"星期六的时候我没有看书,因为第二天就是周日了,周日的时候我也没有看书,因为那天是主日……这不能叫作强词夺理……更重要的是,我有别的事情需要去做。"这时,他的语气变得严肃起来,他的脸也因为紧张而泛起了一层红光,"可是,今天的日子可不大好过啊,汉诺。"

"假如我再有一个不及格的话,"小约翰说,"我就会受到留级的处分了;但是,如果今天拉丁文课上,老师喊我回答问题的话,我一定答不上来,那就会是不及格。今天应该会提问B字开头的学生了,可是对此我们都无能为力……"

"我们只能等着灾难降临吧!该撒说的那句是什么来着?'想令我感到害怕的东西只敢在我的身后装腔作势;当它们看见该撒的脸的时候……'"可是凯伊并没有将这段话背完。现在他的心情也很糟糕,他走到了讲台上,坐在老师的扶手椅上,不停地摇晃着。汉诺·布登勃洛克则是将脑袋枕在胳膊上,两个人默默地对视着。

这时,远处忽然传来了嗡嗡嗡的吵闹声,声音越来越近,不一会儿就变成了喧哗声,在不到半分钟的时间内,就已经来至近前。

"他们要回来了,"凯伊一脸不悦地说,"我的老天啊,他们怎么结束得这么快啊!这节课连十分钟都没有上到……"

他从讲台上走了下来,为了等会儿能够更好地融入人群中。可是汉诺却只是抬起头看了看,他动了动嘴巴,依旧坐在原位上。

伴随着越来越近的刺啦刺啦或是扑通扑通的脚步声,可以得知,人群正在一点点地逼近,成年人的粗嗓门、稚嫩的童声以及正处在变声期的那些破锣嗓子交织在一起,人们一下子涌上了楼梯,来到了走廊,最后进入了这间房子。屋子里一下子变得热闹起来了。这些年轻人走进来了,他们都是汉诺和凯伊的同学,是实科六七年级的学生。

这些人一共有二十五六个，有的人将手插在裤兜里，有的人走路的时候摇摇晃晃、大步流星，还有的人一回到座位上就翻开了《圣经》。他们当中有的人长得十分健壮，神采奕奕，看着就叫人喜欢，但也有的人一副萎靡不振的样子，看起来就叫人生厌。有的人现在已经是高大健硕的小伙子了，过不了多久他们就会出海或者去经商，他们并不在乎功课的好坏；但是也有一部分学生还是孩子，他们虽然年纪小，但是立志要好好学习，他们将书本背得滚瓜烂熟，凡是那些需要死记硬背的科目他们都学得格外出色。可是班长阿道尔夫·托腾豪甫却是一个例外，这个世界上似乎还没有什么他不知道的事情。一部分原因是他是一个认真念书的好孩子，另外一部分更重要的原因是老师从来不会问他一些他回答不上来的问题。因为当他们看到阿道尔夫·托腾豪甫站在那里回答不出来的时候，这会让他们受到莫大的伤害，他们会觉得十分羞愧，在他们的心目中从此再也没有这样一个完美的人了……阿道尔夫长着一个大大的脑袋，他那鹅黄色的头发稀疏地贴在他的头皮上，光滑得就像是一面镜子，他灰色的眼睛周围是一圈黑眼圈，他身上的衣服整齐又干净，两只黝黑的胳膊就从他外套的袖口处伸了出来。他坐在汉诺·布登勃洛克的身边，脸上露出温柔又狡猾的微笑，他向他的同桌问好。他是用现在的学生中间非常流行的一种方式说的早安，这种说话方式将这个词念成了一个有声无字的单音。在他周围的人还在小声说着话、为课前做着准备、无精打采地打着哈欠或是嘻嘻哈哈和别人打闹的时候，他已经一声不吭地打开练习本开始写起东西来了，就连他那细长的手指的握笔姿势都是那么的正确，任谁都挑不出一点儿毛病来。

两分钟以后，一阵匆忙的脚步声从屋子外传了过来，坐在前面的同学不紧不慢地从自己的座位上站了起来，后面的同学有的也跟着站了起来，但是更多的人依旧是自顾自地忙碌着，做着自己的事，并不理会进来的人。巴雷史太特老师走进了教室，他摘下了头上的帽子把它挂在了门后面，接着就走上了讲台。

巴雷史太特先生是一个四十有余的中年男子，他长得胖乎乎的，看起来并不讨人厌，脑袋上已经秃了一大块，他的胡子黄中带红，修剪得很短，红扑扑的脸上透出一副油腔滑调和充满肉欲的神情。他没有说话，拿起手中的笔记簿翻阅了一会儿；可是教室里依旧没有安静下来，于是他伸出了一只肉乎乎的拳头，在空中挥舞了几下，示意同学们安静下来，但是没有起到任何作用。因为尴尬，他的脸涨得通红，在强烈的对比之下，他的胡子显得更黄了。他的嘴巴毫无意识地抽动着，似乎欲言又止的样子，到最后却无奈地说出一个简短的"好"字来。他又犹豫了一会儿，想说出一些别的什么责备大家的话，可是他什么都没有说出口，然后他拿起他的记分册叹了一口气，班里这才安静了下来。巴雷史太特先生就是这样的一个人。

他最初的愿望是想当一名传教士，可是因为他的结巴，并且他也不能够完全摆脱世俗生活对他的诱惑，他才迫不得已选择了当老师。他到目前还是一个光棍，他也有自己的一笔小资产，手指上带着一枚不算小的钻石戒指，他热衷于吃喝玩乐。只有在工作上才会和别的老师打交道，而在平日里他都是和那些城里面的单身贵族及守卫部队里的军官们来往。他是一家俱乐部的会员，每天都会在高档餐厅消费两次。也有的时候，他会在凌晨两三点的城里某个地方遇见自己班里年纪稍大的同学，然后他就满脸通红地和学生相互问好，彼此心照不宣，就当作什么事情都没有发生……汉诺·布登勃洛克并不害怕他，因为他从来不会喊汉诺回答问题的。这个老师和汉诺的叔叔克利斯蒂安曾经多次在"暴露人性缺点"等话题上有过深层次的交流，所以他并不希望用学术上的问题为难克利斯蒂安的侄儿……

"好的……"他再次无谓地重复了一遍刚刚说过的话，然后晃了晃他那个戴着戒指的胖拳头，低下头看着记分册。"佩尔莱曼，概要。"

佩尔莱曼从教室的某个角落里站了起来。可是班里面的人对此并不在意，他就是那些个子小小但是成绩十分优秀的学生之一。"概要，"他不紧不慢，用他小小的声音回答着，伸长了脖子，害羞地微笑着，"《约伯》由三部分组成，第一部写的是约伯没收到主的训诫前的情况；第一章，一至六节。第二部写如何训诫的以及和训诫有关的内容。第三部……"

"不错，佩尔莱曼。"巴雷史太特老师打断了他的话，没有让他继续回答下去，他被这个学生乖巧而温顺的语气深深地感动了，所以，他直接拿出了记分册，给出了一个很好的成绩。"海茵利希，你接着他刚刚说的回答。"

海茵利希是那些身材高大健硕，对功课完全不在乎的小伙子们的代表。他不耐烦地将正在把玩的一把折叠刀放进了口袋，站起来的时候碰得桌椅乱响。他的嘴巴向下撇着，粗声粗气地清了清嗓子。巴雷史太特先生不让乖巧的佩尔莱曼回答完这个问题，而是把这个家伙喊了起来，同学们都觉得很不满意。屋子里面暖洋洋的，瓦斯灯下一直轻轻地响着咝咝的声音，学生们早已进入了半睡眠的状态了。周末过度的疯狂和开心让每一个人都筋疲力尽，在这么寒冷的冬季早晨，大家起床的时候都是带着极度不满和怨恨的情绪，和思想做着斗争，从床上爬了起来。大家都希望让小佩尔莱曼好好地背完这节课的内容,平安无事地度过这一节课,可是现在老师却将海茵利希喊了起来,又要惹出什么麻烦来了……

"讲这节课时,我没有来上学。"海茵利希粗鲁地回答道。

巴雷史太特先生的脸又一次红了起来,他无奈地挥了挥自己的胖拳头,嘴巴里面嘟哝着,不满地皱着眉头看着海茵利希的脸。他那颗红彤彤的脑袋甚至随着内心的挣扎而发起抖来,可是最终,他也依旧只是说了那两个字——"好了……"当说出这两个字的时候,紧张的情绪一下子烟消云散了。"您一直都回答不出来问题,"现在他终于可以流利地说下去了,"并且您每一次都能为错误找到一个理由,海茵利希。假如上节课的时候您生病了,那么在这这么多天的时间里,您也应该把这些内容补上了,何况第一部分说的是受难以前的情况,第二部分说的是受难的具体情况,那想也不用想都可以知道,第三部分说的是受难以后的事情啊。可以看出您对学习是一点都不上心啊,功课差就算了,您还一直不肯承认自己的错误,一直替自己的错误找借口。你必须清楚,海茵利希,像您现在的这种情况,您千万不要妄想可以在一天之内赶上别人,这样下去你不会进步的。坐下吧!瓦色尔渥格,您接着回答。"

海茵利希带着一脸满不在乎的表情坐了下来,为了表示心中的不满,他故意将桌子碰得很响。他在同桌的耳边说了一句很粗鲁的话,然后就掏出那把折叠刀把玩起来。瓦色尔渥格站起来了,他是一个有着招风耳、蓝眼环、翘鼻忆的孩子,他的指甲被自己咬得参差不齐。他磕磕巴巴地将概要背完了,说起那个乌斯人约伯来,又说了约伯后来遇到的事情。他索性摊开《旧约》放在前面那个学生的背后,然后装出一副若无其事的样子,专心地照着书本念,然后再将这段话翻译成词不达意的现代德语，并且不时地用咳嗽来帮助他思维……这个孩子的样貌让人十分厌恶，可是巴雷史太特先生对他做的这番努力依旧大加赞赏。其实一直以来瓦色尔渥格都是老师的宠儿，许多老师喜欢对他大加赞赏，这样可以让大家看到，他们绝对不是那种以貌取人的人……

宗教课就这样进行下去了，还有许多学生陆陆续续地被老师喊起来回答问题，这些问题都是一些关于乌斯人约伯的。高特里伯·卡斯包姆——破产了的大商人卡斯包姆的儿子，他虽然现在的家庭经济状况很不尽如人意，可是他依旧得了一个很好的分数，因为他详细地回答出了乔布家有七千头羊、三千匹骆驼、五百头牛、五百匹驴以及无数的仆人。

然后学生们得到老师的许可，打开了课本——其实大部分人的课本早就已经被打开了，开始学习新一课的内容。每当巴雷史太特先生遇到需要解释的地方，他就会涨红了脸，憋出一句"好……"然后他开始为这节课的内容做准备，对课文的内容进行一番讲解，在讲解中间他总是会穿插一些陈词滥调的说教。可是没有人在听他讲课，教室里又恢复了最初的和平而困乏的气息。因为暖气的不断升温，煤油气灯也在一直燃烧着，再加上这二十五个呼吸着的生命体吐着热气，屋子里的温度越来越高了。在暖气和灯光单调的嗡鸣声以及老师的絮絮叨叨中，同学们的大脑已经陷入了睡眠的状态，每一个人都游移在半梦半醒之间。凯伊·摩仑小伯爵在摊开的《圣经》里面还放了一本艾迪加·爱伦·坡写的《神秘恐怖故事集》，此刻他正用自己纤秀但是不干净的手撑着自己的脑袋，聚精会神地看着这本书。汉诺·布登勃洛克将身体向后靠着，半张着嘴巴，睡眼蒙眬地看着桌子上摊开的《约伯》，书本上的文字早已模糊成了一片。这个时候,他的脑海里回想起了《格拉尔曲》和《婚礼进行曲》的调子,他的眼皮渐渐地合在了一起,他感到了一阵悲凉无奈。他在心中默默地祈祷,但愿这种困倦、安逸的早晨继续下去吧。

一切都和往常一样,在一阵尖锐刺耳的铃声中,二十五个沉睡着的生命体条件反射似的从睡梦中惊醒,他们抬起头,结束了这一天的第一节课。

"今天的课就说到这里了!"巴雷史太特先生说着,让人把教室日志拿了过来,在上面签上了自己的名字,表示他这一节课已经尽了自己应尽的义务。

汉诺·布登勃洛克将《圣经》合了起来,然后他打了个哈欠,伸了伸懒腰。可是刚刚等他放松完身体之后,似乎忽然想起了什么,让他不由地深吸一口气,让自己那颗已经完全放松了的心重新振作了起来。接下来就是拉丁文课了……他用一种无助的眼神望向凯伊,可是凯伊好像根本没有发现已经下课了,他全部的心思都集中在自己看的那本书上,于是汉诺无奈地从书包里面掏出那本用大理石花纹纸包好的《奥维德诗集》,他翻到了今天需要背诵的这一段来……可是,那些被他用铅笔标注过的黑色字体,以五行为一个段落,它们看起来是那么的陌生,哪怕是现在想记住两行也是不可能的事情。他都不明白这些话是什么意思,更不要说背诵了。而后面的这些问题,原本是需要今天准备好的,可是他也什么都不会。

"什么叫作 decideramt patula jovis arbore glandes[①]?"汉诺用绝望的口吻问阿道尔夫·托腾豪甫这个问题,阿道尔夫头也不抬

[①]拉丁文,意思为"朱庇特的大树上落下的橡子"。出自古罗马诗人奥维德的代表作《变形记》。后文的几句拉丁文也选自这本书。

地填写着教室日志。"这都是些什么莫名其妙的问题,都是专门找来为难别人的……"

"哦?"托腾豪甫说着,头也不抬继续写自己的东西……"朱庇特的树上的橡子……这是橡树……哎,我也不知道它在说什么……"

"如果老师喊到我回答的话,提醒我两句啊,托腾豪甫!"汉诺向他乞求道,然后随手将书放到了一边。这个作为班级第一的孩子心不在焉地点点头,汉诺依旧是满脸愁容地看了他一眼,然后就侧着身子从板凳边钻了过去,站了起来。

现在的教室里面完全换了一番场景。胖乎乎的巴雷史太特先生已经离开教室,现在一个瘦瘦小小的、弱不禁风的小个子正笔直地站在讲台上。他留着稀稀疏疏的白色胡子,一个细长的红色脖子从衣服的立领里钻了出来,他长满了白色汗毛的小手里拿着一顶白色的礼帽。学生们给他起了一个绰号叫"蜘蛛",可是他真实的名字叫许考普教授。他也负责休息时走廊里面的纪律,他经常会到教室里来进行一番巡查……"把灯关掉!去把窗帘拉起来!打开窗户!"他尽量让自己的声音处于一种居高临下、发号施令的状态,与此同时,一只纤弱、笨拙的胳膊在空中挥舞着,就好像是在摇机器的曲柄……

同学们关掉了灯,拉起了卷帘,让屋外昏暗的阳光照了进来,与此同时,湿冷的空气也从外面涌了进来。全班同学依次从许考普先生的旁边经过,来到了门外,唯独班长可以留下。

汉诺和凯伊在教室门口相遇了,他们两个人都沉默着,并肩走下了宽敞的楼梯,穿过布局考究的前堂。汉诺看起来忧心忡忡的样子,而凯伊的脑袋里似乎在思考着什么。在学校的院子里,各个年级的学生都在嬉笑打闹,他们相互追逐着,而他们两个就混在这一群学生里面，四处散步。

今天负责在院子里值日的是一个留着金黄色胡须、衣着讲究的年轻教师，他是高尔登奈尔博士。高尔登奈尔博士开办了一所男生宿舍，专门用来给霍尔斯台因和梅克伦堡这两个地方来的地主或贵族家里的公子哥居住。因为受到了这些公子哥的穿衣打扮的影响，他对自己的打扮也变得十分讲究，显得和其他的老师不同。他系着一条花缎子的领带，穿着时尚的短袖裀，淡色的裤子末端用带子在鞋子下面系了一个结，随身携带一条喷了香水的花边手帕。他原本出自贫寒的家庭，这样的打扮和他的样貌显得十分不相称。举个例子，他那一双大脚穿着一双样子考究的双尖头扣绊的靴子就显得十分好笑。可是，令人无法理解的是，他对于自己那一双红通通的胖手十分骄傲，他总是伸出手不断地搓揉着，然后自豪地打量着自己的双手。他总是摆出一副很丑的模样，歪着脑袋，眨巴眨巴眼睛，皱着眉头，嘴巴半张开，就好像在问："发生什么事啦？"……可是，因为他认为自己是一个斯文高贵的人，所以他总是会对院子里发生的一些违反纪律的小事睁一只眼闭一只眼。他不会去管那些将课本带到院子里来、想要临时抱佛脚的学生；也不会去管那些偷偷将钱递给看门的施雷米尔先生，让他去帮忙买些点心的寄宿学生；他更不会管那些因为一些小事儿打起来的四五年级的学生，也装作看不见那些在旁边围观的人；对于那个由于做了件不光彩、不讲义气的事情而被班里的几个男生抓到水龙头边上，用水猛浇他的头的学生，他自然也不会伸手援救。

凯伊和汉诺还在一圈圈地散步，他们的周围吵吵闹闹的是一群精力充沛却十分叛逆的小伙子。他们成长于祖国最兴盛的时期，崇尚武力、所向披靡，所以在他们的心中崇拜着那种争强好胜的武士精神和大丈夫主义。他们之间通过一种既懒散又干脆、充满创意的语言进行交流。他们看不起那些胆小怕事的花花公子，对于吸烟、打架、喝酒的人很是佩服。如果在他们的同学中，谁将大衣的领子立起来了，那他就会遭受一群人泼冷水的惩罚，如果谁在街上拄着拐棍走，那他就会在体育馆里遭受一次当众的、严厉的、大失体面的惩罚。

在这样寒冷冬季里的一片嘈杂的喧闹声中，汉诺和凯伊之间的对话显得尤为与众不同。他们俩之间的友情早已经全校闻名了，老师们虽然没有过问过，可是他们对此却显得尤为怀疑，他们心中十分不满，因为他们觉得在这份友谊的背后一定存在着什么不合规矩的、敌对的东西；同学们也无法和这样的两个人进行交流，由于不了解，他们常常用一种诡异的目光看待他俩，把他们当作异类，当作与众不同的怪人，不和他们来往……凯伊·摩仑伯爵因为他表现出来的桀骜不驯也会受到人们的尊敬。可是汉诺·布登勃洛克，他有着柔软的头发，他的身上永远散发着一种忧郁、害羞、冷冰冰的气息，因而连那个喜欢欺负人的海茵利希也唯独没有打过他，他身上的这种气息让海茵利希也产生一种没缘由的畏惧……

"我真担心，"汉诺站在院子的围墙下面，靠在墙上低声对凯伊说，他浑身发抖地打了一个哈欠，将大衣拉得更紧了……"我也不清楚我在害怕什么，这种害怕让我浑身都疼。曼台尔萨克先生究竟有什么可怕的地方呢？你觉得呢？假如这堂令人心惊胆战的奥维德课已经结束了该多好！就算我现在已经得了一个不及格的分数，已经留级了，那我现在也不至于这么紧张了！我害怕的并不是这些，而是在这些到来之前的恐慌和担忧……"

凯伊却依旧沉浸在自己的世界里。"这篇作品里面最出彩的人物就是罗德瑞希·乌舍尔了!"他忽然感慨道,"刚才一整节课里我都在看这本书,如果有一天我也能够写出这么出色的作品来该多好啊!"

原来凯伊的脑海里面正在进行他的创作。他说过他在今天早上要做一些比功课更有意思的东西,指的也就是这件事了。汉诺非常明白他在说些什么。小的时候,凯伊就热衷于讲一些自己编的故事,久而久之这种喜好发展成为自己开始写故事了。前段时间他创作了一部新的作品,这是一篇童话,讲的是一个关于冒险的传奇故事,其中不乏一些幽暗的色彩。故事发生在炽热而神秘的地心深处,那里有滚烫的金属和火焰,同时还发生在不为人知的灵魂聚集地,在故事中大自然的力量和人类灵魂的力量相互混杂着、变化着、升华着。可是故事却用一种温和、充满柔情的笔触写出来,产生了一种奇妙的感觉,富有感染力。

汉诺对这个故事很了解,并且打心眼里喜欢这个故事;可是现在,他没有心思去和凯伊探讨什么写作或者艾迪加·爱伦·坡的故事。他深深地叹了一口气,有些乏力地打了个哈欠,然后就哼起他最近弹奏钢琴时自己编的一个曲子来。他已经养成了习惯,每当自己觉得烦恼或是身心疲惫的时候,为了让自己振作起来,他就会深呼吸一次,然后哼一段自己写的,或是别人作好的曲子来,这样他就可以在自己的音乐世界里找到一丝宽慰……

"瞧啊,亲爱的上帝过来了!"凯伊说,"他到他的花园里来散步了。"

"花园的景色真不错啊!"汉诺接着说,然后忍不住大笑起来。

他的笑是一种很神经质的笑，一开始笑就停不下来了，他用一只手捂着嘴巴，然后抬着眼睛看着那个被人称"我们的上帝"的人。

来到院子里面的就是学校的校长乌利克博士。他的个子非常高，头上戴着一顶黑色的宽檐软帽，留着短短的络腮胡子，肚子鼓得圆圆的。他的裤子总是特别短，宽大的喇叭袖也总是脏兮兮的。他带着一脸的不悦从石板路上匆匆忙忙地走过去，那表情就像是受到了刑罚似的。他伸出手指向一个水龙头……水龙头没有关紧，水还在流呢！一大群学生立马争先恐后地跑过去，争抢着关上了水龙头。之后他们就站在原地，一脸茫然地看看水龙头，再看看校长。可是校长乌利克此时已经转身离开了，他用低沉的声音和因急匆匆跑来而涨红了脸的高尔登奈尔博士谈论着。他的话中夹杂着许多含糊不清的布鲁布鲁的唇音。

现任的乌利克校长是个非常严格可怕的人物。在以前，汉诺的父亲和叔叔还在这里念书的时候，那时的校长是一个和蔼可亲的老头，可是在1871年之后没多久，这个校长就逝世了，接着乌利克博士就接手校长的职务了。乌利克本来是普鲁士一所中学里的老师，可是自从他来到这所老学校之后，学校里的风气也完全变了样。原先学校里主张带着一种快乐的情绪去学习，所以这里的每一个学生都是面带笑容、快乐、从容的乐观主义者，可是现在威信、责任、权力、职务、事业这些冷冰冰的东西被当作最高追求，在每一次的节日演说时，乌利克校长都会将"伟大的哲学家康德的绝对命令"当作一面指明了方向的旗帜，对此大肆宣扬。学校俨然已经变成了一个小型的国中国，而占据了统治地位的是普鲁士的条款律例。不仅仅是这里的老师，就连学生也把自己当作是这个小国家的政府官员，他们最关心的问题就是自己的升迁问题，所以他们费尽心机地讨好那些手中握有大权的人……新校长上任不久，学校的宿舍就开始根据最流行的方式进行了翻新和改造，现在所有的工程都已经顺利完成了。可是有一个问题让人不得不问：以前的学校虽然没有现在的漂亮、现代化，可是那时学校却充满了友爱、温馨，学生们过得舒适而愉快，会不会那时的学校才是同学们更喜欢的地方，那时的学生比现在更加快乐和幸福呢……

说到乌利克校长本人，他就像《旧约》里面的上帝一样可怕，充满了神秘、暧昧、乖僻的色彩。就连他笑起来的样子都让人觉得十分可怕。他手中握有学校里的最高权力，所以他为所欲为。他会说一句开玩笑的话，可是谁要是笑了的话，他就会大发雷霆。在他身旁的人们总是瑟瑟发抖、不知所措，没有人知道在他的面前应该要怎么做。要是不想成为他发火时的牺牲品，不想被他的条条框框压垮，那只有一个方法——在他的面前要表现出自己无比的谦卑渺小，把他当神灵一般的供奉和追捧。

凯伊给他起的这个绰号，其实只有他和汉诺·布登勃洛克两个人这么叫。他们并不想让这件事被别的同学知道，因为他们不想看见那些人因为不了解其中的缘由，而表现出一种僵硬、呆滞的目光，这种眼神他们再熟悉不过了……其实没有任何一件事，是他们可以和其他的同学相互通气的。就连别人引以为乐的报复和反抗的行为，他们俩也是不了解的，别的人给老师起的诨名他们也不爱使用，他们并不觉得有什么好笑的地方，何况也不高明。比如将许考甫教授称作"蜘蛛"、将巴雷史太特老师称作"白鹦鹉"，这些都是非常乏味、无趣的低级趣味，巴雷史太特也只不过是义务教育的替罪羊罢了。

可是凯伊·摩仑伯爵就比他们高明、幽默得多了！他平日里和汉诺两个人，只称呼那些老师的真姓，只不过在姓氏的前面加上"赫尔"这个词语，"赫尔"指的也就是老师："赫尔·巴雷史太特""赫尔·曼台尔萨克""赫尔·许考甫"……仅仅是这样的称呼，就让这些名字听起来都充满了嘲讽的意味，让人敬而远之……此外，他们还习惯将这些老师称作"教育人员"，在空闲的时候，他们就会把其中的一个老师想象成为一个模样可怕的怪物，并因此哈哈大笑。在他们说到"学校"这个词的时候，那语气就像是在谈论汉诺的叔叔现在住的"精神病院"似的……

"我们的上帝"还待在院子里面呢，他指着周围石板路上零零散散的面包纸，怒不可遏地咆哮了一会儿。这幅场景把在场的所有人都吓得脸色惨白，可是凯伊却因此变得兴奋起来。他拉着汉诺走到了一个门边上去，准备去上第二节课的老师正陆陆续续地从这个屋子里走出来，凯伊向一个正朝后院一二年级的教室走过去的老师深深地鞠了一躬，这个可怜的老头眼睛红红的、白皮肤、衣服也十分破旧了，但是凯伊很尊敬他，他把腰弯得很低，垂着两只胳膊，毕恭毕敬地目送这位先生远去。而当另外一位弯腰驼背、黄脸白发、斜视得很厉害，又不断地咳嗽吐痰的算术老师蒂特格先生经过的时候，凯伊望着他背在身后的、拿着一摞书的手，清脆而嘹亮地喊道："您好啊，死老头。"于是，他那一双明亮、锐利的眼睛便箭一般地向空中的某处射去……

这时上课铃响了，学生们从院子的四面八方涌向各自的教室，一路上汉诺都无法停止他的笑声，直到上楼梯的时候他还是笑得那么厉害，这样的笑引得周围的同学们不断投来奇怪、冷漠的目光，他的这种笑声有时候还会招来别人的嫌恶……

当曼台尔萨克博士从门外走进来的时候，教室里一下子变得特别安静，所有的同学都站了起来。他是学校的主任老师，而主任老师理所当然是应该受到尊重的。他随手关上了身后的门，然后弯腰伸长脖子看了看是不是所有的同学都站了起来。他将帽子挂在了衣钩上面，然后昂首阔步地向讲台上走去。他站在讲台上思索了一会儿，然后看了看窗外，伸出一只戴着大印章戒指的手指在脖子和衣领之间摸了几下。他是一个身材适中的男子，头发已经有些斑白，稀稀疏疏的，留着一嘴朱庇特式的大胡须，厚厚的玻璃眼镜的后面，一双湛蓝的眼睛由于深度近视而向外凸着。他的身上常穿着一件灰色的、软料大礼服，那只胖胖的短手指总是喜欢在腰际游走。和所有的男教员一样（甚至包括喜欢打扮的高尔登奈尔先生），他的裤子也非常的短，露出了一双肥大、擦得锃亮的靴子来。

这时，他忽然将脑袋从窗户那边转了回来，平心静气地叹了一口气，然后看了一眼安安静静的同学们，发出了两声"哎"的叹息，接着他又对好几个同学露出了微笑。显而易见，他今天的心情非常好，全班同学都因此觉得如释重负。

博士今天心情的好坏是一件非常重要的事情，是决定今天其他一切事情的重要因素。所有的人都知道，曼台尔萨克先生永远都是依靠自己的情绪支配着自己，他做所有的事情都由他的心情决定，并且他并不想控制这种心情。他是一个非常偏心的人，可是他的这种偏心又由一种非常诡异、天真的方式表现出来，谁会得到他的宠爱全凭运气。他总是会有两三个特别偏爱的学生，他会对这些人用"你"来称呼，会喊他们的名字，这几个人在他的课上就仿佛置身于天堂之中，无论他们说什么做什么，老师都会认为他们是对的，下课的时候，老师还会亲切地和他们交流。可是在某个你预料不到的日子里，可能是一个假期以后，只有天知道是什么原因，这些人就会失宠，他们仿佛从云端跌落到谷底，与此同时，另外的一批人又会成为曼台尔萨克先生的新宠，这些人又会来到天堂。在改试卷的时候，他总是会用纤细、工整的标记给他宠爱的这些学生标记错误，所以即使这些人的错误连篇，在看起来的时候试卷也显得特别干净。可是在改其他学生的试卷时，他总是带着愤怒的情绪，肆意地在卷子上涂涂改改，弄得整张卷子都是红墨水的痕迹，让人觉得这个学生已经可救无药了，并且他在算试卷分数的时候从来都不是按照错误的题目数量给分的，而是按照试卷上红墨水的多少给分的，因此他宠爱的那些学生往往可以得到一个非常好的分数。他从来不觉得自己这样的做法有什么不妥的地方，他觉得自己这么做是天经地义的，因此也没有觉得自己有什么不公正的地方。可是假如有谁敢对他的这种做法提出异议，那就会永远地失去被老师用名字或者"你"称呼的机会。看来并没有谁愿意主动放弃这种难得的机会……

曼台尔萨克博士站在那里，叉开了两只脚，开始翻阅起手中的记分册来了。汉诺·布登勃洛克的心怦怦地乱跳着，他的身子紧张地向前倾着，在桌子下面捏自己的手指。B，今天要轮到字母B开头的人起来回答问题了！等会儿一定会叫到他的名字，他就要站起来，对着一个班的人一句话都说不出来，一定会引起一场大乱子的，就算主任老师今天的心情再好也无济于事了……等待的时间总是让人备感煎熬。"布登勃洛克"……他很快就要说出"布登勃洛克"这几个字了……

"艾德加！"曼台尔萨克博士大声喊道，然后合上了手中的记分册，一只手指还垫在了里面，然后他转身回到了讲台上，并不觉得发生了什么不正常的事情。

天啊！发生什么事了？艾德加……他的姓氏是吕德斯啊，就是那个坐在窗户边的胖子吕德斯，他的姓氏是字母L开头的，可是今天说什么都轮不到字母L开头的人回答问题啊！不会吧，这怎么可能呢？可是曼台尔萨克博士今天的心情这么好！他只是随口叫了一个他宠爱的学生起来，他根本没有想到今天是不是应该按照次序来点人回答问题……

吕德斯无奈地从座位上站了起来。他长着一张小狮子狗似的脸，是一个有着两只毫无神韵的棕色眼睛的小胖子。尽管他今天坐的位置非常有利，他完全可以偷偷地打开书，照着书本念下去，可是他竟然连这样的事情都懒得做了。他觉得自己在天堂里占据着非常稳固的位置，所以他只是很干脆地回答："我昨天头很疼，所以没有看。"

"哦，你这样是不给我面子吗，艾德加？"曼台尔萨克博士很难过地叹息，"你不能够将这几首描写黄金时代的诗背给我听吗？我多么难过啊，我的朋友！昨天你的头疼了，是吗？那你应该早一点告诉我的啊，这样我就不会喊你起来背诵了啊……你上次不就已经头痛了吗？你要好好治疗一下啊，艾德加，不然你就会有退步的危险了……蒂姆，您帮他背吧。"

吕德斯坐了下来，全班同学都对他恨得牙痒痒。因为大家都很明白，现在主任老师的情绪已经明显被他弄差了，很有可能在下一节课的时候吕德斯就要被用姓氏来称呼了……蒂姆从最后面的一条板凳旁边站了起来。他有着淡黄色的头发，穿着一件深棕色的夹克，手指又短又粗，看起来就像是一个乡下人。他的脸上总是带着一副呆滞又专注的神情，长得就像是一个大漏斗。他赶紧将课本打开放在桌子上合适的角落里，眼睛看着前方思索着，过来一会儿才低下头，用拉长的语调磕磕巴巴地念着，就好像是刚识字的孩子第一次念课文似的："Aurea prima sata est aetas..."①

很明显，曼台尔萨克博士今天根本没有打算按照什么样的次序来喊学生回答问题，他也丝毫没有去注意哪个学生已经很久没有被考查到了。汉诺今天被叫起来的可能性已经没有那么大了，假如他真的还是被叫到了，那只能说是一场不幸的巧合。他抬起头和凯伊对视了一样，两个人都露出开心的神情，然后他松懈了下来，准备休息一下……

可是此时蒂姆的背诵忽然中断了，可能是因为站在讲台上曼台尔萨克博士听不清楚蒂姆在说些什么，也可能是他想活动一下，总之，他走下了讲台，在教室里面四处走动，最后他拿着一本《奥维德》，来到蒂姆的身边停住了。蒂姆慌忙将书推到一边去，静静地站在那里一言不发。他张大了自己那漏斗形的嘴大口喘息着，用一副诚恳、无辜的眼神不知所措的蓝眼睛看着主任老师，一个字都说不出口了。

"发生什么事了，蒂姆，"曼台尔萨克博士问道，"为什么不接着背下去了？"

蒂姆挠了挠头，骨碌碌地转着眼珠，然后叹了口气，满脸堆笑地奉承道："您站在我身边的时候，我就慌乱而紧张地不知所措了，博士先生。"

曼台尔萨克博士听了也跟着笑起来。他似乎很喜欢这句奉承的话，因此他说道："好的，那您缓一缓再接着往下背吧。"说着笑着走回到讲台上去了。

———
①拉丁语，意思是"首先创立的是黄金时代"。

蒂姆平复了一下心情,赶紧把书拉回到跟前来,重新找到那一页,然后装作思索的样子往四周看了看,就低下头,接着往下念了。

"我很高兴,"在蒂姆背完了以后,主任老师满意地夸奖道,"毫无疑问,您复习得非常认真。只不过您太缺少节奏感了,蒂姆。您能够掌握得了联音,可是您完全没有能够把六步韵给读出来。您给我的感觉是,您不是在背诗,而是在读一篇散文……不过,我也说过了,您这一次复习得很认真,认真的人理应得到好成绩……您坐下吧。"

蒂姆非常骄傲地带着一脸笑容坐了下来,曼台尔萨克博士打开记分册,在他的名字后面给出了一个很高的分数。最让人不解的是,不仅仅是老师,现在就连包括蒂姆本人在内的所有同学都认为,蒂姆是一个认真复习的好学生,他得到这样的分数也是理所当然的。汉诺·布登勃洛克在脑海里产生了和他们相同的印象,尽管在他的心里,他对这样的观念很不赞同……他又紧张地听着被喊到的下一个名字……

"穆莫!"讲台上的曼台尔萨克博士喊道,"背一遍!Aurea prima……"真的是在喊穆莫吗?谢天谢地,汉诺现在应该是真的安全了!曼台尔萨克先生很少会让人背第二遍的,而且在提问新课的环节中B字开头的学生不久前才被问过的。

穆莫是一个高大苍白的、戴着一副大圆眼镜的男生,他哆哆嗦嗦地站了起来,两只手还在不停地颤抖。由于他近视的度数非常高,所以他站起来的时候,即使是摊开的课本,他也看不清上面的内容。所以他必须认真准备课文,事实上他也的确准备了。可是首先因为他并不是一个特别聪明的学生,其次他也没有想到这一节课会喊他来回答问题，所以他准备得并不充分，只背了几句话就背不下去了。

博士开始提醒了他一次，然后又提高了嗓门提醒了他第二次，等到第三次的时候已经非常恼火了，可是穆莫还是卡在了那里，背不下去了，主任老师终于忍无可忍地发火了。

"您太过分了，穆莫！您坐下吧，简直笨透了，这都背不出来，简直是个傻子，没出息透了……"

穆莫带着一脸倒霉的表情坐了下来。这时整个屋子里每个人都是一脸鄙视地望着他。这样的场景让汉诺·布登勃洛克心里又涌现出了一阵厌恶的感觉，这样的感觉一直涌到了他的喉咙里，让他忍不住想吐。但是此时他也清清楚楚地看见发生什么事——曼台尔萨克博士带着一脸恨铁不成钢的表情在穆莫的名字后画了一个厌恶的符号，然后他就拿起了记分册翻阅着。他带着一肚子的恼火寻找着上次已经提问到了哪一个人，想看一看今天轮到谁了。事情的结果已经明朗了！当汉诺还沉浸在这个不能改变的事实中无比悲痛的时候，像一个噩梦似的，他听见自己的名字从老师的口中说了出来。

"布登勃洛克！"——曼台尔萨克博士刚刚喊的是"布登勃洛克"，余音还在教室里回荡，可是汉诺还是不敢相信这个事实。他的脑袋里面"轰"的一声炸开了，坐在座位上一动不动。

"布登勃洛克先生！"曼台尔萨克博士提高了嗓门又喊了一遍，那双湛蓝的眼睛瞪得大大的，透过厚厚的眼镜片，在人群中发现了他，"您可以接着背下去吗？"

好了，事已至此，该来的事情都会来的。这些事情虽然有些超出了他的意料，但是反正已经完了。此时的他反倒显得淡定了，他唯一担心的就是，老师会不会大发雷霆。于是他站了起来，准备先道个歉赔个笑脸，然后含糊地说一句"我忘了要背书了"之类的话，可是这个时候，他忽然发现他前面的人将书举到了他的眼前。

举起书的这个人叫作汉斯·亥尔曼·吉瑞安，他是一个棕色皮肤、宽肩膀的小矮子，他的头发总是油腻腻的。他的理想是做一名军官，所以他一直非常讲义气，尽管他非常不喜欢约翰·布登勃洛克，但他还是愿意帮助汉诺，他甚至伸出手，指出该从哪里开始背……

于是汉诺就从他的指尖指着的地方开始往下念。因为紧张，他的声音颤抖着，皱着眉头，撇着嘴巴用奇怪的声调读起那段辉煌的时代来，在那个时期人们会自觉地遵守真理和正义，没有法律法规，也没有相关的处罚。"没有恐惧和惩罚的存在，"他用拉丁文念道，"铜板上面不会刻着恐怖的条款，追求富裕的人们也不会看见法官严厉的面孔……"他在读这一段光辉的历史中，带着一副万分嫌弃的表情，显得痛苦不堪。他故意将很多的地方念错，不是多字就是少字，故意忽略了吉瑞安在书本上画的那些联音。他不断地将文中的音韵读错，读得磕磕巴巴的，装出一副努力思考的样子，随时等待着主任老师发现他在作弊的时候，怒气冲冲地朝他走来……这样的作弊行为一方面给他带来了一种偷偷摸摸的兴奋和满足感，让他全身上下都痒痒的，另一方面也让他的心中充满了罪恶感，所以他故意读错了很多地方，这样可以让自己的内心得到一些安慰。当他读完的时候，整个教室里面鸦雀无声，在这样寂静的氛围中，他连头都不敢抬了。这样的场合是让人生畏的，他觉得曼台尔萨克博士一定将什么都看在了眼里，什么都知道，想到这里，他的嘴巴都白了。可是这位主任老师只是叹息道：

"唉，布登勃洛克，不要怪我说话难听，您还是别说话为好……

您清楚您刚才在做些什么吗？您把最美好的东西踩烂在泥土里了，您这么做简直像个汪达尔人，这是多么野蛮的行为啊，您一定是没有很好的审美感觉，布登勃洛克，这从您的脸上就可以看出来了。假如有人问我您刚才是在咳嗽还是在歌颂那光辉美好的时代的话，我一定毫不犹豫地回答是前者。蒂姆的确没有什么韵律感，但是和您刚才的表现比起来，他简直是一个出色的诗人，是一个天才啊……可怜的孩子，您还是坐下吧。不过您一定在家里好好准备了，这一点是不用怀疑的。所以这并不能怪您，您已经尽力了……听别人说，您是一个具有音乐才能的人，您还会弹钢琴，我简直不敢相信……算了，您坐下来吧，您学习很认真，这样就够啦。"

汉诺坐了下来，老师拿起记分册给他写了一个很满意的分数。和刚才那位天才诗人蒂姆的情况一样，现在这样的场景再次重演了。他现在打心眼里认同曼台尔萨克博士刚才说的话，他觉得自己理应受到这样的夸奖，他觉得自己就是这样一个没有天分但是勤奋刻苦的学生。这次背书的过程中，他说起来竟然还算一个好学生，他清楚地感觉到，全班的同学们，甚至包括汉斯·亥尔曼·吉瑞安，他们都觉得自己是这样的一个好学生。想到这里，他的心里又涌现出了一种嫌恶的感觉；可是他是这样的软弱无能，甚至已经不敢去想这些事情了。他心有余悸，脸色苍白地闭上了眼睛，进入了一种半梦半醒的昏迷状态……

可是曼台尔萨克博士今天的课还要继续说下去。他将话题转到了今天要上的新课上，他喊了彼得逊的名字。彼得逊是一个充满活力的小伙子，他一向自信、勇敢，却喜欢惹是生非。可是今天他注定要经历一场灾难！是的，如果不发生什么意外的话，这节课绝不会就这么结束了的，一定会发生一件比刚才那个近视眼穆莫遭受的更可怕的事情的……

彼得逊开始为新课做翻译，在这过程中，他不断地往书的另一侧瞥一眼，可是这件事情他做得很巧妙，就好像那边有什么东西妨碍他翻译似的。他一会儿用嘴吹一下，一会儿用手摸一下，好像是要将那一块的灰尘弄掉似的。可是，这只是暴风雨前的平静。

曼台尔萨克博士忽然做了一个幅度很大的动作，彼得逊也随之一震。与此同时，主任老师从讲台上跳了下来，三步并作两步地向彼得逊走来。

"您在书本里夹了一本题解，上面有翻译。"他站在彼得逊的身边说道。

"题解……我……没有……"彼得逊因为害怕而变得结巴了。他是一个非常帅气的小伙子，淡黄的头发在脑袋上梳起了一个小篷，他有着一双漂亮的蓝眼睛，可是现在这双眼睛正不安地眨动着。

"难道您没有将题解夹在课本里吗？"

"不会的……老师……博士先生……题解？……我哪里有什么题解啊……您误会了……您不能这么猜度我的……"彼得逊说的这段话，一般人是不会这么说的。可是因为害怕和紧张，他故意将这事说得这么夸张，想把老师吓唬住。"我没有撒谎，"他十分窘迫地辩解道，"我发誓我是一个诚实的人……一辈子都是这样！"

可是曼台尔萨克博士并没有相信彼得逊的话，他的观点也没有发生丝毫的动摇。

"请把您的书交给我。"他不为所动地说。

彼得逊将课本紧紧地攥在手中，几乎是哀求地举起书来，嘴巴里继续重复着刚刚说的那些话，只是有些口齿不清了："您要相信我啊……教员先生……博士先生……我说过书里面什么都没有的……我哪有什么题解……我没有撒谎……我是诚实的学生啊……"

"请把您的书交给我。"主任老师又重复了一遍，现在他的语气已经有些恼火了。

彼得逊已经无力抵抗了，他的脸色惨白。

"好吧，"他说着把书放到了老师的手里，"给您好了，书里的确是有一份题解，您瞧，就夹在这里！……可是我并没有看它！"猛然间他又拼命地叫了起来。

可是曼台尔萨克博士才不会理会他那因为绝望而编造的谎言呢。他将"题解"从书本里拿了出来，上下打量了一番，他脸上的表情就好像是在看一堆臭烘烘的垃圾似的，然后，他把题解放进了自己的衣服口袋中，带着一脸鄙视的神情将《奥维德》扔回到彼得逊的桌面上。"教室日志在哪里？"他用低沉的声音喊道。

阿道尔夫·托腾豪甫毕恭毕敬地把教室日志送了过去，因为作弊彼得逊被记了一过，这件事情对他本人来说具有很大的影响，简直可以说是毁灭性的灾难——在复活节的时候，他要准备留级了。"您这样的做法是班级的耻辱。"曼台尔萨克博士补充了一句，回到了讲台上。

彼得逊此刻已经坐了下来，他的判处结果已经明朗了，他清楚地感觉到，在他坐下去的时候周围的人有意躲闪了一下。全班的人都在用一种厌恶、鄙视与同情交织的心情打量着他。他已经被孤立了，脱离了整体被孤单地丢在一边，所有的原因就是他已经被当场抓住了。现在大家对彼得逊唯一的看法就是——他是整个班级的"耻辱"。

大家对他的看法就是这么毫无主见地沿袭了过来，就像大家对蒂姆和布登勃洛克的成功的赞同和对穆莫的不幸的鄙夷一样……在他自己的心目中他也已经成为班级的"耻辱"。

在这个班级的二十五个年轻人里，只要是身体健康、能干、强壮，勇于去面对现实生活的人都会坦然接受这一切，都不会感到被这样的场景侮辱了，他们会觉得这些都是理所当然的事情。可是总有一些人，他们的眼睛里带着悲伤不满的情绪，对这样的事情耿耿于怀……小约翰就是这类人中的一个，他凝视着汉斯·亥尔曼那宽大的肩膀，那双笼罩在青色阴影里的金棕色眼睛里透露出无比的厌恶和愤恨的神情……可是曼台尔萨克博士的课却没有因此受到丝毫的影响。他又喊了一个同学起来回答问题，这个人就是阿道尔夫·托腾豪甫，因为老师今天已经不想再去提问那些他觉得一定没有好好看书的学生了。之后他又喊了一个人回答问题，可是这个人的表现也不好，他连什么是"Patula jovis arbore glandes"的意思都不知道，害得老师让布登勃洛克替他回答这个问题……布登勃洛克小声地说出了问题的答案，他甚至没有敢抬起头来，因为提问的是曼台尔萨克博士，这一次他得到了点头赞许。

到提问的环节结束的时候，这堂课也没有什么有意思的内容了。曼台乐萨克博士喊了一个成绩特别好的学生让他独自往下翻译，而自己就和其他的二十四个学生一起在旁边心不在焉地听着。其他的学生也都开始准备下一节课的作业了，因为现在做什么都无所谓了，接下来做的事情，老师不会再打分了，是不是好学生也没有什么评判标准了……何况，这节课已经快要结束了。铃已经打响了，这一节课就这么结束了。对于小约翰来说，这节课还算是不错的呢，至少他还得到了老师的一次点头赞许呢!

"好吧,"当他们和一大群学生一起穿过哥特式的走廊朝对面的化学教室走去的时候,凯伊这样问道,"现在你怎么看待该撒的脸啊,汉诺?你今天可真够幸运的!"

"我讨厌这种感觉,凯伊,"小约翰说,"我可不想要这种运气,它让我快要吐了……"

凯伊很清楚,如果换作是他,他也会有和汉诺相同的感受。

化学教室是一间有着穹窿屋顶和像剧院一样的座位的阶梯式教室,一张长长的实验桌和两个装满了各种长颈玻璃瓶的柜子摆放在教室的墙边。因为这里刚刚做过一个实验,所以教室里的空气十分闷热、污浊,还带着一股硫化氢的气味,散发出一阵阵让人呕吐的臭味。凯伊偷偷打开了窗户,然后就把阿道尔夫·托腾豪甫的作业本偷了出来,匆匆忙忙地抄了今天要交的作业。汉诺和许多其他的同学们也在做着和凯伊相同的事情。他们的课间就是这样度过的,直到上课铃打响了,马洛茨克博士出现在教室里才停止。

他就是被凯伊和汉诺称作"博学"的那个人。他是一个皮肤黝黑、身材中等的男子,他的肤色泛黄,额头上还长着两个肉瘤,他的胡子和头发都是脏兮兮的,就像一根根钢筋似的。他看起来就像从来没有睡醒过似的,脸也似乎没有洗干净,可是这都是表面现象。他教的科目虽然是自然方面的,可是他最擅长的还是数学,并且他还是这一学科上卓有成就的思想家。在讲课的时候他总是喜欢从《圣经》上面的哲理讲起来,当他的兴致上来,处在一种梦幻的状态中的时候,他就会给八九年级的学生说起《圣经》一些神秘的地方来,他的这种解释往往具有更加独到的见解……除此以外,他还是预备军官，他对他自己的一切事务都显得特别上心。他简直就是能文能武，所以受到乌利克校长的重用。在学校的教师里面，他是最纪律严明的一位，他总是用挑剔的目光看着那些列队的学生，在学生回答问题的时候，他要求他们回答得响亮干脆。自然，他的这种严厉而神秘的复杂性格是很难受到学生们的喜爱的……

上课之前要把作业拿给老师看，马洛茨克博士检查作业的时候在教室里走一圈，用手指在每个人的作业本上都点一下，也有几个同学没有做作业，他们就把以前做过的作业或别的本子拿出来放着，可是老师也没有发现。

然后他就开始正式授课了；如果说在刚才的拉丁文课上同学们要表现出对《奥维德》的勤奋用功的话，那么现在这二十五个年轻人就应该表现出对硼、对氯，或者对氧化锶这些化学元素的高昂兴趣。汉斯·亥尔曼·吉瑞安得到了表扬，因为他知道 $BaSO_4$ 也是就硫化钡是用来做假币的一种原料。他原本就是班级里这门功课学得最好的学生，因为他的梦想是成为一名军官。汉诺和凯伊则什么都不知道，马洛茨克在记分册上给了他俩很低的分数。

当点名、提问、打分的环节都已经结束以后，这节化学课也已经没有多大的意义了。剩下的时间里，马洛茨克博士不紧不慢地做着实验，他一会儿弄出一些"噼噼啪啪"的声音，一会儿又弄出几缕各种颜色的烟雾，他所做的这一切，只不过是为了打发剩下的时间罢了。当他布置完这节课的作业时，下课铃就响了，第三节课也就这么结束了。

今天除了那个倒霉的彼得逊以外，其他人的心情都挺好的，因为接下来的这节课没有任何的压力，它只是用来供大家开心和胡闹的，没有人会害怕在这一节课上出问题。因为这堂课是预备教员摩德尔松上的英语课。摩德尔松是一个语言学的专家，他在这个学校已经教了好几个星期的课了，换言之，像凯伊·摩仑伯爵说的，他正等待着在自己客串了几周之后，被正式录用的消息。可是他被录用的概率微乎其微，因为他的课堂气氛太活跃了……

下课时间里，有的人还留在化学教室，也有人回到了上面的教室里，可是大家可以不用去院子里挨冻了，因为在这次的休息时间里值日的老师就是摩德尔松先生，他现在站在楼上的走廊里，更何况他也不敢把任何人打发到院子里去。为了等会儿对付他的课，同学们也需要回到教室做一些小小的布置……

这时，第四节课的铃声已经响了，可是教室里面依旧闹哄哄的。所有的人都在做着自己的事情，他们聊着天，笑着、闹着，兴奋地等待着一出好戏的上演。摩仑伯爵头也不抬地看着他的罗德瑞希·乌舍尔，而汉诺则安静地坐在那里等待着观戏。有许多人在教室里学着各种各样的动物的叫声。这边一声鸡叫调动起了教室里的氛围，瓦色尔渥格则坐在教室的最后面学猪叫，他学得是那么的逼真，更让人觉得神奇的是，他能让任何人都无法看出来这声音是从他的嘴巴里发出来的。黑板上用粉笔画着一个斜眼睛的人头像，这幅画出自那位天才诗人蒂姆之手。摩德尔松先生从外面走进教室里，可是无论他怎么用力都无法将门关上，原来不知是谁在门缝里放了一个木塞。最后还是阿道尔夫·托腾豪甫过来拿走了木塞……

这位预备教员摩德尔松相貌平常，胡子十分稀疏，平日里也总是愁眉苦脸的，他走路的时候总是将一侧的肩膀向前倾。无论什么时候他都显出一副窘迫的模样，他的眼睛不停地眨巴着，张大嘴巴吸着气，似乎有什么要说的，却总是什么都说不出来。他刚刚从门边走了三步过来，就踩在了一个摔炮上面，这是一个特制的摔炮，它的响声和炸药爆炸的声音不相上下。他被这个吓了一跳，可是立马就尴尬地笑笑，装作一副什么事情都没有发生的样子，然后走到了第一排的正中间。这是他的老习惯，他总是喜欢走到这个位置，身体向前倾，伸出一只手按在最前面的桌子上支撑着身子。学生们早已经对他的这个习惯了如指掌了，他们在那张桌子上面涂满了墨水，于是摩德尔松先生那只不很灵巧的小手就变得墨迹斑斑了。可是他还是装出一副什么都没有发生的样子，他将这只脏兮兮的小手藏在了背后，然后向全班同学眨巴眨巴眼睛，细声细语地责备道："教室里的纪律不太好。"

汉诺·布登勃洛克目不转睛地盯着摩德尔松先生，他最喜欢此刻的摩德尔松先生一筹莫展的可怜相了。这时瓦色尔渥格学猪叫的声音越来越大了，并且声音越来越逼真了，与此同时教室里忽然有一把豆子"啪"地打在了窗户玻璃上，又噼里啪啦地掉落下来。

"下冰雹啦！"不知道是谁这么大喊了一声，并且摩德尔松先生竟然也相信了，他什么都没有说，转身回到了讲台上，要来了教室日志。他要来日志不是为了在上面记录些什么，而只是想在上面随便喊几个人的名字。因为虽然他已经在这个班上了五六节课了，可是他还是只认识为数不多的几个人，其他人他连名字都叫不上来。

"费德尔曼，"他喊道，"请您把诗背一遍。"

"没有来！"从四面八方传来七八个声音异口同声地回答道。可是费德尔曼此刻却端坐在他自己的位置上，熟练地向教室的各个角落弹着豆子。

摩德尔松先生无奈地眨巴眨巴眼睛，又照着教室日志喊了另外一个名字。

"瓦色尔渥格。"他又说道。

"死了！"彼得逊此时显然已经忘掉了自己刚才倒霉的故事。接着班里的其他同学哄笑起来，他们一起阴阳怪调地回答："瓦色尔渥格真的死了。"

这一次，摩德尔松先生还是眨巴眨巴眼睛，然后向四周望去，又无奈地撇撇嘴，低下头又看着点名册。他甚至还伸出了手指指着他要念的那个名字。

"佩尔莱曼。"他有些不太确信地念出了这个名字。

"很不幸，他已经发疯了。"凯伊·摩仑伯爵用不容置疑的语气回答道。而这样的回答也在全班同学的一阵哄闹声中得到了证实。

在这样一片嘈杂的笑声里，摩德尔松忍无可忍地站起来大声喊道："布登勃洛克，您今天晚上得要双份的作业。如果您再笑的话，我就要将您的名字记在教室日志上了。"

说完他又坐了下来。事实是这样的，布登勃洛克的确是在笑，因为他听见了凯伊说的话，他就小声地笑了起来，而且他一笑就停不下来了。他觉得凯伊刚才说的话很有意思，尤其是在他说"不幸"的时候，这样的两个字让他觉得很滑稽。可是当摩德尔松先生向他大吼了那两句话以后，他就没有再笑了，只是用一种阴郁的眼神，一声不吭地望着这个预备教员。他目不转睛地盯着他，把一切都看在眼里，他看到他稀疏的胡须和下巴上一层层的皮肉，他看见他那棕色的小眼睛明亮却绝望，他看见他那两只笨拙的胳膊就像带着两个袖头，因为他的手腕处的袖口和袖头处是一样粗的，当然，他也

771

看见了他的可怜之处，看到了他无奈的内心。汉诺·布登勃洛克几乎是摩德尔松先生唯一一个可以不看点名册就叫出名字的人，而这位预备教员也正是利用了这点，将所有的不满发泄到他一个人的身上，不断地给他布置惩罚性的作业，在他身上施威。他能够认识布登勃洛克，完全是因为布登勃洛克是一个安静规矩的人，他不同于班里的其他同学，而这个预备教员就偏偏欺负汉诺的老实软弱，一而再地让汉诺在其他调皮的同学面前颜面扫地。"人的本性是多么的卑鄙，甚至会连人与人之间最基本的同情都丧失了，"汉诺在心里这么想着，"戏弄您、嘲笑您、折磨您的是他们，摩德尔松先生，在我看来他们的行为是可耻的、无聊的、野蛮的，可是您是怎样对待我的呢？可是这个世界上的事情本来也就是这样的啊，无论是在哪里，也无论是在什么地方，都是这样的。"他在心里想着，又不禁感到一阵恶心和厌恶，"不幸的是，我已经完全看透你了！……"

直到最后，他终于找到了一个既没有死、又没有疯、还愿意把这首诗背一遍的人了。这首需要这些立志将来到海洋、商业或是生活中的各个严肃的岗位上工作的年轻人们背的诗，名字叫作《猴子》，是一首相当幼稚的儿歌。

猴子，你这快乐的家伙，
你是自然界的小丑……

这首儿歌一共有好几个段落，卡斯包姆在摩德尔松先生的面前毫不遮掩地拿着书，一段一段地念了下去。此时屋子里喧闹的声音越来越大了，每个人的脚都在地上击打着布满灰尘的地板。教室里面充斥着鸡鸣声、猪叫声，豆子在头顶上到处乱飞。整个班级里二十五个学生都沉浸在玩耍和笑闹声中，年轻人的奔放不羁的性格在这样的氛围中完全地释放出来了。有的学生画了一些猥亵的漫画，在班里四处传阅，引起阵阵哄笑声……

这时，班里面忽然安静了下来，背书的人也停下来不背了。摩德尔松先生甚至侧耳静静地聆听起来。因为发生了一件美妙的事情，教室的后面传来了一阵清脆悦耳的铃声，一阵甜蜜、温柔的歌声忽然填补了那寂静。后面不知道哪个学生，带来了一个玩具钟，现在在英语课上忽然奏起了《你在我心里》这首曲子来。可是当这阵音乐声结束的时候，忽然发生了一件特别可怕的事情……就像是一阵晴天霹雳一般，屋子里的所有的人都呆住了，他们被吓得目瞪口呆。

甚至都没有一声敲门声，门就被从外面"哗"地一下推开了，一个高大、恐怖的身影从门外闯了进来，一瞬间就来到了教室正中间的桌子前……闯进来的不是别人，就是我们"亲爱的上帝"——校长先生。

摩德尔松先生慌忙站了起来，脸色惨白地将椅子从讲台上拉了下来，掏出手帕来拍打上面的灰尘。学生们也齐刷刷地站了起来，两只胳膊垂在身体的两侧，欠着脚，低着头，站得笔直，大气都不敢出一声。教室里静得连针落地的声音都能听得见，偶尔会有人因为过度的紧张而轻声呻吟一下，可是立刻又恢复了一片寂静。

乌利克校长用挑剔的目光打量了一下这支向他致敬的队伍，然后从他脏兮兮的喇叭袖口里伸出一只手，像按键盘似的向下摆了摆。"你们都坐下来吧。"他用他那特有的低音大提琴似的嗓门说道。乌利克校长不会对任何人称"您"。

学生们惊慌不定地坐了下来。摩德尔松颤颤巍巍地把椅子端了过来，让校长在讲桌旁边落了座。"请继续你的课吧。"他说道，可是这句话听起来是那么的可怕，就好像在说："我们等着看好戏吧，马上就有人要倒霉了！……"他出现在这里的原因，简直显而易见。摩德尔松先生现在应该接受一次考查了，得看看在这六七个小时内，实科班六七年级的孩子在他这里学到了什么。这个时刻对摩德尔松先生来说意义重大，它关乎他未来的前途事业，这就是他的生死关头。这位预备教员再次回到了讲台上，他又喊了另外一位同学来背诵《猴子》这首诗，此时此刻，他的模样真的惨不忍睹。与其说他是在考查学生，还不如说是他自己正在接受考查……唉，无论是学生还是他自己，这一次的表现都十分糟糕。乌利克校长的出现简直就是一次突袭。除了个别的两三个人之外，班里没有谁准备了。摩德尔松先生也不能一整节课都提问那个无所不知的阿道尔夫·托腾豪甫，并且，因为校长出现在教室里，所以背《猴子》的时候也不能看看书了，整节课都进行得很糟糕。当讲到课文《撒克逊劫后英雄传》的时候，全班只有摩仑小伯爵能够翻译几句，这是因为在课下他就对这部小说非常感兴趣。而其他的人都是磕磕巴巴、哼哼唧唧地不断地清着嗓子，可是半天都说不出一个字。汉诺·布登勃洛克就是这群人中间的一个，他站起来之后连一行也没有翻译出来。乌利克校长从嗓子里发出一个奇怪的声音，就好像谁拉响了大提琴最低的那个音似的。摩德尔松先生只是站在一边，不断地绞着他那两只沾满墨水的笨拙的小手，焦急地嘀咕着："原先进行得挺好的啊！原先进行得挺好的啊！"

耳边已经响起了下课的铃声，他依旧是那一脸绝望的神情，看看同学们，又看看校长，嘴巴里不断地重复着这句话。可是我们"亲爱的上帝"此刻已经一脸严肃地站了起来，他的样子是那么可怕，双手端着，站得笔直，眼睛直直地看着前方似乎在思考着什么，还不住地狠狠点头……没过多久，他就命人把教室日志送过来，然后不慌不忙地将那些没有回答出问题的或者回答得不完全的学生的名字记了上去。他一口气写出了六七个学生的名字，并且所有的学生都因为他们的懒散而被记了一过。当然，他不能够把摩德尔松先生的名字也写到上面去，可是他的表现比谁都差，他站在那里，脸色苍白，腿都软了。他就像是一个废人一样。汉诺·布登勃洛克自然也是被记了名字的学生之一。"我要把你们的前途毁掉。"临离开教室前，乌利克校长还这样恶狠狠地补充了一句。

这一节课就这么结束了。居然发生了这样的事情，是的，就是真的发生了。那些你最担心、最害怕的事情反倒平安度过了；而那些你满不在乎、毫不担心的事情，反而让你大祸临头了。看来，汉诺在复活节的时候注定是要留级了。他站了起来，眼神呆滞地朝外面走去，舌头不自觉地舔着那颗坏了的智齿。

凯伊来到他身边，伸出一只胳膊抱住了他的肩膀。他们走在那些议论纷纷的同学们中间，向楼下的院子里走去。凯伊温柔而担忧地看着汉诺的脸说："对不起，汉诺，我刚刚翻译了那个句子。我应该不出声，让他们把我的名字也记下来。我真瞧不起我自己……"

"我以前不是也这么做过的吗？我翻译了'朱庇特的大树上掉下的橡子'这句话。"汉诺回答说，"事情都已经这样了，凯伊，别去想了，别把这种事情放在心上了。"

"唉，是应该这么做的……可是'亲爱的上帝'说他要毁掉你的前途呢！他是那么一个喜怒无常的人，如果他决定了的事情，那只能选择认命了，汉诺！前途，这是一个多么令人向往的东西！不过，摩德尔松先生的前途也算是被毁掉了。这个倒霉的人啊，他一辈子都不可能成为正式的教员了！的确，我们的学校里会有辅助教员和正式教员，可是为什么不能是一个普普通通的教员呢？这件事简直是不可理喻的，也许只有这个世俗的世界和成人的思维才能理解其中的缘由吧。依我看，这个人要么是教员，要么就不是教员，这样多好啊，不是吗？为什么一定要追究一个人是不是正式教员呢？我真不懂。当然啰，也可以去找'亲爱的上帝'或者马洛茨克先生，让他们出面解释一下。可是那么做的结果会是怎样的呢？他们会觉得你是在刻意侮辱他们，然后就会以不尊重师长的罪名毁掉你。就算事实上你是非常尊重他们的工作的，甚至比他们自己还要尊重一些……好了，我们不说这些人了，他们都是傻子！"

他们俩就这么在院子里面走走停停，为了让汉诺忘记刚才那节课发生的事情，凯伊就信口开河地和他胡乱说着些别的事情，可是汉诺还是听得津津有味。

"你瞧，那里有一扇门，那是我们学校的大门。门并没有关上，而且门的外面就是大街。咱们现在可不可以去大街上溜达溜达？现在还是下课时间，离我们的下一节课还有六分钟呢，我们在上课之前可以赶回来的。可是，答案是不可以的，这是不可能的。你知道我在说些什么吧？这儿有个门，门是开着的，没有栏杆，没有任何物体的阻挡，什么都没有，只是矮矮的门槛。可是我们现在不能够出去，一秒也不行，甚至连这种思想都不能有……好的，既然是这样，我们就放弃这种想法吧！可是再举一个例子的话，如果我说现在是十一点半了,这听起来是那么的荒谬,可是如果我们说应该去上地理课了,那这就合情合理了。这让人忍不住发问:这就是生活吗?一切都是浑浑噩噩的……唉,我的上帝啊,这种地方究竟能不能够让我们离开它亲爱的怀抱啊!"

"哼,让我们离开,那又如何呢?唉,就这样过下去吧,凯伊,即使你出去了也是一样的。出去了之后我们又能做什么呢?至少待在这里的时候,我们还不用为自己操心。打从我的父亲去世以后,施台凡·吉斯登麦克和普灵斯亥姆牧师就开始担任起我父亲的工作了,他们每天都会问我,长大了以后要去干什么。其实我也不清楚,我根本没有答案。无论是什么都令我感到害怕……"

"不可以这样,你怎么能说这么沮丧的话!你不是还有音乐吗……"

"我的音乐又有什么用呢,凯伊?音乐一点作用都没有。难道我将来要靠旅行表演来赚钱吗?一来他们绝对不会同意的,二来我也到不了那个境界。我几乎就是什么都不会,只能够在一个人的情况下弹奏几首曲子。更何况在我看来,四处旅行游荡是一件多么可怕的事情啊……虽然你的观点和我完全不同。你远比我更加有勇气。你敢于嘲笑这儿的东西,你勇敢地和他们进行对抗。你喜欢写作,喜欢给人们讲述一个个美丽奇异的故事,这多好啊,这是一件很有意义的事情。并且你长大了以后一定会出名的,因为你很有这方面的天赋。问题出在哪儿?问题就在于,你比我要开朗得多。我们在上课的时候常常会交换一个眼神,就像刚才曼台尔萨克先生的课上,很多人都作弊了,可是只有彼得逊一个人被逮到了,那时咱俩对视了一下。咱们心里想的是同一件事情,可是你能够做个鬼脸就将这事忘掉……我就不行。我对这些事情感到厌倦。我好困,我什么都不想知道。我想死，凯伊！……唉，我觉得我真的是一个没有出息的人。我对一切事情都不感兴趣，我甚至都不想出名。出名让我觉得可怕，就好像这里面也有许多不公平的成分似的！你要相信我说的，我注定做不出什么大事来。前段时间，普灵斯亥姆牧师在做过坚信礼之后对别人说，谁都不要对我抱有希望了，我出生于一个没落的家族……"

"他果真是这么说的吗？"凯伊饶有兴趣地问道……

"的确，他说的就是我们的叔叔克利斯蒂安，克利斯蒂安叔叔现在在汉堡的一家精神病院里疗养……他说得一点都不错。他们的确不应该再对我抱有什么希望了，如果他们真的能够这么想，我简直感激不尽啊！……有很多的事情，这些都让我痛苦不堪。比方说，我的手指上割了一个口子或是擦破了皮……如果是别人，可能一周左右的时间就会康复了，可是对我而言却要花费一个月，总是好不了，还会发炎，弄得越来越严重……还有上一次，布瑞希特医生告诉我，我的牙齿状况都非常差，不是牙根坏掉了，就是已经磨成洞了，更何况还有那么多已经拔掉的牙啊。我现在就已经是这样的情况了，你想象一下，到了我三四十岁的时候，我的牙齿还能做什么，我还能咬东西吗？我的人生已经没什么希望了……"

"的确，"凯伊说着加快了脚步，"那我们说一说你弹钢琴的事情吧。我正打算写一个非常伟大的东西，非常伟大的作品……可能要不了多久，等会儿的绘画课上我就会开始写。你今天下午要弹琴吗？"

汉诺沉默了一会儿，他的眼睛里流露出一种迷茫而炽热的情绪。

"是的，我要弹琴，"他说，"虽然我不应该这么做。我只需要练习弹奏练习曲和奏鸣曲就可以了。我无法控制我自己，我还是会去弹的，虽然这样会使一切变得更糟。"

"会变糟吗？"

汉诺并没有回答。

"我清楚你想弹什么。"凯伊说完，两个人都沉默了起来。

两人都处在青春期。凯伊说完之后脸就一片通红，他看着汉诺，却没有害羞得低下头。汉诺此刻的脸色却是一片惨白。他表情严肃地用一双迷茫的眼睛望向远方。

施雷米尔先生摇起了上课铃，于是他们又回到了教室里。

这一节是地理课，在这节课上要进行一次测验，是关于赫斯——拿骚地区的一个非常重要的测验。一位穿着棕色燕尾服、留着红色胡须的先生走了进来。他的脸色苍白，胳膊上的毛孔很大，却没有什么汗毛。他就是那个诙谐幽默的、教高年级地理科目的米萨姆博士先生。他患有咯血症，在说话的时候总是喜欢带着一股讽刺的意味，他觉得自己是一个说话俏皮但是又深受病痛折磨的人。在他的家中有一个小型的海涅文献保存所，在这里面保存了不少这位受尽病魔折磨的诗人的手稿和遗物，他来到教室里，就将赫斯——拿骚地区的地图挂在了黑板上，然后带着一种像是嘲讽又像是忧郁的表情笑了一下，说道，希望各位同学在本子上将这个地区的特征画下来。他似乎是在嘲笑班里的学生，又像是在嘲笑赫斯——拿骚地区；可是这次的测验是非常非常重要的，所以谁都不敢马虎。

对于赫斯——拿骚地区，汉诺·布登勃洛克可以说是什么都不知道，换言之，他知道的东西跟什么都不知道差不了多少。他很想看看阿道尔夫·托腾豪甫在本子写了些什么，可是"亨利希·海涅"带着一副虽然饱受折磨但是又高傲的、神采奕奕的神情看着他的学生们。他很快就发现了汉诺的企图,说道:"布登勃洛克先生,我希望提醒您合上您的书,可是我又担心这样的做法不是一项善举。您继续吧。"

他的这两句话里有两处幽默的地方。首先是,米萨姆博士用"先生"这个词称呼汉诺;其次,他用"善举"这个词来形容他的行为。于是汉诺·布登勃洛克不得不趴在桌子上绞尽脑汁地思考,然而最后还是交了一张几乎什么都没写的卷子上去。之后他就和凯伊出去了。

终于熬过了今天所有的关卡。现在平安已经降临了,那些良心上没有受到谴责的人是幸福的,现在他们可以开开心心地、毫无负担地上德累根米勒先生的课了,可以坐在那个阳光明媚的大厅了尽情描绘了……

绘图教室很大,光线也很充足。教室的墙角案子上摆放着很多仿古的石膏像,柜子里面还有许多各式的木块和玩具桌椅,它们都是素描的模型。德累根米勒先生是一个胖胖矮矮的小老头,留着满脸的圆形络腮胡子,他的头上戴着一顶廉价的棕色短假发,在后脑勺那里和脑袋分开了,露了馅儿。他是有两顶假发的,一顶长的,一顶短的,因为他今天刚刮了胡子,所以戴的就是短的假发……他说话的时候喜欢用他惯有的诙谐风格。例如,他不说"铅笔"而说"铅"。还有,无论他走到哪里都可以闻到他的身上散发出的浓浓的酒精味——但是也有人说他喝汽油。最令他开心的事情就是帮别人上一门别的课。每当这个时候他都会大谈俾斯麦的政策,为了加重强调的语气他整个人都跟着激动起来,做着奇怪的手势,从鼻子到肩膀不断地进行螺旋式的旋转。每当他谈到社会民主党的时候,都会显出一副仇恨而厌恶的表情……"我们要团结一致!"他经常会抓住一个捣乱的学生,大声吼道,"社会民主党已经来到了门口了!"他做出来的一些动作有时使他看起来就像是个神经病。他会走到一个学生的旁边坐下,然后浑身散发着酒味,用印章戒指敲打着那个学生的前额,嘴巴里面还念念有词,"透视""深影""铅""社会民主党""团结",说完他就默默地离开了……

在这一节课上,凯伊一直在写他的新文学作品,而汉诺就在幻想着自己指挥着一个大乐队。下课铃声一响,大家纷纷拿起自己的东西。学校敞开的大门终于可以自由出入了,学生们已经放学了,现在可以回家了。

汉诺和凯伊正好顺路,他们俩夹着书包并肩走到城外的那栋红色小别墅边。汉诺回家后,摩仑小伯爵还要独自一人走很长的路才能回到家里。他连一件大衣都没有穿。

早晨那在空中弥漫着的雾,此刻也凝结成雪落了下来,大片大片的雪花纷纷扬扬地飘下来,落在地上就立刻融化了,路上已经变得一片泥泞。他们俩在布登勃洛克家的花园门口道了别,可是当汉诺刚刚走到花园中间的时候,凯伊忽然跑了回来,他用胳臂搂住汉诺的脖子。"别那么垂头丧气的了……你最好别再弹那个了!"他柔声细语地说道,说完后,他单薄、瘦高的背影就消失在大雪之中。

汉诺回到家中,将书包放在了走廊里棕熊标本前爪捧着的碟子上,接着就来到了起居室,向他的母亲问候。她正坐在躺椅上看一本黄皮书,当汉诺走到地毯上的时候,她抬起自己那笼罩在青色阴影里的、棕色的、长得较近的眼睛迎接他到来。汉诺走到了她的面前,她慈爱地伸出双手捧着他的脑袋,亲吻了他的额头。

然后,汉诺就回到了楼上自己的房间里,那里有克雷门廷小姐为他准备好的一些点心，他洗了一把脸，吃掉了那些点心，吃完以后，从书桌的抽屉里拿出了一包俄国纸烟，就是那种烈性的俄国纸烟，然后就抽了起来。这种烟已经成为他如今生活中的一个组成部分了。接着，他来到风琴前，弹奏了一首巴哈的、曲调严肃而沉重的赋格曲。他将手放在脑袋后面，窗外的雪花无声无息地飘落下来。窗外已经不是那个曾经水声潺潺的小花园了，只能看见一片白茫茫的雪景，还有邻居的一堵灰色的山墙，挡住了所有的视线。

在四点吃午饭的时候，餐桌上只剩下盖尔达·布登勃洛克、小约翰和克雷门廷小姐三个人了。吃完饭后，汉诺在客厅的钢琴前演奏，他在那里等待着他母亲的到来。他们今天要弹奏的是贝多芬的《第二十四奏鸣曲》。提琴的声音柔美悠扬，就仿佛是天使的歌声，可是盖尔达极为不满地将提琴从手中放下，恼怒地说道，音不和谐。然后她不拉了，去休息了。

此时的客厅里只剩下汉诺一个人了。他来到那个小小的露台的玻璃门边，看着窗外花园里不断消融的雪花发呆。突然，他向后退了一步，拉上了玻璃门边乳白色的门帘，屋子里一下子变得昏暗起来了。他又回到了钢琴前面，目光呆滞地凝视着这架钢琴，站在那里一动不动，视线渐渐变得模糊了……他坐了下来，又进行了一次即兴演奏。

他这次弹奏的主题非常简单，甚至可以说几乎就没有主题，仅仅是几个非常简短的旋律片段，加在一起也不过只有一个半小节。最开始的时候，他用几个非常低沉的声音作为基调，用一种不知从何而来的力量将这几个音一个个地敲击出来，那声音就好像是几支长号同时朝着空中悲鸣，似乎未来的一切都将从其中诞生。谁都不能理解这首曲子究竟想表达什么样的意蕴。直到他用高亢的童音,用一种类似于乌银似的音调反复弹奏了几遍以后,人们渐渐地听出来了,这首曲子的主旨只有一个,那就是一个与众不同的、不同调性的悲痛的转变……这本来仅仅是一个简单的、普普通通的创作,可是他在弹奏的时候露出一种严肃庄重的表情,他做得那么一丝不苟,给这首曲子平添了几分奇妙而又寓意深长的力量。接下来就到了那生动活泼的一部分了,他不断地使用切分音,出现又消失,然后又出现,就好像在迷惘徘徊的途中,又好像在寻找着什么。中间偶尔会突然被一个尖叫声划破,就像有一个不安的灵魂,拼命努力地挣扎,好像是要撕碎什么、挣脱什么,可是到了最后却无奈地消亡下去,又满怀希望地不断以一个不同的声音出现,一切都变得恐慌不安。这样的切分音变得越来越强、越来越多,但紧接着又被急迫的三连音紧紧逼迫着;与此同时,那些穿插在曲子中间的恐怖的叫喊声也渐渐开始聚集,它们慢慢地融合,最终形成了一个统一的旋律,就像是一个用喇叭合奏的、热情的、祈求的曲调,渐渐地形成了整个曲子的主旋律。终于,那些不断簇拥着的、跌宕起伏的、回荡彷徨的、犹犹豫豫的声音都被克服了,它们都安静了下来,只剩下一个如同孩子的祈祷声一样的声音,精致而简单地回响着,声音呜咽低鸣……这样的一段旋律在教堂的音乐声中停止了。随着一个休止符后,是一段短暂的宁静。猛然间,听,那阵乌银似的声音又以主旋律的形式悄然出现了,在一阵短促曲调声中,出现了一个喑哑、神秘的短句,在那以后,又陷入了一阵甜蜜而痛苦的旋律之中!正在这时,爆发出了一阵吵闹的喧嚣声、狂野激动的声音,可是又立刻被一阵更加粗犷的声音给控制住了。究竟是怎么回事?在酝酿中的是什么事情？像是一阵督促人前行的号角，它吹响了，就好像是一次新的起程，整装待发，坚定而连贯的节奏响起，乐曲中出现了一个新的调子，这是一段活泼的即兴演奏，就像是一个满载而归的猎者之歌。可是这段音乐却不是欢快的，而是一段藏在内心深处的傲慢和绝望的声音，它的信号不是那些恐怖的叫喊声，而是最开始的时候那第一个扭曲而奇异的和音，这样复杂的声音，让听的人觉得既享受甜蜜又痛苦不堪……之后又出现了一连串的令人匪夷所思的音响和节奏，它们相互融合交替，谁都猜不透他的用意，可是让人觉得奇妙无比。汉诺似乎已经无法控制住自己思绪的流淌了，他在前一分钟还不知道自己要弹什么，可是后一分钟这些音律就自然从他的手中奔流了出来……他坐在钢琴前，嘴巴半张着，目光望向那遥远而深沉的远方，他那柔软的棕色头发还耷拉在额头两侧的太阳穴上。刚才发生了什么事情？他经历了怎样的一番过程？难道是什么可怕的难题被解决了吗？是毒龙被杀死了，还是成功攀上了峭壁，游过了湍急的河流，还是穿过了熊熊烈火？现在一切又回到了最初的那个简单的主题上了，从一个调性跳到了另一个调性之上，就像一阵阵嘹亮的笑声，像是一种难以捉摸的幸福在其中自由地穿梭着……是的，好像在其中不断地变化出一个个更新、更强大的力量，紧随其后的就是一段婉转但又高亢嘹亮的八度音，在这个音开始以后又一会儿高涨，一会儿缓慢，用一种不可抑制的声音一次次地扩张、收缩，用半音奏出了一段狂野的、不可抑制的激情跳跃的乐章。这时，一阵惊人的、充满了挑逗的轻音把这一切都打破了，就好像是一个尖叫的声音，像是脚下的地面忽然凹陷，有一个人忽然坠入了欲望的深渊……还有一阵，似乎有一个像是祈求又像是忏悔的声音出现在远方,这个声音用和弦轻轻地演奏着,但是在一瞬间又出现了一个更加奔放湍急的声音掩盖住了它,这片声音时而膨胀起来,向天空涌去,时而又如同潮水一般退下去,可是没过多久,又迎着一个神秘的新目标奋力地冲了上去。这个新的目标是一定要表现出来的,就在接下来的那一瞬间,音乐即将要到达那可怕的顶峰了,这种饥渴难耐的爱恋之情已经不能够再等待一秒了……它果然到来了,因为它已经不能自已了,这种深深的渴望已经不能够再等待下去了,它的到来,就像是一块被撕碎的帘幕,像是被瞬间撞开的大门,像是被砍倒的荆棘篱笆,这一切都随着一堵火墙轰然倒塌……所有的问题都已经解决了,所有的矛盾都已经消融了,音乐声沉浸在一阵酣畅的满足之中,所有的一切都汇成了一阵和谐、美妙、眷恋的声音,在一片美好、眷恋的声音中逐渐消融了下去,可是没过多久就转到了另一个调子上……转到了那个最初的主题上来!这一次,一切又回到了一个节日主题的盛会上来了,这是一次英雄的凯旋,是一次放荡不羁的狂欢;这段音乐用各种各样的音色炫耀着自己的高傲,它以八度音的形式出现,它费尽力气号叫着,颤抖着,歌唱着,欢呼着,呜咽着,它让整个乐队的音色向着最光辉灿烂的顶峰行进着;时而如同咆哮的狂风,时而又像清脆的铃声,时而像大把的珍珠,时而又像飞奔的泡沫……演奏者对自己这个简单的主题,支离破碎的旋律,表现出一种狂热的追捧,在这短暂的不到一个半小节的幼稚音乐中,作者将自己的粗野、愚钝的感情孕育其中,表现出一种宗教的苦行僧的追求,这是一种像是信仰,又像是自我牺牲的精神……除此之外,演奏者是这样毫无节制、贪婪而不知足地追求和发挥着这个主题,给人一种邪僻的感受。他贪婪地在这其中吮吸着,直到吸尽它最后一滴蜜汁,直到他感到厌倦和反胃,直到他的体力耗尽,这样的场景也会带给人们一种无可奈何和绝望的感觉,人们看见他是这么贪恋着幸福和毁灭。在经历了最后一段的放荡之后,它终于感到了疲惫,这时出现了一段轻缓的小调琶音,然后升高了一个音程,变成了大调,接着,就在一段延绵不断的悲凉声中渐渐消沉了下去。

汉诺依旧坐在钢琴前没有动,他的下巴抵在胸脯上,双手放在膝头。又过了一会儿,他站了起来,合上了钢琴的盖子。他的脸色变得更加苍白了,膝盖软绵绵的没有了力气,好像有一团火焰在他的眼睛里燃烧。他来到了隔壁的房间,挺直了身子躺在一张躺椅上面,很久很久,就这么一动不动的。

之后就到了吃晚饭的时间,在吃过了晚饭以后,他和他的母亲下了一局棋,并没有分出胜负。可是这一天,直到午夜的十二点,他依旧点着一支蜡烛坐在自己屋子里的风琴前。因为现在的这个时候四周都是静悄悄的,所以他也只能保持安静,他只能在脑海中幻想着弹奏。虽然他也有过这样的打算,准备在明天的五点半就起来把重要的作业写完。

小约翰的一天就是这样度过的。

3

伤寒症发作的过程一般是这样的。

得病的人首先是感到心情不好,之后这种情况会越来越严重,最后病人的精神状况会变得萎靡不振。与此同时病人会感到浑身无力,不仅仅是肌肉无力,连五脏六腑也都是这样,其中胃部的病状最厉害,病人会觉得食欲全无。病人每天都处在昏昏沉沉的状态之中,可是即使他的身体再疲惫,睡眠的质量也很不好,睡的时候不仅不安稳、不深沉,而且也不能消除疲劳。头部会觉得疼痛胀闷,就好像蒙在了雾里面,觉得天旋地转、四肢疼痛,而且鼻子会莫名其妙地就流出鼻血来,这些都是病症初期的基本情况。

接下来,病人就会感到浑身寒冷,身上瑟瑟发抖,常常牙齿都会略略作响,这些都是高烧降临前的征兆。之后病人会越烧越厉害,很快就烧到了最高点。他的胸前和肚子上都会出现扁豆大的红斑,用手按压的时候会暂时退去,可是手一离开,红斑又会立刻出现,病人的脉搏跳得非常快,一分钟达到一百下。体温会烧到四十度,就这样度过一个星期。

到了第二个星期,脑袋和四肢都不疼了,可是昏厥的次数会不断增多,耳朵里面会"嗡嗡"作响,这让病人几乎听不见其他的什么声音。病人的表情会显得十分呆滞,嘴巴半张着,眼神蒙蒙眬眬地失去了光芒。他的知觉渐渐消失了,每天都处在昏昏沉沉之中,有的时候并不是真的睡着了,而是处在昏迷的状态中,有的时候即使在睡梦中也会忽然传来一声惊叫。病人不仅精神状况十分差,而且整个人显得特别污浊、令人恶心。他的牙齿、舌头上都布满了黑斑,呼吸也似乎变得肮脏了。他总是躺在床上一动不动,肚子鼓起来。他的膝盖立起来,整个身子都陷在床里面。他身体的各个生命特征,无论是呼吸还是脉搏,都显得急促而短浅,他的脉搏可以达到每分钟一百二十下。病人的眼睛一直处于一种半闭合的状态,脸颊也不像开始的时候那样红扑扑的,而是变成了一种青灰色。胸口和肚皮上面的红斑会比以前大很多。体温会烧到四十一度……

等到第三个星期的时候，病人的身体已经极度衰弱了。他甚至无法大声地说梦话了。谁都不敢乱下定论：他的灵魂究竟是在茫茫的黑夜里穿行呢，还是游荡在脱离了躯壳的梦境之中？这个秘密没有人知道，因为病人现在既无法发出声音，也不能够做出动作了。他的身体躺在床上面，没有了一点知觉，他现在已经走到了生死的临界点。

可是对于一些患者来说，最初的诊断是比较困难的。比方说，病人已经出现了一些初期的症状，像是精神萎靡啊，四肢无力啊，食欲不振啊，睡眠质量不好啊，头疼啊之类的。可是由于病人是他们这个家庭一家人的希望，所以他依旧像往常一样，像一个正常人那样健康地来回走动着。即使病人的一些症状加剧了，家人也不会觉得这是一件什么严重反常的事情。可是真正高明又有真才实学的医生，像朗哈尔斯医生，那个手臂上有着浓密汗毛的漂亮医生朗哈尔斯，他很快就会发现这是什么病状，而当病人的胸口和肚皮上出现红斑的时候，他就可以确定他的判断是准确无误的了。他会丝毫不耽误地采取一些相应的措施、适当的方法——他会要求将病人放在一间宽敞明亮、空气畅通的房间里面，并且里面的最高温度不能超过十七度；他会要求尽量为病人创造一个整洁、舒适的环境，只要病人的身体状况还允许，因为有一些病人的状况已经不允许这么做了；被子要经常更换，为了预防病人生褥疮；他还会让人经常用湿毛巾帮病人清理口腔。至于药物方面，他会给病人开出碘和碘化钾的混合剂，还会开一些类似于奎宁、安替比林之类的药物，并且，因为病人的肠胃受到疾病的影响最严重，所以他还会制定一份既清淡有营养又十分丰富的食谱。他会采取洗浴的方法，帮助病人来对抗持续的高烧，不论昼夜，他都会让人每隔三个小时就帮病人洗一次澡，让病人浑身都浸入浴盆之中，帮助病人的体温降下来；除此之外，在每次洗浴结束后，还要喝一些刺激性的东西，如白兰地或者香槟酒等。

他使用的这一套方法也并不遵循什么一定的规程，他也仅仅是希望可以借助这样的方法帮助病人缓解一下痛苦，而这样做能够有什么确切的疗效，有什么样的价值，甚至连他自己都不知道。他更不知道，在第三个星期那可怕的日子降临之后，一切究竟会是怎么样的，他不清楚，因为他自己似乎也还在黑暗之中摸索着。他也不知道，这个被他称作"伤寒"的病症，是病人身上的小灾难，是被感染后的一种很不愉快的感觉呢，还是对病人的一种解脱，只是走向死亡的一种形式。如果是前者，这还是一件可以逃避的事情，或者说，即使受了感染，也可以通过某种科学的方式将它驱赶走；可是如果是后者，既然是死神要降临，那无论采取什么样的方式，都是无济于事的了。

这两种因病症而来的状况是这样的：正当病人徘徊在那昏昏沉沉的世界里，在那个遥远的国度里，他清清楚楚地听见了生命奋力的召唤。病人又走到了一条黑暗的道路上，那里是通往一个更阴凉、更平静的陌生地方，这时他更加清晰地听见了那一声声奋力的呼唤。他站住了，他静静地听着这一声声清脆、振奋却略带嘲讽的呼唤声，这个声音离他那么远，好像是从那个他已经快要遗忘的国度里传过来的。如果他对身后的那个充满了不公、讽刺而又复杂的世界还有一丝丝的眷恋，又觉得自己职责未尽的话，那么兴许他还会产生一些力量、勇气还有一些情感；如果他还有爱，还有什么牵绊着他的话，那么即使他已经走了这么远了，他还是会回去，回到原来的生活中活下去的。可是，当他一听见这个声音的时候，他就禁不住打了一个寒战，这个听起来快乐、充满挑战的呼唤，勾起了他的回忆，让他觉得一阵阵的恶心和厌恶，那他只能拼命地甩一甩脑袋，用手捂住自己的耳朵，沿着那条可以逃避一切的路继续走下去……很明显，病人注定要与世长辞了。

4

"你不能够这么做的，你这样做是不对的，盖尔达！"卫希布洛特老小姐将这句话在盖尔达的耳边一遍遍地重复着，她的声音里充满了悲伤和责备的语气。这一天的夜晚，在她的老学生的起居室里围坐了一圈人，大家都坐在圆桌的周围，有盖尔达·布登勃洛克本人，有佩尔曼内德太太和她的女儿伊瑞卡，有可怜的克罗蒂尔德和布来登街布登勃洛克本家的三位老小姐。卫希布洛特小姐坐在她们中间的一张沙发上面。她的软帽上的绿飘带垂在了她瘦小肩膀的上方。她将一侧的肩膀耸得很高，这样她的胳膊就可以自由地活动了。这位七十五岁的老小姐因为年龄的问题，整个身子都已经蜷缩起来了。

"听我说，盖尔达！你这样做是不对的，你真的不能够这么做的。"她的声音很激动，颤颤巍巍地又重复了一遍，"我的一只脚已经迈进了坟墓了，我知道自己的日子不长了，可是现在你却要……你却要离开我们了，和我们分别了……你想要从这个地方搬走了。如果这只是一次旅行,你只是要去阿姆斯特丹放松几天,我自然不会说些什么了……可是现在你去了就不打算回来了!"她拼命地摇动着她那颗苍老的、鸟儿似的头颅,一双智慧的棕色眼睛瞬间被悲伤填满了,"当然了,你在这里失去了很多东西……"

"什么叫作很多东西,她已经什么都没有了,"佩尔曼内德太太补充道,"我们应该站在她的角度为她想想,苔瑞斯。既然盖尔达执意离开,就让她离开吧,这也是无可奈何的事情。二十一年前,她和托马斯一起来到了这里,那时候我们都很喜欢她,虽然她并不喜欢我们……的确如此,她一直讨厌我们,这是肯定的,你不用否认了,盖尔达!可是现在,托马斯已经去世了,其他人……他们都已经不在了。我们的存在对她还有什么意义呢?虽然你的离开会让我们觉得很难过,可是你还是按照你自己的想法去做吧,盖尔达,老天会保佑你的。之前托马斯逝世的时候,你并没有立刻离开这里,我们已经对你感激不尽了……"

这是一个秋季的黄昏时分,已经吃过了晚饭,这天距离小约翰(尤斯图斯·约翰·卡斯帕尔)接受普灵斯亥姆牧师祈福,葬在城郊矮树丛边上那个刻有砂石十字架和家族纹章的石板下面那一天也几乎过去半年了。雨点淅淅沥沥地落下,房屋前面,林荫路两旁树木的叶子也被打落了一地。雨水被不时吹来的一阵疾风刮到玻璃窗上。

八位老妇人都穿着一身黑衣服。这不仅是一次小小的家庭集会,更是一次令人悲伤的告别会,和盖尔达·布登勃洛克告别。过不了多久,盖尔达就要离开这里回到阿姆斯特丹去了,和以前一样,她要回去和她的老父亲演奏二重奏了。现在没有任何东西牵绊着她,让她留在这里了。佩尔曼内德太太这一次也没有对她的决定表示反对。她已经完全地妥协了，虽然这样的决定让盖尔达打心底觉得痛心。因为，假如议员的遗孀不从这里搬走，那么她在社交界就还能维持着她的荣誉和地位，只要她不把财产带走，那么他们家族就还能保留那么一丁点儿的荣耀和光辉……可是无论如何，安冬妮都已经决定了，只要她还活着，只要还有人能够看到她，她就会昂首挺胸高傲地站着。毕竟，她的祖父曾经坐在四匹马的马车上周游过全国。

虽然她这大半辈子里充满了坎坷和艰辛，胃病从来没有停止过对她的折磨，可是她的样子看起来还是不像一个五十岁的人。她的皮肤已经变得有些松弛和苍白了，并且她的上嘴唇上——那是冬妮·布登勃洛克的美丽迷人的上嘴唇——也长出了一些细小的汗毛，可是她那藏在孝帽下面的顺滑的头发里却连一根白发都没有。

她的表姐妹，可怜的克罗蒂尔德，也和她的观点是一致的，她对盖尔达的这次远行，表现出一种默然、无所谓的态度。在刚刚吃饭的时候，她一直沉默不语，只是默默地吃了一顿饱饭。现在她吃好了，坐在那里，也只是偶尔插上两句温柔的客套话，和以往一样，她的身体消瘦，面如死灰。

伊瑞卡·威恩申克今年也已经三十一岁了，对于舅母的离开，她并没有什么太激动的表现。在过去的日子里，她经历了太多比这痛苦的事情，她早已学会了默默地去接受这一切。她那一对疲惫不堪的水汪汪的蓝眼睛——极像格仑利希先生的眼睛，流露出一副历经沧桑、逆来顺受的表情，而在她那平静中略带着些哀怨的声音里也同样可以听出这样的情绪。

说起那三位布登勃洛克小姐，也就是高特霍尔德伯父的三个女儿，和往日一样，她们的脸上挂着一副悲愤、挑剔的神情。她们当中年纪稍大的那两位——佛丽德莉科和亨莉叶特，随着年纪的增长变得骨瘦如柴，而最小的那一个，五十三岁的菲菲，则变得又矮又胖。

而尤斯图斯舅母，老克罗格参议夫人，她本来也被邀请了，可是她并没有来，她说自己的身体不舒服，或许是因为没有一套像样的衣服吧，反正没有谁知道真正的原因。

大家都在议论着关于盖尔达这次远行的事情，讨论着她应该坐哪一趟车离开，议论着经纪人高什已经承租下这座别墅，并预备连同家具什么的一起出卖的事情，因为盖尔达这次的离开什么都不打算带走，就像她当初来到这里时一样。

之后佩尔曼内德太太又谈起了生活，她说了一些生活中非常严肃的话题，她对过去和未来都进行了一番评论，虽然对于未来，其实她已经没有什么好说的了。

"的确，等到我死了以后，如果伊瑞卡愿意，她也可以搬到其他什么地方去居住，"她说，"不过我自己已经什么地方都去不了了，只要我还活着一天，我就会在这里待一天，我们几个人都留在这里……你们每周到我家里来吃一顿饭……然后我们再念一念家庭大事簿。"说着她拍了拍面前的那个皮包，"是的，盖尔达，非常感谢你愿意把这个东西交给我来保管。那我们就这么说好了……你听到了吗，蒂尔德？……当然，由你来做主人，请我们吃饭也是可以的，因为你的条件也不比我们差。的确是这样的，人家在外面奔波……你却只是坐在这里等着现成的。反正，你是匹骆驼啊，蒂尔德，我这么说，你不会生气吧……"

"怎么会呢，冬妮！"克罗蒂尔德笑着回答道。

"最遗憾的是，我没能够和克利斯蒂安道别。"盖尔达这么一说，又把话题转到了克利斯蒂安的身上。他可能无法从那个精神病院里出来了,虽然他的病情可能已经严重到无法自由行动了。可是就现在看来,她的老婆倒是过得舒适啊,就如同佩尔曼内德太太说的,他的老婆应该已经和医生勾结起来了,看来克利斯蒂安的后半辈子注定要在精神病院里度过了。

说到这里,屋子里一下子安静了下来。后来大家小心翼翼地小声将话题又转到了最近发生的那件事情上来了,不知道从谁的嘴里说出了小约翰的名字。这下,屋子里一下子变得鸦雀无声了,只听见窗外的雨"哗哗哗"地越下越大。

汉诺最后得的一定是一种特别可怕的病,以至于大家谈论到这件事的时候,就像是泄露了一个天大的秘密似的。假如有人吞吞吐吐地又议论起这件事的话,那么大家都将头低得很低,不敢相互对望了。之后他们又想到了在最后的时刻发生的一个小插曲……当时那个衣衫褴褛的小伯爵来探望过汉诺,他几乎是横冲直撞闯进了病房的……那时的汉诺已经什么人都认不出来了,可是当他听见凯伊的说话声的时候,脸上居然还露出了微笑,凯伊就在旁边不住地亲吻他的双手。

"他真的吻了他的手吗?"三位布登勃洛克小姐异口同声地问道。

"吻了,吻了好几下呢。"

这件事让大家沉默了好一会儿。

然后,佩尔曼内德太太忽然流下了眼泪。

"我是多么喜欢他啊,"她哭得断断续续的,"也许你们不知道,我是那么的喜欢他……你们之中的谁都不会比我更喜欢他了……哦,对不起,盖尔达,毕竟你是他的母亲……唉,他就像是一个天使一样……"

"他现在才真的是天使了呢。"塞色密接着佩尔曼内德太太的话说。

"汉诺，小约翰，"佩尔曼内德太太自顾自地说了下去，泪水顺着她那苍白、松弛的脸颊流了下来，"汤姆、父亲、祖父，还有其他的许多人他们都上哪儿去啦？为什么我们再也看不见他们了，啊，事实为什么总是这样的冷酷无情啊？"

"一定还能够见到的，"佛丽德莉科·布登勃洛克说的时候一只手紧紧地抓住了自己的膝盖，她吸了吸自己的鼻子，将眼睛垂了下去。

"的确，别人都是这么说的……但是，佛丽德莉科，在有些时刻，这些话也是无法安慰别人的，如果这只是安慰人的话，那请上帝宽恕我这么说，我已经对正义，对善良……对其他的一切都产生了怀疑。生活是那么现实，让我们的许多幻想都破灭了，让我们对许多东西都已经失去了信心……重逢……假如真的可以该多好……"

可是与此同时，苔瑞斯·卫希布洛特从桌子的后面站了起来，为了站得高些，她甚至踮起了脚。她仰着脖子，激动地敲击着桌面，弄得头上的软帽都跟着颤动了起来。

"一定还会重逢的！"她使尽了全身的力气大声地呼喊道，然后抬起眼睛，用挑战似的眼光看着在场的每一个人。

这个女教师的一生都处在不断地跟理智和种种怀疑作战之中，而现在她以一个绝对权威的胜利者的姿态站在那里。虽然她驼背、身材干枯而瘦小，可是她因为坚定的信念而微微颤抖着，她看起来就像是一个能够掌握惩罚大权的预言家，一个神情激动的先知。

附录一　托马斯·曼年表

1875 年　6 月 6 日,托马斯·曼出生于德国北部的吕贝克。他的父亲是托马斯·约翰·亨利希·曼,是经营谷物的巨商,并兼任参议员及副市长;母亲叫卡蒂娅普林斯·海姆,出生于巴西,有葡萄牙血统。正如托马斯·曼多年后描述的那样,他的童年时光"幸福且受关注"。

1891 年　年仅 41 岁的父亲去世,他父亲的贸易公司被清算。

1892 年　托马斯·曼的母亲迁往慕尼黑,托马斯·曼则留在吕贝克完成大学预科学校的学业。

1893 年　担任《艺术、文学与哲学月刊》《春天风暴》编委,发表《展望》。完成吕贝克的学业,移居慕尼黑。

1894 年　在监护人的建议下,托马斯·曼在德国南部的一家火灾保险公司任职,在工作之余,他认真写作,并于 10 月发表第一部作品《堕落》,这篇小说发表于一本名为《社会》的杂志并受到好评。

1894/1896 年	他参加了慕尼黑技术大学的历史、艺术和文学课程的学习,并向兄长亨利希主编的刊物《二十世纪》投稿。
1895 年	托马斯·曼放弃了在火灾保险公司的工作。
1896 年	托马斯·曼年满21岁,从父亲的遗产中获得每月160到180马克的零花钱,并决定离开学校,成为一名自由作家,创作《失望》。
1896/1898 年	与兄长亨利希到意大利的罗马和帕勒斯特里纳。
1897 年	托马斯·曼开始他第一部长篇小说《布登勃洛克一家》的创作,创作《死》《小丑》。
1898 年	创作《图比亚斯·敏得尼克》。
1898/1899 年	到慕尼黑著名的讽刺刊物《西木卜里齐西木斯》编辑部任职,并于1898年出版第一部短篇小说集《小人物弗利德曼先生》。
1899 年	创作《小衣柜》《复仇》。
1900 年	在部队服兵役。创作《小路易斯》《通往坟墓之路》。
1901 年	第一部长篇小说《布登勃洛克一家》出版,并获得巨大成功,奠定了托马斯·曼在德国的文学地位。
1902 年	创作《神的光辉》。
1903 年	出版小说集《崔斯坦》,其中包含中篇小说《托尼奥·克勒格尔》,短篇小说《特里斯坦》《饥饿者们》《神童》等共六篇小说。
1905 年	2月11日,托马斯·曼同与犹太实业家之女卡蒂娅普林斯·海姆结婚,他们共同生养了六个孩子。

1906年　出版剧本《佛罗伦萨城》。

1909年　出版中篇讽刺小说《王爷殿下》,并在慕尼黑附近的托尔兹购置别墅。

1910年　开始撰写记叙文体作品《费利克·克鲁尔的自白》。

1911年　威尼斯之行让《费利克·克鲁尔的自白》的撰写中断。

1912年　出版《魂断威尼斯》,并到疗养院看望他的妻子,着手创作《魔山》。

1914年　迁居到托尔兹新居。

1915年　完成论文《腓特烈大帝和大同盟》,《魔山》写作中断。

1918年　完成杂文《一个不关心政治者的观察》,并继续写作《魔山》。

1919年　获得波恩大学荣誉博士学位,出版《某人及其犬》和《幼童之歌》。

1922年　发表著名演说《论德意志共和国》,表明他拥护魏玛共和国,成为一名著名的民主战士。

1923年　72岁的母亲逝世。

1924年　出版长篇哲理小说《魔山》。

1926年　写完讽刺小说《无秩序和早先的痛苦》,并着手准备《约瑟夫兄弟》四部曲。

1927年　他的妹妹袁利亚自杀。

1929年　由于《布登勃洛克一家》而获诺贝尔文学奖,并完成论文《弗洛伊德在现代思想史上的地位》。

1930年　出版著名的反法西斯中篇小说《马里奥和魔术师》,发表揭露和谴责法西斯罪行的演说《对德国同胞的讲话——诉诸理性》。旅行到埃及与巴勒斯坦,论文《生平略述》完稿。

1932 年	发表歌德年演说,并完成论文《歌德的文人历程》与《以歌德为布尔乔亚时代之代表》。
$\frac{1933}{1943}$ 年	陆续创作了《约瑟夫和他的兄弟们》四部曲。
1933 年	出版《亚克伯的故事》,托马斯·曼一家也开始流亡生活,先到法国,再到瑞士苏黎世居住,一直居至1938年。
1934 年	出版《年轻的约瑟夫》,并于2月流亡到美国。
1936 年	出版《约瑟夫在埃及》,并于2月在《新苏黎世报》发表反对当局的公开信,与德国当局决裂。
$\frac{1941}{1952}$ 年	希特勒政府褫夺他的德国公民权,拍卖他在慕尼黑的财产,波恩大学也撤回他的荣誉博士学位。之后他成为捷克公民,完成论文《弗洛伊德与未来》结集《三十年故事》。
1937 年	创作杂文《自由的问题》。
1938 年	移居美国,担任普林斯顿大学客座教授,并完成论文《浮士德》。
1939 年	发表长篇小说《绿蒂在魏玛》,表明他转向歌德和德国古典文化。
1940 年	迁居加利福尼亚,发表《被换错了的脑袋——一则印度传奇》。 在加利福尼亚州的帕利塞兹丘陵安家,并于1941年完成论文《维特》。
1942 年	对德国做政治广播,担任国会图书馆德国文学顾问。
1943 年	完成长篇巨著《约瑟和他的兄弟们》第四部《赡养者约瑟夫》。

1944 年　出版《法律》,加入美国国籍。

1945 年　进一步对德国做政治广播。

1947 年　波恩大学重新向他颁发博士学位证书,并在"二战"后首次回到欧洲。出版反映艺术家悲剧的著名长篇小说《浮士德博士》,完成论文《由当代大事观照尼采哲学》。

1949 年　发表《浮士德博士的来源》,并到东德魏玛领"歌德奖"。儿子克劳斯自杀。

1950 年　兄长亨利希去世。

1951 年　发表长篇小说《被挑选者》,反映他对战败的德国主张采取宽容政策,并继续撰写《费利克·克鲁尔的自白》。

1952 年　返回瑞士定居。

1953 年　发表《黑天鹅》《被骗的女人》。

1954 年　出版长篇小说《费利克·克鲁尔的自白》第一部《骗子菲利克斯·克鲁尔的自白》和论文《契诃夫》。

1955 年　在席勒150周年纪念会上发表演说。7月20日被确诊患了血栓,于8月12日在苏黎世的医院逝世,享年80岁。

附录二　诺贝尔文学奖大系书目

1901 年　　苏利·普吕多姆（法国）　　《孤独与沉思》
1902 年　　特奥多尔·蒙森（德国）　　《罗马史》
1903 年　　比昂斯滕·比昂松（挪威）　　《挑战的手套》
1904 年　　何塞·埃切加赖（西班牙）　　《伟大的牵线人》
1904 年　　弗雷德里克·米斯特拉尔（法国）　　《米赫尔》
1905 年　　亨利克·显克微支（波兰）　　《你往何处去》
1906 年　　乔苏埃·卡尔杜齐（意大利）　　《青春的诗》
1907 年　　拉迪亚德·吉卜林（英国）　　《丛林故事》
1908 年　　鲁道夫·奥伊肯（德国）　　《人生的意义与价值》
1909 年　　拉格洛夫（瑞典）　　《尼尔斯骑鹅旅行记》
1910 年　　保尔·海泽（德国）　　《骄傲的姑娘》
1911 年　　梅特林克（比利时）　　《青鸟》
1912 年　　霍普特曼（德国）　　《织工》
1913 年　　泰戈尔（印度）　　《新月集·飞鸟集》
1915 年　　罗曼·罗兰（法国）　　《约翰·克利斯朵夫》
1916 年　　海顿斯坦姆（瑞典）　　《查理国王的人马》
1917 年　　彭托皮丹（丹麦）　　《天国》
1917 年　　耶勒鲁普（丹麦）　　《明娜》
1919 年　　卡尔·施皮特勒（瑞士）　　《伊玛果》
1920 年　　汉姆生（挪威）　　《大地的成长》
1921 年　　法朗士（法国）　　《泰绮思》
1922 年　　贝纳文特（西班牙）　　《不该爱的女人》

1923 年	叶芝（爱尔兰）	《当你老了》	
1924 年	莱蒙特（波兰）	《农夫》	
1925 年	萧伯纳（爱尔兰）	《圣女贞德》	
1926 年	黛莱达（意大利）	《邪恶之路》	
1927 年	亨利·柏格森（法国）	《创造进化论》	
1928 年	温塞特（挪威）	《新娘·女主人·十字架》	
1929 年	托马斯·曼（德国）	《布登勃洛克一家》	
1930 年	辛克莱·刘易斯（美国）	《巴比特》	
1931 年	埃里克·卡尔费尔德（瑞典）	《荒原与爱情》	
1932 年	约翰·高尔斯华绥（英国）	《福尔赛世家》	
1933 年	伊凡·亚历克塞维奇·蒲宁（俄罗斯）	《阿尔谢尼耶夫的一生》	
1934 年	路易吉·皮兰德娄（意大利）	《六个寻找剧作家的角色》	
1936 年	尤金·奥尼尔（美国）	《进入黑夜的漫长旅程》	
1937 年	马丁·杜·加尔（法国）	《蒂博一家》	
1944 年	约翰内斯·延森（丹麦）	《希默兰的故事》	
1945 年	加夫列拉·米斯特拉尔（智利）	《葡萄压榨机》	
1946 年	赫尔曼·黑塞（瑞士）	《荒原狼》	
1947 年	安德烈·纪德（法国）	《窄门》	
1949 年	威廉·福克纳（美国）	《喧哗与骚动》	
1954 年	海明威（美国）	《永别了，武器》	
1956 年	希梅内斯（西班牙）	《小毛驴与我》	
1957 年	加缪（法国）	《局外人》	
1958 年	帕斯捷尔纳克（苏联）	《日瓦戈医生》	